长沙碑刻校注

长沙市文化旅游广电局 编

岳麓书社 · 长沙

《长沙碑刻校注》编委会

前言

碑碣石刻是历史文献的重要载体之一，对印证历史和补充史籍之阙具有重大的学术价值。作为国务院公布的首批历史文化名城，长沙碑刻资源十分丰富，自汉武帝赐刻《大汉敕刻贾谊纪功碑》始，中经唐、宋，下迄民国，碑刻传承一直绵延不断。唐代著名书法家李邕撰文并书丹的《麓山寺碑》，文采、书法、刻工均精美绝伦，世人称颂为"三绝碑"。宋代以降，何致游南岳衡山，遇樵夫导引至岣嵝峰藏碑处，始摹碑文，并刻碑于岳麓山北峰，与黄帝陵、炎帝陵同称"中华三大瑰宝"。明代藩王就藩长沙，大肆建造陵冢，近二十年来陆续出土张妙寿墓志、吉悼王次妃墓志等数方，再现了朱明王朝经略长沙的辉煌历史。近代以来，湘军崛起，书法名家辈出，何绍基、黄自元、吴大澂、左宗棠、谭延闿等翰墨留香，勒石遗痕，蔚为大观。这些弥足珍贵的石刻文物不仅极大地丰富了长沙的历史文化遗产，作为无可替代的"同时史料"，也是研究长沙地方史不可或缺的历史文化宝库。

长沙市文物工作者以高度负责的历史责任感，历时十年，对辖区内石刻文物进行了全面普查，搜集访求各类碑碣石刻近300方，内容涵盖了纪功述德、标识禁示、发愿祈祷、修福禳灾等多个方面的内容。本书编辑组同仁对这些资料进行遴选调查、清洗传拓、拍照修图、释文编撰，萃为兹编。

全书共收录田野散存及馆藏碑刻（拓本）210方/组，分为唐、宋、明、清、民国凡五个章节。

收录唐代碑刻3方：《开元十八年李邕书麓山寺碑》原碑缺损，为展现三绝碑原貌，书中选用民国二十二年故宫博物院印行的湘人易培基题签本《宋拓岳麓寺碑》，并将所有题跋附于书内。由于唐碑甚少，我们将非石刻之《咸通八年彭城刘府君墓志铭》收录入册，该墓志于1981年在望城书堂乡出土，墓主系紫金光禄大夫刘球公十一世孙孝廉刘璿。《浏阳木平寺盐醋石碑》藏于浏阳枨冲镇木平寺。据清同治《浏阳县志》载："木平寺在朱宝冲凤形山，一名金凤山，唐时建，有贞观三十六年钟一，明成化十八年唐朝礼铁瓶二，寺侧有盐醋石。"又载："县西凤形山木平寺侧有石曰盐醋井，高广数尺，上二窪，相传出盐醋，寺僧尝取给，后欲多取，凿之，遂不复出。"寺内尚有清代碑刻8通。该碑疑为唐代所刊，后世补刻"唐代木平寺立"五字于上。考虑到此物为该寺最早遗物，故仍纳入册中，以供方家参考。

收录宋代碑刻4方：《嘉定岳麓山禹碑》镌刻于岳麓山北峰石壁，其上建有碑亭，历代屡建屡废，目前所见者为民国二十四年重建，中华人民共和国成立后曾加以修缮。《禹碑》文字怪诞，自古争议颇多，但自宋以来，其"海内第一古刻"的盛名引得慕名前来者众，并在碑刻周边留下了包括《嘉定岳麓山张之才禹碑题记》在内的众多摩崖石刻，岳麓山《禹碑》（含题记）是本书收录碑刻中为数不多的"国保"级文物。《元祐五年宋故朝散郎致仕胥公墓志铭》是由长沙市文物工作队于1982年5月从洪山桥（今九二一医院）胥元矩墓发掘出土的。胥氏与北宋名臣赵抃、注《王照定真经》的张颙均有交往，其墓志为完整揭示墓主生平提供了重要资料。《淳祐三年大圣庙集福祈求碑》为宋代芳名碑。大圣庙建于唐咸通五年，宋时称枫梓庙，系祭祀天符大帝吕岳的庙宇，天符大帝信俗主要流行于湖南、湖北、江西三省，是一种具有地方特色的宗教崇拜。

收录明代碑刻9组：摩崖石刻1块，即《嘉靖十九年湖广按察司提学刘汝楠读神禹碑歌》，此碑镌刻于岳麓山《禹碑》一侧，字形端庄，具汉魏遗风，是《禹碑》题记中字数最多者。收录7组墓志，多为长沙县跳马乡明代吉藩王陵遗址出土。吉王陵遗址已勘出大型砖室墓葬18座，自嘉靖十一年始，七代吉王以及世子、妃嫔、属官埋葬在此。明亡之后，吉王陵祭祀废绝、陵园坍圮、碑刻倒伏、屡遭盗扰，逐渐湮于山林之中。二十世纪五十年代以来，长沙市文物工作者对吉王陵进行了普查、勘探与试掘，这批墓志即是在上述工作中采集。书中共收录明英宗朱祁镇第七子吉简王朱见浚墓志一套两方、吉简王朱见浚的圹志一套两方、吉悼王朱祐枎次妃张氏圹志一套两方、吉定王朱厚　妃马氏圹志一套两方、吉世子朱常淳妃姚氏圹志一套两方，均为一志一盖，盖系小篆书就，书体端庄；志为楷书写成，字形娟秀。墓志四围线刻龙纹，尽显宗藩之尊贵。本书另收录1套2方永乐十一年谷王乳母张妙寿墓圹志。张妙寿系朱元璋十九子谷王朱橞乳母，建文四年，张妙寿随谷王改封长沙，永乐十一年卒。永乐十五年，因自恃迎成祖入金川有功，骄横霸道、意图谋逆，朱橞及其二子皆被废为庶人，张妙寿幸未与之同辱，尚得荣寝。此方墓志于2005年9月出土于长沙望城含浦，墓室长13.5米，宽9.3米，高6.2米，墓道置喇嘛塔一座，东西耳室各殉一人，随葬文物较多，墓葬规格堪比藩王。书中还收录明《正德二年杨氏毛定孺人买地券》一方。该文物出土于浏阳，它是长沙地区为数不多的明代买地卷，具有鲜明的道教文化特征，是墓主在幽冥世界中享有墓地所有权的凭证，还准确地表明了墓主的相关信息。

收录清代碑刻最多，共计150组。按照功用将其分为庙祠碑，志墓碑，桥碑，塔碑、亭碑，应用碑，摩崖石刻凡五个小节。

清代长沙地区宗教胜迹颇多，本书收录麓山寺、云麓宫、开福寺、石霜寺、铁炉寺、密印寺等二十余处佛寺禅林、道观神庙碑刻，以及孔氏家庙、桃树湾刘氏大屋、宁乡姜氏祠堂、沩山方氏祠堂、云山书院、文华书院等十余处宗祠、书院碑刻。这些庙观祠院有的香火旺盛，传承至今，有的日渐式微，坍圮不存。这些碑刻的存在，为我们了解其历史留下了重要的史料。在这些庙祠中，保存碑刻较多、历史价值较高的佛寺主要有麓山寺、石霜寺、开福寺等。麓山寺始建于西晋，是佛教入湘的最早道场，以李北海碑闻名书坛，清代改称万寿寺。书中收录石刻四组：王闿运题麓山寺山门石联“汉魏最初名胜，湖湘第一道场”，显露其悠久的历史根基；寺内最高处的观音阁是唯一幸免于战火的清代建筑，其门联“万亿香水海，百千日月光”据说是由其开山祖师法崇禅师所题，后世补刻；《康熙二十三年重修岳麓万寿寺碑记》《光绪三年新修岳麓山万寿寺记碑》见证了两次修缮寺庙的过程，对研究麓山寺的变迁、发展以及清代建筑格局具有参考价值。石霜寺创建于唐僖宗时期，为长沙著名寺院，本书收录该寺碑刻计有《康熙三十五年石霜崇圣禅寺重修大殿记》《雍正十三年石霜寺重修大殿芳名记碑》《嘉庆三年石霜寺笠禅师提田碑记》《道光十一年石霜寺佛殿祖堂重修记》《道光十七年石霜寺重建客堂补增慧命谷记》《道光十五年石霜寺山茨际祖塔记碑》《道光二十一年石霜六房起立蒸尝胜祀记小引碑》《同治六年石霜六房纪事碑》凡8块，它们均是关于重修庙宇、山田产业的纪事碑。开福寺系五代楚王马希范将其父武穆王马殷所建会春园改寺而成，书中共收录该寺碑刻6方，除《康熙六年重修紫薇山开福寺碑记》等五方为重修庙宇、山田产业的纪事碑外，还有一方立于今莲池海会的《宣统元年湖南开福寺念佛堂并传戒讲经条约碑》，碑文对念佛堂的日常管理、修行准则、念佛课目等做了详细规定，是研究汉传佛教戒律的重要石刻。

清代长沙地区的汉俗诸神庙宇同样兴盛，也留下众多碑刻：《光绪二十四年长沙新河少白龙王庙碑》嵌于新河少白龙王庙中，是“三普”之后新发现的不可移动文物点。白龙庙在潇湘大道枯石塘还有一处，本书收录有保存于此的《道光十二年众姓重修白龙庙碑记》及《道光二十二年始修白龙李公庙碑记》。白马庙在长沙有多处，本书收录其中一处的《光绪二十二年回龙庙福寿堂碑》以供参考。包爷庙位于天心区暮云街道，明永乐三年始建，是祭祀名臣包拯的庙宇，书中收录嘉庆、同治、咸丰三朝重修碑记，明确了该庙宇的历史沿革。长沙民间诸神信仰中，土地神最盛，本书收录其中文字镌刻最为精美的《宣统三年长沙县鸦鹊坡土地庙碑》一方，以飨读者。

长沙市区内宗祠、大屋多毁于文夕大火，但浏阳、宁乡境内保存尚多，本书收录《同治十二年方氏祠堂碑》《康熙二十二年姜氏重修祖庙碑》《咸丰三年桃树湾新宅记碑》《嘉庆五年孔氏家庙春秋万古碑》《光绪十八年孔嘉坪新建族祠记碑》等多方，这些大多是重修屋舍的纪事碑。值得注意的是位于浏阳市中和镇苍坊社区胡氏家庙西侧前墙内壁处的《光绪十八年孔嘉坪新建族祠记碑》，其撰文及书丹者均为胡氏嗣孙成瀚。据考，胡成瀚为胡耀邦祖父，碑文详细记载胡氏始祖建十公自江右徙浏定居西岭，繁衍生息。始以祖屋为祠，于乾隆甲寅毁于祝融，嘉庆重修，而后频经水患，族众于光绪庚寅商议，募捐重修选址孔嘉坪等事，内容翔实，是胡氏家族徙浏渊源历史的重要文献，更是胡耀邦同志家族史的重要组成部分。浏阳达浒孔氏家庙中的《道光十年孔氏家庙优免杂派差役碑》详细记载了长沙府浏阳县正堂调查认定达浒孔氏一支确系“至圣三十七代嫡孙孔巢父”之后，且“印谱确凿、世袭昭然”，“凡一切杂派、保甲牌头、区首团总、斗级社长、运丁夫役、行铺船户、粮差及百工手艺，差徭行优免，以仰副盛朝崇师重道。”。见证了在倡导儒家文化的背景下，历代朝廷官府对大成至圣先师孔子及其后裔的尊重和优待。

古代书院很多都是以家族为单位捐资修建，用以教化族人、乡民。本书收录两块重要的书院记事碑：一是《同治四年文华书院迁建武帝庙碑记》，它保存于全国重点文物保护单位秋收起义文家市会师旧址内。道光十九年春，时任浏阳知县的胡芝房将原本作为学官的文昌宫改为义学，取名文华书院。此碑系同治四年，将原学宫武帝庙迁出书院时的纪事碑。1909年，文华书院改名里仁学校，开设新学。1927年9月19日，毛泽东率领秋收起义部队在此会师。自此，文华书院（里仁学校）成为见证中国革命的近现代重要史迹。书中收录的二是《同治六年云山书院碑记》，由曾任陕西巡抚的刘典撰文，记述了书院修建历程，系刘典于清同治三年回乡倡建。辛亥革命后。云山书院改名云山学校，何叔衡、姜梦周、谢觉哉、王凌波曾在此同窗共读、同校仁教，毛泽东来宁乡开展农村调查时，也曾在此居住。这方碑刻无论是对研究湘军人物历史还是近现代革命史都具有较高的历史价值。

志墓碑是清代碑刻中数量最多的，本书收录了其中人物影响较大，碑刻保存较好、艺术价值较高的50余组。它们有的是文臣武将墓碑、墓志，有的乃家族墓葬碑刻，还有的系多人合冢而葬，见证重要历史事件。

“中兴将相，十九湖湘”，因此长沙地区清代官吏墓葬较多。原矗立于曾国藩墓碑亭中的《同治十一年太傅大学士毅勇侯曾文正公神道碑》由同治皇帝谕祭、大学士李鸿章撰文；《光绪十九年建威将军江南提督李朝斌墓神道碑》，其花岗岩碑亭、龟趺石、碑体均保存完好，是著名湘军将领江南提督李朝斌及德配周夫人合葬墓属物。《杨武愍公墓碑》的主人系清代少数民族将领杨玉科，1885年初，杨玉科在中法战争中指挥清军抗敌，中炮身亡，死后谥号武愍，追赠太子少保，归葬长沙。《光绪三十一年建威将军高青珊墓志铭》由湖南巡抚赵尔巽撰文，墓主高青珊，官至提督，知云南镇边，镇压起义有功，后遭陷诟而死，光绪三十一年归葬宁乡。这些湖南籍军事将领，他们战功卓著，去世后其子嗣扶榇归里，择吉地葬于长沙城周边。

清代湖南文风鼎盛，本书收录清代著名文臣志墓碑十余组。《道光二十一年户部尚书何凌汉墓志》出土于望城何凌汉墓，系瓷胎加以錾刻，正面小篆、反面隶书，书法用笔老辣，当系何绍基所书；《道光二十一年户部尚书何凌汉神道碑铭》《道光二十年户部尚书何凌汉墓谕祭碑》原石今迁道县，且损坏严重，书中收录长沙市博物馆藏清代旧拓，其碑面完整、字体敦厚、规整，艺术价值较高；《同治十三年何绍基墓志》为青石质，蝇头小楷，规整秀丽，出土于长沙石人冲何绍基墓。上述4方何氏家族碑刻均具有较高的书法艺术价值，特别是何绍基的书法作品，在中国书坛具有重要地位。《光绪三十四年张百熙墓碑》位于长沙县春华镇。张百熙(1847-1907)，字野秋，一作冶秋，号潜斋，生于长沙沙坪，清末大臣，著名教育家，曾主持筹办京师大学堂，撰《钦定学堂章程》，为中国近代教育做出了重要贡献。家族墓葬碑刻较为典型的是位于宁乡巷子口的《同治八年重修宋张浚墓碑》《同治八年重修宋张南轩墓碑》及历代残碑共计14方，它们均属于明清重修的宋丞相张浚家族墓及祠。这些碑刻，对研究张浚、张栻父子的家族世系、文化传承具有一定的史料价值。

另外，书中还收录位于长沙天心区梅岭的陕西忠义官兵合墓碑刻一组，包括：《同治七年陕西忠义官兵合墓碑》《同治七年陕西忠义官弁兵夫合墓墓围刻石》《同治七年陕西忠义官弁兵夫合墓望柱联》《光绪六年陕西忠义官弁兵夫合墓碑》凡4套。1852年7月，太平天国起义军向湖南进发，湖南巡抚骆秉章紧急咨调陕西绿营官兵两千名赶赴长沙，其中有千余人驻扎在城南石马铺赤冈岭。此时，萧朝贵率领的太平军率先发起进攻，绿营兵大败，阵亡达九百余人，史称“石马铺之役”。这些阵亡将士，分两处丛葬，梅岭为其中一处。该墓葬及其附属石刻对研究长沙晚清异地阵亡官兵合葬墓的形制提供了重要依据，是太平天国运动在长沙留下的重要史迹。

志墓碑中，还有一组僧侣墓葬碑，例如：《康熙二十二年室龙庵无生禅师碑记》《乾隆十七年太平妙贤瑜禅师碑》《同治九年楚岳隆太乘能和尚墓碑》。这些碑刻详细记述了墓主的传承世系，见证了长沙地区清代宗教丛林的繁盛，具有一定的研究价值。除此以外，书中尚收录一批清代地方官吏、乡绅及德配墓葬碑刻及墓志铭等，兹不赘述。

清代桥、塔、亭及其附属石刻颇多，其中桥碑以记载众姓捐修事件为主，如：《康熙三十二年玉堂桥碑》《乾隆三十八年小湖桥芳名碑记》《道光二年寿堂桥碑》《道光五年丁家桥碑》《道光十年光裕桥碑》《道光十三年仙凤桥碑》《道光二十二年重修小江甘家湾老女桥碑记》《同治六年重修丁家桥碑》等。长沙地区现存的“泰山石敢当”碑不多，宁乡石江桥上立有一块，虽镌刻粗糙，仍收录在桥碑一组。

本书收录的塔碑主要是惜字塔碑刻，计有：《道光九年卷石村惜字炉石刻》《道光二十三年望城东坡文星塔云梯碑》《道光二十三年乌山惜字塔尹姓合捐碑》《道光二十三年乌山惜字塔张姓合捐碑》《道光二十三年乌山惜字塔劝诫碑》《光绪十三年杉木桥惜字塔圣祖仁皇帝惜字训言》等，其中后两方以大篇幅文字劝诫乡民要敬惜字纸，语出康熙皇帝等统治集团顶层，反映在儒家文化影响下国家对于书本、文字的尊重。另外，浏阳上东乡有一组桥、塔共存的建筑。溪上建桥，桥头修塔，甚是巧妙。桥上嵌《光绪三十三年鳌江桥记及惜字塔石刻》碑刻一组，记述修桥建塔之事。惜字塔雕祥瑞图案，及“火候十分”与“翰墨留香处，文章入化时”联，亦收录于册。

长沙清代古亭名胜经文夕大火一劫，多付诸烟火。中国四大名亭之一的爱晚亭于二十世纪五十年代重修，系乾隆五十七年由岳麓书院山长罗典始建。本书收录罗典所撰对联一副，文曰：“山径晚红舒，五百夭桃新种得；峡云深翠滴，一双驯鹤待笼来”，镌刻于亭前石柱。亭中原有《二南诗刻》花岗岩石墩一块，为清宣统三年程颂万将张南轩、钱南园诗刻石而成，现已移出亭外，并建“放鹤亭”遮蔽风雨，此石亦拓之入册。本书另收录张栻后裔广东按察使张铣撰文的《光绪十四年司徒岭新修茶亭碑记》一块。司徒岭凉水茶亭位于宁乡巷子口镇扶峰村孙家组，是一处清代的茶亭驿道遗址，这方碑刻见证了长沙到安化段茶马古道的辉煌，对研究长沙地区古驿站、交通道路设施具有一定的历史价值。

应用碑即具有现实作用的碑刻。本书收录之应用碑主要是清代各级官署树立的禁示、告示碑刻，计有《道光二十九年浏阳县正堂为窃匪娼赌事奉宪严禁碑》《光绪五年长沙府宁乡县正堂封禁事碑》《光绪二十九年为治安事浏阳县事补用县正堂贺示碑》《宣统元年正堂朱示碑》凡4方。这些碑刻，见证了清代地方行政管理方式及法律制度。宗族、乡民公约碑2方：《咸丰七年分水合同碑》约定了农田水利的使用规则；《同治十三年罗氏家族祖山禁碑》为合族公议禁葬新坟、保护古树土塝事宜的碑刻。它们昭示出宗族家法以及立碑证盟的在清代民间具有重要的约束力。

收录清代摩崖石刻11处。其中《乾隆二十四年望麓台摩崖石刻》是由明太仆寺少卿杨廷相镌刻，清人铣修而成；《雍正初回头是岸摩崖石刻》《石仙庵山界摩崖石刻》《同治元年大观摩崖石刻》《观音岩摩崖石刻》《龙吟虎啸摩崖石刻》当系佛寺遗存。《道光八年勒石严禁石刻》刻于段山坝水库两端一突兀出来的长5米，宽4米的花岗岩石上，系奉宪禁示类石刻。《洗笔泉摩崖石刻》，原为“洗笔泉池”四字，系纪念唐初著名书法家欧阳询习字洗笔的摩崖石刻，今风化严重，存之为档。《道光十五年印心石屋石刻》原建有“御书亭”，系道光帝赐书、陶澍恭刻于麓山，今亭废石存。《大观石刻》系岳麓山禹碑题记，翰林院编修、岳麓书院山长欧阳正焕所题，刊于《禹碑》右侧。

收录民国时期碑刻44组，可分为庙祠碑、志墓碑、桥碑、应用碑及摩崖石刻凡五种。

庙祠碑收录不多，主要是民国重修庙宇后镌刻，计有《民国十三年紫微山古开福寺记碑》《民国十九年密印寺重建禅堂碑记》《民国二十年紫竹庵厅房楼记碑》《民国二十年铁炉寺受捐福佑庵碑》《民国二十六年麓山寺联》凡5方。另有1方《民国十五年云麓宫麓山树灯记碑》，记载长沙信士熊辅文奉父命，立功德，伐贵州大木运至云麓宫前树立灯柱之事。树灯应当是一种富有地方特色的宗教信俗。

青山有幸埋忠骨，民国志墓碑以岳麓山最为集中，多是旧民主主义革命功勋及抗战英烈的墓葬碑刻。涉及的重要人物有黄兴、蔡锷、刘昆涛、陈天华、姚宏业、蒋翊武、刘道一、禹之谟、陈作新、焦达峰、李仲麟、林修梅、彭遂良、彭昭、覃理鸣等。其中，很多当时的政府要员、督抚、省长如孙中山、黎元洪、章太炎、于右任、谭延闿、李根源、王占元、郭宗熙、陈炯明、刘人熙、程潜、李厚基、胡瑞林、杨增新、姜桂、田中玉、刘显世、陈炳坤、刘承恩、朱庆澜、陆荣廷、卢焘、任可澄、陈光远、周钟岳、曾继梧等在此留下祭葬碑刻。近现代以来，湖湘地区人才辈出，尤其是清末新政时期，大批知识分子东渡日本求学，受西方民主思潮影响回国开展革命。民族意识觉醒、民主思想发展，使长沙成为中国民主革命的策源地之一。辛亥革命时期武昌首义、长沙首应，湖南的革命志士在推动中国社会变革的进程中起到了重要作用。这批民国时期的墓葬碑刻，由于撰写人员深厚的文化修养，有的大气磅礴、有的哀惘动情，皆鸿笔丽藻之作。它们书体多样，篆隶行草楷皆有，其书法艺术价值甚至超过本书收录的清代志墓碑刻。

抗日战争时期，由于独特的地理区位，长沙成为南方重要的抗日阵地，1939到1944年的四次会战中，中国军队伤亡人数达13万人之巨。那些牺牲的抗战将士，在长沙留下了多处纪念设施以及墓葬。其中，本书收录的《民国三十五年陆军第七十三军阵亡将士墓碑刻》《民国二十三年、三十三年陆军第七十三军七十七师阵亡将士墓纪念碑铭》《民国二十七年至三十四年金井中央阵亡将士墓碑刻》等十余块碑刻，就是从这些抗战遗址上拓取的。另有位于长沙县青山铺的《民国三十二年杨汉域聚歼倭寇石刻》也收录在本章摩崖石刻部分中。刻石中的一句：“大中华民国卅一年一月，聚歼倭寇于此”，概括性地反映出抗日战争时期，军民不屈的勇气与非凡的民族气节。特别值得一提的是，民国二十八年，日寇窜自长沙县麻林桥一带，烧杀奸抢、惨绝人寰。黎母朱太君一家七口女眷，为免受辱，愤而纷纷投水殉难，日寇退后，乡人为之营葬，并竖立碑铭，曰“此诚我中华民族之耻辱，子孙百代之仇恨也”，此墓俗称“七女墓”。本书将其收录入内，碑铭中最后两句至今犹警醒国人：“今战争犹未已也，余愿华夏男儿从今以后，咸能尚公知耻，执干戈以卫社稷而死者。复仇毋徒止于咨嗟叹息，而使老弱妇孺之永远为异族所蹂躏也，否则墓中人将不瞑目。”

另外，民国时期碑刻中还收录了包括镌刻在长沙县吴杨桥、宁乡沩源桥、宁乡流沙河华封桥等处的桥碑；《民国十九年岳麓山中山纪念林碑》《民国二十六年李根源登麓山石刻》《民国二十六年岳麓山笑啼岩碑》等在内的纪念性石刻；《民国二十六年杨宏声向文市积谷局借墙基纪事碑》《民国二十四年众姓重刊公同合禁石刻》在内的应用性碑刻等等，兹不赘述。

《长沙碑刻校注》首次对长沙地区碑刻进行系统辑录，囊括了我市各级各类不可移动文物点、田野散存及少量馆藏碑刻。本书基本按照碑刻时代先后排序，同一组碑刻存在时间跨度的，常取最晚者；年代有争议者，则置于该章节最末。本书碑刻题名以可移动文物命名规则为基础，并参考了“三普”中关于不可移动文物点的命名方式，尽量将时代、地理信息、人物信息、碑刻性质整合其中，故略显冗长。全书根据收录碑刻性质及内容多寡在清、民国两个章节内划分了小节，以方便读者类比、查询。本书前期摸底、传拓、拍照等工作持续时间较长，而释文工作也历经一年之久。在这期间，我们组织专家根据拓本、原始图照以及碑刻文物本体进行了多次校对，并参考史籍文献以及馆藏历史拓本，将目前无法勘明的文字尽量做了补遗，力求更多地展现其价值。文物研究工作永远没有止境，在书籍的编辑过程中，长沙市各级文物工作者又陆续发现、发掘了一批新的碑刻资料，这些资料我们计划另册发表。由于碑刻文物大多曝于野外，字形漫漶程度不一、风化剥蚀在所难免，文字释读的难度客观存在，而我市基层文物工作人员多擅长于文物摸底普查、发掘调勘等业务，对编辑文字、校对古籍确实略显经验不足，因此，书中难免会有一些错误与不当，还请各位读者、方家予以斧正！

《长沙碑刻校注》编辑组

参考文献：

1. 湖湘文库编委会：《长沙通史》三卷本，湖南教育出版社，2013 年。

2. 长沙市文化局文物名胜志编辑室：《长沙市志 · 文物名胜志初稿》油印本，1990 年。

3. 长沙市文物普查领导小组、长沙市文物工作队编：《湖南省长沙市文物普查调查登记表》（第二次全国文物普查），1986 年。

4. 长沙市第三次全国文物普查领导小组编：《长沙市第三次全国文物普查登录不可移动文物名录》内部刊行本，2012 年。

5.《第三次全国文物普查不可移动文物登记表》，长沙市文物局藏档案，2012 年。

6. 长沙市文物局编：《长沙重大考古发现》，岳麓书社，2013 年。

目录

唐

宋

明

清

庙祠碑

志墓碑

桥碑

志墓碑

桥碑、应用碑、摩崖石刻

彭城劉府君墓誌銘

維唐咸通八年歲次丁亥八月建丁卯朔潭州
長沙縣臨湘鄉普寧里故 玄宗之世參光祿
大夫劉琳公之十二世玄孫徐令公之子孝廉瓊立誌
登斯焉公與焉墨修身弓長是習少而[illegible]
不恃祿能琴酒自怡放曠山水寄恭易樂
在詩言記云大德不官大道不器[illegible]也存公
能惠無爰美之里之兮 唯公好學[illegible]士[illegible]勵
忠孝獻子奉君親兮 述子孝[illegible]
惠[illegible]學乎為[illegible]義兮[illegible]

商

开元十八年李邕书麓山寺碑

位置：岳麓区岳麓书院

质地：青石

规格：残高 270 厘米，宽 135 厘米

释文[1]：

夫天之道也，东仁而首，西义而成，故清泰所居，指于成事者已；地之德也，川浮而动，岳镇而安，故耆阇所临[2]，取于安定者已。兹寺大抵，厥旨玄同，是以回向度门，缠于郭右，仰止净域，列乎岩巅。宝堂岌嶪于太虚，道树森梢于曾渚[3]。无风而林壑肃穆，不月而相事澄明。化城未真，梵天犹俗[4]。名称殆绝，地位尝高者，不其盛欤！

麓山寺者，晋太始四年之所立也。有若法崇禅师者[5]，振锡江左，除结［涧阨，尝］与炎汉太宗长沙清庙栋宇接近[6]，云雾晦冥，采豹文狸，女萝薜带[7]。山祇见于法眼，窭后依于佛光[8]，至请旧居，特为新寺。禅师洎翌［日］弘聚谋，介众表之，明诏行矣，水臬有制，丘墟尽平[9]。太康二载，有若法导禅师［者］，莫知何许人也。默受智印，深入证源。心本无作，真性而见。不坏外缘，而注福河[10]。大起前功，重启灵应。神僧银色，化身丈余。指定全模，摽建方面。法物增备，檀供益崇。广以凌云之台，疏以布金之地。有若法愍禅师者，江夏人也[11]。空慧双铨，寂用同辔。慈目相视，净心相续。综核万法，安住一归。注《大道经》，究上乘理。永托兹岭，克终厥生。逮宋元徽中[12]，尚书令湘州刺史王公讳僧虔，右军之孙也[13]。信尚敬田，作为塔庙，追存宝相，加名宝山。矧乎弓冶笔精，陶甄意匠，留书藏石，缄妙俟

[1] 该碑文见于《全唐文》卷二六三，释文略有差异，差异处以方括弧标出。

[2] 耆阇：梵文音译，即耆阇崛山，佛教圣山；“所临”或作“以居”。

[3] 岌嶪：高险貌；太虚：天空；曾渚：层叠的高墙。

[4] 化城：幻化之域，即佛教圣地；梵天：佛教徒谓脱离尘世的所在。

[5]《高僧传》：“竺法崇，未详何人。少入道，以戒节见称。加又敏而好学，笃志经记，而尤长法华一教。尝游湘州麓山，山精化为夫人，诣崇请戒，舍所住山以为寺，崇居之少时，化洽湘土。后还剡之葛岘山。”

[6] 汉以火德自称，因称炎汉，又称炎刘，太宗指汉文帝刘恒。

[7]“采”或作“赤”；“女”或作“栋”。

[8]“法眼”或作“法服”。

[9]“翌”或作“翼”；水臬：水平仪。

[10] 或作“不坏外缘，而见心本，无作真性，而注福河”。

[11]《高僧传》：“释法愍，北人。弱年慕道，笃志经籍。十八出家，便游践州国，观风味道，波若数论及诸经律皆所游刃。后憩江夏郡五层寺。时沙门僧昌于江陵城内立塔，刺史谢晦欲坏之。愍闻故往谏晦，晦意不止。愍于是隐迹于长沙麓山，终身不出。”

[12] 此“宋”为南朝宋。

[13] 王右军即王羲之。《南齐书·王僧虔传》：“王僧虔，琅邪临沂人也。祖珣，晋司徒。伯父太保弘，宋元嘉世为宰辅。父昙首，右光禄大夫。”“泰始中，出为辅国将军、吴兴太守，秩中二千石。王献之善书，为吴兴郡，及僧虔工书，又为郡，论者称之。”碑碑文中云王僧虔为王右军之孙，有误，王僧虔为王昙首之子，王昙首为王珣之子，王珣为王洽之子，王洽为王右军之堂弟，也即王僧虔实为王右军堂侄之孙。

时[1]。候法宇之［倾］低，［斯珍］价以兴葺。远虑将久，［遗］事未彰。梁天监三年，刺史夏侯公讳祥，了义重玄，别构正殿。绍泰二年，刺史王公讳琳、律师法贤，或在家出家，或闻见眼见，建涅槃像，开甘露门。长沙［内］史萧沆，振起法鼓，弘演梵言。继楗槌于景钟，纳贝叶于曾阁[2]。陈司空吴明彻，随侍中镇南晋安王、乐阳王，并佛性森然，国桢秀者，壮回廊以云构，蔚悬居以天覆[3]。开皇九年[4]，天台大禅师守护法身，［澄］清悲海，严幢标耸，智火融明。袭如来堂，坐法华定。四行乐而不取，三贤登而更迁。有若昙捷法师者，伐林及树，染法兴衣。不坠一滴之油，有沾大［根］之雨。总管大将军齐郡公权公讳武[5]，福德庄严，喜慧方便。疏写四部，镇重百城。有若智谦法师者，愿广于天，心细于气。诵习山顶，创立花台。有若摩诃衍禅师者，五力圆常，四无清净。以因因而入果果，以灭灭而会如如。有若首楞法师者，文史早通，道释后得。远涉吴会，幽寻天台。法界图于剡中[6]，真诀论于湘上。具究竟戒，敷解说筵，一法开无量之门，一音警无边之众。方等有以复悔，双林有以追远。并建场所，互为住持。惟慧龙禅师者，迹其武，凭其高，超乎云门，绝彼尘网[7]。深以为性有习，道有因。止于心，反于照，习也者；坐乎树，居乎山，［因］也者。固习而无因则不住，因而无习则不证。是以沤和正觉，阿若冥搜[8]。想息而精进甲坚，受除而烦恼壳散[9]。百川到海，同味于咸[10]；千叶在莲，比色于净。起定不离于平等，发慧但及于慈悲。故能闻［者］顺其风，观者探其道[11]。牧伯萃止，皇华洊臻[12]。启焚香之上缘，托成佛之嘉愿[13]。上座惠杲、寺主惠亶、都维那、兴哲等，皆静虑演成，妙轮转次，因差别而非法，随品类而得根。去二见而入流，率一心而办事。咸以形胜之会如彼，修行之迹如此，而丰碑［未］勒，盛业不书，安可默而已哉？将何以发挥颂声，披扬宿志者也？司马西河窦公，名彦澄，硕德高闱，绍贤远识，器［守］岳厚，捡操冰清[14]。属以师长阙官，摄行随手。以家而形于孝友，以己而广于诗书，以明而雅俗自兴[15]，以［明而］至道［丕］若。且犹归［心净土，模范］佛乘，［摧］憍慢之外幢，兴开示之真语。［建谋群吏，］乃命［下寮］。顾［蛟山之］易疲，叹龙宫之难纪。其词曰：

天地有象，圣贤建极。宴坐中岩，成道西域。后代袭武，前良作则。安乐是依，灵鹫是式[16]。一想冥契，三归

---

[1] 矧：况且；弓冶：世代传承；缄妙：妥善封存。

[2] 贝叶：佛经；“曾”或作“层”，应是。

[3] “随”或作“隋”，应是；“悬”或作“联”。

[4] 开皇九年，《全唐文》中作“开元九年”。开皇九年（589）为隋文帝时，开元九年（721）为唐玄宗时。而此碑撰于开元十八年（730），距开元九年只有九年时间，时间上看似不矛盾，但下文列举了该寺继后多位麓山寺住持、方丈，远非九年内所能更替，且其中齐郡公权武明确为隋代任潭州总管大将军（详下注），因而开元九年乃误。

[5] 《隋书·列传第三十》：“权武，字武弄，天水人也。祖超，魏秦州刺史。父袭庆，周开府……武以忠臣子，起家拜开府，袭爵齐郡公，邑千二百户。武少果劲，勇力绝人，能重甲上马。”又《隋书·高祖纪下》：开皇十二年（592）十一月“庚申，以豫州刺史权武为潭州总管”。

[6] 剡中：即剡县，故址在今浙江嵊县。

[7] “武”或作“至”；“超乎”或作“起平”。

[8] “沤”或作“区”；正觉：成佛；阿若：即梵语阿兰若，佛教净地，指寺院；冥搜：搜求及于幽远。

[9] “受”或作“爱”。

[10] “于”或作“相”。

[11] “探”或作“操”。

[12] 牧伯：州郡守官；皇华：使臣；洊臻：纷至。

[13] “成”或作“神”。

[14] “捡”或作“抚”。

[15] “明”或作“重”。

[16] 灵鹫：义同“耆阇”。

开元十八年李邕书麓山寺碑碑额

愿塞[1]。其一。金方置庙，衡麓开场。龙象拥锡，人天护［香］。鬼神［赐土］[2]，灵化度堂。重镇牧伯，上游侯王。光昭法侣，大启禅房。其二。幽谷左豁，崇山右峙。瞰郭万家，带江千里。玉水布飞，石林云起。雷激庭际，月窥窗里。花台随足，天乐盈耳。其三。人与地灵，心将法灭。既往在此，比明齐哲。佛日环照，牛车结辙。连率顺风，驷骊钦烈。访道追胜，形驰目绝。其四。碑板莫建，轨物未弘。和合是请，佐贰是膺[3]。政敷大郡，信发广乘。愿言有述，以访无能[4]。惟石可久，与山不崩。其五。赞计于京，不偶兹会。英英披雾，其德允烁。卓立隽才，标举明【略】。雄辩纵横，神情照灼。备闻政理，深悟禅乐。

大唐开元十八年岁次庚午九月壬子朔十一日壬戌建。

前陈州刺史李邕文并书，江夏黄仙鹤刻[5]。

（拓片采自《中国碑帖经典·李邕麓山寺碑》，上海书画出版社，2001 年版，编者将原书中 12 版拓片拼合为 1 幅图片。）

[1] “三”或作“二”。

[2] “鬼”或作“思”。

[3] 佐贰：副行政长官，即潭州司马窦彦澄。

[4] 无能：撰者李邕自谦。

[5] 李邕(678–747)，字泰和，扬州江都人，兰台郎李善之子。长安中，李峤、张廷珪荐其词高行直，拜左拾遗，开元初，历殿中侍御史，执政忌其才，频被贬斥。后为北海太守，李林甫傅以罪，杖杀之。邕早擅才名，尤长碑颂，中朝衣冠及天下寺观，多赍金帛往求其文，馈遗至巨万。两《唐书》有传。黄仙鹤身世不明。

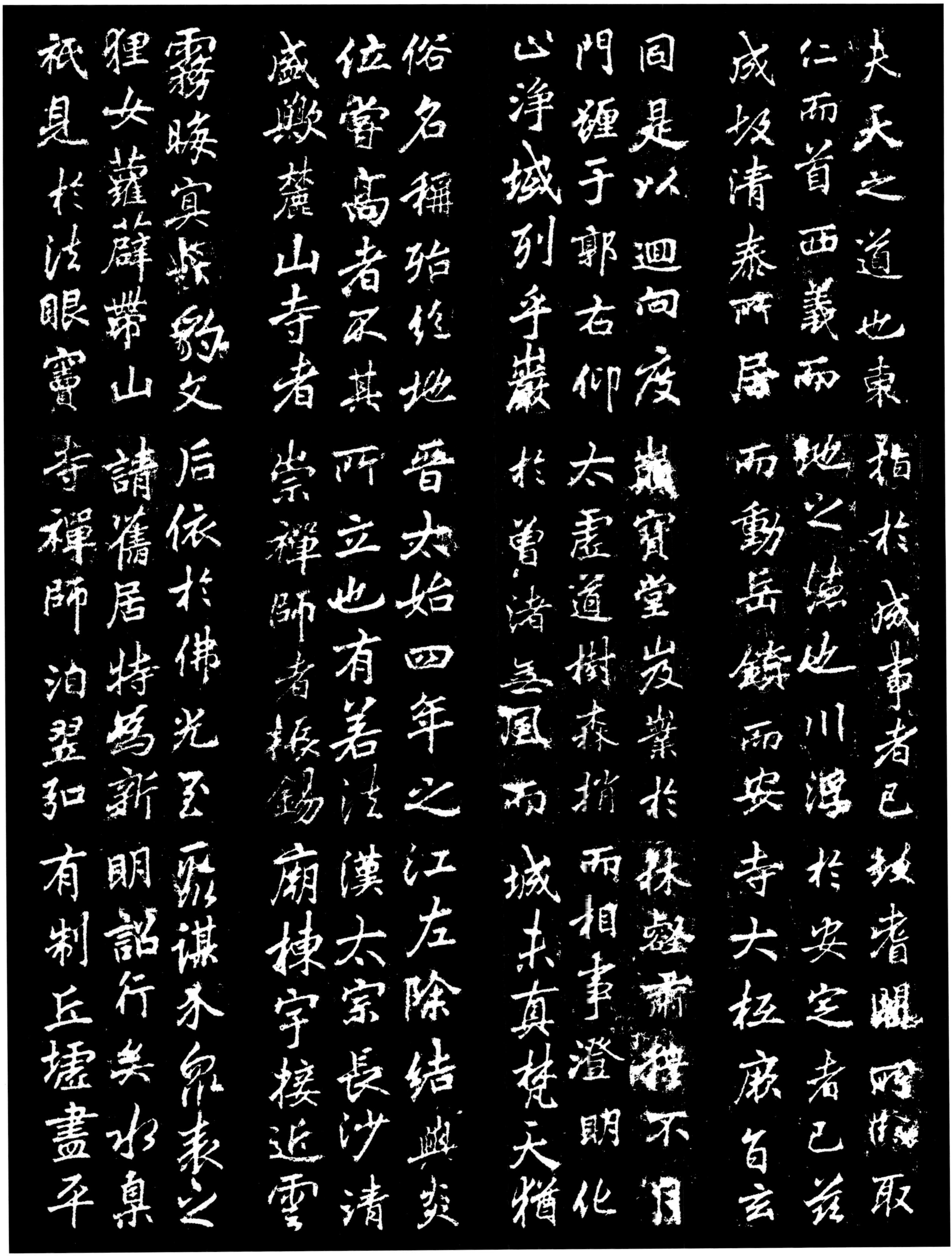

开元十八年李邕书麓山寺碑（一）

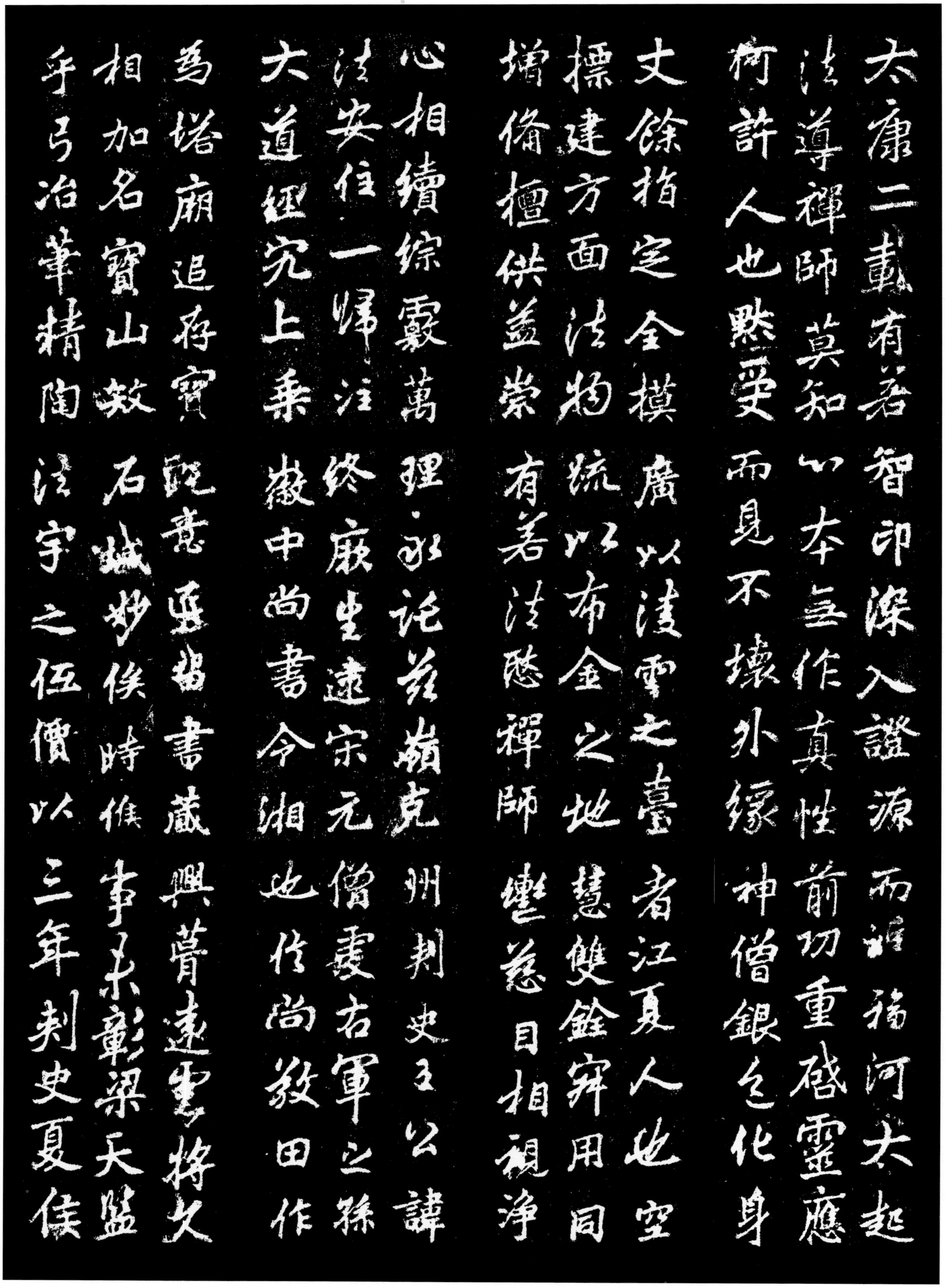
太康二載有若智印深入證源而諸福河大起
法導禪師莫知以本無作真性前劫重啓靈應
柯許人也黙受而見不壞外緣神僧銀色化身
丈餘指定全模廣以淺雲之臺者江夏人也空
標建方面法物流以布金之地慧雙銓拜用同
增脩檀供益崇有若法愍禪師繼慈目相視淨
心相續綜覈萬理兆託茲嶺克州刺史王公諱
法安住一歸注終展生遠宗元僧虔右軍之孫
大道經究上乘徼中尚書令湘也作尚敎田作
爲塔廟追存實既意匪留書藏興肯遠雲將久
相加名寶山敎石城妙侯時惟事永彰梁天監
手弓治華精陶法宇之伍價以三年刺史夏侯

开元十八年李邕书麓山寺碑（二）

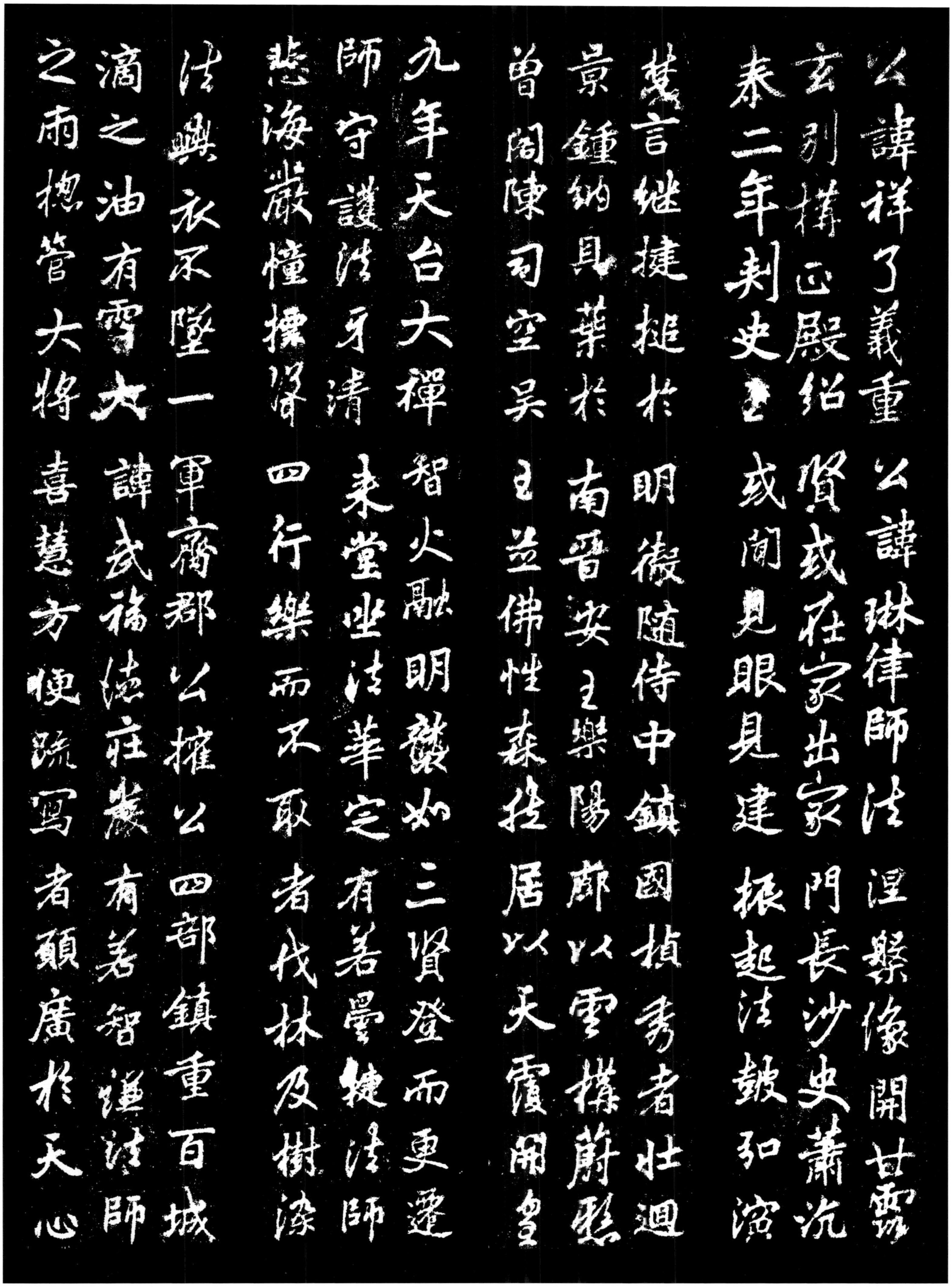

开元十八年李邕书麓山寺碑（三）

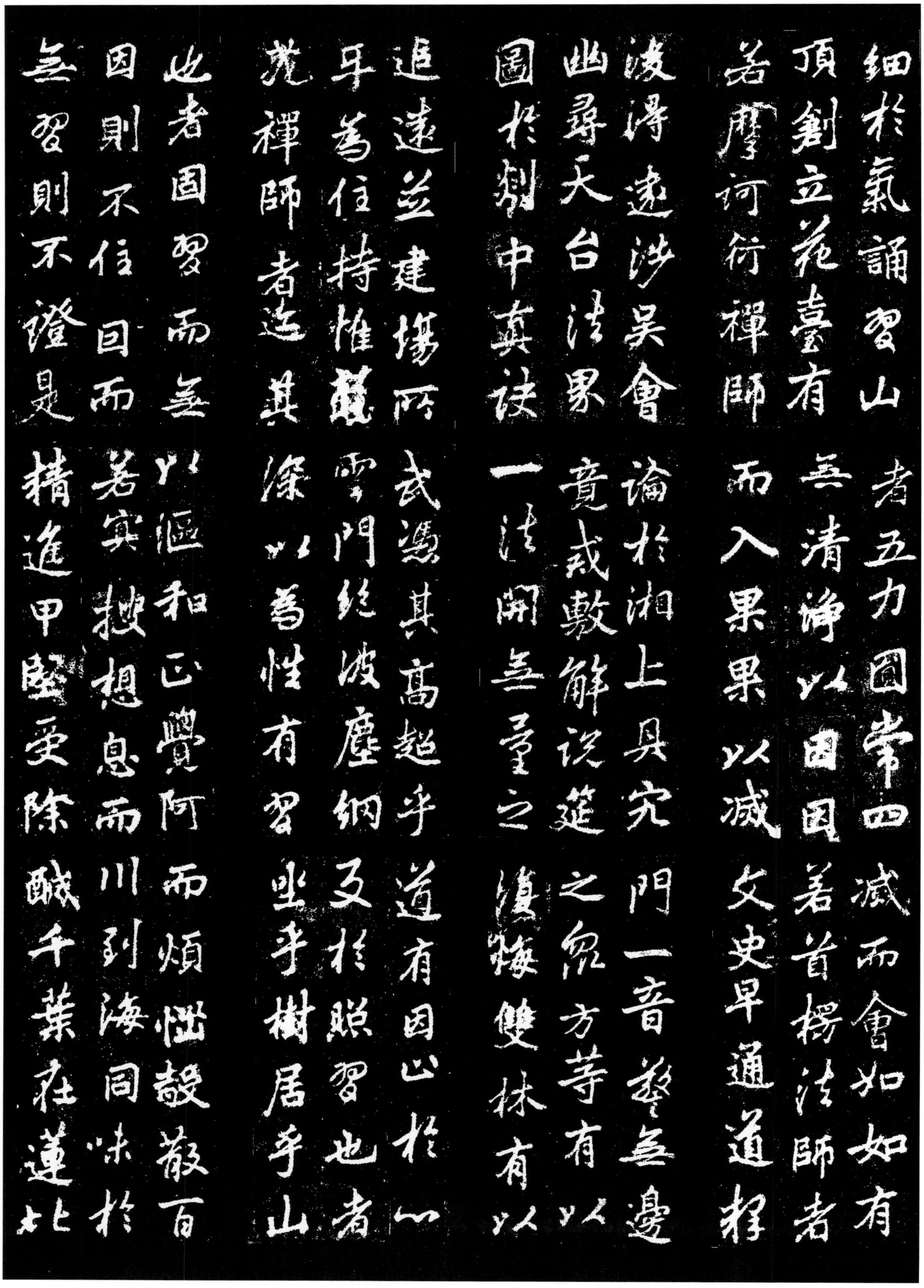
細於氣誦習山者五力圓常四滅而會如如有
頂創立花臺有無清淨以因因若首楞法師者
若摩訶衍禪師而入果果以滅文史早通道釋
波滑遠涉吳會論於湘上具究門一音聲無邊
幽尋天台法界竟或數解說筵之宛方等有以
圖於剎中真訣一法開無量之復悔雙林有以
追遠並建揚所武憑其高超乎道有因心於心
年爲住持惟藏雲門絕波塵網又於照習也者
覺禪師者造其深以爲性有習坐乎樹居乎山
也者固習而無以涵和正覺阿而煩惱殺敬百
因則不住回而若實披想息而川到海同味於
無習則不證是精進甲堅受除醎千葉在蓮比

开元十八年李邕书麓山寺碑（四）

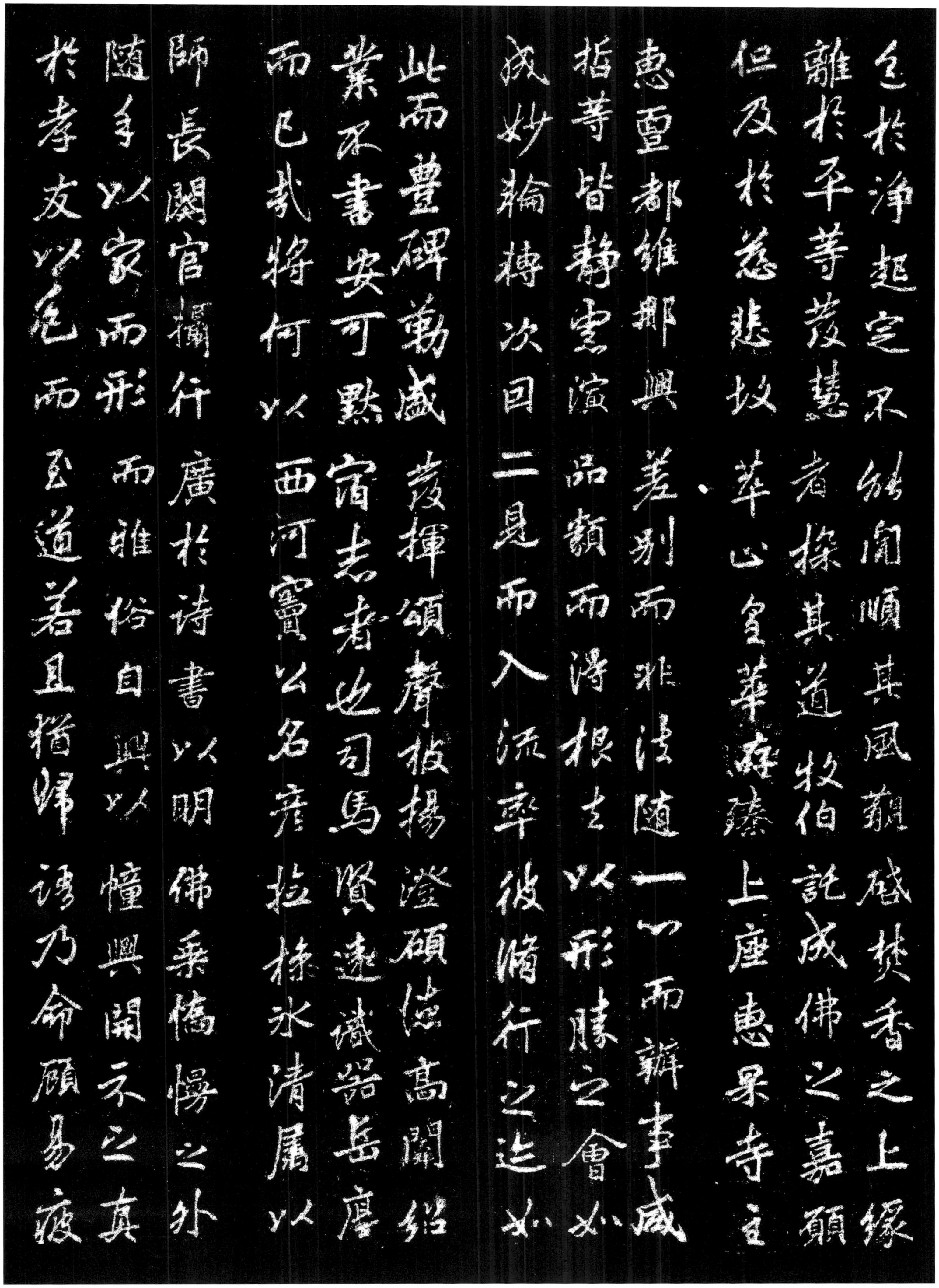

开元十八年李邕书麓山寺碑（五）

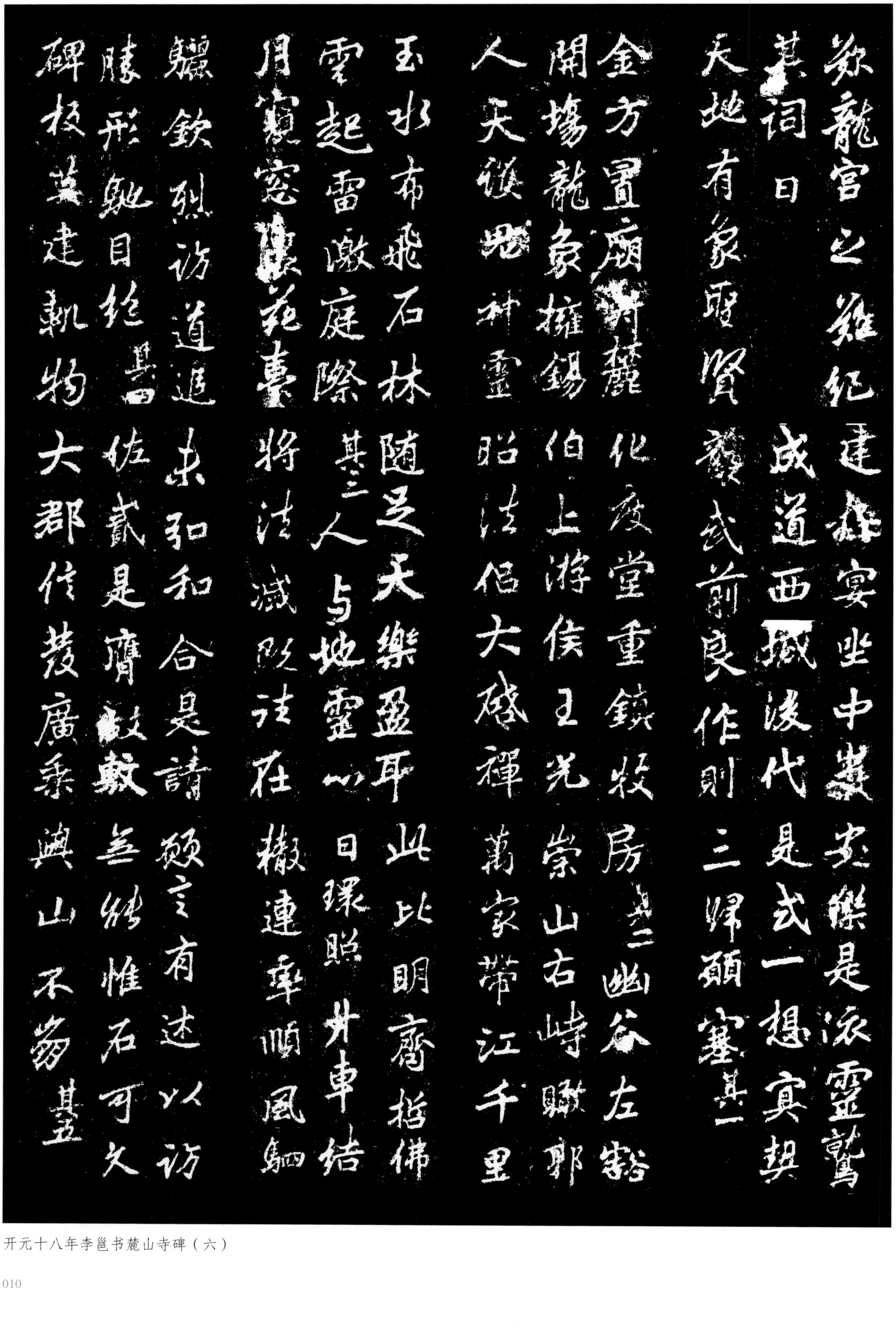
窈龍宮之難紀建森宴坐中襟安樂是派靈鷲
其詞曰
成道西域後代是式一想真契
天地有象聖賢發輝前良作則三歸頓塞其一
金方置廟青麓化度堂重鎮牧房其二幽谷左豁
開場龍象擁錫伯上游侯王光崇山右峙聯郡
人天從此神靈昭法侶大啓禪萬家帶江千里
玉水布飛石林隨是天樂盈耳此比明离指佛
雲起雷激庭際其三人与地靈以日環照井車結
月窺窗[illegible]花蔓將法滅所往在徹連乘順風駟
驪欽烈訪道退東弘和合是請頌言有述以訪
勝形勉目絕其四佐哉是齊[illegible]敷無然惟石可久
碑校莫建執物大郡信茂廣乘與山不朽其五

开元十八年李邕书麓山寺碑（六）

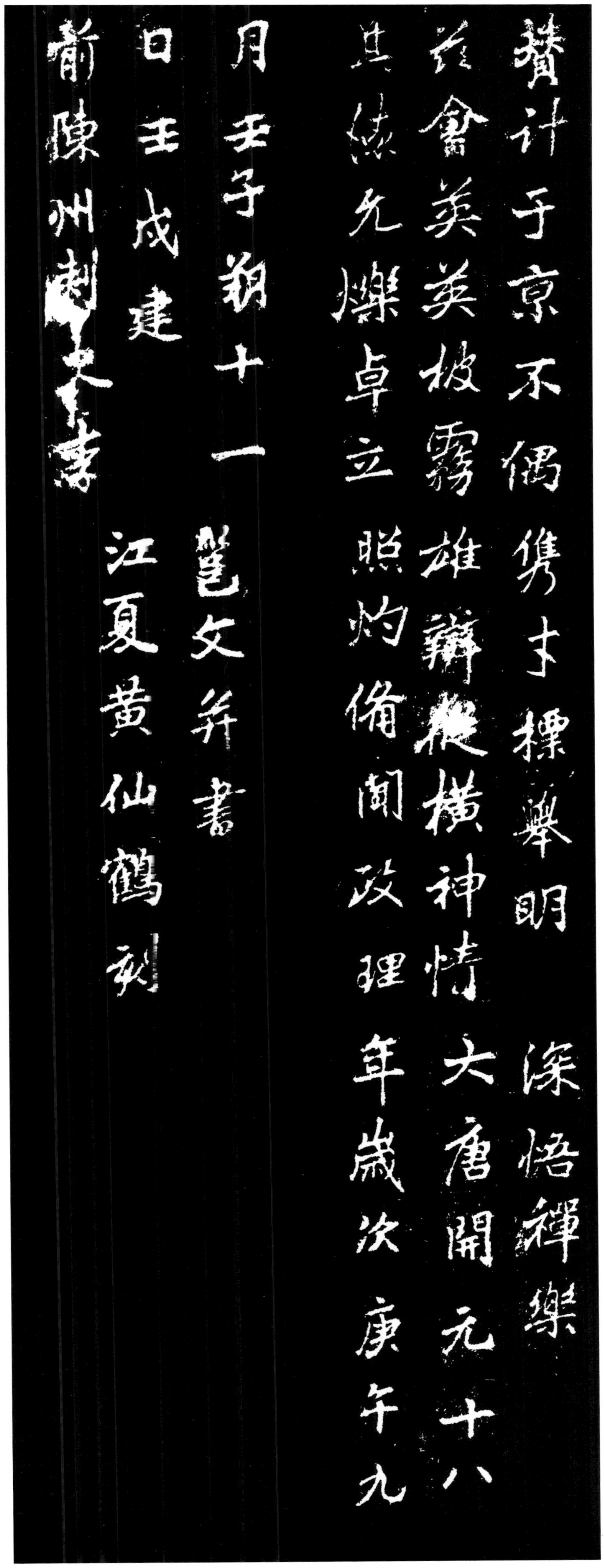
賛计于京不偶隽才標舉明 深悟禪樂
荘龕美美披霧雄辯[illegible]横神情大唐開元十八
其滌允爍卓立 照灼備聞政理年歲次庚午九
月壬子朔十一 邕文并書
日壬戌建 江夏黄仙鶴刻
前陳州刺史李

开元十八年李邕书麓山寺碑（七）

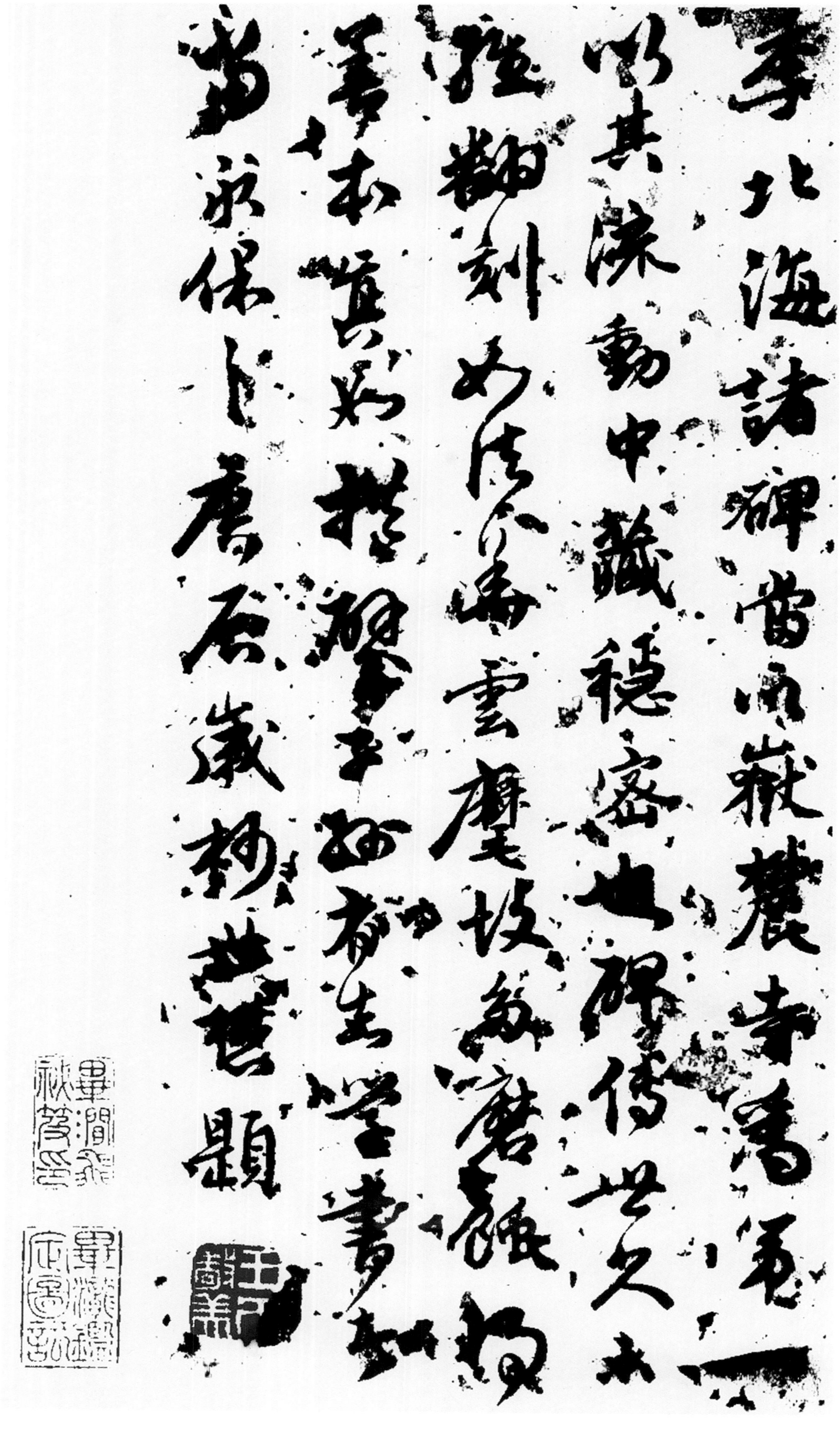

明・王世懋题跋

治性愛李括州書，兩於岳麓寺碑未見宋榻。頃遊關中，於撫署內獲觀竹癡主人此本，神彩完足，與時榻迥别。竹癡博古善鑒，多所收蓄，此特其先得所好之，名貴若此，歎歎耶。

乾隆四十年春二月花朝夢樓王文治觀并識

此帖乙未歲余見於西安撫署中，蓋竹癡山人物也。越十九年癸丑，而復見於武昌制署，則竹癡又貽其令兄靈巖公矣。靈巖、竹癡皆具精鑒，皆寓意而不留意，煙雲來往，聽其去留。顧余於數十年來往之間屢獲見之，豈非殘年之翰墨緣耶？因再題志幸。又李秀雲麾碑二種，皆竹癡物，亦神品也，今亦流轉他人矣。并記。文治

清・王文治题跋

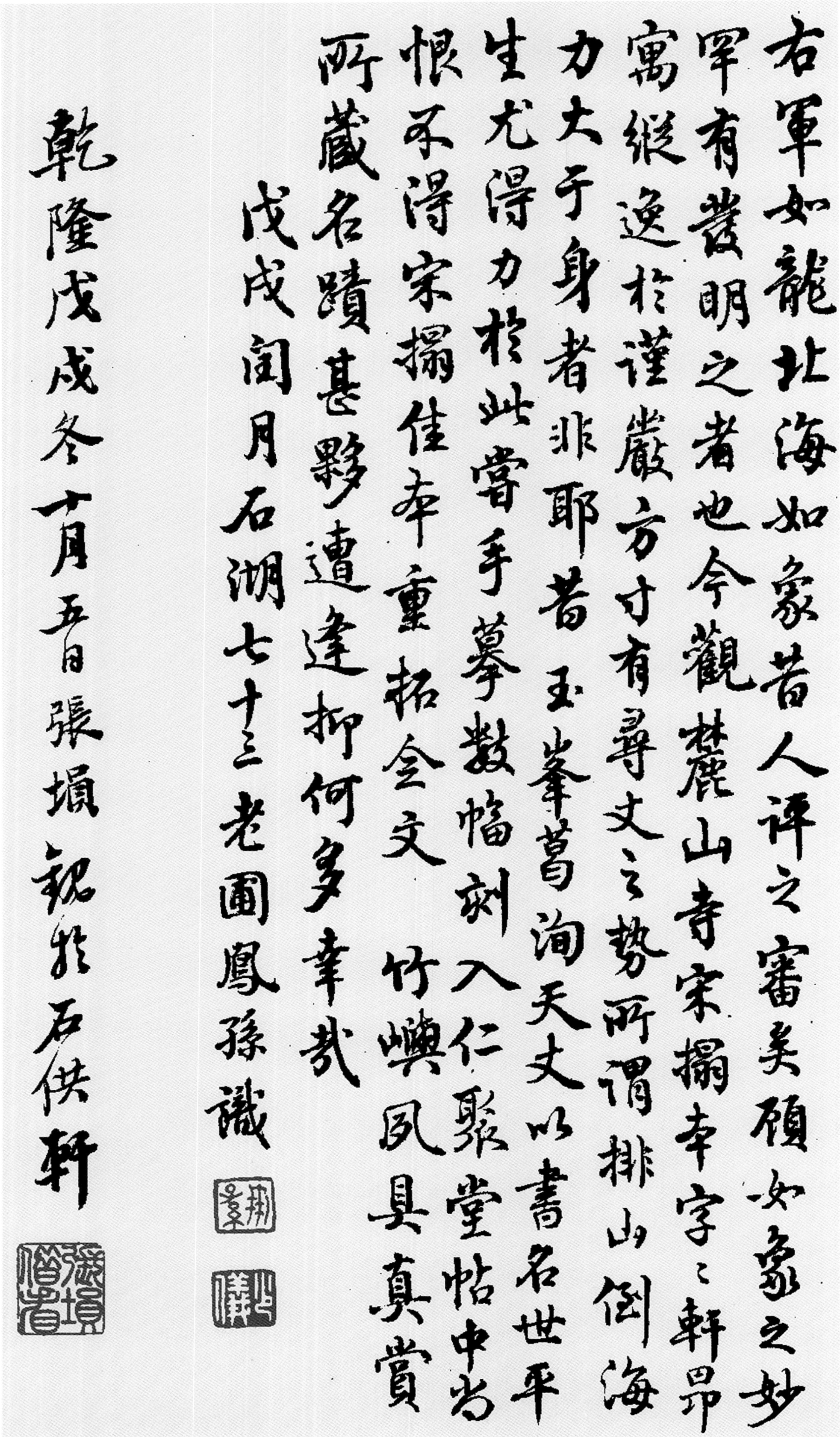

右軍如龍北海如象昔人評之審矣碩如象之妙罕有發明之者也今觀麓山寺宋搨本字字軒昂寓縱逸於謹嚴方寸有尋丈之勢所謂排山倒海力大于身者非耶昔玉峯葛洵天丈以書名世平生尤得力於此嘗手摹數幅刻入仁聚堂帖中尚恨不得宋搨佳本重拓全文 竹嶼凤具真賞所藏名蹟甚夥遭逢抑何多幸哉

戊戌闰月石湖七十三老圃鳳孫識

乾隆戊戌冬十月五日張塤觀於石供軒

清·张埙题跋

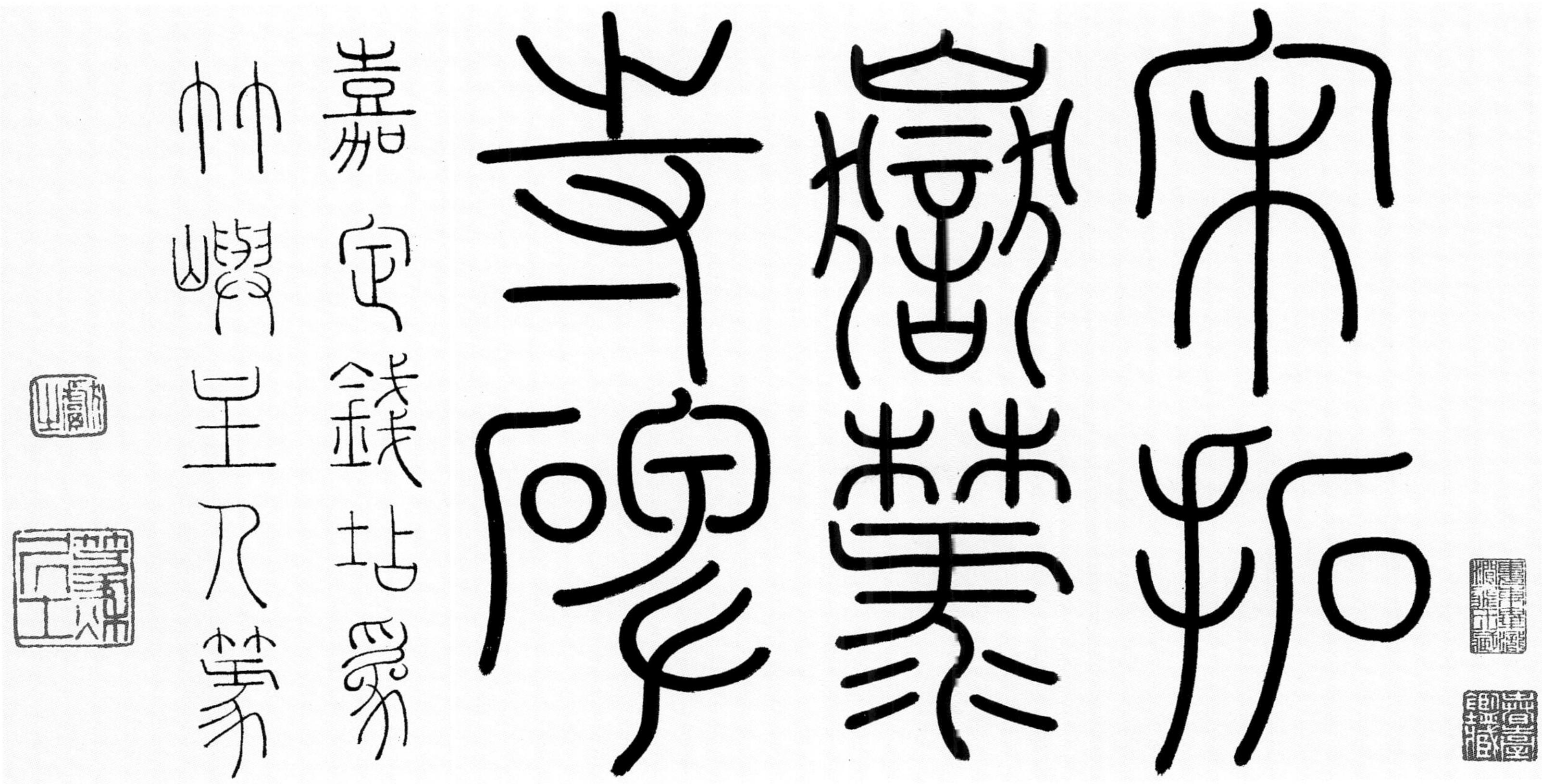

清·钱坫题款

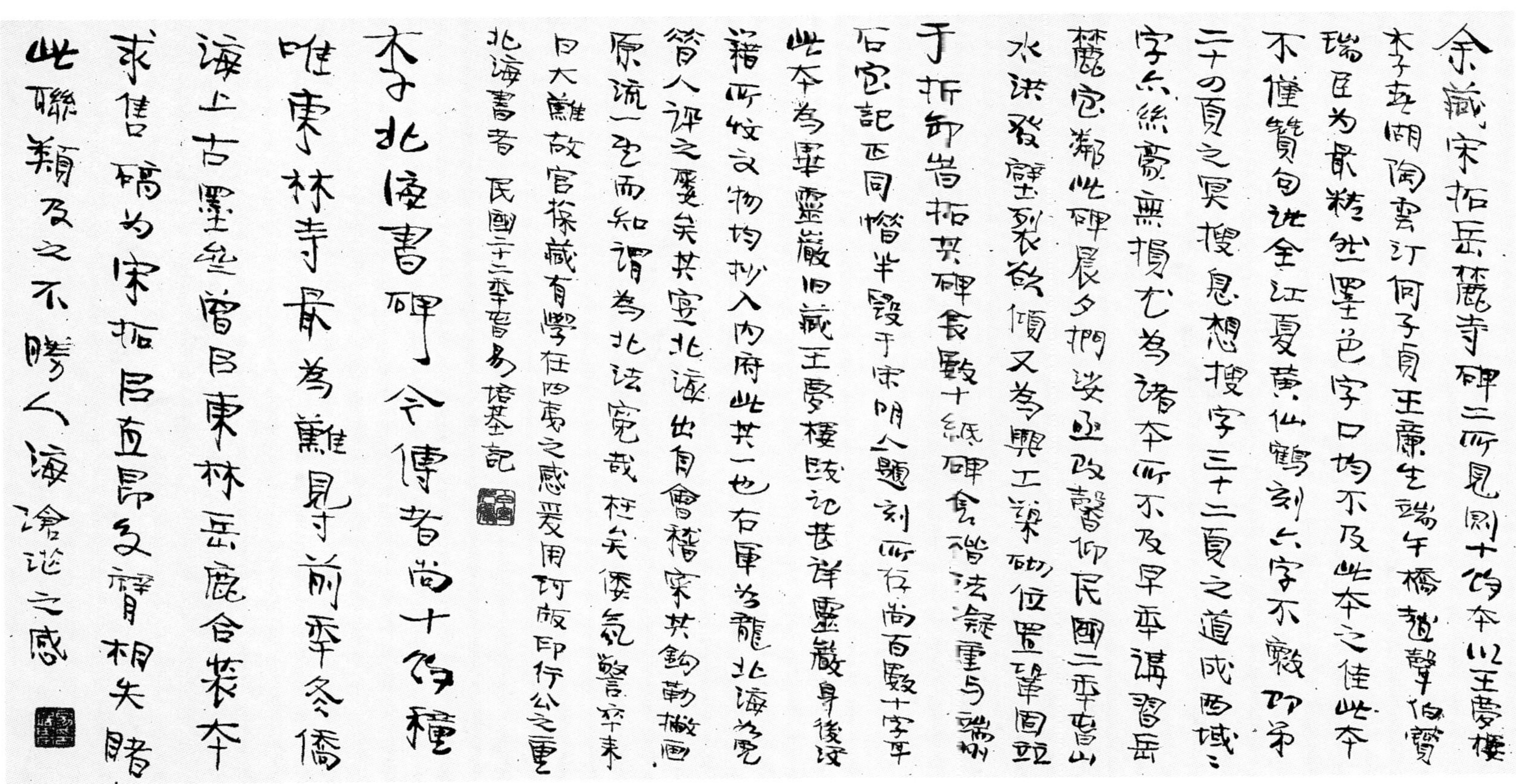

民国·易培基题跋

咸通八年彭城刘府君墓志铭

位置：望城区书堂乡古城村出土

质地：陶

规格：长48厘米，宽32厘米

释文：

彭城刘府君墓志铭

维唐咸通八年岁次丁亥八月建丁卯朔，潭州长沙县临湘乡普乐里，故玄宗之世紫金光禄大夫刘球公一十二世玄孙，洽公之子，孝廉璇公，立志葬斯焉。

公与儒墨终身，弓裘是习[1]。少而好□，不恃禄，能琴酒自怡，放旷山水，志慕易理，乐在诗言。记云：大德不官，大道不器，□□者也。故公能惠爱，美之里人兮；唯公好学，美之士人兮。劝以忠孝，猷子奉君亲兮；述乎不作，善而不□，谦让于君子兮。亦众子孙日仪一兮，宾友敬交□不惑兮。其德洸洸，竹帛可诔之不朽兮[2]。

时年寿六十，疾疢不疗，奄终于湘渚。夫人张氏，生一子三女，孝名茂著□□。府君葬斯□□，地名渡头，松竹苍翠，云泉□茂。势合音徵，理润人情，故安厝于斯焉[3]。颂曰：

维岑之峦[4]，峥嵘秀出，映带回□，周甸盘屈。青龙左腾，为禄为袟；白兽右蹲，咸□咸□；玄龟掩嶂，朱鸟当□[5]。连车拥盖，来牡千匹。松筠荟萃，佳城郁郁；葬之万古，图居太一[6]。子孙荣盛，为辅为弼。天文显彰，地理□□。水有蠙玑，陆有榛栗。湘月□凭，周风馝馝。铭□□□，书之兹室。

---

[1] 弓裘：即弓冶，谓世代相承。

[2] 诔：悼文。

[3] 音徵：和谐的音声；厝为停柩待葬，安厝即安葬。

[4] 岑：小而高的山。

[5] 白兽：即白虎；玄龟：即玄武；朱鸟：即朱雀。

[6] 佳城：墓地；太一：《史记·封禅书》："天神贵者太一。"又《天官书》："中宫天极星，其一明者，太一常居也。"此处谓居太一之所居。

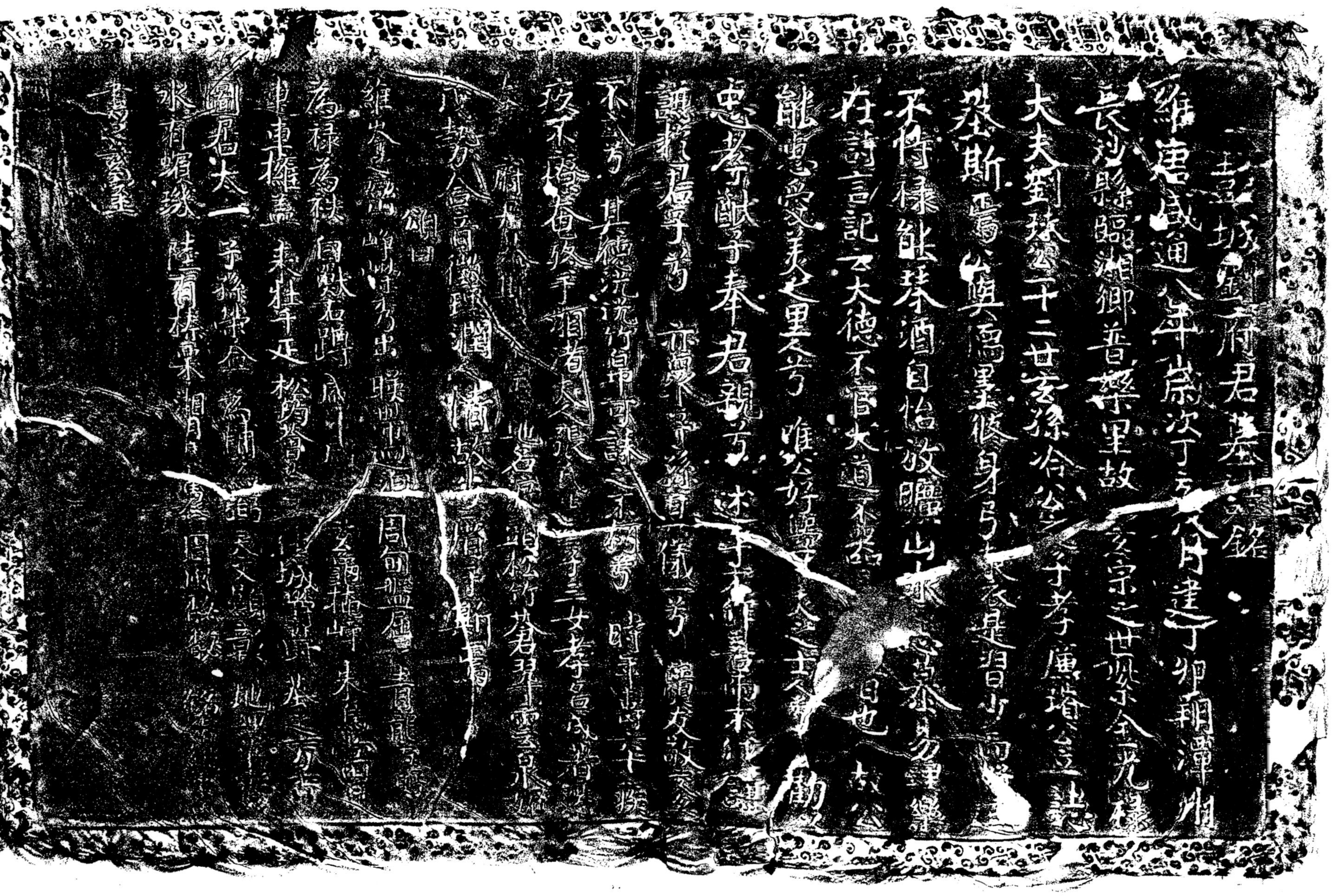

咸通八年彭城刘府君墓志铭

浏阳木平寺盐醋石碑

位置：浏阳市柹冲镇木平寺

质地：青石

规格：高 83 厘米，宽 41.5 厘米

释文：

盐醋石 [1]

胜地古迹　永远保护

唐代木平寺立 [2]

[1] 盐醋石即盐精石，又名凝水石、凌水石、寒水石。生卤地积盐下，卤液渗入土中，年久凝结成石，色佳者清莹如水精。

[2] 此六字疑是后刻。

浏阳木平寺盐醋石碑

元祐五年宋故朝散郎致仕胥公墓志铭

位置：开福区洪山桥九二一医院胥元矩墓出土

质地：青石

规格：长 90 厘米，宽 74 厘米，厚 7.9 厘米

释文：

宋故朝散郎致仕胥公墓志铭（志盖）

宋故朝散郎致仕上骑都尉赐绯鱼袋胥公墓志铭

左朝奉郎致仕云骑尉彭子民撰

宣德郎知越州余姚县事陆涣篆盖

婿乡贡进士彭子中书

公讳元矩，字和仲，世为潭之长沙人。曾大父讳乐钦，大父讳文思，皆隐德不耀。大父赠尚书工部郎中。父讳任，仕至光禄寺丞，累赠朝议大夫。公少有志于学，累举不第，以叔父翰林公荫补。试将作监主簿及鼎州桃源、复州景陵二县尉，移知忠州临江县[1]。丁朝议公丧，继丁母夫人丧。服除[2]，会从弟元衡当任远官，以母建康郡太君高年，艰于迎侍，公请代其行，遂调蜀之青城尉[3]。赵清献公自御史使蜀[4]，荐其才，就移邛之临邛县。秩满复调筠州军事推官，历蕲州防御判官[5]，零陵盐局岁课□□矢□□。公起奏请辟官专掌漕使，张公颙首以公廉[6]，其选大□□□□□入增羡荐者及格，改大理寺丞，签书桂阳监判官厅公事[7]。迁太□□□，移知昭州[8]，官制既行，换通直郎。公在昭平，不以远陋故鄙夷其民，政平讼理，郡人安之。到郡之明年，即表乞休官。外台诸公惜其去，乞留再任，会除代者章寝不报[9]，以奉议郎致其政而归。今上登极，恩迁承议郎，以子升朝，累封朝散郎。拜命之翌日，终于正寝，实元祐五年四月二十九日也，享年七十有五。公天资谦巽，居乡党恂恂乐易，唯恐有所忤，至其疾恶少容，则无所顾避。喜周人之急，不计其家之有无。仕宦多邅回，故其才不大肆[10]。挂冠八年，每以一觞一咏，留连宾游，为燕间之乐，以此自终，可谓达矣。公之事业之详，则载于墓表，今仅其概纳诸圹中。有诗二十卷，曰《琅邪集》。娶戴氏，封仁寿县君。子男四人：彦回，左承议郎通判建昌军；彦明、彦迪、彦博皆举进士。彦明、彦迪累□□偕，彦明先公而卒。女四人：

---

[1] 鼎州：今常德市；景陵：今湖北天门市；临江：今重庆忠县。

[2] 服除：除去丧服，即服孝结束。

[3] 从弟：堂弟；青城：约今都江堰市，宋属永康军。

[4] 赵清献公：赵抃（1008–1084），字阅道，衢州西安（今衢州市）人。景祐元年（1034）进士，官至殿中侍御史、资政殿大学士。曾于治平元年（1064）知成都府。赵抃为官清廉，与包拯齐名，由于面黑，人称“铁面御史”，后代戏曲中包拯的形象便融入了赵抃的元素。元丰七年（1084）薨，谥“清献”。《宋史》有传。

[5] 筠州：治今江西高安县；蕲州：治今湖北蕲春县。

[6] 张颙（1007–1086），常德桃源县人，官至湖南路转运使知鄂州。其墓于 1976 年在常德河洑镇出土。

[7] 增羡：增加羡余，此句谓符合推荐晋升的条件；桂阳监：治今桂阳县，北宋为监，同下州，南宋绍兴三年升为军，较监略高而较州略低。

[8] 昭州：治今广西平乐县。

[9] 寝：搁置，扣押。

[10] 邅回：周折，不顺利；肆：发挥。

元祐五年宋故朝散郎致仕胥公墓志铭

适进士杨羽、许需、彭子中、李伯玉[1]。孙男九人：廷老、楚老、桂老、纯老、岩老、国老、莘老、昭老、渭老。以某年十月二十九日庚申葬公于长沙县明道乡湖碛里斗门塘之原[2]。公实子民先大夫之女婿也，故熟其行事。谨为之铭曰：

□履不愆，于仕则邅。安若命焉，寿考康宁。□德烝烝，五福是膺。泽厚流光，子孙阜昌。孰云其亡，有幽斯宫。刻铭其中，传之无穷。

---

[1] 适：嫁与。

[2] “某年”为元祐五年（1090），本年十月朔日为壬辰，至庚申便是二十九日。

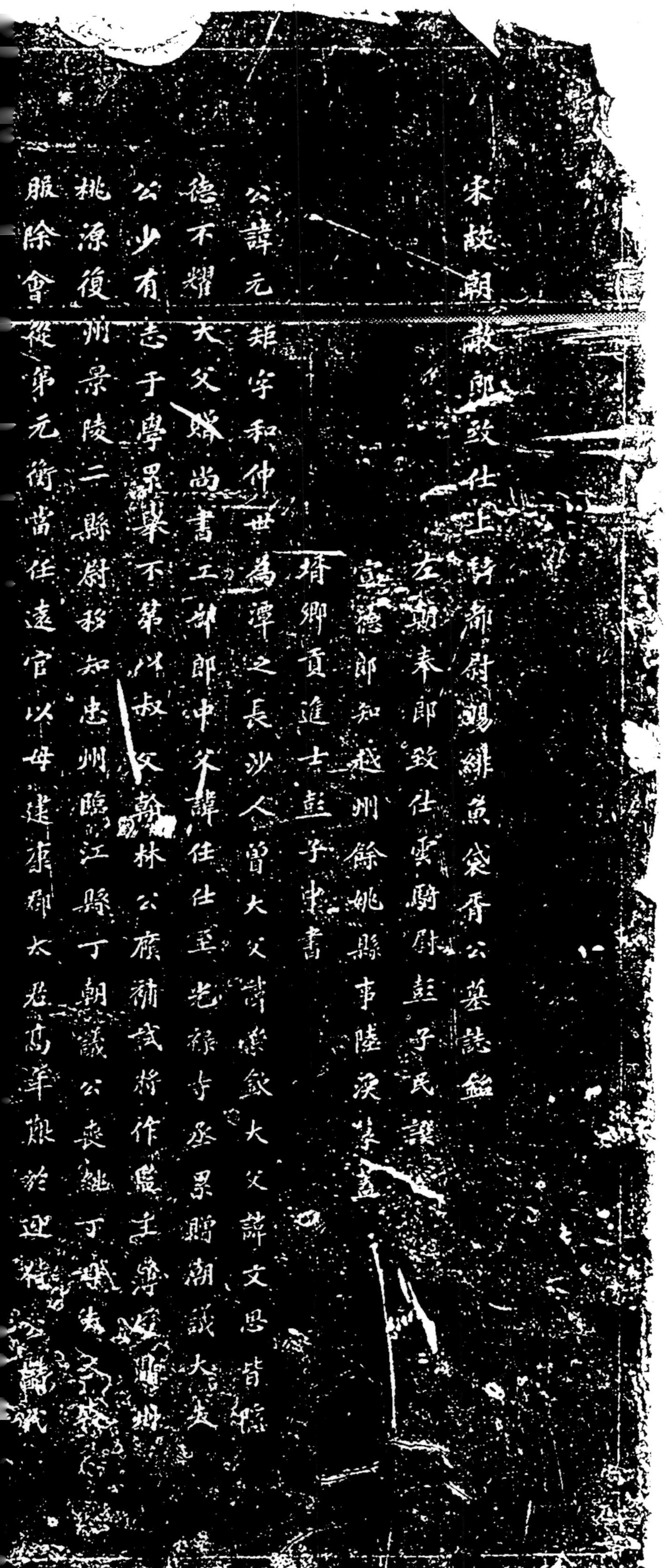

元祐五年宋故朝散郎致仕胥公墓志铭

嘉定岳麓山禹碑[1]

位置：岳麓区岳麓山北峰
质地：砂岩
规格：高 184 厘米，宽 140 厘米

释文三种：

承帝曰咨，翼辅佐卿。洲渚与登，鸟兽之门。参身洪流，而明发尔兴。久旅忘家，宿岳麓庭。智营神折，心罔弗辰。往求安定，华岳泰衡。宗疏事裒，劳余伸禋。郁塞昏徙，南涂衍亨。衣制食备，万国其宁，窜舞永奔。——明　新都杨慎识

承帝曰嗟，翼辅佐卿。水处与登，鸟兽之门。参身鱼池，而明发尔兴。以此忘家，宿岳麓庭。智营形折，心罔弗辰。往求平定，华岳泰衡。宗疏事裒，劳余伸禋。赢塞昏徙，南暴昌言。衣制食备，万国其宁，鼠舞蒸奔。——明　靖阳沈镒识

承帝令袭，翼为援弼。钦涂陆，登岛泻，端乡邑。仔麄流船，暗歇迟眠。即夙迄冬，次岳麓 。陌裂岳析，蹓罔堕躔[2]。往求出窍，华恒泰衡。嵩陲事裒，献稃挺禋。郁浚垫徙，南暴幅员。节别界联。魑魅夔魈，窜舞蒸 [3]。——明　南昌杨时乔识[4]

何致跋：

右帝禹刻南岳碧云峰壁间，水绕石坛之上，何致于一以论事去国寻幽得之，众谓虞夏之书，刊之于此，详记在山下。

---

[1] 嘉靖《湖广图经志书》卷十二："神禹碑，在岣嵝峰，又传在衡山县密云峰。徐灵期曰：禹治水，碑皆蝌蚪文字。昔樵者见之，自后无有见者。"又卷十二："按《舆地纪胜》云，在夔门。宋嘉定初蜀士因樵夫引至其处，以纸打其碑。凡七十二字，皆不可晓。而以摹本刻之观中，后俱亡。"又据《石刻史料新编》第三集："后佥事张季文自长沙得之，云自嘉定中何致摩刻于岳麓书院，凡七十七字。"此应即现存碑刻。

[2] 蹓：音 jiào。

[3] ：音 lín。

[4] 据《石刻史料新编》第三集，还有郎瑛释文："承帝曰嗟，翼辅佐卿。水降舆发，鸟兽交行。参身若流，祈明癸酉兴。以此忘家，宿岳麓庭。智营神折，心罔不长。往求平定，华岳泰衡。宗疏事裒，劳锡伸禋。郁塞昏徙，南渎衍亨。衣制食备，万国首宁，窜舞永奔。"

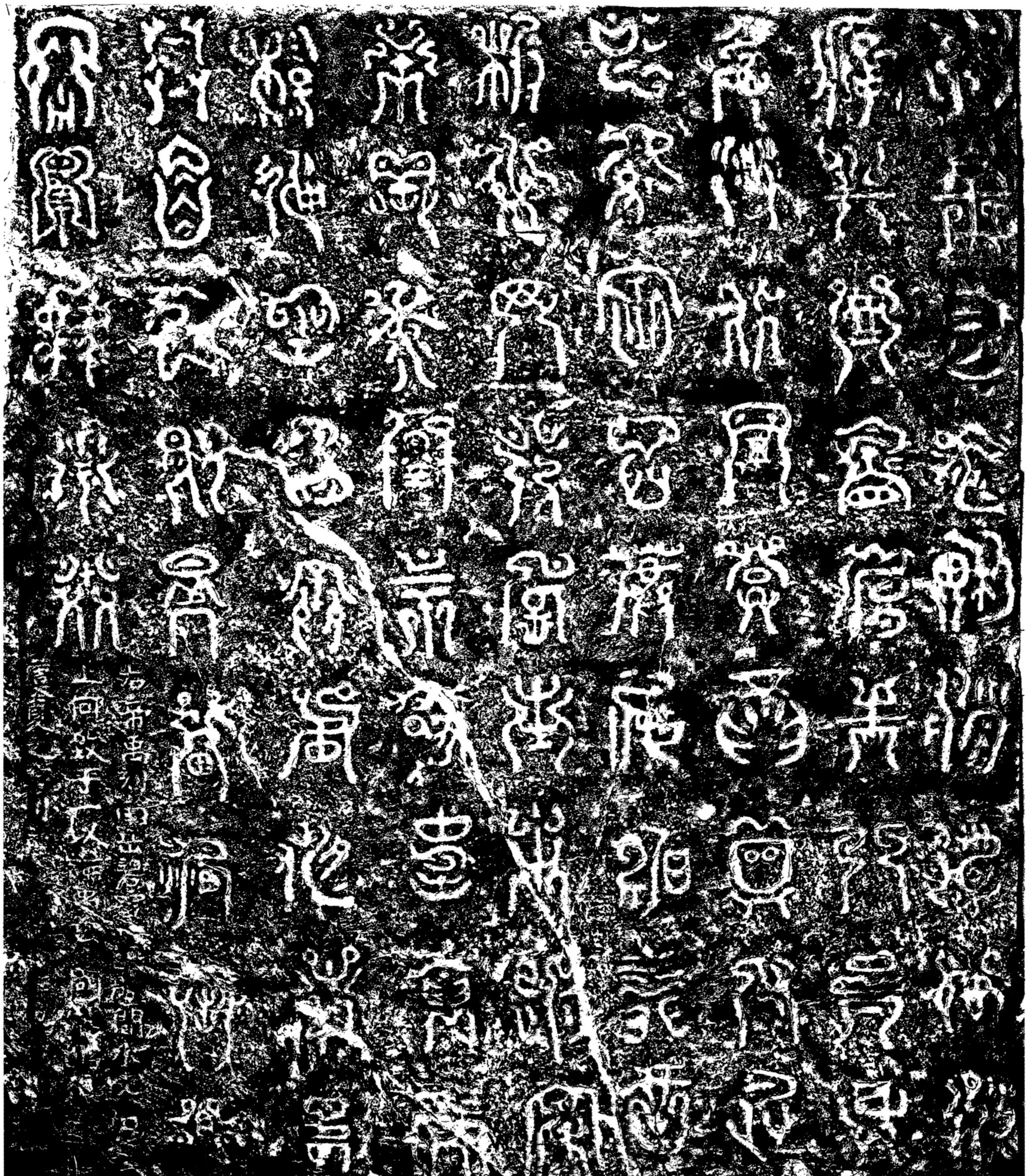

嘉定岳麓山禹碑

嘉定岳麓山张之才禹碑题记

位置：岳麓区岳麓山北峰

质地：砂岩

释文：

大宋嘉定，禹碑刻成，乐舞增光。宋张之才[1]。

[1] 前引文献中并未言及张之才，只有张季文。《全宋诗》卷一二七七有张之才，字次文，辽（今山西左权）人。绍圣初（1094）曾任泽州阳城县令。然而此张之才为北宋后期人，而题禹碑者则南宋中叶嘉定间（1208–1224）在世，两者相差一百多年。是否绍圣为绍定之误，而张季文是否也是张次文之窜讹，尚待考证。

嘉定岳麓山张之才禹碑题记

淳祐三年大圣庙集福祈求碑

位置：浏阳市澄潭江镇大圣庙
质地：青石
规格：高 100 厘米，宽 68 厘米，厚 6 厘米

释文：

张琪、张□□、郭文德、郭文富、郭文明、易文德、易文富、张□庆、黄春、易□□、□□明、□□、黎昌□、黎昌□、黎昌华、黎昌宗、张彦超、张彦皋、张彦文、张琮、张祐新、袁必胜、黎茂昌、黎昌寿、黎仲选、易支□、黎昌言、黎昌贤、黎茂昭、黄彦忠奏具上申众神□舍力扛碑石等。今其大圣元日关会十二庙往来集福祈求。永保枫梓庙，立正殿会首名目：

崇福阴敕庙，主盟首刘琮；大塘土地庙，干缘首张叔明；西源土地庙，张邦泰、张彦祥；浆坑阴敕庙，张兴宗、张应龙；周田道官庙，张应祥、张作信；上柜木庙，舍庵地张玉才；下柜木庙，干缘首张天锡；更楼□庙，舍碑石张彦聪；石陂土地庙，张彦才、黎文胜；长乐三官庙，住庵道友张作信。

癸卯淳祐三年三月初三日立碑众会首等。

待试□学正会张应龙书丹。

淳祐三年大圣庙集福祈求碑

永乐十一年谷王乳母张妙寿墓圹志

位置：望城区含浦街道蚂蚁山明墓出土

质地：青石

规格：高 80 厘米，宽 60 厘米，厚 11 厘米（志盖）

高 80 厘米，宽 59.5 厘米，厚 11 厘米（志）

释文：

张氏妙寿之墓（志盖）

故张氏，名妙寿，王之乳母也[1]。时洪武十二年入宫，以夫族无所归，遂留居宫中。后从分封上谷，及随改封长沙。以颐老奉佛为事，享年七十，永乐十一年六月初十日卒。其年十二月十五日，葬善化县长乐乡十九都内山之原[2]。王书其事，命臣愈祖述以志岁月。是用刻石，纳诸墓云。

大明永乐十一年岁在癸巳十月吉日，将仕左郎、谷府伴读臣赵愈祖奉教谨志。奉议大夫、左长史臣张遁篆盖。副使臣曹公启谨书。

---

[1] 据《明太祖实录》和《明太宗实录》：太祖第十九子朱橞生于洪武十二年（1379）四月十四日，张妙寿此时入宫为其乳母。洪武二十四年（1391）四月，册封朱橞为谷王，初藩宣府（今河北宣化），为上谷之地，故名。洪武二十八年（1395）之国。建文四年（1402）迁长沙。张妙寿随其迁徙，永乐十一年（1413）卒。永乐十五年（1417），谷王朱橞因谋逆罪废为庶人，国除。张妙寿所幸未与之同辱，尚得荣寝。

[2] 善化县：宋元符元年（1088）置，大致以今五一大道为界，北属长沙县，南属善化县。

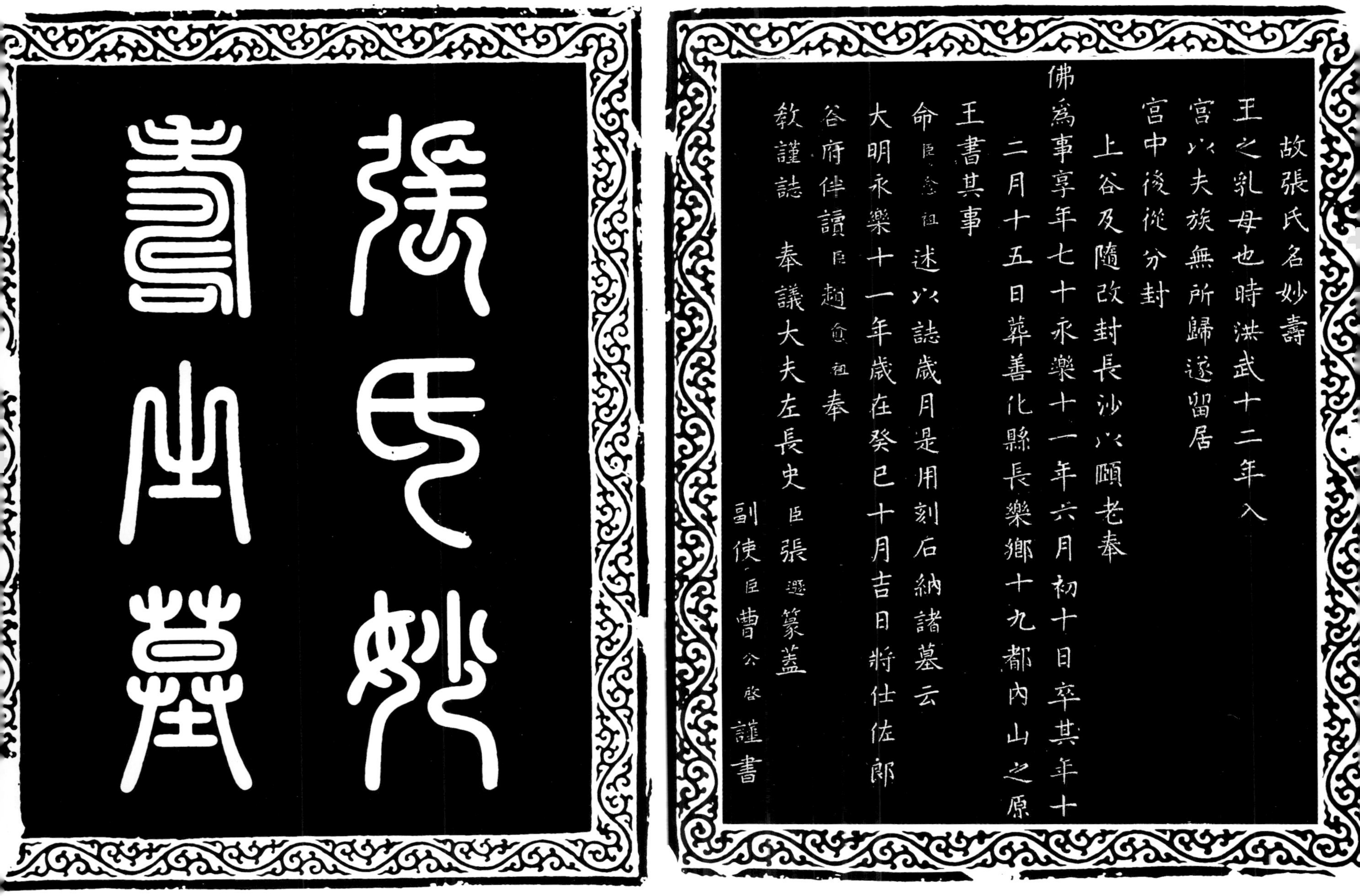

永乐十一年谷王乳母张妙寿墓圹志

正德二年杨氏毛定孺人买地券

位置：浏阳市博物馆藏

质地：青石

规格：边长 47 厘米，厚 5 厘米

释文：

维大明正德二年岁次丁卯三月甲辰朔，越葬日丁卯。贯属湖南长沙府浏阳县，住城西隅壕上关王祠下人氏，明故信女杨氏毛定。原命系戊申年十一月初六日辰时受生，得年七十六岁，大限终于弘治十六年四月二十九日约戌时分下世。亡者存日准备冥财、冥物九万九千九百九十九贯，凭中张坚固、李定度交与开皇盘古大帝[1]，买到寿地一穴□□□□□□□东天茅岗，迁作癸山丁向，兼地支三分安葬灵骸。其地左至青龙，右至白虎，前至朱雀，后至玄武，上至青天，下至黄土，惟有中央寿地尽□□□□□官。如有下邪魍魉、古墓伏尸、竹木精灵、泥泉石怪、坛庙等□□□□□，但亡者执此文券，便请九牛仙师解赴酆都[2]，依按女青天律治罪。施行安葬之后，务要龙神拥护，嗣息繁昌，千□□□，粟朽贯陈[3]，家生贵子，代代为官。内有青云生，须至此照为盼。右给付信女杨氏毛定大孺人执照。天运正德二年三月廿四日。

出卖人，盘古帝；左邻人，东王公；右邻人，西王母；中保人，张坚固；见钱人，李定度；挑钱人，□□□、水□□；迁地人，九天□。

正德二年杨氏毛定孺人买地券

[1] 买地券中财物数字及人物均为虚拟。

[2] 酆都：阴曹地府。

[3] 粟朽贯陈：粮食腐烂，钱串陈旧。谓家道富足，享用不尽。幻想的美好愿景，下同。

嘉靖四年重修张魏公父子祠堂记残碑

位置：宁乡市巷子口镇官山村

质地：青石

释文：

其一：

……诛僭逆，以清中……上下。虽困于谗……欲之分义利之……手书谕南轩兄弟……葬焉。至是盖三百余年矣，坟墓所在……令甲有之，凡忠臣烈士，有功德于国家及……著。而南轩之学，师表百世，从祀孔庙，达之天下。今其……南轩书院。又买田四十亩，以备时享之用，门庑……公乡后学也，属为文，刻于神道之石，且檄下广汉访其……观□□□□□告其君……学以心为主，一心合天，何……自归，敌仇……贤学问中来，非汉唐以下……古亲贤以自辅。是即魏公之说也。有宋一……皆足以名当时而传后世。乃若学术议论视魏公之于南轩……为齐人。侍御君思贤尚友，而乐成人之美，县侯为政……

按：上碑为明代杨廷和撰，见于雍正《四川通志》、乾隆《长沙府志》和同治《宁乡县志》，题为《重修张魏公父子祠堂记》，附录全文于下。录自乾隆《长沙府志》卷四十一。

重修张魏公父子祠堂记　（明）杨廷和[1]

宋丞相魏国张公浚在中兴号为贤相[2]。初折张邦昌之议，平苗、刘之乱，其风声气节已耸动天下[3]。既秉枢轴[4]，毅然以恢复自任，誓欲攘夷狄，诛僭乱，以清中原。表著天心，扶持人纪，引擢贤俊，因才授任。远人伺其用舍为进退，天下占其出处为安危。忠君体国之诚，直与诸葛孔明相望于千百载上下。虽困于谗忌，屡起屡踬，功未克就，而志不少衰。其子右文殿修撰栻，颖悟夙成，魏公教之一以仁义忠孝之实。又受业胡五峰之门，其为学惓惓，于理欲之分义利之，朱子推之，以为大本卓然[5]。先有所见，已非其匹，学者称为南轩先生。尝参赞魏公督府，诸所综画，幕中人皆以为不及。魏公寝疾，持手书谕南轩兄弟曰："吾不能恢复中原，以雪祖宗之耻，死不当归葬先人墓左，葬我衡山下足矣。"乃葬之宁

[1] 杨廷和（1459—1529），字介夫，四川新都人。成化十四年（1478）进士，历官、南京吏部左侍郎、文渊阁大学士、吏部尚书等，终首辅。嘉靖八年（1529）卒，谥"文忠"。《明史》有传。

[2] 张浚（1097—1164），张栻父，字德远，号紫岩。政和八年（1118）进士及第，官至尚书右仆射、同中书门下平章事兼知枢密院事等职。绍兴间，力主抗金，重用岳飞、韩世忠等抗金名将。秦桧擅权，浚贬斥于外近二十年。孝宗时复出，进封魏国公。隆兴二年（1164）卒，年六十八，谥"忠献"。《宋史》有传。张浚一生著述颇丰，多已佚，所存稿《全宋文》辑为十七卷。

[3] 苗、刘之乱，即苗傅、刘正彦为乱。建炎三年（1129），高宗以王渊代叶梦得任同签书枢密院事，扈从统制苗傅、刘正彦以王渊升显职而心忌，且内侍康履等恃恩尊大，为诸将所嫉。故苗、刘乃以刘光世为殿前都指挥使，令百官入听宣制，又命王世修伏兵城北桥下，待渊退朝，刘正彦斩渊，随斩康履。苗傅迫高宗传位于皇太子，请隆祐太后听政，高宗从之。四月，张浚、吕颐浩会兵征讨苗、刘等。韩世忠自盐城由海道赴杭州，途经常熟，至平江（平江府，今江苏苏州），与张浚商定大计。于是张浚、吕颐浩等上疏请高宗复位，苗傅、刘正彦等惊恐，率精兵二千夜出涌金门，拟趋闽。时吕颐浩、韩世忠已率军入杭，杀苗傅及刘正彦，高宗复位。

[4] 枢轴：朝廷要职。

[5] 胡五峰：胡宏，字仁仲，给事中胡安国之子。博学宏思，著述颇丰，人称五峰先生。张栻师事之，后栻与宏为儿女亲家。朱子：朱熹。

乡沩山之南。后南轩卒，亦祔葬焉。至是盖三百余年矣，坟墓所在，鞠为榛莽[1]，土人父兄亦鲜有知之者。

凤阳胡侯明善，以名进士补令宁乡[2]。居一年，政通人和，访而得之，怃然叹曰："令甲有之，凡忠臣烈士，有功德于国家及惠爱在民、事迹昭著者，列于祀典，其祠墓禁人毁撤。若魏公所建立，载在信史，昭如日月，正应令甲所著。而南轩之学，师表百世，从祀孔庙，达之天下。今其祠墓在一邑者，顾芜秽不治，非我有司之责而谁也？"于是亟取赎之余，建专祠各四楹，其右则南轩书院。又买田四十亩，以备时享之用。门庑秩秩，缭以周垣，俎豆再陈，衣冠动色。会衡山刘侍御瓛持节按蜀，过家见而悦之。既之蜀以告予，谓予魏公乡后学也，属为文，刻于神道之右，且檄下广汉，访其遗胤。予惟贤人君子之用于天下，不患无才而患学术之不足，不患无学而患所学之不正。尝观魏公之所以告其君矣，曰："人生之学，以心为主，一心合天，何事不济？"又曰："所谓天下之公理而已，必兢业自持，使清明在躬，则赏罚举措无有不当。人心自归，敌仇自服，其本然自圣贤学问中来，非汉唐以下诸子规规于功利之末者。"比至南轩，每进对必自明于心，其言曰："此心之发即天之所存，愿时加省察，而稽古亲贤以自辅。"是即魏公之说也。有宋一代名臣，若范仲淹之于纯仁，韩琦之于忠彦，吕夷简之于公著[3]，前启后承，其诗书之泽，事功之盛，皆足以名当时而传后世。乃若学术议论视魏公之于南轩或有间也，尚论者于魏公容有责备之意，而其大处终不可泯。予是以表而出之，观者幸勿以予为齐人。侍御君思贤尚友，而乐成人之美，县侯为政而急于先务，皆可书也。故为之记[4]。

按：另还有两方残碑亦为杨廷和《祠堂记》残碑，但两者文字有重合，因而应是内容相同的两方碑，附录于下。

其二：

重修张魏公父子［祠堂记］

宋丞相魏国张公浚在……任，誓欲廓清中原，表著……直与诸葛孔明相望于……一以仁义忠孝之实，又受……匹，学者称为南轩先生。常……原，以雪祖宗之耻，死不当归……坟墓所在，鞠为榛莽，土人父……令甲有之，凡忠臣烈士有功……于日月，正应令甲所著。而南……也。于是亟取赎之余，建专……动色。会衡山刘侍御瓛持笏……子之用于天下，不患无□而……正一心合天，何□不济。又曰……自服其本源……所存愿时加省察……著，前启后承，其诗书……容有责备之意□其□□终……而急于先务，皆□书也，故……

其三：

……蜀以告……而患所学之不……持使□□□□□赏罚举措无有……对必自盟于心其言曰□□之发即天理之……吕夷简之于公著，前启后承，其诗书之泽……而其大处终不可泯。予是以表而出之观者……

---

[1] 鞠：高。

[2] 嘉靖《长沙府志》卷二，宁乡知县有"嘉靖元年（1522），胡明善，霍邱人（霍邱明代属凤阳府），进士"。

[3] 范仲淹与范纯仁，韩琦与韩忠彦，吕夷简与吕公著均为父子，《宋史》均有传。

[4] 刘瓛按蜀在嘉靖初。《明世宗实录》卷四八：嘉靖四年（1525）二月"四川巡抚王珫巡按刘瓛各上其事"。但杨廷和《祠堂记》应在嘉靖四年（1525）前，因宁乡知县胡明善嘉靖四年已离任，继任者为王勋。

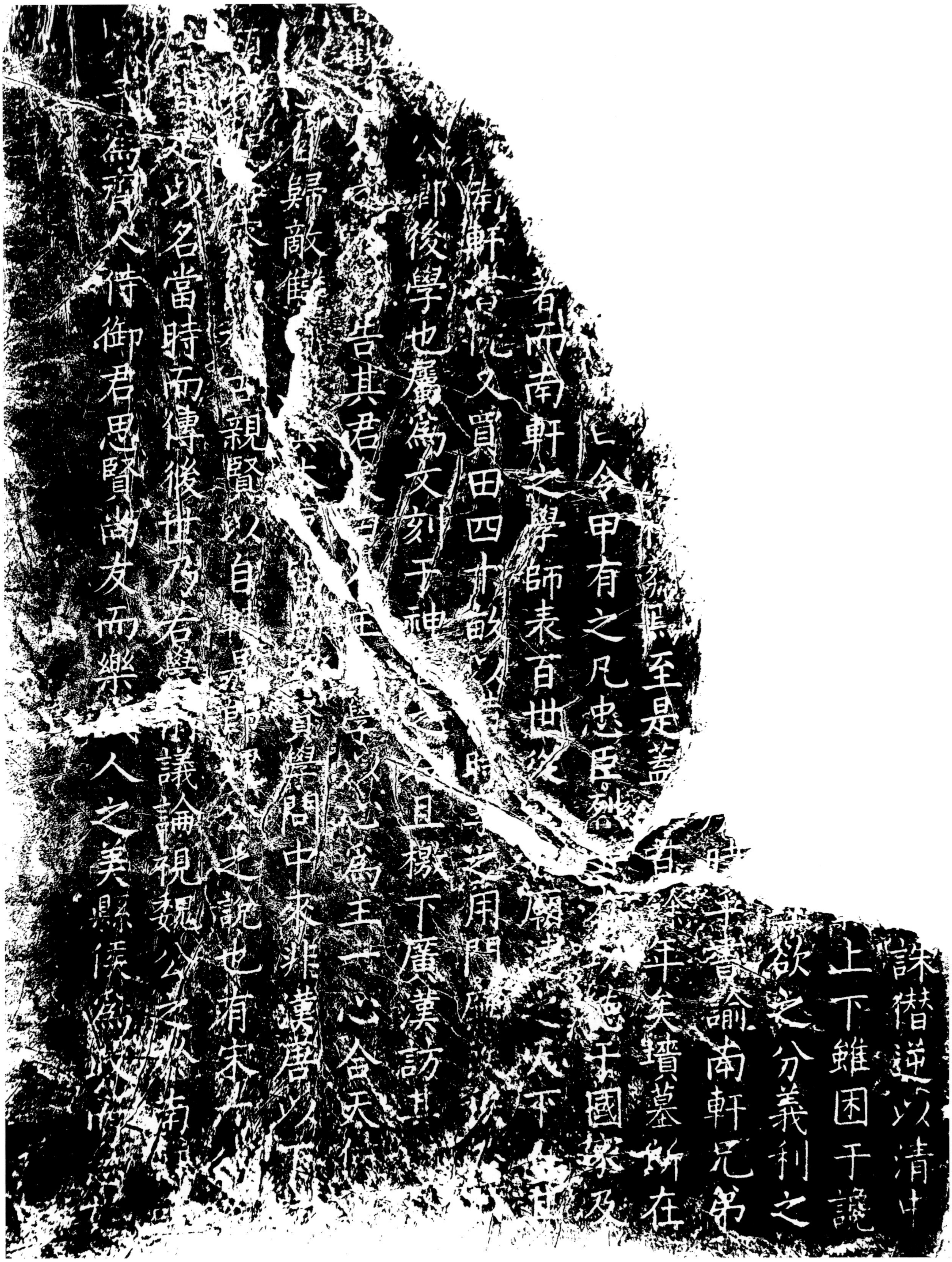

嘉靖四年重修张魏公父子祠堂记残碑其一

嘉靖四年重修张魏公父子祠堂记残碑其二

嘉靖四年重修张魏公父子祠堂记残碑其三

嘉靖七年大明吉简王圹志

位置：雨花区跳马镇跳马涧出土
质地：青石
规格：长 97 厘米，宽 77 厘米

释文：

大明吉简王圹志（志盖）

大明吉简王圹志文

王讳见浚，乃英宗睿皇帝第五子，母宸妃万氏。天顺元年三月初六日册封为吉王。嘉靖六年七月二十日以疾薨，享年七十二岁。妃张氏，子一、女一、孙一、女孙二、曾孙一、曾孙女一。讣闻，上辍视朝三日，遣官谕祭，命有司治丧葬如制。昭圣康惠慈寿皇太后及文武衙门皆致祭焉。以嘉靖七年十月二十三日葬于关山之原。呜呼！惟王宗室至亲，享有大国，宜永寿年，夫何一疾，遂至不起，岂非命耶！爰述其概[1]，纳诸幽圹，用垂不朽云。

[1] 爰：于是，乃。

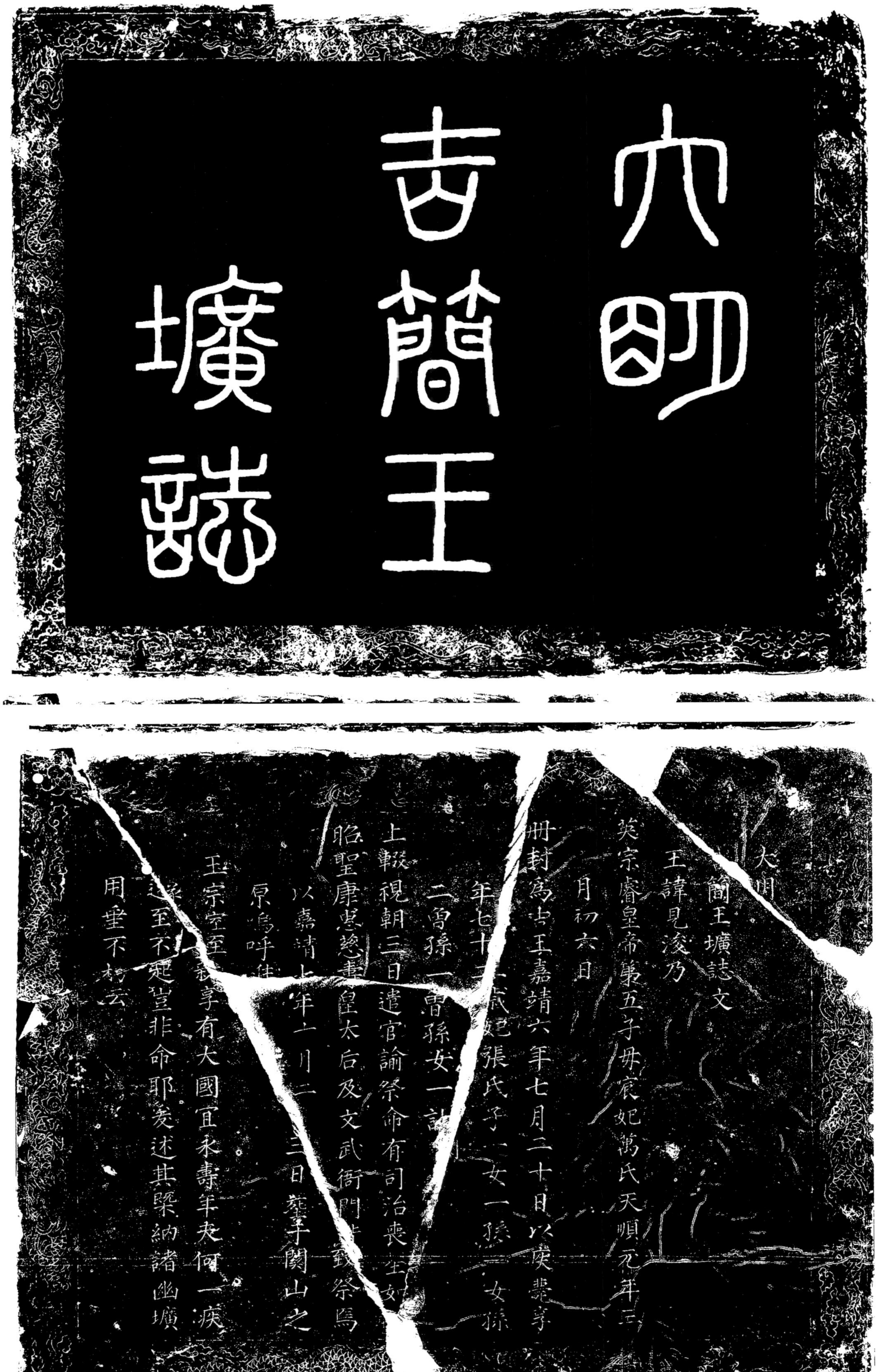

嘉靖七年大明吉简王圹志

嘉靖七年大明吉简王墓志

位置：雨花区跳马镇跳马涧出土

质地：青石

规格：长 89 厘米，宽 84 厘米

释文：

大明吉简王墓志（志盖）

大明吉简王墓志铭

赐进士出身中顺大夫、知松江府事刑部尚书郎中长沙熊宇撰

赐进士第进阶朝列大夫吉府左长史前□□□佥事□燕杨节书

赐进士第奉政大夫吉府左长史江东杨□篆盖

王讳载《玉牒》，为英宗睿皇帝第五子，母宸妃万氏，以景泰丙子夏六月九日诞生南清宫。明年天顺改元，春三月六日［册封诸王］[1]。英宗异而爱之，命礼部所司造金册宝，封为吉王。乙岁赏封出异数焉。成化乙酉，宪宗纯皇帝敕礼部尚书及会昌侯孙继宗、司礼太监许安□行冠礼，还谒太庙，昭成德也。旋命代行常礼。越历八载，王出阁。帝选承奉林静辈辅相于内，推翰林检讨张廉、李晟为长史，辅导。□□铨。拨仪卫□□武职校军以卫侍□□□。帝敕礼部及司礼太监覃昌选贤淑以作配，礼金吾右卫署都指挥佥事张通长女特授金册，封为王妃。乙未，帝择长沙为善地，敕内官太监唐宏、工部郎中刘琛相基建国。丁酉秋，帝命王之国。先期诣天寿山恭辞长陵、景陵、献陵、裕陵。帝御奉天门，亲赐剑乙[2]，曰：此祖宗之制，与王使继□。《祖训》曰：此祖宗遗训，凡事依此行。复赐珍珠衮龙袍、九龙角宝、□王□略，□□佩德也。谢辞而……帝命祭承天门，礼成，升马。命司礼太监怀恩辈送出长安门。敕内官司太监……南京恭谒孝陵，遵帝命也。既至国，恪守《祖训》，□崇大体天□□□□望之敬畏，近习□肆违□既觉，□之不私……国中髦乂綮祯成造，有蹶然日兴者。珍重儒术□章经籍，四书□迹，正韵诸典，刊布中外，日□□传湘西溁湾□，岁久冲决，人病涉焉。乃布以石，不计费资，屹底成绩载道嘉赖。□□□□□□□□□尽天巧臣……祖宗，深度严谨，凡事遵守，慎勿怠忽。曰：百姓财物汗血之资，以理制用，不可苛取。□□□□游燕在□□□□□□养敬臣下以交修，可不谓穆穆宜君，不忘旧章者哉。嘉靖丁亥秋七月二十日，王婴痰疾弗豫[3]，召世孙□□暨承奉李献、长史杨节、顾□粥诣前曰：千秋后丧葬礼仪悉遵《会典》，各恭□□□□如始，勿违我意。谕毕，薨于正寝。讣闻，也今皇帝哀悼，懿亲□罢朝三日，遣崇信伯费柱、行人周䘾□□谕祭，命有司治丧葬如制。昭圣康惠慈寿皇太后及朝文武皆致祭焉，凡十五坛。赐谥“简王”，符睿德也。享年七十有二。妃张氏，成化乙巳先逝。朝廷遣官谕祭，命工部郎中马铉、钦天监博士李英择善化关山原造圹葬焉。慈懿皇太后宫淑女黎氏赐侍王所，诰封为夫人，弘治戊午卒。所生常山王进封为吉世子，正德庚午薨，谥悼庄；王之长孙乙，即今吉世孙。女孙二，长永福县主，次英德县主，咸有令配。曾孙乙，女乙，□奏报云：嘉靖戊子十月念三所同启圹，即□□□安石焉。制也。世孙恸……节述国朝宠赉之典，□素履嘉□之概，故铭贞珉，以永□思。□□念叨第奉使进谒：

睿容祇忠，端毅岩岩，粹盎蔚蔚。□而咨度，乃知有德。德修老而不懈，即卫之睿圣无怨邪行……焉□□抚成德，以衍余庆。嗣续亨嘉，锦绵□□。其□有感慕也哉。乃不揣愚陋，僭为之铭。铭曰：

□□诞育，维宫□阳。赫赫英宗，载□明堂。出□景运，维世祯祥。岁未及□，□受封章。垂髫玉立，衮冕辉煌。孝祢庙奠，或怠遑□。□□宪帝，既敕既臧。承旨出阁，选辅贤良。慎择慈淑，媲德兰房。乃藩南国，兴土□湘。綮□□□，□□封

[1]《明英宗实录》卷三二：“天顺元年三月初六日册封第五子见浚为吉王。”

[2] 乙：通“一”。

[3] 婴：通瘿，咽喉病；弗豫：对尊者生病的讳语，此指病情沉重。

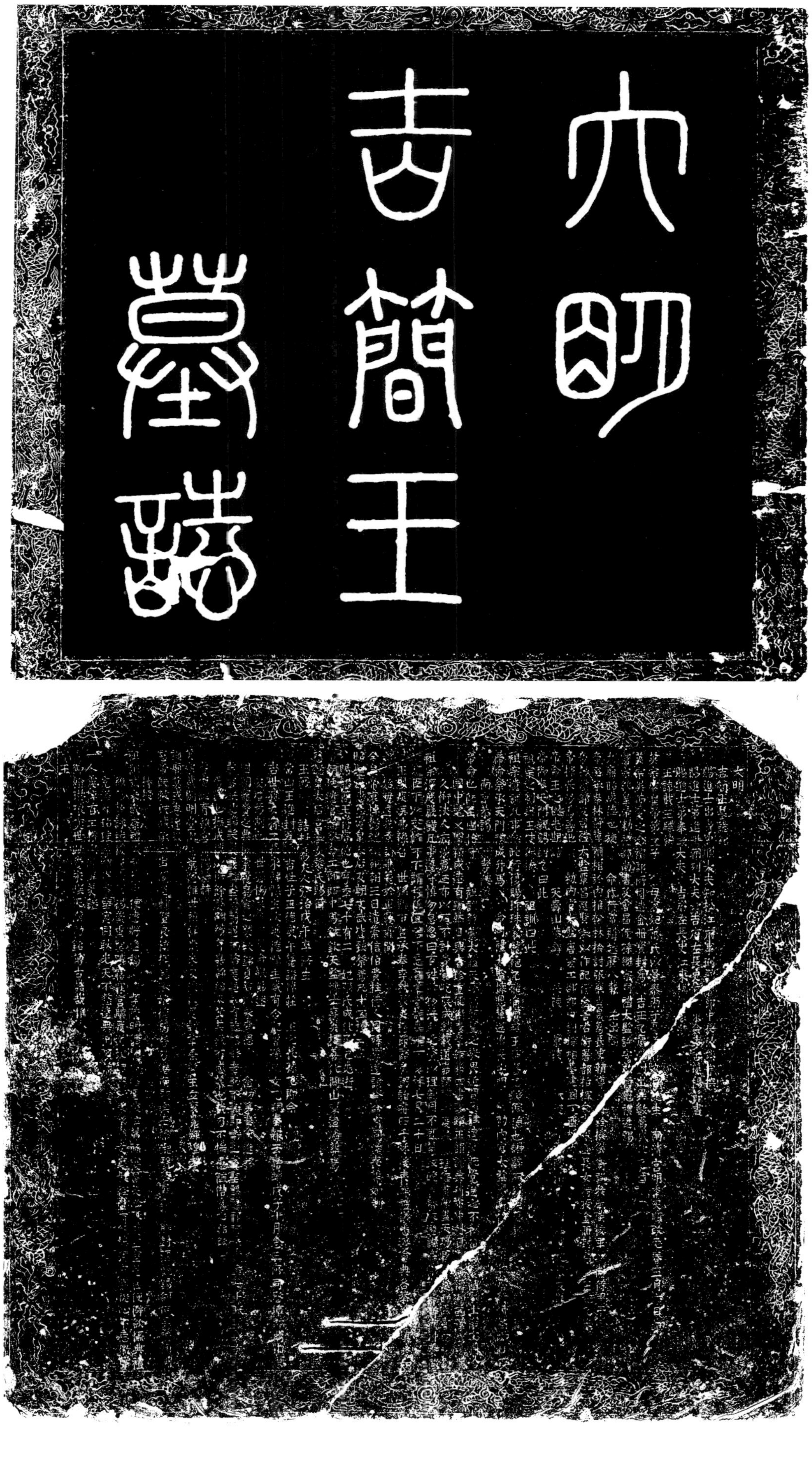

嘉靖七年大明吉简王墓志

□。□赐剑□，□□□□。捧授《祖训》，式永□康。礼□□□，□使远将。进谒孝陵，明德馨香。□□□立，□禄寖昌。天□□□，□□□□。便僻欲摄，典礼维□。赞咏□□，□□□扬。崇重圣迹，寤寐宫墙。履道□□，□□□□。□文度□，经□□□。□□□□，从心不忘。徽声充溢，□玷珪璋。□□□圣，实同耿光。天不慭遗，兴□□□。一人震悼，百工摧□。□□美谥，御翰琳琅。奕世趾庆，永映天□。勒铭万古，诰哉惟王。

嘉靖十九年湖广按察司提学刘汝楠读神禹碑歌石刻

位置：岳麓区岳麓山北峰
质地：砂岩
规格：高 160 厘米，宽 79 厘米

释文：

读神禹碑歌

吾闻岣嵝之山图牒古，神禹按之平水土[1]。玄夷一夜发简书，海若天吴莫敢睹。金符玉册奏成功[2]，天地取于四海同。未向会稽藏简字，先勒名岳播神工。衡山古镌今明灭，吊古雄才空填咽。千秋万载不复者，七十余字谁称说。近年至宝出人间，此碑乃落岳麓山。神物守护在苍莽，霜凌雨溜赤石斑。樵人骇见不相识，太守闻之长太息。披榛剔藓叹大奇，岂是苍冥移鬼力。鬼力讵能移[3]，神理空自知。鸾轩凤举翩然下，虎跃龙腾争为驰。我昔持之不能夸，空堂一幅开岳渎。即今倚石辩赤文，海水欲翻泰山覆。山阿客睇已无人，洞庭萧萧落黄木。

嘉靖十有九年冬至，湖广按察司提学佥事闽中刘汝楠题。善化生员张僎书。[4]

---

[1] 据《舆地纪胜》卷五十五："岣嵝峰，在衡阳县北。《湘水记》云：'衡山南有一山，名岣嵝，东西七十里，南北三十里，高一千五百丈。禹登山获金简玉牒治水之书。'"

[2] 金符玉册：即金简玉牒。

[3] 讵：岂。

[4] 刘汝楠，字孟本，号南郭，同安县（福建泉州）人。嘉靖十一年（1532）壬辰科进士，授湖州司理，以后入京为刑部主事，又升员外郎，后提为湖广提学。著《白眉子存笥稿》。

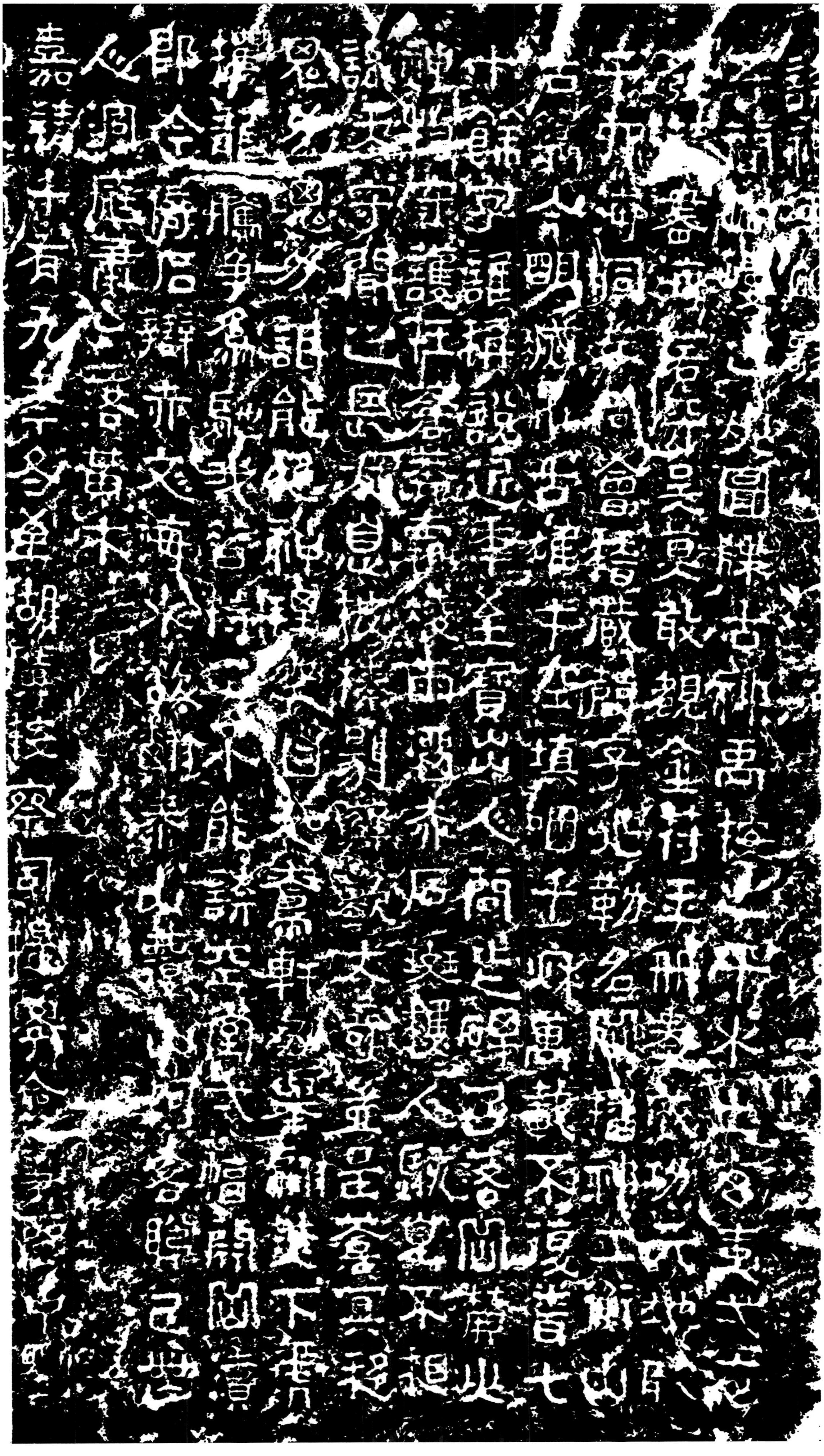

嘉靖十九年湖广按察司提学刘汝楠读神禹碑歌石刻

嘉靖三十年大明吉悼王次妃张氏圹志

位置：雨花区跳马镇出土

质地：青石

释文：

大明吉悼王次妃张氏圹志（志盖）

大明吉悼王次妃圹志

妃张氏，乃襄阳府义官张文之女，母李氏。于弘治二年己酉二月十二日生，嘉靖十年十月二十二日册封为吉悼王次妃[1]。嘉靖二十九年三月初十日以疾薨，享年六十二岁。子一人，袭爵，先薨，册谥为吉定王[2]。孙一人，册封为吉王[3]。曾孙四人[4]，曾孙女二人，咸先后奏入王谱。讣闻，上赐祭，命有司营葬如制。以嘉靖三十年辛亥十月初二日葬于关山之原。

呜呼！妃以贤淑获配亲藩，蚤受荣封[5]，享有贵富，兹以令终，夫复何憾？爰述其概，志诸幽室，用垂不朽云。

---

[1] 吉悼王朱祐枟，朱见浚庶一子。初封常山王，改封世子。正德五年（1510）未袭即薨，谥悼庄。以子厚焆袭封，追封王，改谥曰悼。《明世宗实录》卷一二八：嘉靖十年（1531）七月二十三日，"进封吉王厚焆生母夫人张氏为吉悼王次妃，从其请也"。这之间有三个月的误差，可能是撰碑时记忆误差。

[2] 吉定王朱厚焆，朱祐枟庶一子。嘉靖八年（1529）袭封。十八年（1539）薨。

[3] 即吉端王朱载均，朱厚焆庶一子，初封光化王，嘉靖十九年（1540）袭封。四十年（1561）薨。

[4] 四人分别为吉庄王朱翊镇，吉宣王朱翊銮，长沙王朱翊诞，谷城王朱翊铉。

[5] 蚤：通早。

大明
吉悼王
次妃張
氏壙誌

大明
吉悼王次妃壙誌
妃張氏乃襄陽府義官張文之女母李氏於弘治
二年己酉二月十二日生嘉靖十年十月三十
二日
冊封為
吉悼王次妃嘉靖二十九年三月初十日以疾薨
享年六十二歲子一人襲爵先薨
冊謚為
吉定王孫一人
冊封為
吉王曾孫四人曾孫女二人咸先後奏入
王請訃聞
上賜祭命有司營葬如
制以嘉靖三十年辛亥十月初二日葬于關山之原
嗚呼
妃以賢淑獲配親藩蚤受榮封享有貴富茲以令
終夫復何憾爰述其槩誌諸幽室用垂不朽云

嘉靖三十年大明吉悼王次妃张氏圹志

嘉靖四十年大明吉定王次妃马氏圹志

位置：雨花区跳马镇出土

质地：青石

规格：长 80 厘米，宽 80 厘米，厚 12 厘米

释文：

大明吉定王次妃马氏圹志（志盖）

大明吉定王次妃圹志文

妃马氏，乃长沙府宁乡县义官马漆林之女，母杨氏。弘治十七年甲子十一月十六日生，嘉靖二年五月内选侍定王，于嘉靖十九年六月内奏蒙册封为定王次妃。嘉靖四十年十一月二十四日以疾逝，享年五十八岁。子一人，未封先薨[1]。孙三人：长名翊銮，封为龙阳王[2]；次名翊诞，封为长沙王；又次名翊铉，封为谷城王。嫡孙女一人，为□□□；庶孙女二人，尚未选配，咸先后奏入王谱……

[1] 此子非朱载均，因朱载均已袭封吉王，在位 22 年。

[2] 吉端王朱载均庶一子，初封龙阳王，隆庆六年（1572）进封吉王。万历四十六年（1618）薨，谥曰“宣”。

嘉靖四十年大明吉定王次妃马氏圹志

万历二十一年大明吉世妃饶氏圹志

位置：雨花区跳马镇出土

质地：青石

规格：边长 12 厘米，厚 8 厘米

释文：

大明吉世妃饶氏圹志（志盖）

大明吉世妃饶氏圹志

妃饶氏，南城兵马副指挥饶环之女。万历十六年七月十八日册封为世子妃[1]。万历十九年六月十三日以疾薨，享年一十七岁。讣闻，上赐祭，命有司营葬如制。太后、中宫皆遣祭焉。以万历二十一年六月十三日，葬于善化县车头山之原。

呜呼！妃以柔淑，选配宗藩，已膺封命，贵富兼备。兹以令终，夫复何憾！爰述其概，纳诸幽圹，用垂不朽云。

[1]《明神宗实录》卷一一一：万历九年（1581）四月庚戌（十七日），册封“吉府庶长子常淳为吉世子”。又《明神宗实录》卷五七〇：万历四十六年（1618）五月“己丑（初二），吉世子常淳卒”。据此饶氏应为朱常淳妃。

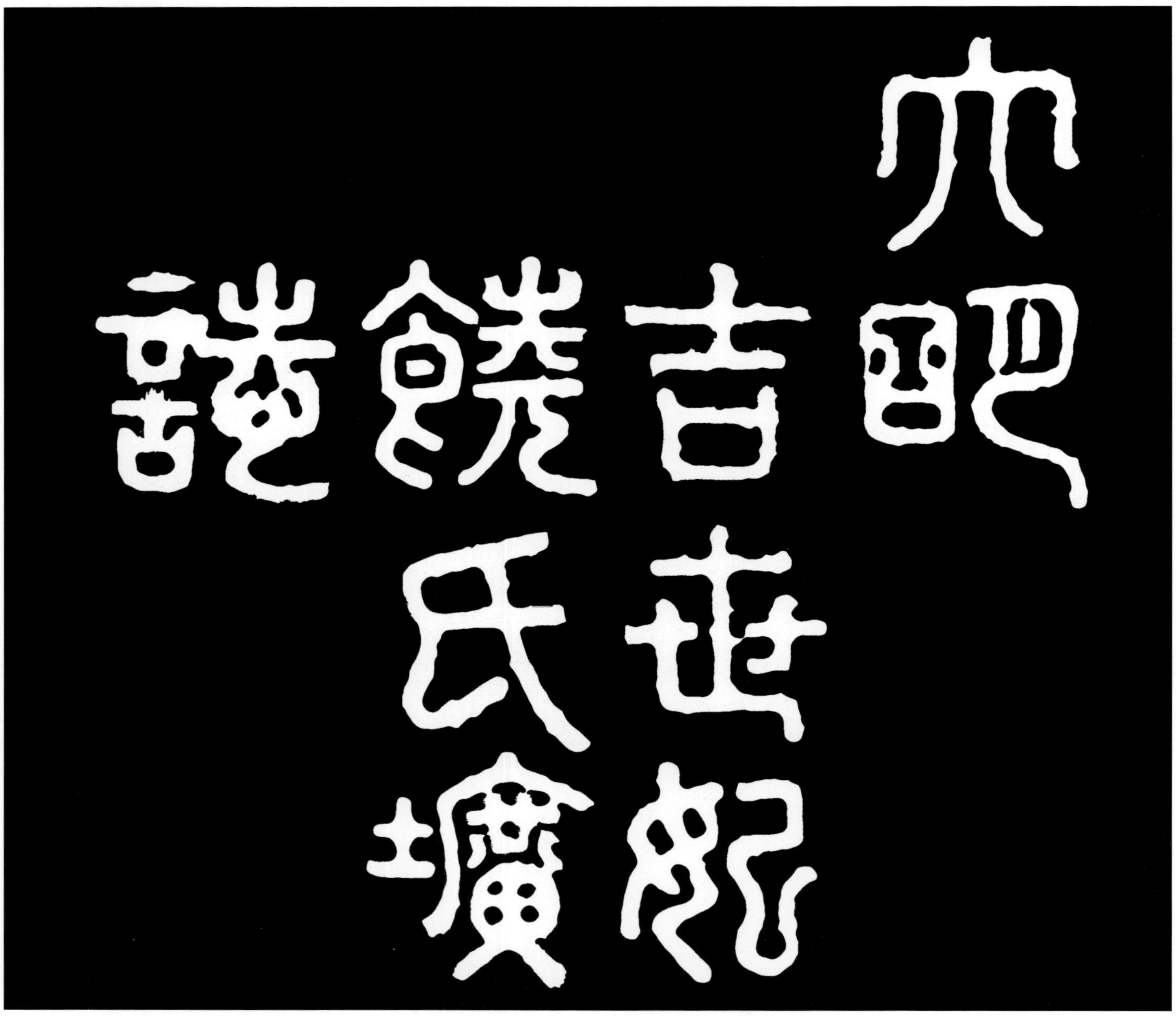

万历二十一年大明吉世妃饶氏圹志盖

当与保宁、紫珂诸禅师同开福以不朽，爰镌之石，以纪其胜。是为记。

大清康熙六年岁次丁未春正月壬寅朔甲午之吉[1]

赐进士第文林郎湖广长沙府推官东粤顺德胡景曾[2]撰。

湖广偏沅等处地方兼管粮饷都察院右副都御史周召南、承宣布政使司右布政郎永清、提刑按察使司按察使李荣宗、副总兵官韩□□、分巡下湖南道副使张璇、知长沙府事钱奇嗣、同知鹿兆甲、通判李蔚、推官胡景曾、卫守备王翮、知长沙县事胡壮生、县丞杨锡仪、知善化县事陈食花、县丞党琦、经历钟国章、照磨俞成龙、经略中营崔成名、守备张大选、长沙典史杨弘业、善化典史朱之绂、镇守福建漳州等处地方副总兵官都督佥事卜世龙。（以下人名略）

开福徒众明……智恒、监院明□逊及两序执事并大众等同□□□□□□□□□□□□。

[1] 查《二十史朔闰表》，康熙六年（1667）正月朔日为丙子，非壬寅，壬寅朔在本年九月。继查《清史稿》，亦与碑文朔闰不符，而与《朔闰表》相符，应是碑文错置朔日。

[2] 胡景曾，清广东顺德人，顺治进士，康熙六年任长沙府推官。

康熙六年重修紫微山开福寺碑记

康熙二十二年姜氏重修祖庙碑

位置：宁乡市黄材镇姜氏祠堂

质地：青石

释文：

重修祖庙碑（额题）

吾姜之居黄材也，源于始祖德厚公。其先吉州泰和人，登进士第，官至评事，正色定狱。奉唐庄宗元年诏，适潭洲之茶乡，吊神农墓至黄材。悦佳山胜水，卜熟乐田居之。传至九世，而姜公小九郎乃生。但通族以诗书为业，衣冠济济，独公不以为荣。平生正直，上命为神，遂得神通水府焉。迨其后也，存肉身于故土，□灵圣于洞庭。因而命受冠带，立庙以祠之，为七品郎官也。越数百年，神之色笑依然，庙之巍焕如故。不意戊子明末之变，庙貌顿尔灰烬。时值流离，子孙凋谢，不暇为之立像而建宇矣。幸而十年生娶，子孙繁演[1]。至壬戌岁，有孙子孔迪、用善目击伤心，爰倡大义，慨然首举。鸠集合族每丁各出少许[2]，以助资费，重修一庙，刻木以祠。兹庙既成，神得所依，人得所仰。则姜公之灵爽[3]，宁有极哉！合族之荫庇，岂浅鲜哉！勒之于石，永垂不朽。谨将名目开列于后（略）。

皇清康熙二拾二年癸亥岁孟冬月谷旦重建[4]。

首事：玄孙姜孔迪、用善同合族公立

玄孙：孔麟题。

---

[1] 娶：通聚；生聚：繁殖人口，积聚财物；演：通衍。

[2] 鸠集：聚集。

[3] 灵爽：灵异明亮。

[4] 谷旦：良辰。

康熙二十二年姜氏重修祖庙碑

康熙二十三年重修岳麓万寿寺碑记

位置：岳麓区岳麓山麓山寺

质地：青石

规格：高 237 厘米，宽 97 厘米。

释文：

重修岳麓万寿寺碑记

佛之为教，在缁衣辈，力争其有；在辟异者[1]，力辩其无。彼既党其同，此复伐其异，理固然也，情亦然也。其争有者，不过因身奉其教，而想像言之，实不知其佛为如何有也；其辩无者，亦不过心既业儒，即以佛为异端，究竟亦不知其佛为如何无也。余请得而论之。夫佛，西域之教主也。西域之有教主，亦犹中国之有圣人也。西域之有释迦、弥勒、弥陀、灯明、药师等教主，亦犹中国之有伏羲、神农、黄帝、尧、舜、禹、汤、文、武、周公、孔子等圣人也。西域之有释迦，为当今教主，亦犹中国之以孔子为当今圣人也。是中国有中国之圣人，西域有西域之教主，各尊其教，各阐其化，其何参差之与有，其何辩论之与有耶？惟是金身入梦，而汉帝开其端[2]；同泰舍身，而梁皇衍其绪[3]。此佛教之行于中国有自来矣。然以西域之教而流入中国，而中国之儒有力辩之而不能去者，亦有身入其教而奉行不怠者，此其故何欤？良以子舆氏有云："鸡鸣而起，孳孳为善者，舜之徒也；鸡鸣而起，孳孳为利者，跖之徒也[4]。"是吾儒之教天下者，不过欲人为善耳。而佛氏之戒杀、戒淫诸事，亦不过欲天下之人为善也。此欲善之一念，既尔相同，则上与天心合，下与人心合，此辟异者，所以日辟而不能辟，甚至躬奉其教而不怠也。余请得而断之。

即中国之圣人，立教亦各不同：如伏羲则有爻画示教，神农则以耒耜示教，黄帝则以冠裳示教。尧之钦明，舜之睿哲，禹之善言则拜，汤之立贤无方，文王之缉熙敬止[5]，武王之不泄不忘，周公之仰思待旦，以至孔子仁，孟子义，何尝同乎？然而所同者，心也。佛之教虽不同，然而所同者，亦欲世人此为善之心也。心既同矣，则佛教之流行，可以化世情之嚣竞[6]，可以辅吾道之不逮。以此相助为理，何必力辟其异？又何必身奉其教哉？且考之陈眉公先生尝云：天下寺观，乃一大养济院也。谓收天下之鳏寡孤独而养之，盛世可以酿天和，衰世亦可以消乱萌[7]。旨哉眉公之言，可谓得治天下之要矣。

余分藩南楚，署列星沙，每于政暇，登岳麓之巅，览潇湘之胜。访弥嵩和尚于麓云深处，煮茗谈心，敲诗论道。询其峰为南岳七十二峰之首，其寺开自晋代，盛于隋唐，明神宗赐额万寿，取祝圣之义也。我朝定鼎，禅师肺山擘草重兴，开堂祝国。吾乡提督张公讳勇，纠湖南、云、贵诸当事，捐资为建大殿、前殿、法堂、方丈、藏阁、两庑，固一时之盛。盖以连年兵火，仍属倾颓。有驿咸使者赵公云岑，念名山古刹不忍废驰，慨然捐资，重修后殿，不两月而工成。余推赵公与人为善之念，不觉殷殷有触，乃捐金鼎建前殿，塑弥勒尊者之法身。而标阃程公仕吾[8]，亦捐资塑韦驮尊天之金像。工将竣，

---

[1] 辟异：排斥异端。

[2] 汉帝：指东汉明帝刘庄。佛教起源于印度，相传东汉明帝时传入我国，并于永平十一年（68）在京城洛阳创建白马寺，为我国第一座佛寺。

[3] 梁皇：指梁武帝萧衍。天竺国达摩禅师于南朝梁普通元年（520）入华，萧衍迎至金陵。后至嵩山少林寺，面壁九年而化。达摩被尊为华夏禅宗初祖。

[4] 子舆本曾参，此指孟子，语出《孟子·尽心上》。跖，秦之大盗也。

[5] 缉熙敬止：谓渐至光明。《诗经·大雅·文王》："穆穆文王，于缉熙敬止。"

[6] 嚣竞：喧闹奔走，追求功名利禄。

[7] 陈眉公即陈继儒（1558—1639），华亭人，字仲醇，号眉公，著有《陈眉公集》。陈继儒《佛氏》中有类似语言，如"佛氏者，朝廷之大养济院也"；"以鳏寡孤独之子弟使佛家任之"；"夫无父无君，诚无容于盛世。然世衰民穷，不得以而假道求活于佛氏"。此处所引非原文，乃引文意。

[8] 标阃：清军中督抚等管辖的绿营兵称标，标阃即绿营主帅。

赵公再续前善之因，以为合因之果，复建大三门一座。是万寿寺之规模宏远，焕然一新，而全工告毕矣。赵公与余仍捐资，买置民李云仲本山下屯田九石，以为香火之资。岁集往来云水[1]，于中安禅受戒，暮鼓晨钟，佑民祝国。从此名山古寺相传不朽。而星沙士女登游其地者，时加瞻仰，兴起善心，其与鸡鸣孳孳为善之举，不亦扩充而光大之乎！予非尊崇其教也，取其为名山重，且能劝人为善尔。果报云乎哉！祸福云乎哉！

湖广湖南等处承宣布政使司布政使加五级今升江南巡抚安徽泸宁等处地方提督军务兼理粮饷，都察院右副都御史□中薛柱斗

湖广湖南等处督理驿盐粮储道按察司副使加五级钱塘赵廷标

时康熙二十三年甲子岁夏月谷旦，传曹洞正宗第三十一世住持比丘□□[2]

捐资助□□补知县□□□□

[1] 云水：指行脚僧。

[2] 曹洞宗，佛教禅宗五大宗派之一。脉发青原行思一系，肇创自唐洞山良价及五代后梁曹山本寂二禅师，因以“曹洞”为宗派名。

康熙二十三年重修岳麓万寿寺碑记

康熙三十五年石霜崇圣禅寺重修大殿碑记

位置：浏阳市金刚镇石霜寺

质地：青石

规格：高 150 厘米，宽 88 厘米，厚 21.3 厘米

释文：

重修大殿记（额题）

石霜崇胜禅寺重修大殿碑记

吾友浏阳胡奇、王琦为吾道石霜之胜也。其主僧憨峰南翁慧禅师，实能于其师传无所失坠，异于世之名为浮屠家而商贾其行者[1]，因为之请曰："南公近复新其殿宇，是刹也，焕然如其初盛时，未尝有所仰给于四民家丝粟之助也，而四民家以洎缁衣乐而助之[2]，盖其行高而志勤，智深而业广矣。欲吾兄一言为之记，庶以示久远，俾其后嗣永念厥功，无隳于将来也。"

吾于浮屠家言少未有学焉，顾所至见，有清幽旷绝，与吾心之洒然，无所于累者。若有遇焉，则低徊焉，不能遂去。盖不惟其道之好，好其有求，得乎吾心而已耳。今南公之新斯刹也，吾虽未之至，然据其所志记诸篇，俨若置身霜堂之间，而挹其奇胜焉。是亦所谓欣然有会于吾心者也。其鸠工庀材[3]，经营于乙亥仲夏，落成于丙子季春。以可至之言识之，吾从略书焉，而聊为记。其人之异于世之，所为浮屠者如此。后之主斯刹者，其亦可无忘南公之勤；而君子之至于斯者，其亦必有取焉矣。

康熙三十五年十一月大雪后五日赐同进士出身翰林院检讨癸酉福建主考官德州峨山孙襄谨撰。

大清□□□秋朔十日，监院来裕同两序耆旧阖院大众立石。

---

[1] 浮屠家：佛僧。

[2] 四民：士、农、工、商谓之"四民"；洎：及，至。

[3] 鸠工庀材：聚集工匠，准备建筑材料。

康熙三十五年石霜崇圣禅寺重修大殿碑记

康熙四十五年宁乡广济寺香火食田合记碑

位置：宁乡市广济寺

质地：青石

释文[1]：

宁乡广济寺香火食田合记

……异而教之不可偶废罔要于□□□□□调□作之有□□故□□□□天间之人成立尝不绝于人……是时里中□□段氏国泰所□□而行僧□□□□以成是者也初是民饶资有干略……良离慎视之吾旗□□□□不忘荫也……廪平鼎建殿宇三皇用弘替言前奉□□□而以后殿供修两堂瑞相金碧辉煌顿琳宫□工□□是为顺……千里携负来觐稽发露……以谓帝天之衫□有时则行殿之震居宜永也……香火全荒正殿……住持盖蜀……而心行坚卓不减替师遂能大兴……殿宇光复如初其匡徒砥行威仪作略视先世具……禅师闻期说戒谒衲听法交替中兴不可谓非地山之灵也或曰真武玄天主圯方宿之神龟蛇创……颛乎应之曰竺典中诸佛菩萨有时独觉释天王号令帝释天王其后终证佛善……亦无所从来而自然称若山呼良以洪宪悲悯心同理同盖□□□□而互相翊化何庸分也则兴废善其之在人者乌可以……本山段氏麓梅施军民香火田丈明向九义合九原载册广济佛田一都九区良粮麓梅嗣孙炯文居士施脱名替……文韵子次圭方□二居士施脱名替鲁屯田丈明……册载上厢十柱屯粮一石八斗五升五合其四至东抵段庄……岭为界北抵朱宅古塘田山横路为界井然……康熙四十五年岁在丙戌九月上浣吉旦八十有五邑人陶之典撰（后略）

[1] 此碑泐蚀较甚，多漫漶不清，难以卒读，故不予断句。

康熙四十五年宁乡广济寺香火食田合记碑

康熙五十四年室龙庵古刹碑

位置：宁乡市宝龙塔林
质地：青石
规格：高 175 厘米，宽 62 厘米

释文：

室龙庵古刹碑

地名横塘冲有古刹室龙庵者，居沩水之东，列资水之西。古迹奇踪，不可具状。层峦耸翠，叠出青霄。有像旌旗峙于后，自然钟鼓设于前。昼则轻云染衲，夜则香袅传经。真祖庭重兴，祇园再辟者也[1]。一日，值姜君桥梓于邂逅之[2]，顷兼言及有奇人灯会一事。十人领袖，百人附从，共置水田二亩，燃灯供传，具膳给僧，诚盛举也。属予为文以纪之。予曰：“才疏学薄，处瓮面墙[3]，奚敢任此？”姜君曰：“否，否！村叟笔墨无关旷达，放言何忌！”由是拈字成句，赖姜君润色为文。自惴惴已之，惭效颦之诮，夫复何辞？铭：

佛日本高悬，炫耀满天地。法眼大光明，照彻诸缘寂。宝篆沉烟袅[4]，疏雨天花坠。释氏与儒宗，性理无二致。生来四大身，色声与臭味。□□湛然虚，渣滓欲所累。蔽痼不能明，大藏悾余倡。认木性□庐，悟现前佛慧。众燃佛前灯，佛惠众士吉。宝筏渡迷津，青莲生焰炽。何必说上乘，了此通三昧。念念活如来，心心当□□。在家与出家，俱求解脱计。即心还即保，作者受者是。下取云妙果，功德同一例。百人首斯言，踵行靡有既。（纠首信士捐款等略）

皇清康熙五十四年孟冬月吉旦重修。远静法派传临济正宗三十四世嗣法上晓下如和尚住持，徒照义、照仁、照瑞，徒孙普空、普灿同立。

---

[1] 祇园：或作祇林、祇树林。古印度㤭萨罗国祇陀太子的园林，为祇洹精舍所在地。今泛指寺庙。

[2] 桥梓：谓父子。典出《尚书大传·梓材》：“桥者，父道也；梓者，子道也。”

[3] 谓处境狭隘，见识短浅。

[4] 宝篆：香。

康熙五十四年室龙庵古刹碑

康熙五十六年重修张魏公父子祠堂记残碑

位置：宁乡市巷子口镇官山村

质地：青石

释文：

重修二公祠庭碑记

……田以□蜀……绅两墓……击心□□以修……长沙城南，重建南轩书院□等已捐资効事……公所建碑嵌堂北，都匀太守维坚公所立……良久□望数千里而乐观厥成之……田已□□奇渥温无钟公□详复而血食……此溯源敦本，析薪而克负荷肯……皇上崇德报功之至意也。今而后，张氏诸君……二公益妥侑于斯堂矣[1]。猷僭记敢为诸……[2]

赐进士第吏部验封司原任长沙府知［府张弘猷］……。计开捐资后裔（后略）

皇清康熙五十六年丁酉岁仲夏吉旦立[3]

---

[1] 妥侑：安享报祭。

[2] 此处“猷”当为人名字，即下署长沙知府。查乾隆《长沙府志》卷十八，清知府中即有“张弘猷，绵竹贡生，顺治六年（1649）任”。顺治十一年（1654）由高天爵继任。张弘猷作此碑记当在离任后不久。

[3] 康熙五十六年（1717）为立碑时间，非张弘猷作碑记的时间，因据张弘猷任长沙知府时有六十多年时间，此时张当不在世。

康熙五十六年重修张魏公父子祠堂记残碑

康熙五十八年兴华寺赎田斋僧勒碑永贻碑记

位置：浏阳市集里街道道吾山兴华寺

质地：青石

规格：高 165 厘米，宽 66 厘米

释文：

正因永昭（额题）

赎田斋僧勒碑永贻碑记

稽古道吾不独为浏名胜[1]，而乃天下传灯由来久矣。始自唐时，宗智禅师开法兹山[2]，德感龙神，道闻帝阙，敕建兴华禅寺，并赐香火田地数万顷亩，左右前后静室，四十八所，邑志山谱，悉备其考。因世运沧桑，香火山田属为民有者，十有八九。逮明末清初之时，有济宗无尽禅师中兴[3]，木翁和尚克绍师席[4]，供僧之田，不满百十亩。至康熙二十七年，邑之闲洵庵恒忝上人，阅究经律因果，常访道于木翁，恒以师礼事之，问六度中[5]，何种为先？师曰：布施为先。布施中，供养为最；夫供养者，上献诸佛，中于圣僧，下及六道[6]，悉无差别，所以一饭之因，果证三天。恒曰：而此当作一不朽供养，上报四恩，下培智种可乎？师曰：诚哉斯言。遂指前山，有古静室一所名“普庵庄”，有田六十余亩，旧属本山香火，久为民有，欲复未果。今闻出售，奈常住之资，难遂其志。恒亦解木翁之意。未几，倾竭资财，向周姓赎其田地、山场基址，概归道吾，以成不朽之功德耶！迄今数十年矣，恒因心厌江成，离闲洵庵，新建青莲静室，于邑西之袁方市，此恒忝上人隐静之逸志益坚矣。余与青莲、般若本属同宗，熟思未至。今于康熙己亥年季秋，泛舟清浏，过访二山法眷，心慕道吾胜迹，值松岩禅师弘宗唱道之际，喜与青莲恒师、般若智公登访其间，一晤松翁，仿若旧识，共语盘桓待旦。松翁言至恒师布施公案，命余作文，以记其事。余揣固陋，何以为文，亦不敢负木翁、恒公因缘兼松禅师之智力，故述其悉耳。俾后之主席斯山者，每如五观之中，当洞晓木翁随机说法，权实深义。故恒公得其旨趣，始以深心为供不朽之福田，诚为过量口也。既与松岩禅师、高提祖师百倍重新，将斯恒师公案一一拈出，应供堂前，示诸方来。饱食金牛之机，豁悟因中之果，而此三师者，岂异人乎？真三类之应身为古道吾，提纲领袖提权，显实之龟鉴矣[7]，是为记。

施因比丘恒忝，讳来圣，偕徒自旻、徒孙性颖、性如等，师祖静悟慧禅师、师道生立禅师、慈母周门严氏，泊般若庵同宗法属徒侄自闻、自开，侄孙性芳、性慈、性诚，曾侄孙愿湛、愿潢、愿溶、愿洸、愿涟，道吾当代主席松岩林禅师、监院重义同建立。

皇清康熙五十八年己亥岁（1719）仲秋月谷旦，主南岳后山上湘荆紫峰弘法沙门慧福德庄氏拜撰。

---

[1] 道吾：指道吾山。

[2] 据《宋高僧传》，宗智即圆智，俗姓张，豫章海昏（今江西永修县，但海昏为汉初所设县，南朝早期即废，唐称建昌县）人。唐贞元间，依澧州药山惟俨禅师受法。后居浏阳道吾山，为开山祖师，海众蚁附。大和九年（835）九月十一日圆寂，享年六十七，谥修一。

[3] 济宗：即临济宗。

[4] 克：能够；绍：继任；席：席位，意为继任住持。

[5] 六度：即佛教语六波罗密。波罗密意谓度过到彼岸。《唐六典》四《礼部尚书·祠部郎中》：“以布施、持戒、忍辱、精进、禅定、智慧为宗，所谓六波罗密者也。”

[6] 六道：佛教语，即天道、人道、阿修罗道、饿鬼道、畜生道、地狱道。根据佛教轮回的说法，人都要在这六道中轮回。

[7] 鉴，即镜。龟可卜吉凶，镜能别美丑，喻为借鉴。

康熙五十八年兴华寺赎田斋僧勒碑永贻碑记

康熙五十九年登龙山普济禅寺碑记

位置：浏阳市社港镇汇源村新丰组登龙寺

质地：青石

规格：高 156 厘米，宽 65 厘米

释文：

皇图巩固（额题）

登龙山普济禅寺碑记

从来名山胜刹，得其人而香火绵绵，失其人而云迷草裹。后转而兴起者，盖有碑碣可考也。登龙山普济寺，在清浏北向，与平江连界。其地平衍广阔，创自晋代惠帝时，开基住持无量。唐代住持惠圆，宋代绍荣，元代海云，明代法住、弘智、弘政、慈恺、慈诚、光炅、普伸、照涌、道仑、太礼、法忠、弘镜、真瑶，逮明季嘉靖己亥[1]，有檀信寻、孟轲重建大殿。长沙吉藩立转轮藏殿于隅西。及至清朝，吴逆猖乱[2]，殿至颓朽。今僧正德修师者，于康熙庚午年捐资，更转轮藏殿为藏经阁居之。县主蒋侯题匾额"法藏庄严"赠之[3]。常思世间之法有成有朽，索予为记，俟俟之绳继者以知前志也。予闻《传灯》载潭洲普济，其名侊侗，自晋及今，几千余载。岂无弘法若干，隆替几代，心甚疑之，奈失碑志可考。今所记，但为德修师清行，守志祖风，而略记其甘苦也。若备详本末，俟在后贤博综者，再参详可也。

当代住持湖广长沙府浏阳县僧会司尹显通讳如禧，字德修，号龙禧薰沐书立。

原任户部郎中加三级申奇猷，原任文林郎知浏阳事蒋讳擢，迪功郎浏阳县副堂缪讳镩，巡抚偏沅都院标左营中军守府加三级杨鹏。

皇清康熙五十九年岁次庚子仲秋月中浣之吉立，莼川朱岱宗题。

---

[1] 明季即明末，但嘉靖十八年（1539）尚属明朝中后期，这里有失严谨。

[2] 吴逆即吴三桂。明崇祯时吴为总兵镇守山海关。至李自成攻陷紫禁城，崇祯皇帝自缢，吴倒戈引清军入关。后为清朝廷封平西王，守云南。康熙十二年（1673）又起兵反清，十七年（1678）自称周帝，病死长沙。

[3] 蒋侯：即下署"原任文林郎知浏阳事蒋讳擢"。乾隆《长沙府志》卷十九，浏阳知县有"蒋擢，顺天监生，康熙二十八年（1689）任"。

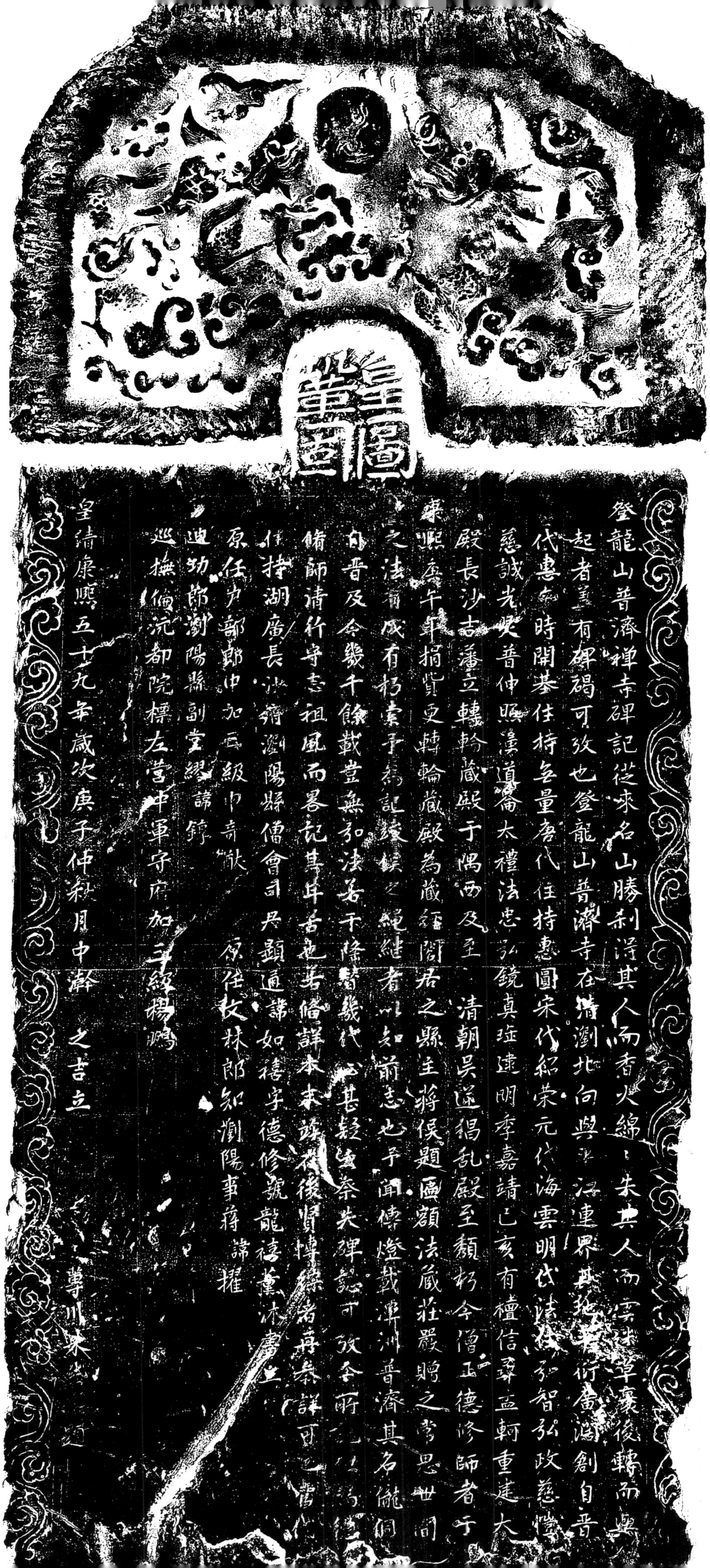

登龍山普濟禪寺碑記從來名山勝刹得其人而香火綿綿失其人而雲煙草莽後轉而興
起者蓋有碑碣可攷也登龍山普濟寺在清瀏北向與平江連界其始行密禪師創自晉
代惠[illegible]時開基住持無量唐代住持惠圓宋代紹榮元代海雲明代法[illegible]智弘政慈憐
慈誠光昊普伸照漢道崙太禮法忠弘鏡真瑢逮明季嘉靖己亥有禮信尋孟軻重建大
殿長沙吉藩立轉輪藏殿于隅西及至 清朝吳逆倡亂殿至頹朽今僧玉德修師者于
康熙庚午年捐貲更轉輪藏殿為藏經閣君之縣主將侯題匾額法藏莊嚴贈之常思世間
之法前成有朽索予為記綫續之絕繼者以知前志也予聞傳燈載潭洲普濟其名儱侗
自晉及今幾千餘載豈無知法若干條暨幾代[illegible]甚疑[illegible]奈失碑記可攷今府[illegible]為[illegible]經二
備師請竹守志祖風而畧記其年[illegible]若倫詳本末蹟於後賢博綜者尋參詳可也當代
住持湖廣長沙瀏陽縣僧會司典顯通諱如禧字德修號龍禧薰沐書立
原任戶部郎中加二級中奇猷 原任[illegible]林郎知瀏陽事蔣諱擢
迪功郎瀏陽縣副堂繆諱錞
巡撫偏沅都院標左營中軍守府加三級楊鵬
皇清康熙五十九年歲次庚子仲秋月中澣之吉立 尊川宋[illegible]題

康熙五十九年登龙山普济禅寺碑记

雍正十三年石霜寺重修大殿芳名记碑

位置：浏阳市金刚镇石霜寺

质地：青石

规格：高 270 厘米，宽 135 厘米

（释文从略）

雍正十三年石霜寺重修大殿芳名记碑

乾隆元年大圣庙大圣再记碑

位置：浏阳市澄潭江镇大圣村建新组大圣庙

质地：青石

规格：高 160 厘米，宽 84 厘米

释文：

大圣再记（额题）

尝思莫述所闻于前事，虽异而弗显；莫继所表于后迹，虽胜而终淹。大圣庙修建享祠久矣。自唐及宋，碑志尽失。幸宋淳祐三年，有张公应龙世居境内三百余年，祖、父相传，立庙缘由甚悉，率众立碑记载。

唐咸通四年，岁遇大旱，境民仰卧乘凉，望空叹息。忽见一道火光如电，自天而下，坠其所，灿烂经久方熄。翌早视之[1]，别无异物。见土人袁八颠狂[2]，折木插地，倒悬于此。口称都天天蓬元帅，奉上帝命，在此出世，汝等虔求，甘雨立至。乡老依言举香酒祭之，果蒙感应，天大雷电，雨沛苗甦。祈雨立庙之因，盖自此始。后袁八复以绳断柜木[3]，刻神像三尊，中元帅，左三郎，右登天，迄今存焉。袁八死后，所插之木，生根发荣，如云覆其庙宇。

昔之所传，信不诬也[4]。宋三百余年，更创修葺不记次矣，福惠四方。凡值水旱，有祷即应。人戴其恩，为立行祠百有余所。元、明重修，无考莫载。圣朝鼎盛，顺治己亥重修，劝首谭、勤。康熙十三四年，吴逆扰乱，庙宇倾毁。己卯重修，劝首徐、刘、谭、勤，殿宇神像，焕然一新。后因乞丐宿庙，有损殿宇。雍正元年，劝首勤、蒋、饶、谭，化众修理，将门关闭。乾隆元年，见桁朽瓦破[5]，劝首刘、勤，化众换盖。因以陈侯公出[6]，由南转东，路经庙所，亲看其碑，见字不明，吩示修洗。众议碑竖多年，放倒有损，追悔何及？莫若再建一碑，以慰张公述往开来厚望。命予作序，固辞学浅，众坚请难却。且自咸通至乾隆，九百余岁，庙可云古。予族自唐宋寓浏，世居斯地。开禧二年，建立拜亭，远祖安仁、安义公为首。戊寅造东殿，乃祖文义公为首。奉祀亦久，因仿张公旧志，增补重修年月、劝首姓名，勒石以垂不朽。噫！张公述所传于宋代，成文献之足征；愚老续所刻于圣朝，庶奕祀之克绍[7]。静观庙址，山环水绕，平和秀媚。不特天神之陟降，赫濯匪轻[8]；即前贤之科甲，联绵不偶。口占俗律一首，诗曰：

脉势蜿蜒自远驰，穿田结突局偏奇。泉香叠涧知蛟隐，竹耸卷阿待凤仪。捍患御灾祈有应，钟灵毓秀卜何疑。殷勤寄语同沟者，植桂栽槐莫少迟。

附刊记尾，以博大方一笑云。

祠下沐恩信士勤嘉元鼎勋氏百拜谨书。

---

[1] 翌：第二天。

[2] 颠：通“癫”。

[3] 柜：通“巨”。

[4] 诬：诓骗。

[5] 桁：屋檩。

[6] 陈侯：据乾隆《长沙府志》卷十九，浏阳知县有“陈梦文，江南举人，雍正七年（1729）任”。而雍正十二年（1734）知县为周之相，周延任至乾隆元年（1736）。此处为叙述前任知县所为。

[7] 克绍：能够延续。

[8] 赫濯：显耀光明。

大聖再記

嘗思莫之所闡于前雖美而弗顯莫繼所表於後跡雖勝而終淹　大聖廟修建亭祠久
矣自唐及宋碑誌盡失幸宋淳祐三年有張公應龍世居境內三百餘年祖父相傳立廟緣
由甚悉集衆立碑記載唐咸通四年歲遇大旱境民仰臥乘涼望空嘆息忽見一道火光如
電飛伏而下墜其所燦爛經久方熄翌早視之別無異物見土人袁八顛狂折木揷地倒懸
於此口稱都天天蓬元帥奉上帝命在此出世汝等處求甘雨立至鄉老依言舉香酒祭
之果蒙感應天大雷電雨沛苗甦祈雨立廟之因益自此始後袁八復以繩斷柜木刻神像
三尊中元帥左三郎右登天迄今存焉袁八死後所揷之木生根發榮如雲霞其廟宇昔之
所傳信不誣也宋三百餘年更朝修葺不記次矣福惠四方凡值水旱有祷即應人戴其恩
為立行祠百有餘所元明重修無考莫載　聖朝鼎盛順治己亥重修勸首譚懃康熙十三
四年吳逆擾亂廟宇殘毀己卯重修勸首徐剡譚懃殿宇神像煥然一新後因乙丙宿廟有
損殿宇雍正元年勸首懃將饒譚化衆修理將門閣閉　乾隆元年見桁朽瓦破勸首劉懃
化衆捐貲因以陳侯公出由南轉東路經廟所親看其碑見字不明予吩示修洗衆議碑豎多
年放倒有損追悔何及莫若再建一碑以慰張公述往開來厚望命作序固辭學淺衆堅
請雅那且自咸通至　乾隆九百餘歲廟可云古予族自唐宋寓剡世居斯地開禧二年建
立拜崇遠祖安儀公為首戊寅造東殿乃祖文義公為首奉祀亦以因做張公舊誌增補重
修年月勸首姓名勒石以垂不朽噫張公述所傳于宋代成文獻之足徵愚老續所刻于
聖朝庥奕禩之克紹靜觀廟址山環水繞平和秀媚不特天神之陟降赫濯匪輕即前賢之
科甲聯綿不偶口占俗律一首詩曰脉勢蜿蜒自遠馳穿田結穴局偏奇泉香疊澗知蛟隱
竹聳巻阿待鳳儀捍患禦災祈有應鍾靈毓秀卜何疑慇懃寄語同溝者植桂栽槐莫少遲
附刊記尾以博太方一笑云

祠下沐恩信士懃嘉元撰　勲氏百拜　謹書

乾隆元年大圣庙大圣再记碑

乾隆十五年重修室龙庵碑

位置：宁乡市室龙庵村宝龙塔林
质地：青石
规格：残高 156 厘米，宽 71 厘米

释文：

□□刹室龙庵者，建辟始由唐晋[1]。传流数百余载，物焕几千秋。潭水回环于前，峰峦耸叠于后。左有葡萄护卫，右有钟鼓锁关。无念祖师，修养驻锡，远山而猿鹤参禅，傍水而鱼龙听法。此□□场所也。既而大明年间，有契如无生修缉殿宇[2]，左右石塔可稽。后而广登住持补修殿院，将姜姓山主所施田土山场，四抵界址，列载募化百人灯田，铭碑可核。有徒修野，身居愚懦，难以撑持。于十三年戊辰岁，有僧弘宗住持，目睹殿宇衰薨将有倾颓之摧[3]，意欲鼎新革故，朝夕思维。与修野相商，书具引疏，绵力不辞。面请数众，纠首诸公，募化十方檀越[4]。仰叨□□长者，乐布银钱；更祈义士高贤，锱铢喜舍[5]。庶兴工有措，共成胜果，永戴洪名。自今正殿、傍厢完竣，将诸君姓字、青蚨铭勒石碑[6]，永垂万世矣。（捐款人略）

黄文河、姜尚琼同撰；石匠，孙三才。

皇清乾隆拾五年岁次庚午季冬月吉日，纠首诸公，住持僧弘宗、修野同立。

---

[1] 唐晋指五代后唐、后晋。

[2] 缉：应为葺。

[3] 衰应为榱，椽子；薨：栋梁。

[4] 檀越：施主。梵语陀那钵底，亦作檀那。

[5] 锱铢：小额钱币。

[6] 青蚨：本昆虫名，后称钱币为青蚨。这里指捐款数字。

乾隆十五年重修室龙庵碑

乾隆五十九年九溪寺众姓募建重修佛殿志碑

位置：长沙县金井镇九溪寺

质地：青石

尺寸：高 70 厘米，宽 150 厘米

释文：

众姓募建重修佛殿志

夫莫为之前，虽美弗彰；莫为之后，虽盛弗传。考九溪寺，原名九峰寺，唐建古刹也。大中元年丁卯岁，木雕大佛三尊，以昭象教[1]。递历宋元至大明正统间，传临济正宗十四世，戒境禅师驻锡于斯[2]。更名九溪，鼎新修建。铸洪钟于大殿，古器犹存；造寿塔于高冈，浮屠宛在[3]。彼时装修大佛金身，满堂法相俱备，是盖有□必先矣。及师寂，法子、宝岩等接踵住持。成化七年，僧振岩募善士李孟鉴等，精造石香炉一鼎，石花瓶一座，今皆现存。万历年间，僧悟云重装佛像，犹瞻宝琼庄严。嗣此朝市既更，废兴不一，沧桑变革，陵谷乘阴[4]。嗟我人斯荡为猿鹤、虫沙者，当复几何？矧此萧萧野寺，我佛谁怜？呜呼！当年法相仅存未朽者，惟此大佛三尊耳。最后有胡子彦夫剃披入寺，独竖刹竿。越盛朝康熙庚戌岁，募修佛殿，磨砖刻字留题。至丙寅岁，乃募硕德陈国鉴捐资五千两，重装大佛金身，兼修法座，载在志略确稽。从兹建立一番，山门复镇。住持僧彦夫实九溪中兴之祖也。衣钵绳绳，传流勿替。先年本寺叠募重修观音阁、关圣殿，各勒贞珉[5]。今住持僧光范、一灯等募缘重修佛殿，就故基扩而大之。□募懿德郑门张氏、熊氏捐资作福，装得金容光佛面，绚来火焰焕珠眉。既登宝座妥三尊，尤仰龙牌呼万岁。猗欤休哉[6]！灿灿花宫，时有妙香飞柏树；层层梵宇，许多佳气绕莲台。古刹焕然一新，固吾乡之功德，而亦住持者之克自撑持也。假使山僧狃空门之见[7]，以锄园插圃为出家人第一义，饥来吃饭，困来打眠，坐老蒲团，徒于折脚铛中[8]，煮粥度日，未肯低头礼佛，仰面向人，恐莲花钟将亦绝响，又安能睹此盛事而增祖席之辉乎？戒境、彦夫有灵，谅皆含笑于九京曰[9]：余有后，弗弃基矣！适殿落成，爰乐而为之记。

时大清乾隆五十九年岁次甲寅黄钟吉月，蓝田居士谨志。

纠首：郑章揆、王斗山、汤自新、刘玉册、郑肇敏、王元勋、简应策、赵相恒、王道立、柳华国、李高臣、夏曙湘、杨魁楚、简家仁、郑封五、王献廷、胡士国、郑准万、王希伯、刘清远、汤泰交、王正言、杨君士、夏贤书、王东铭、余远桂、王学山、胡顺朝 公立

偈曰：许多功德纪丰碑，不住由来相布施。老眼欣观辉祖席，拈花微笑一题诗。

现年六十有二老僧远方附识。

---

[1] 象教即佛教。释迦牟尼离世，诸弟子思念不已，刻木为佛，以形象教人，故又名象教。

[2] 锡：锡杖，禅杖。驻锡义即落脚。

[3] 浮屠：佛塔。

[4] 陵谷：高陵和低谷，形容变化之大。

[5] 贞珉：石碑刻。

[6] 猗欤或作猗与，叹美词；休：美善，喜庆。

[7] 狃：习惯，固守。

[8] 折脚铛：断足之锅，又称折足铛。

[9] 即九原。《礼记正义·檀弓下》文子曰："武也得歌于斯，哭于斯，聚国族于斯，是全要领以从先大夫于九京也。"注曰："晋卿大夫之墓地在九原。京盖字之误，当为原。"此处义同九泉。

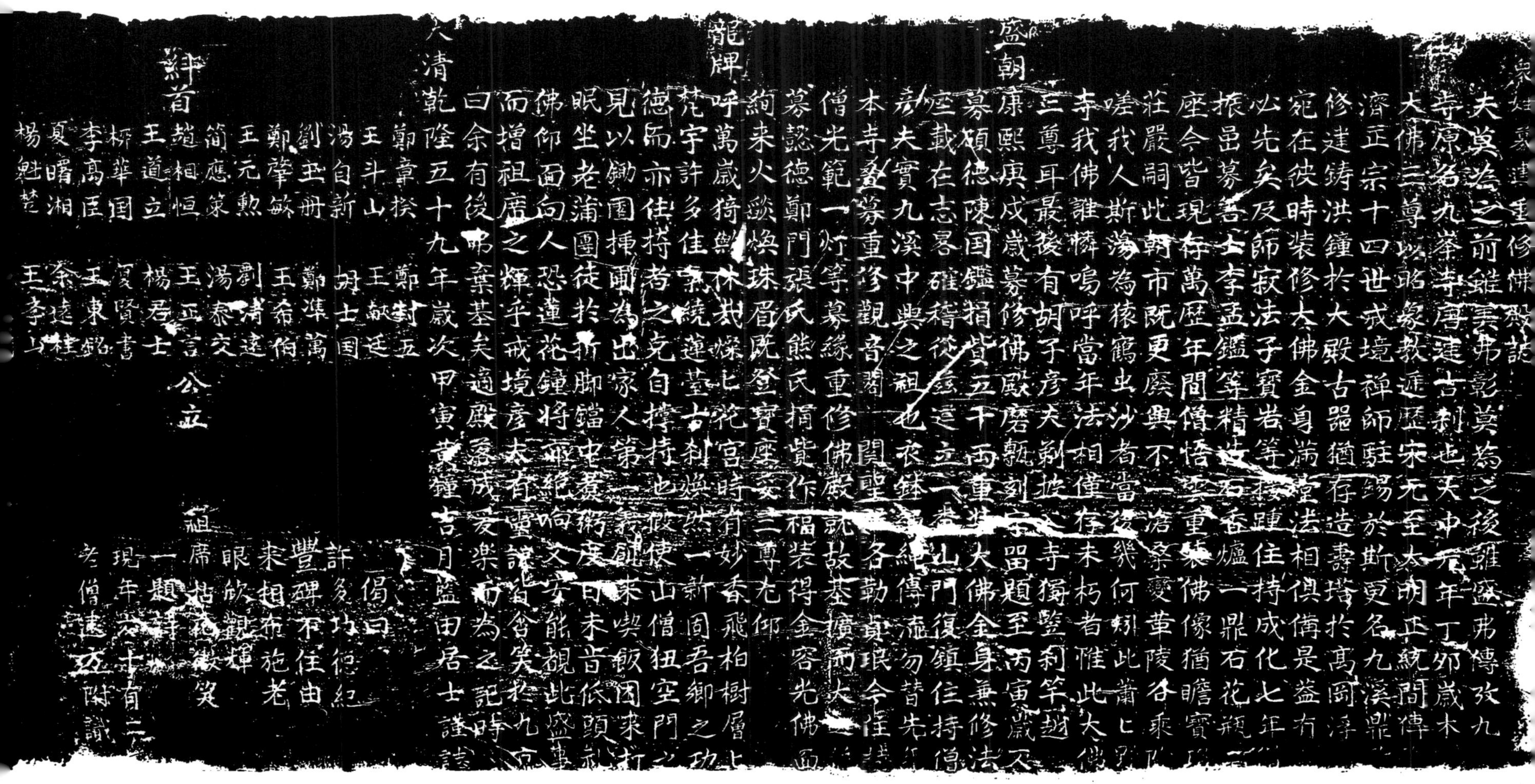

乾隆五十九年九溪寺众姓募建重修佛殿志碑

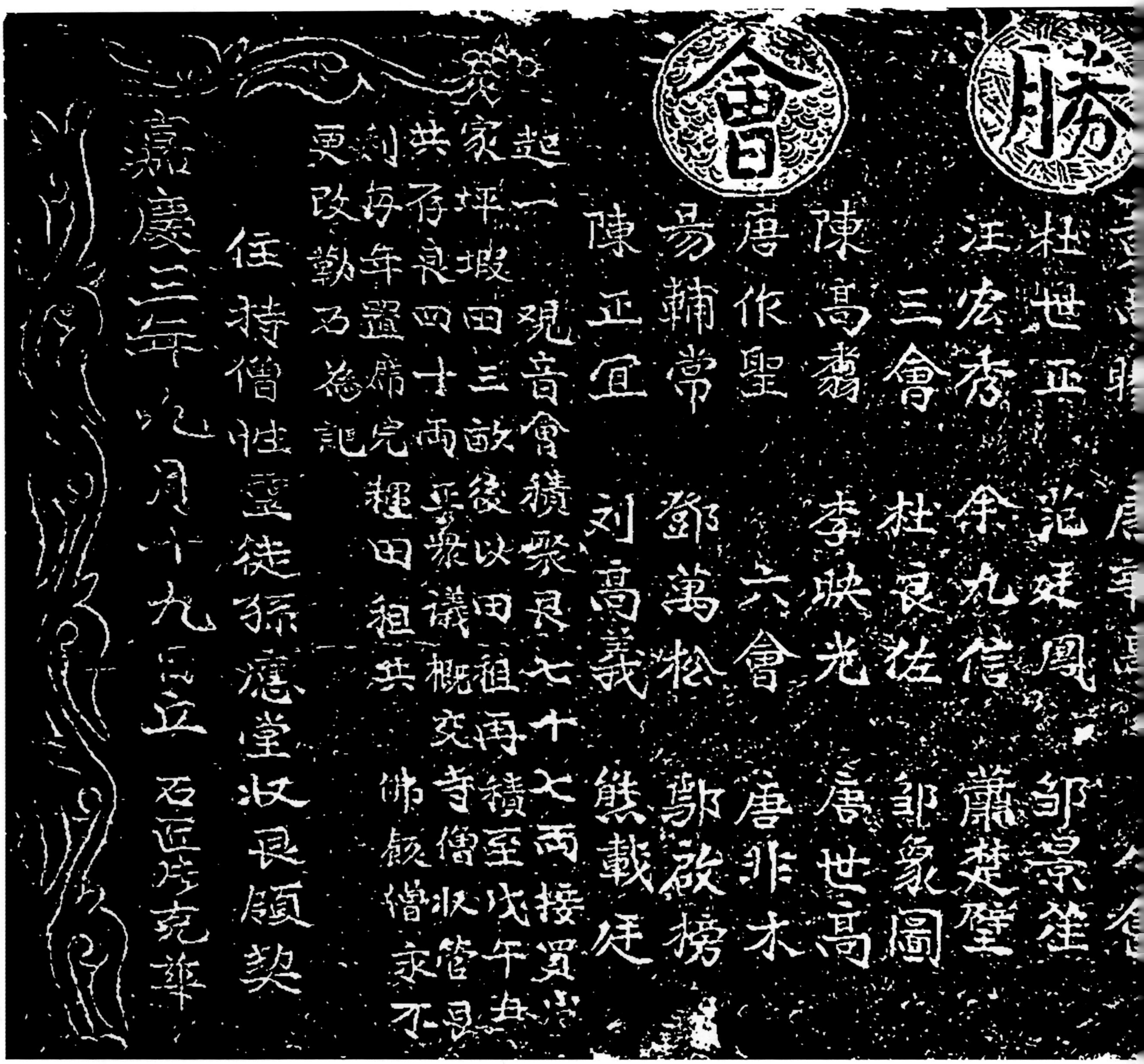

嘉庆三年木平寺观音胜会碑

位置：浏阳市枨冲镇和平村木平寺

质地：青石

规格：高 58 厘米，宽 128 厘米

释文：

观音胜会（额题）

木平寺观音大士，浏西之一尊活佛也。祈祷灵应，普救群生，故乐施者众，而所建功果碑石累累，比氏行行 [1]，我

[1] 比氏：即比丘，出家修行的僧人。

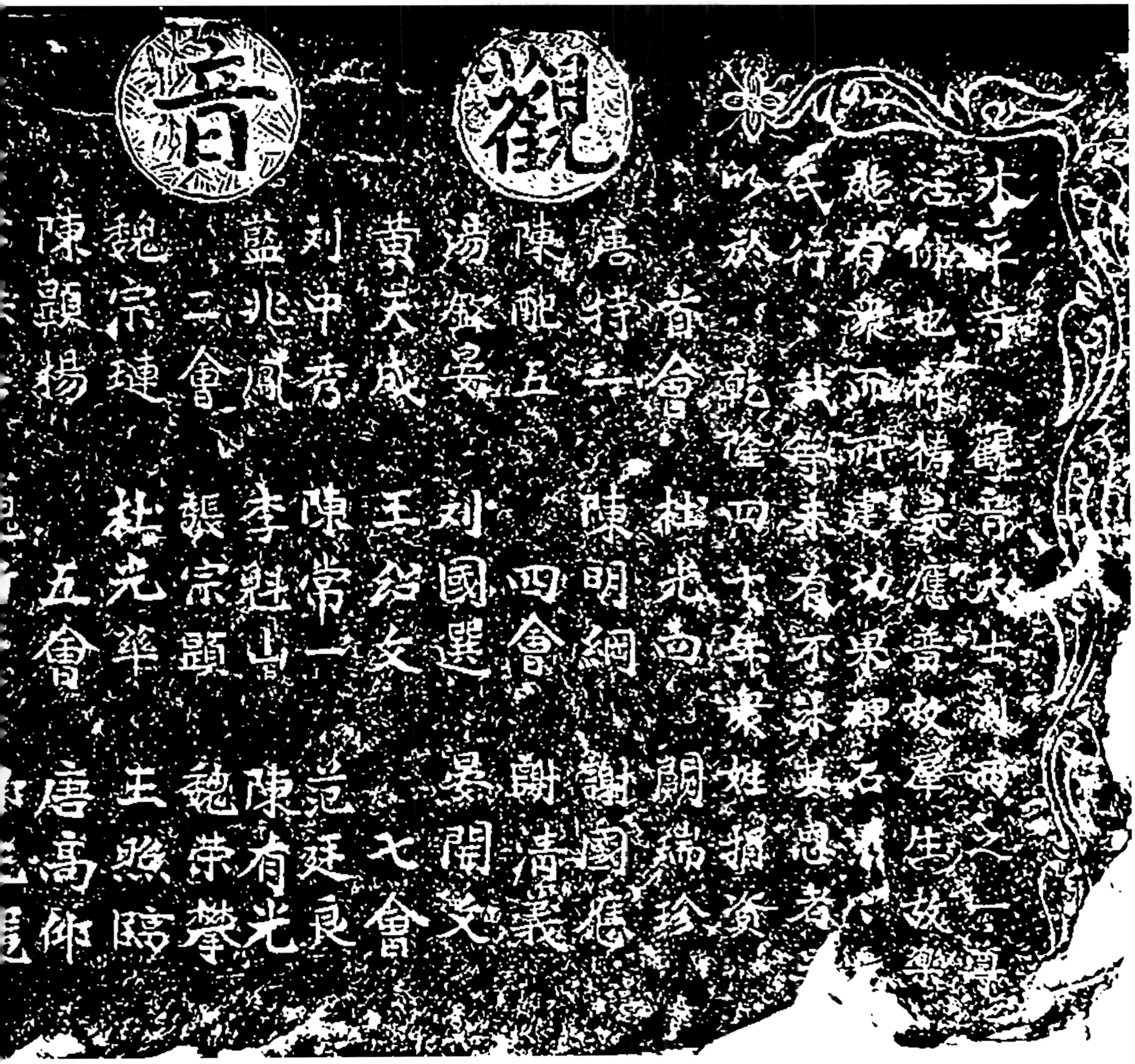

嘉庆三年木平寺观音胜会碑

等未有不沐其恩者矣。以于乾隆四十年，众姓捐资。

首会：唐持一、陈配五、汤钦晏、黄天成、刘中秀、蓝兆凤；二会：魏宗琏、陈显扬、李洪升、黄高晹、杜世正、汪宏秀；三会：陈高翥、唐作圣、易辅常、陈正宜、杜光四、陈明纲；四会：刘国选、王绍文、陈常一、李魁山、张宗显、杜光华；五会：魏新才、唐华高、范延凤、余九信、杜良佑、李映光；六会：邓万松、刘高义、阙瑞珍、谢国应、谢清义、晏开文；七会：范廷良、陈有光、魏荣攀、王照临、唐高仰、邱元龙；八会：邱景笙、萧楚璧、邹象图、唐世高、唐非木、鄢启榜、熊载廷。

起一，观音会，积聚银七十七两，接买尚家坪塅田三亩后，以田租再积。至戊午年共存银四十两整。众议概交寺僧收管，银利每年置席完粮田租，供佛饭僧，永不更改，勒石为记。

住持僧性灵、徒孙应堂收银领契。

嘉庆三年九月十九日立。石匠张克华。

嘉庆三年石霜寺笠禅师提田碑记

位置：浏阳市金刚镇石霜寺

质地：青色石灰石

规格：高 136 厘米，宽 82 厘米

释文：

惟怀永图（额题）

乐文（印）

笠禅师提田碑记

石霜本古丛林地 [1]，自唐宋以来，兴废不常，大率视住持为转移。我朝龙兴，憨峰、楚芝二禅师，以兄弟主席，因分六房轮次传继。其先寺田业虽广，自耕无几，租收有限，往往斋厨常缺，行脚无依，楼殿亦渐就倾圮。乾隆戊寅，笠山大和尚登剑室，遂大息往局不惮 [2]，请凭前后山绅士及六房眷众公议，提田伍石有零归寺。又独捐数十金，顶回田贰石有零。后来所顶，虽不免仍行批佃，其余以耕以种，收入较从前颇丰。至今院宇得以修葺，众僧们罔不饱飧念佛。厥功之巨，其又谁归。嘉庆丙辰，师之法嗣柏和尚继席 [3]。感念前劳，不忍湮没，欲为勒石以昭后起。诸住持相与共襄，及绩鹿苑长兴 [4]。余闲步至寺，道其颠末，祈为之序以记之。余不敏，既羡笠师培植祖庭，果大有功，而亦以嘉柏师之光，昭先绪孝义足风，均堪与霜华绵历不朽也。用是不拱饶舌云。

其田自株树湾起，直至下塅大王庙止，共计玖拾壹丘。芭蕉窗田种贰桶计拾九丘，原系提回之田，嗣后继起者，永不得批佃。

咨部即选儒学正堂年家发弟张同榜拜撰。

枪元，张同榜印（印）

大清嘉庆叁年岁在戊午桂月之吉 [5]，当代住持祖椿谨同监院心纯、心梅、睿林及六房两序镌 [6]。

---

[1] 丛林：众僧聚集诵经修道处，梵语贫陀婆那，后泛指寺院。

[2] 惮：劳苦。

[3] 继席：继任住持。

[4] 鹿苑：即鹿野苑，释迦牟尼说法处，后亦泛指寺院。

[5] 桂月：农历八月。

[6] 两序：犹言两代。

惟懷永圖

笠禪師提田碑記

石霜本古叢林地自 唐宋以來興廢不常大率視住持爲轉移我
朝龍興憨峯楚芝二禪師以兄弟主席因分六房輪次傳繼其道寺自業雖廣自耕延
幾祖收有限往往齋廚常缺行脚無依樓殿亦漸就傾圮 乾隆戊寅登山大和尚
登劍室遂大息往局不憚請憑前後山紳士及六房眷衆公議提田伍石有零歸寺
獨捐數十金頂回田貳石有零後來所頂雖不免仍行批佃其餘以耕以秋收入較
前頻豐至今院宇得以修葺衆僧們罔不飽飧唸佛厥功之鉅其又誰歟 嘉慶丙
師之法嗣柏和尚繼席感念前勞不忍湮沒欲爲勸石以貽後起諸住持相與共勸
續鹿苑長興余閒步至寺道其顛末祈爲之序以記之余不敏既羨燈師培植祖遺
大有功而亦以嘉柏師之光貽先緒孝義足風均堪與霜華綿歷不朽也用是不
饒舌云

其田自株樹灣起直至下峨大王廟止共計玖拾壹坵芭蕉窜
田種弍桶計拾九坵原係提回之田嗣後繼起 者永不得批
佃

咨部郎選儒學正堂年家髮弟張同榜 拜撰

大清嘉慶叁年歲在戊午桂月之吉當代住持祖椿謹同監院心梅及六房西堂僧 心純 睿林

嘉庆三年石霜寺笠禅师提田碑记

嘉庆四年开福寺碧浪湖记碑

位置：开福区开福寺

质地：青石

释文：

碧浪湖记

开福寺后碧浪湖，曾名王塘、黑罗塘。其义无所考，湖之上紫微山如凤形，凤头宛然枕湖心，其势若……王创建蜂台，命保宁禅师卓锡兹山[1]，所以奉佛，亦所以为□城北关之巨镇也。自武穆造修伊始[2]，继……卜都督诸上善人，以襄盛举。自保宁畅道其间，继起者则有紫珂、彻堂、豁谷、普性、佛国诸禅师以……其间废兴者屡矣。暨我家顺治之末年，寺宇倾颓殆尽，榛莽荒秽而已，溶溶碧浪，惟□□□，佛国则募修法苑，卜镇……东抵罗家垅，南界木鱼山，罗家桥跨湖之西，白莲池居湖之北。□□□□□□□□寺僧□修。原纳水……垦田亩日益多，渐而供赋税，以湖水灌溉□额僧□□□□□□□□□□。雍正三年，县审案……势必分注，断令廖仕臣等书立承认字，代僧完纳□□□□□□□□□□□僧租二十石，其湖……湖，庶不致为他人侵夺也。数十年来，田多易主□□□□□□□□□□□□□□而问焉。斯寺之……不止一湖，且轮流住持，往往畏避，三年了事。惟□□□□□□□□□□□□□□殆兴而……师为方丈，长老与达洪、悟彬、悟明、悟林诸开士□□□□□□□□□□□□□□欲锄奸……邑侯蒋庭讯分明[3]，仍照雍正三年原案断结，并□□□□□□□□□□□者更详，岂……哉。悟林，字海粟，系祖章法嗣，监院事，誓大慈愿，不□□□□□□□□□，悟明秉公以襄……人欤。夫佛法之感人，潜移默易，原不强其所难，以人□□□□□□□□广福田，须还佛……所为感激推让，以供奉于佛者，将不止一湖，斯又开福□□废而复兴者欤！行见一碧万顷……一叶一世界，一叶一如来[4]。佛光与湖光相映，彼昔之得罪于佛，当必有皈依恐后者。是为记。

清嘉庆四年岁次己未九月重九日，当代住持、祖章、宪监院悟林、副寺悟寿暨同门法眷……

中湘李家耿撰文[5]，长沙余正观书。

---

[1] 卓锡：同驻锡，即居止。

[2] 武穆：五代楚武穆王马殷。

[3] 邑侯蒋：据嘉庆《长沙县志》卷十五《职官》，清知县有“蒋绍宗，镶白旗汉军，举人，嘉庆三年（1798）任”。即为此人。蒋嘉庆四年（1799）离任，继任者为丛之钟。

[4] 佛教语，谓以小见大，感悟佛法的真谛。

[5] 中湘：大约为衡阳至湘潭的湘江中游地区。

碧浪湖記

開福寺後碧浪湖曾名王塘黑羅塘其義無所考湖之上紫微山如鳳形鳳頭宛然枕湖心其勢[illegible]
王創建蜂臺命保寧禪師卓錫茲山所以奉佛亦所以爲尚城北關之巨鎮也自武穆造修伊始繼[illegible]
卜都督諸上善介以襄盛舉自保寧暢道其間繼起者則有[illegible]徽堂谿谷普性佛國諸禪師以[illegible]
其間廢興者屢矣暨我
家順治之末年寺宇傾頹殆盡榛莽荒穢而已溶溶碧浪惟[illegible]則募修法苑卜鎮[illegible]
家壥南界禾魚山羅家[illegible]湖之西[illegible]居湖之北湖[illegible]寺僧[illegible]修原納水[illegible]
墾田畝日益多漸而供賦税以湖水灌溉[illegible]僧[illegible]正辛年縣審案[illegible]
勢必分注斷令廖仕臣等書立承認字代完納[illegible]一併石其湖[illegible]
湖庶不致爲他人侵奪也數十年来田多[illegible]主[illegible]湖[illegible]斯等[illegible]
不止一湖且輪流住持往往畏避三年了事惟[illegible]殆興而[illegible]
師爲方丈長老與達洪悟彬悟明悟林諸開士[illegible]欲[illegible]好[illegible]
邑侯蔣庭訊分明仍照雍正三年原案斷結[illegible]者[illegible]詳[illegible]
哉悟林字海粟係祖章法嗣監院事誓大慈願不[illegible]明秉公以[illegible]
人歟夫佛法之感人潛移默易原不強其所難以人[illegible]廣福田須還他[illegible]
所爲感激推讓以供奉於佛者將不止一湖斯又開福[illegible]者歟行見一碧[illegible]
葉一世界一葉一如来佛光與湖光相映彼昔之得罪於佛當必有[illegible]依恐後者是爲[illegible]
清嘉慶四年歲次己未九月重九日當代住持祖章憲監院悟林副寺悟壽暨合門法眷[illegible]
中湘李家耿撰文　長沙余正觀書

嘉庆四年开福寺碧浪湖记碑

嘉庆五年孔氏家庙春秋万古碑

位置：浏阳市达浒镇金石村圣庙组孔氏家庙
质地：青石
规格：高 100 厘米，宽 72.5 厘米，厚 11 厘米

释文：

春秋万古（额题）

具呈值年会首等，为呈请勒石事。家庙奉文，建自明朝，府县志炳抄……会首接管，非不尽善，奈人有智、愚、贤、不肖之不齐，不无……先圣，后裔殊不知圣祖祭祀仁宪亦为之隆重，即……问及九月初十日，族抄志呈奉，批既在官，相沿有据。敬记……科可稽。由是族人凛遵，愈加约束。公议条规，意欲勒石于……又未便轻举。本年春祭，少长咸集，又议值年会首，呈请……禀。谨录公议条规于后：

一、议公订总簿一本，逐一佥详[1]。簿上登满之日，仍另订新……存，不可疏失。

一、议祀田某年买某一契田若干，价若干，印契某领收。挨顺……若干，租谷若干，批字某人收。亦注于总簿，以便查寻。

一、议每年祭祀与修葺及完粮各项公费，本年会首或簿或……首日公同面算，用去若干，实存若干，方登于总簿上，不可……

一、议银钱谷米，倘交递之时一有不清，俱为经手值年者试……

时皇清嘉庆五年庚申岁四月初八日呈奉县父母赵官讳嘉程批所议四条，事尚可行，准其勒石。

[1] 佥：皆、都。

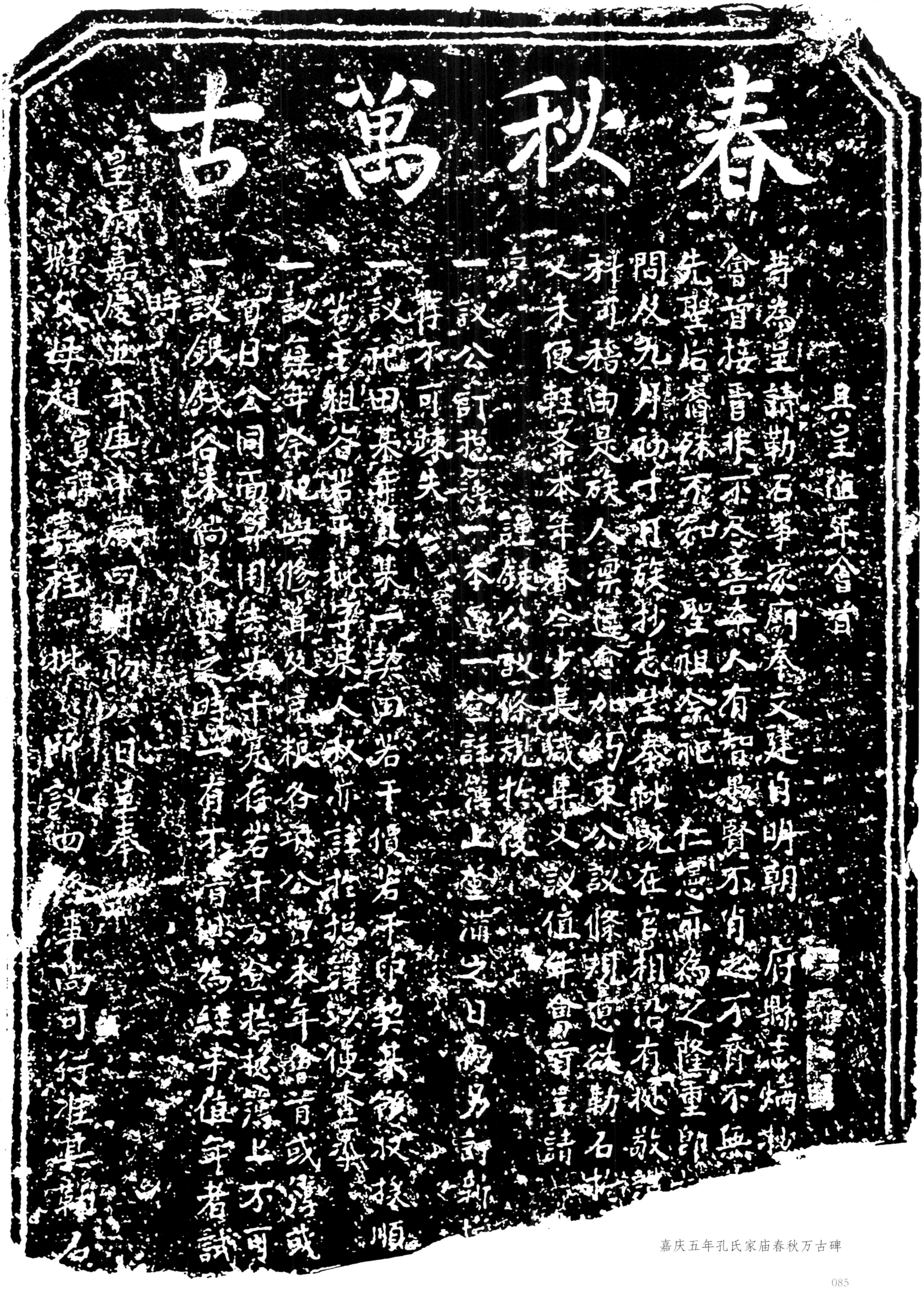

嘉庆五年孔氏家庙春秋万古碑

嘉庆九年册封许氏廖氏诰命碑

位置：宁乡市玉潭镇学庵社区

质地：汉白玉

规格：高 221 厘米，宽 80 厘米

释文：

奉天承运[1]，皇帝制曰：宣力戎行，溯钟祥于累叶[2]；貤恩介胄，广锡类于重帏[3]。尔许氏，乃候补卫千总加四级周甲万之祖母。范著宜家，仁能裕后。佑启折冲之略[4]，庆溢门闾；显扬毓德之休，光腾纶綍[5]。兹以尔孙克襄王事[6]，貤赠尔为恭人。於戏！著彤管之芳型，褒章申贲[7]；沛琅函之渺潭，泉壤遗徽[8]。

制曰：家有孝慈之范，美以相继而彰；国崇褒锡之文，恩以并推而厚。尔廖氏，乃候补卫千总加四级周甲万之亲伯母。德可相夫，教能启后。一堂环佩，和音克著其慈祥；五夜机丝[9]，内治聿昭其柔顺。兹以尔侄克襄王事，赠汝为恭人。於戏！溥一体之荣施，鸾章贲采；表同心于训迪，象服分光[10]。

诰命之宝。嘉庆九年十二月十三日。

[1] 明太祖朱元璋初定大朝会正殿为奉天殿，在与臣下的诰敕命中开首自称“奉天承运皇帝”，后便成为帝王敕命的套语。

[2] 戎行：军队；累叶：累世。

[3] 貤恩：清制，因子孙官阶而受朝廷封赠为貤恩；介胄：即甲胄，谓武官；锡：同赐。

[4] 折冲：克敌制胜。

[5] 纶綍：制令。

[6] 襄：成。

[7] 彤管：女史记事所用之红管毛笔；申贲：显扬大美。

[8] 沛：充盛；琅函：书匣；渺潭：深潭；徽：美，善。

[9] 五夜：犹午夜，或五更；机丝：纺织。

[10] 训迪：教导；象服：王后及命妇以绘画为装饰的服饰。

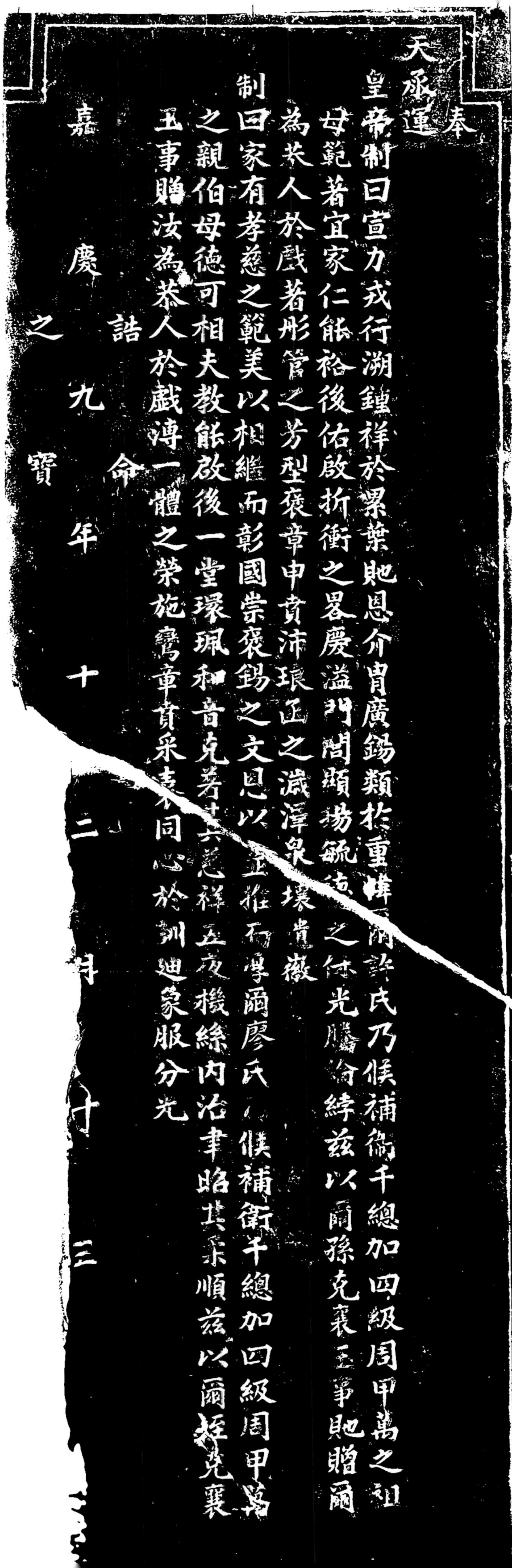
奉
天承運
皇帝制曰宣力戎行溯鍾祥於累葉貤恩介冑廣錫類於重幃爾許氏乃候補千總加四級周甲萬之祖
母範著宜家仁能裕後佑啟折衝之畧慶溢門閭順揚毓德之休光膺綸綍茲以爾孫克襄王事貤贈爾
為恭人於戲著彤管之芳型褒章申賁沛瑯函之渥澤泉壤賁徽
制曰家有孝慈之範美以相繼而彰國崇褒錫之文恩以推而溥爾廖氏乃候補衛千總加四級周甲萬
之親伯母德可相夫教能啟後一堂環珮和音克著其慈祥五夜機絲內治聿昭其柔順茲以爾姪克襄
王事贈汝為恭人於戲溥一體之榮施鸞章賁采素同心於訓迴象服分光
誥命
嘉慶九年十二月十三
之寶

嘉庆九年册封许氏廖氏诰命碑

嘉庆二十年包爷庙重修庙记碑

位置：天心区南托街道包爷庙

质地：汉白玉

释文：

重修庙记（额题）

……包氏家乘

……宋咸平二年二月初三日所载，官阶甚□□□□□□详。语云：生而为英，殁而为神，其公之谓欤！然此地庙建前明，至……于□□湖广□宪王公朝恩，捐俸修建□□□□邑绅商合志，大修三殿、戏楼如今式，有碑可稽。兹因日久剥蚀，住持复为募修，而前规未改，庙貌如新。此故好善者乐其成，亦公□□□□相传也。爰将芳名勒石，永垂不朽矣。（捐款人略）

嘉庆二十年岁次乙亥嘉平月谷旦立[1]。

礼堂俞宗伯书。

---

[1] 嘉平月：农历腊月。

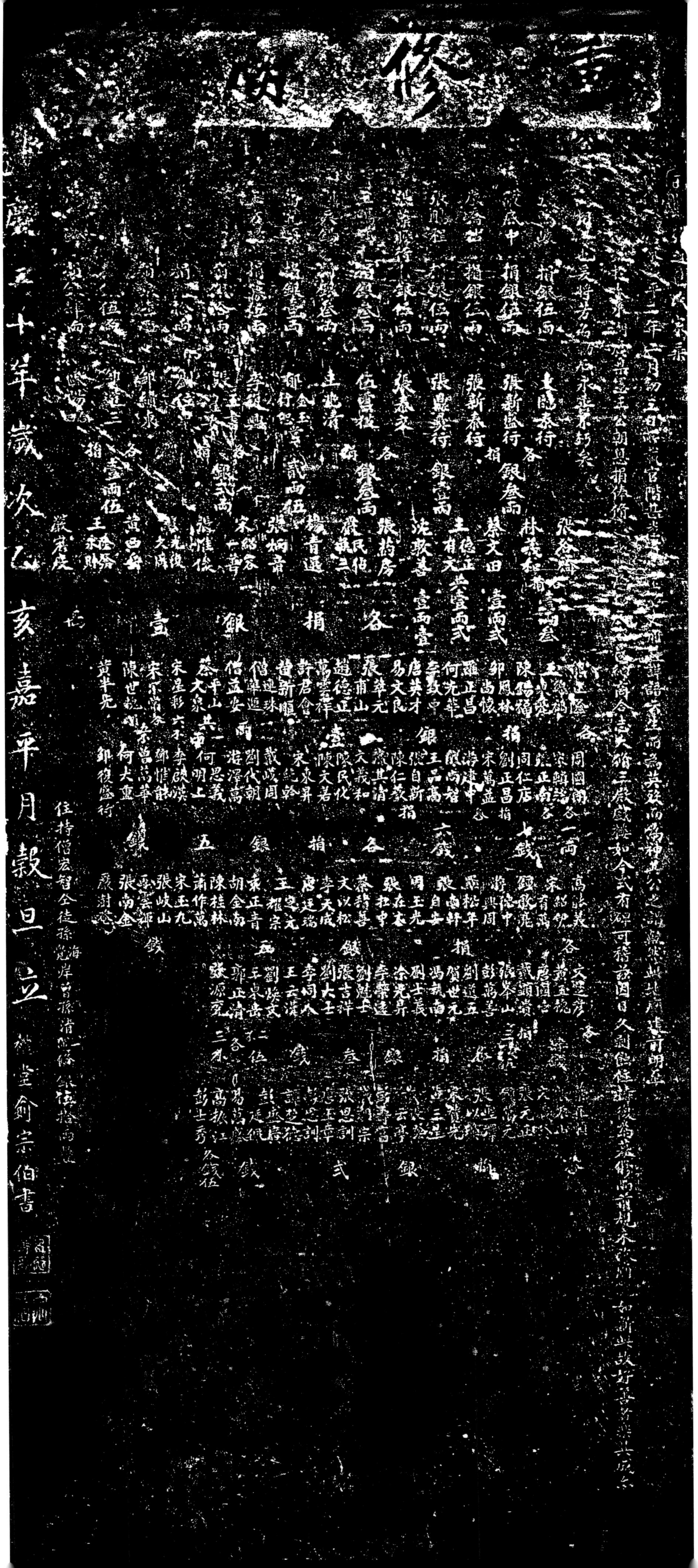

嘉庆二十年包爷庙重修庙记碑

道光五年凤凰庵重修庵碑

位置：宁乡市凤凰庵

质地：青石

释文：

重修庵碑（额题）

原来山号凤凰□□□□□□□□寺修□□□基，创自前明，虽高□步□，实湘宁之胜境。纵形殊鹫岭[1]，亦古刹之奇踪，惜乎时迁代更，盛衰靡定。沿□近日，住持鲜而剥削肆起，几侔面上刮金[2]，甚至此。时禅院虚而宵小愈多，何殊□间有鼠。不惟勿闻晨钟暮鼓，而且共见败栋崩榱。朝本为白板士民，实系青衿孙子[3]，瞻玉毫之露处，风雨无遮；览金像之尘封，凄怆有感。自惭绵力，深忧孤掌难鸣；□荷布施，□睹众擎易举。爰以锦囊之一掷，合为狮座之三楹。然此仅始基，未便云观止。若夫庄严焕彩，宫殿增华，是则尚祈宝带临门，慈悲大发；兼望衲衣卓锡，□饰宏加。今将仁人乐赐芳名镌石，以志不朽云。

（纠首及捐款人名略）

道光五年乙酉岁仲冬月谷旦立

---

[1] 鹫岭：梵语耆阇崛山，在中印度，为佛说法之地。因山顶似鹫，故名。

[2] 侔：谋求。

[3] 朝：人名，即汤朝，后纠首中有此人，应为撰碑人；青衿：士族。

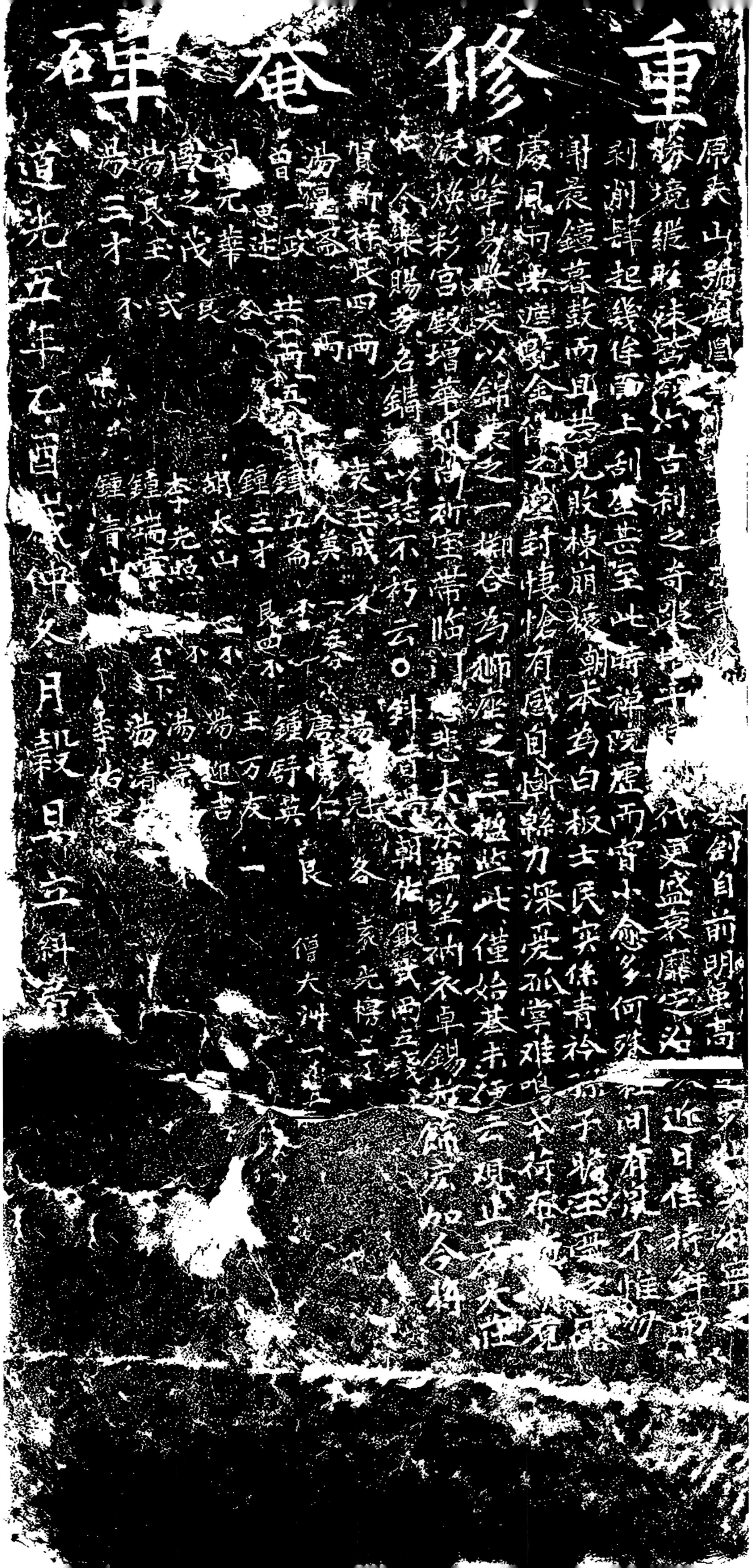

道光五年凤凰庵重修庵碑

道光六年神武殿三修碑记

位置：宁乡市神武殿

质地：青石

释文：

神武殿三修碑记

去沩宁邑治西城八十里有殿焉，颜曰“神武”[1]，盖乡先辈所建，以祀关侯者也。肇始于嘉庆癸亥，继广于道光壬寅。自是以灵迹丕著，凡春秋祈报暨遐迩瓣香尸祝者舆马辐辏[2]。军兴以来，水旱、盗贼之警无地蔑有。邑尊以时巡视原野，下询利病，德旌所至，都人士相与上迓神庥[3]。筹副国家厚泽者，迄今垂八十余年于兹矣。会殿之东北隅风侵雨蚀，垣楹渐即倾圮，并旧址四周于庭檐溜外，无旋马地。是故人心响应，举欲扩而新之。丙戌夏仲[4]，妥商规制，慨然为之，敛资增置，距殿隙地几许。刻日鸠工庀材，营其殿之。左右有厢，前向有台，台之外有闳闳[5]。其饰以雕几，涂以丹臒[6]，甃以砖石，取其华以壮观瞻，亦取其固以垂久远也。循堂而左施去为复室，则囷仓、庖厨、寅宾、精舍在焉[7]。至是两更寒暑，计费金壹千柒百有奇，举旧日之堂庑门楼胥改厥观[8]。殿既成，诸君子以其事之不可无志也，于是悉其颠末，而记之曰：

侯之忠义，备书史册，照耀今古。无俟肤浅之言，为第言其所以为善为乐，董事之勤者。区区踵事，增华云尔哉。

刘森棠凯舲氏谨记，刘运炎仙咏氏敬书。（修建者姓名略）

---

[1] 颜：即额，匾额。

[2] 瓣香：进香；尸祝：祭拜神灵。

[3] 迓：迎。

[4] 上一丙戌年为道光六年（1826），而前文有“继广于道光壬寅（二十二年，1840）”，因而此丙戌不当是道光六年（1826）。又有“肇始于嘉庆癸亥（八年，1803）”和“迄今垂八十余年”语，自嘉庆八年（1803）至光绪十二年（1886）适“八十余年”。

[5] 闳闳：高大的山门。

[6] 几：漆饰花纹，红漆；丹膜：红色涂料，泛指彩绘。

[7] 精舍：僧人修炼所在。

[8] 胥：全，都。

神武殿三修碑記

去甯邑治西城八十里有殿焉顏曰 神武蓋鄉先輩所建以祀
闗侯者也肇始於嘉慶癸亥繼廣於道光壬寅自是以靈蹟丕著凡春秋祈報暨遐迩辦香尸祝者輿馬輻輳軍興以來水旱盜賊之警無地
蔑有□邑尊以時巡視原野下詢利病德旌所至都人士相與上述 神庥籌副 國家厚澤者迄今垂八十餘年於茲矣會殿之東
址隅風侵雨蝕垣極漸即傾圮并舊址四周於庭檐溜外無旋馬地是故人心響應舉欲擴而新之丙戌夏仲安商規制慨然為之斂貲
增置距殿隙地幾許刻日鳩工庀材營其殿之左右有厢前向有臺臺之外有閈閎其飾以雕幾塗以丹艧甃以磚石取其華以壯觀瞻
亦取其固以垂久遠也循堂而左施去為複室則囷倉庖廚寓賓精舍在焉至是兩更寒暑計費金壹千柒百有奇舉舊日之堂廡門樓
胥改厥觀殿既成諸君子以其事之不可無誌也於是悉其顛末而記之曰
侯之忠義備書史册照燿今古無俟膚淺之言為第言其所以為善之樂董事者之勤者區區踵事增華云尓哉

劉森棠凱般氏謹記
劉運炎仙詠氏敬書

首士劉瑞門 張福星
張春堂 余俊心 銀福才
劉霨門 吳吉堂 李祥林
張幹臣 朱祥臨 賀錫純
歐陽介眉 張省吾 夏美才
何更清 劉佐韶 余東九
張枝揚 張力昌 鄧福齋
李硯林 李坤益 陳啟崇
歐陽靜菴 張海霞 歐陽朝東
歐陽蔚翹 吳經麗 歐陽晚川
賀錫光 余仙桂
張正才 張復渠

經理 張蔚才
盧□□
賀月三
監修張兆祥
歐陽禮□
王嶺梅
劉啟本

偕修歐陽玉階裔
協修吳開周裔
劉椿軒
張紹中祠
劉常潤裔
歐陽在鄉
陳章達
歐陽光楚裔
曹春生

督修吳秀良
黄啟宇裔
王維新
歐陽德馨
張超萬裔
劉漢橋
盧渭春
張玉泉

主修張裕書
歐陽石安
督修康立華
歐陽劭修
吳昆三
周共中裔
李萬美
賀亮春

石匠□ 木□ □ □

道光六年神武殿三修碑记

道光十年孔氏家庙优免杂派差役碑[1]

位置：浏阳市达浒镇金石村圣庙组孔氏家庙

质地：青石

规格：高 229 厘米，宽 100 厘米，厚 7 厘米

释文：

［奉］宪优免

［署湖南长沙府］浏阳县正堂加十级纪录十次赵，为优免杂派差徭勒石，［权以广皇仁，以隆］圣胄事。道光六年，据监生孔毓曙，职员孔毓泮、传久、传史，廪生传雅，佾生传聘[2]，监生继开、继璠，佾生继［馨、继茕、］继之、继存、继蛟、继世，生员广元，协同族人孔毓彦、毓桃、毓三、毓达、毓桢、毓杰、毓河、毓昌、传回、传卜、传照、传光、传经、传汶、［传凤、传阳、传成、传可、］传都、传铭、传佳、传翰、继言、继志、继朋、继阳、继桂、广发、广权等呈请优免差徭一案。经前县赵通详并前县杜详，奉藩宪裕转详，抚部院康咨明衍圣公府查明：至圣三十七代嫡孙孔巢父，唐时为潭州刺史，阵亡。荫男孔瑛，仍袭［父职。五季兵阻未］归[3]，遂家于平江鲁德山。前明洪武六年，五十五代孙孔靖［安等，始迁浏东之滩头。］万历二十七年暨乾隆三年，印谱确凿，世系昭然。［前经衍圣公委员持札到］县，催修新谱，准其永远优免。兹奉衍圣公［札付，所有杂派差徭，例应酌意优免，］以昭体恤等因。奉此合行，勒石晓谕。［为此示仰合邑军民人等知悉。嗣后，孔氏所有］田产粮册，另立圣裔都另编［□□。除正供并采买谷石外，凡一切杂派、保］甲牌头[4]、区首团总、斗级社长[5]、运丁夫役、行铺船户、粮差及百工手艺，差徭行优免，以仰副盛朝崇师重道。今典自示之［后，倘有藉端混派滋扰者，许该孔氏人等，立即指名赴县禀，以凭拿］究。［各宜凛遵毋违，特示。］

［清道光十年岁次庚寅九月吉日暨立署前］

---

[1] 此残碑破损严重，缺文据现场释读残片增补。

[2] 监生：明清时期入国子监就读者；廪生：府、州、县学生员中有供廪米者；佾生：孔庙中祭祀时的乐舞生。

[3] 五季：五代。

[4] 保甲：封建时期户籍编制；牌头：十家为牌，设牌头，又称牌长。

[5] 守仓库场院等的役吏。

道光十年孔氏家庙优免杂派差役碑

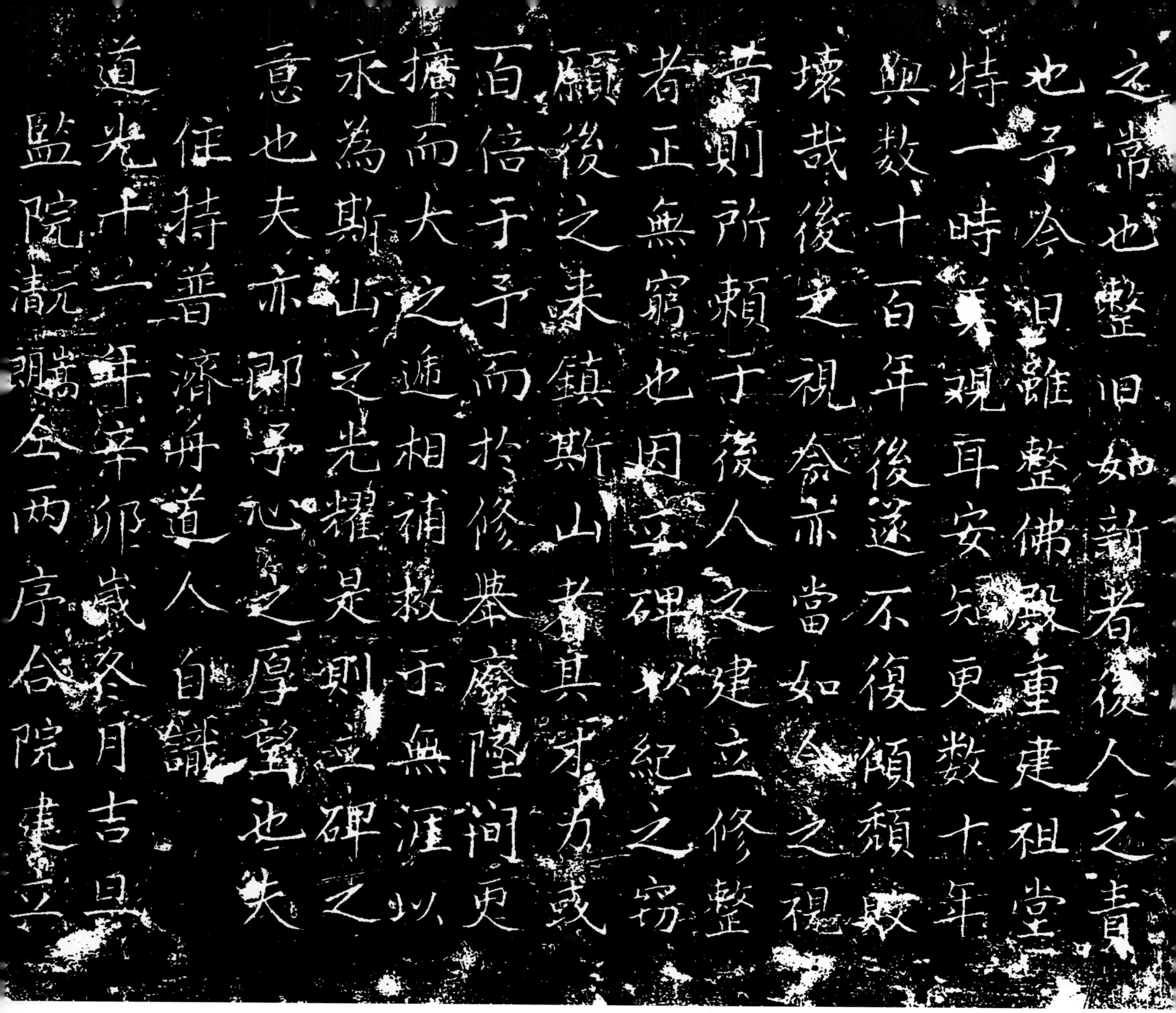

道光十一年石霜寺佛殿祖堂重修记

位置：浏阳市金刚镇石霜寺

质地：青石

规格：高 48 厘米，宽 106 厘米

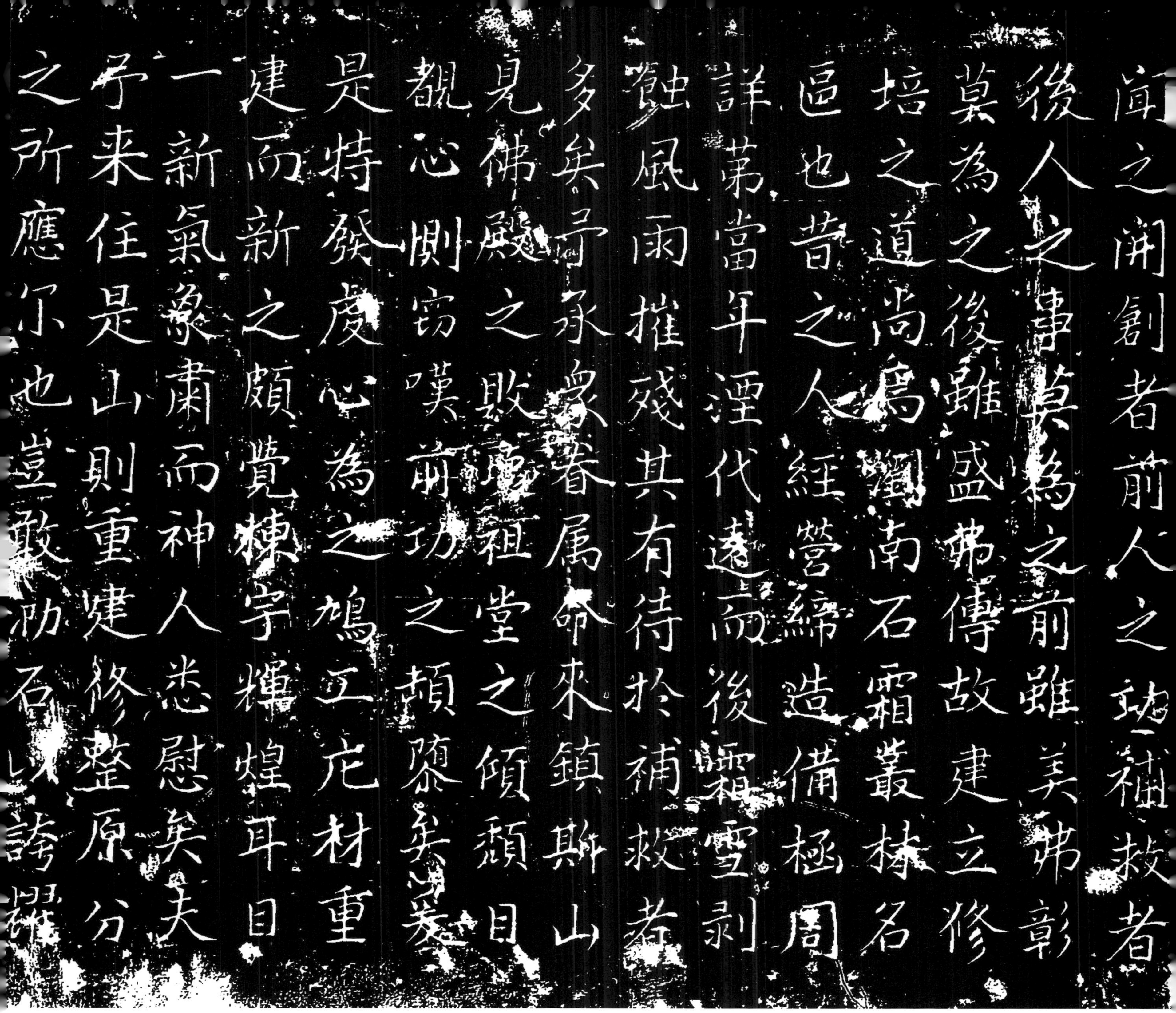

道光十一年石霜寺佛殿祖堂重修记

释文：

闻之开创者前人之功，补救者后人之事。莫为之前，虽美弗彰；莫为之后，虽盛弗传。故建立修培之道尚焉。浏南石霜，丛林名区也，昔之人经营缔造，备极周详。第当年湮代远，而后霜雪剥蚀，风雨摧残，其有待于补救者多矣。予承众眷属命来镇斯山，见佛殿之败坏，祖堂之倾颓，目睹心恻，窃叹前功之顿隳矣[1]。爰是特发虔心为之，鸠工庀材，重建而新之。颇觉栋宇辉煌，耳目一新，气象肃而神人悉慰矣。夫予来住是山，则重建修整，原分之所应尔也，岂敢泐石以夸耀于后人？第思历久必敝者，世事之常也，整旧如新者，后人之责也。予今日虽整佛殿，重建祖堂，特一时美观耳。安知更数十年与数十百年后，遂不复倾颓败坏哉？后之视今亦当如今之视昔，则所赖于后人之建立修整者正无穷也，因立碑以纪之。窃愿后之来镇斯山者，其才力或百倍于予，而于修举废坠间更扩而大之，递相补救于无涯，以永为斯山之光耀。是则立碑之意也夫，亦即予心之厚望也夫。

住持普济舟道人自识。

道光十一年辛卯岁冬月吉旦，监院元嵩、清朗同两序合院建立。

---

[1] 隳：毁坏。

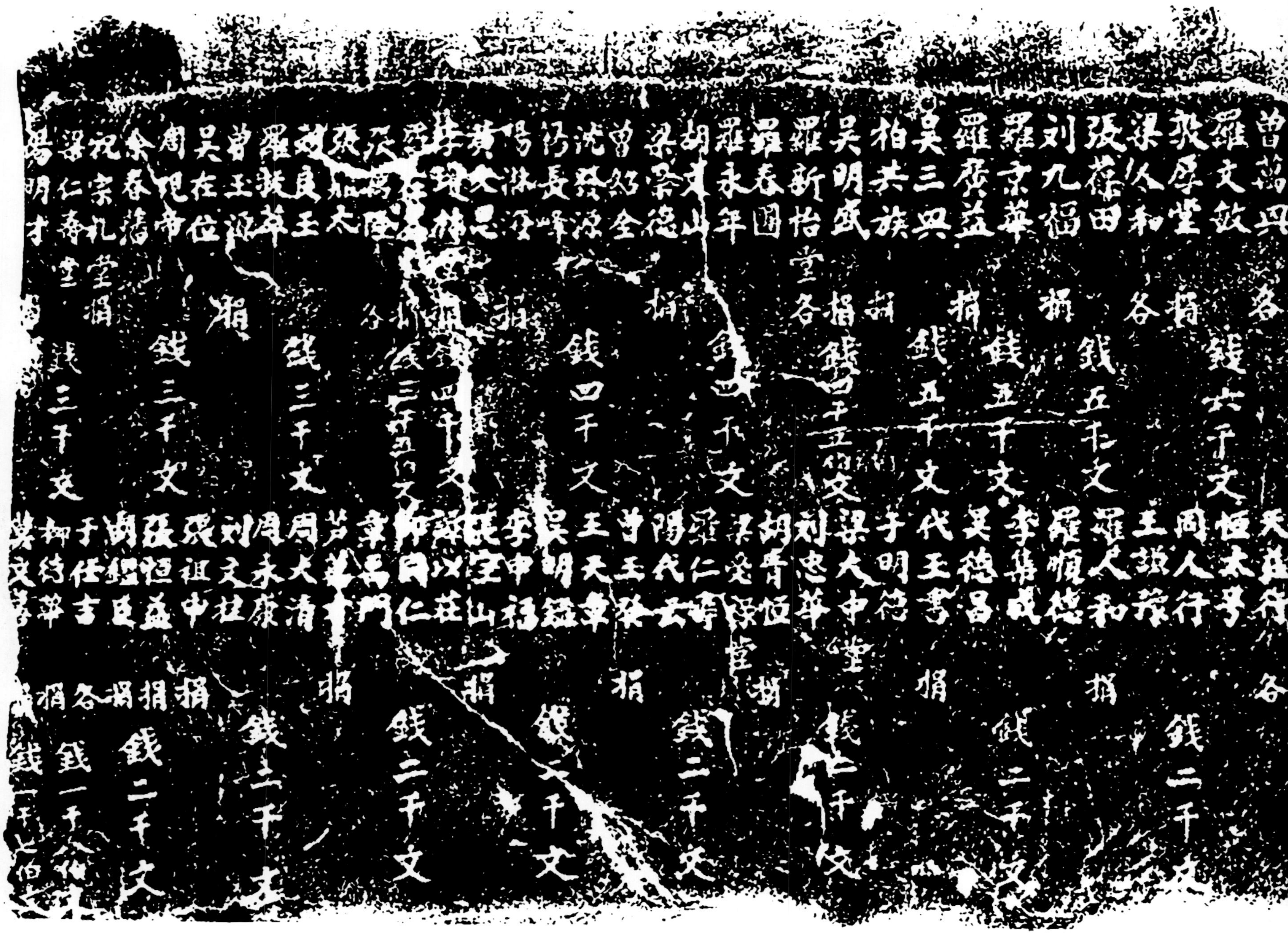

道光十二年众姓重修白龙庙碑记

位置：岳麓区潇湘大道枯石塘古白龙庙

质地：汉白玉

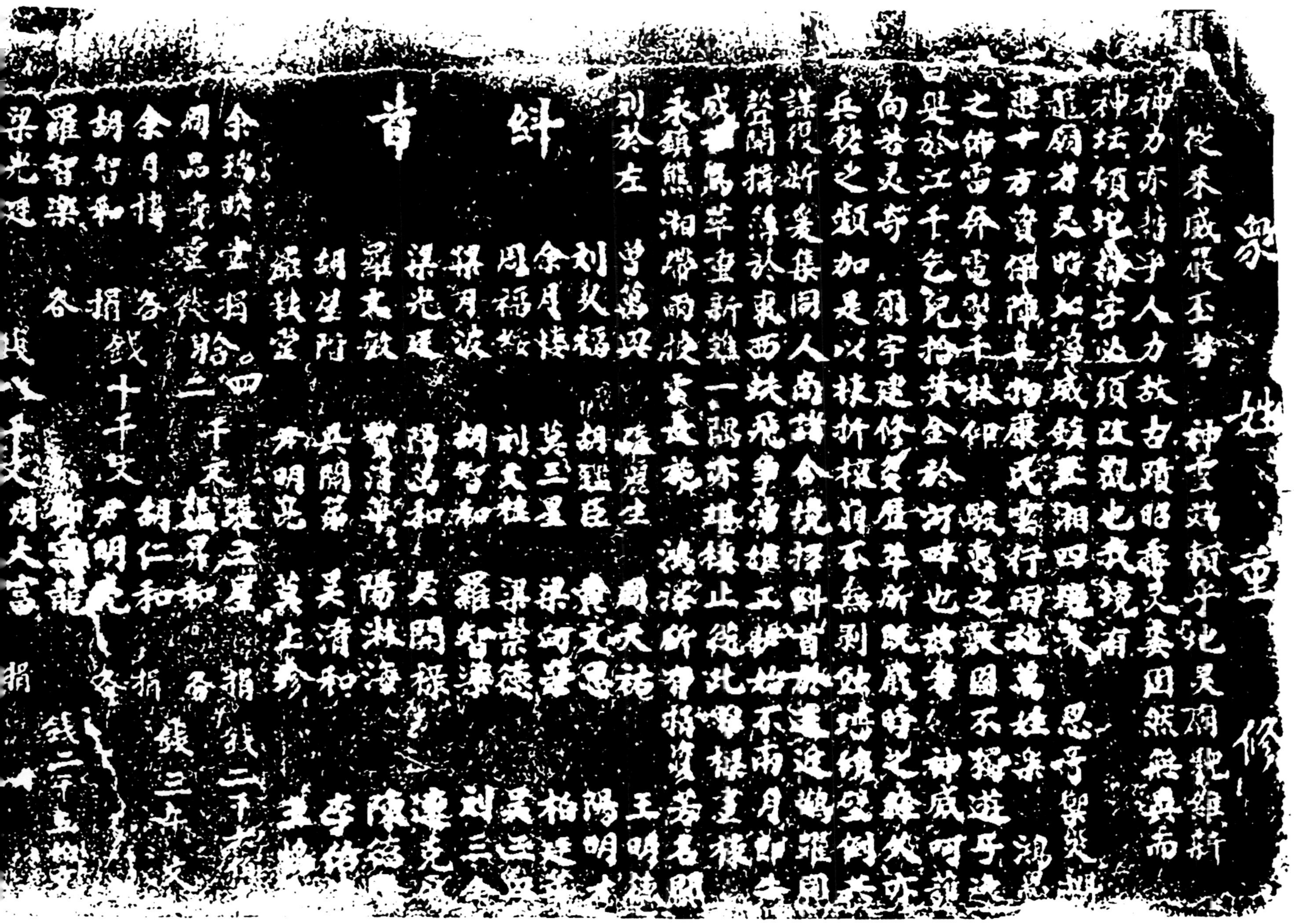

道光十二年众姓重修白龙庙碑记

释文：

众姓重修

从来威严丕著[1]，神灵端赖乎地灵；庙貌维新，神力亦藉乎人力。故古迹昭垂，灵类固然无异；而神坛倾圮，栋宇必须改观也。我境有白龙庙者，灵昭七泽，威镇三湘。四境沐恩□，御灾捍患；一方资保障，阜物康民。云行雨施，万姓乐鸿恩之布；雷奔电掣，千秋仰骏惠之敷[2]。固不独游。子逸曰：叟于江干乞，儿抬黄金于河畔也。兹□□神威呵护，向若灵奇□。庙宇建修，多历年所[3]。既岁时之经久，亦兵燹之频加，是以栋折榱崩，不无剥蚀；墙倾壁倒，共谋复新。爰集同人，商诸合境。择纠首于迩近，鹊跃同声；开捐簿于东西，蚨飞争涓。鸠工伊始，不两月既告成功；□萃重新，虽一隅亦堪栖止。从此雕梁画栋，永镇熊湘[4]；带雨挟云，长施鸿泽。所有捐资芳名开列于左（略）

---

[1] 丕：大。

[2] 骏：卓异；敷：施，布。

[3] 所：通许，表略数。

[4] 熊：谓强盛。

道光十三年木平寺募化重建碑

位置：浏阳市枨冲镇和平村战斗组木平寺
质地：青石
规格：高146厘米，宽84.5厘米

释文：

募化重建（额题）

木平寺，古刹也，自唐宋以来，千有余岁。山之阳，木蒙茸其在望；山之右，泉涓滴而长流。而睹名山，揽胜迹，则有仁人君子，不惜解囊，荷蒙倾橐。如是，建兰若于其地[1]，供苾刍于其中[2]，设忏悔于其室。珊瑚宝炬，今日之故址依然；白佛朱藤，当年之旧象如是。乃者历年久而不免崩颓，更世□而致来倾圮。欲更焕于维摩[3]，尤仰仗乎檀越。蒙施助之意，得落成之观。璎珞庄严，代有传而不灭；菩提炫耀，世相继而常新。敢告众芳，流名缃帙[4]；右申同志，普渡津迷。谨当泐石，以垂不朽。

（募捐者姓名及银两数略）

道光十三年癸巳岁仲秋月谷旦，住持僧汪海敬刊立。

---

[1] 兰若：即梵语阿兰若，佛教净地。指寺院。
[2] 苾刍：梵语，统称僧人。
[3] 维摩：即维摩诘，佛祖。
[4] 缃帙：犹曰青史。

道光十三年木平寺募化重建碑

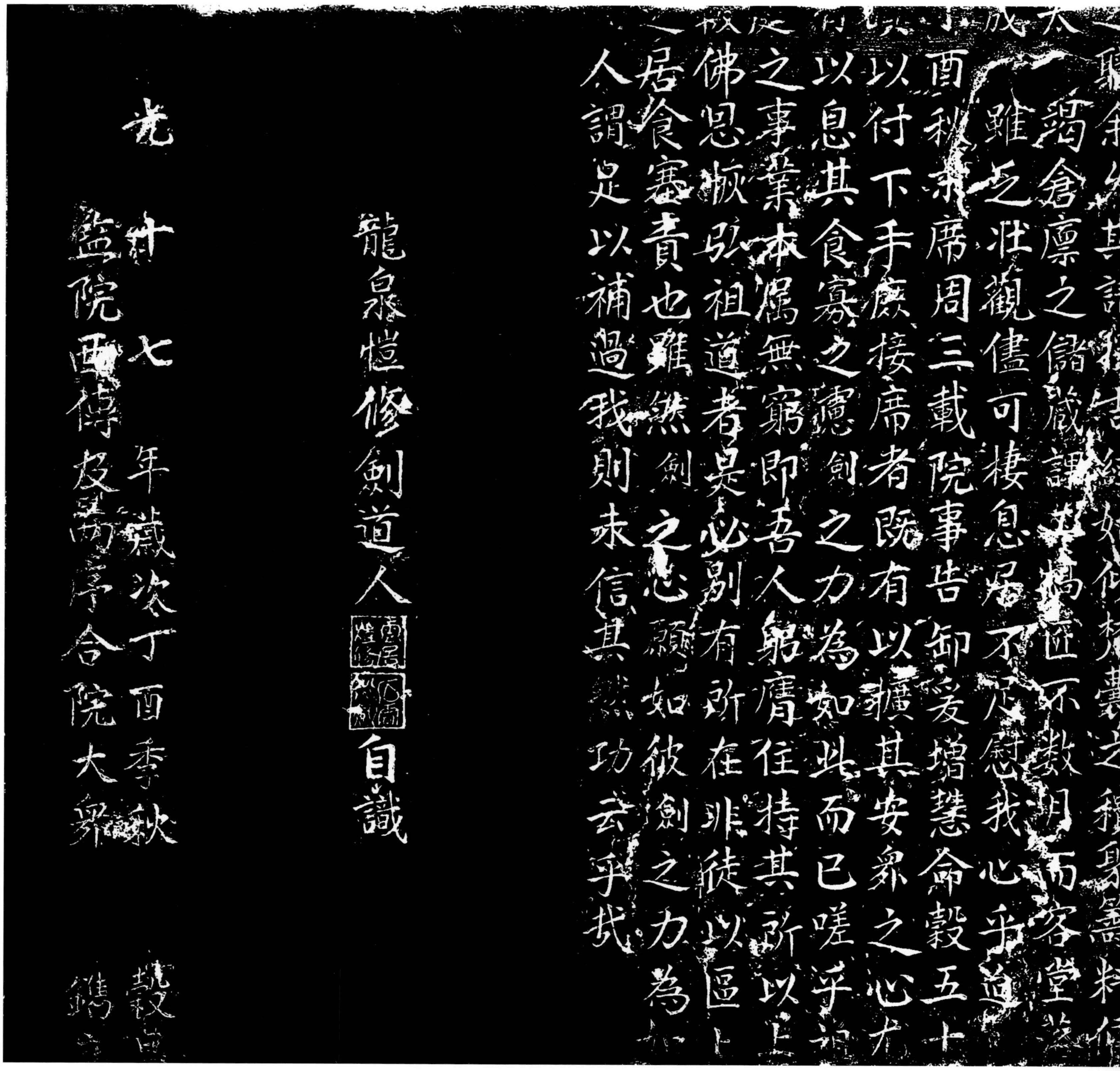

道光十七年石霜寺重建客堂补增慧命谷记碑

道光十七年石霜寺重建客堂补增慧命谷记碑

位置：浏阳市金刚镇石霜村石霜寺

质地：青石

规格：高 270 米，宽 135 米

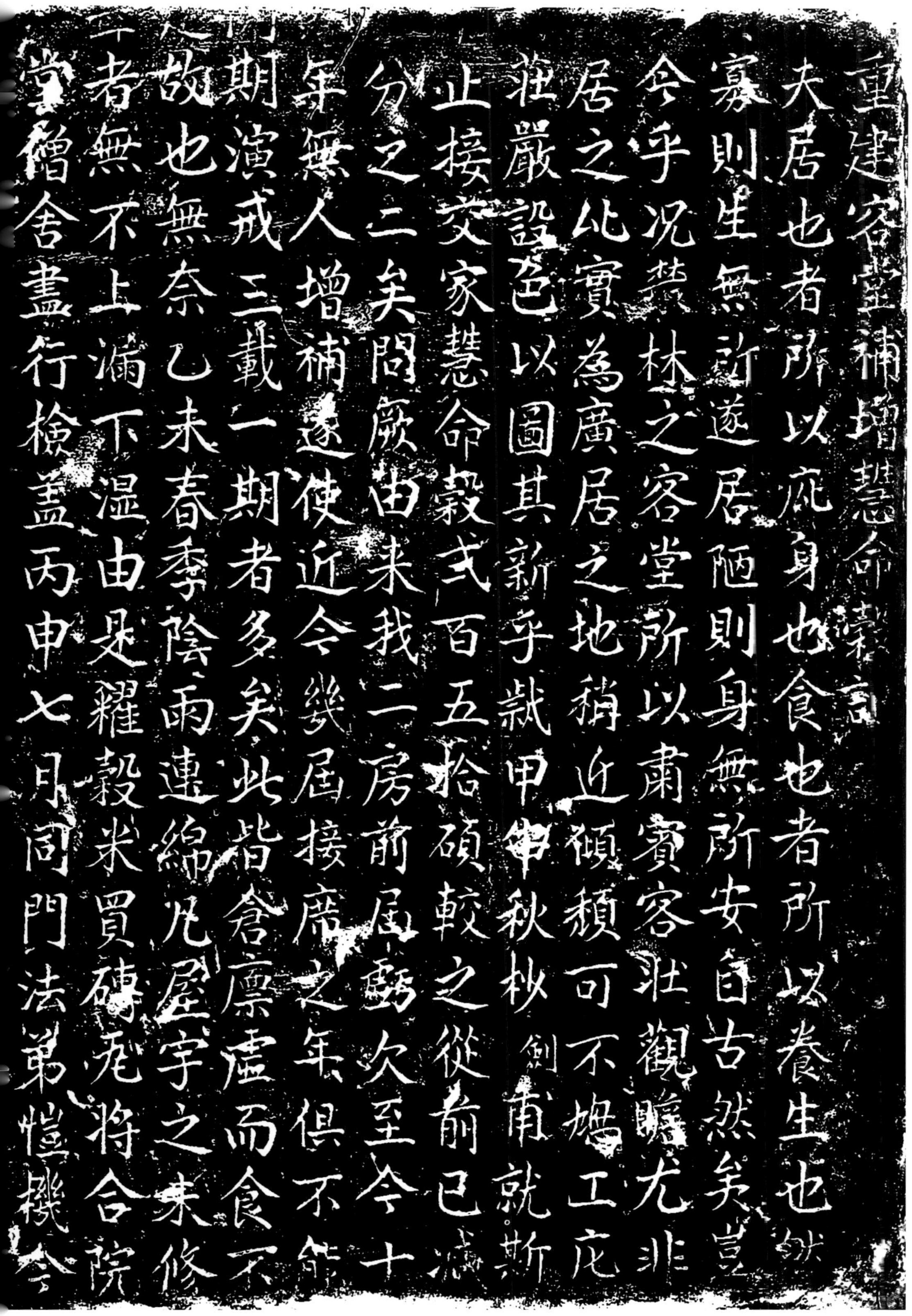

释文：

重建客堂补增慧命谷记

夫居也者，所以庇身也；食也者，所以养生也。然食寡则生无所遂，居陋则身无所安，自古然矣，岂于今乎？况丛林之客堂，所以肃宾客，壮观瞻，尤非食居之比，实为广居之地。稍近倾颓，可不鸠工庀材，庄严设色，以图其新乎？岁甲午秋杪，剑甫就斯以止[1]，接交家慧命谷贰百五拾硕，较之从前已减五分之二矣。问厥由来，我二房前届亏欠，至今十余年无人增补。遂使近今几届接席之年，俱不能而期演戒，三载一期者多矣。此皆仓廪虚而食不足故也。无奈乙未春季阴雨连绵，凡屋宇之未修葺者，无不上漏下湿。由是粜谷米、买砖瓦，将合院客堂僧舍，尽行检盖。丙申七月，同门法弟恺机，今现充本寺知客[2]，乃以重建客堂请，且愿兼充监修之职，余允其请，择吉经始。倾梵囊之积聚，筹料雇夫；竭仓廪之储藏，课工犒匠，不数月而客堂落成。虽乏壮观，尽可栖息居，不足慰我心乎？迨丁酉秋末，席周三载[3]，院事告卸。爰增慧命谷五十硕以付下手，庶接席者既有以扩其安众之心，尤有以息其食寡之虑，剑之力为如此而已。嗟乎！祖庭之事业，本属无穷，即吾人躬膺住持，其所以上报佛恩，恢弘祖道者，是必别有所在，非徒以区区之居食塞责也。虽然，剑之心愿如彼，剑之力为如此，人谓足以补过，我则未信其然，功云乎哉。

龙泉恺修剑道人自识。

道光十七年岁次丁酉季秋谷旦，监院两传及两序合院大众镌立。

---

[1] 杪：末尾；剑：人名，即后署“剑道人”；甫：才，刚。

[2] 知客：寺庙中主管接待宾客的僧人。

[3] 席：任住持；周：整。

道光二十一年石霜六房起立蒸尝胜祀小引碑

位置：浏阳市金刚镇石霜村石霜古寺

质地：青石

规格：高 75 厘米，宽 97 厘米

释文：

石霜六房起立蒸尝胜祀小引[1]

盖闻敦本崇源，敬宗尊祖，人皆有之，僧亦宜然。兰溪普恩禅师，倡立公会，名曰“蒸尝中元”。焚以香楮[2]，冬至荐以苹蘩，修明有志，乃无忘衣钵真传也。是以邀集六房同人，捐助钱文，宏开祀典。每年两节，届期将所生息之项，以为蒸尝之资。兼念云水等魂寂寞无祀[3]，于每岁中元之日[4]，亦备楮财、袈衣，塔前焚化。是夕精严斛食，赈济孤幽。俱为美举，竭力赞襄，追泐石镌名，以垂不朽。后人知恩必报，庶几其有由来矣。是为引。

今将六房起立蒸尝祀捐资列后（略）

首士：云昭、高松、鹤松。

道光辛丑二十一年九月重阳后一日六房公镌。

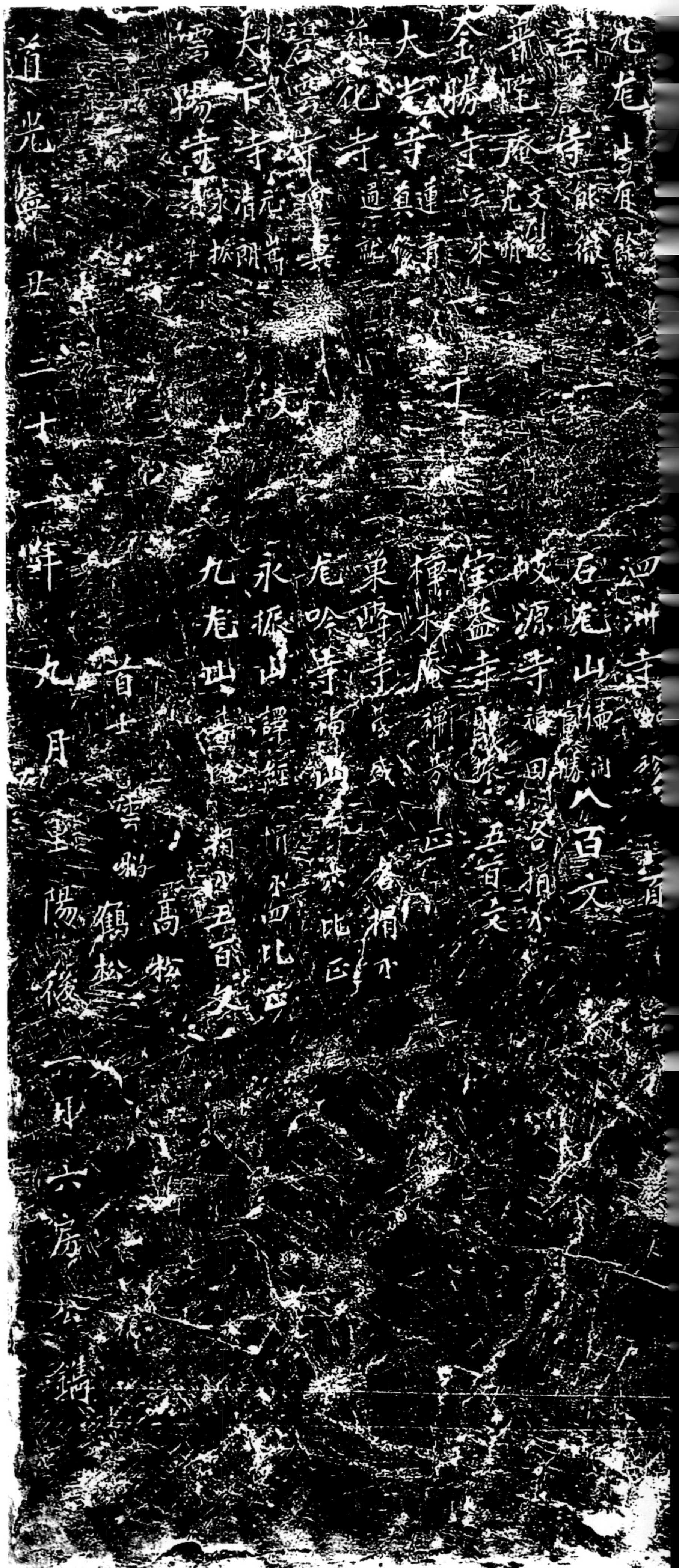

道光二十一年石霜六房起立蒸尝胜祀小引碑

---

[1] 蒸尝：祭祀。

[2] 香楮：纸钱。

[3] 云水：行脚僧。

[4] 中元：农历七月十五日，佛教称为盂兰盆节，即民间所谓“鬼节”。

道光二十二年始修白龙李公庙碑记

位置：岳麓区潇湘大道枯石塘古白龙庙

质地：汉白玉

规格：高118厘米，宽46厘米

释文：

始修白龙李公庙碑记

湘江之滨，西河之溪，善邑铺石[1]，其地最胜者也。详载志书，群称古迹。嵯峨峻峭，仿若蓬莱；浩渺奔腾，俨如弱水。堪作中流砥柱，可向□舸扬帆。而至农村市店，对宇而居也。田世居此地[2]，历有白龙大王及李公太保，灵奇久著，享血食于千秋。功德聿昭，普恩□于兹。□□境得所凭依，轮流供奉香烟。家家于是接次庆祝神案，岁岁皆然。当时顶礼维虔，迨后寂寥无自。苟非修崇庙宇[3]，何以安妥神灵？□以□□父兴创建之。念此不过以私心窃计，要皆有志未逮也。田继成父志，敢竭乃心，始则计夫资财，继则谋夫基地，乃于自置铺石□□内，□□壕抵界，于中扦作庙基。而左造渡船屋，右为菜园，交着渡人经理。每年议纳钱六百，交施主□，完该田粮饷，洵哉[4]。始基之已□□□□□□萃众材，集千腋以成裘。敢云补葺，推一人为领袖，得所专司劝公等轮集如云，效灵台落成。不日大兴土木，广集鸠工，宏□□□之□，□观布玉，藻井垂珠。栋飞南浦之云，丹楹焕彩；帘卷西山之雨[5]，莲幕生香。行见庙貌森严，光辉宝座；俾得神灵镇坐，色炫金□。因纪其原始于兹。

（后纠首及捐款人姓名略）

清道光二十二年壬寅岁仲冬月吉日刊立。

---

[1] 善邑：善化县；铺石：地名，即今枯石塘。

[2] 田：人名，为撰碑人。

[3] 苟：如果。

[4] 洵：诚信。

[5] 化用唐王勃《滕王阁》诗句："画栋朝飞南浦云，珠帘暮卷西山雨。"

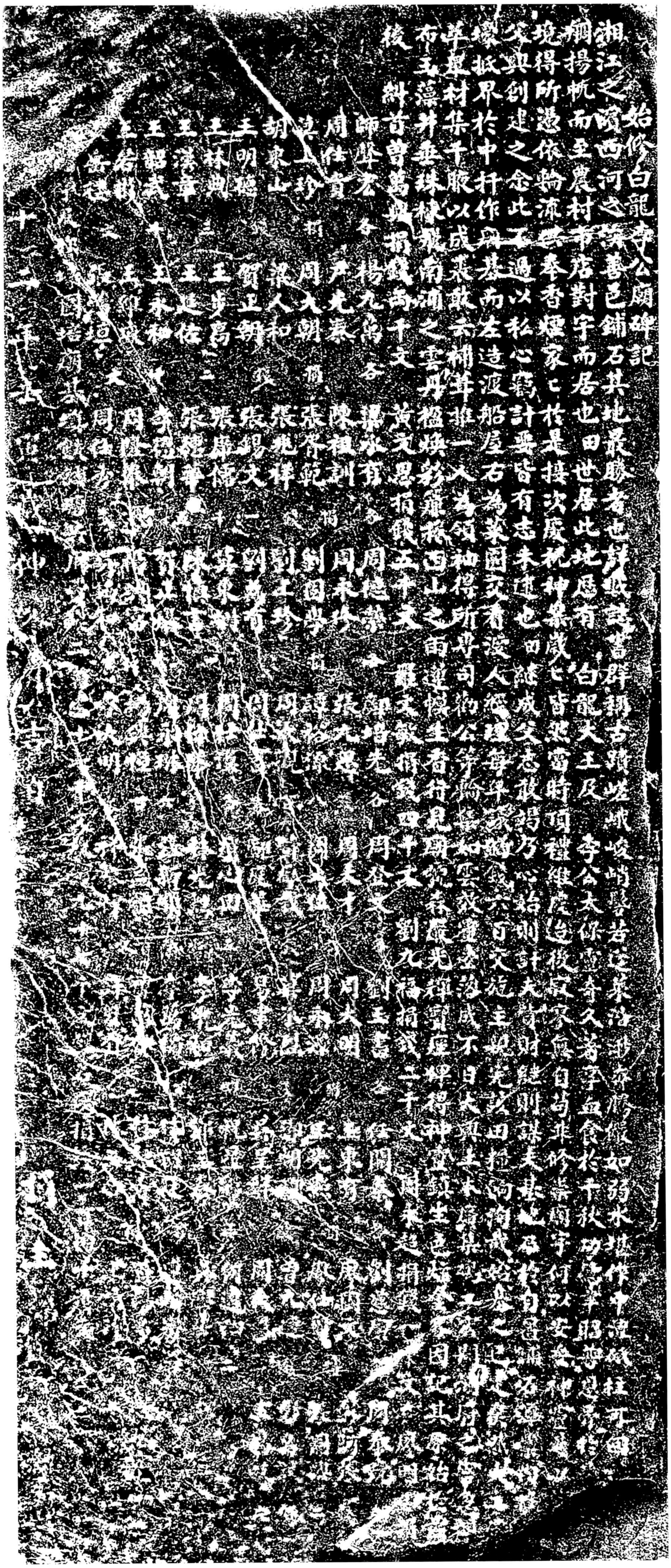

道光二十二年始修白龙寺公庙碑记

咸丰三年桃树湾新宅记碑

位置：浏阳市金刚镇丹桂村清江片桃湾组
质地：青石
规格：高 99 厘米，宽 169 厘米

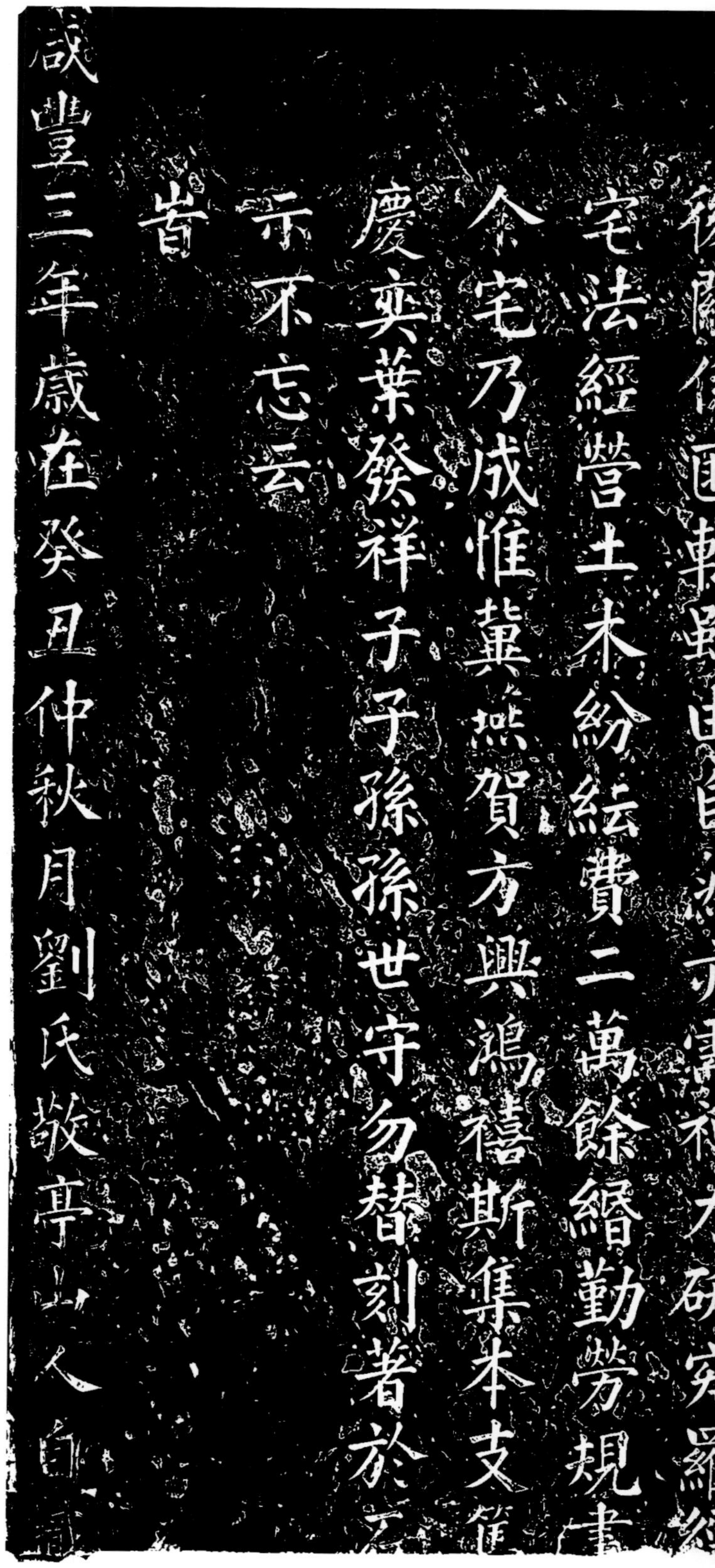

释文：

桃树湾新宅记

尝闻富室贵族发越宅基，得由自然，非人事可强致也。我桃树湾基址，乃奉直大夫曾祖皇眷公之遗业。乾隆年间，显祖与伯祖分得之。迄嘉庆十三年，伯叔兄弟析爨归我[1]，分书首载之。而我未曾莅此，逮廿五年，庄屋倾颓，必须修复。躬亲遍览，悠然有当于衷。始知结成阳基，气局两全，是为福地。千载之秘一见会通，岂非天造地设，使我卜筑于兹欤？由是留心购就，反复详审。越三十年，方鸠工庀材，扦亥山巳向兼壬丙。于道光二十九年七月三十日酉时，课取己酉、癸酉、乙丑、乙酉，起首行墙安头二门。是年仅起正宅门厅四进，右旁正护屋三间。三十年造右畔护屋三层，并筑周围垣墙。咸丰元年起左畔护屋二层，二、三年继造左边余屋、高仓。逐处装修，历五年而工始竣。是役也，承先启后，关系匪轻。虽由自然，亦需神力。研究罗经宅法[2]，经营土木纷纭，费二万余缗，勤劳规画，余宅乃成。惟冀燕贺方兴，鸿禧斯集，本支笃庆，奕叶发祥。子子孙孙，世守勿替。刻著于石，示不忘云。

时咸丰三年岁在癸丑仲秋月，刘氏敬亭山人自识。

[1] 析爨：分家；归：通馈。
[2] 罗经宅法：有关风水、吉凶一类书籍及民间相宅基的方术。

咸丰三年桃树湾新宅记碑

咸丰七年长沙府正堂为包爷庙立告示碑

位置：天心区南托街道包爷庙

质地：汉白玉

释文：

钦加道衔湖南长沙府正堂加十级纪录十次仓为示禁事[1]。照得律严淫祀，礼重明禋[2]，果其能捍大灾，能御大患，固宜虔修祀典，敬妥明神者也。善邑南河东岸建祀包孝肃祠宇，迈历岁时。粤稽孝肃，宋室名臣，正直著于简编，精灵贯于今古，先哲允为型式。维神秉其聪明，洵宜俎豆馨香，庙食百世。兹据职员蔡云章、谭国桢、谭国光、张光笏、谭国藻、谭大纶、张琳、严立人、文新税、蔡文楚等公禀，神威不丧，民鉴维殷。旱祷则雨慰三农，厘降则福绥四境。功德实在生民，禋祀尤当齐肃。并据开呈条规请示，前来合特出示严禁。为此示仰地方居民士商及住持人等知悉。嗣后务宜虔供洒扫，洁奉牺牲，遵照后开条规，竭致诚敬。期于严恭寅畏，慎毋渎亵神明。倘敢不遵，立禀严究。特示。

计开：

一、庙内毋许停留闲杂人等及打牌赌博、吸食洋烟等事，违者许首事地保赴县禀究；

一、游方僧道、命相术士不许在庙宿食，违者许首事地保赴县禀究；

一、采茶戏乃例禁淫声，伤风败俗，莫此为甚，亟应严行禁革。如有倡首演戏者，或经访闻，或被告发，定将为首之人及戏班一并究治；

一、香火田亩交住持召佃，收租完饷，以供香火日食。不准加规典当，致滋亏缺；

一、正殿前厅及东边客堂不准添立别神龛座，以重专祠。戏台下亦不许作屋召佃以免混杂，违者许首事禀究；

一、现召住持并无押租顶项，自当恪守僧规，虔奉香火，准其召徒传管。如有违犯重件，许首事另行召换；

一、庙内戏坪等处，不许寄放木料、煤炭，牧放猪牲，违者许首事驱逐议罚；

一、春秋祭祀务宜整齐衣冠，毋得酗酒喧哗，致干不敬。

右仰知悉。

咸丰七年十月十八日晓谕告示。

---

[1] 仓：即长沙府知府仓景恬。据光绪《湖南通志》卷一二一，“长沙府知府”下有“仓景恬，河南中牟进士，（咸丰）四年任”。

[2] 明禋：祭祀。

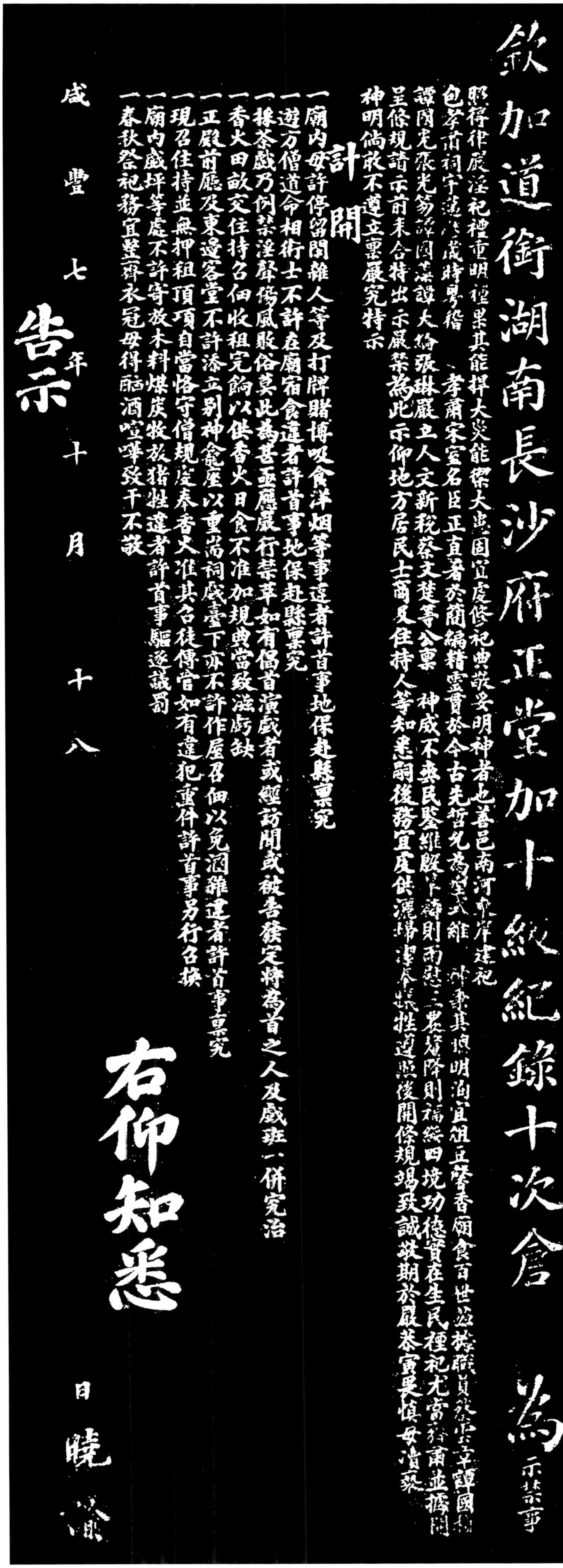

欽加道銜湖南長沙府正堂加十級紀錄十次侖 爲示禁事

照得律嚴淫祀禮重明禋果其能捍大災能禦大患固宜虔修祀典敬妥明神者也善邑南河東岸建祀

包孝肅祠宇遂歷歲時畧稽 孝肅宋室名臣正直著於簡編精靈貫於今古先哲允爲望式維 神秉其懷明洵宜俎豆馨香廟食百世茲據職員[illegible]譚國柱

譚閣光張光笏譚國華譚大倫張琳嚴立人文新稅蔡文楚等公稟 神威不爽民墾維殷旱禱則雨慰三農疫降則福綏四境功德實在生民禋祀尤當□爾並據閤

呈條規請示前來合特出示嚴禁爲此示仰地方居民士商及住持人等知悉嗣後務宜虔供灑掃潔[illegible]粢牲遵照後開條規竭致誠敬期於嚴恭寅畏慎毋瀆褻

神明倘敢不遵立稟嚴究特示

計開

一廟内毋許停留閒雜人等及打牌賭博吸食洋烟等事違者許首事地保赴縣稟究

一遊方僧道命相術士不許在廟宿食違者許首事地保赴縣稟究

一採茶戲乃例禁淫聲傷風敗俗莫此爲甚亟應嚴行禁革如有倡首演戲者或經訪聞或被告發定將爲首之人及戲班一併究治

一香火田畝交住持召佃收租完餉以供香火日食不准加規典當致滋虧缺

一正殿前廳及東邊客堂不許添立别神龕座以重尚祠戲臺下亦不許作屋召佃以免溷雜違者許首事稟究

一現召住持並無押租頂項自當恪守僧規虔奉香火准其召徒傳管如有違犯重件許首事另行召换

一廟内戲坪等處不許寄放木料煤炭牧放猪牲違者許首事驅逐議罰

一春秋祭祀務宜整齊衣冠毋得酗酒喧嘩致干不敬

右仰知悉

咸豐七年十月十八日 告示

曉諭

咸丰七年长沙府正堂为包爷庙立告示碑

咸丰八年敕建湖口石钟山楚军水师昭忠祠记[1]

位置：长沙市博物馆馆藏清拓本

释文：

敕建湖口石钟山楚军水师昭忠祠记[2]

道光三十年，粤西奸民洪秀全、杨秀清蓄发构乱[3]，陷州县以十数。窟穴丛山中，大军进剿，积岁弗能定。咸丰二年，闯粤境，间道犯长沙。解围后，由益阳、湘阴掠民船万计，乘风过洞庭，陷岳州，屠武昌。三年正月，掠九江，残安庆，入金陵，据为伪都。六月，由湖口溯彭蠡，犯江西行省。江忠烈公忠源以楚军坚守得全，终以无水师故，不能大创贼。

兵部侍郎曾公，以亲丧在籍，有诏起复，治乡兵。念贼扰长江，非舟师莫能制其死命，遂建三省会剿议，治战舰于衡州。时承平久，人不知兵，水师尤创举，相顾腭眙。曾公精思诣微，尺寸皆有榘度，拔今福建提督杨公载福于群伍中，令典水军，玉麟亦承其乏属。武昌再陷，廷旨趣行，遂以四年正月发衡州，二月抵长沙。则逆舟数千里，溯流至铜官渚，逼近省门。曾公遣将复宁乡，贼遁。会岳州陆军败，贼间道扑湘潭，掳商舶万余，将溯湘江通两粤。长沙危在旦夕。四月朔，玉麟会杨公、褚运使汝航、夏运同銮，以舟师援湘潭，鏖战五昼夜，尽焚贼舟。忠武公提督塔齐布以陆军夹击，复湘潭。

曾公加饬戎政，七月誓师，水陆东下，连战皆捷。塔忠武斩伪丞相曾天养。闰月，复岳州，褚、夏二公死。绥罗忠节公泽南来，会军水师，追及嘉鱼，次金口。八月，攻武昌、汉阳，下之。九月，收黄州、蕲州。十月，大破田家镇。铁锁之横江者七，鼓鞴火熔液之，燔贼舟万有数千。忠武、忠节踣贼半壁山[4]，浮尸蔽江。十一月，舟师次九江，陆军克兴国、大冶；北渡刻黄梅，钹广济，撇蕲水[5]，进蹴九江。玉麟遂率前锋直捣下游之石钟山。石钟者，当彭蠡口西江锸键[6]，贼必争者也。

先是江西战船数百沦于贼，贼用是塞湖口拒我，连垒山巅，为浮梁铁锁，视田镇加密。隔岸梅家洲，矗伪城，环巨炮数百，水涸弗利仰攻，介士多死伤[7]。我军愤甚，遂以十二月中旬简轻舠猛进，燔逆舟之在湖者，自大孤山至南康、都昌，当者辄尽。会水益涸，贼悉锐守两岸，铁戗断中流[8]，师弗克归。各巨舰及辎重之泊外江者，继为贼焚，九江营亦被袭，于是外江与内湖如限绝域矣。

五年正月，湖广总督兵溃，武昌、汉阳复陷。曾公留塔忠武、罗忠节围九江，而命玉麟驶援鄂。至则与巡抚胡公林翼相依倚，扼沌口，蔽湖湘。曾公入章门，加治水师。饶、广告陷，檄罗忠节自九江移剿，复弋阳及广信。六月，克义宁，塔忠武卒于九江。军别遣将规湖口，萧节愍公捷三率内湖水师夹击石钟山，以外江无援不克。七月，节愍中炮死。罗忠节赴援武昌，壁洪山，鄂祸差解。而伪翼王石达开由通城倏入义宁[9]，躏江西境，连陷瑞、临、袁、吉、抚、建各郡，与粤东贼由茶陵入江者合，势益张。十一月，曾公调九江军剿瑞、临，檄玉麟绕道来江统水师。时道梗，易服为贾人，重趼千

---

[1] 此碑原拓片共8件，但馆藏拓片缺第二件，碑文释读参考《彭玉麟集》。

[2] 石钟山在江西湖口。

[3] 道光三十年（1850）六月，广东花县人洪秀全在广西桂平县金田起事，咸丰元年（1851），建号太平天国，洪秀全自称天王。三年（1853），入南京建都，称天京。奉上帝教，故均以“天”为名。同治三年（1864），为曾国藩军所灭。杨秀清为地位仅次于洪秀全的太平天国首脑人物，封东王。因内讧，为北王韦昌辉所杀。

[4] 踣：攻破。

[5] 钹：伐；撇：击。

[6] 锸：锁钥；键：门闩；形容要害部位。

[7] 介：通“甲”。

[8] 戗：戗柱。

[9] 倏：疾速。

余里，十二月达曾公营。

六年二月，陆师溃于樟树镇，兵之在下游者悉援省垣，南康亦失。其别攻抚州者，相持数月不能下。当是时，烽火逼会城，官私扫地赤立，战士悬釜待炊，岌岌不终日。其卒能撑拄者[1]，以水师分扼各要隘，贼饱掠，终不能舟运，故官军得补救而徐以自全也。六月，水师复南康。七月，湖南援军至瑞州。十一月克袁州，罗忠节殁于鄂，赠总督。李公续宾领其众，亦以是月偕巡抚胡公再克武昌。提督杨公帅舟师复汉阳、黄州、蕲州，抵浔阳，内外军相望无由得合。李公寻攻九江，掘长濠困贼。十二月，曾公劳军九江。七年正月，命瑞州军效围九江法。二月，曾公复奉讳疏，请以杨公总理内外水师，而以玉麟协理，得旨报可。两军虽洽一，然终悬绝江湖间，以石钟为之梗阂也。

七月，水师官军拔瑞州，进捣临江，楚师之围吉安者亦屡战胜，惟九江死拒如故。玉麟商杨公，以九江恃湖口为援，不拔石钟，九江终不可得。密约李公率陆军从八里江潜济，出贼不意，撼其城。内外水师夹击，血战两昼夜，以九月九日破梅家洲伪城，燔石钟山贼巢，赭其崖[2]，获贼战舰八十九、巨炮千二百有三，殪悍贼万余[3]，攻克湖口。于是水师之三载阻绝者，内外皆合。玉麟率师循彭泽，取小姑，进逼安庆。杨公则乘胜复望江、东流、建德，抵芜湖之荻港，破繁昌、泥汊两伪城。贼　几荡尽，计我水师阵亡亦不下数千人矣。十二月，水陆官军克临江。八年四月，水陆克九江，殄贼无遗种[4]。旋收抚州、建昌，石达开窜扰浙、闽。八月，吉安攻克，江境肃清。曾公奉命援闽、浙，军次湖口。

玉麟以水师战亡诸将士乞疏请敕建昭忠祠。命既下，爰与杨公集议，建祠石钟山。前楹祀萧节愍、周贞愍、褚运使、夏运同，副将成章鉴，参将罗胜发，游击黄国尧，都司史久立、易景照、李洪盛、谢新有、陈友德、郭德山，守备黄开进、白人虎等；而以弁勇三千余众祔之后楹。于是玉麟缅述水师缘起及分合之由，镵诸石以谂后人[5]。

当洪杨之初煽乱也，凭山为巢，虽悍而其地僻且远，势甚涣[6]。舟掠洞庭以来，挂帆指金陵，舳舻千里，大军十余万，茇舍从之，弊弊然常出其后。故东南办贼，必恃水师。国家之制，闽、粤设水师提督，皆以防海疆。内地如两湖、三江，在事者多不措意。战船久窳[7]，脆不可考。临敌治水师，如倡绝学于举世不为之日。微曾公冥心孤往[8]，合群策以图之，天下事尚堪问哉？今自湘源以下，长江二千余里，官军分扼其吭，无一贼帆上驶，不可谓非水师之力，抑死事诸君子之力也。呜呼！朝廷养士二百余年，司计所入，大半以供军饷。乃大乱几及十年，出死力以扞危疆，顾独在草泽寒微之贱士。诸君子趋死不顾利害，身殉至三千余人，综计全楚国殇，殆以数万计。竭数万众之死力，屡蹶屡奋，转战数千里，而大难迄犹未纾。死者而有知也，月黑风寒之夕，江波怒号，水石相激，毋亦有不平则鸣，与所谓"窾坎镗鞳，噌吰如乐"作者相应和也乎[9]？是大可悲已。

祠在山之椒[10]，凡十数楹。别置田产，岁取所入供香火修葺资，募僧主持之。牒江西行省，当事者存其牍以垂远。后有作者览此军缘起分合之由，及死事诸人并力以夺兹山之艰且险，其亦念慎固封守之义，而勿以险要资敌也夫！

咸丰戊午季冬，钦命协理水师军务布政使衔广东惠潮嘉兵备道详勇巴图鲁衡阳彭玉麟记并书[11]。

---

[1] 撑拄：支撑，顶住。

[2] 燔：烧；赭：使光秃无草木。

[3] 殪：杀死。

[4] 殄：剿灭。

[5] 镵：镌刻；谂：告知。

[6] 涣：分散。

[7] 窳：不坚实。

[8] 微：若非。

[9] 窾坎、镗鞳、噌吰：象声词；语出苏东坡《石钟山记》："有窾坎镗鞳之声，与向噌吰者相应，如乐作焉。"

[10] 椒：山顶。

[11] 巴图鲁：蒙语勇士，清朝赐战功卓著者称号。

敕建湖口石鐘山楚軍水師昭忠祠記

道光三十年粵西匪首洪秀
全楊秀清蓄髮構逆陷州
縣以十數竄穴叢山中大軍
進剿積歲弗能定咸豐二年
闖粵境間道犯長沙解圍後
由益陽湘陰掠民船萬計乘
風過洞庭陷岳州屠武昌三年
正月掠九江殘安慶入金陵據
爲僞都六月由湖口泝彭蠡
犯江西省江忠烈公忠源以
楚軍堅守得全然以無水師
卒不能大創賊兵部侍郎曾
公以親喪在籍者
詔起復治鄉兵念賊據長江
非舟師莫能制其死命遂
建三省會剿議治戰艦于
衡州時承平久人不知兵水師
尤難羣相顧愕眙曾公精思
詣微尺寸皆有程度拔今福
建提督楊公載福于羣伍
中令典水軍玉麐亦承其乏屬
武昌再陷

遂逐前鋒直抵下游之石鐘
山石鐘者當彭蠡口西江鎖
鑰賊必爭者也先是江西戰船
數百淪于賊賊用是塞湖口
拒我連壘山巔爲浮梁鐵
鎖視田鎮加密陽岸梅家
洲矗僞城環巨礮數百水涸
弗利仰攻介士多死傷我軍
憤甚遂以十二月中旬簡輕
舸猛進燔逆舟之在湖者自
大孤山至南康都昌當者輒
盡會水益涸賊悉銳守兩
岸鐵鎖斷中流師弗克歸
各巨艘及輜重之泊外江者繼
爲賊焚九江營亦被襲于是
外江與內湖阻絶域矣五年
正月湖廣總督兵潰武昌漢
陽復陷曾公留塔忠武羅
忠節圍九江而命玉麐馳援
鄂垣則與巡撫胡公林翼相
依倚擋沌口蔽湖湘花公入
章門加治水師饒廣告陷
檄羅忠節自九江移剿[illegible]
弋陽及廣信六月克義寧

塔忠武卒於九江軍別遣將
規湖口蕭節愍公捷三率內
湖水師夾擊石鐘山以外江
無援不克七月節愍中礮死
羅忠節赴援鄂省壁洪山
鄂禍差紓而僞翼王石達
開由通城修入義寧躪江西
境連陷瑞臨袁吉撫建九郡
與粵東賊由茶陵入江者合
勢益張十一月曾公調九江軍
劉瑞臨檄玉麐繞道來江統
水師時道梗易服爲賈人
重趼千餘里十二月達曾公
營六年二月陸師潰于樟樹
鎮兵之在下游者悉援省垣南
康亦失其別攻撫州者相持兼
月不能下當是時烽火逼會城
官私掃地赤立戰士懸釜待
炊岌岌不終日其所能搘拄
者以水師分擋要隘賊艎
掠絶不能舟運故官軍得補
救而徐以自全也六月水師復
南康七月湖南援軍至瑞
州十一月克袁州羅忠節歿

於鄂嗣總督李公續賓領
其衆亦以是月偕巡撫胡公
再克武昌提督楊公帥舟師
復漢陽黃州蘄州拔得易
內外軍相望乃由得合李公
尋攻九江掘長濠圍賊十二月
曾公營軍九江七年正月命
瑞州軍改圍九江陸二月花公
夏奉諱疏請以楊公總理
內外水師而以玉麐協理之
旨報可兩軍雖合一然終懸
絶江湖間以石鐘爲之梗閡
也七月水陸官軍拔瑞州進擣
臨江楚師之圍吉安者亦屢戰
勝惟九江死拒如故玉麐商
楊公以九江恃湖口爲援不
拔石鐘九江終不可得密約
李公師陸軍從八里江潛濟
出賊不意襲其城而外水師
夾擊血戰兩晝夜以八月九
日破梅家洲僞城燔石鐘山
賊巢赫炎崖殺賊殲戮八
十九巨礮千二百有三殪悍
賊萬餘攻克湖口於是水

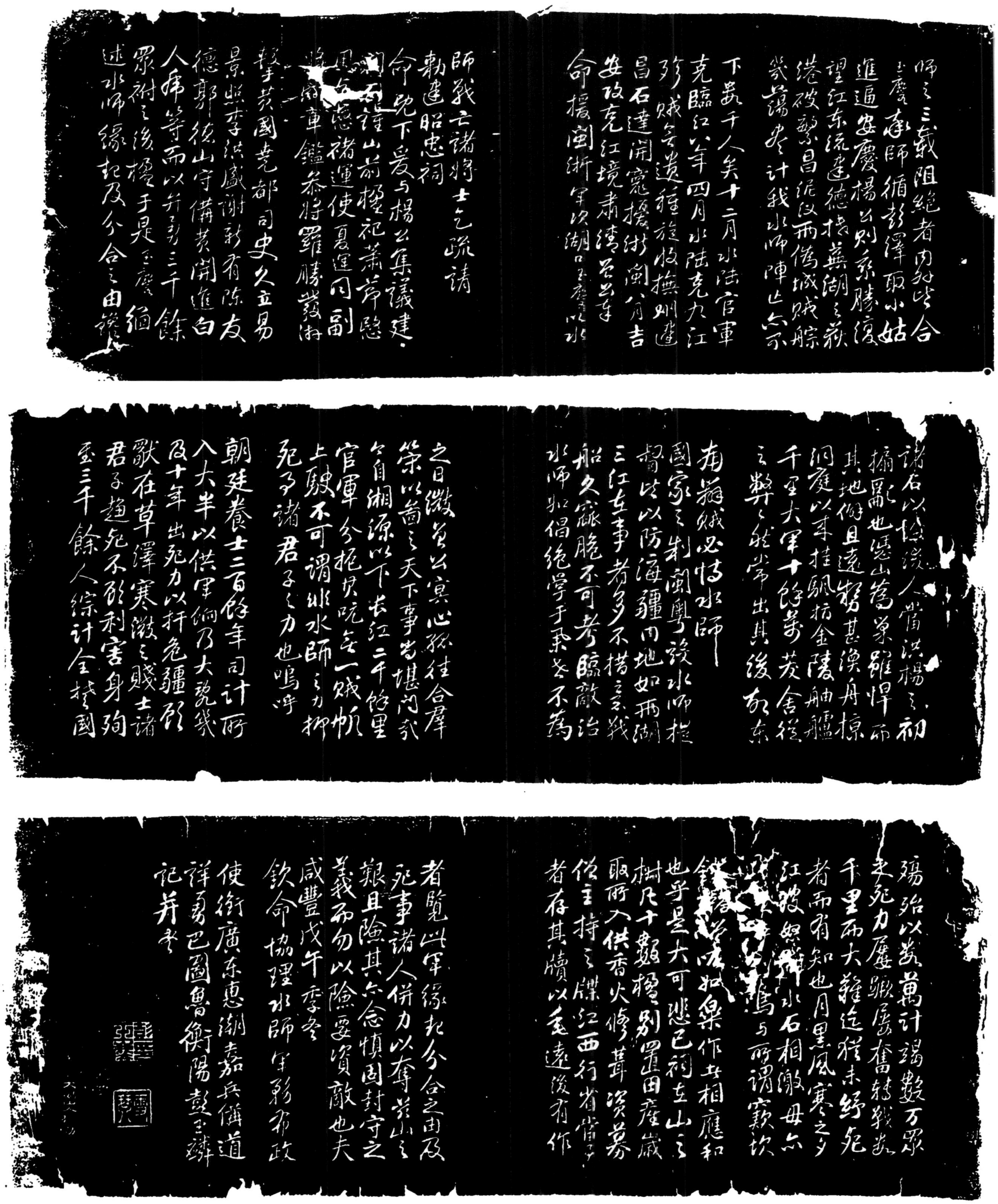

咸丰八年敕建湖口石钟山楚军水师昭忠祠记

咸丰九年重修包爷庙碑记

位置：天心区南托街道包爷庙

质地：汉白玉

释文：

重修包爷庙碑记

包孝肃公神庙建自前朝，临于湘浒。仰上界官府，殿耸飞甍；作丞相祠堂，芗薰肸蚃[1]。芬坛孔赫[2]，灵迹攸彰。攀臯鉴之舆[3]，雪盆冤而破胆；请霆鞭之令，慑魅睒以销氛[4]。屡祷雨于旱年，甘霖大沛；群乞灵于仙茗，枯树皆春。社禜里祈吁歆者，筵莼响应[5]；征帆贾舶报贶者，刏衈风趋[6]。盖以正气垂霄，明威震壤。御灾捍患，神庥普被四民；詧幽育明[7]，庙貌允昭千古。顾自星移物换，粉暗丹陈。舄穿而瓦漏千行[8]，水涨而墙隳一角。棼桴形其陊剥，榱桷惜其庯庩[9]。爰协同心，重谋广构，材撤其旧，规拓于前。供社之钱争输，算缗之需毕集。储土木陶旊以效攸，合殿廊庖湢以更新。星栱载申[10]，旅楹具举，上瓴下甓，栋隆宇宽。云堂焕佛殿之模，灵圉秩丛祠之座。层楼轩敞，岁时之赛祝咸宜；黼构森张[11]，过客之就瞻倍肃。经始于咸丰丁巳秋仲，讫工于九年己未夏初。从此苹藻洁蠲[12]，盖归灵光于楚甸；钟镛巩固，永垂福耀于湘南。所有乐捐芳名，备泐于左（从略）。

---

[1] 芗薰：香火的气味；肸蚃：音，散布，弥漫。

[2] 孔：很；赫：显耀。

[3] 臯鉴：主管司法刑狱。

[4] 魅睒：邪恶贪墨之辈。

[5] 吁歆：愉悦；筵莼：古楚越民间以灵草编结在断竹枝上以占卜。

[6] 贶：赐予，护佑；刏衈：杀牲献祭。

[7] 庥：荫庇；詧：通“察”。

[8] 舄：柱础。

[9] 棼桴：栋梁；陊剥：破损剥蚀；庯庩：扭曲变形。

[10] 申：舒展。

[11] 黼构：装饰华美的建筑。

[12] 蠲：洁净。

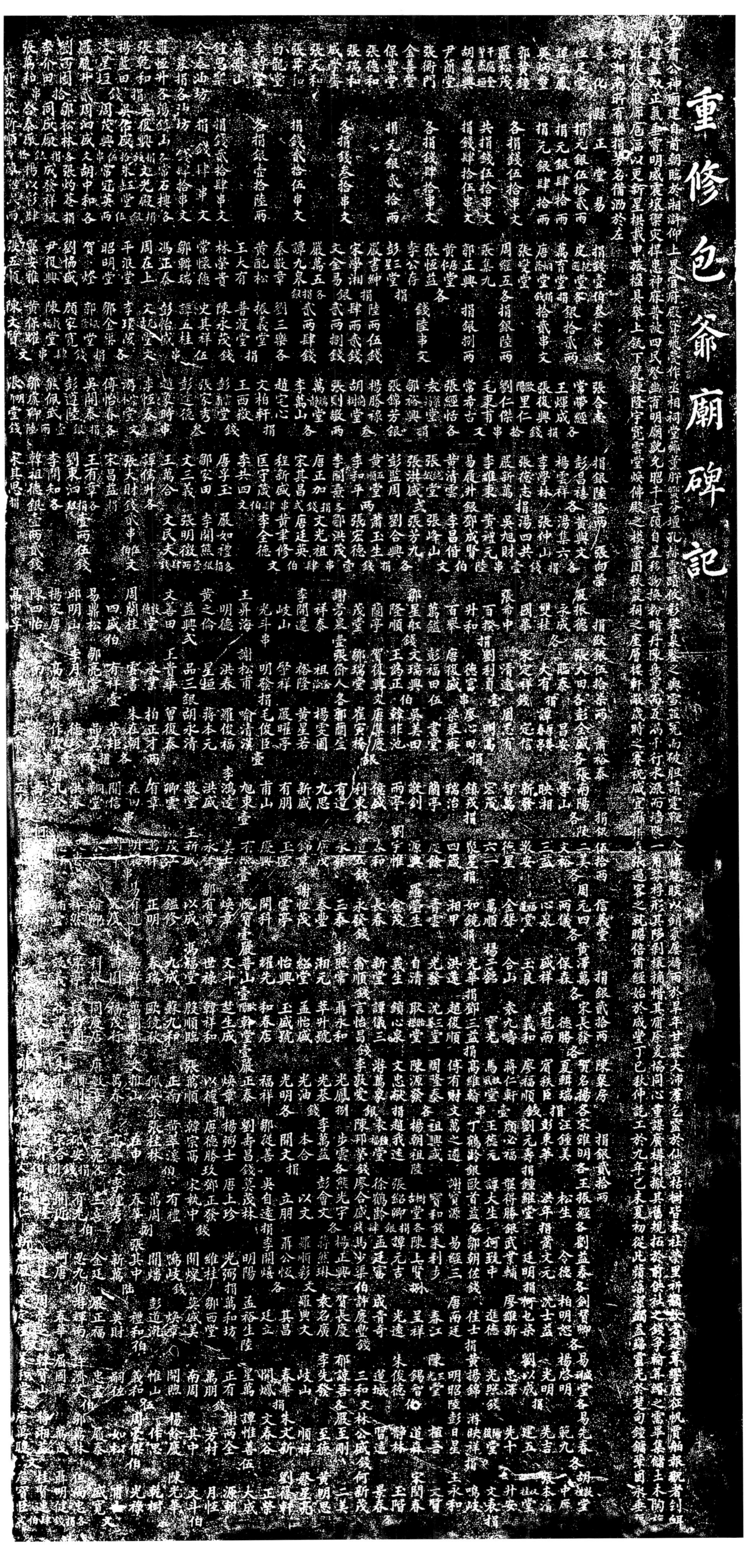

咸丰九年重修包爷庙碑记

同治三年五年云麓宫吕祖仙师真像碑

位置：岳麓区岳麓山云麓宫

质地：青石

规格：高 130 厘米，宽 70 厘米

释文：

吕祖仙师真像

至心皈命礼

玉清内相，金阙选仙，化身为三教之师，掌法判五雷之令。黄梁梦觉，忘世上之功名；宝剑光腾，扫人间之妖怪。四生六道，有感必孚；三界十方，无求不应。黄鹤楼中留圣迹，玉清殿内炼丹砂。存芝象于山岩，显仙踪于古洞；阐法门之香火，为儒教之禅航。大圣大慈，大仁大孝。开山启教，玄应祖师；天雷上相，灵宝真人。变玄赞运，纯阳演警。化孚佑帝君，兴妙道天尊。爵阁督楚使官书。

余自春间敬设仙师立像□□之次。如世所传，负葫芦宝剑者，微嫌有侠气，欲求真容不可得。适抱微疴，梦见一道人捧大枣，飘然而来。叩其姓名，不答，但身挂双钱示余，醒而不得其解。□官相国闻之，乃曰：钱名孔方，即仙姓也，其即回道人，回之例乎。大枣即古之仙枣亭也。遂首倡其义，命余重建之。爰集二三同志以共成其事，并敬摹真容于石，以供世人瞻仰□。同治甲子新正月，古越上虞王诘谨摹并识。

大清同治四年冬，诘进香南岳[1]，归宿岳麓山，□□□□拓祖师真容，敬摹于石，为构会仙亭供之。祖师道宏利济，异地同神。夙闻湖湘多异人，往往仙者不期而会。诘固未敢以景星庆云，争先快睹以自豪。丙寅冬月诘再跋。

[1] 诘：人名，即下王诘。

同治三年五年云麓宫吕祖仙师真像碑

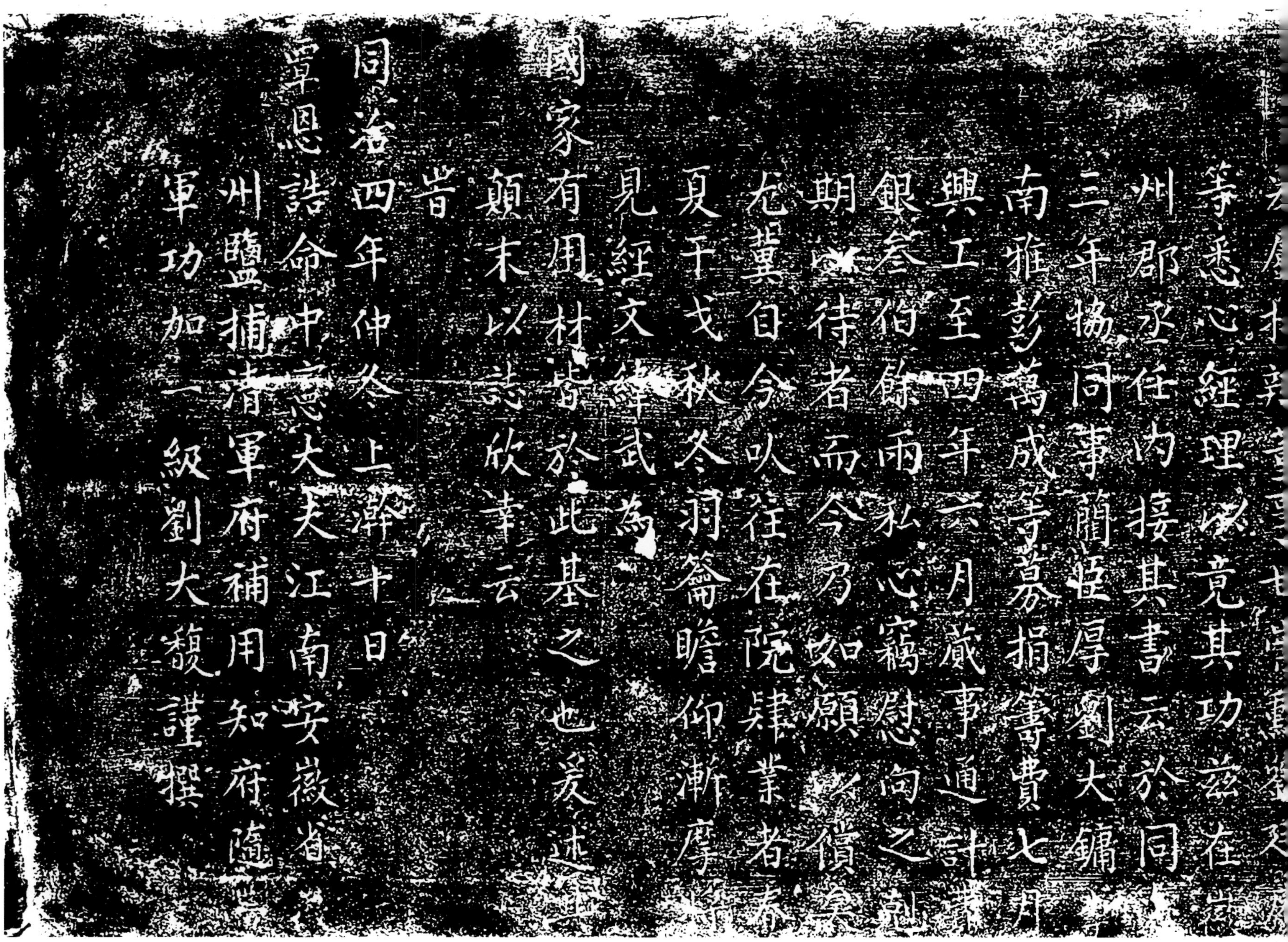

等悉心經理以竟其功茲在
州郡丞任內接其書云於同
三年協同事藺臣厚劉大鏞
南雅彭萬成等募捐籌費七月
興工至四年六月蕆事通計
銀叁佰餘兩私心竊慰向之
期以待者而今乃如願以償
尤冀自今以往在院肄業者
夏干戈秋冬羽籥瞻仰漸摩
見經文緯武為
國家有用材皆於此基之也爰述
顛末以誌欣幸云
旹
同治四年仲冬上澣十日
覃恩誥命中憲大夫江南安徽省
州鹽捕清軍府補用知府隨
軍功加一級劉大馥謹撰

同治四年文华书院迁建武帝庙碑记

位置：浏阳市秋收起义文家市会师旧址

质地：青石

规格：高 31 厘米，宽 88.5 厘米

释文：

文华书院迁建武帝庙碑记

书院为师生讲学之地，自奉祀先圣先贤外，曾未有祀武帝者，而此独有者何？盖我朝圣圣相承，谟烈炳如日星，文庙、武庙并隆祀典。且《鲁颂》有云："在泮献功。"有文事者，必有武备，正未可以偏废也。大馥等创建书院，初以基址狭隘，艰于位置，迨咸丰年间，踵而行之，扩而充之，劝捐鸠工，重新文昌阁、魁星楼及两旁斋舍，次第告成。惟武帝尚未立庙，殊失尊崇之礼，昼夜皇皇，务期兴举。适馥奉檄驰皖，爰属接办董事甘崇勋、刘廷赓等悉心经理，以竟其功。兹在徽州郡丞任内，接其书云：于同治三年，协同事蔺臣厚、刘大镛、李南雅、彭万成等募捐筹费，七月兴工，至四年六月蒇

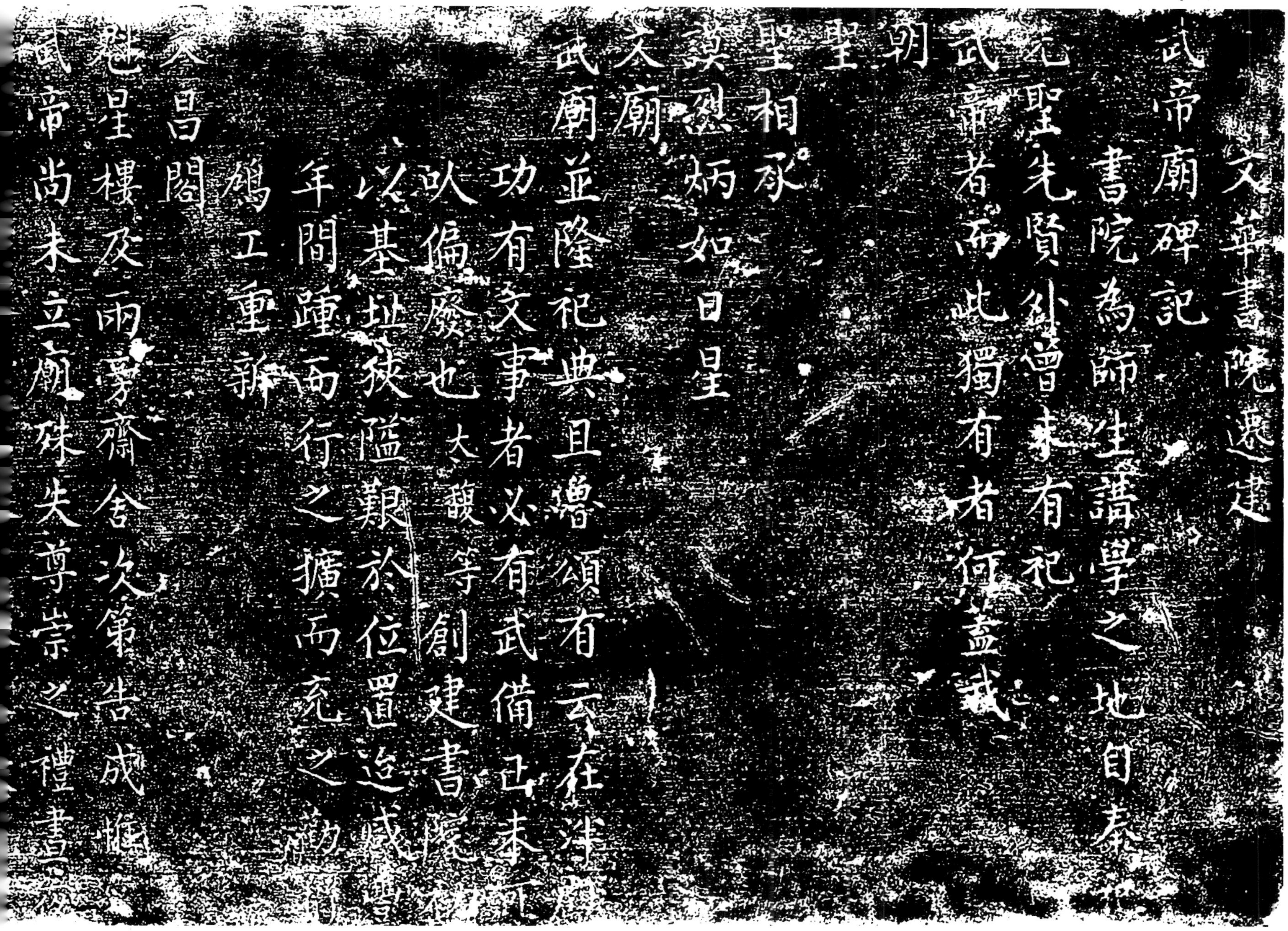

同治四年文华书院迁建武帝庙碑记

事[1]，通计费银叁佰余两。私心窃慰，向之克期以待者，而今乃如愿以偿矣。尤冀自今以往，在院肄业者[2]，春夏干戈，秋冬羽籥[3]，瞻仰渐摩。将见经文纬武，为国家有用材，皆于此基之也。爰述其颠末，以志欣幸云。

时同治四年仲冬上浣十日，覃恩诰命中宪大夫、江南安徽省徽州盐捕、清军府补用知府随带军功加一级刘大馥谨撰。

---

[1] 蒇：蒇事，完工。

[2] 冀：希望；肄业：修学。

[3] 干戈：武舞；羽籥：文舞。《礼记·文王世子》："凡学，世子及学士，必时。春夏学干戈，秋冬学羽籥，皆于东序。"

同治五年捐资重建包爷庙碑

位置：天心区南托街道包爷庙

质地：汉白玉

（释文从略）

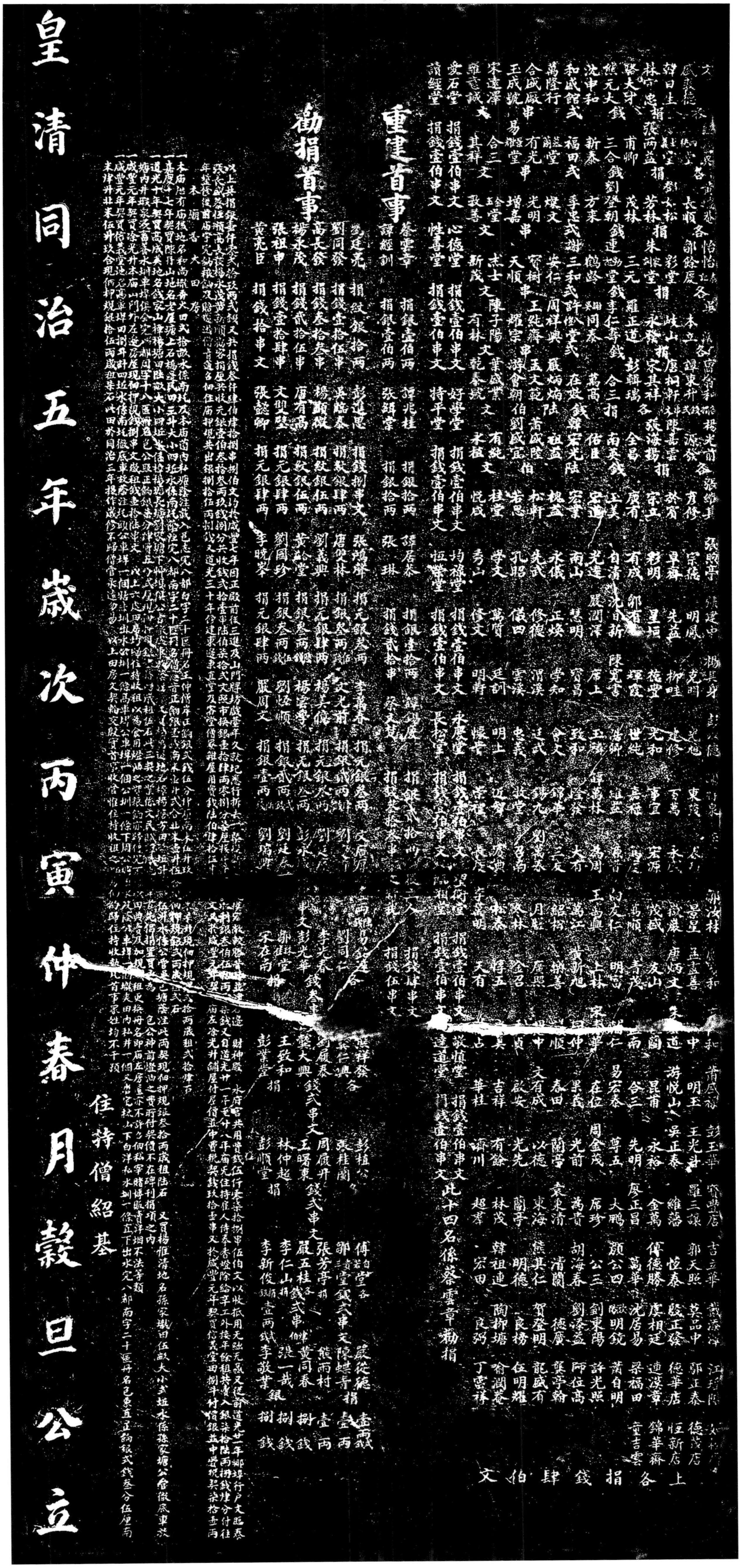
皇清同治五年歲次丙寅仲春月穀旦公立

住持僧紹基

重建首事

勸捐首事

上各捐錢肆伯文

同治五年捐资重建包爷庙碑

同治六年石霜六房纪事碑

位置：浏阳市金刚镇石霸寺

质地：青石

规格：高 146 厘米，宽 84.5 厘米

释文：

盖碑所以纪胜，即所以纪事，亦即所以纪功，是之谓不朽。予才惭东箭，谬膺祖席[1]，虽经营略费，焉敢云功？然无以纪之，则失所源流矣。忆予主席时，有督监溥昭、端源、树芳等之三人者，共为护理，交相赞助。总制三年，剩有余资。是时辄赎回客山下大栗坡口田业，计租谷贰拾玖硕，正归保业会内管理，但此田应完常住租谷柒硕。正嗣又退回牧牛山田土一所，又保业会退回茶圃春香、象形嘴、木樵岭三处茶山田土，并开垦虎爬泉田块及大块岸上田贰丘，概不得批佃，均归常住耕作。增此数处之业，似亦不可谓无小补焉。因思昔年，此处备资顶退一事，其间争多论寡者，殊乖雅道也[2]。洎后常住用动什物器皿，永作移交，毋得复行顶替。一体遵行，勿违斯议。予幸甚，谅后来者亦所深幸焉尔。是为纪。

大清同治丁卯六年九月谷旦传临济正宗四十代住持评文、可督监溥昭同六房两序合院立。

[1] 东箭：宝贵人才；谬膺：错误地履任，为自谦。

[2] 殊：极，大为；乖：背离。

立碑孫以紀勝即孫以紀事亦即孫以紀功是之謂不朽予才慙東箭謬膺祖席雖經営畧費焉敢云功然無以紀之則失孫源流矣憶予主席時有曾監溥昭端源樹芳等之三人者共為護理交相贊助總制三年纔有餘資是時輒贖田客山下大栗坡□□業計租穀式拾玖碩正歸保業會内管理但以田應完常住祖穀柒碩正嗣又退回牧牛山田土一孫又保業會退回茶園春香象形嘴米㯃嶺三處蔡山田土并開戀虎泉田塊又大塊岸上田式坵概不得批佃均歸常住耕作增此數處之業似亦不可謂無小補焉因思昔年此處備貲頂退一事其間爭多論異者殊非雅道也洎後常住用動什物器皿永作移交毋得復行頂替一体遵行勿違斯議予幸甚諒後来者亦孫孫華焉爾是為紀

大清同治丁卯六年九月穀旦　傳

臨濟正宗四十代住持辞文可暨監溥昭仝六房兩序合院立

同治六年石霜六房纪事碑

同治十一年铁炉寺寺产出售文契碑

位置：开福区铁炉寺
质地：青石

释文：

永垂不朽（额题）

立契倾心，永卖田地、山场、寺宇、禾场、坑塅、水井、池塘、园囿、竹木、茶园、内外□基、花果、树木、荒熟隙地、□□。僧开悟今因弃就，自愿将早年接受僧晓亭契内之业，地名铁炉冲寺宇一所，水田壹石出售与人。请凭中人苏珊才、僧晓亭说合悟一名下价接为业。当凭中人得受实价□钱壹百玖拾四串文正。其钱僧开悟亲手领讫，外不具领。其寺宇内外房屋俱不计间，上瓦、下石、门片、窗格、楼栿、楼板等项俱全。其山寺后围山壹嶂，周围有壕为界；围外山壹嶂，周围有壕为界。大小花果竹树俱全。寺门首大小田拾壹丘，私井壹个，私塘贰口，彻底车放荫注。鱼泥水利俱全，园圃内外竹木果树俱全。其寺宇、田山、园圃、塘池等项，比日凭中人扦交明白，并无互混不清，亦无重典谋准等弊。粮载大□十甲册名，僧开悟户内分纳粮肆升伍合。此系实钱实契，愿卖愿买，均照晓亭契内之业，概行绝售，毫无存留。自卖之后，听买主耕输管理，守□两便，卖主永无赎续异言。今欲有凭，立此文契壹纸，并老契叁纸，概交悟一名下，永远收执为据。

凭中人：吴辅卿、唐玉兆、僧晓亭、僧霞莲、苏珊才、鄢文德、僧会泉、代古香、僧悟乘、许正元。

同治十一年四月，徒孙禅光等记。

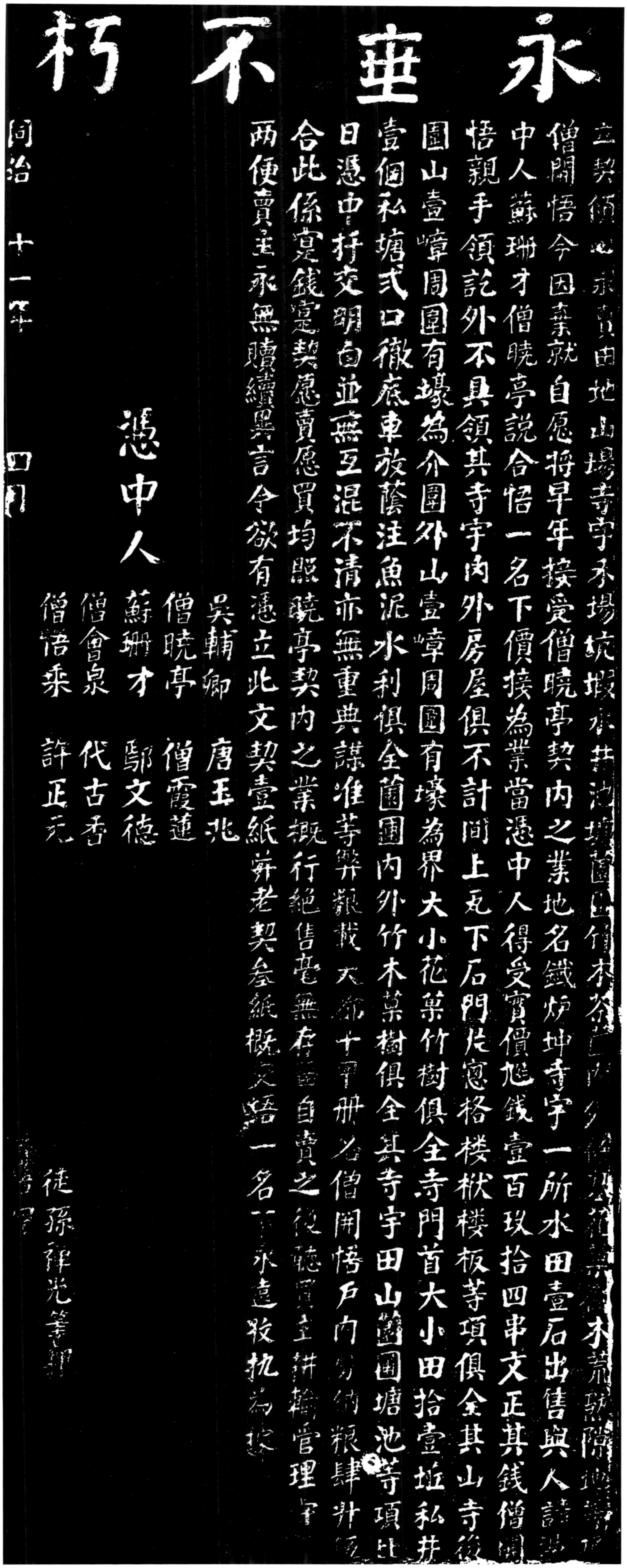

永垂不朽

立契領心永賣田地山場寺宇禾場坑塅水井池塘菌山竹木茶[illegible]內外[illegible]木荒熟階地等[illegible]
僧開悟今因乏就自愿將早年接受僧曉亭契內之業地名鐵炉坤寺宇一所水田壹石出售與人請憑
中人蘇珊才僧曉亭說合悟一名下價接為業當憑中人得受實價旭錢壹百玖拾四串文正其錢僧開
悟親手領訖外不具領其寺宇內外房屋俱不計間上瓦下石門片窗格楼栿樓板等項俱全其山寺後
園山壹嶂周圍有墈為介園外山壹嶂周圍有墈為界大小花菓竹樹俱全寺門首大小田拾壹坵私井
壹個私塘弍口徹底車放蔭注魚泥水利俱全菌園內外竹木菓樹俱全其寺宇田山菌園塘池等項比
日憑中扦交明白並無互混不清亦無重典謀准等弊粮載大都十甲册名僧開悟戶內分納粮肆升[illegible]
合此係寔錢寔契愿賣愿買均照曉亭契內之業概行絕售毫無存留自賣之後聽買主耕種管理[illegible]
兩便賣主永無贖續異言今欲有憑立此文契壹紙并老契叁紙概交悟一名下永遠收執為據

憑中人

吳輔卿　唐玉兆
僧曉亭　僧霞蓮
蘇珊才　鄢文德
僧會泉　代古香
僧悟乘　許正元

同治　十一年　四月　[illegible]

徒孫禪光等[illegible]

同治十一年铁炉寺寺产出售文契碑

同治十二年方氏祠堂碑

位置：宁乡市沩山乡沩源村联江组
质地：青石
规格：高 70 厘米，宽 40 厘米

释文：

其一：

古者凡祭，四时各异其名，而冬曰“蒸”，蒸之为言，众也，进也，盖进众神，而合享之也。岁在壬申我族祠宇落成。公议每岁惟举行冬至一祭，其他时祭从略焉。亦庶乎遵古人之法，而不失古人之意欤。然吾人孝思随时自尽，倘一阳来复，有以荐其馨香，而百六[1]春光无以酬厥明德，祭不欲数，无乃太疏乎？幸族中自好者，每人各捐钱一千文，以备清明时祭之用，非敢数数以要福也。亦聊不失古人祭不欲疏之意云尔。但此举非立异，亦非强同，凡遇祭期，必入费者，方可从事。不表而出之，何以激励有志，而昭示来许？故特将捐名寿诸珉石，俾后之览者油然而生孝弟之心，顾不懿欤[2]？

万宁、辉贤、云峰、续德、万候、裕轩、霞峰、必周、仁以、云路、锡哲、腾云、四端、希圣、国正、耀彩、承绪、来仪、运开、承前、文朝。

同治十二年冬十一月谷旦公刊。

（捐修人名从略）

其二：

闻之《礼》：“君子将营宫室，寝庙为先。”意谓为人子孙，莫不有阖庐，以避寒暑燥湿。而祖若宗，任其为游魂，悲露处荒烟蔓草，荡然靡所栖止焉？返诸仁人孝子之心，忍乎哉？此祠宇之建，明乎身所自出，所以追远而报本也。我祖公玉公，康熙由新邑迁宁，卜大沙坪而家焉。支分四大房，子姓繁衍[3]，居址星罗。每当春露秋霜，动念本原，祭祀苦无定所。虽祖墓侧历有先人遗建家甃，而规模狭小，不足以妥先灵。兼之历年既久，雨蚀风侵，柱壁渐归朽蠹。族人勋等不忍忘先人之手泽[4]，乃偕各房长者，挨户捐资，并公费共得三百余金。因家甃遗址丕增之，而更其旧制，中建一堂，为祖宗栖神之所；旁置两厢，为子孙肄业之处。而春秋享祀既毕，族中德高德邵者，亦得以家规及圣谕广训，为少年子弟劝勉戒饬于其中。所以光前烈而裕后昆者，悉于是乎。在是举也，权舆于辛未之春[5]，落成于壬申之冬。非敢云妥先也，惟不忘所自出。各摅其至性至情之隐[6]，以求无愧乎仁人孝子之所为用心也。抑此其创始也，若夫董修，除时黝垩，补而葺之，踵而修之，犹有望于后之贤者。

同治十二年谷旦公立。

（捐修人名从略）

[1] 百六：指寒食节。

[2] 弟：通“悌”；懿：美善。

[3] 子姓：即子孙。

[4] 勋：人名。

[5] 权舆：起始。曹丕《登城赋》：“孟春之月，惟岁权舆。”

[6] 摅：抒发，表达。

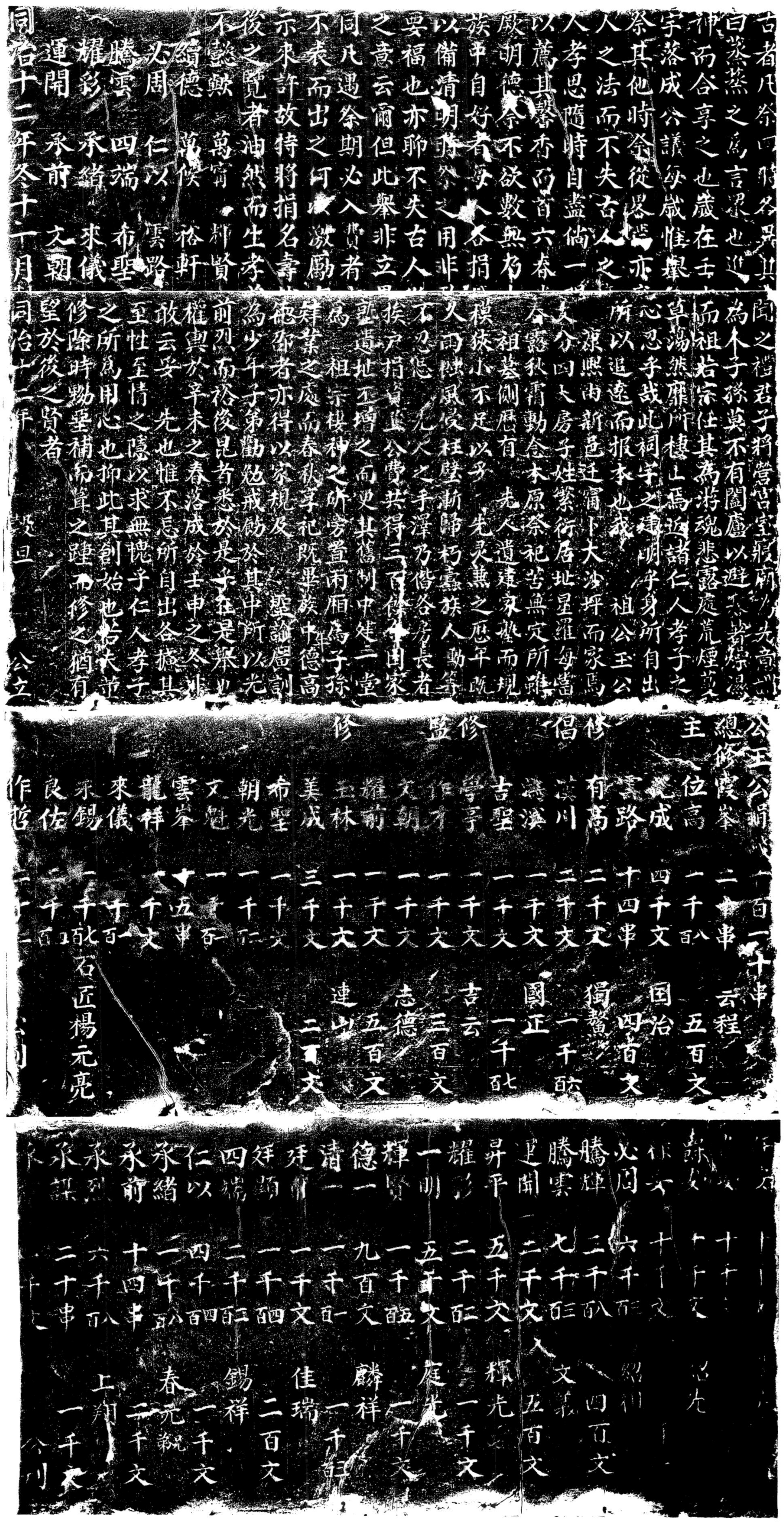

古者凡祭四時各異其[illegible]
白蒸蒸之為言眾也進[illegible]
神而合享之也歲在壬[illegible]
宇落成公議每歲惟舉[illegible]
祭其他時祭從略些亦[illegible]
人之法而不失古人之[illegible]
人孝思隨時自盡倘一[illegible]
以薦其馨香而首六春[illegible]
厥明德祭不欲數無為[illegible]
族中自好者每人各捐[illegible]
以備清明時祭之用非[illegible]
要福也亦聊不失古人[illegible]
之意云爾但此舉非立[illegible]
同凡遇祭期必入貲者[illegible]
不表而出之可以激勵[illegible]
示來許故特將捐名壽[illegible]
後之覽者油然而生孝[illegible]
不懿歟 萬甯 桁賢
繢德 萬侯 裕軒
必周 仁以 雲路
騰雲 四端 布聖
耀彩 承緒 來儀
運開 承前 文翱
同治十二年冬十一月

閩之禮君子將營宮室寢廟必先[illegible]
為木子孫莫不有閭廬以避[illegible]若爆濕
而祖若宗仕其為游魂悲露處荒煙蔓[illegible]
草湯然靡所棲止爲近諸仁人孝子之
心忍乎哉此祠宇之建明乎身所自出
所以追遠而報本也哉 祖公玉公
康熙丙新邑廷甯卜大沙坪而家焉
支分四大房子姓繁衍居址星羅每當
春露秋霜動念本原祭祀苦無定所雖
祖墓側歷有 先人遺建家塾而規
模狹小不足以孚 先灵兼之歷年既
久雨蝕風侵柱壁漸歸朽壞族人動等
不忍恁 先人之手澤乃偕各房長者
挨户捐貲 公費共得三百餘千因家
塾遺址至增之而更其舊制中建二堂
爲 祖宗棲神之所旁置兩廂爲子孫
肄業之處而春秋享祀既畢族中德高
而邵者亦得以家規及 聖諭廣訓
爲少年子弟勸勉戒勵於其中所以光
前烈而裕後昆者悉於是乎在是舉也
權輿於辛未之春落成於壬申之冬非
敢云妥 先也惟不忘所自出各攄其
至性至情之隱以求無愧乎仁人孝子
之所爲用心也抑此其創始也若夫葺
修除時黝堊補而葺之踵而修之猶有
望於後之賢者
同治十二年 穀旦 公立

公王公捐[illegible] 一百一十串
總修 霞峯 二十串 云程
主 位高 一千八百 五百文
光成 四千文 國治
雲路 十四串 四百文
修 有高 二千文 獨鰲
倡 漢川 二千文 一千六百
漢溪 一千文 國正
吉聖 一千文 一千七百
修 學亭 一千文 吉云
監 作才 一千文 三百文
文朝 一千文 志德
耀前 一千文 五百文
修 玉林 一千文 連山
美成 三千文 二百文
希聖 一千文
朝光 一千二百
文魁 一千一百
雲峯 十五串
龍祥 一千文
來儀 一千一百
承錫 一千七百 石匠楊元亮
良佐 二千二百
作哲 二千二百

蘇如 十千文 召元
作[illegible] 十千文
必周 六千二百 紹和
騰輝 二千八百 四百文
騰雲 七千三百 文義
運開 二千文 五百文
昇平 五千文 輝光 一千文
耀彩 二千二百
一明 五千文 庭光 一千文
輝賢 一千五百
德一 九百文 麟祥 一千二百
清一 一千一百
廷有 一千文 佳瑞 二百文
廷顏 一千四百
四端 二千二百 錫祥 一千文
仁以 四千四百
承緒 一千八百 春元 二千文
承前 十四串
承烈 六千八百 上翔 一千文
承謀 二十串

同治十二年方氏祠堂碑

光绪三年新修岳麓山万寿寺记碑

位置：岳麓区岳麓山麓山寺

质地：青石

规格：高 216 厘米，宽 130 厘米

释文：

新修岳麓山万寿寺记

夫法界无界，故生灭之旨略焉；元关非关，故法象之感神焉。矧夫灵境代兴，化城不隐，非有元寄，讵显胜因者乎。万寿寺者，盖古麓山寺之上院也。基因太始，起自法崇之请；台广凌云，标建道林之右。既而遍饰岩峦，大宏栋宇，僧虔兴葺乎塔庙，夏侯别构乎正殿。露门立于王琳，花台创于权武。列刹相望，檀供益崇。李邕留书于宝山，彦澄归心于净土。自兹以后，精舍实营乐是闲静之区。爰作横经之所，苾刍避静，茅茨改卜，随地兴筑，梵宇尤多。明神宗时，有敕赐云麓禅寺为万寿寺。天题远奉，御额重加。既定寺□□□□□。圣清转轮受命，象教弥恢，有若提督张公、巡抚丁公，先后檀施，法堂丕振。云构难久，殿宇就倾，我佛记其重兴，山祇示其神力。崩崖压雪，古树斯摧，禅诵之席俄空，维郝之堂茂草。余观政藩维，造因湘桂，时缘校士来游此寺，以为日新月故，幽壑犹迁人目前，决疑示信，法果斯在。是以请诸中丞仁和王公维新旧迹，爰建大功。会物力之有余，示有废之必举，涂倅鸿儒，实董其事，庀徒揆日，各有司存，于是飞檐𫚭𫚭[2]，大厦耽耽，相好庄严，为章净域。丹雘则朝霞共色，金光而夕黛同晖。宦客来游，有息心之地；儒墨同处，无末辩之烦。况夫当官敷政，离尘释累，轻轩暂出，已慕向子之游；石室重开，非无文翁之志。既逢镌石，敢恧摛华[3]。将使湘山胜境，托真诰以长存；兴化家风，与玉屏而比峻。崇饰梵宇，庶无讥焉。

光绪三年岁在丁丑孟冬之月，署湖南巡抚事布政使长白崇福记，翰林院编修前、辰永沅靖道上谷杨翰书。

[1] 本篇释文参校《长沙名胜文选》中《新修岳麓玩寿寺碑》。

[2] 𫚭：即献，汉·张衡《西京赋》有：“反宇业业，飞檐𫚭𫚭。”

[3] 恧：自愧；摛华：铺陈华彩。

新修嶽麓山萬壽寺記

夫法界無界故生滅之旨略爲元關非關故法象之感神焉矧夫靈境代興化化不隱非有元寄詎顯勝因者乎萬壽寺者蓋古麓山寺之上院也基因太始起自法崇之請臺廣淩雲標建道林之右既而偏飾巖巒大宏棟宇僧虔興葺乎壇廟夏侯別構乎正殿露門立於王琳花臺創於權武列刹相望檀供益崇李邕畱書于寶山彥澄歸心于淨土自茲以後精舍寔營樂是閒静之區爰作橫經之所苾芻避静茅茨改卜隨地興築梵宇尤多明神宗時有勅賜雲麓禪寺爲萬壽寺天題遠奉御額重加旣定寺[illegible][illegible][illegible][illegible][illegible]聖清轉輪受命象教彌恢有若提督張公巡撫[illegible][illegible]先後檀施法堂丕振雲構難久殿宇就傾我佛記其重興[illegible]神力崩崖壓雪古樹斯摧禪誦之席俄空維那之[illegible][illegible][illegible]湘桂時緣校士来游此寺以爲日新月故幽壑[illegible][illegible][illegible][illegible]詢諸中丞仁和王公維新舊迹爰建大[illegible][illegible][illegible][illegible]衣[illegible]之必舉涂倖鴻儒是董其事庀徒揆日各有司拱於是飛檐轆轤大廈耽耽相好莊嚴爲章淨域丹艧則朝霞共色金光而夕黛同暉宦客来游有息心之地儒墨同處無未辯之煩況夫當官敷政離塵釋累輕軒暫出己慕向子之游石室重開非無文翁之志既逢鐫石敢恧摛華將使湘山勝境託真詰以長存興化家風與玉屏而比峻崇飾梵宇庶無譏焉

光緒三年歲在丁丑孟冬之月

署湖南巡撫事布政使長白崇福記

翰林院編修前辰永沅靖道上谷楊翰書

光绪三年新修岳麓山万寿寺记碑

光绪十三年长沙开福寺碑

位置：开福区开福寺
质地：汉白玉

释文：

长沙开福寺碑（碑额）

长沙开福寺碑

从来废兴之故，虽曰人事，实关天运焉。释氏之法称曰常住，宜若不言兴废矣。乃此邦兰若招提之建置，历数百千载，迭兴迭废，固与天运为转移焉。开福寺者，五代石晋时马武穆王所创建，马希范嗣业落成。在长沙湘春门外二里许，麓山拱其旁，碧湖枕其后，有会春园、嘉宴堂、祓禊亭、圆通阁诸胜。时则有若保宁禅师，阐扬至教，大启禅关。宋嘉祐间，紫珂禅师继修正觉。元祐间，真如喆禅师重演菩提。崇宁间，道宁禅师精契三藏，法门中兴。今寺后宁祖舍利塔存焉。绍兴间，圆悟勤禅师讲明心性，高宗特赐藏经，聿宏象教。明洪武间，彻堂、溪谷、普性诸禅师，载新庙貌，净土复光。嘉靖间，吉王与谷城王及善士周麟等合力兴修[1]。明季兵燹，栋宇无存。国朝顺治十七年，佛国禅师剪荆卓锡，重建茶亭、放生池。康熙八年，卜总兵世龙、周中丞召南、郎方伯永清、李廉访荣宗、胡大令庄生重修天王殿[2]，推官胡景曾为之记。僧众置寺田七百余亩。雍正七年，县令成泰薰亏空库帑，借寺田抵偿，寺僧不能拒。九年，赵中丞宏恩慨然捐廉，赎回寺田，报部立案。十三年，上谕清查天下丛林产业，永作香火、挂单、食用之费。该寺契据存库，毋许典卖侵蚀，刊碑竖寺，选册给僧。此寺东抵阮家垅，西抵罗家桥，南界木鱼岭，北至白莲池。基业世垂，徒侣云集。乾隆三十七年，金川用兵[3]，湘中应副军需，就寺傍制造火药，猝焉轰发，殿宇、碑石悉为灰烬。既而梁中丞国治、姜中丞晟先后修复，毗卢殿数年告成。嘉庆初，川楚剿匪[4]，复因造火药轰发，此寺焚如。十一年，韩方伯崶重葺之。咸丰初，粤寇犯长沙，复毁于贼。盖自五季，至今历九百余年，凡十兴十废矣。同治间，僧却烦、常静、自修、自皈、定安、安然等率众禅和披榛薙莽，嗣法传灯，并造五百阿罗汉像，大悲八十四像。凡寺田侵夺者收复之，重佃者减轻之，于是岁入香火租谷六百余石矣。光绪初，少登禅师舍财供众法侣皈依；筏喻禅师心性慨然，祖堂续建；宝明禅师宏慈振废，传戒开来；常静禅师具大慧力，为实头陀，募修僧寮、方丈、禅堂、斋堂，遂开选佛之场宠演毗尼之偈。虽则旧观未备，庶几坠绪克举焉。嗟乎！自粤逆倡乱以来[5]，精蓝古刹，夷为丘墟者，不知凡几。自非诞降贤豪，笃履苦行，群神肃翼，愿力护持，则曷由继绝扶衰，传宗衍绪，以迄于今乎？吾故曰废兴皆天也。福山镇总兵官长沙陈君海鹏及善士等修葺毗卢佛殿，并施金构亭于寺后，俯瞰碧浪湖，规复祓禊之旧[6]。春朝秋夕，集缁素之能诗文者，联吟煮茗，嗣响风骚，亦吾湘之胜概已。僧众请纪兴废之由，为文以告来者。乃为铭曰：

鹫峰诞粹，鹿苑驰声。灵源少广，宝树王城。至道幽显，圣迹信征。功超十地，妙阐三乘。月殿宏开，云扉肇启。智炬辉煌，名园迤逦。露裛琼浆，波澄德水。五季忽焉，千年邈矣。天运循环，无往不复。内护外护，先觉后觉。色兮俄空，

---

[1] 因第一代谷城王封于嘉靖三十八年（1559），为昭宪王朱翊鈜，朱翊鈜薨于万历二十年（1592），则嘉靖三十八年（1559）以后的吉王有端王朱载均和庄王朱翊镇两位。朱载均嘉靖十九年（1540）袭封，四十年（1561）薨；朱翊镇嘉靖四十二年（1563）袭封，隆庆四年（1570）薨。兴修之事便应在嘉靖三十八年（1559）至四十五年（1566）之间。

[2] 胡庄生：康熙六年碑记及乾隆《长沙府志》均作胡壮生，当是。

[3] 乾隆年间，川西大小金川土司两次构乱，朝廷两次倾重兵镇压。乾隆三十七年（1772）为第二次金川之役，四十一年（1776）平定。

[4] 川楚剿匪：征剿白莲教起义。

[5] 倡：通“猖”。

[6] 祓禊：到水滨洗浴以去除污秽。

绝兮复续。慧日重光，法幢高矗。代生智者，世挺南能。服膺二谛，永矢四宏。鉴周沙界，勤演契经。真如斯畅，正念常惺。金绳吐艺，宝铎和响。香绕梵宫，花飞仙掌。湘川环带，麓山延赏。龙象降伏，人天景仰。净境恒留，真教不没。泽拯悲田，功昭旷劫。福佑遐长，深慈普彻。式镌贞石，允播来哲。

记名御史赏戴花翎户部福建司郎中军机处行走长沙徐树钧撰并书。

光绪十三年岁次丁亥正月上旬吉，住持自修、首座慧舲、维郍铭达、都监若莲、知客脱迷、监院明初、副寺得莲偕序众立。

光绪十三年长沙开福寺碑

光绪十六年道吾山兴华大禅寺重修禅堂记碑

位置：浏阳市集里街道道吾山兴华寺

质地：青石

规格：高 55 厘米，宽 120 厘米

释文：

道吾山兴华大禅寺重修禅堂记

道吾山护国兴华大禅寺，自唐敕建。当时宗智开基[1]，龙神护法，梵宇宏敞，天下以大炉鞴目之[2]。后历宋元，屡化劫灰，数遭兵燹。其间虽有尊宿唱道，亦随缘废兴而已。降及明季，则颓蔽不堪言矣。我朝龙兴，无尽禅师卓锡斯山，宗风复振，废寺重新。此固道吾之灵气，尽师之功德，智祖不灭不生之慧机所感也。自是衣钵相传，阐扬道□，脉衍七房。光绪戊子，禅堂倾颓。七房嗣议曰：智祖□□□□地，赖尽师于寺山，绝续之会，出入长林，主□□□十年，恢复中兴。使十方游衲知有唐建道吾丛林，□□二百余年，禅堂颓矣。我辈皈依，尽师缘法，筋牢骨壮，岂天怀不发中乎？爰发愿七房，备资复建禅堂。即有檀波蜜应者，无论僧俗□□劝募。遂于五月十七日经始，九月十九日落成。嘱予记。予曰：何□无名山赖人传，尤赖继起有人。如道吾者，使无智祖阐道，则天下不知有道吾；无尽师复兴，则天下乃忘有道吾。昔唐费朝廷金钱以万计，建寺于斯，道吾山名闻寰宇。乃故代宫阙，蔓草荒烟，而兴华道场得与圣朝德荷天庥，继绳勿替，抑何幸欤！迄今禅堂折而复新，虽云智祖、尽师法灵不泯，岂非七房、禅裔前种慧根，虔修佛果，善证因缘也哉？予知发一大乘心，超乎三界五行外。山川鬼神共为呵护，从此绵延心法，大千诸佛，禅光永耀矣。悟禅子徐汝楫记。谨将捐名开列于后（略）

大清光绪庚寅拾陆年孟夏月吉旦日是，七房公立。

[1] 宗智：又名圆智，药山惟俨禅师法嗣。

[2] 炉鞴：吹火用的皮囊。

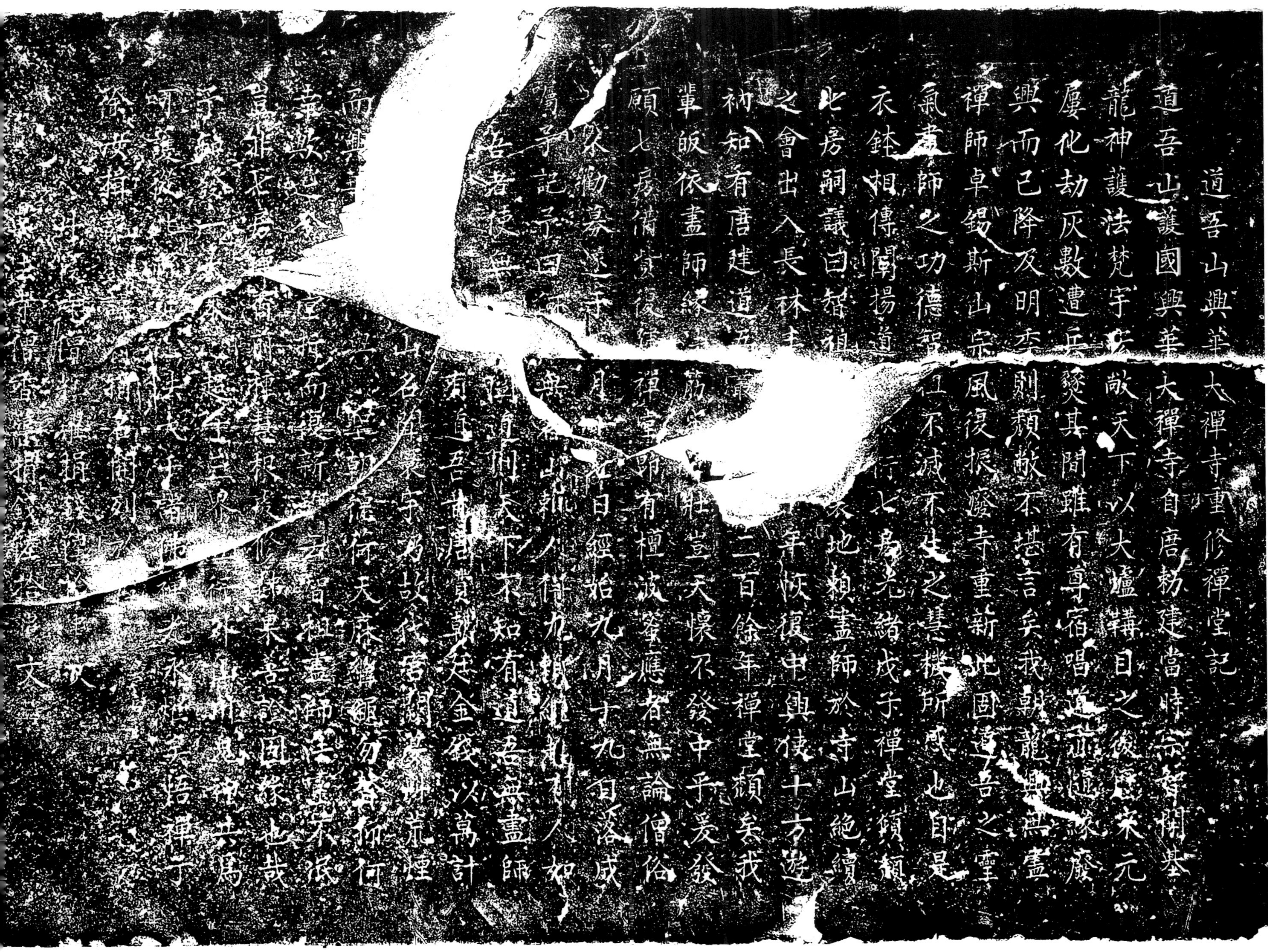

光绪十六年道吾山兴华大禅寺重修禅堂记碑

光绪十八年孔嘉坪新建族祠记碑

位置：浏阳市中和镇苍坊社区

质地：青石

释文：

孔嘉坪新建族祠记

《礼》云："君子将营宫室，宗庙为先。"是知宗庙之营，诚人生急务也。故上自天子，下逮庶人，皆有寝庙，凡以报本而返始也。我祖建十公，自江右迁浏，肇居西岭，聚族于斯三百余年矣[1]，自生、澄二公后，而族渐繁。其时始以祖屋作公祠，为敬宗收族计，贻谋诚善。乾隆甲寅，毁于祝融[2]。越嘉庆丁巳，赖伯祖绍溪及志学、志型、志凌诸公重修。

[1] 三：均滥刻为"王"。

[2] 祝融：火灾。祝融为传说中楚国始祖，为炎帝掌火正，后人尊为火神，故与火相关者都言祝融。如唐李群玉咏长沙窑诗《石潴》："古岸陶为器，高林尽一焚。""地形穿凿势，恐到祝融坟。"

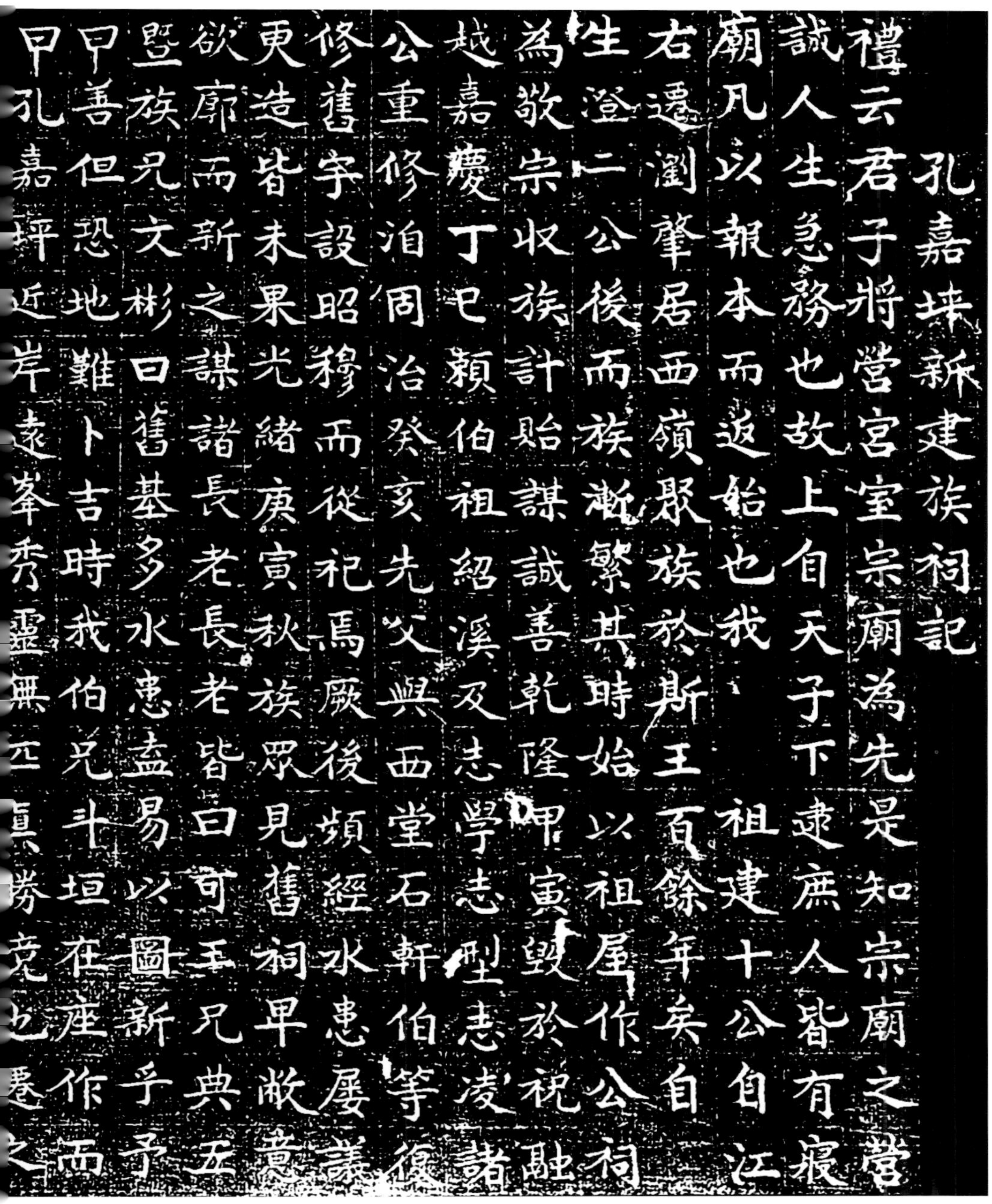

光绪十八年孔嘉坪新建族祠记碑

洎同治癸亥，先父与西堂石轩伯等复修旧宇，设昭穆而从祀焉。厥后频经水患，屡议更造，皆未果。光绪庚寅秋，族众见旧祠卑敝，意欲廓而新之，谋诸长老。长老皆曰“可”。三兄典五暨族兄文彬曰：“旧基多水患，盍易以图新乎？”予曰：“善。但恐地难卜吉。”时我伯兄斗垣在座，作而曰：“孔嘉坪近岸远峰，秀灵无匹，真胜境也，迁之必吉。”文彬兄曰：“此地山水，予爱之亦久，但未审能构就否？”泉溪伯、瑟堂叔答曰：“此系予高祖澄公之公业也，今以建祠，以私全公，其又何辞！但须近旁私业，必须成就，方可营建。”佥曰：“唯！”于是设饮向商，咸欣然一诺，而迁建之谋遂决。乃出捐册，一时踊跃乐输者七百余缗。章程既定，公举我仲兄宪亭董其事，遂于辛卯二月初四日经始，度基广六丈七尺，袤八丈三尺。既而虑我仲兄独力难支，复举萱叔赞助，历期年而祠成。择于壬辰六月六日，恭迎始祖入享，而基万世灵长之祚焉。是役也，入不敷出，益以各会羡余，始弥其缺，约计费襁一千三百有奇[1]，向非用节浮冗，犹未必若斯费小而功巨。於戏！庙貌崔巍，观瞻益壮，虽后人之力，实先祖之灵也。夫前人有志而未逮者，迄今近百年，而迁地维良，岂非族中之所大快哉[2]？而返诸报本之心，亦可以稍安矣。至若振簪缨于百代[3]，绵科甲于千秋，此理数之或然，非人所敢必也。第前人为之，后人继之，俾先灵有托，烝尝弗替，辉裔昌远，懿德惟光，是又期于将来者矣。虽然，人谁无报本之心，安知后人之不远胜于前人也？吾又自笑其迂。兹将勒捐名于石，属记于余。余辞不获，乃敬书其事之巅末，俾后之览者知祠之所由迁与祠之所由成也。是为记。

嗣孙成瀚海文氏敬撰。（纠首、捐名等略）

大清光绪拾八年壬辰岁仲冬月中浣谷旦公立。

---

[1] 襁：钱串，引申为成串的钱。本作繈，又作强、镪。《木兰辞》：“策勋十二转，赏赐百千强。”白居易《赎鸡》：“购尔镪三百，小惠何足论？”

[2] 快：异作“快”。

[3] 簪缨：古代官员的冠饰，喻仕途。

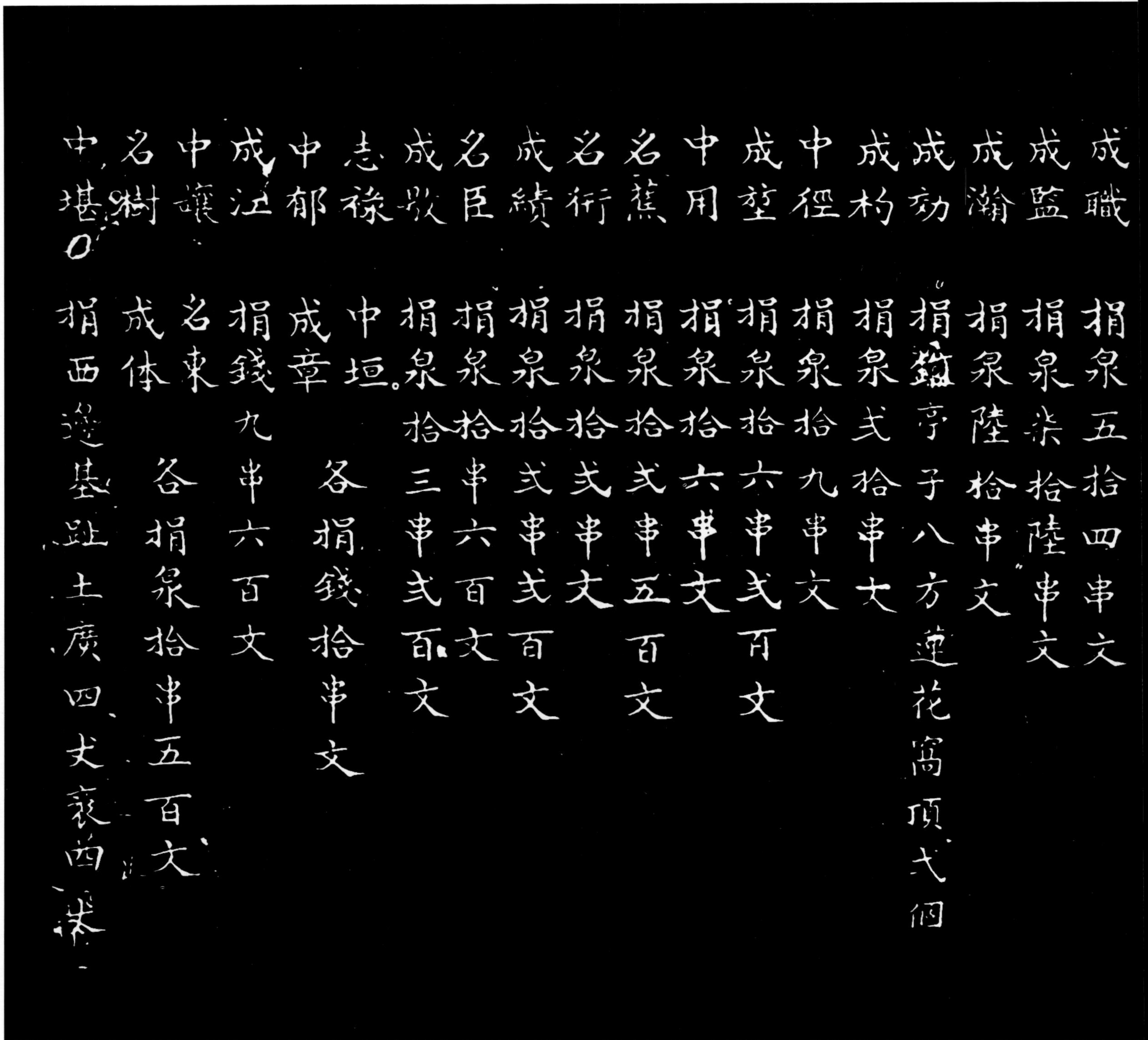

成職　捐泉五拾四串文
成監　捐泉柒拾陸串文
成瀚　捐泉陸拾串文
成劾　捐鏹亭子八方蓮花窩頂弍個
成杓　捐泉弍拾串文
中徑　捐泉九串文
成埜　捐泉拾六串弍百文
中用　捐泉拾六串文
名蕉　捐泉拾弍串五百文
名衍　捐泉拾弍串文
成績　捐泉拾弍串弍百文
名臣　捐泉拾串六百文
成敬　捐泉拾三串弍百文
志祿　中垣
中郁　成章　各捐錢拾串文
成江　捐錢九串六百文
中讓　名東
名樹　成体　各捐泉拾串五百文
中堪　捐西邊基趾土廣四丈袤西[illegible]

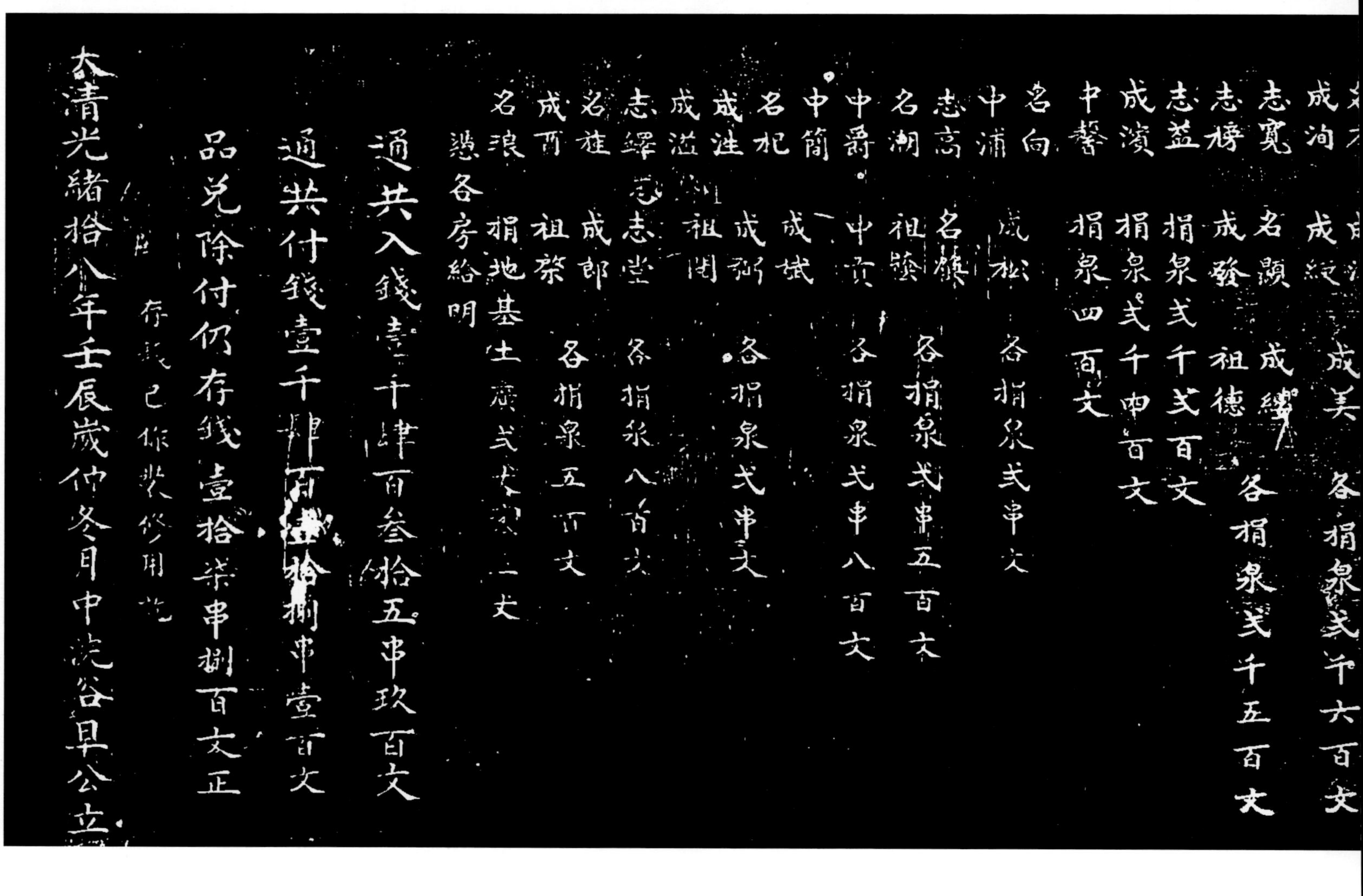

成洵　成紹　成美　各捐泉弍千六百文
志寬　名顯　成纓
志榜　成發　祖德　各捐泉弍千五百文
志益　捐泉弍千弍百文
成濱　捐泉弍千四百文
中馨　捐泉四百文
名向　成松
中浦　各捐泉弍串文
志高　名樵
名潮　祖驗　各捐泉弍串五百文
中爵　中貢　各捐泉弍串八百文
中簡　成斌
名杞　成衍　各捐泉弍串文
成浩　祖閏
成滋
志繹　志堂　各捐泉八百文
名旌　成郎　各捐泉五百文
成丙　祖榮
名浪　捐地基土廣弍丈袤[illegible]丈
憑各房給明
通共入錢壹千肆百叁拾五串玖百文
通共付錢壹千肆百[illegible]拾捌串壹百文
品兑除付仍存錢壹拾柒串捌百文正
存錢已作散份用訖
大清光緒拾八年壬辰歲仲冬月中浣谷旦公立

光绪十八年孔嘉坪新建族祠记碑

光绪十八年孔嘉坪新建族祠记碑

糾首

名[illegible] 成綉 成監 成埊

名雷 成熾 成根 成梨

名鋥 成枌 成歆 名徐

名渾 成取 成瀚 祖梴

名萱 成杓 成畋 祖屺

名恩 成洽 成郃 名蕉

名羅 成靜 成劾 祖樫

謹將捐名開列於左

生溢公 捐泉弍百陸拾串文

三餘會 捐泉三拾八串五百文

光裕會 捐泉弍拾五串文

捐祠宇基址弍所

元漢公 捐泉拾三串文

元叨公 捐泉三串八百文

元罢公 捐泉拾弍串文

元紋公 捐泉肆串文

五常會 捐泉拾弍串文

九如會 捐泉弍拾串文

奇能公 捐泉拾玖串文

名進 捐泉八串八百文

名餘

名泉 成洽 各捐泉八串六百文

成綏 捐泉八[illegible]四百文

名義 中全 各捐泉八串文

名奕 捐泉七串弍百文

中良 捐泉七串六百文

名楠 名犖 各捐泉六千大百文

名垂 成綺 各捐泉六千中百文

名赓 名全

名渾 名琅 各捐泉六千文

名宜 捐泉九串文

中培 捐泉五串八百文

中通 中韶 各捐泉五串六百文

中治

名環 成徐 各捐泉五串弍百文

名馳

成續 成蒼 各捐泉五串文

名鋒

中聰 成乎 各捐泉肆串八百文

成絟 捐錢四串六百文

名衔 成紡 各捐泉四串五百文

名息 捐泉四串四百文

成綉 捐泉四串弍百文

名鉞 成薰 各捐錢四串文

名軀 成潢

名槐 成滋 各捐泉三串六百文

名羅

名移 成 緒級法 各捐泉三串五百文

成椝 成綈 各捐泉三串弍百文

中旦 成尃

光绪二十二年回龙庙福寿堂碑

位置：长沙县回龙庙

质地：青石

规格：高 100 厘米，宽 70 厘米

释文：

福寿堂碑（额题）

白马大神，先年一十四家捐资，余积置买僧映禅产业，水田七斗，每年纳租一十二担于回龙寺。东边夹横屋设坛供奉，历有年所[1]。后因仰山二圣欲建修庙宇，基址不就，是以两案长、平首士会合，公同商议，具立合案同坛字约，恭请二位大神合坛并座。由是，基址方圆，庙貌惟新，香烟共享。其田山、屋宇皆有契据，归长、平轮流公管，合而为一。允为万古良模，千秋弗替，神灵之安妥，自无怨恫，而得其所矣。后因八家齐集，解囊相助，生积余蓄，以为长香圣诞之资。所置田业，八家公管，永远无异。兹将姓名刊刻于左，以垂不朽。

立合案同坛字人：长、平会首单先魁、梁德纯、龚莘庐、王庆槐、周庆祥、易于道、易永贵、饶贤秀、饶开金、童定魁、单华真、黄国光、邵道远，彭荣光、符锦廷、杨世和、叶成章、刘光荣、向裕远、符宝臣、贺清远、周文华、童重吾等情，仰山二圣白马明王各建庙宇。回龙寺因欲建修，上栋戏台，合则基地方圆，两全其事。是以长、平议处均皆乐从，请神合坛共座所，二大神田地、山场、庙宇等业，皆有契据，竖碑于庙。其契据字约轮流领管，逐年晒袍出行，收租完纳。长、平轮交管理香火，已共费用一体。其长、平会首听其扦就，自合案之后收租，以为香火晒袍等项之费。余积皆属公管，勿论多寡，不得藉余生枝异说。神既合坛，人已合心，庶其永远香火，万古如斯。今欲有凭，立此合案字一纸，轮流收执为据。

凭：陈在高、向万明、喻瑞廷、曾如春、曾书有、费卜纯、傅文台。

咸丰九年八月初十日，莘庐笔公立。

饶云祥、龚盛卿、易恩照、单子良、饶锦富、黄义庭、易竹卿、王钦吾。

皇清光绪二十二年岁次丙申九月二十八日谷旦公立。

---

[1] 所：通“许”，表约数。

福寿堂碑

白馬大神先年一十四家捐資作積置買僧[illegible]粮產業水田七斗每年納租一十七担於廻龍寺東边夬[illegible]
屋謝坟供作歷有年所後因仰山二聖欲建修廟宇基址不就是以西乐長平首士會合公仝商議具
立合乐同坛字約恭請二位
大神合坛並座由是基址方圆廟貌惟新香烟廿享其田山屋宇皆有契糾曰長平輪流公管合而為一允
為萬古良模千秋弗替 神灵之安妥自無怨恫而得其所矣後因八家齊集解衷相助生積餘蓄以為
長香聖誕之資所置田業八家公管永遠無異茲將姓名刊列于左以垂不朽

立合乐同坛字人長平會首單光魁吳德純龔萃廬王慶槐周慶祥易於道易來貴饒賢秀饒開金童光
魁單華真黃國光鄒清遠彭榮光符錦廷楊世和葉成章刘光榮向裕遠符室臣賀清遠周文畔童重光
等情仰山二聖白馬明王各建廟宇廻龍寺因欲建修上[illegible]合則基地方圆两全其美是以長平議
庶均皆樂從請 神合坛廿座所二大[illegible]神田地山[illegible]皆有契據豎碑於廟其契據字約輪流
領管逐年晒袍出行收租完納長平輪交管理香火已出費用一體其長平會首所共杆就自合乐之後
收租以為香火晒袍等項之資餘積谷為公管多論多寡不得藉餘生枝異說 神既合坛人已合心庶
共永遠香火萬古如斯今欲有憑立此合乐字一紙輪流收執為据

憑 陳在高 脩瑞廷 曾書有 傅文白
向萬明 曾如春 賀卜純

咸豐九年 八月初十日 華屋筆 華屋筆 公立

饒云祥 龔盛卿
易恩照 單子良
饒錦富 黃義庠
易竹卿 王欽吾

皇清光緒 二十二年 歲次丙申 九月二十八日 谷旦 公立

光绪二十二年回龙庙福寿堂碑

光绪二十四年少白龙王庙碑

位置：开福区新河老街少白龙王庙

质地：汉白玉

释文：

永垂不朽（额题）

盖闻壮殿崔巍，足媲观瞻之美；珠宫轮奂，允征神趾之乡。长邑北门外新河[1]，为敕封昭佑少白龙王之老庙。历年既久，庙宇倾颓。地方人等戴德甚深，遂鸠集同人，广为劝募。自光绪丙戌岁起，经营两载，庙宇始克落成，而香火之资仍阙如也。嗣自本年，经蔡观察国桢、信善好公续捐香火费百竿，虽权获一朝之盛，究难为悠久之垂。如是同人公相商议，量力劝捐百余金。于饶家巷东茅园置田壹庄，并庄屋壹所，冯家码头官箩壹担，既可隆香烟于弗替，尤可生利赖于无涯。所谓莫为之前，有美勿彰；莫为之后，虽盛勿传。斯事适逢神人共幸，爰泐诸石，俾垂永久焉。今将各善户捐资芳名胪列于后：

蔡国桢捐钱壹百串文，杨竹廷捐纹银贰拾两，侯思裕堂捐纹银壹拾两，廖万新捐纹银陆两，毛复兴捐纹银伍两，苏在申捐纹银肆两，黄金瞻堂捐纹银肆两，樊尚锦捐纹银肆两，周泰元、章振洪、廖松庭、何益寿、史志翔、金晓岚各捐纹银叁两，黄国和捐纹银贰两，周万泰、陈春山、张德新、赵秀廷、黄宝和、张德兴、陈迪廷、彭芷廷、凌裕兴、毛顺兴壹两、廖道德、廖基楚、熊守章壹两、廖光明、陈仁兴、廖树堂、裕泰行、戴家云各捐纹银贰两，刘顺德、罗朝德、罗云汉、刘以文、苏复顺各捐纹银壹两。

一付田价纹壹百肆拾两，一付箩价纹贰拾两，一付酒席并用项共纹玖两陆钱，一付碑石纹叁两，一付界石纹柒钱五分，一付刻字工纹壹两叁钱陆分，总共付纹壹佰柒拾捌两玖钱壹分。除付，实存纹捌两零玖分。存款押租均交……

以上各善户共捐壹佰捌拾柒两整，外存押租票钱壹拾伍串。饶家巷粮田伍斗，计贰丘，粮载明都一甲四区册名；严家缘粮捌升柒合，饷照科于戊戌岁接买蓝有宽兄弟等绝卖之业价纹壹佰肆拾两。其田壹名长坵，东抵梁姓[2]，西抵水圳，南抵张姓，北抵东茅园。壹名四方坵，东抵水圳，南抵蓝姓，西抵礁窝塘边，北抵张姓为界。私塘壹口，又礁窝塘水照分澈荫，水圳车埠俱全。其田永为庙中香火之费，不准典卖。应于永清团、积义团、永安第五团三团内每团轮择总管壹人经管，每年每团择值年贰人帮理，壹年壹轮。交接之际，毋得有藉词霸扯推诿等情，事问久远。应将契据底限并公议规章刊载明晰，以公后之同□云耳。

张五凤堂公上捐田一□，宽五尺，长从公码头起，至蓝姓田坎止。

大清光绪贰拾肆年季春月谷旦刊。

[1] 长邑：长沙县。

[2] 抵：讹作“底”，下同。

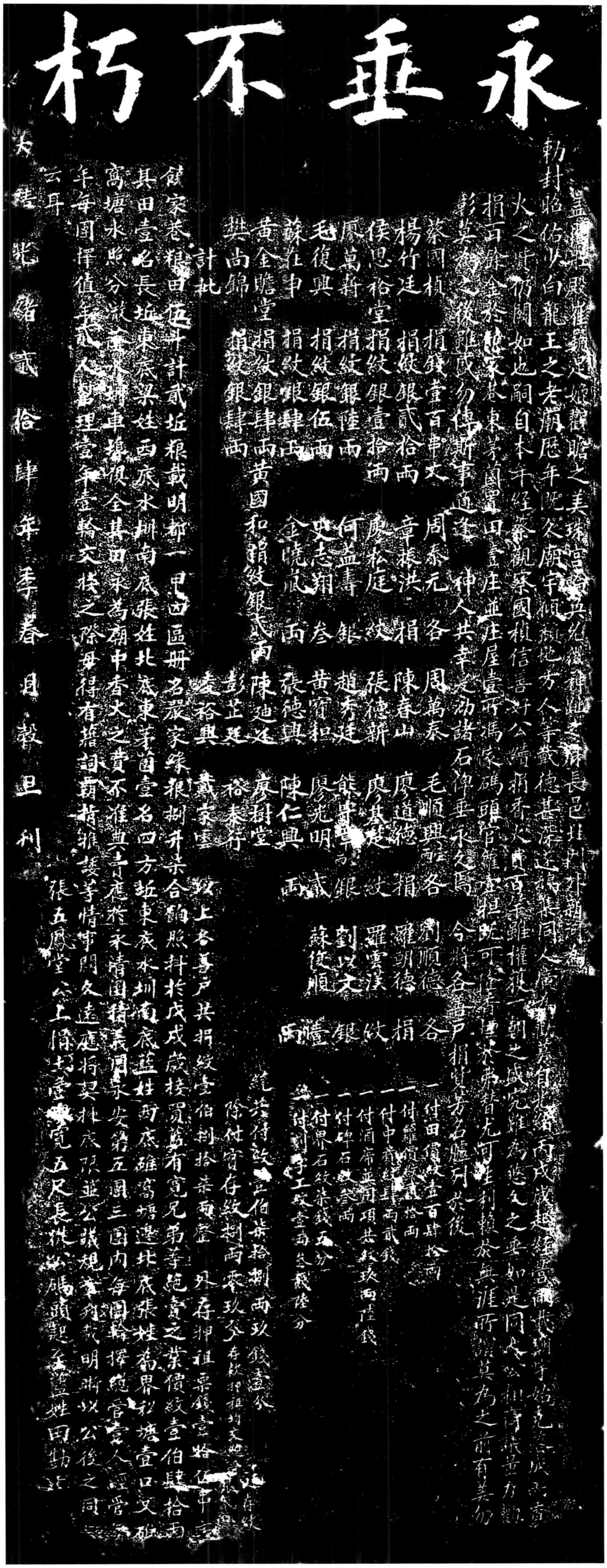

光绪二十四年少白龙王庙碑

光绪二十五年竹荆寺永远供奉碑

位置：宁乡市竹荆寺
质地：汉白玉

释文：

永远供奉（额题）

□□□□有专祀，以香火为生涯，一衣一食，日用自供外，此□□□□□□□□者潜木，长邑通家之子，姓□氏，性揣□□□□□□光绪岁壬辰，招来□市入庙，不忘其真□□□□□□□庙□东□一，神果降灵，有求辄应。遂念□□□□□□九真人□舆马络绎，倾忱拜祝者千余人。演□□愿来兹土□□所致，而僧尤重功德□齿积□资就□市□□管，永作真人殿前长香长□之费。公管必经众设，等□□□经理，毋□僧之美□。爰缀数语，勒诸贞珉，俾后贤得知，以见善成矣。是为记。计□碑□接管铺屋原胡鹤和主龛香油挂祭，归庙总经理。除香油挂祭及□□费，胡僧不得籍捐称分，庙内亦毋□□□□祭此。

光绪二十五年己亥岁。

永遠共存

光緒二十五年己亥歲

宣统元年湖南开福寺念佛堂并传戒讲经条约碑

位置：开福区开福寺

质地：青石

释文：

湖南开福寺念佛堂并传戒讲经条约退闲常静撰

释氏所建丛林者，原为养育才器之所，陶铸圣凡之地，教化之所从出也。慨时当减劫，像教陵夷，一心三观之旨罔闻，五时八教之文莫识。今开福设立念佛讲堂，宏扬净业，广阐毗尼，日课五时，心除三毒，屏息外缘，专诚礼诵。以此功德，上报皇恩，下酬檀护，情与无情，咸沾利益。庶不负福田、衣披、僧伽相具者矣。所定条章，缕列于后。

一、寺管铁石塘业，每年岁租二百余担，内以九十担作讲经之费，又以一百二十担作念佛堂资粮，又以寺管三省庵右侧房屋租钱作念佛堂诸师单钱，均归库房经理。

一、念佛堂额安二十僧，如常住丰裕，再行广额。惟择戒律精严，勤学经律，熟习功课、打唱，年满二十，色力强壮，自愿发心者。须至客堂讨单，该知客师查明，果系真为法者，方可呈白方丈，然后入堂，否则不准。

一、念佛堂每僧每期给衣单钱陆千文，各件须要自备，不得向常住取索。如解制未满犯规，摈出，或私自逃走，分文无有，违者罚。

一、遵佛说，修《多罗》，修学《三昧》，执持名号，一心不乱。不准杂学外典，别修异业，违者摈。

一、每日五堂功课，均要齐集，如有重病，方可向职事告假，病愈消假。借此避懒偷安者罚。

一、每年春秋两季，决定请法师讲经，不得违误。惟怯师须择齿德俱尊、性相融通者充当，毋得滥请。

一、讲经用心静听，抽签复讲，不准推辞，违者罚。

一、每月十五、三十日诵《四分律》、《梵纲经》，如不到者罚。

一、每年分二期，无论公私要事，皆不准告暂假。俟解制期满，实为省师省亲方准，少则三天，多则十天，过期不到，不准消假。

一、念佛堂以祖堂及禅堂左侧寮房安单，平日不准出外应酬经忏、上街等事。前止头山门左右，不出百步外，违者罚。

一、遵《遗教经》修行，制心一处，无事不办。除堂主外，常住大小公事不许入议，亦不准充当房长，又不得剃发收徒，皈依寄名，窜寮陪客，往来书信等事，违者罚。

一、堂中安单无分十方法门，但取真实为道者，如有恃仗法门师长势力，破坏堂规者摈。

一、念佛堂茶水，或轮流当职，或一人发心，均要坐禅念佛，看经解义，不准高声唱赞，散心杂话，违者罚。

一、传律定例：冬期以十一月二十开坛，二十四传沙弥戒，腊月初一日传比丘戒，腊八授菩萨戒，初十日圆满出堂。谨遵律藏，只准十师登坛圆具，毋得双请羯磨教授而违佛制，常住一切旧章，务宜恪守阖寺僧众五时日课章程。

一、每日清晨上殿，诵《楞严咒心经》，绕佛归位，观文，皈依，祝韦驮毕，回堂闻梆过堂。

一、上午二板后鸣催课，各寮齐集大殿诵《大悲咒》、《十圣》并《释谈章》、《心经》，接《弥陀偈》，绕佛归位，礼释迦佛三拜，阿弥陀佛十二拜，观音、势至、清静、海众各三拜，皈依下殿，午梆过堂。

一、下午二板后鸣催课，上殿诵《弥陀经》，接偈，绕佛归位，与上午礼佛同，皈依下殿。

一、水梆后上殿，念八十八佛蒙山，绕佛归位，观《净土文》，皈依，祝伽蓝毕。各穿袍子吃放餐。

一、晚朝外寮均进堂念佛香一枝，静坐香一枝，开静行茶，和尚开示或班首开示毕，放香养息。

以上各条，全赖当代住持及退闲长老、总管、房长、都监、监院、知客、职事遵照办理，则丛林永远兴盛矣。

一、传戒定例只收比丘僧、优婆塞二众，女尼不准，如违者摈。强者，谱内除名。腊八日两房法眷公议。

一、念佛堂、寮房二十间永禁不作别用，如违者摈。

宣统元年湖南开福寺念佛堂并传戒讲经条约碑

一、常住永禁买住寮房，如违者摈。

本寺退闲筏喻、铭达、在明、南湘、海印，总管智华、能悟、破疑，房长觉知、体辉、长隆，当代住持光明，都监性一，监院法源，知客了意，副寺梵达，偕两房法门序众公立。

大清宣统元年岁次己酉四月佛诞日泐石，五戒弟子周希尹敬书。

宣统三年鸦鹊坡土地庙碑

位置：长沙县北山镇福高村

质地：青石

规格：高 60 厘米，宽 40 厘米

释文：

乾隆乙巳岁，旱乡前辈，纠集众资，设坛祷雨于瞿真人，辄应。用是以其众资，每年八月初八日，于真人诞辰先期，虔备斋席，公同望祀，答灵贶也。此外则以地祠宇狭小，众议扩而新之。然储蓄无多，有志未逮。铢累寸积，垂数十年，迨去冬乃克。将旧址恢拓数武，鸠工建筑，坛坫一新。惟是祠之得以扩新者，经济之所挹注[1]，其原起实肇自于瞿真人。嗣后春祁秋报，吾境内克供土地之祀，而真人每岁之诞祀，自当举行不废。庶几毋忘创始之微意耳。是为序。

纠首：常谓川，李广业堂；常既成，常忠信堂；常星益、常兆丰、甘其先，常义德堂。

宣统三年岁次辛亥春月谷旦。

[1] 挹注：取其有余而补不足。

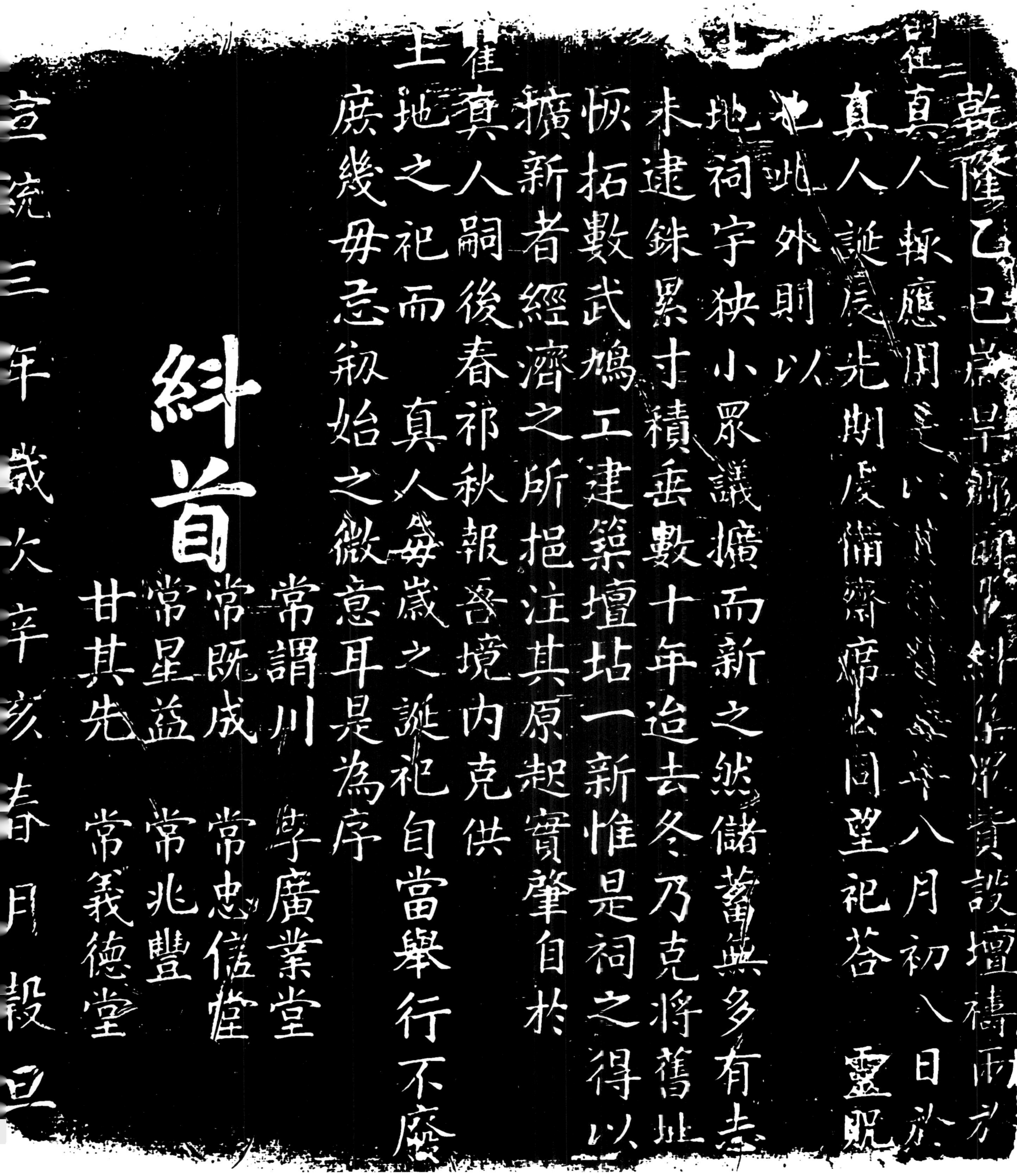

乾隆乙巳歲旱鄉[illegible][illegible]糾[illegible][illegible]資設壇禱雨於
迎二真人穰應用[illegible]以[illegible][illegible][illegible][illegible]年八月初八日於
真人誕辰先期虔備齋席[illegible]同望祀荅　靈貺
地此外則以
地祠宇狹小衆議擴而新之然儲蓄無多有志
未逮銖累寸積垂數十年迨去冬乃克將舊址
恢拓數武鳩工建築壇坫一新惟是祠之得以
擴新者經濟之所挹注其原起實肇自於
佳真人嗣後春祈秋報吾境內克供
土地之祀而真人每歲之誕祀自當舉行不廢
庶幾毋忘刱始之微意耳是為序

糾首

常謂川　孝廣業堂
常既成　常忠信堂
常星益　常兆豐
甘其先　常義德堂

宣統三年歲次辛亥春月穀旦

宣统三年鸦鹊坡土地庙碑

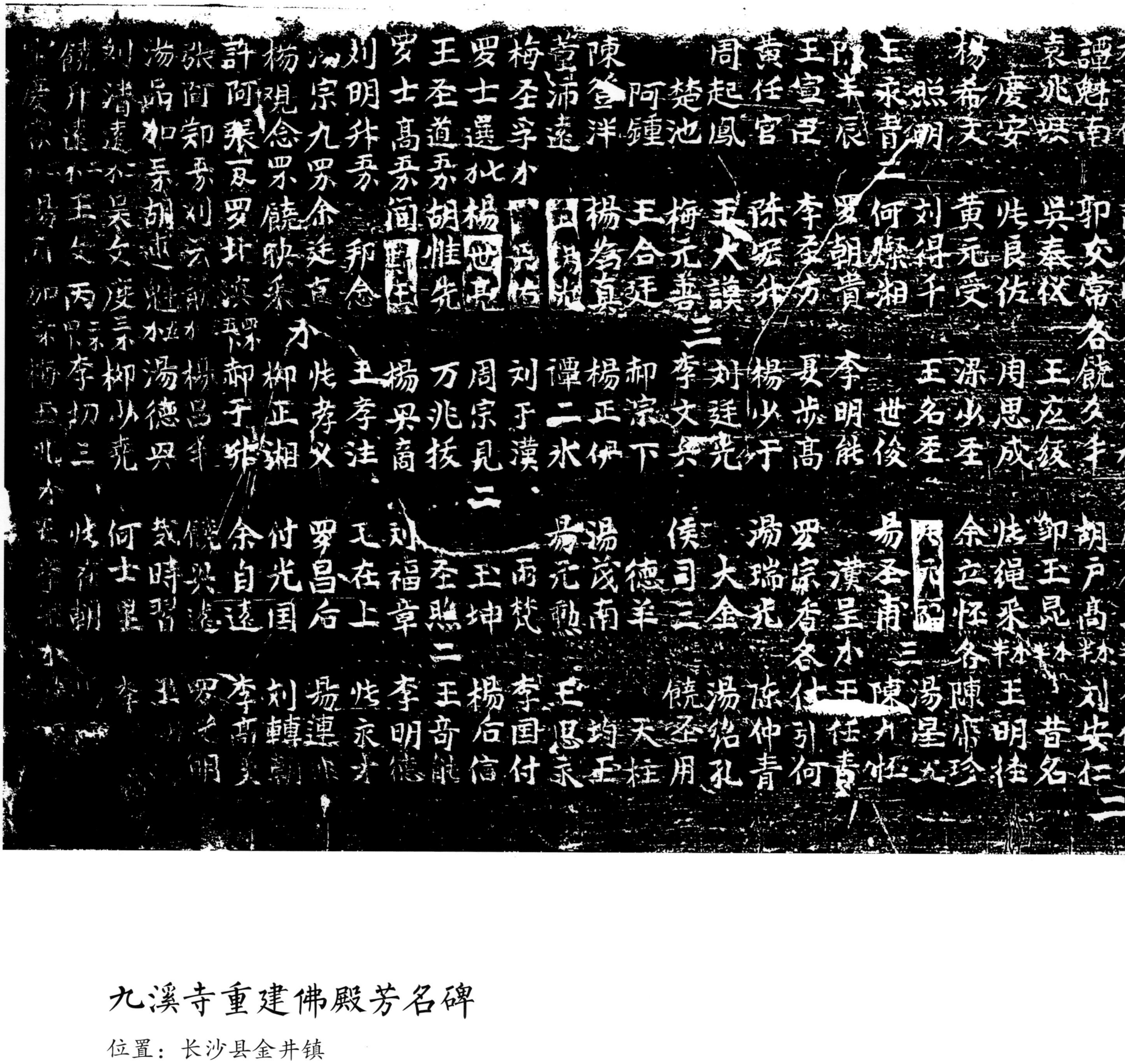

九溪寺重建佛殿芳名碑

位置：长沙县金井镇

质地：青石

尺寸：高 53 厘米，宽 136 厘米

释文：

重修佛殿芳名于左（略）

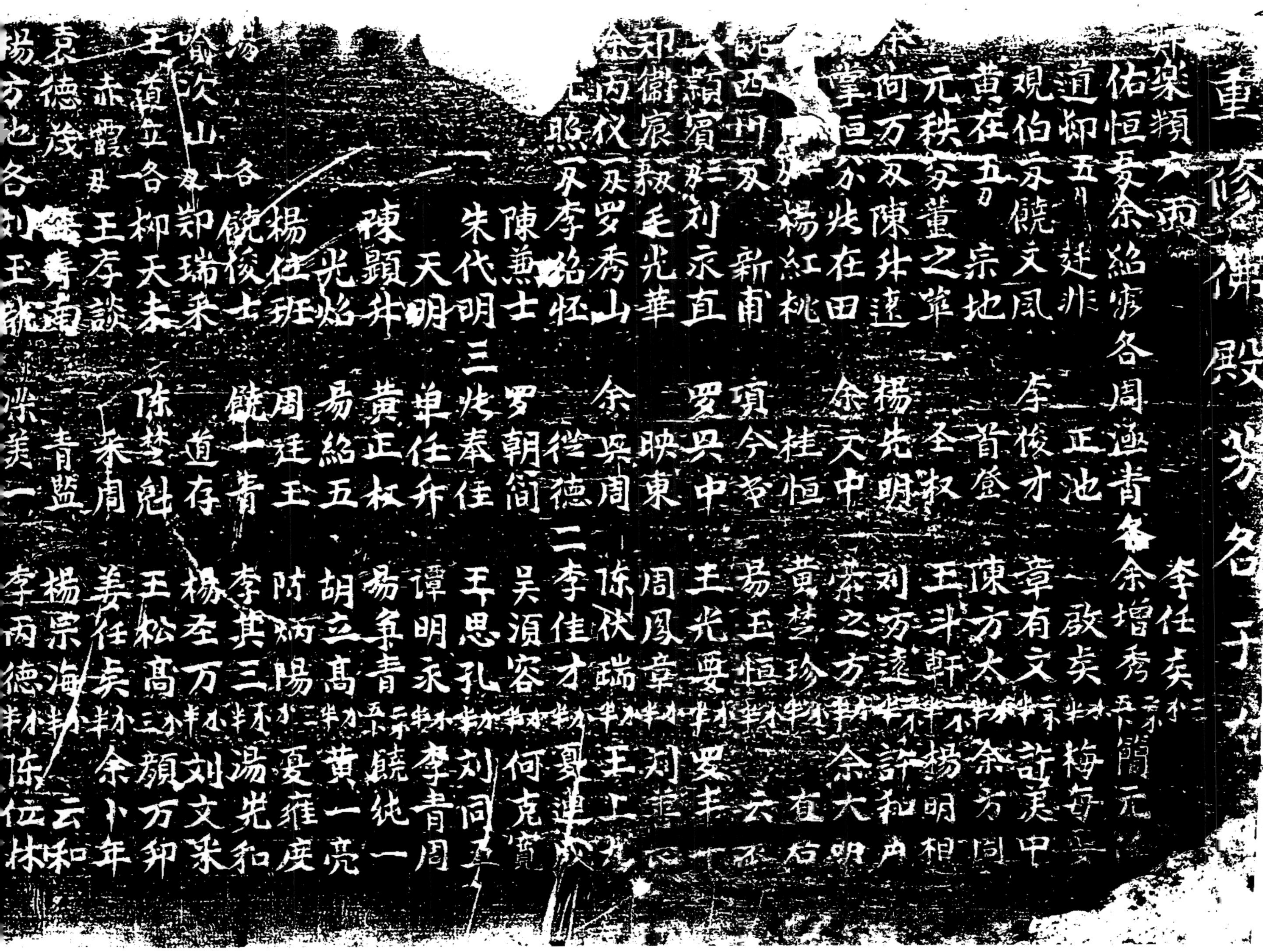

九溪寺重建佛殿芳名碑

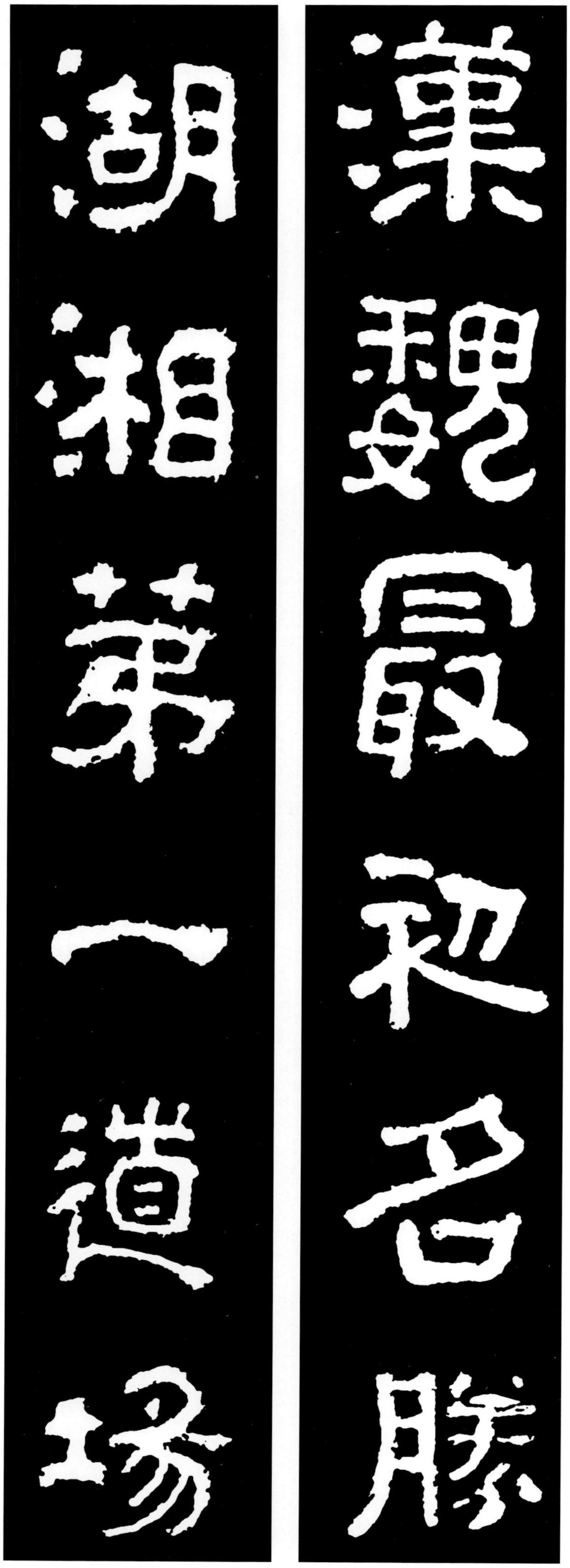

麓山寺山门联

麓山寺山门联

位置：岳麓区岳麓山麓山寺
质地：花岗岩
规格：高 280 厘米，宽 39 厘米

释文：

汉魏最初名胜，
湖湘第一道场。[1]

[1] 王闿运题。

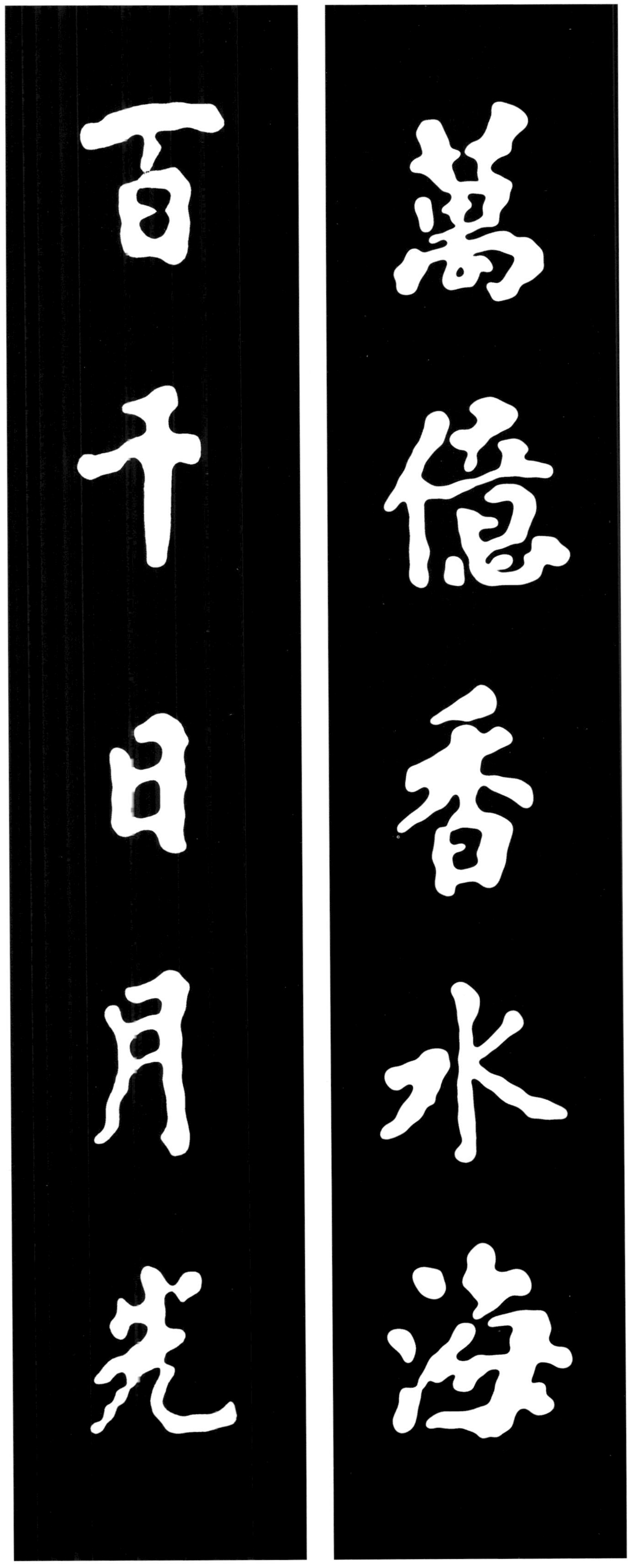

麓山寺观音阁联

麓山寺观音阁联

位置：岳麓区岳麓山麓山寺观音阁

质地：青石

规格：高 196 厘米，宽 35 厘米

释文：

万亿香水海

百千日月光

龙泉寺碑

位置：宁乡市龙泉寺
质地：汉白玉

释文：

龙泉寺

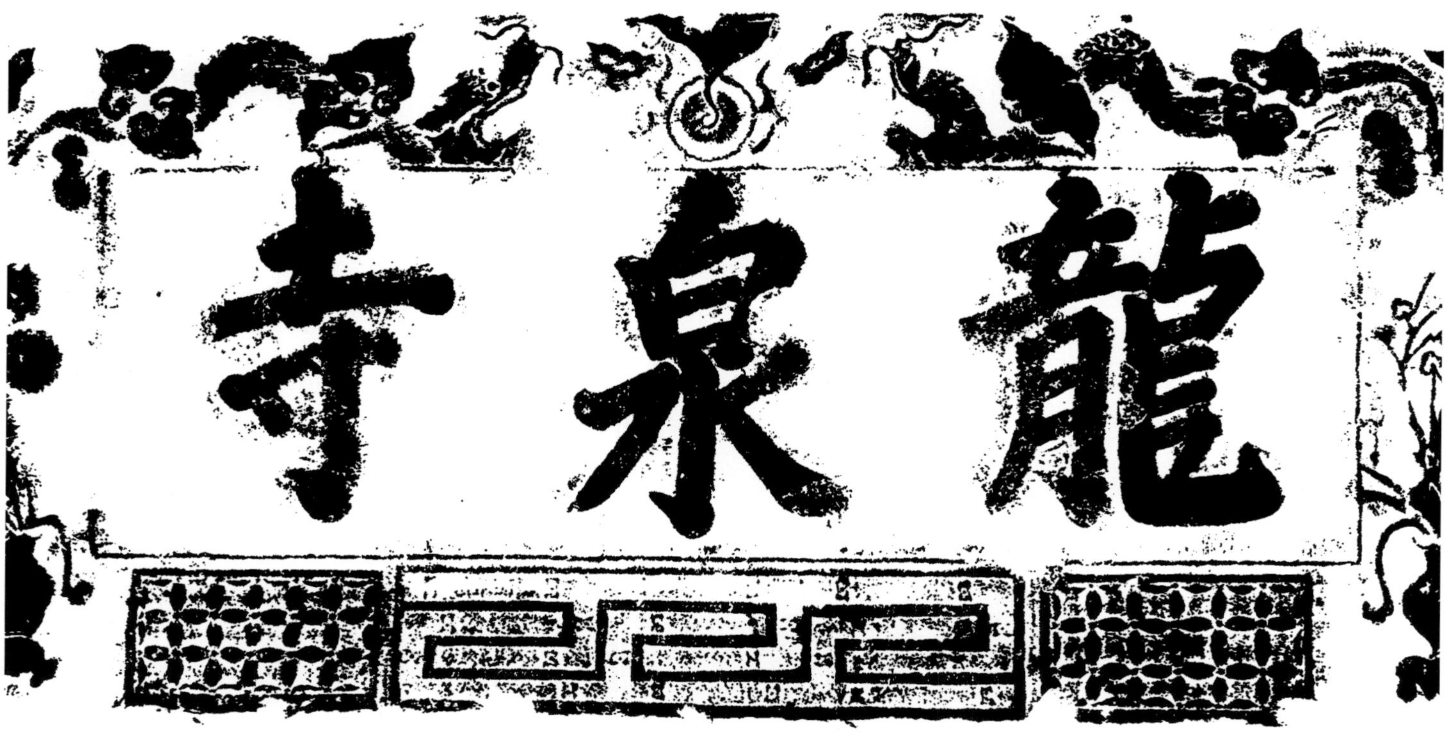

龙泉寺碑

志墓碑

康熙四十四年至同治八年重修张南轩墓残碑

位置：宁乡市巷子口镇官山村

质地：青石

释文：

1. 康熙四十四年重修张南轩墓残碑

……卜兆于□□乡之龙塘……巡抚荆州，卒于……勤勤恳恳，通详请复巡抚赵□查验，□□田租附□□□□□祀……田与夫县前铺地北门官围地基文，另捐祭田四十亩于……遂殉。田庐已尽，次于元而龙塘之不绝如缕，□其曾孙敏登永……修废坠于数百年之后，不亦盛乎。明末燹于兵，祠又废。国朝初，邑……公诚大有功于名教也。及猷清丈田亩，道经墓前，

康熙四十四年重修张南轩墓残碑

躬进□香，见其……宜其钟江山之秀而覆荫于无疆也。然而颓垣故址，断碣残碑半沦……虽蒙恩内转，未尝一日去诸□，忽接孝廉张子斌手书，报称表……庑各四楹，前庭四楹，为大门一，左右角门各一，周围甃以砖甓。胡……董斯事及捐资共修者俱起名于左。且以碑记委之猷，盥手再读……德满天壤，理学昭千古，固宜崇祀于弗替。然无胡公之盛举，而祠……兹得贤裔之□力□建，使师儒弟子酾酒于颓垣故址□二公其……仰止景行之心所愿，善体我……为本。扑者亦当先察义利公私之间，毋令忠孝理学，世远风微。则……[1]

（捐修人名略）

岁贡生候选儒学训导裔孙张启特书

乙酉科（康熙四十四年，1705）举人候选知县裔孙张启禹□

岁贡生候选儒学训导裔孙张启特书

2. 康熙四十五年重修张南轩墓残碑

岁贡生候选儒学训导裔孙张启特书

今上四十五年（康熙四十五年，1706）夏……祔葬焉。捡阅前……委之广文并令贤……院建祠庭，崇奉先贤……。

3. 雍正十三年重修张南轩墓残碑

碑文（额题）[2]

……所宜……为蜀……［上曰］：“卿知敌事［乎？虏中饥馑连年[3]，］盗贼四起，似有可图之。”［公对曰：“虏中之事臣虽不知，然境中之事知之详也。”上曰：“何］事？”［“臣］切［见］之［比年诸道亦多］水［旱，民贫日甚，而国家兵弱财匮，官吏诞谩，］不

康熙四十五年重修张南轩墓残碑

[1] 此碑撰人亦应为张弘猷，因文中两处分别见有“及猷清丈田亩”和“且以碑记委之猷”，但因碑残不见撰人和撰碑年月。

[2] 这段碑文多改写或节录自朱熹《右文殿修撰张公神道碑》，因而其磨蚀文字多可据朱文补。——《晦庵先生朱文公文集》卷八九。按朱熹《魏国公张公（浚）行状》及《右文殿修撰张公（栻）神道碑》，谓二墓皆在潭州衡山县枫林乡龙潭之原。雍正《湖广通志》卷八十一谓：“今墓地属宁乡，实曰‘枫林’，或《朱子集》偶刊误也。”

[3] 虏中：敌国。

足倚仗，正使彼实可图，［臣］惧我之未足［图。”上］为默［然］。因出所奏．以为“国家有事，必先得必胜之形，其形当在［蚤正素定之际］，而不在于［两阵决机］之日。今□□正□恢□□神于我，又［欲卑词厚礼］以求于彼，其于大义已为未尽，则浅陋畏怯固益甚矣。今日但当下哀痛之诏，玥［复仇］之义，显绝［虏人］，不与议□，通［内修］外攘、进战退［守以为一事，且必治其实而］不为虚文，则必胜之形隐无所见．虽有浅陋无能之人，不自奋跃而争先者耶？”上为改容，陈□□□自宣示执□□□大计当如执所陈，除左司员外郎兼［侍讲。经筵开，以《诗》入侍，因《葛覃》之篇以进说］曰：“治生于敬畏，乱起于骄淫，使为国者，每念稼穑之［劳，而其］后妃不忘纤维之事，则心［之］不存者［寡矣。”上］因陈祖宗［自家］刑［国］之［懿，下斥］今日兴利扰民之害，□执□者□□合，出知袁州[1]。公在朝未□而召对，至□□所言皆修身务学、畏天恤民，□伟任□□，［而近倖］尤不悦，退而家居。上［复诏］除直宝□□，知静江府，经略安抚广南西路，所□荒残多盗[2]。公至简州[3]，兵燹□补阙籍诸州［黥］卒伉健者［以］为效［用］，日习月［按］，申严保［伍］，法敕溪洞固……相杀□横□□□，岁久［弊］滋，［首奏革之］，诸蛮无不感，争以善马求售。上闻［公］治行，特进秘阁修撰、荆湖北路运副，公雅有公辅之望，司天奏相星在楚地，上意在公[4]。当路者益忌之，改知江陵。去□吏十四人，效长□之。纵贼者罢之，［捕奸民之舍］贼者斩之，盗皆遁去。边将与帅守不相下，公遇之以礼，皆得其欢心。又加恤士伍，勉以忠义。□长有功，辄补以官。而士之感奋者多□矣……广耜流民[5]，察见户熟田与之，公劾论其罪□□□□□，除右文殿修撰，提举［武夷山冲佑］观。淳熙七年（二十年，1180），公卒，年四十八。遗表劝上亲君子，远小人，天下传诵之。平生所著［书，唯《论语说》最后］出，而《洙泗言仁》、《诸葛忠武侯传》为成书。其它如《书》、《诗》、《孟子》、《太极图说》、《经世编年》之属，则［犹欲稍更定］焉而未及也。公之州［里世系］已见于忠献公之碑[6]，此不著。其配曰宇文氏，朝散大夫师中之女，［事舅姑以孝］闻，佐君子无［违］德，封安人，［前］卒。子二：长焯承，次□□。女二：长适□蔡先生之□□□；次未字[7]。……明、义明，□□尚幼[8]。呜呼！［敬夫］已矣，吾尚［忍］铭［吾］友也哉。

（立碑后裔人名多漫漶不清，从略。）

皇清雍正十三年乙卯岁（1735）仲冬月吉旦立

4. 同治八年重修张南轩墓残碑

宋大儒张南轩先生之墓[9]

子山午向

嗣孙重饰

大清同治八年己巳岁（1869），季春月吉日合族同立[10]。

其中一块碑文漫漶不能识读，另外三块为捐修人名单及捐款数目，名单从略。

---

[1] 袁州：今江西宜春市。

[2] 靖江府：今广西桂林；广南西路：辖区大致为今广西，帅府治桂州，即今桂林。

[3] 简州：今四川简阳、资阳等地。

[4] 公辅：宰相；司天：掌管、观察天象以占断吉凶的官员；公：即为张栻。

[5] 耜：手工翻土的农具；广耜流民：使众多流民有地耕种。

[6] 忠献公：即张浚。

[7] 字：许嫁。

[8] “子二”至“尚幼”一段与朱文殊异，朱文为“子焯，承奉郎，亦蚤世。二女，长适五峰先生之子胡大时，次未行而卒。孙某某，尚幼。”当依朱文。

[9] 张南轩：张栻（1133–1180），字敬夫，号南轩，丞相张浚子。四川绵竹人，后迁衡阳。南宋硕儒，曾主讲城南、岳麓二书院，与朱熹、吕祖谦并称“东南三贤”。官至荆湖北路安抚使。淳熙七年（1180）卒，年四十八，谥曰“宣”。淳祐中从祀孔子庙。著述颇丰。《宋史·道学三》有传。

[10] 季春：三月。

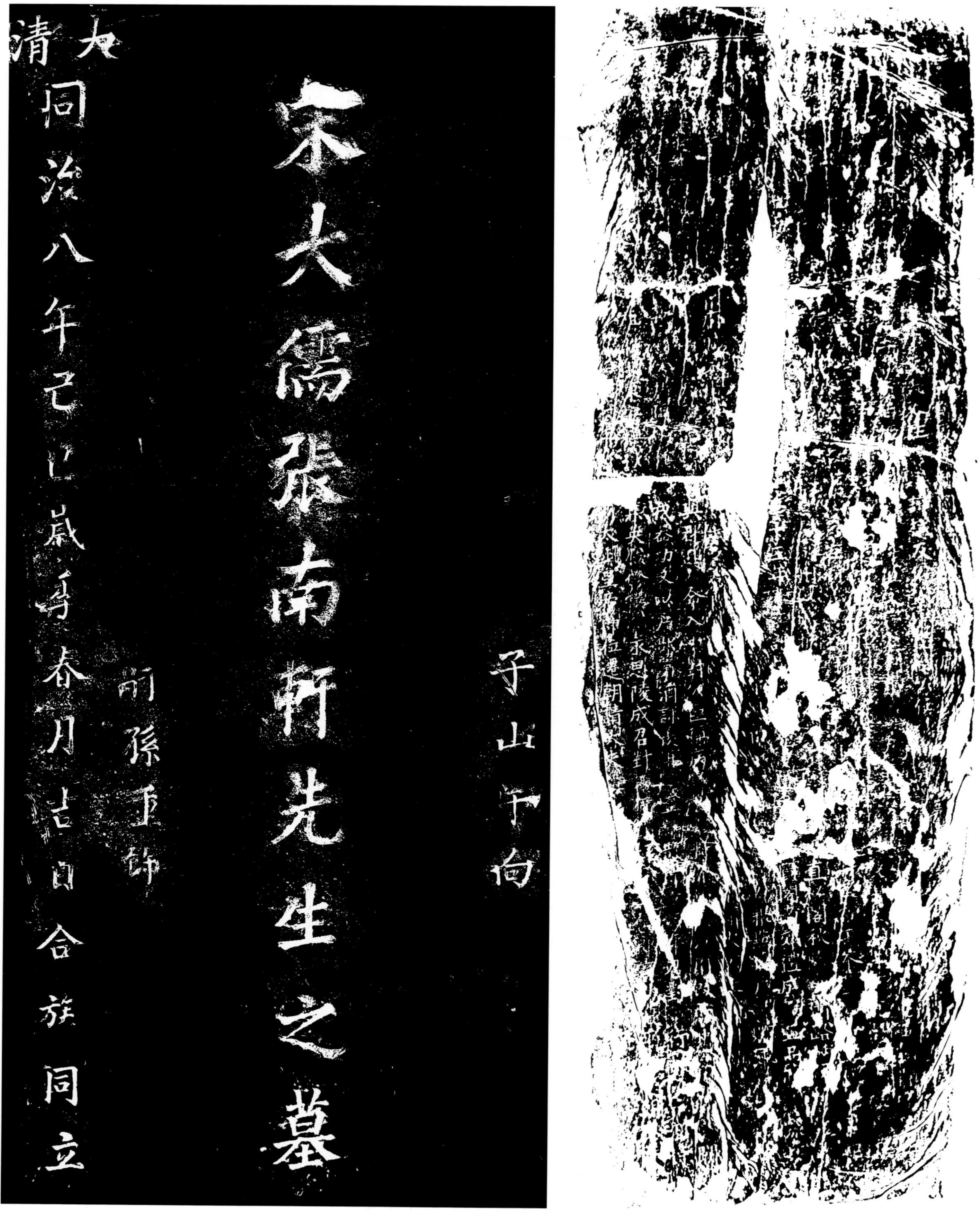

同治八年重修张南轩墓残碑

同治八年重修张南轩墓残碑

同治八年重修张南轩墓残碑

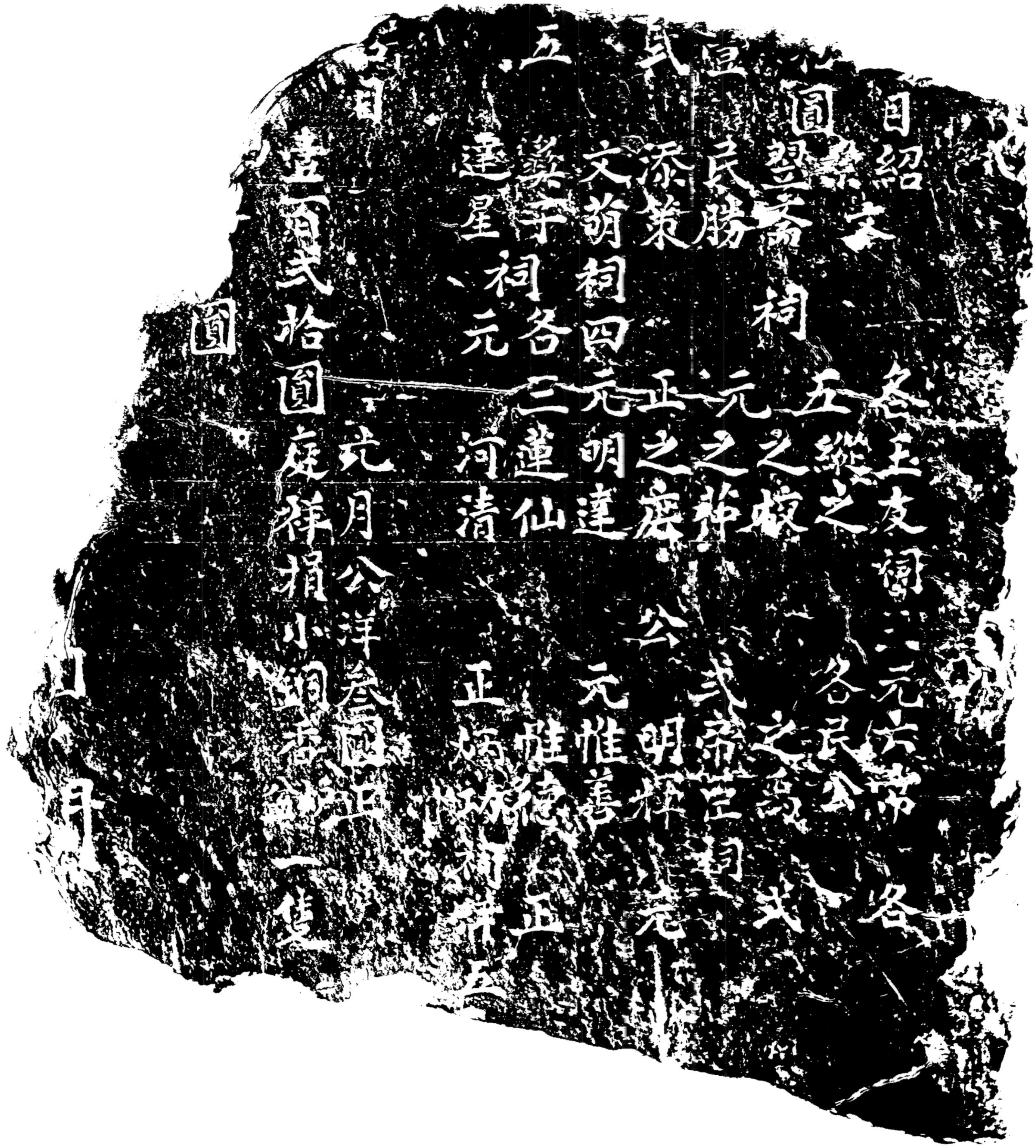

同治八年重修张南轩墓残碑

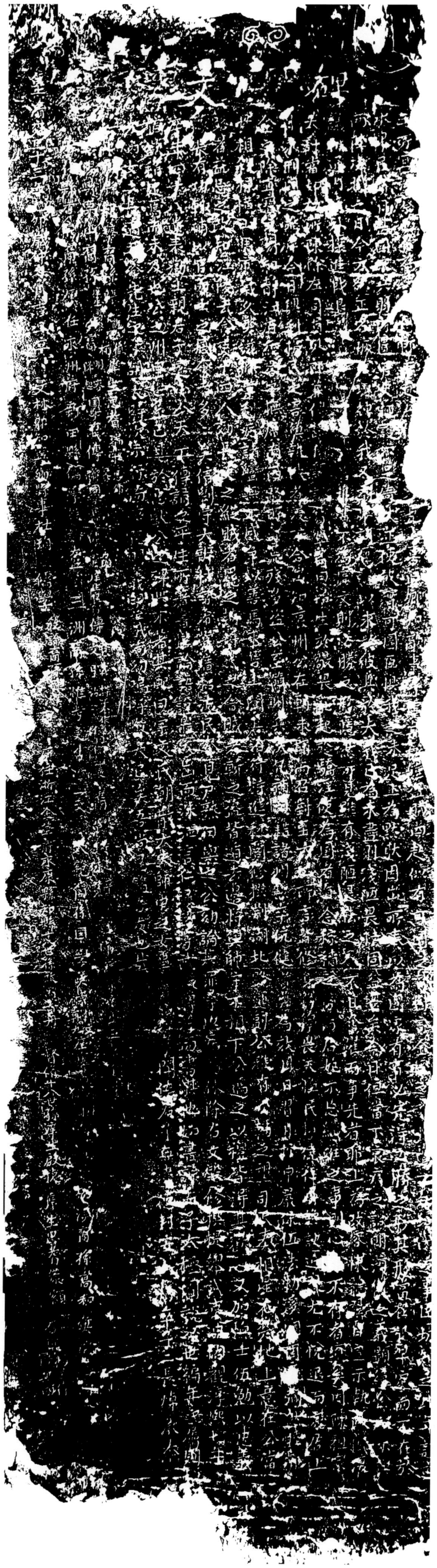

同治八年重修张南轩墓残碑

乾隆十七年太平妙贤瑜禅师碑

位置：宁乡市老粮仓镇仙洪坝村塔子山
质地：青石
规格：高 72 厘米，宽 39 厘米

释文：

太平妙贤瑜禅师碑

兄讳续瑜，字妙贤。大和尚系本府安化刘氏子，诞于康熙三十九年庚辰三月廿四日辰时。髫年投本庵洗尘师伯剃染[1]，二十抵上湘侧仑吾大祖玄老人座下具足[2]。为人笃实，践履端庄。自乾隆己未春诏颁宁邑僧首，十载告以致回山，授吾祖靖远公之教，次授大沩石老人之宗。至丁卯冬，于本庵弘戒三十余众，自事宗风大振[3]，海内闻名。当路贵人，无不称羡。所招扬、耀二侄，咸以背兄先世[4]。独自维持，建功立业，克绍前规，一生能事毕矣。示寂于乾隆辛未十一月初七日巳时，微恙而逝。时壬申冬，徒孙惺、指、翠等，痛念祖恩，□□捐资建塔于本山之阳。嘱余为记，按其行状，将吾兄一段光明略为□□□来，兹以俾后裔蒸尝瞻礼，咸悉观焉[5]。是为之记云尔。

□□□□侧仑第七世法弟佑鉴佐山人述并书丹。

故徒：扬宗、耀宗；孙：□□、□南、梅翠、松梧；曾孙：慧机德、慧轮能；师弟：镜朗润；侄：晓宗光、定光；嗣法门人：玉朗镜、灿玉岚；石匠：孙岐山、孙五美。

【乾隆十七年壬申冬十一月】吉旦立。

---

[1] 髫：童子下垂的头发；髫年即童年。

[2] 具足：谓得受真传，继承衣钵。

[3] “事”当为“是”。

[4] 背：谓违背客观规律；先世：先去世，即下文所谓故徒扬宗、耀宗，二徒先于其师去世。

[5] 俾：使；蒸尝：即烝尝，祭祀；咸悉：都，全，同义并用。

燈

太平妙賢瑜禪師碑

兄諱續瑜字妙賢大和尚係本府安化劉氏子誕於康熙三十九年庚辰三

月廿四日辰時髫年投本庵洗塵師伯雜染二十披上湘側崙吾大祖玄

老人座下具足為人篤實殘履端莊自乾隆己未春詔頒寧邑僧首十載告

以致回山授吾祖靖遠公之教次授大溈石老人之宗至丁卯冬于本庵弘

戒三十餘衆自事宗風大振海內聞名當途貴人無不稱羨所指揚耀二姪

處以背兄先世獨自維持建功立業克紹前規一生能事畢矣示寂於乾

未十一月初七日巳時徹悟而逝時壬申冬徒孫惺指翠等痛念祖恩

自賢建塔於本山之陽屬余為記按其行狀將吾兄一段光明昱為

示後以俾後裔嘗瞻禮咸悉觀焉是為之記云尔

側崙第七世法弟佑鑒佐山人述并書丹　故徒揚宗　耀宗

同梅翠松悟　曾孫慧秋德　慧輪能　師弟鏡朗矙　姪曉宗光

建　嗣法門人玉朗鏡　燦玉嵐　石匠孫岐山　孫玉美

吉旦立

乾隆十七年太平妙贤瑜禅师碑

乾隆三十五年李俊士舒氏合葬墓碑

位置：长沙县果园镇花果村

质地：花岗岩

规格：高 120 厘米，宽 60 厘米，厚 17 厘米

释文：

祖墓坟山

大清康熙卅四年九月初四午时，乾隆卅五年立。

清故显考李俊士、妣舒氏之墓。

男：芳柳、芳栋、芳意、芳楼、芳和。

孙：兴魁、兴凰、兴照、兴禄、兴义、兴廷、兴龙、兴造、兴仁、兴起、兴瑾、兴岐、兴朝、兴国、兴宗。

曾孙：宗道、宗远、宗通、宗达。

乾隆三十五年李俊士舒氏合葬墓碑

道光十六年荞麦湾周黄氏墓题诗碑

位置：宁乡市流沙河镇

质地：青石

规格：高 70 厘米，宽 35 厘米

释文：

荞麦花从雨后开，湾湾叠叠送青来。三河绕带增岐秀，一色澄清浪作堆。后裔明方题。

前对新桥落彩虹，罘罳托后玉玲珑[1]。团山卫护佳城厚，想见悠悠万古风。后裔光旴题。

[1] 罘罳：山名，即今罘罳峰，位于宁乡市唐市镇与流沙河镇交界的楚江之滨，清康熙举人黎希圣曾作《罘罳峰记》，载于民国《宁乡县志》。

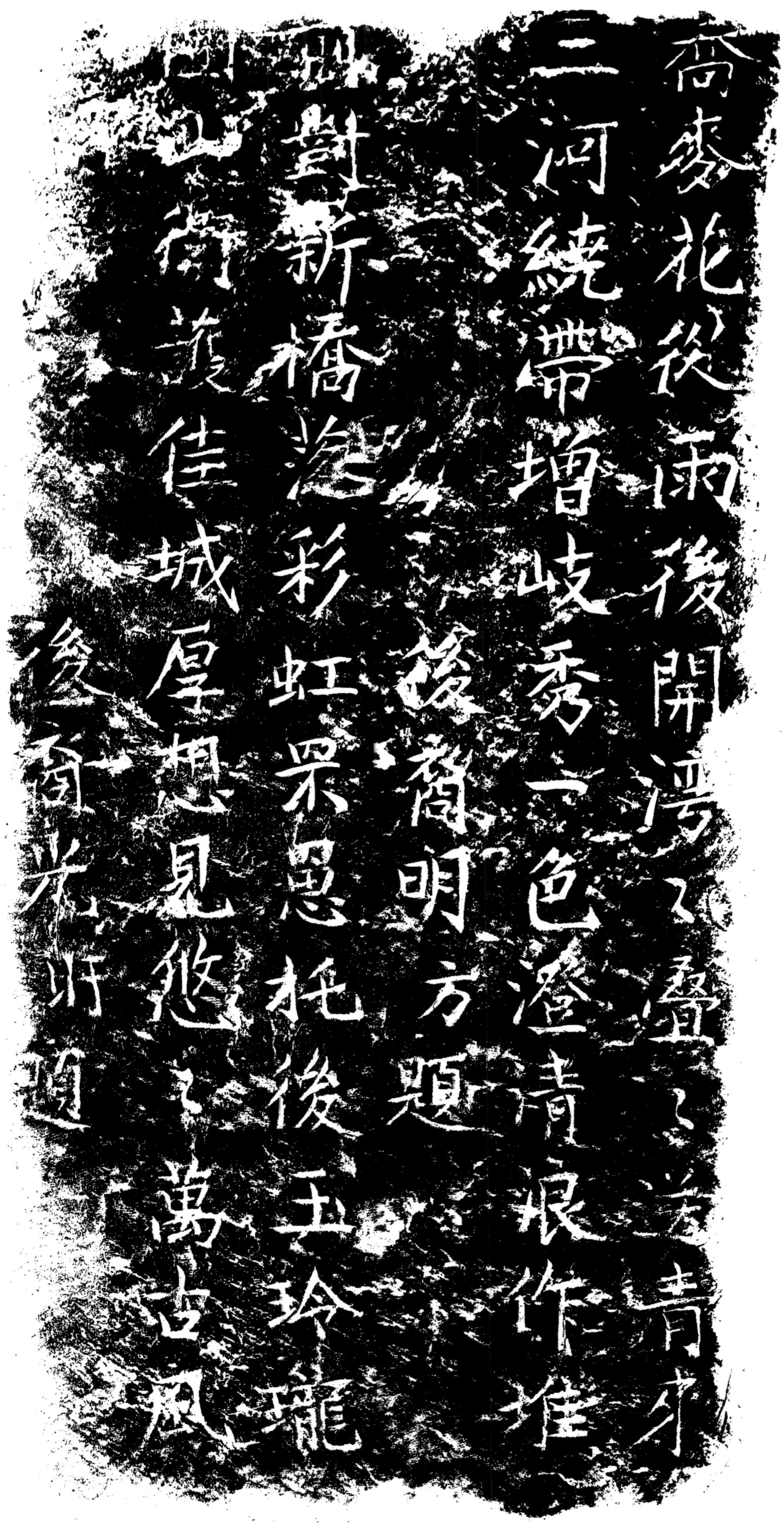

道光十六年荞麦湾周黄氏墓题诗碑

道光二十年户部尚书何凌汉墓谕祭碑

位置：长沙市博物馆藏民国拓本
质地：汉白玉

释文：

维道光二十年岁次庚子三月辛卯朔，越翼日壬辰[1]，皇帝遣礼部右侍郎冯芝，谕祭于晋赠太子太保、原任户部尚书何凌汉之灵曰：

职敷五典，正资硕画[2]；以分猷象应六星，忽讶寒芒之閟采[3]。稽彝章于身后，忆懋绩于生前。遽惨骑箕，宜颁奠斝[4]。尔晋赠太子太保、原任户部尚书何凌汉，端醇植品，渊雅蜚声。早膺拔萃之科，回翔鹭序；洎领清华之职，鼎峙鳌峰[5]。襄胄监而洊陟芝坊[6]，转经局而仍居蓬岛。祭酒表明仪之望，纳言副喉舌之司。久尹畿疆，饮水无惭于介节；旋移廷尉，宣风克播夫仁声。计玉尺之频操，喜金衡之不爽[7]。始粤岭而迄之江，四司鹗荐；先锁闱而后黉序[8]，两荷蝉联。帝乡敷桃李之阴，主春官于乙岁；畿甸上楩楠之贡，典秋试于亥年。嘉其练达之才，畀以台垣之任。统宪纲而敕纪，威肃霜棱；掌邦土以考工，衔兼泉府。鉴兹笃棐，用综食货之经；嘉乃公忠，并摄铨衡之枋。每值开韶锡福，侍丹陛而挥毫；属当待漏趋朝，许紫阃之缓鞚，将届悬车之岁[9]，矍铄如常；每听曳履之声[10]，趋跄惟谨。恩施叠被，倚畀深资。乃陈请之方俞，偶婴二竖；何沦殂之倏告，甫阕崇朝。载览遗章，良深轸悼。视三公之显秩，特予宫衔；节一惠之嘉名，允符谥典。爰申谕祭，更遣礼臣。於戏！文章政事之兼优，典型尚在；弓冶箕裘之克绍，福禄永绥。陈清酤以荐馨，写丹毫而述诔。尔灵来格，式是苾芬。

---

[1] 翼日：同翌日，明日。

[2] 五典：即五教，五种封建伦理，即父义、母慈、兄友、弟恭、子孝；硕画：重大策略。

[3] 分猷象应六星：意为观察、征验星象；閟采：失去光彩。

[4] 箕：星宿名，谓大臣之死为骑箕或骑箕尾；奠斝：谓祭祀之礼。

[5] 鹭序：喻百官班次，即做官；清华之职：地位显耀的官职；鳌峰：翰林。

[6] 洊陟：再登。

[7] 玉尺：选拔人才的职务，指任考官；不爽：无差错。

[8] 闱：考棚；黉序：学校。

[9] 悬车：谓年高致仕。

[10] 曳履之声：脚步声。

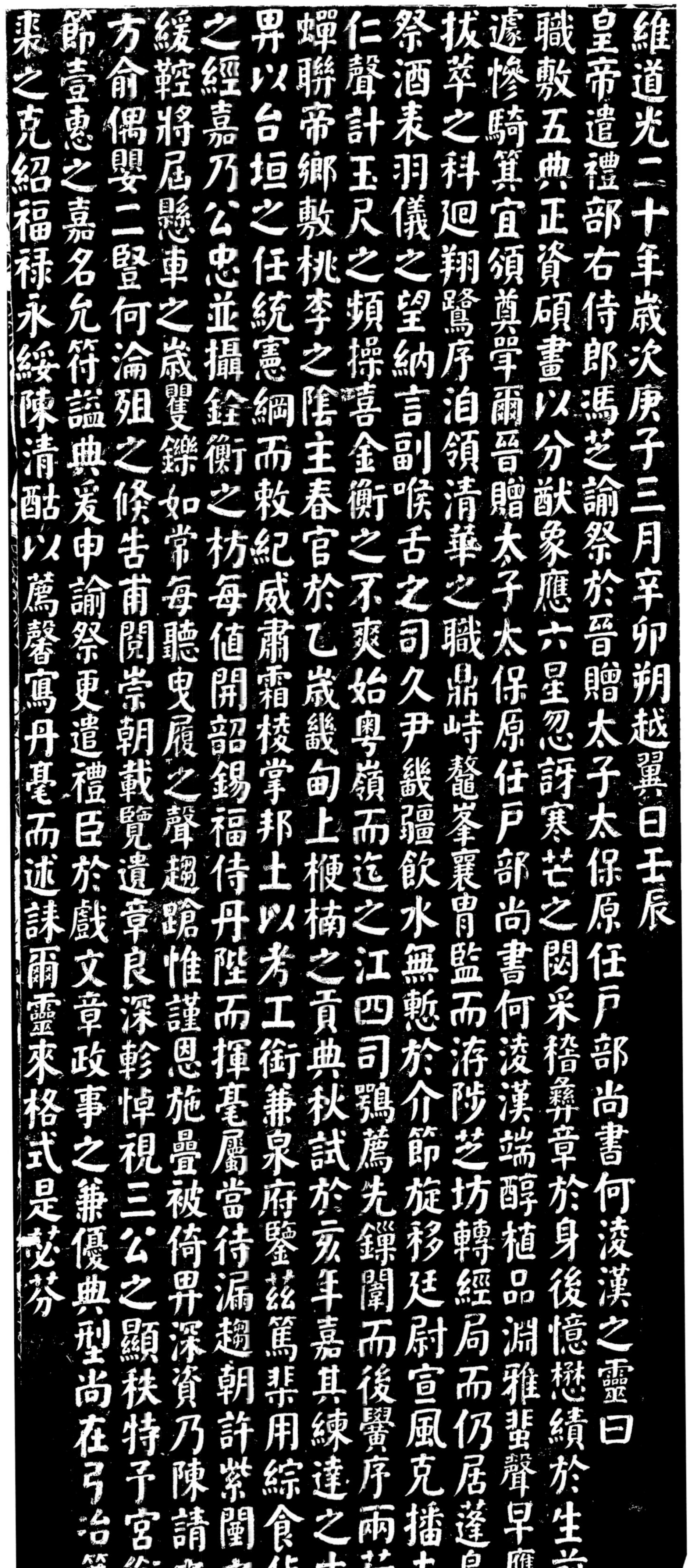

維道光二十年歲次庚子三月辛卯朔越翼日壬辰
皇帝遣禮部右侍郎馮芝諭祭於晉贈太子太保原任戶部尚書何淩漢之靈曰
職敷五典正資碩畫以分猷象應六星忽訝寒芒之閟采稽彝章於身後憶懋績於生前
遽慘騎箕宜頒奠斝爾晉贈太子太保原任戶部尚書何淩漢端醇植品淵雅蜚聲早膺
拔萃之科迴翔鷺序洎領清華之職鼎峙鼇峯襄冑監而洊陟芝坊轉經局而仍居蓬島
祭酒表羽儀之望納言副喉舌之司久尹畿疆飲水無慙於介節旋移廷尉宣風克播夫
仁聲計玉尺之頻操喜金衡之不爽始粵嶺而迄之江四司鶚薦先鏁闈而後黌序兩荷
蟬聯帝鄉敷桃李之陰主春官於乙歲畿甸上梗楠之貢典秋試於亥年嘉其練達之才
畀以台垣之任統憲綱而敕紀威肅霜棱掌邦土以考工銜兼泉府鑒茲篤棐用綜食貨
之經嘉乃公忠並攝銓衡之柄每值開詔錫福侍丹陛而揮毫屬當待漏趨朝許紫闈之
緩鞚將居懸車之歲矍鑠如常每聽曳履之聲趨蹌惟謹恩施疊被倚畀深資乃陳請之
方俞偶嬰二豎何淪殂之倏告甫閱崇朝載覽遺章良深軫悼視三公之顯秩特予宮銜
節壹惠之嘉名允符謚典爰申諭祭更遣禮臣於戲文章政事之兼優典型尚在弓冶箕
裘之克紹福禄永綏陳清酤以薦馨寫丹毫而述誄爾靈來格式是苾芬

道光二十年户部尚书何凌汉墓谕祭碑

道光二十一年户部尚书何凌汉墓志

位置：望城区文物局藏

质地：青瓷

释文：

皇清光禄大夫、经筵讲官、户部尚书、赠太子太保道州何文安公，道光二十一年葬，孤子绍基、绍祺、绍京。（志盖）

道州何文安公，讳凌汉，字云门，一字仙槎。嘉庆六年，拔贡生，授吏部小京官。十年成一甲三名进士，授翰林院编修，官至经筵讲官、户部尚书。道光二十年二月五日薨，年六十有九。特旨赠太子太保，赐祭葬，予谥。国朝谥法：勤学好问曰文，止于义理曰安。配廖夫人。子：绍基，翰林院编修；绍业，四品荫生，候选县主簿，出嗣伯父，先卒；绍祺、绍京，皆举人。二十一年四月，葬公于长沙谷山下九子山之阳，壬山丙向。谨志。

皇清光祿大
夫經筵講官
戶部尚書贈
太子太保道
州何文安公
道光二十一
年葬孤子紹
基紹祺紹宗

道州何文安公諱凌漢字
雲門一字仙槎嘉慶六年
拔貢生授吏部小京官十
年成一甲三名進士授翰
林院編修官至 經筵講
官戶部尚書道光二十年
二月五日薨年六十有九
特旨贈太子太保賜祭葬
予諡 國朝諡法勤學好
問曰文止於義理曰安配
應夫人子紹基翰林院編
修紹業四品廕生候選縣
丞紹濤出嗣伯父先卒紹祺
紹京皆舉人二十一年四
月葬公於長沙穀山下九
子山以陽壬山丙向謹志

道光二十一年户部尚书何凌汉神道碑铭

位置：长沙市博物馆藏民国拓本

质地：汉白玉

释文：

皇清诰授光禄大夫、经筵讲官、户部尚书、晋赠太子太保 谥文安何公神道碑铭并序

予告体仁阁大学士、钦加太子太保仪征阮元撰

长男绍基谨书并篆额

公讳凌汉，字云门，亦字仙槎。先世青州益都，宋南渡至道州。为东门何氏，十二世泰来，明万历拔贡生，授南京蒙城县知县，升贵州普安州知州[1]。继兄子其谞为嗣[2]，廪生，充国子监生，鸿胪寺主簿。子鸣凤，廪生。鼎革之际，临贡坚辞。有《默斋诗集》。子之淳，增生公之高祖也。曾祖莨，生员，娶赵氏。祖志仪，廪生，娶周氏。子三：长，文统；季，文绣；次，文绘，字章五，廪生，为公之父。三代皆以公贵，赠光禄大夫、工部尚书、一品夫人。章五公娶郑太夫人，生子二，公其仲也。

公幼慧，能尽孝敬。章五公以学行伏一时，公禀庭训[3]，恒跪而受读。九岁应童子试若成人。年十六，州、府试皆第一，补附学生。家极贫，连丁内外艰[4]。困苦思自振拔，益勤于学，夜不能具灯烛，恒然松枝自照。读经书必兼传注，食饩后文誉日起[5]。从学者自远至，严立课程。至今其乡学者谓吾州经师、人师，自公后无能继者。嘉庆六年，充辛酉科选拔贡生。明年朝考一等，为吏部七品小京官，文选司行走。有杂职官被议镌级，声明乾隆某年有恩诏加级，或以无册可稽驳之。公曰：册虽毁，恩诏固在也。冢宰韪其言[6]，许之。九年，应京兆试，中式举人，十年，成进士。殿试卷进呈，名列第四，睿皇帝谓笔墨飞舞，拔置第三，赐及第，授翰林院编修。十二年，充广东乡试副考官。明年，散馆一等，充顺天乡试同考官。累充文颖馆、国史馆纂修、总纂，文渊阁校理，咸安宫总裁，武英殿提调。十九年，升国子监司业，转左春坊左中允，充日讲起居注官，升司经局洗马，转翰林院侍讲、侍读，右春坊右庶子。二十四年，充福建乡试正考官，升国子监祭酒。今上登极，覃恩得荫一子[7]。时已命次子绍业为兄凌灏嗣，令得四品荫生，以慰兄心。昌陵奉安[8]，派扈驾大臣，随入地宫。道光二年，充山［陵使］……（共缺47字）公金文安公相媲美，云公孝友纯笃，居恒庄敬刻厉，家范严肃，为时所称。通籍四十年[9]，未尝一干吏议，在词馆攻苦如秀才，时治官书，自立程法。国史传志，手录其子目，以便检校。

[1] 蒙城县：今属安徽亳州市；普安州：今贵州盘县。

[2] 继：过继。

[3] 庭训：父教。

[4] 母丧为丁内艰，父丧为丁外艰。

[5] 食饩：明清时经考试取得廪生资格的生员享受廪膳补贴，即为廪生。

[6] 冢宰：吏部尚书；韪：是，首肯。

[7] 覃恩：谓皇帝的赏赐。

[8] 昌陵：嘉庆皇帝陵墓；奉安：帝王安葬。

[9] 通籍：中进士以来。

于蒙古地名、满洲人名尤详。总办起居注，所为前后序，掌院曹文正公称为杰作[1]。未尝与本衙门撰文。遇诰册文字重大者，多属公撰拟。以公书法重海内，属敬书全唐文御序，付梓两次。以讲官随围和仁宗御制诗甚多。壬申、戊寅大考皆二等，赐文绮。辛未、甲戌、己卯三为庶常小教习。其殿廷文字之役，自辛卯迄丁酉，派阅覆试、朝考散馆试、差大考汉教习卷，络绎无闲。前后任京兆最久，凡察吏安民、弭盗备荒诸政，不胜书。勘估督修诸要工十余次。承办孝穆皇后梓宫由宝华峪奉移至龙泉峪，奉特旨改派公代赛公尚阿往。每有迁擢，必兼他职。九掌文衡，五权冢宰，四派经筵直讲。以京尹而岁赐参貂，以尚书而赐二等参、头等貂，六次赐福字，皆特命入乾清宫侍书。宠光稠叠，锡赉便蕃，可谓人臣知遇之最荣矣。著撰诗文，为云腴山房集所书碑、版，学者珍习之。

配廖夫人。子四：绍基，丙申进士，翰林院编修；绍业，荫生，候选县主簿，出为兄嗣，先殁；绍祺、绍京，皆举人。孙：庆涵，监生；庆深，鼎官联官。孙女八。绍基等奉枢归葬，将至扬州，先以状来乞元为神道碑。元荒耄家居，因与公雅故，又绍基为余教习庶吉士之翰林，在京尝以学术相善。谨按状叙而铭之曰：

自公幼学，经师人师。帝擢魁鼎，馆职试词。册诰鸿文，属钜笔为。文章经史，班韩是追[2]。书法晋唐[3]，宝若鼎彝。奉使衡文，品学兼资。鲁齐教行，室生瑞蓍。卿历五部，职效三司。久任京兆，三辅安治。锄奸弭盗，儒雅便宜。爱人节用，慎于度支。弼圣敷化，谟虑书思。官四十年，吏议弗罹。循理度义，易名典垂。公子大器，继昌于时。我衰颖秃，勉文此碑。

道光二十有一年岁次辛丑冬十有二月八日丁亥建。

---

[1] 曹文正公：即曹振镛，据《清史稿》列传第一百五十，嘉庆十一年（1806），曹振镛擢工部尚书。《高宗实录》成，加太子少保。调户部，兼翰林院掌院学士。十八年（1813），调吏部尚书、协办大学士。道光十五年（1835）卒，谥“文正”。

[2] 班韩：班固、韩愈，所谓班史、韩文。

[3] 书法：在此为两个单音节词，即书和法，“书”为书法，“法”为师法、仿效。

皇清誥授光祿大夫　經筵講官戶部尚書　晉贈太子太保謚文安何公神道碑銘并序
予告　體仁閣大學士　欽加太子太保儀徵阮元譔　長男紹基謹書并篆額
公諱凌漢字雲門亦字仙槎先世青州益都宋南渡至道州為東門何氏十二世泰來明萬歷拔貢生授南京蒙城縣知縣
升貴州普安州知州繼兄子其諤為嗣廩生充國子監生鴻臚寺主簿子鳴鳳廩生鼎革之際臨貢堅辭有默齋詩集子之
淳增生公之高祖也曾祖蓋生員娶趙氏祖志儀廩生娶周氏子三長文統季文繡次文繪字章五廩生為公之父三代皆
以公貴　贈光祿大夫工部尚書一品夫人章五公娶鄭太夫人生子二公其仲也公幼慧能盡孝敬章五公以學行伏
一時公稟庭訓恒跪而受讀九歲應童子試若成人年十六州府試皆第一補附學生家極貧連丁內外艱困苦思自振拔
益勤於學夜不能具鐙燭恒然松枝自照讀經書必兼傳注食飯後文譽日起從學者自遠至嚴立課程至今其鄉學者謂
吾州經師人師自公後無能繼者嘉慶六年充辛酉科選拔貢生明年　朝考一等為吏部七品小京官文選司行走有雜
職官被議鐫級聲明乾隆某年有　恩詔加級或以無冊可稽駁之公曰冊雖毀　恩詔固在也冢宰韙其言許
之九年應京兆試中式舉人十年成進士　殿試卷進呈名列第四　睿皇帝謂筆墨飛舞拔置第三　賜及第　文
授翰林院編修十二年充廣東鄉試副考官明年散館一等充順天鄉試同考官累充　文穎館　國史館纂修總纂
淵閣校理、咸安宮總裁　武英殿提調十九年升國子監司業轉左春坊左中允充　日講起居注官升司經局洗馬轉
翰林院侍講侍讀右春坊右庶子二十四年充福建鄉試正考官升國子監祭酒　今上登極　覃恩得廕一子時已
命次子紹業為兄凌灝嗣令得四品廕生以慰兄心　昌陵奉安　派扈駕大臣隨入　地宮道光二年充山

道光二十一年户部尚书何凌汉神道碑铭之一

公金文安公相媲美云公孝友純篤居恒莊敬刻厲家範嚴肅為時所稱通籍四十年未嘗一干吏議在詞館攻苦如秀才
時治官書自立程法　國史傳志手録其子目以便檢校於蒙古地名滿洲人名尤詳總辦　起居注所為前後序掌院曹
文正公稱為傑作未嘗與本衙門撰文遇　誥册文字重大者多屬公撰擬以公書法重海内屬敬書全唐文　御
序付梓兩次以講官隨　圍和　仁宗御製詩甚多壬申戊寅大考皆二等　賜文綺辛未甲戌己卯三為庶常
小教習其　殿廷文字之役自辛卯迄丁酉　派閱覆試　朝考散館試差大考漢教習卷絡繹無間前後任京兆最久
凡察吏安民弭盜備荒諸政不勝書勘估督修諸要工十餘次承辦　孝穆皇后梓宫由寶華峪奉移至龍泉峪奉
特旨改派公代賽公尚阿往每有遷擢必兼他職九掌文衡五權冢宰四　派　經筵直講以京尹而歲　賜參貂以
尚書而　賜二等參頭等貂六次　賜福字皆　特命入　乾清宫侍書　寵光稠疊錫賚便蕃可謂人臣知遇
之最榮矣箸譔詩文為雲腴山房集所書碑版學者珍習之配廖夫人子四紹基丙申進士翰林院編修紹業廪生候選縣
主簿出為兄嗣先歿紹祺紹京皆舉人孫慶涵監生慶深鼎官聯官孫女八紹基等奉匛歸葬將至揚州先以狀來乞元為
神道碑元荒耄家居因與公雅故又紹基為余教習庶吉士之翰林在京嘗以學術相善謹按狀敘而銘之曰
自公幼學經師人師　帝擢魁鼎館職試詞册誥鴻文屬鉅筆為文章經史班韓是追書法晉唐寶若鼎彝奉使衡文
品學兼資魯齊教行室生瑞著卿歷五部職效三司久任京兆三輔安治鋤奸弭盜儒雅便宜愛人節用慎於度支弼
聖敷化謨慮書思官四十年吏議弗罹循理度義易名典垂公子大器繼昌於時我衰穎實勉文此碑
道光二十有一年歲次辛丑冬十有二月八日丁亥建

道光二十一年户部尚书何凌汉神道碑铭之二

道光二十三年如泰公墓志铭

位置：宁乡市双凫铺镇泉井村

质地：青石

释文：

如泰公墓志铭

□公如泰于余为堂叔祖，大任公长君也。余幼侍余祖父，与公同居，公最器重余。公貌魁梧，寡言词，色笑不苟。然与余祖父虽堂兄弟，不异同胞。每风晨月夕，谈论持身涉世诸务，未尝不言若风生。祖父顾余侍侧，尝谓余曰：此阅历语也，汝谛听之。惟言及太叔祖母郑孺人病，则又呜咽泪下。盖太孺人以勤俭助太叔祖，晚年病枯[1]，医药外，公复为之祈祷名山。及举动维艰，公朝负而出，夕负而入。其或稍不畅，则常负至余家，与余祖母谈遣，数年来如一日。迨太孺人故，公以屋少暂居石辉屋场。余亦随先君徙居望麓，虽未同居，犹然同里。一年之间，辄数数觏其佐太叔祖家政也，事无大小，凡有劳于太叔祖者，不问寒暑昼夜，身皆分任之。始公所居石辉屋场犹茅茨，公虑析箸[2]，时有劳太叔祖经营也。为之更夹垲其他，分掌莲塘公银，私置各处田庐，修堤凿池，鸠工庀材，惟公之力尤多焉。待兄弟以和睦，然怡上之中，未始不寓严正之气。故以勤俭率，诸叔祖类皆信从，无敢稍异。至于子侄秀者教读，朴者教耕，即至易箦时[3]，犹以读书力田为余诸叔嘱。虽居家俭朴，而于冠婚丧祭及一切义举，则又量其力之大小。而慷慨用之。其生平大概如此。惜三豆未登，令我叹仪型之顿谢也。公讳昭岱，字如泰，行八。兄弟五，公居长。以道光十二年壬辰九月二十申时殁，乾隆四十年乙未五月初八戌时生，得年五十有七。葬灵官庙左两梯坪，午山子向。配黎孺人，事太叔祖母郑无不克当姑心。琴瑟之雅，人咸比之梁孟云[4]。以道光二十三年癸卯四月初一酉时殁，乾隆三十六年辛卯七月廿九戌时生，寿七十有二，葬祔公左。子三，先锡、先钟、先铭；女一，适沈本益。今公之子若孙伐石甃砌为公墓[5]。公孙德梯来余家，以余少同居，长同里，知之者深，属为志。因即书所见，以表诸墓首，且为之铭。铭曰：

维公孝友，上得于亲。因之诸季，咸笃彝伦。嘉偶曰配，事上维寅。言容德工，岂惟针纫。山水秀灵，呵护古人。漆灯长耀，遗泽长新。行看焚黄，以慰厥神。

再侄可斋氏德懋顿首拜撰。

---

[1] 枯：憔悴。

[2] 析箸：分家。

[3] 易箦：临终。

[4] 东汉梁鸿、孟光夫妇守贫高义，相敬如宾，后因以“梁孟”为对他人夫妇之美称。

[5] 若：及，和。

如泰公墓誌銘

公如泰於余為堂叔祖　大任公長君也余幼侍余祖父與　公同居　公最器重余　公貌魁梧寡
言詞色笑不苟然與余祖父雖堂兄弟不異同胞每風晨月夕談論持身涉世諸務未嘗不言若風生祖
父病余侍側嘗謂余曰此閱歷語也汝諦聽之惟言及　太叔祖母鄭孺人病則又嗚咽淚下蓋　太孺
人以勤儉助　太叔祖晚年病枯医藥外　公復為之祈禱名山及舉動維艱　公朝負而出夕負而入
其或稍不暢則嘗負至余家與余祖母談遺數年來如一日迨　太孺人故　公以屋少暫居石輝屋場
余亦隨先君徙居望麓雖未同居猶然同里一年之間輒數數覯其佐　太叔祖家政也事無大小凡有
勞於　太叔祖者不問寒暑晝夜身皆分任之始　公所居石輝屋場猶旁淡　公意圻箸時有勞　太
叔祖經營也為之更爽塏其他分掌　蓮塘公銀私置各處田廬修堤鑿池鳩工庀材惟　公之力尤多
爲待兄弟以和睦然怡怡之中未始不寓嚴正之氣故以勤儉率諸叔祖類皆信從無敢稍異至於子侄
秀者教讀樸者教耕即至易簀時猶以讀書力田為余諸叔囑雖居家儉樸而於冠婚喪祭及一切義舉
則又量其方之大小而權衡用之其生平大概如此惜三豆未登令我嘆儀型之頓謝也　公諱昭岱字
如泰行八兄弟五　公居長以　道光十二年壬辰九月二十申時歿　乾隆四十年乙未五月初八戌
時生得年五十有七葬靈官廟左兩梯坪午山子向配　黎孺人事　太叔祖母鄭無不克當姑心琴瑟
之雅人咸比之梁孟云以　道光二十三年癸卯四月初一酉時歿　乾隆三十六年辛卯七月廿九戌
時生壽七十有二葬祔　公左子五先錫先鐘先銘女一適沈本益今　公之子若孫伐石甃砌為　公
墓　公孫德梯來余家以余少同居長同里知之者深屬為誌因即書所見以表諸墓首且為之銘
銘曰維　公孝友上得於親因之諧季咸篤彝倫嘉偶曰配事上維寅言容德工豈惟針紉山水秀靈呵
護吉人　泰燈長耀道澤長新行看焚黃以慰歆神　再侄可斋氏德懋頓首拜撰

道光二十三年如泰公墓志铭

道光二十八年罗坦斋郑安人合葬墓碑

位置：长沙县金井镇蒲塘村

质地：青石

规格：高 110 厘米，宽 60 厘米

释文：

皇清例授武略骑尉显考罗公坦斋大人，例封安人显妣罗母郑老安人之墓

向辰戌兼乙辛，内有碑志。

男：瑞图、壮图、永图、开图；孙：薰远、猷远、训远、谋远、芬远、诰远、升远、菁远、茂远、蓉远、葵远、誉远、诣远；曾孙：家鼎、家昶。

道光二十八年戊申岁冬月二十七日。

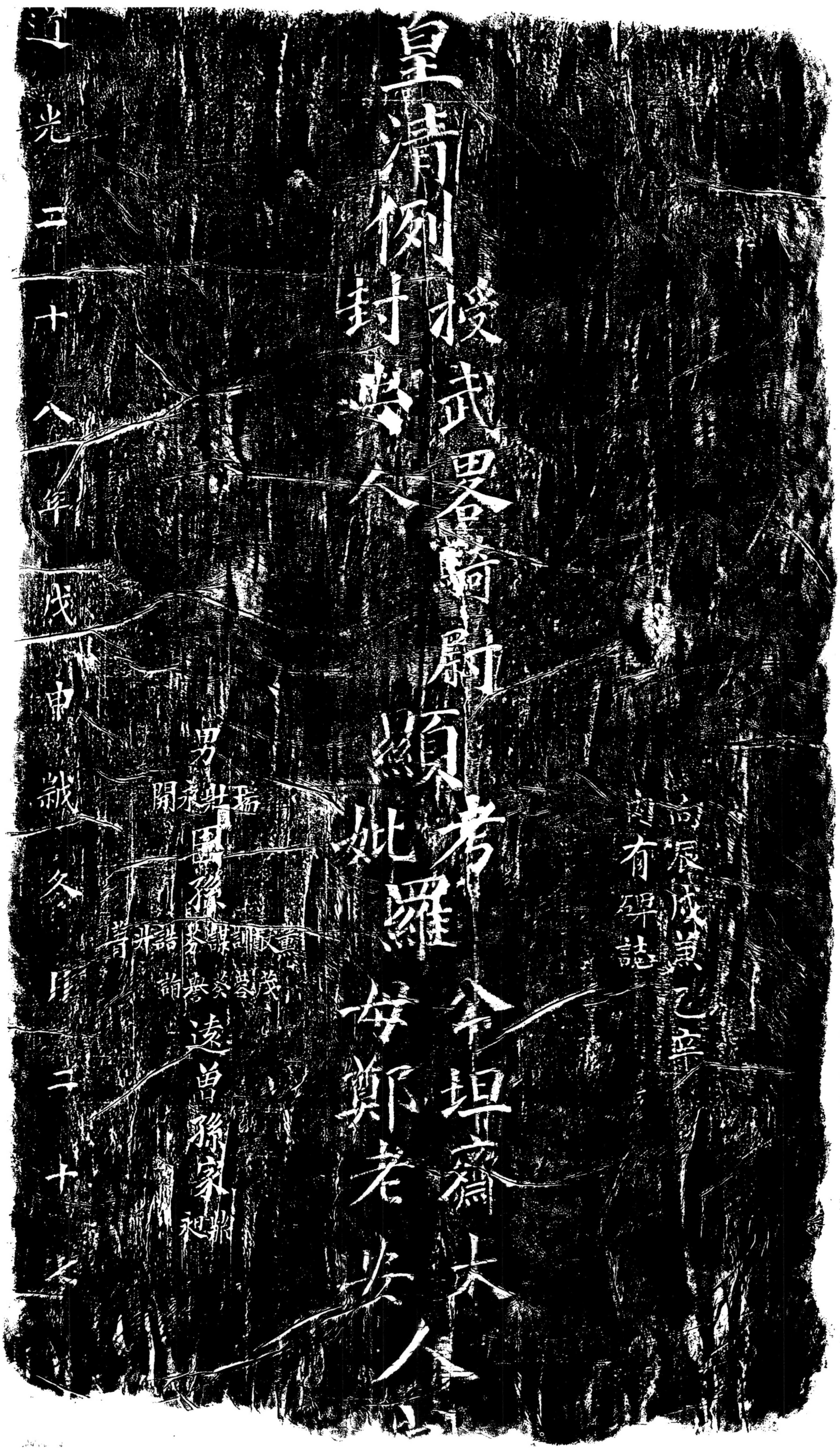

皇清例授武畧騎尉顯考羅公坦齋大人之
皇清例封安人顯妣羅母鄭老安人
道光二十八年戊申歲冬月二十七

道光二十八年罗坦斋郑安人合葬墓碑

咸丰二年皇清钦加议叙例封安人刘母黄安人墓志铭

位置：浏阳市博物馆

质地：青石

规格：长 77 厘米，宽 46.5 厘米

释文：

其一：

皇清钦加议叙例封安人刘母黄安人墓志铭

邑庠生夫弟澍霖书丹，修职郎夫弟树勋篆盖（志盖）

皇清钦加议叙例封安人显妣刘母黄安人，闺字舜英。道光甲申年闰七月十三日卯时生，道光己酉年正月十二日戌时殁，得年二十有六。江西袁州府萍乡县安乐乡东山优庠生外祖本昆公长女，母氏刘，儿堂祖姑也。舅父六人，列黉宫者四[1]。母生而聪慧，读书识字。稍长，娴《内则》，刺绣之暇，纺绩不辍。且性喜俭约，为外太父母所钟爱。年十八，归吾父。吾族先世与母同省。一世祖选文公，妣氏彭，由豫章徙星沙；二世祖新辑公，妣氏赵，迁居浏阳县南乡金刚头。九世祖石楼公，妣氏何，精易学卜筮，复徙星沙。十世祖绍麓公，幕游多阴德；妣氏陈，后子孙仍返于浏南。十一世祖文吉公，妣氏冯，顺治丙申始卜居太遥塅西阳山。十二世祖天章公，有孝行干略，驰赠奉直大夫；妣氏邱、氏卢，赠太宜人。太高祖皇眷公，乾隆戊午科副榜，官澧州永定训导，诰赠奉直大夫；妣氏陈、氏杨，赠太宜人。高祖宴琼公，州同加二级，诰封二代，驰赠儒林郎，晋赠武德佐骑尉；妣氏邱，赠太宜人。曾祖西山公，覃恩驰赠儒林郎；妣氏刘，赠太安人，例旌节孝。本生曾祖绍伊公，布政司经历，诰赠武德佐骑尉；妣氏汤、氏周，赠太宜人。祖泉承公，国子监，覃恩敕封儒林郎。嗜山水，娴地学，咸丰辛亥择购斯地。壬子开视，生窨果吉[2]，遂嘱为吾母佳城。祖妣氏萧，赠太安人，葬邑东祥云冲，癸山丁向兼子午，外碑内志。父序居二，派名孝养，号用之。候补布政司理问，襄建邑学宫，奉旨议叙纪录二次；倡捐邑育婴堂，复奉部议叙纪录二次。乙巳，恭遇万寿，覃恩封赠二代。母生不孝友桀，聘黄氏，外舅郡庠生家学公长女。姊友栗，待字。母殁时儿始三龄，闻母弥留之际，谆谆嘱儿父善视儿若姊。儿父每言及，辄垂泪不已。此可想见，吾母之多贤德也。咸丰二年壬子十一月初二日辰时下肂葬本邑西乡十八都木瓜　文家岭，地名官冲之阡，丑山未向兼艮坤辛丑辛未分金。母葬之日，儿年甫六岁，时随继母及诸叔父母居江右萍乡县。本生曾祖母周太宜人墓庐，先期父遣工来迎。诸父谓儿曰：尔归葬母当为志，尔知之乎？儿不知，因请叔父孝诚代叙巅末如右。呜呼！欲报之德，昊天罔极。母耶！其亦如生前之顾我复我耶！

不孝男友桀泣志。

其二：

皇清钦加议叙例封安人刘母黄安人墓志铭

安人姓黄氏，江右萍乡东山优庠生本昆公女，母氏刘，予堂姑也。安人六七岁时随母归省，予本生祖母周太宜人见其

[1] 黉宫：学校，学宫。

[2] 窨：地穴。

赋质聪慧，举止端祥，遂为予订婚焉。后闻其读父书，通《女诫》，兼躬操作以贳母劳[1]。太宜人喜曰：今日之贤女，他日之贤妇也。辛丑春，安人来归，年甫十八。孝翁姑，和娣姒[2]，崇节俭，勤纺绩，极得予父母欢心。数年来，予奉父命董理邑中诸公事，外出之日恒多，而能无内顾忧者，恃有贤内助也。甲辰春，先妣萧太安人弃养，安人悲痛号泣，绝而复苏者再。自是每遇令节良辰，追忆吾母时形涕泪。生、忌二辰必躬亲治馔，进酒拜祭如仪。先太安人存时曾收养路弃婴女一，废疾子一，安人悉加抚恤，盖体姑遗意也。岁丁未、戊申，安人患咯血症，予父为之殷勤延医调药，两易寒暄。安人泣曰：以媳病而累翁忧劳，罪莫大焉，脱不起，我翁之恩何能报？会予伯兄及三四五弟均往应试，安人祷于神求利试，以纾吾父忧。既而伯兄裕霖果获隽[3]，信至，安人虽病难行走，犹必令女工负出内堂为吾父贺。即此可想其平日之先意承志焉。藉令天假之年扩而充之，岂不可以孝妇传哉？无何药乏长生，数有难挽，安人病经两载，日就危笃。一日执予手依依难舍，嘱予以保身慰亲，教子成立数语，遂整服执巾端坐而逝。综计来归九载，伉俪情深，尝与予有来世再为夫妇之约。又常以友爱兄弟，周恤贫乏相劝勉。其诞生子女虽僱有乳媪，而一切拊育不肯假手于人。呜呼！安人克备妇德而不获永年，是盖予之福薄也。言之曷胜痛悼。安人道光甲申年闰七月十三日卯时生，道光己酉年正月十二日戌时卒，得年二十有六。生子一，友棨，聘安人胞弟郡庠生家学女。女一，友栗，未字。安人殁后，予再娶登仕佐郎蔡公信藻次女为室，亦体安人之意也。幸蔡氏视安人子女如己出，差堪以慰幽灵。兹奉父命筮[4]，咸丰壬子年十一月初二日辰时葬安人于浏阳西乡十八都木瓜　文家岭，地名官冲之阡，丑山未向兼艮坤。铭曰：

质秉坤顺，妇职罔亏。有仪有德，安人兼之。曾是不延，天道难知。音容久邈，情义长遗。名山郁郁，佳水弥弥。于万斯年，不陊不夷[5]。爰勒贞珉，非惟阐懿。行于来兹，亦以志予，心之伤悲。

敕授儒林郎候铨布政司理问钦加议叙纪录四次夫孝养泣撰。

寿沙李兰英镌。

---

[1] 贳：免。

[2] 翁姑：公婆；娣姒：妯娌。

[3] 获隽：谓中试。

[4] 筮：占卜。

[5] 陊：塌陷；夷：平毁。

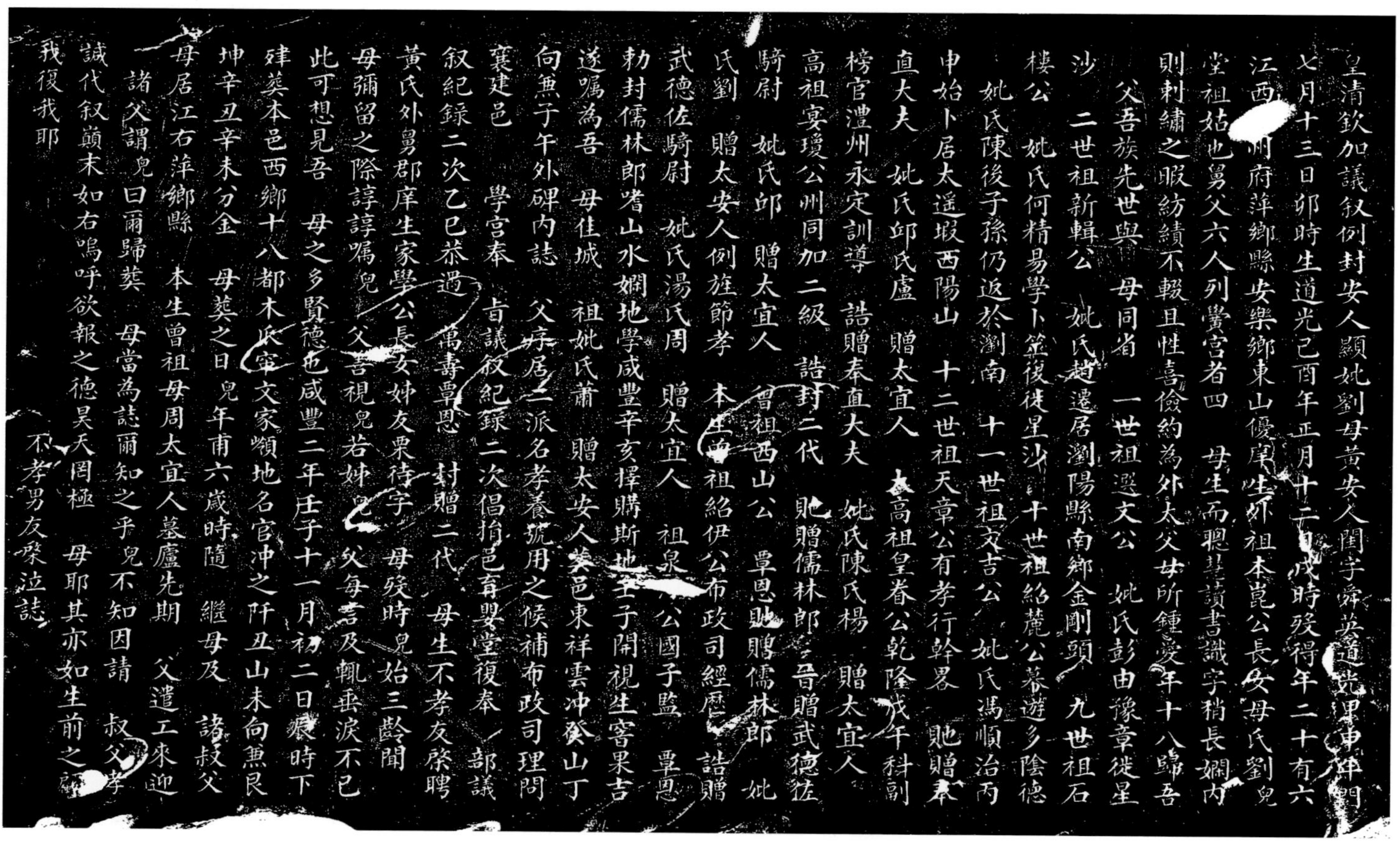

咸丰二年皇清钦加议叙例封安人刘母黄安人墓志铭（一）

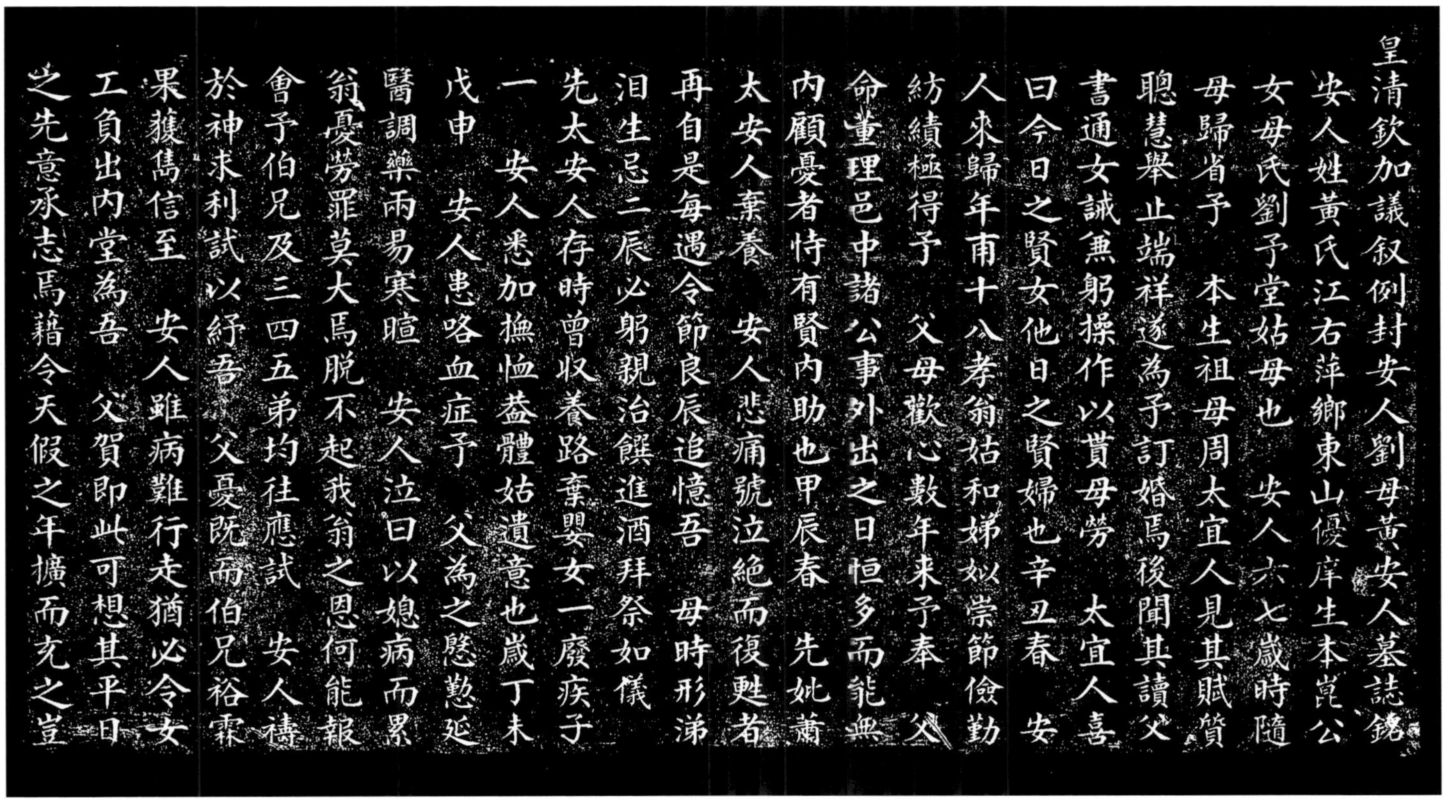

皇清欽加議叙例封安人劉母黃安人墓誌銘
安人姓黃氏江右萍鄉東山優庠生本崑公
女母氏劉予堂姑母也 安人六七歲時隨
母歸省予 本生祖母周太宜人見其賦質
聰慧舉止端祥遂為予訂婚焉後聞其讀父
書通女誡無躬操作以貫母勞 太宜人喜
曰今日之賢女他日之賢婦也辛丑春 安
人來歸年甫十八孝翁姑和娣姒崇節儉勤
紡績極得予 父母歡心數年來予奉 父
命董理邑中諸公事外出之日恒多而能無
內顧憂者恃有賢內助也甲辰春 先妣蕭
太安人棄養 安人悲痛號泣絕而復甦者
再自是每遇令節良辰追憶吾 母時形涕
泪生忌二辰必躬親治饌進酒拜祭如儀
先太安人存時曾收養路棄嬰女一廢疾子
一 安人悉加撫恤葢體姑遺意也歲丁未
戊申 安人患咯血症予 父為之慫慂延
醫調藥兩易寒暄 安人泣曰以媳病而累
翁憂勞罪莫大焉脫不起我翁之恩何能報
會予伯兄及三四五弟均往應試 安人禱
於神求利試以紓吾 父憂既而伯兄裕霖
果獲雋信至 安人雖病難行走猶必令女
工負出內堂為吾 父賀即此可想其平日
之先意承志焉藉令天假之年擴而充之豈

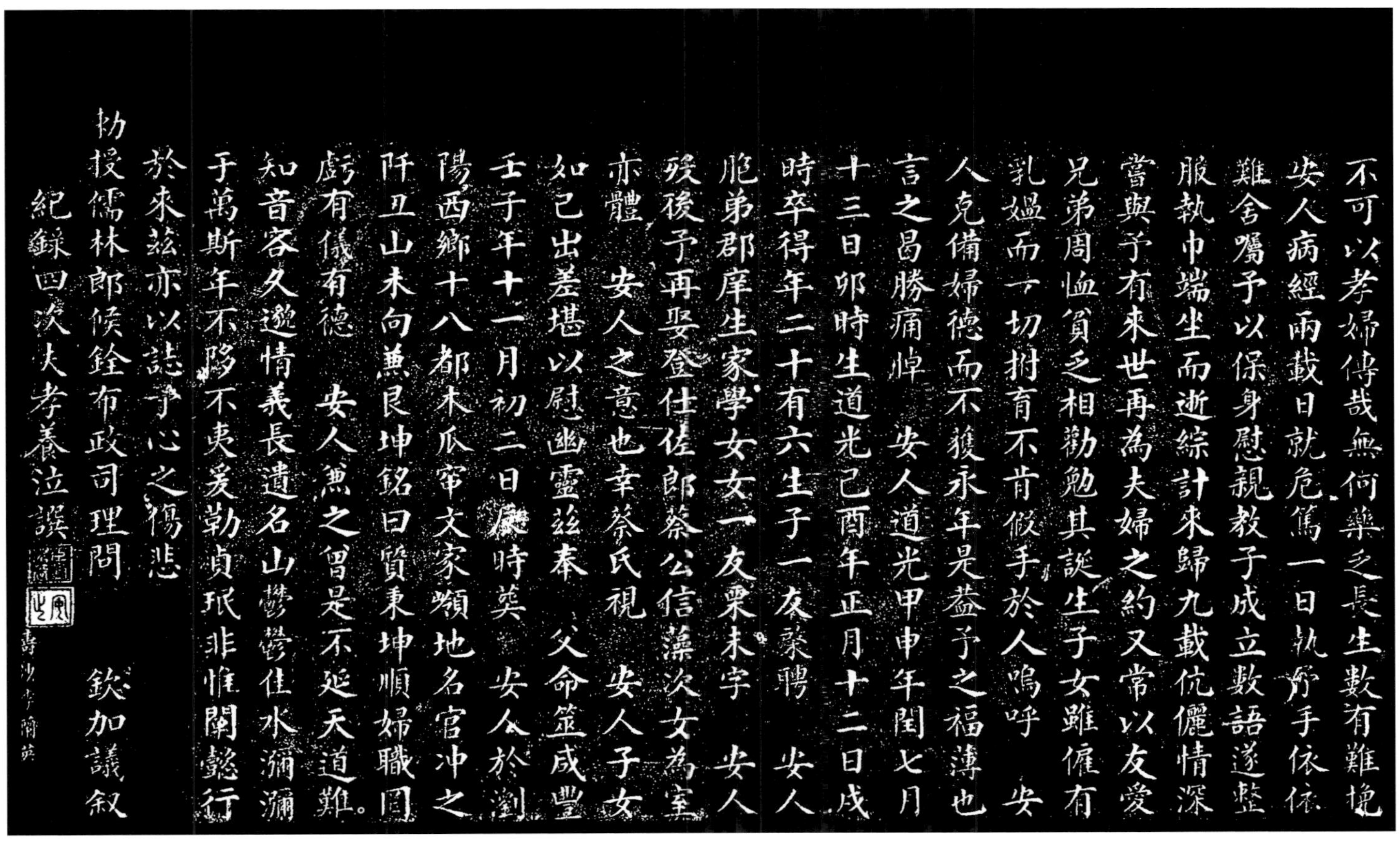

不可以孝婦傳哉無何藥之長生數有難挽
安人病經兩載日就危篤一日執予手依依
難舍囑予以保身慰親教子成立數語遂整
服執巾端坐而逝綜計來歸九載伉儷情深
嘗與予有來世再為夫婦之約又常以友愛
兄弟周恤貧乏相勸勉其誕生子女雖僱有
乳媼而一切拊育不肯假手於人嗚呼 安
人克備婦德而不獲永年是葢予之福薄也
言之曷勝痛悼 安人道光甲申年閏七月
十三日卯時生道光己酉年正月十二日戌
時卒得年二十有六生子一友蘂聘 安人
胞弟郡庠生家學女女一友粟未字 安人
歿後予再娶登仕佐郎蔡公信藻次女為室
亦體 安人之意也幸蔡氏視 安人子女
如己出差堪以慰幽靈茲奉 父命筮咸豐
壬子年十一月初二日庚時葬 安人於瀏
陽西鄉十八都木瓜窩文家嶺地名宮冲之
阡丑山未向兼艮坤銘曰質秉坤順婦職罔
虧有儀有德 安人兼之曷是不延天道難
知音容久邈情義長遺名山鬱鬱佳水瀰瀰
于萬斯年不隊不夷爰勒貞珉非惟閨懿行
於來茲亦以誌予心之傷悲
敕授儒林郎候銓布政司理問 欽加議叙
紀錄四次夫孝養泣撰
壽沙李蘭英

咸丰二年皇清钦加议叙例封安人刘母黄安人墓志铭（二）

咸丰十年王德明墓碑

位置：长沙县金井镇东山村

质地：青石

规格：长 120 厘米，宽 53 厘米

释文：

五世祖王公德明、王母汤氏合墓。

咸丰十年，侄绍□立。

咸丰十年王德明墓碑

同治元年杨应雷墓碑

位置：长沙县金井镇蒲塘村

质地：青石

规格：主碑高 110 厘米，宽 86 厘米；配碑均高 90 厘米，宽 42 厘米

释文：

始祖杨公应雷老大人之墓

祖生于洪武九年丙辰岁，卒于天顺五年乙巳岁，寅山申向为茔。

皇上同治元年岁次壬戌仲冬月谷旦。

安权，居平邑中村；安金，居满塘；安雅，居土硚；三大房嗣孙公立。

碑阴释文：

修课，乙丑、丙戌、丁亥、己酉

安权、安金、安雅三房重修。

同治元年杨应雷墓碑

同治三年光禄大夫朱玉棠墓碑

位置：长沙县安沙镇和平村

质地：青石

规格：高 140 厘米，宽 55 厘米；高 120 厘米，宽 46 厘米

释文：

生于乾隆四十八年癸卯十月初八日寅时，殁于同治三年甲子十二月初二日寅时

朱云谷堂孙辈敬立

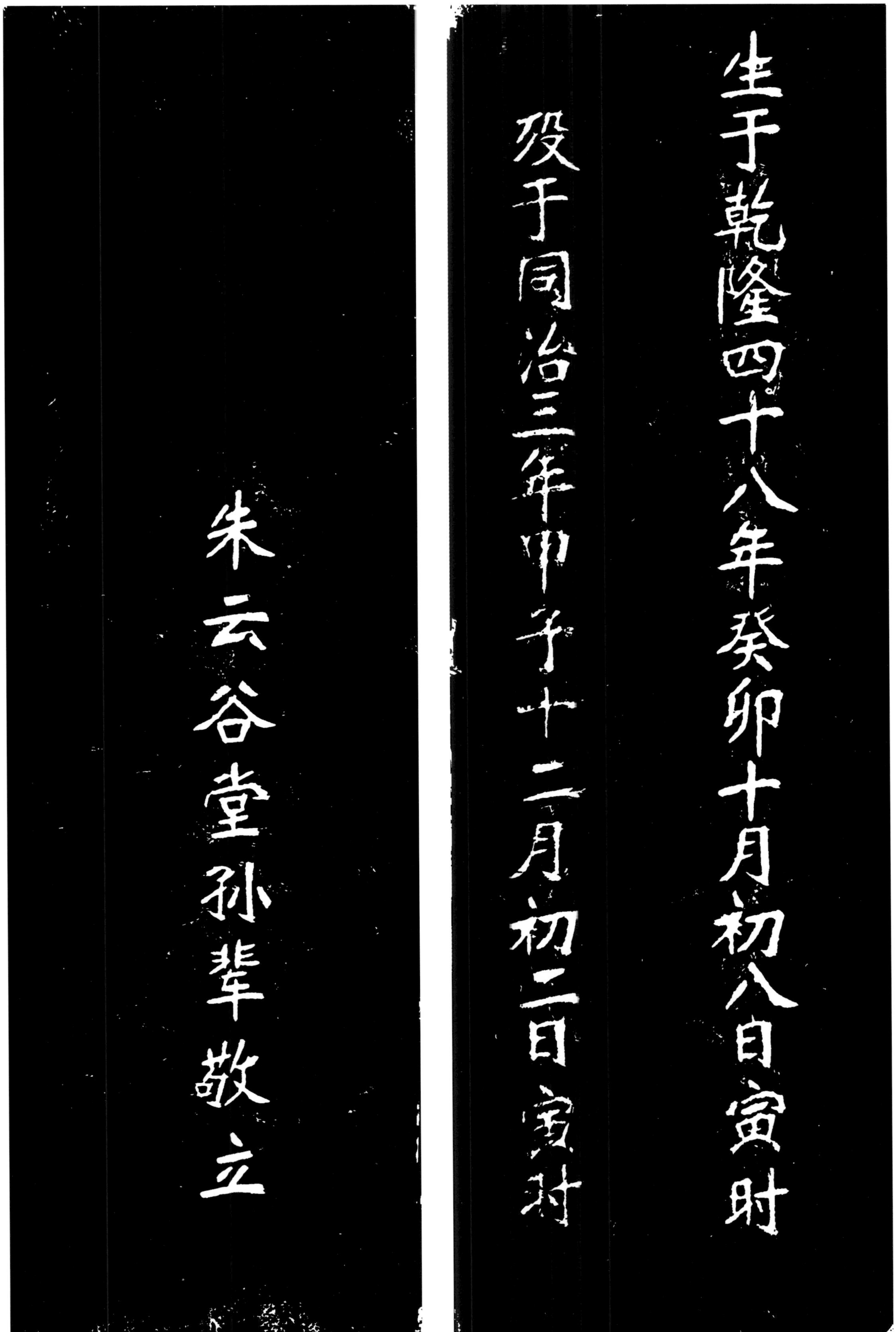
生于乾隆四十八年癸卯十月初八日寅时
殁于同治三年甲子十二月初二日寅时
朱云谷堂孙辈敬立

同治三年光禄大夫朱玉棠墓碑

同治七年陕西忠义官兵合墓碑

位置：天心区新开铺街道梅岭社区南园小区

质地：汉白玉

释文：

陕西忠义官兵冏墓

咸丰二年，粤匪窜逼省城[1]，奉抚宪骆飞调陕西汉中、沔右、宁陕、留坝、宁美等营官兵一千名，驻扎石马铺之赤冈岭。于七月廿八日奋勇堵击，贼众兵单，阵亡弁兵九百余名[2]。随经湖南官绅协调陕西西凤营参府阎丕敏、抚标守府谭成、提标守府安庆、千总段作栋、外额杨定邦、李长星等收殓。一葬石马塘山旁，计七百余名；一葬斯冈，计二百余名，均系合冢。兹经长郡绅士会商陕省会馆首事，加修完固，竖立石栏碑碣。每届中元由同善堂董事焚楮致奠，以妥忠魂。谨志。

奉宪示，忠义冏墓四抵以挨罗围四尺窖石为界。着附近团保不时巡查照顾，毋任居民铲挖及牧童乞丐作践污坏，并禁止牛马猪畜践踏，如违，查究不贷。

同治七年戊辰秋八月令旦公立。

---

[1] 粤匪：太平天国军。

[2] 弁：低级武官。

同治七年陕西忠义官兵合墓碑

同治七年　陕西忠义官兵合墓墓围刻石

同治七年陕西忠义官弁兵夫合墓墓围刻石

位置：天心区新开铺街道梅岭社区南园小区

质地：花岗岩

释文：

陕西忠义官弁兵夫阁墓

陝西忠義官

同治七年陕西忠义官弁兵夫合墓望柱联

位置：长沙天心区新开铺街道梅岭社区南园小区

质地：汉白玉

释文：

秦云寒白骨[1]

湘水照丹心

[1] 秦：陕西。

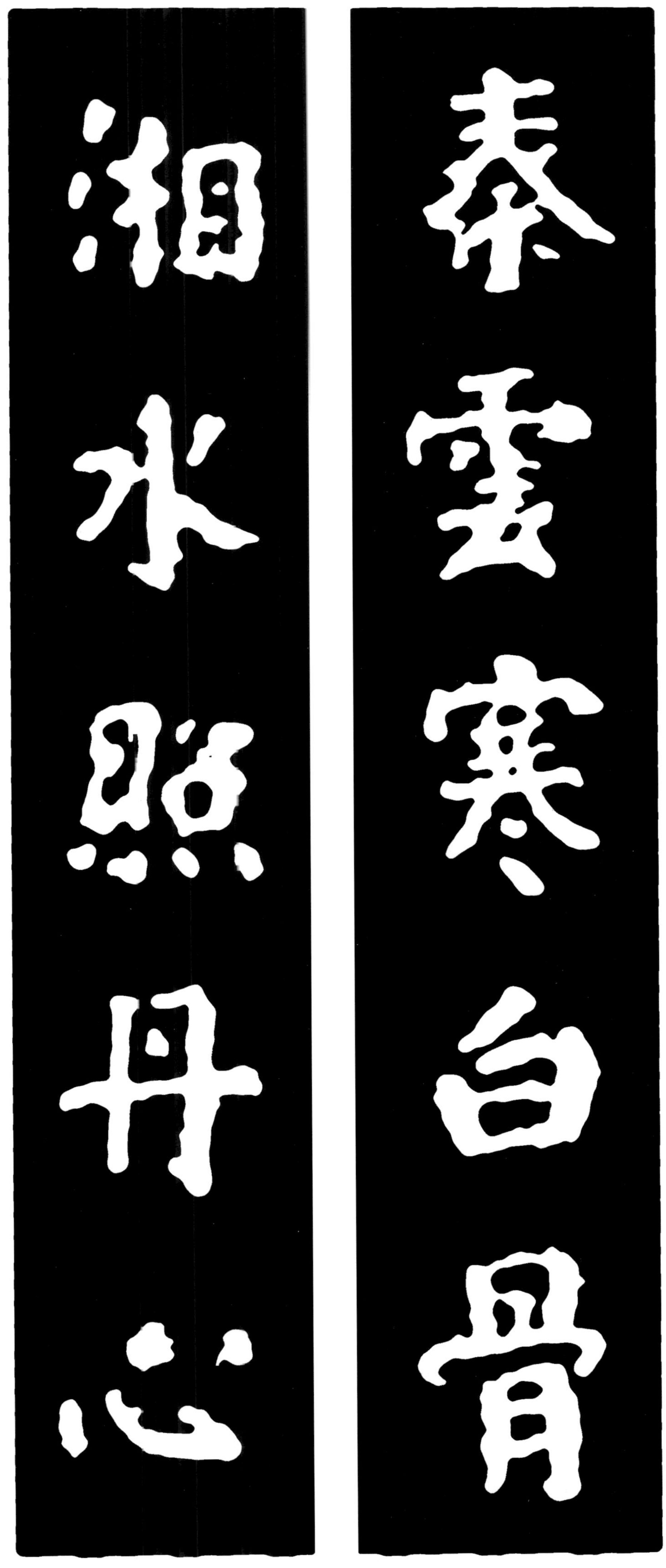

同治七年陕西忠义官弁兵夫合墓望柱联

光绪六年陕西忠义官弁兵夫合墓碑

位置：长沙天心区新开铺街道梅岭社区南园小区

质地：汉白玉

释文：

陕西忠义官弁兵夫冏墓

咸丰二年壬子岁，粤匪窜省城，奉抚宪骆飞调陕西汉中、沔右、宁陕、留霸、宁美等营官兵一千名，驻扎石马铺之赤冈岭。于七月二十八日奋勇堵击，贼众兵单，阵亡弁兵九百余名。随经湖南官绅协同陕西西凤营参府阎丕敏、抚标守府谭成、提标守府安庆、千总段作栋、外额杨定邦、李长星等按册收殓。一葬斯冈，计二百余名；一葬石马铺山旁，计七百余名，均系合冢；一葬石马铺忠义坟左侧坡内，一烂泥冲，各计二冢；一忠义坟右侧，一忠义坟左侧陈家坟山内，一苏州公山，一会牛坡同善堂山内，一熊家□对门，一骆驼岭，一东门外左家塘口，一桃园，各计一冢；一坟山嘴，一烂泥冲尾，各计四冢。前经长郡绅士会商陕省会馆首士，加修完固，竖立石栏碑碣。每届中元由同善堂董事焚楮致奠，以妥忠魂。兹复经众善堂会同同善堂重修，坟前砌石泊岸、石罗围、石栏杆、三合土坟冢。石马铺忠义坟侧筑瓦屋一所，计□间，永远看守坟墓。其各处散冢均系内筑三合土，外盖草皮，立碑为记，以志不朽云尔。

光绪六年庚辰□冬月众善堂重修。

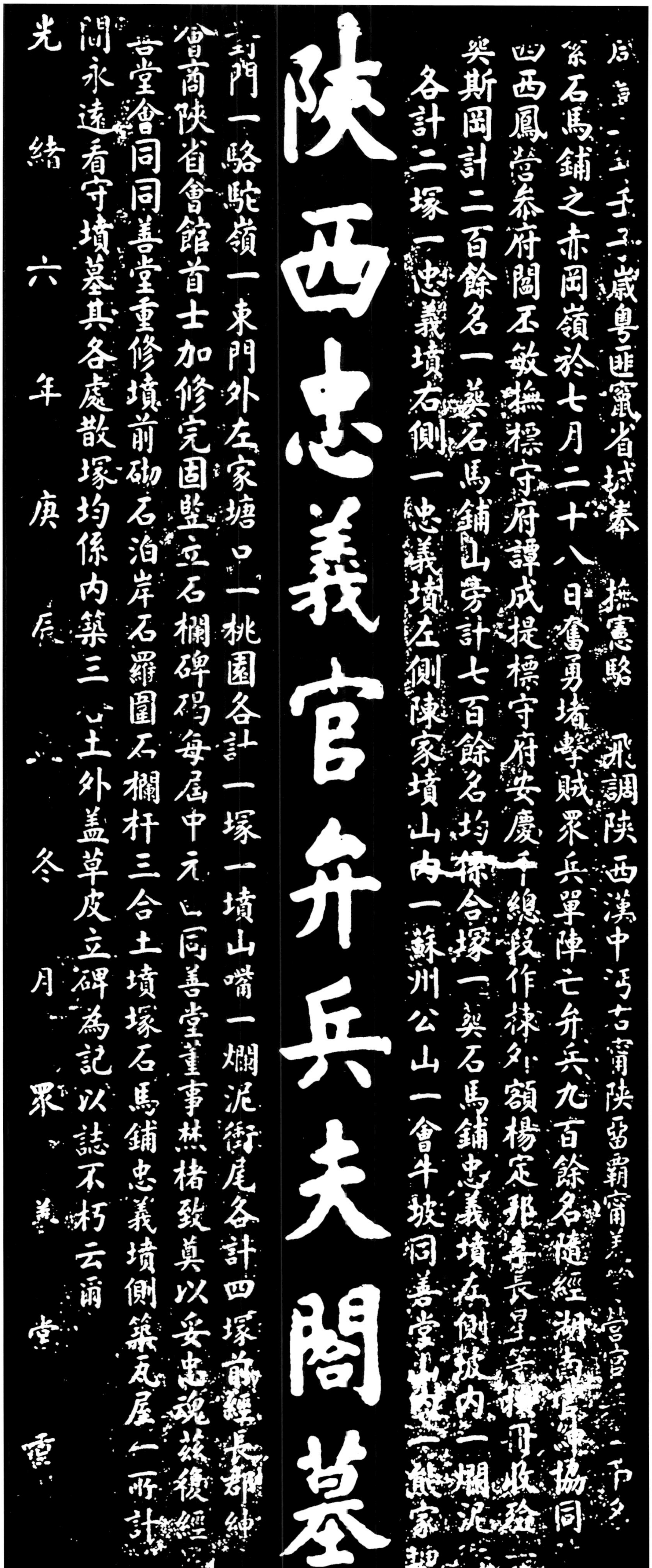

陝西忠義官弁兵夫閤墓

咸豐二年壬子歲粵匪竄省城奉　撫憲駱　飛調陝西漢中沔古甯陝留霸甯羌[illegible]營官[illegible]下[illegible]
系石馬鋪之赤岡嶺於七月二十八日奮勇堵擊賊衆兵單陣亡弁兵九百餘名隨經湖南[illegible]軍協同
四西鳳營恭府閻丕敏撫標守府譚成提標守府安慶千總段作棟外額楊定邦壽長星等[illegible]冊收殮
葬斯岡計二百餘名一葬石馬鋪山旁計七百餘名均係合塚一葬石馬鋪忠義墳左側坡內一爛泥
各計二塚一忠義墳右側一忠義墳左側陳家墳山內一蘇州公山一會牛坡同善堂山[illegible]一熊家塘
封門一駱駝嶺一東門外左家塘口一桃園各計一塚一墳山嘴一爛泥衝尾各計四塚前經長郡紳
會商陝省會館首士加修完固豎立石欄碑碣每屆中元[illegible]同善堂董事林楮致奠以妥忠魂茲復經
善堂會同同善堂重修墳前砌石泊岸石羅圍石欄杆三合土墳塚石馬鋪忠義墳側築瓦屋一所計
間永遠看守墳墓其各處散塚均係內築三[illegible]土外蓋草皮立碑為記以誌不朽云爾
光緒六年庚辰[illegible]冬月[illegible]衆善堂[illegible]

光绪六年陕西忠义官弁兵夫合墓碑

同治八年重修宋张浚墓碑

位置：宁乡市巷子口镇官山村

质地：汉白玉

释文：

宋元辅封魏公张公德远墓

壬山丙向

族众重饰

同治八年己巳岁季春月吉日阖族同立

节镇潭州张公德远

同治八年重修宋张浚墓碑

壬山丙向

宋元輔封魏公張公德遠墓

族眾重飾

同治八年己巳歲季春月吉日同君公

同治九年楚岳隆太乘能和尚墓碑

位置：宁乡市凤凰庵

质地：青石

释文：

圆寂师公上楚下岳隆老大和尚、先师上太下乘能大和尚之墓

我祖开派肇自皇上，人固本邑卢氏，出家田南……传法二徒，一居凤凰庵，即此庵也；二居者为晓岸禅师。法脉绵延于我师公……佛座□□。公俗姓王氏，自幼颖悟，入空门，恪守清规。恒苦两寺倾颓，隐以法嗣坠绪为虑。道光年始得我师大乘为徒，师系本邑人，俗彭姓，不幸半途圆寂。我公自是益虔诚佛法，佛庇只力，经持数十年，绍复两寺基业，金容塑像焕乎壮观。今不敢泯公之功德，爰于墓成之日，谨志其巅末，以刊于石。其公居右，改葬我师居左，并遵遗命，合古冢于中。书此以企后之住持者。

皇清同治九年庚午岁季秋上浣谷旦，徒孙仁皈明德敬立，曾孙盛登慈航刊。

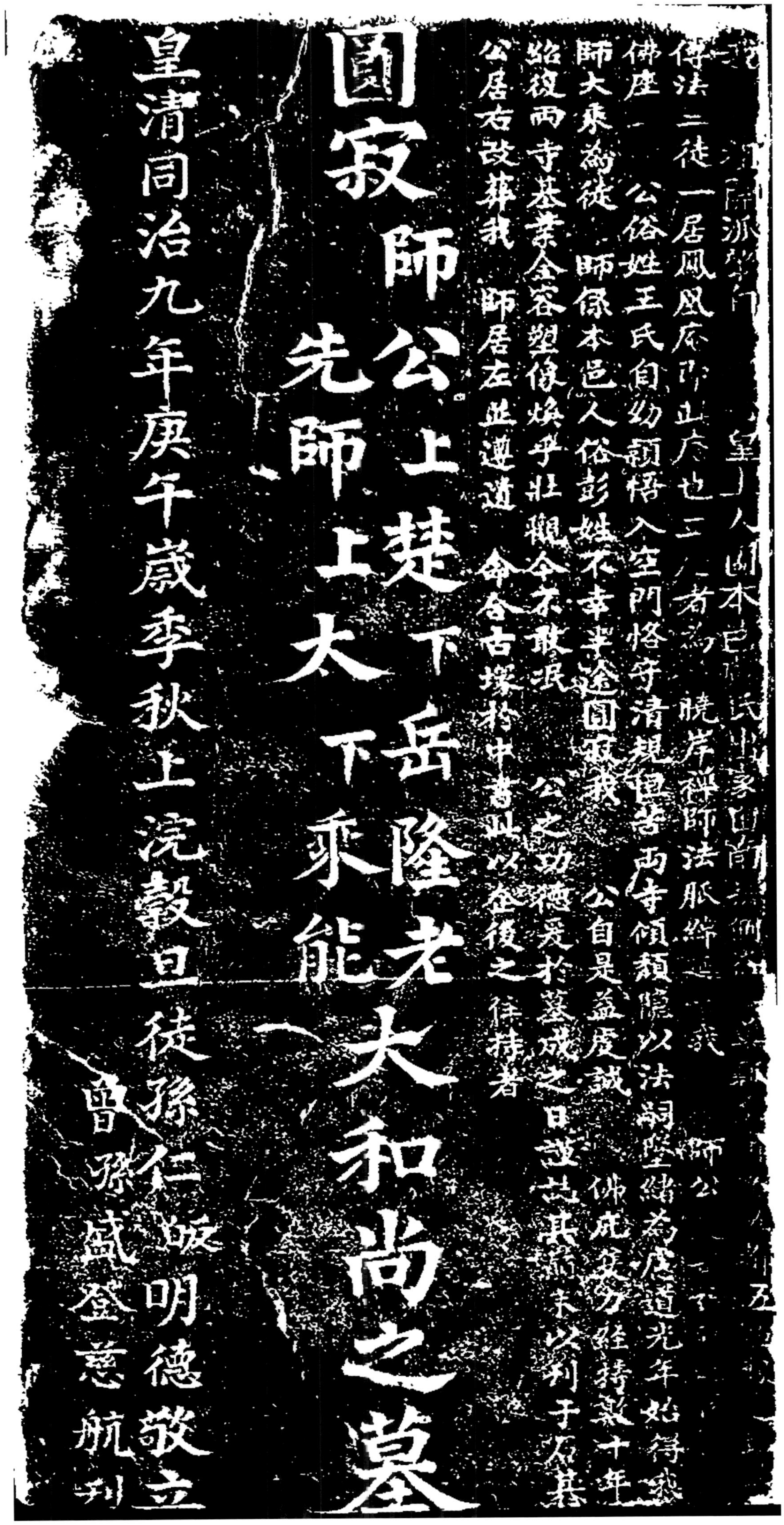

[illegible]

傳法二徒一居鳳凰府山房也二人者為 曉岸禪師法脈繼述 我 師公

佛座一 公俗姓王氏自幼穎悟入空門恪守清規住當兩寺傾頽慨以法嗣堅繼爲處道光年始得

師大乘爲徒 師係本邑人俗彭姓不幸半途圓寂我 公自是益虔誠 佛底發力經持數十年

紹役兩寺基業金容塑像煥乎壯觀今不敢泯 公之功德爰於墓成之日並誌其顛末以刊于石碁

公居右改葬我 師居左並遵遺 命合古塚於中書此以垂後之住持者

圓寂師公上楚下岳隆老大和尚之墓

先師上太下乘能一

皇清同治九年庚午歲季秋上浣穀旦徒孫仁啟明德敬立

曾孫戚登意航刊

同治九年楚岳隆太乘能和尚墓碑

同治十年曾卓远曾立远合葬墓碑

位置：宁乡市沙田乡六寨村

质地：青石

释文：

故长伯曾公卓远讳嗣超，次伯曾公立远讳嗣赴老大人之坟墓

一方悲也□幽冥之永诀也，墓者慕也，墓地泽之长流也。二伯老先以克勤为家，老以克俭为志。视三弟有□无疑，因抚吾侄，以为三弟之子。古云视侄犹子，虽闻之久，一若吾见之之实也。兹因长伯故，新建茔墓于老屋，座左新山一穴，配亥山巳向兼乾巽三分为茔。爰竖碑墓，以俾后启睹碑兴悲，过墓思慕，长为禋祀之不殄云耳。侄载与谨志。

超生乾主五十六年辛亥岁十月廿四午时[1]，殁于同治九年八月十八戌时。葬九都长冲老屋下首新山一穴。赴生嘉主五年庚申正月廿八酉时，殁于光主十八年正月初二日丑时。兄弟合茔，配亥山巳向。

皇清同治十年辛未岁六月吉旦侄载与立[2]。

[1] 乾主即乾隆，下文嘉主即嘉庆，光主即光绪。

[2] 立此碑时尚只有“长伯故”，二十一年后次伯曾嗣赴才殁，因而墓碑上曾嗣赴的名讳及生卒日期应为合葬后所加。

同治十年曾卓远曾立远合葬墓碑

同治十一年曾国藩夫妇合葬墓碑

位置：岳麓区坪塘街道
质地：汉白玉
规格：高 350 厘米，宽 167 厘米

释文：

皇清太傅大学士曾文正公、一品侯夫人欧阳夫人之墓

同治十一年曾国藩夫妇合葬墓碑

同治十一年曾国藩墓阙刻石

位置：岳麓区坪塘街道

质地：花岗岩

规格：高 300 厘米，宽 28 厘米

释文：

曾太傅墓东阙

曾太傅墓西阙

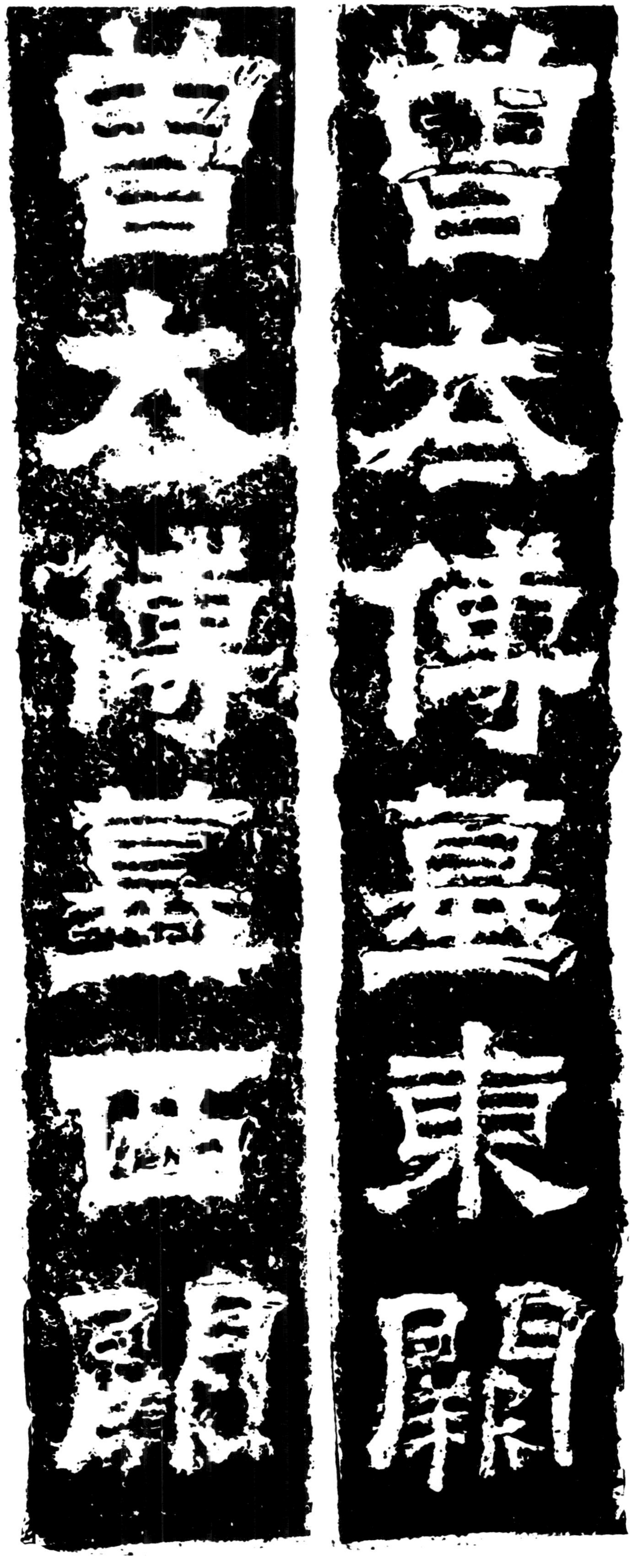

同治十一年曾国藩墓阙刻石

同治十一年太傅大学士毅勇侯曾文正公神道碑

位置：岳麓区坪塘街道

质地：汉白玉

规格：高 277 厘米，宽 108 厘米

释文：

太傅大学士毅勇侯曾文正公神道碑（额题）

皇清诰授光禄大夫、赠太傅、武英殿大学士、两江总督、一等毅勇侯曾文正公神道碑。

圣清受命二百载，有相曰曾公。始以儒业事宣宗皇帝，入翰林，七迁而为礼部侍郎。文宗御极，正色直谏，多大臣之言。

咸丰二年，以母忧归湘乡，遂起乡兵讨贼。自宣宗时天下大安，内外弛备，于是西洋始通中国，海上多事。未几而广西群盗起[1]，大乱以兴。及此年，放兵东出，攻长沙不克，遂渡洞庭，陷武昌，循江而下，所过披靡。而是时天下兵大抵惰窳恇怯，不可复用。诸老将尽死，为吏者不习战阵。公既归，天子诏公治团练长沙。公曰："金革之事，其敢有避！"因奏言团练不食于官，缓急不可恃，请就其乡团丁千人募为勇营，教以兵法，束伍练技，号曰"湘军"。湘军之名自此始。

明年，益募人三千，解南昌之围。是时贼已陷金陵[2]，据之，掠民艘巨万，纵横大江中。于是议创舟师，制船铸炮，选将练卒，教习水战，天子嘉之。湘军水师由此起矣。四年，成军东讨，初战再失利，未几大捷湘潭。以师不全胜上疏自劾。已而克岳州，下武昌，大破田家镇，断横江铁锁，乘胜围九江，进规湖口。当是时，湘军威名震天下。会水师陷入彭蠡湖，鄂帅丧师，武昌再失。公曰："武昌据长江上游[3]，必争之地也。"急檄湖北按察使胡公林翼，率偏师西援，不克，则悉锐师继之，而自留江西督攻九江。已而悍贼石达开等分道犯江西，破郡县六十余城，公上疏自劾。卒以孤军坚拒死守，贼不得逞。六年，胡公等复武昌。明年，拔九江，军威复振。

公治军谋定后动，折而不挠，坚如金石，重如山岳。诸将化之，虽离公远出，皆遵守约束不变。自九江未拔，诸军已略定江西郡县矣。公以父忧归，累诏起复视师，不出。既逾小祥[4]，始奉命援浙江。是时公军为天下劲旅，四方有警，争乞公赴援，南则浙闽，西则巴蜀，北则淮甸，皆遥恃公军为固，虑旌旗他指。天子亦屡诏公规画全势，视缓急轻重去就之。公曰："谋金陵者必据上游，法当舍枝叶图本根。"遂建议三道规皖。

咸丰十年，苏、浙沦陷，朝廷忧之。以公总制江南，趋诏公东兵，而公卒不弃皖以失上游。是年西夷内犯，定和议。十一年，公克安庆。今上同治元年正月元日授公协办大学士，于是分道出师，大举东下。公弟浙江巡抚国荃以湘军缘大江薄金陵[5]；今陕西总督左公宗棠以楚军抵衢州，援浙江；鸿章以淮军出上海，规苏常；水师中江而下，为陆军声援。三年，苏、浙以次戡定，而公弟等亦攻拔金陵伪都。自公初出师，至是十有三年，粤贼平，东南大定，论功封一等毅勇侯。开国以来文臣封侯，自公始。

---

[1] 广西群盗：太平天国军。洪秀全、杨秀清等人在广西桂平县（今贵港市桂平市）金田村发动起义，故被称为广西群盗。

[2] 金陵：南京。

[3] 此为相对于南京而言，武昌在其上游。

[4] 小祥：父母死后一周年的祭礼称小祥。《仪礼·士虞礼》："期而小祥。"

[5] 薄：迫，逼近。

同治十一年太傅大学士毅勇侯曾文正公神道碑碑额放大图

公既平定江南，威振方夏，名闻外国。会忠亲王僧格林沁战殁于曹，廷议以公北伐流寇。是时公所部湘军皆已散归，经画岁余，功绪渐彰。会疾作，有诏还镇江南，中外大事皆就决之。公所谋议，思虑深远，进规中原，议筑长墙，以制流寇。策西事，议清甘肃而后出关，筹滇、黔议，以蜀、湘两省为根本。皆初立一议，数年之后，事之成否卒如其说，而驭夷为尤著云。初，咸丰三年金陵始陷，米利坚人常谒江南帅[1]，愿以夷兵助战。十一年，和议既成，俄罗斯、米利坚皆请以兵来助。公议以为宜嘉其效顺，而缓其师期。及同治元年，英吉利、法兰西又以为请，公又议以为宜申大义以谢之，陈

[1] 米利坚：今译作美利坚，即美国。

利害以劝之，皆报可。廷议购夷船，公力赞之。比船至，欲用夷将，则议浸其事。其后自募工写夷船之制，近似之，遂议开局制造。自是外洋机器、轮舟、夷炮，中国颇得其要领矣。六年，诏中外大臣筹和议利害，可许不可许？公议以为其争彼我之虚仪者许之，其夺吾民之生计者勿许也。

移直隶总督，天津民有击杀法兰西领事官者，法人讼之朝，天子慰解之，法人固争，有诏备兵以待。公曰："百姓小忿，不足肇边衅。"从之。而密议储将练兵，设方略甚备。先是，公已积劳成疾，至是疾益剧。会江南阙帅，上念南洋驭夷事任绝重，非公不可，遂命还江南卧治之，至则经营远略益勤。既一年，疾甚，同治十一年二月戊午遂薨于位。官至武英殿大学士，享年六十有二。遗疏入，天子震悼，赙赐有加，赠太傅，谥"文正"。

公讳某，字涤生，世为湖南湘乡人。曾祖竞希，祖玉屏，父县学生麟书，三世皆以公贵，封光禄大夫。曾祖妣彭氏，祖妣王氏，妣江氏，皆封一品夫人。夫人衡阳欧阳氏，生男二人：纪泽，闳生，户部员外郎，锡爵为侯；纪鸿，附贡生。孙三人：广钧、广镕、广铨，皆幼。公既薨薨，纪鸿、广钧皆赐举人，广镕赐员外郎，广铨赐主事。女五人，皆适士族。

公为学研究义理，精通训诂，为文效法韩、欧[1]，而辅益之以汉赋之气体。其学问宗旨以礼为归，常曰："古无所谓经世之学也，学礼而已。"于古今圣哲自文、周、孔、孟[2]，下逮国朝顾炎武、秦蕙田、姚鼐、王念孙诸儒，取三十有二人图其像而师事之。自文章、政事外，大抵皆礼家言。常谓："圣人者，自天地万物推极之，至一家米盐无不条而理之。"又常慨古礼残阙，无军礼。军礼要自有专篇细目，如戚敬元氏所纪者[3]。若公所定营制营规，博稽古法，辩等明威，其于军礼庶几近之。至其论议规画，秩序井井。经纬乎万变，调理乎巨细，其素所蕴蓄然也。

丧归湖南，营葬于善化县西乡。鸿章少从公问学，又相从于军旅，与闻公谋国之大者，乃为文，刻其墓道之碑。铭曰：于铄皇清，世载圣武。万夷震叠，匪臣伊主。历载二百，极炽而屯。孰排其纷？阙维宗臣。功与时会，其屯则天。惟公之兴，事乃异前。国有旧旅，云顿星罗。公曰窳矣，汰之则那。率我盟隶，敌忾同仇。舍其锄口，来事戈矛。阙初孤立，百挫不慑。天日可格，鬼神为泣。持己所学，陶铸群伦。雍培浸灌，为国得人。孰任巨艰，刓印使帅。孰以节死，孰成孰败。决之于徽，卒验不爽。朝廷乏人，取之公旁。始诏求贤，江以荐起。继才胡公，胜己十倍。陆军诸将，首塔罗王。二李继之，水则彭杨。皆公所识，拔于风尘。知人之鉴，并世无伦。万众一心，贯虹食昴。终奠九土，殄此狂丑。事已大毕，乃谋于海。益我之长，夺彼所恃。动如雷霆，静守其雌。内图自强，外羁縻之。默运方寸，极九万里。人谓公怯，曰吾过矣。式蛙尝胆，以生以训。大勋宜就，胡奔而损？道光季世，夷始惨我。内患乘之，燎原观火。彼睨吾旁，雌雄首尾。曰敌可乘，附耳同起。夷啮其外，寇讧其内。不有我公，嘻甚矣惫。维昔相臣，佐治以文。武功之盛，则由圣人。留都开基，三藩定变。新疆外拓，川楚内奠。四夷奔走，唯恐在后。皆秉圣谟，群臣拱手。公起词臣，以安以攘。天子虚已，曰汝子匡。相业之隆，近古无有。开物成务，是谓不朽。退之有言，衡为岳宗。扶舆磅礴，郁积必钟。后千百年，降神尧尧。我铭不诳，以配崧高。

诰授光禄大夫、太子太保、武英殿大学士、直隶总督、一等肃毅伯兼都尉世职、门下士李鸿章顿首拜撰。

赐进士及第、敕授文林郎翰林院编修、门下士黄自元顿首拜书并篆额。

---

[1] 韩、欧：韩愈、欧阳修。

[2] 文、周、孔、孟：周文王、周公旦、孔子、孟子。

[3] 戚敬元应为戚元敬之讹，即戚继光。《明史》谓"字元敬"，《明代传记丛刊》收录各书戚继光传记凡二十见，均谓"字元敬"。戚继光（1528-1588），山东蓬莱人，明代抗倭英雄，杰出军事家，诗人。卒于万历十六年（1588），谥"武毅"。其军事著作有《纪效新书》、《练兵实纪》、《将臣宝鉴》等传世。

同治十一年太傅大学士毅勇侯曾文正公神道碑

同治十二年诰授奉政大夫晋封中议大夫张公茂兰墓志铭

位置：宁乡市

质地：青石

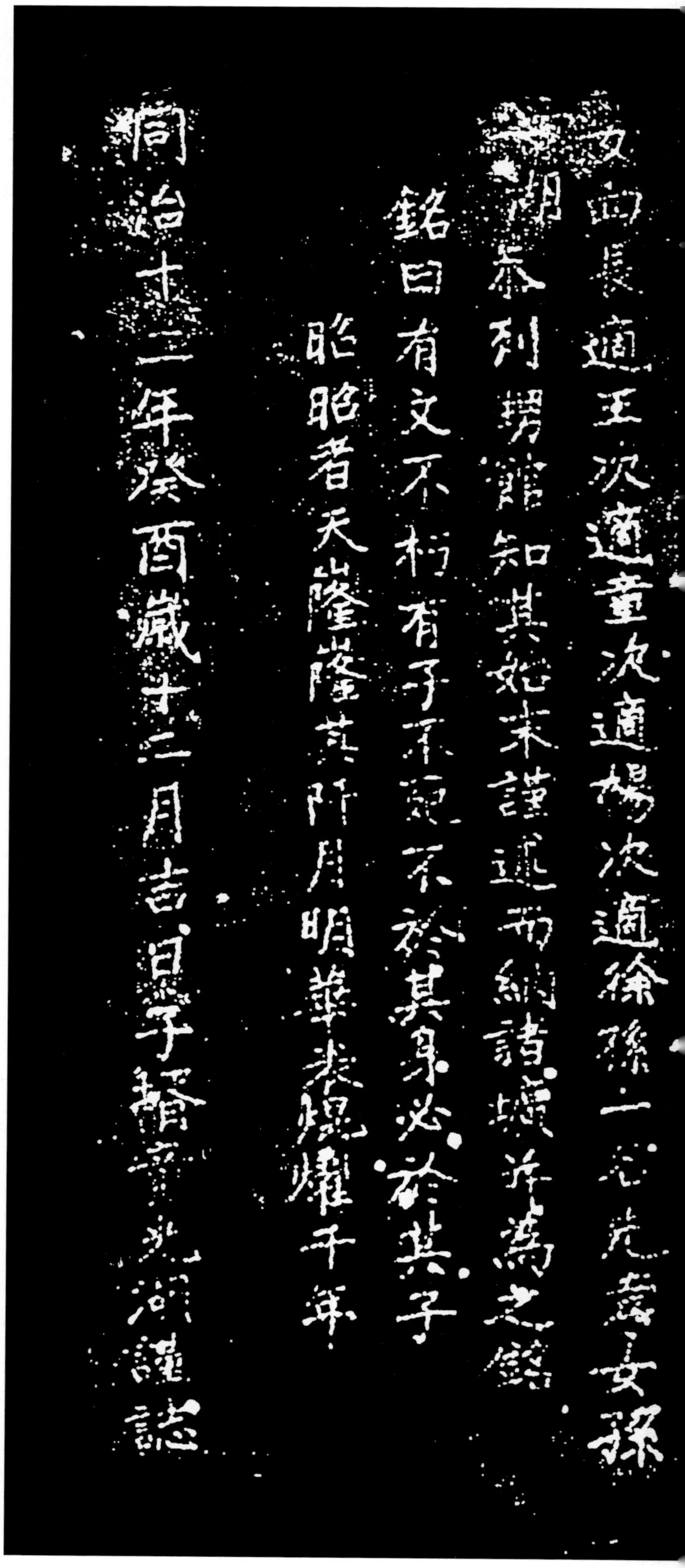

释文：

皇清诰授奉政大夫晋封中议大夫张公墓志铭

公讳茂兰，字瀚川，姓张氏，湖南宁乡人也。远祖南轩先生徙龙塘，为湘南望族。至国初，□□□□□五世至公祖讳朝瑞，以学文世其家。考讳德明，□学，早世。子三，公其仲也。丰颐广颡，伟然丈夫。弱冠，食饩黉宫，而卒踬于秋试[1]。咸丰间，粤逆蔓楚，以劳绩选授武陵校官，废坠具兴，士沐其泽。同治九年，荐升知县加同知衔，咸以大略长材，今得稍竟其用矣。十一年，得署广东翁源县篆。凡关夫国计民生之事，莫不以实心任之。明年，调署海丰。盖已积劳成疾矣，犹复日坐堂皇，勤披案牍，甫及三月，□然可观。乃天不慭遗[2]，遂以足疾不治，有志未竟，禀命不融。呜呼！公子少川太守，随侍在任，扶榇南归。以同治十二年癸酉十一月十一日寅时，安厝于本邑西关外月形山之阳，艮首坤趾。以同治十二年闰六月二十四日辰时卒，距生于道光元年辛巳六月二十日卯时，得年五十有三。配杨淑人，本邑杨永怀公女。子一名，映葵，以军功累保至湖北补用知府，赏戴花翎。女四，长适王，次适童，次适杨，次适徐。孙一名，先袁；女孙一。湖恭列甥馆[3]，知其始末，谨述而纳诸圹，并为之铭。铭曰：

有文不朽，有子不死。不于其身，必于其子。昭昭者天，巃嵸其阡。月明华表，焜耀千年。

同治十二年癸酉岁十二月吉日，子婿童光湖谨志。

---

[1] 食饩黉宫：谓以廪生就学；踬：受挫，即考试落榜；秋试：省试举人，因于秋季举行，故名。

[2] 慭遗：愿意留下。“天不慭遗”为哀悼老臣的套语。

[3] 湖：人名，即撰志者童光湖；甥馆：女婿，即前“次适童”，为张茂兰二女婿。

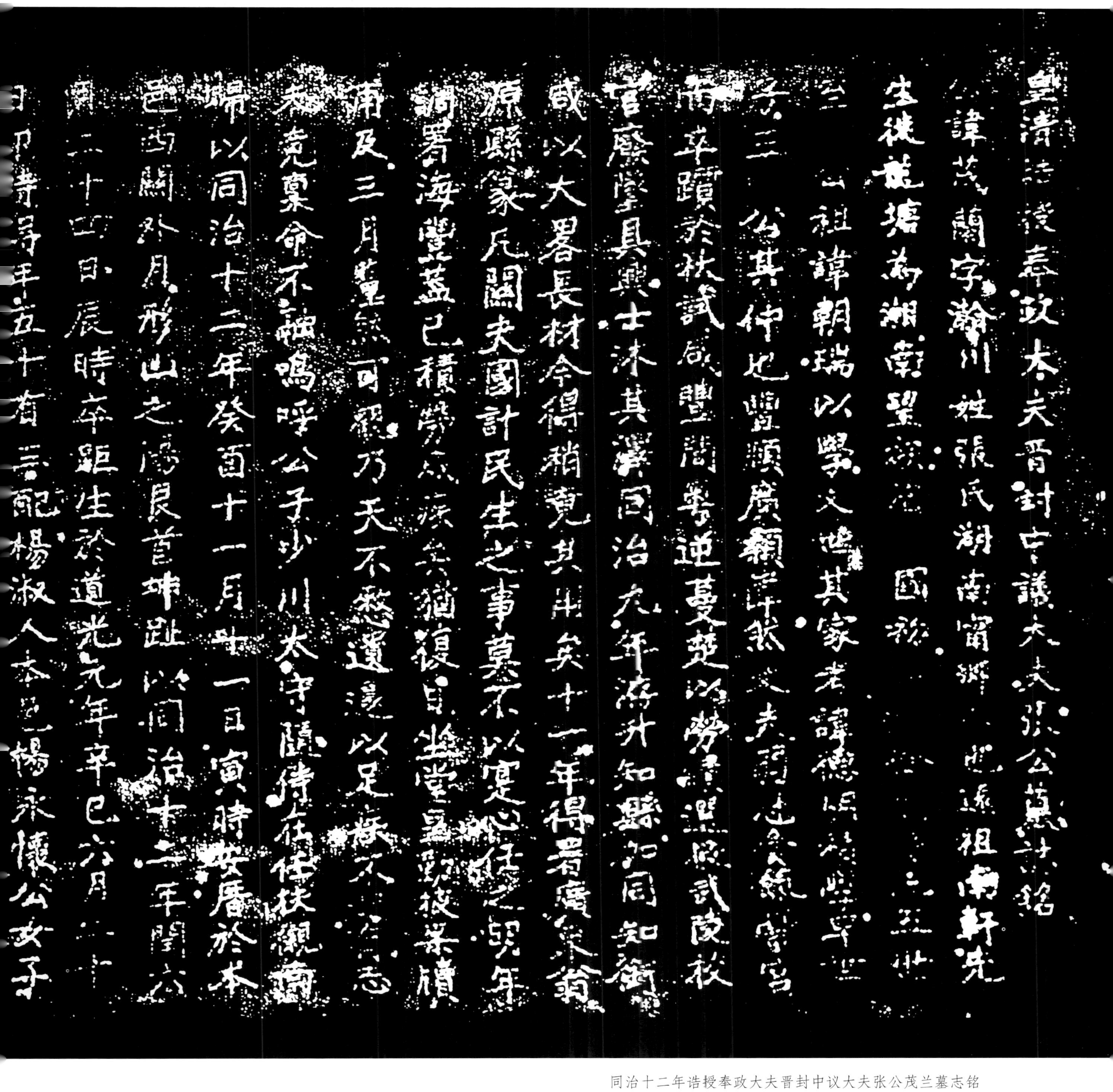
皇清誥授奉政大夫晉封中議大夫張公墓誌銘
公諱茂蘭字瀚川姓張氏湖南甯鄉人也遠祖南軒先
生徙錢塘為湖南望族[illegible] 國初[illegible]五世
祖 王父祖諱朝瑞以學文鳴其家考諱德[illegible]
子三 公其仲也豐順廣額[illegible]
[illegible]卒蹟於秋試咸豐間粵逆蔓楚以勞[illegible]武陵校
官[illegible]具[illegible]士沐其澤同治六年游升知縣加同知銜
咸以大畧長材令得稍寛其用矣十一年得署[illegible]翁
源縣篆凡關夫國計民生之事莫不以寔心任之明年
調署海豐蓋已積勞成疾矣猶復日坐堂皇[illegible]案牘
甫及三月[illegible]可觀乃天不慭遺遽以足疾不[illegible]
[illegible]竟稟命不融嗚呼公子少川太守隨侍在任扶櫬
歸以同治十二年癸酉十一月廿一日寅時安厝於本
邑西關外月形山之陽艮首坤趾以同治十二年閏六
月二十四日辰時卒距生於道光元年辛巳六月二十
日卯時得年五十有三配楊淑人本邑楊永懷公女子

同治十二年诰授奉政大夫晋封中议大夫张公茂兰墓志铭

同治十三年重修明代周氏家族墓墓志

位置：宁乡市船形山

质地：青石

规格：高 100 厘米，宽 50 厘米

释文：

第一通释文：

公讳思本，字鹤九，号鸣皋，雅诗公冢子，典诰公嫡孙也。迹肇泥田，名驰吉水。书裾刺血[1]，比邻信号赤丁；衣锦垂□，□□□□黄甲。杨廷秀三朝历仕[2]，允树先声；李如圭七岁能文[3]，谁当后起。茹忘荼苦，积雪而立程门[4]；芾爱棠甘，扬风而怀召伯[5]。故公之任荆州训导也，三千太学争奉嵇康[6]，五百门人都尊郭瑀[7]。阶前一马，颂泮水之跻跻[8]；庭下三鳝，想禹门之跃跃[9]。当是时也，白莲肆爪，憔悴不花[10]；红巾裹头[11]，夺攘将竹。带州尽云滃之将，跨邑皆飚起之师。丑类腥膻，孤据北鄙；田丰、毛贵[12]，鹿逐东山。而公以槐市衣冠[13]，不作长松都尉；杏坛弦诵[14]，谁呼大树将军。想白战空中持无寸铁，奈红麾日下逼受单枪。望甲帐而□神，追午桥之胜迹。驴骑铁驷，杜岐国带月看铃[15]；鱼网银鲈，

[1] 裾：衣襟；书裾刺血，即刺血书于衣襟以发誓。

[2] 杨万里（1127–1206），字廷秀，江西吉州吉水人，绍兴二十四年（1154）进士。历永州零陵县丞，隆兴府奉新县知县，太常博士，漳、常、筠等州知州，实录院检讨官等。开禧二年（1206）卒，年八十。谥“文节”。有《诚斋集》、《易传》等传世。《宋史》有传。所谓“三朝历仕”即为南宋高宗、孝宗和光宗三朝。

[3] 李如圭（约 1167– 绍定间），南宋时庐陵（今江西吉安）人。传七岁能文，誉为神童，乾道八年（1172）以诵读赐童子出身，绍熙四年（1193）中进士。历官宝庆（今湖南邵阳）知府，终福建抚干。著有《仪礼集释》、《仪礼释宫》等。另明代澧州也有同名的李如圭，弘治十二年（1499）进士，官至户部尚书，然无“神童”之誉。

[4] 典出《宋史·杨时传》，杨时与游酢同为理学大师程颐门生，一日，二人去拜见程，而程正打盹，二人便立于门外待程醒来。因时值隆冬，以致门外积雪盈尺。后以为尊师之楷模。

[5] 典出《诗经·甘棠》，谓思其人而爱其所、惜其物。

[6] 嵇康（224–263），三国曹魏时著名思想家、音乐家、书画家和文学家，“竹林七贤”灵魂人物。后人集有《嵇康集》。《晋书》有传。

[7] 郭瑀，十六国前秦、前凉时敦煌郡人，博通经义，著有《春秋墨说》、《孝经错纬》等。《晋书》有传。

[8] 典出《诗经·鲁颂·泮水》：“思乐泮水，薄采其藻。鲁侯戾止，其马跻跻。”《泮水》乃颂鲁僖公能修泮宫也。

[9] 东汉名臣杨震典故。杨震，字伯起，弘农华阴人。少好学，习《欧阳尚书》，人称“关西孔子”。传言未仕时在家乡讲学，一日，“有冠雀衔三鳝鱼，飞集讲堂前，都讲取鱼进曰：‘蛇鳝者，卿大夫服之象也。数三者，法三台也。先生自此升矣。’年五十，乃始仕州郡”。事见《后汉书·杨震列传》。

[10] 白莲教，中国民间宗教，南宋绍兴间在北宋佛教净土结社的基础上所创建。元、明、清三朝流行。农民军往往借白莲教的名义起义。

[11] 红巾军是元末反抗元朝的主要起事力量，该事最初是与明教、弥勒教、白莲教等民间宗教结合所发动的，因打红旗，头扎红巾，故称作“红巾”或“红军”。

[12] 田丰、毛贵二人为红巾军将领，此借白莲教与红巾军起义以指太平天国。

[13] 槐市：汉代太学旁书市。此指读书人。

[14] 杏坛：学府。

[15] 杜岐国：杜佑（735–812），唐代著名政治家、史学家，封岐国公。撰成二百卷《通典》传世。两《唐书》有传。

张步兵庖霜斫脍[1]。太行之云已近，长安之日终遥。然而乳哺□□，公之为民作爹也；完守老楚，公之为吾兴宗也。原夫我濂溪公籍居道州[2]，才夸学海。光风霁月，吟《莲说》而宛缅芳微；楚水吴山，溯薪传而思绵坠绪。乃辞浪阁，出云亭，过苍梧，渡青草。楼空鹤化，长沙是迁客之乡；浦阔鸥闲，湘水衍骚人之派。银箫吹夜月，蜑舞黄蛟；玉辔驭春风，尘空白马。胥宇聿来望北[3]，结庐讵让终南[4]。范蠡能谋[5]，池虽小而获大；宋清转富[6]，谷本大而量牛。此公所以落业沩宁，卜居滩水也。配刘孺人，墨庄望族[7]，藜阁名媛[8]。断机曾勖羊公[9]，提瓮而偕鲍子[10]。方公之来楚也，蒲轮驾驷，兰桨摇艭；暨公之迁宁也，红丁饷茶，赤甲炊稻。聃母离居苦县，贵人渐出巨陵[11]。乔桂五枝，芳我滨公，生逢三索；灵椿一株，老我孺人，死合双栖。於戏！马走来朝，骖紫燕而南顾；牛眠吉地，喜青鸟之东来。二十世□顺谦尊，人欣篮泰；五百岁鼎新革故，我竖碑丰。世系蝉嫣，不比熊光拜墓；宗功彪炳，聊师鹤寿镌铭。铨曰：

滩山苍苍，滩水泱泱。黄蛟露爪，白马腾骧。卜云其吉，终焉允臧。生前伉俪，死后流芳。既刊元石[12]，永镇黄冈。佑我后嗣，长发其祥。

滨公派下嗣孙等敬撰。

第二通释文：

六派祖考周公鸣皋暨妣刘孺人合墓碑记

邑西百里许，六都五区，地名唐公庙，有山横驻于滩上者，船形山也。龙由大沩逶迤数十里，至仙乳峰，□峰叠嶂。又数里，奔赴至野猫坳，略开小嶂，束咽起峰。于是，行不数十武[13]，愈觉峰峦秀丽，佳木葱茏，落穴□怪石嵯峨，如入蓬莱仙岛中，令人徘徊不忍去。顾盼间堂局开豁，环绕周固，或曰地钟灵矣。山之朝，文峰高耸，直射于其间者，则有罘罳也；山之麓，波光潆洄，聚气于其下者，则有龙潭也。山之左右，有峰巍然峙立于其旁者，则有望北石马也。葬斯山者谁？我六派祖鸣皋公暨配刘孺人也。《陋室》之铭曰："山不在高，有仙则名。"山得我公，庶犹神山之得司马，缑岭之得王乔，千秋并显欤！抑又思之，山名曰"船"，船者，舟也，舟与周通。则公之夫妇厝于斯，或亦天作之合，而使道旁过者之指为周山也，是未可知。公以大元至正九年己丑十月十五午时生，大明永乐二十二年甲辰正月十六辰时没。妣以大元至正十一年辛卯六月十二子时生，大明永乐十二年甲午十月初三巳时没。夫妇合葬，灵山坤向。

滨公派下嗣孙等谨□。

---

[1] 张步兵：晋代张翰，字季鹰，吴郡人。善属文，而纵任不拘，人号"江东步兵"。齐王冏辟为大司马东曹掾，翰见秋风起，乃思吴中菰菜、莼羹、鲈鱼脍，遂命驾而归。著《首丘赋》，文多不载。《晋书》有传。

[2] 濂溪公：宋理学家周敦颐。

[3]《诗经·大雅·绵》："爰及姜女，聿来胥宇。"胥宇，即相宅基地。

[4] 晋陶渊明《饮酒》诗句："结庐在人境"，"悠然见南山"。此谓告老还乡，安度晚年。

[5] 范蠡：春秋末年著名政治家、军事家，曾献谋越王勾践复国，后功成隐去。

[6] 宋清：唐代药商，行善乡里，富而能仁，柳宗元为《宋清传》以嘉之。

[7] 墨庄：地名，在长沙望城雷锋镇南郊。

[8] 藜阁：即书香门第。

[9] 用孟母断机教子典故，谓刘孺人教子有方。

[10]《后汉书·列女传·鲍宣妻》："勃海鲍宣妻者，桓氏之女也，字少君。宣尝就少君父学，父奇其清苦，故以女妻之，装送资贿甚盛。宣不悦……妻乃悉归侍御服饰，更着短布裳，与宣共挽鹿车归乡里。拜姑礼毕，提瓮出汲，修行妇道，乡邦称之。"谓刘孺人有少君之德，能守清贫。

[11] 东周鲁国冉离有子三：耕、雍，前妻颜氏生；求，后妻公西氏生。公西氏闻孔子设教阙里，命三子往学，各学成而后名立。

[12] 元石即玄石，青石，清朝避康熙帝玄烨之讳，以"元"代之。

[13] 武：度量词，半步为武。

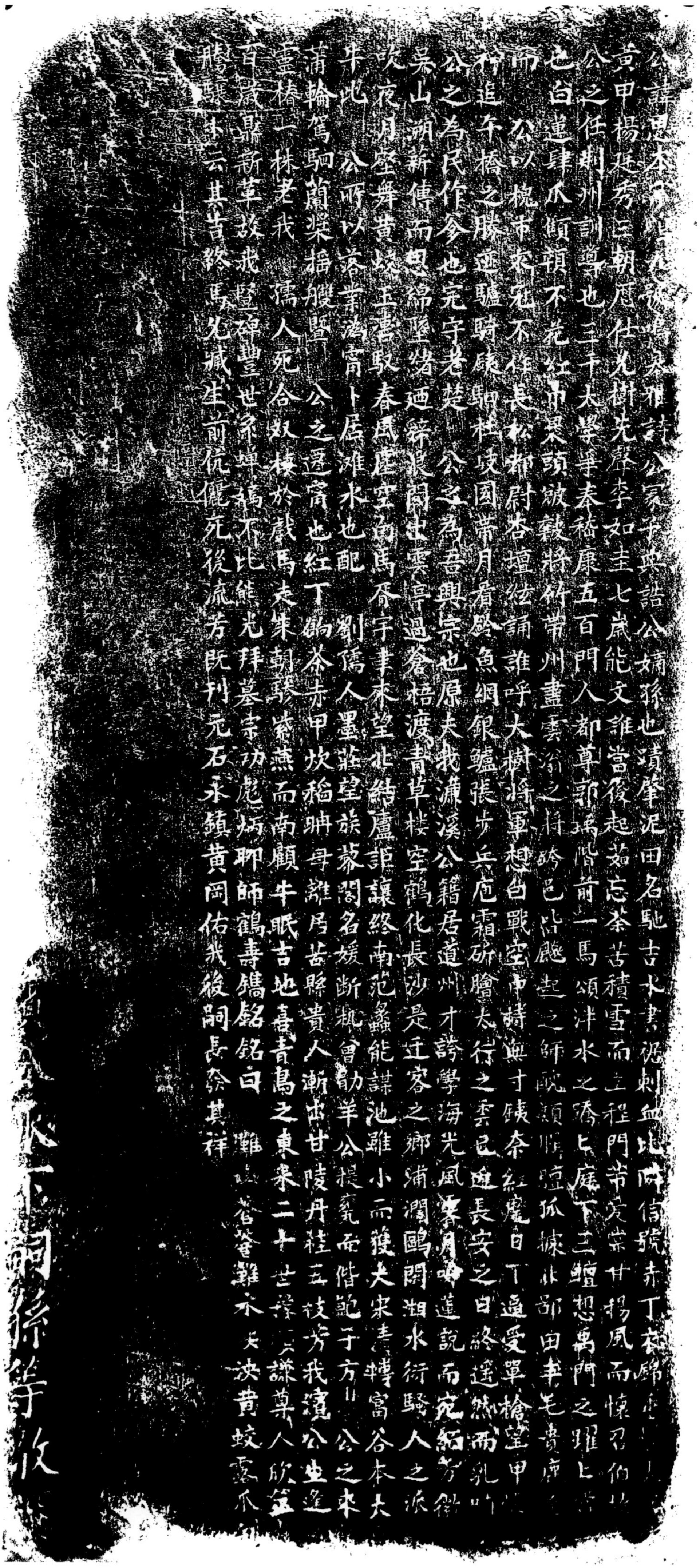

同治十三年重修明代周氏家族墓墓志

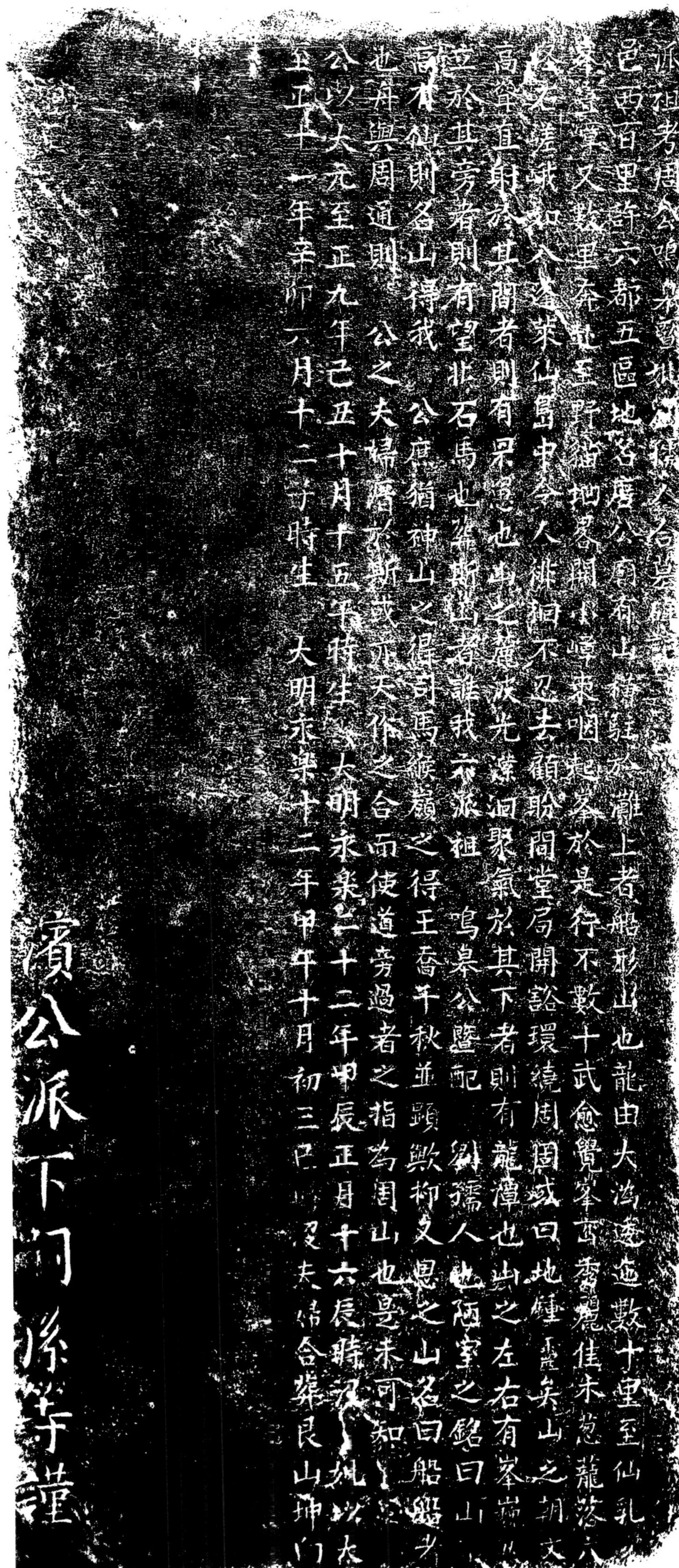

派祖考周公鳴[illegible]墓地[illegible][illegible]人合[illegible][illegible]

邑西百里許六都五區地名唐公廟有山稽駐於灘上者船形山也龍由大溈迤邐數十里至仙乳

峯至[illegible]又數里奔赴至野貓坳峯開小嶂束咽起峯於是行不數十武愈覺峯巒秀麗佳木蔥蘢落穴

[illegible]左嗟哦如入蓬萊仙島中令人徘徊不忍去顧盼間堂局開豁環繞周固或曰地鍾靈矣山之朝文

高聳直射於其間者則有界邊也山之麓淡光潆洄聚氣於其下者則有龍潭也山之左右有峯巒[illegible]

立於其旁者則有望北石馬也葬斯山者誰我六派祖鳴皋公暨配劉孺人也陋室之銘曰山[illegible]

高有仙則名山得我公庶猶神山之得司馬嶺之得王喬乎秋並顯歟抑又思之山名曰船船者

也舟與周通則公之夫婦唐於斯或亦天作之合而使道旁過者之指爲周山也是未可知[illegible]

公以大元至正九年己丑十月十五午時生大明永樂二十二年甲辰正月十六辰時沒妣以太

至正十一年辛卯六月十二子時生大明永樂十二年甲午十月初三巳時沒夫婦合葬艮山坤向

演公派下嗣孫等謹

同治十三年重修明代周氏家族墓墓志

同治十三年何公子贞府君墓志

位置：长沙市博物馆藏

质地：青石

释文：

皇清诰授中宪大夫翰林院编修加六级貤封资政大夫候选道加四级显考何公子贞府君墓志

府君讳绍基，字小槎，一字子贞，五十六岁，自号蝯叟。道州何文安公长子，母廖夫人，与仲叔父子毅府君孪生。幼慧能文，于诸经、《说文》考订之学考之最深差，出旁及金石、图画、篆刻、律算，博综覃思，识解超迈。为文取法马、班、昌黎[1]；诗宗渊明、太白、杜、韩、白、□诸大家[2]；书法根巨，篆、分融会，率更父子、鲁公、北海、东坡，自成一体[3]。性坦白，无城府，言动平质率真，归于实事求是。体素健，禀赋过人。善饮好游，踪迹几遍行省，所至友朋谐际，觞咏留连。

道光丙戌入邑庠[4]；戊子食饩；辛卯取优贡生[5]；乙未恩科乡试第一[6]；丙申恩科二甲进士。改庶吉士散馆授编修；充文渊阁校理；本衙门撰文；教习庶吉士；武英殿、国史馆协修、纂修、总纂；国史馆提调。因拟补办国初以来三品以下名臣列传，总裁不允所请，力辞提调，仍充总纂。典福建、贵州、广东乡试，得士称盛。咸丰壬子，简放四川学政。乙卯，以言事墨吏议去蜀[7]。先后主山东泺源书院、长沙城南书院、浙江孝廉堂讲席所。著《东洲草堂诗钞》三十卷，已付梓。其它古文、时艺杂著，写定待刊。

同治十三[8]年癸酉岁七月，在苏州省寓寝疾，二十日丑时告终。距生于嘉庆四年己未岁十二月初五日寅时，享寿七十有五岁。任四川学政时，因两次捐助军粮，赏加六品顶戴，随带加六级，以编修诰授中宪大夫。季叔父子愚府君复以候选道加四级，貤封府君为资政大夫。配陶夫人，先府君卒。侧室王氏、王氏、陈氏。子一，庆涵；女四，长、次、四殇，三适仁和编修吴观礼；孙七：维朴、维槢、维棣、维棨、维樮、维榦、维极；孙女二，长殇，次幼。以同治十三年甲戌岁十二月十九日申时葬于善化县南乡八都石人冲内苦竹坡之原。巽山乾向，丙辰丙戌分金。西距九子岭文安公墓、石龙冲陶夫人墓、北距回龙坡廖夫人墓，原丰坝子毅府君墓，相望于三四十里间。灵爽在天，幽冥不隔。府君承欢聚首，其含笑而永宅于此乎。

男庆涵泣志。

---

[1] 即司马迁、班固、韩愈。

[2] 即陶渊明、李白、杜甫、韩翃、白居易。

[3] 即王羲之、王献之、颜真卿（鲁公）、李邕（北海）、苏东坡。

[4] 邑庠：县学堂。

[5] 每三年各省学政就本省生员择优报送国子监的，称为优贡生。

[6] 清代于寻常例试外，逢朝廷庆典，特别开科考试，称恩科。

[7] 墨吏：贪官。

[8] 此处误刻，实为同治十二年（1873）。

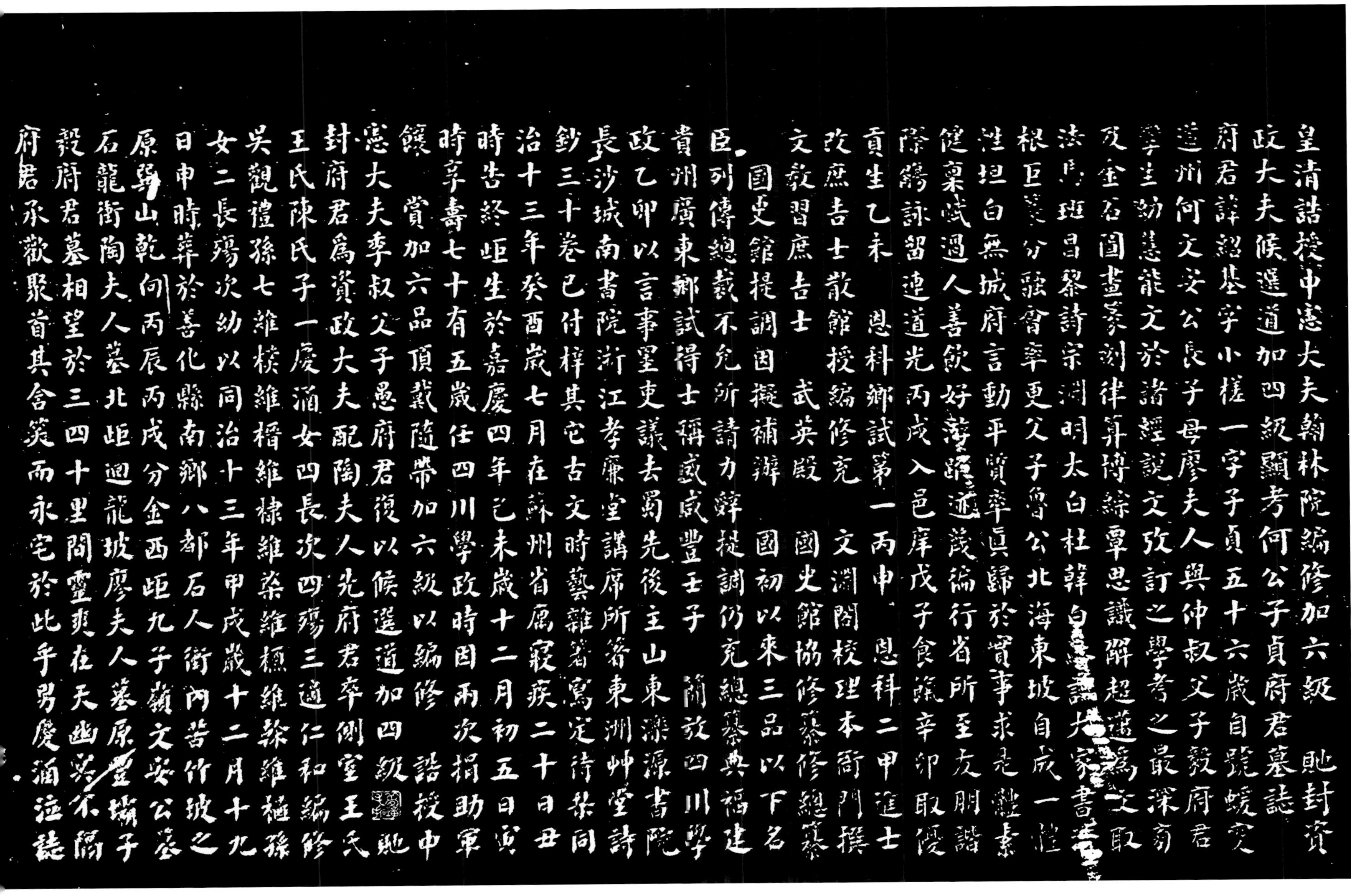

同治十三年何公子贞府君墓志

光绪三年萧母李老孺人墓碑

位置：宁乡市

质地：青石

释文：

先妣萧母李老孺人墓志

加（嘉）庆十年乙丑十口月二十二午时生，光绪三年丁丑十二月初四亥时没。葬价买李价屏兄弟宁邑四都一区水石塘左，李平林冲出水右侧荒屋基上，中乳岭右伴共进左，未山丑向。

男仁恻、仁愫，媳李氏；孙孝保、孝佛、孝佳、孝俐、孝傭、孝伶，孙媳龙氏、李成、李氏；孙女从周、从欧、从李；订蒋、订李。

光绪三年。萧人墓。

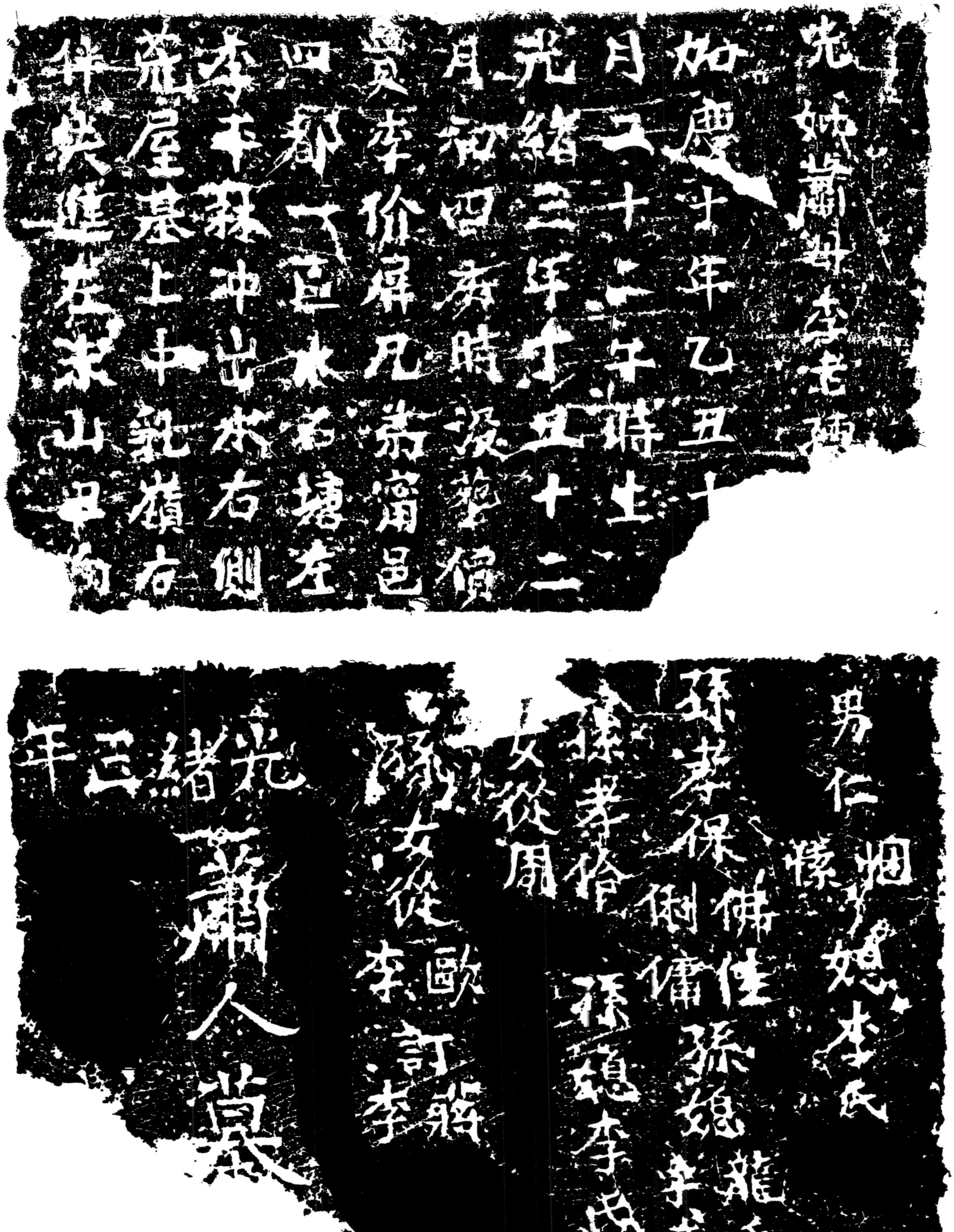

光绪三年　萧母李老孺人墓碑

光绪三年陈母李老孺人墓碑

位置：长沙县金沟岭
质地：青石
规格：高 96 厘米，宽 50 厘米

释文：

三十六世皇清待赠显妣陈母李老孺人之墓

母生于嘉庆十年乙丑岁正月二十一日丑时，系长邑尊都七甲白马神新安坡土地生长人氏，享寿五十有九，卒于同治二年癸亥岁正月初八日辰时，寿终内寝，安葬地名系尊都五甲二区乐家园，又名金钩嘴，本屋下首坦内，坐南朝北，针定丁首癸趾，内矿（圹）外石，墓碑记守坟山十字穿心七丈为茔，谱牒悉载。

夫主汉清。

男本阔，媳王氏、继配罗氏；孙光合、光顺，孙媳丁氏、杨氏；曾孙家湘；女适杨门，婿象武；孙女二。

龙飞光绪三年岁在丁丑季夏月中浣立。

光绪三年陈母李老孺人墓碑

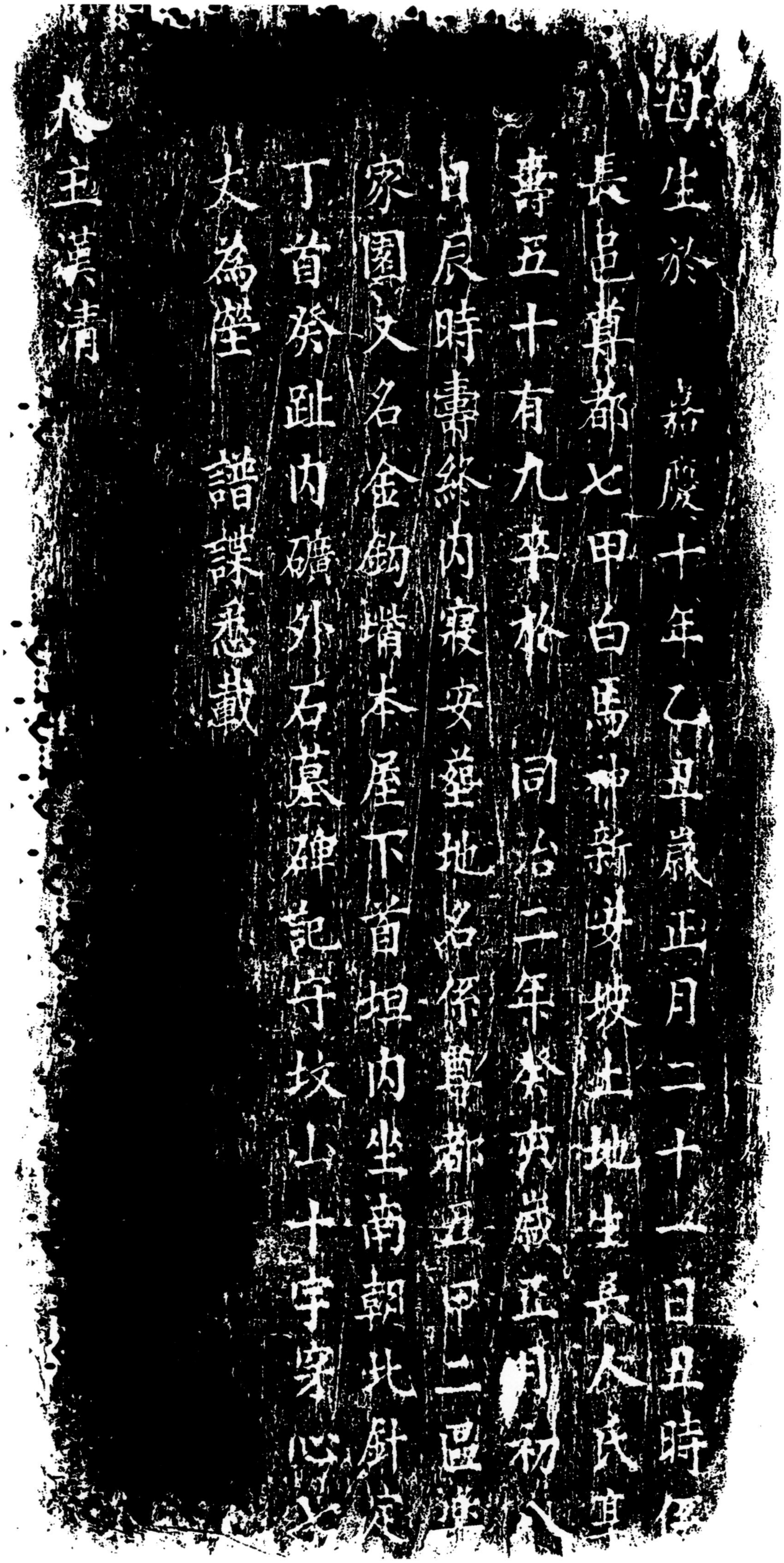

母生於嘉慶十年乙丑歲正月二十五日丑時
長邑尊都七甲白馬神新安坡土地生長人氏享
壽五十有九卒於同治二年癸亥歲正月初八
日辰時壽終內寢安葬地名係尊都五甲二區坐
家園又名金鈎墻本屋下首坦內坐南朝北針定
丁首癸趾內礦外石墓碑記守坟山十字架心
太為塋　譜諜悉載
王漢清

光绪三年陈母李老孺人墓碑

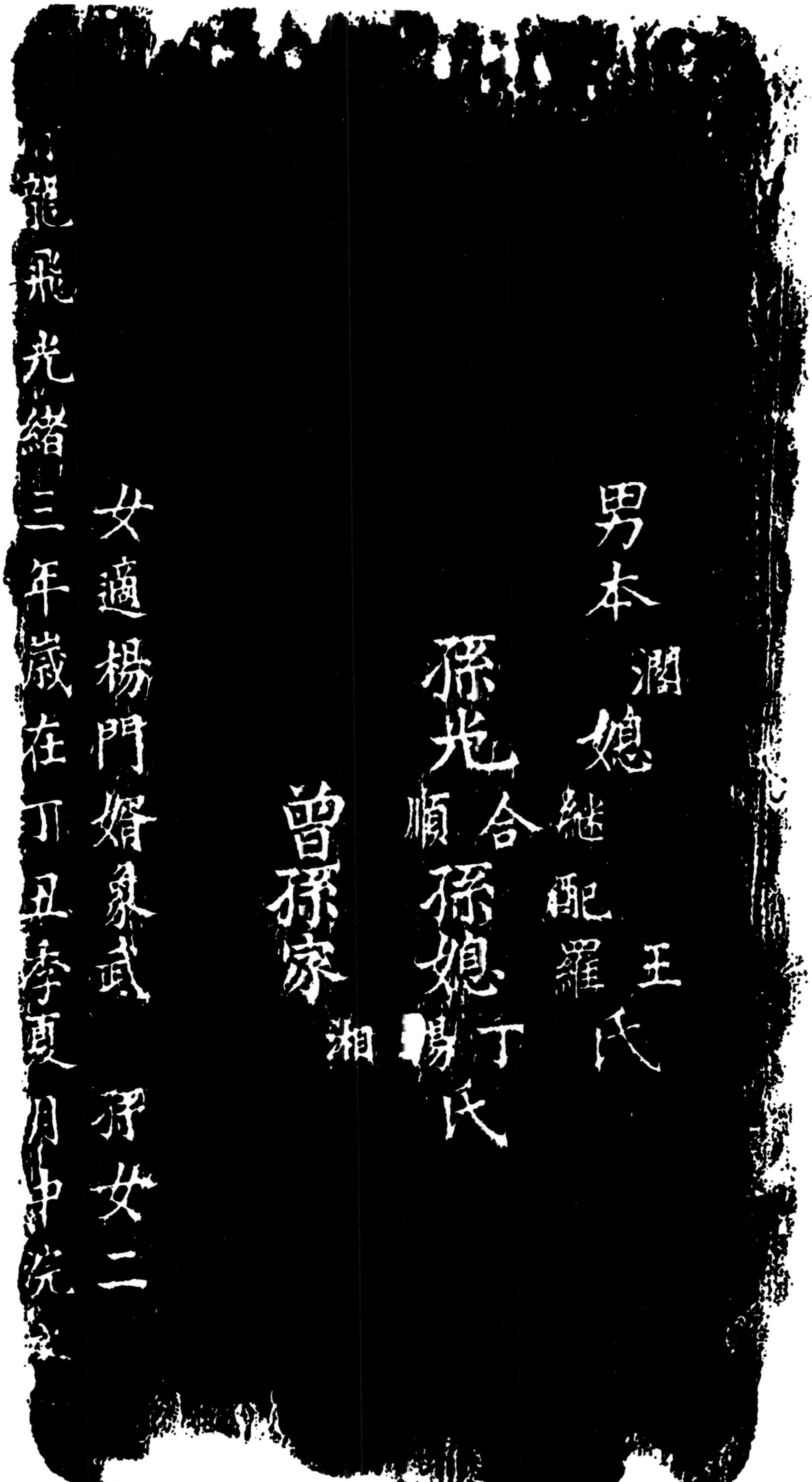

光绪三年陈母李老孺人墓碑

光绪六年张公曙堂墓志铭

位置：宁乡市

质地：青石

释文：

□□修职郎候补县丞张公曙堂墓志铭

公张氏，讳德亮，字曙堂，宁乡人也，候补县丞。曾祖延爵，祖文谟，父煌禄。公兄弟三，公其仲也。公慷慨有大志，素精《周易》以及数学兵法，皆有所得，尤喜读史。时值□□□□肆毒中华，朝廷畏之，屡定和议。公尝拔剑起曰：“吾□不得尽洗膻腥，以□中土。”故□□人入寇伊犁，同里有□从戎，奇公之才，邀□□草□□然□□□闻和议乃止。呜呼！公固有用世之才之□之志，而天下之需此人者又将不久，而天顾不令永年哉。公生以道光辛卯，没以光绪庚辰，享年仅四十有九。葬本邑五都十三区凤形山洴泥田横□□头，庚山甲向，公所自卜也。公子三，茂芗、茂蕖、茂莼；女二，长适齐，次适李；孙五，骏光、驶光、耀光、焕光、继光。□□□□□□□□□□，敢以不文辞。呜呼！寒窗夜雨，握管潸然。盖□公惜而久重为天下惜也。铭曰：

是将□□，生之揖请。终军之胡，中造□之。所忌不肖，志而竟成。呜呼！腥我中夏，方肇养□。可谁□□，黄天□□。可谁与抵，黄龙之□。

光绪六年张公曙堂墓志铭

光绪八年皇清诰授中宪大夫严荔村墓碑

位置：长沙县金井镇东山村

质地：青石

规格：高 120 厘米，宽 54 厘米

释文：

皇清诰授中宪大夫显考严公荔村大人之墓

公讳升伟，字隽士，号荔村。元配□恭人，继配段恭人，副□杨孺人、王孺人、吴恭人。晋赠通奉大夫玉岩公，德配黄夫人之子[1]，江西袁州府分宜县廪生，道光乙酉科举人。乙未大挑知县，分发湖南，历任通道、芷江、武陵等县知县。道光甲辰、辛亥两科湖南乡试同考官，大计卓异，特补永顺府知府，钦加道衔，诰授中宪大夫。生于乾隆甲寅年三月初十日辰时，享寿八十有七，卒于光绪庚辰年十一月十四日丑时。葬于尊阳都七甲湾里屋上□嘴凤形山，寅山申向为茔。

葬课，壬午、庚戌、丙午、乙未。男继善、为正，孙曰濂、曰沅、曰谷、曰陆，曾孙效鼎、效谟。

光绪八年岁次壬午季秋月谷旦立。

---

[1] 德配：旧时尊称人妻。此句大意是：严荔村是玉岩公与黄夫人的儿子。

光绪八年皇清诰授中宪大夫严荔村墓碑

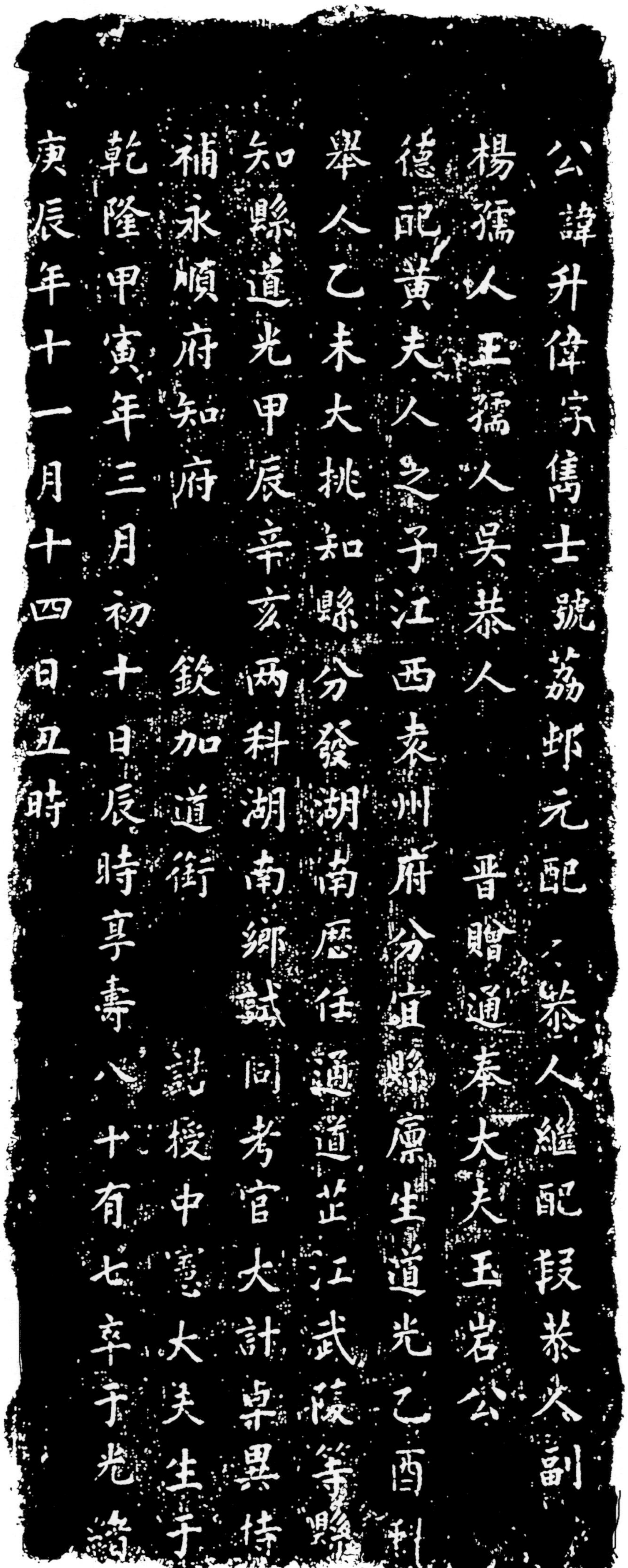
公諱升偉字雋士號荔邨元配〻恭人繼配段恭人副
楊孺人王孺人吴恭人　晋贈通奉大夫玉岩公
德配黄夫人之子江西袁州府分宜縣廩生道光乙酉科
舉人乙未大挑知縣分發湖南歷任通道芷江武陵等縣
知縣道光甲辰辛亥两科湖南鄉試同考官大計卓異侍
補永順府知府　欽加道銜　誥授中憲大夫生于
乾隆甲寅年三月初十日辰時享壽八十有七卒于光緒
庚辰年十一月十四日丑時

光绪八年皇清诰授中宪大夫严荔村墓碑

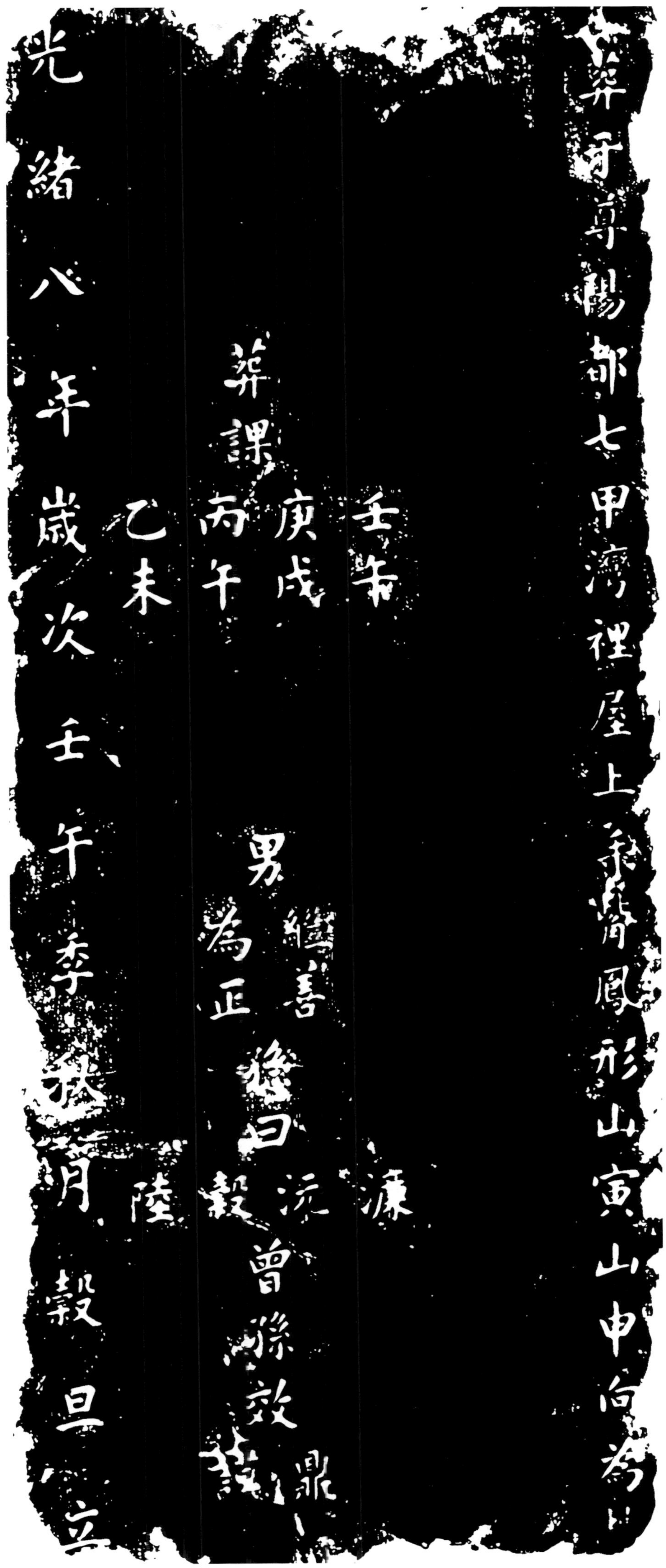

光绪八年皇清诰授中宪大夫严荔村墓碑

光绪十年皇清诰封恭人李母姚恭人圹碑

位置：浏阳市博物馆

质地：青石

规格：边长 50 厘米，厚 3.5 厘米

释文：

皇清诰封恭人李母姚恭人圹碑（碑盖）

继室，安徽桐城县右族姚氏女，同治壬申冬于归，以夫贵封恭人。光绪已卯十二月廿三日病殁上海公寓，年裁三十有四[1]，壬午七月十三日归葬古港筲箕坡，依形家假亥山巳向。甲申八月初九日，启坟针定，癸丁兼子午，坚筑如式。氏累产不育，嫡嗣一人，昌浚；女一人；孙三人：鸿杲、鸿枎、鸿桓；女孙三人，夫兴锐志其略窆之。铭曰：

皖公之淑，清浏之灵。永奠幽宫，厥德惟馨。

---

[1] 裁：通“才”。

皇清誥封恭人李母姚恭人壙誌

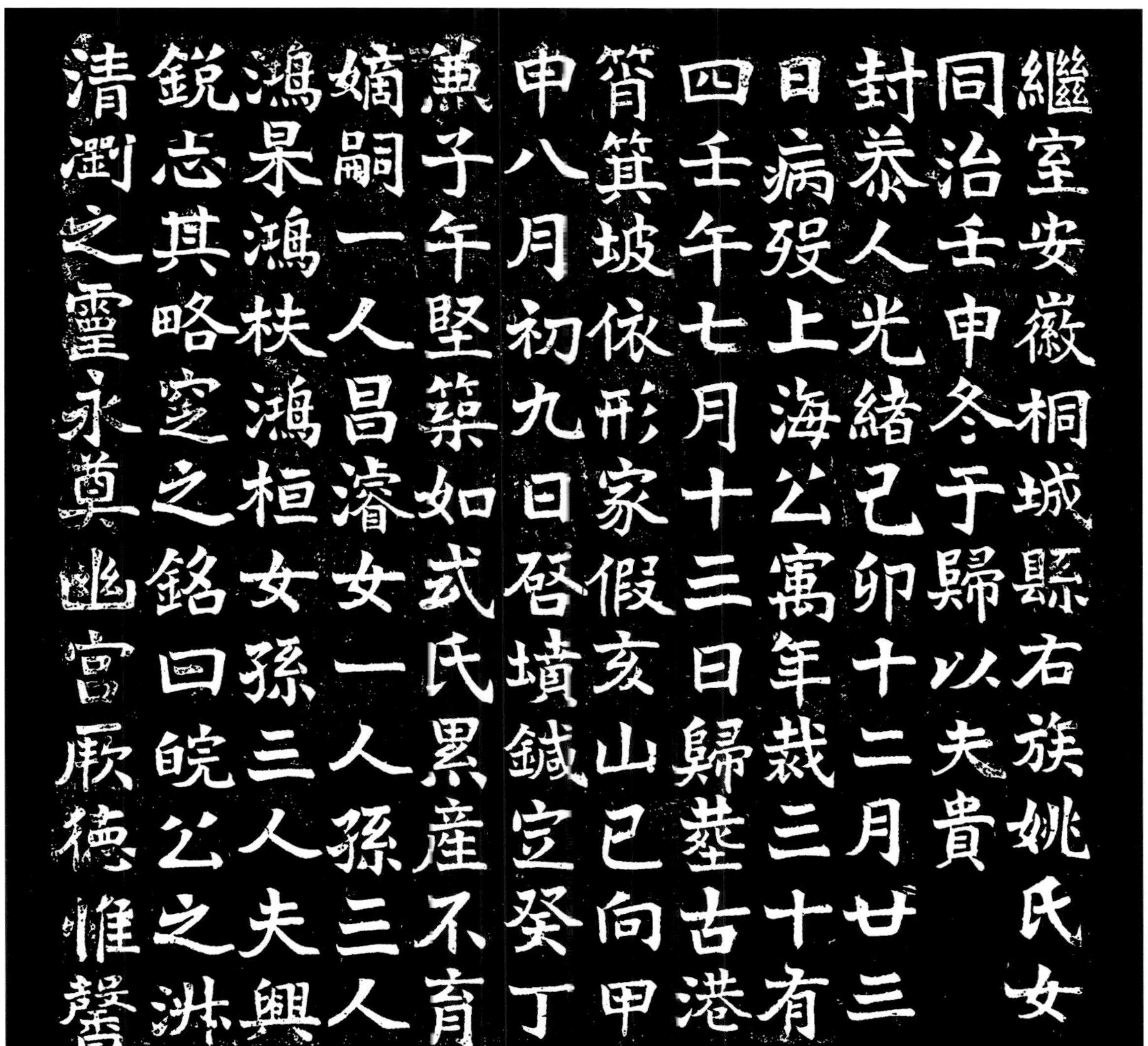

繼室安徽桐城縣右族姚氏女
同治壬申冬于歸以夫貴
封恭人光緒己卯十二月廿三
日病歿上海公寓年裁三十有
四壬午七月十三日歸楚古港
筲箕坡依形家假亥山巳向甲
申八月初九日啓墳鍼窆癸丁
兼子午堅築如式氏累産不育
嫡嗣一人昌濬女一人孫三人
鴻杲鴻枎鴻桓女孫三人夫興
銳志其略窆之銘曰皖公之洪
清瀏之靈永奠幽宮厥德惟馨

光绪十年皇清诰封恭人李母姚恭人圹碑

光绪十年诰封武显将军刘尊五墓碑

位置：长沙县金井镇东山村

质地：青石

规格：主碑高 130 厘米，宽 60 厘米；配碑高 100 厘米，宽 46 厘米

释文：

诰封武显将军显考刘公尊五大人之墓

将军讳本任，字英□，□□□□□，乾隆五十四年己酉岁三月初六日申时建生，卒于道光二十四年甲辰岁八月二十六日寅时没[1]，享年五十六岁。葬源头湾内屋里坡尾凤形，内向甲山庚兼卯□，外向甲山庚向为茔。俟将军之子瑞卿，投效军□，屡著战功，蒙赏记名简放总兵，留补两湖副将。□奏调赴晋省巡缉，妥办出力，赏给二品封典。以□武显将军锡之诰命[2]。

坟茔禁步上齐仑，下凭尖五丈，右抵李姓坟□□□，左凭尖五丈。亦在谱上记载。

男：烈埙、烈塔、烈增、烈坎、烈城、烈坤；孙：培昶、培晟、培昙、培聂、培昇、培旭、培照、培晔；曾孙：钦□。

光绪拾年岁次甲申孟冬月下浣之一日，男瑞卿□□。

---

[1] “没”为衍字，因前已有“卒于”二字。

[2] 意即刘尊五以子刘瑞卿之贵诰封武显将军。

光绪十年诰封武显将军刘尊五墓碑

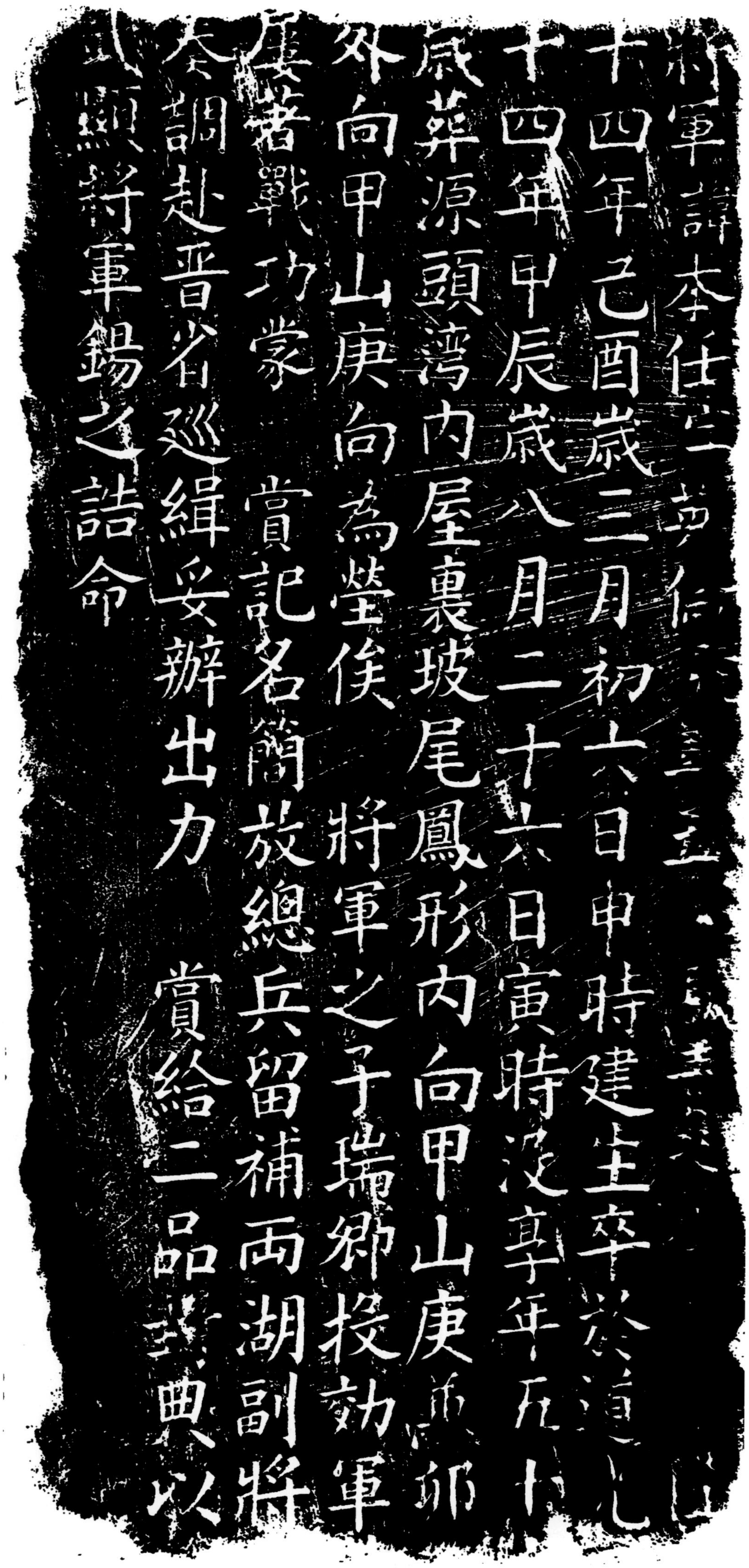

光绪十年诰封武显将军刘尊五墓碑

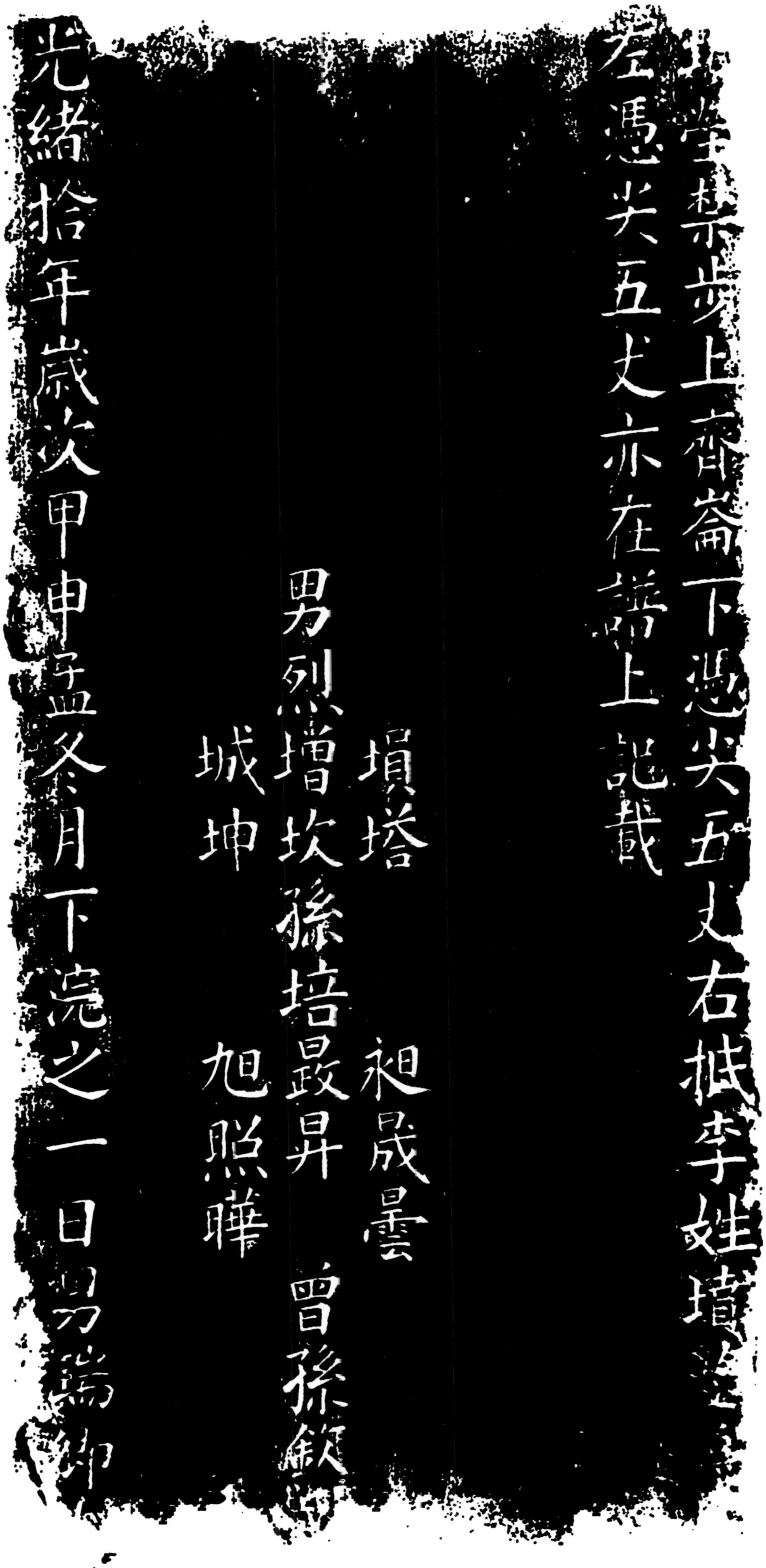

光绪十年诰封武显将军刘尊五墓碑

光绪十四年明德豁然禅师墓

位置：宁乡市

质地：青石

释文：

圆寂师公上明下德老上人之墓

叔公上豁下然寿藏居右

光绪戊子十四年孟冬吉日刊，内有志存焉。

豁徒法融，徒孙□□。

明徒孙崇禅 敬立。

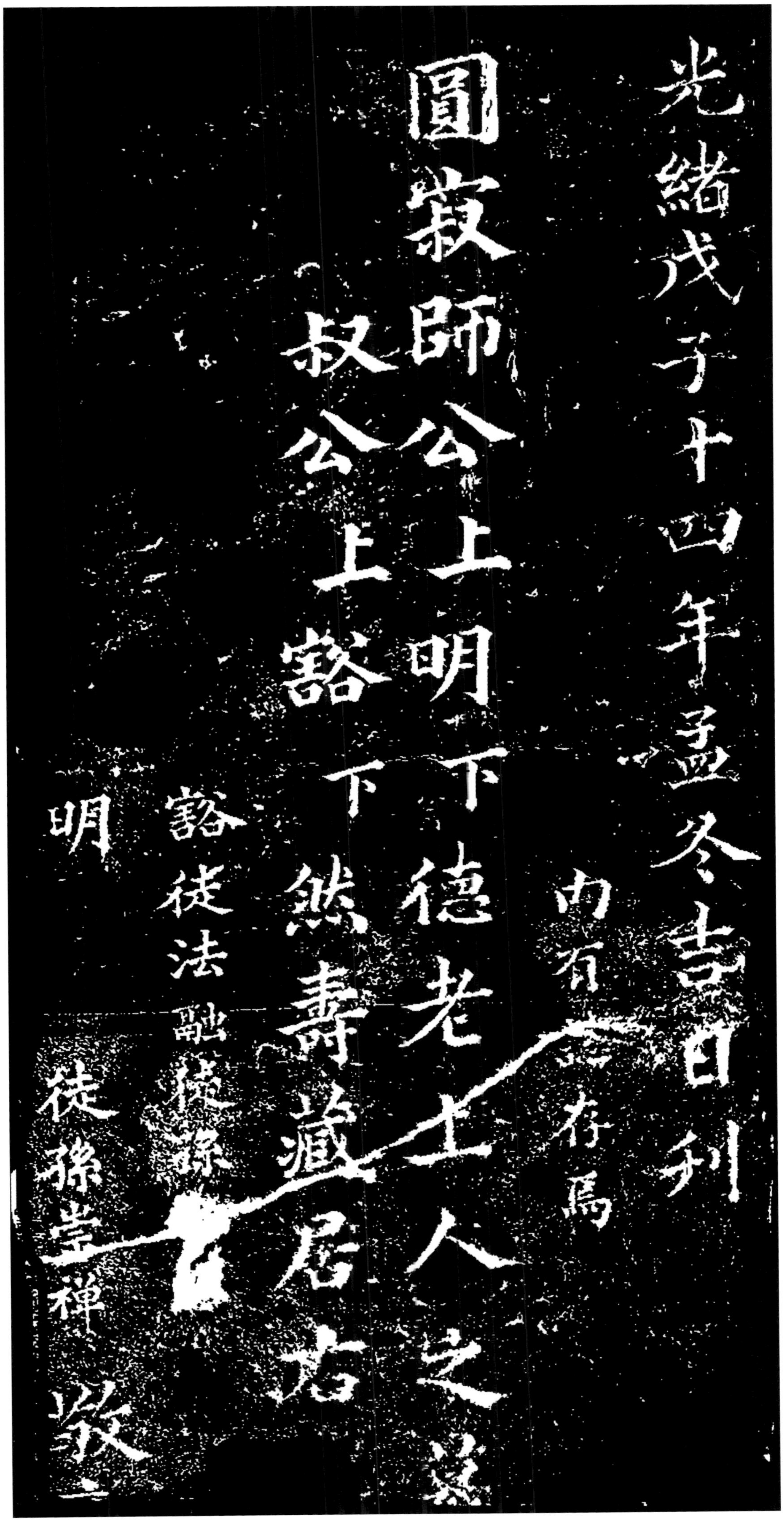

光绪十四年明德豁然禅师墓

光绪十五年杨蔚堂墓碑

位置：宁乡市双凫铺镇泉井村

质地：汉白玉

释文：

杨公蔚堂之墓

皇清光绪十五年己丑岁孟冬月谷旦

男德坚，孙诗铎、诗钰、诗铙、诗录，曾孙书□、书沐敬立。

光绪十五年杨蔚堂墓碑

光绪十五年杨又春墓碑

位置：宁乡市双凫铺镇泉井村

质地：汉白玉

释文：

杨公又春之墓

皇清光绪十五年自己丑 岁孟冬月谷旦

孙诗钥、诗铨、诗銮，诗鎏、曾孙书洛、书澡、书溢敬立。

光绪十五年杨又春墓碑

光绪十七年方成谋墓碑

位置：宁乡市沩山乡沩水村月形山组
质地：青石
规格：高 88 厘米，宽 54 厘米

释文：

显考方公成谋老大人之墓

公生于乾隆五十三年戊申三月初三辰时。生有异质，长务诗书。名场既蹶，泉石自娱。燕翼诒谋，掌握双珠之美；凤毛擢秀，庭培兰桂之香。即后福以表幽光，胪陈莫罄；景芳型而铭盛德，搦管难舒[1]。然而公之懿行嘉言，备详家乘，何容赘焉。以道光廿六年丙午二月初四申时卒，年止五十有八。凭术定针，配作寅山申向兼艮坤二分。铭曰：

沩山苍苍，沩水泱泱。仙人峰下，灵气绵长。单提作穴，牛眠之冈。卜云其吉，终焉允臧。子子孙孙，福禄永康。

姻再晚高华实顿首拜志。

男定魁、定勋，孙吉茂、吉菲、吉赐，曾孙祥晃，玄孙太登。

大清光绪十七年岁次辛卯九月二十九日 立。

[1] 搦管：握笔。

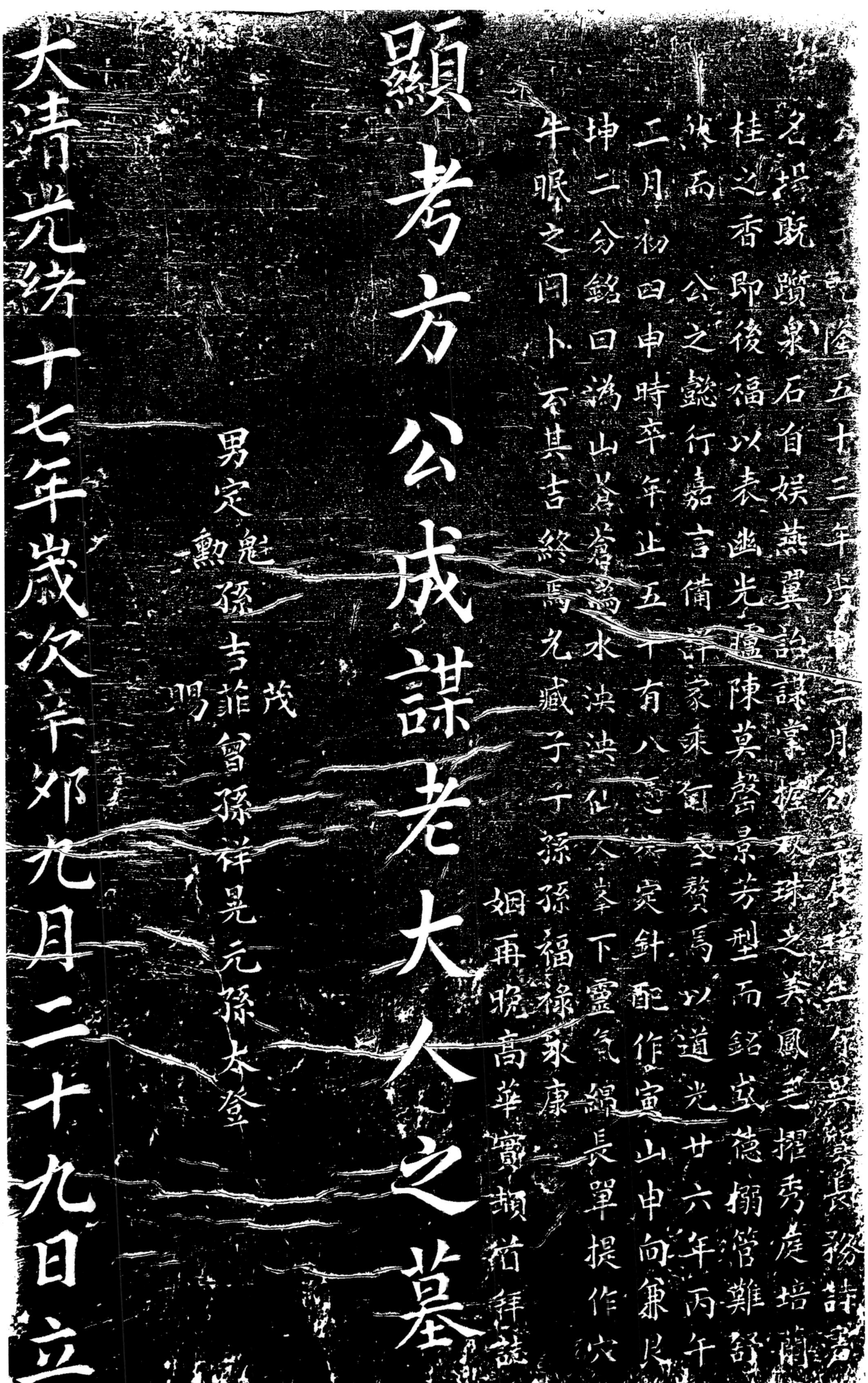
公[illegible]乾隆五十三年戊[illegible]三月[illegible]生[illegible]長孫詩書
名揚既躋衆石自娛燕翼詒謀掌握珠之美鳳毛擢秀庭培蘭
桂之香即後福以表幽光爐陳莫磬景芳型而銘兹德栩管難舒
然而公之懿行嘉言備詳家乘[illegible]贅焉以道光廿六年丙午
二月初四申時卒年止五十有八[illegible]定針酉作寅山申向兼艮
坤二分銘曰溈山蒼蒼溈水泱泱化入峯下靈氣緜長單提作穴
牛眠之岡卜云其吉終焉允臧子子孫孫福祿永康
姻再晚高華寶頓首拜誌
顯考方公成謀老大人之墓
男定魁 茂
勳 孫吉菲 曾孫祥晃 元孫本登
鳴
大清光緒十七年歲次辛卯九月二十九日立

光绪十八年贺祥麟墓志

位置：浏阳市博物馆

质地：青石

规格：长 52 厘米，宽 34 厘米，厚 3.1 厘米

释文：

清故显考贺公，官名祥麟，原名以南，谱名代和，号麓樵，亦号麓侨，行一。府君浏阳人，系乾隆五十六年辛亥二月初四日午时生。嘉庆戊辰岁补博士弟子员；庚辰岁壹等第一名，食廪饩；道光壬午科优贡；癸未年考取八旗官学汉教习；戊子科中式第六名举人；己丑科挑取誊录；壬辰年补正蓝旗汉教习。历任直隶高阳、完县知县，调署庆云、无极、昌黎县知县。以卓异升选云南云龙州知州，未赴任致仕。主讲完县燕平书院。同治壬申年归里，与修邑乘，主讲本邑南台书院。诰授奉政大夫。殁于光绪四年戊寅十二月初十日申时，享年八十八岁。公父世隆，累赠奉直大夫；妣余氏，赠宜人。祖国相，晋赠奉直大夫；祖妣邹氏，赠宜人。曾祖邦俊，晋赠奉直大夫；曾祖妣侯氏，赠宜人。公元配张氏，邑定典公女。生子二：长运璇，山西候补巡检；次运璜，直隶候补主簿，均先公殁。女一，适宋世骐，提举衔候选主簿。继娶张氏，生子二，运珩、运玱；女二，待字。副室程氏殁。孙：兴渭，璇生，殇，以族子兴浚继璇后；兴濂，璜生，殇。孙女：璇生者四，殇；璜生者二，一适李昌澍，国学生，一待字。葬于邑花桥里之履瑚冲，庚山甲向兼寅申。三子珩惧陵谷迁移，久而失考，衔哀撮其梗概，泐之于石。其他政绩懿行，将缕述以求当世名公大笔志之。

光绪拾捌年壬辰岁闰六月十五日复葬。男运珩志。

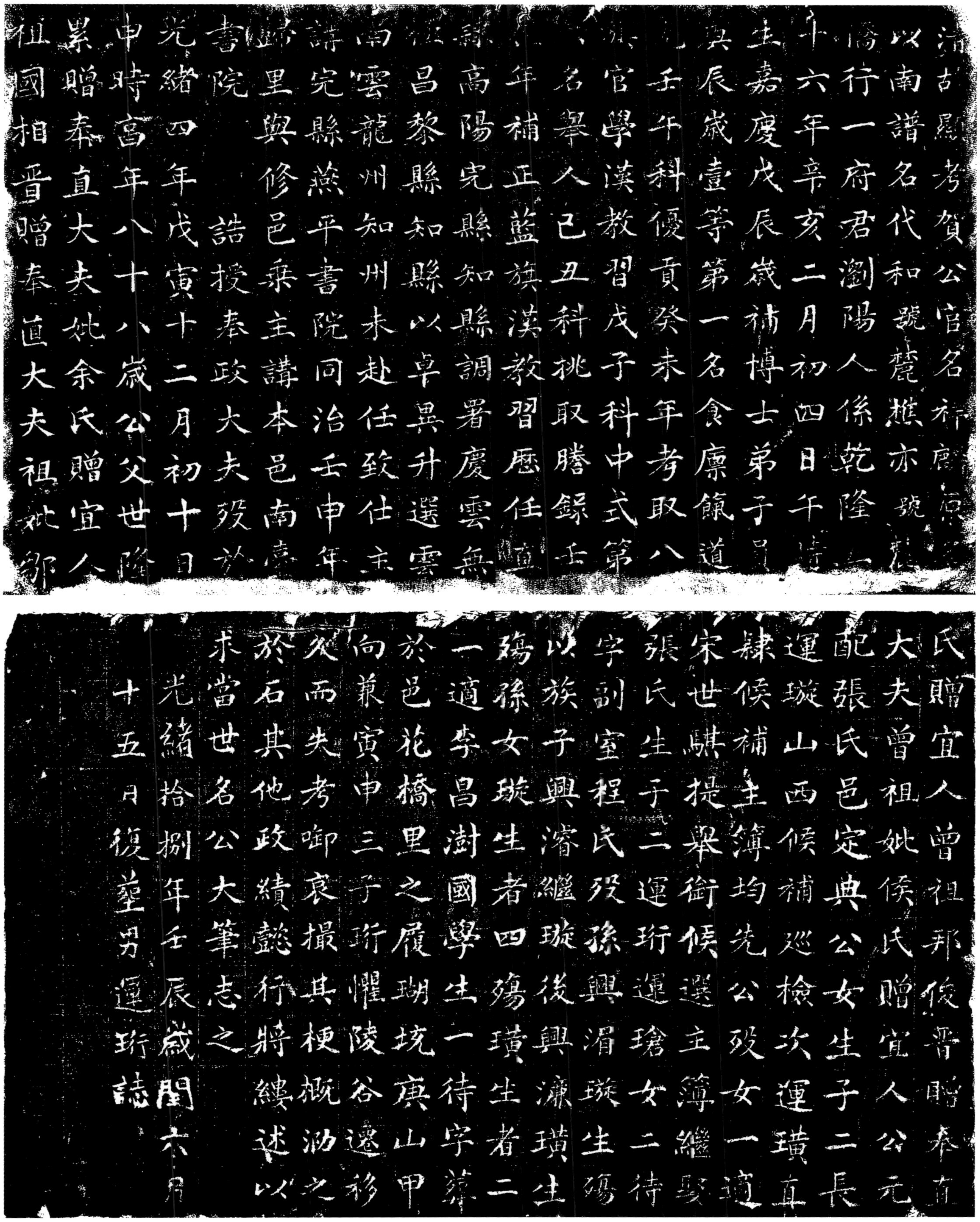
清故顯考賀公官名祥麐[illegible]
以南譜名代和號麓樵亦號[illegible]
[illegible]行一府君瀏陽人係乾隆[illegible]
十六年辛亥二月初四日午時
生嘉慶戊辰歲補博士弟子員
庚辰歲壹等第一名食廩餼道
光壬午科優貢癸未年考取八
旗官學漢教習戊子科中式第
[illegible]名舉人己丑科挑取謄錄壬
辰年補正藍旗漢教習歷任直
隸高陽完縣知縣調署慶雲無
極昌黎縣知縣以卓異升選雲
南雲龍州知州未赴任致仕主
講完縣燕平書院同治壬申年
歸里與修邑乘主講本邑南臺
書院　誥授奉政大夫歿於
光緒四年戊寅十二月初十日
申時享年八十八歲公父世隆
累贈奉直大夫妣余氏贈宜人
祖國相晉贈奉直大夫祖妣鄒
氏贈宜人曾祖邦俊晉贈奉直
大夫曾祖妣侯氏贈宜人公元
配張氏邑定典公女生子二長
運璇山西候補巡檢次運璜直
隸候補主簿均先公歿女一適
宋世騏提舉銜候選主簿繼娶
張氏生子二運珩運璿女二待
字副室程氏歿孫興湄璇生殤
以族子興濬繼璇後興濂璜生
殤孫女璇生者四殤璜生者二
一適李昌澍國學生一待字葬
於邑花橋里之履瑚坑庚山甲
向兼寅申三子珩懼陵谷遷移
父而失考卹哀撮其梗概泐之
於石其他政績懿行將纘述以
求當世名公大筆志之
光緒拾捌年壬辰歲閏六月
十五日復塟男運珩誌

光绪十八年贺祥麟墓志

光绪十八年清故奉政大夫高君墓志

位置：浏阳市博物馆

质地：青石

规格：长 50 厘米，宽 43 厘米，厚 3 厘米

释文：

清故奉政大夫高君墓志（志盖）

清故奉政大夫高公墓志

姻世侄浏邑廪生邹昌豫撰文，世愚侄浏邑附生彭声鹄篆额，世愚侄浏邑监生饶景昕书丹。

公讳宏基，派乃标，字立斋，江西万载人也，兄弟四，公居长。娶氏刘，生子一，躬茯，早丧；女子一，适浏邑庠生邹盛勛。公以光绪间来浏，居阛阓[1]，起家万石，以五品封。其父讳学贵，母王太宜人；暨王父讳玉喜，王母龙太宜人[2]；媳浏邑刘氏。有孙二，长之迪，次之达，均英才；女孙一。生平慷慨好义，族邻美举即以金助，里党无间言。公少寒末，晚奇赢，故其量不沾沾于锱铢也。生于道光乙未年九月初二日未时，没于光绪壬辰年正月初八日巳时，葬浏邑西之里葫冲，乙山辛向兼卯酉分金。豫仰清标日久[3]，其行状不赘述，爰记其存亡如此。俾泐于石，以垂不朽云。

光绪十八年岁次壬辰仲春之月谷旦。

---

[1] 阛阓：市肆。

[2] 王父：祖父；王母：祖母。《尔雅·释亲》："父之考为王父，父之妣为王母。"

[3] 豫：即撰文者邹昌豫。

清故奉政大夫高公墓誌

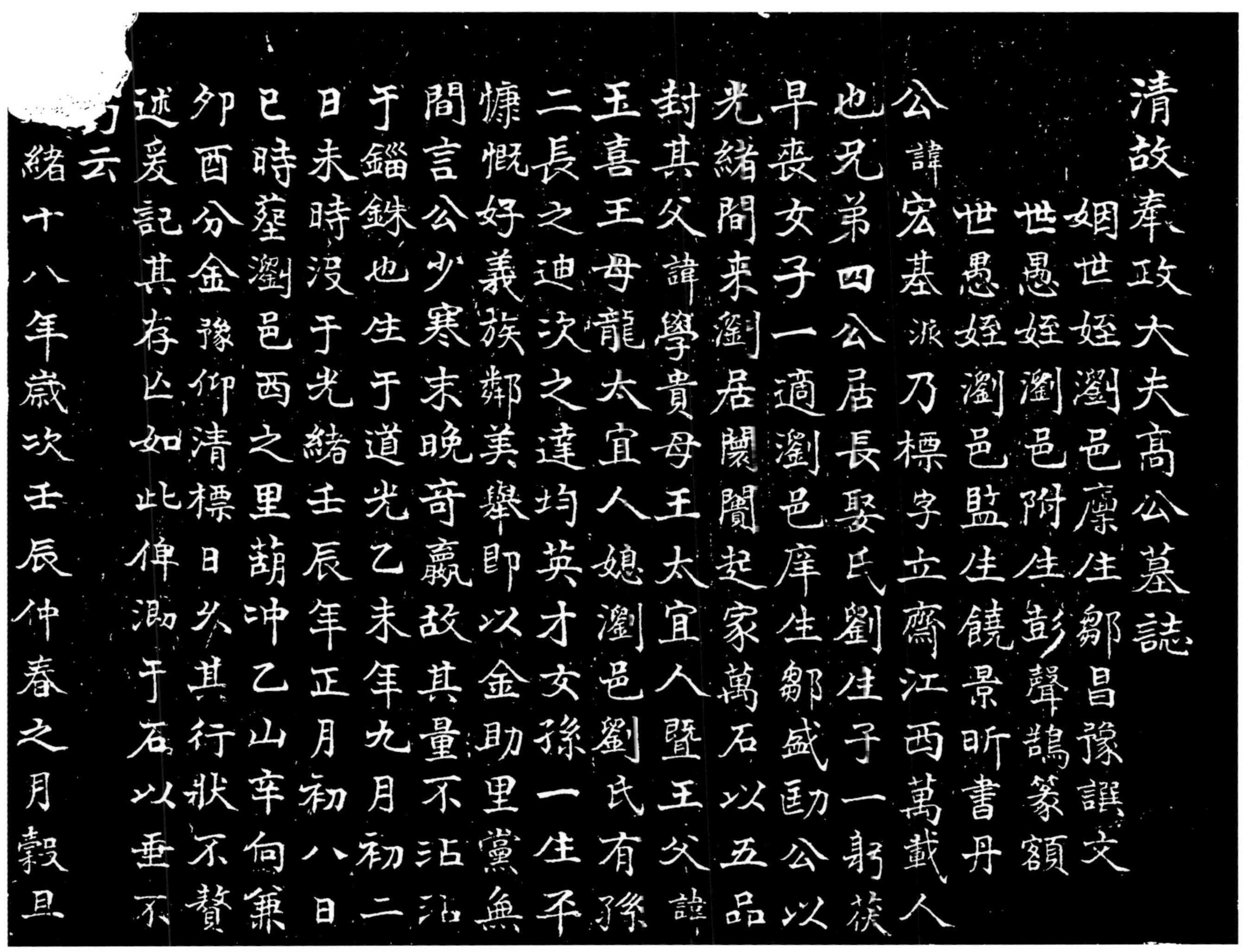

清故奉政大夫高公墓誌

姻世姪劉邑庠生鄒昌豫譔文

世愚姪劉邑附生彭聲鵠篆額

世愚姪劉邑監生饒景昕書丹

公諱宏基派乃標字立齋江西萬載人

也兄弟四公居長娶氏劉生子一躬茯

早喪女子一適劉邑庠生鄒盛勳公以

光緒間來瀏居闤闠起家萬石以五品

封其父諱學貴母王太宜人暨王父諱

玉喜王母龍太宜人媳劉邑劉氏有孫

二長之迪次之達均英才女孫一生平

慷慨好義族鄰美舉即以金助里黨無

間言公少寒末晚竒贏故其量不沾沾

于錙銖也生于道光乙未年九月初二

日未時沒于光緒壬辰年正月初八日

巳時瘞瀏邑西之里葫冲乙山辛向兼

卯酉分金豫仰清標日久其行狀不贅

述爰記其存亡如此俾泐于石以垂不

朽云

光緒十八年歲次壬辰仲春之月穀旦

光绪十八年清故奉政大夫高君墓志

光绪十九年故明貤赠荣禄大夫王达明墓碑

位置：长沙县金井镇观佳村

质地：青石

规格：主碑高 130 厘米，宽 60 厘米；配碑高 100 厘米，宽 40 厘米

释文：

故明貤赠荣禄大夫王公达明大人之墓

本山上界东西两岸，周围崎仑分水为界，上抵坤内，□□□路两边直上为界，下抵坤口，大路为界，龟形嘴左抵扫水□为界。其山场树木听各房蓄禁，不准进葬出售，永保祖墓。近自乾隆四十二年修理，迄今又一百一十余年。兹修石墓，得见数百年之圹，完固如新，土壤鲜润，盖一吉穴也。所冀后之孙子因时祭扫，毋使樵牧侵犯，相与修培补葺，庶我□祖之精英，永妥于斯山。

伯政房茂祥、伯先房嘉政、伯钟房隆昌、伯崇房南舟、伯□房维翰等监修。

大清光绪十有九年岁次癸巳季冬月中浣之二日，嗣孙公立。

五世祖千华三郎之墓也。公生于宋嘉定辛巳年正月初八日辰时，卒于元大德丙午年七月二十八日寅时，享寿八十有六。子一，兆瑞；孙一，端甫；曾孙廷玉、廷相。廷相由进士历官都宪，得膺貤赠诰命。安厝地名□业坳龟形山，内圹丁山癸向外午子兼丁癸，碑志瘗墓门。

光绪十九年故明贻赠荣禄大夫王达明之墓碑

光绪十九年建威将军江南提督李朝斌墓神道碑

位置：望城区星城镇马家河社区李朝斌墓碑亭内

质地：汉白玉

规格：高 500 厘米，宽 114 厘米，厚 20 厘米

释文：

清故建威将军江南提督李公讳朝斌字质堂神道碑

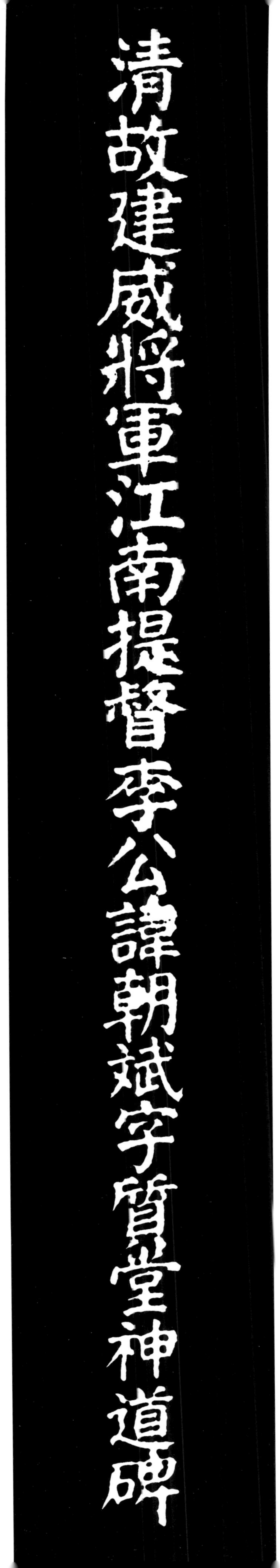
清故建威將軍江南提督李公諱朝斌字質堂神道碑

光绪十九年建威将军江南提督李朝斌墓神道碑

光绪十九年李朝斌周夫人合葬墓碑

位置：望城区星城镇马家河社区

质地：汉白玉

规格：高 205 厘米，宽 64 厘米

释文：

清故江南提督祖考李府君、一品夫人继祖妣周夫人之墓。

道光乙酉年九月二十八日午时生，光绪甲午年四月三十日卯时卒，九月二十四日巳时葬。

道光戊戌年九月二十四日丑时生，光绪癸巳年七月二十八日子时卒，九月十八日巳时葬。

地名赤冈冲，属长沙新都一甲三区，首囗山乙为茔。

承重孙同寿；子达璋、璜、溪应、士夔、佛肩、训菑，功治、功修、功赞、功辅；孙同福、同禄、庆麟、庆骙、庆韩；曾孙镰敬立。

光绪十九年李朝斌周夫人合葬墓碑

光绪二十年皇清诰授奉政大夫显考云波府君圹志

位置：浏阳市博物馆

质地：青石

规格：高 31.7 厘米，宽 38.4 厘米，厚 3.5 厘米

释文：

皇清诰授奉政大夫显考云波府君圹志

府君讳宏焯，字瑞麟，号云波，湖南长沙府浏阳县人，国学生。曾祖松茂公，国学生。祖观亭公，国学生，诰封奉直大夫。父星门公，邑庠生。府君生于道光辛巳年十月十七日午时，卒于光绪壬辰年十二月二十二日亥时，春秋七十有二。子男三人：长猷增，郡廪生；次猷培，榜名锡宠，邑庠生，光绪己丑恩科举人，五品衔，拣选知县；三猷基，蓝翎，试用县丞。女四人：长适萧道洋；次适张辅莅；三适邓有逵；四适谭显芊。孙男八人：懋钦、懋铎、懋锬，增出；懋鉴、懋锦、懋铜，培出；懋镇、懋铁，基出。孙女七人：长适涂儒滤；次字罗维褕；三字欧阳学彭；余待字。以甲午年九月二十一日葬于百宜轩老屋后，□山□向为茔。

男猷培谨志，年愚侄马文锦顿首拜填讳。

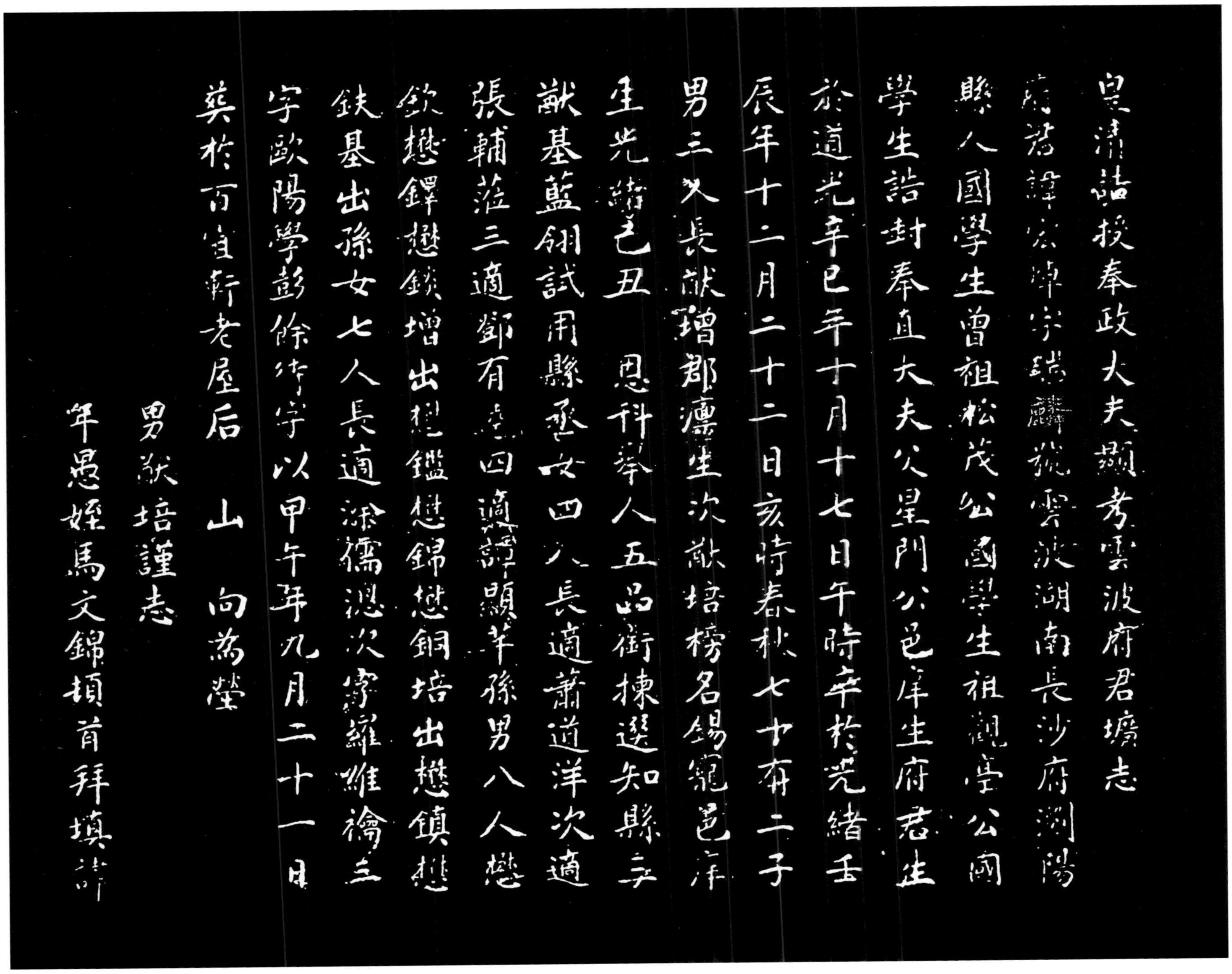

皇清誥授奉政大夫顯考雲波府君壙志
府君諱宗煒字瑞麟號雲波湖南長沙府瀏陽
縣人國學生曾祖松茂公國學生祖觀亭公國
學生誥封奉直大夫父星門公邑庠生府君生
於道光辛巳年十月十七日午時卒於光緒壬
辰年十二月二十二日亥時春秋七十有二子
男三人長猷瓚郡廩生次猷培榜名錫寵邑庠
生光緒乙丑恩科舉人五品銜揀選知縣三
猷基藍翎試用縣丞女四人長適蕭道洋次適
張輔蒞三適鄧有意四適譚顯芊孫男八人懋
欽懋鐸懋鈇增出懋鑑懋錦懋銅培出懋鎮懋
鈇基出孫女七人長適涂儒湜次字羅維綸三
字歐陽學彭餘待字以甲午年九月二十一日
葬於百宜軒老屋后 山 向為塋
男猷培謹志
年愚姪馬文錦頓首拜填諱

光绪二十年皇清诰授奉政大夫显考云波府君圹志

光绪二十三年重修明奉政大夫吴太宁墓碑

位置：长沙县

质地：青石

规格：主碑高120厘米，宽80厘米；配碑高100厘米，宽53厘米

释文：

七世祖明诰赠奉政大夫吴公太宁大□□□

公讳仁逊，邑庠生，生弘治元年戊申□□月初一日子时，卒嘉靖三十一年壬子□月初十日午时，寿六十有五。葬□□七甲，地名株梓坳牛形山针定

修课丁酉、庚戌、丙午、乙未，友哲、友韬、友科、友爵四房。

光绪二十三年丁酉季□□□。

光绪二十三年重修明奉政大夫吴太宁墓碑

光绪二十五年郑啸沧墓碑

位置：长沙县双江镇石井村

质地：青石

释文：

郑君啸沧墓

君讳先喻，号啸沧，长沙人。生于道光十八年戊戌岁三月二十日酉时，卒于光绪廿五年己亥岁二月廿二日戌时，葬尊阳都四甲石鼓洞隐迹坞。首乾趾巽兼亥己为茔，墓屋壹所，田租壹佰零贰石，余详契并瘗志[1]。

光绪丁酉冬，公自营窀穸[2]，属安化□觐虞太守题碑。工竣归，遂患左体偏枯，己亥仲春，考终莲花湾私宅，春秋六十有二。业大敬遵遗命，择三月廿五日未时安厝于斯。

光绪己亥暮春，男业大、孙家庆泣识。

---

[1] 瘗志：即墓志。

[2] 窀穸：墓穴。

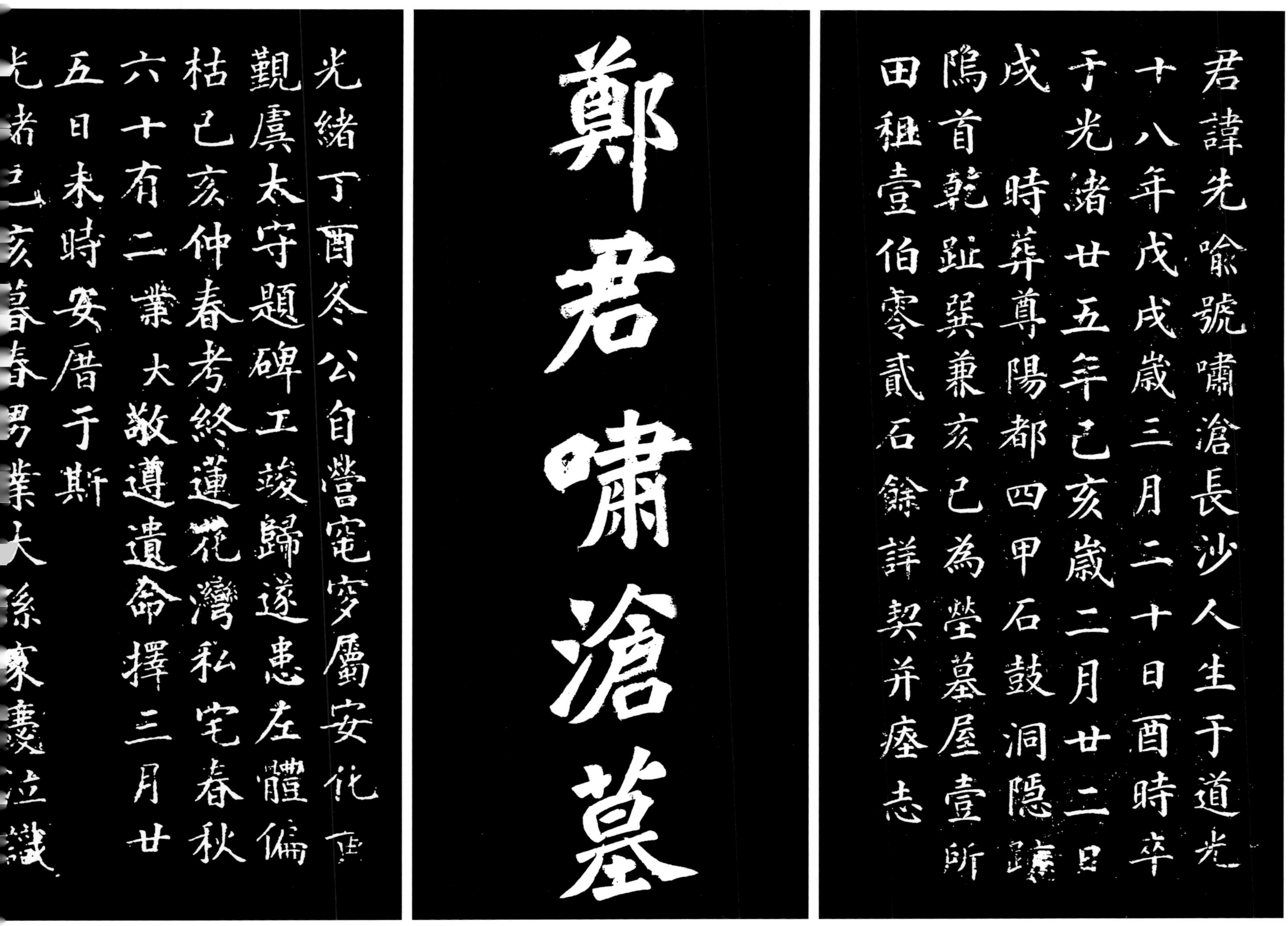

光绪二十五年郑啸沧墓碑

光绪二十五年皇清诰封一品夫人黄母王太夫人墓碑

位置：长沙县

质地：汉白玉

规格：主碑高 130 厘米，宽 56 厘米

释文：

皇清诰封一品夫人显妣黄母王太夫人墓

太夫人系武陵王氏，山东曹州府知府、翰林院庶吉士石樵公女，为长沙汀龙黄氏、布政使衔云南迤东兵备道、十七世祖南坡公冢妇[1]，布政使衔广东补用道加三级、十八世考子寿公嫡配。生于道光十年庚寅七月初六日巳时，卒于光绪二十四年戊戌六月二十一日酉时，享寿六十有九。于光绪己亥年丁卯月己亥日丁卯时葬锦绣都六甲黄栗坡中乳，针定甲庚兼寅申为茔。

男洵、纶、敏、仪、希仲、希尚、希鹏、伟、崇岳、俭、亶，孙经陶、经祥、开翰、泽培、颂銮、天锡、经铭、廷柱、秉礼、鸿绪、鸿遇、经训、经典、经瑞、经祝、经奎、经谟、经和、经健、经河、森栎、经勋、经猷，曾孙时雍等立。

[1] 冢妇：嫡长子的正室。

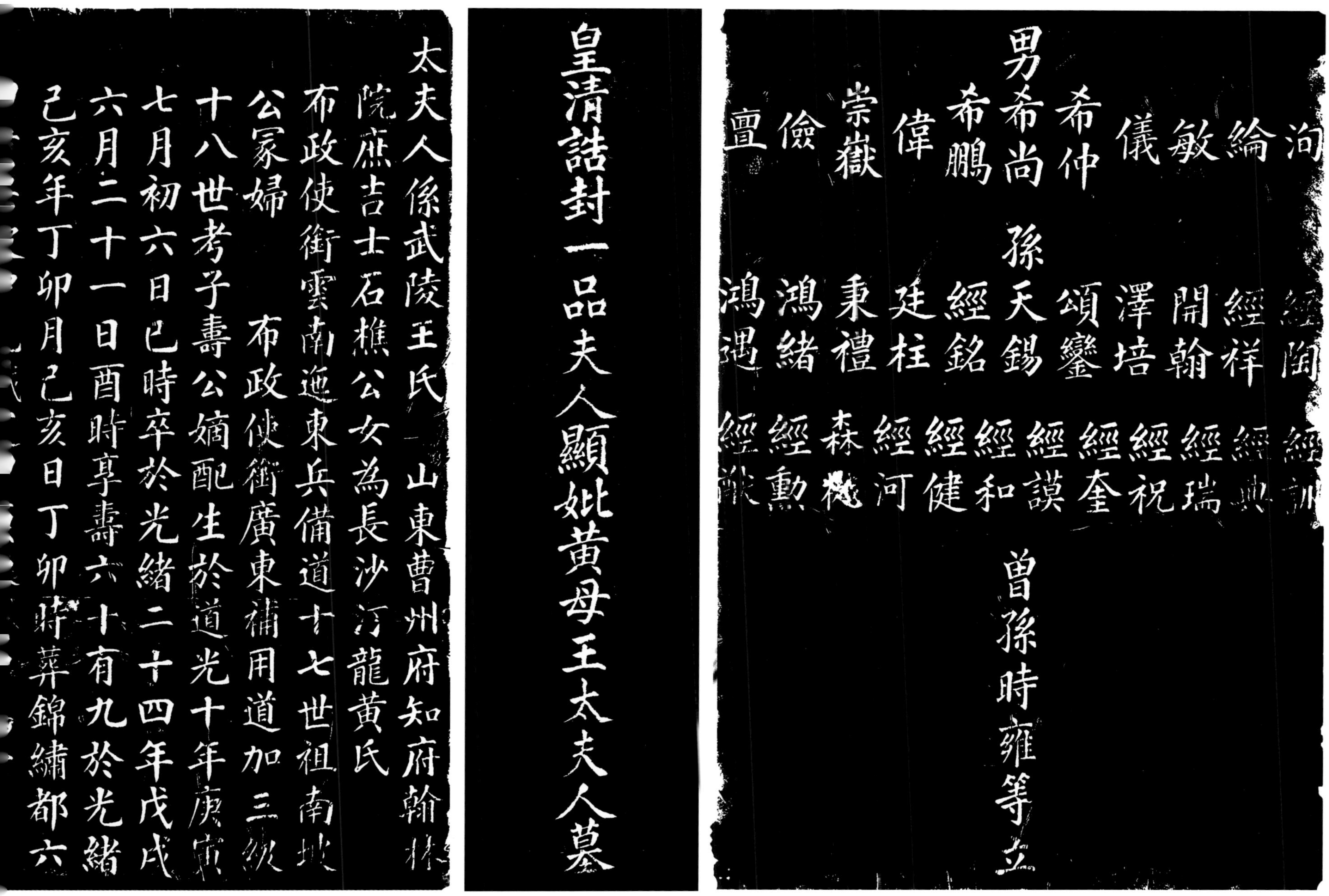

光绪二十五年皇清诰封一品夫人黄母王太夫人墓碑

光绪三十一年诰封中宪大夫陈公竹轩府君墓志

位置：宁乡市

质地：汉白玉

释文：

诰封中宪大夫陈公竹轩府君墓志

生于大清道光十四年甲午十月二十六日辰时，殁于光绪三十一年乙巳十二月十五日丑时。葬北城外三都一区千佛桥左侧，丁山癸向。

男传铨、传钟、传□、传钫，孙元湖、元瀚、元浰、元藻、元海、元鸿，曾孙邦栋泣志。

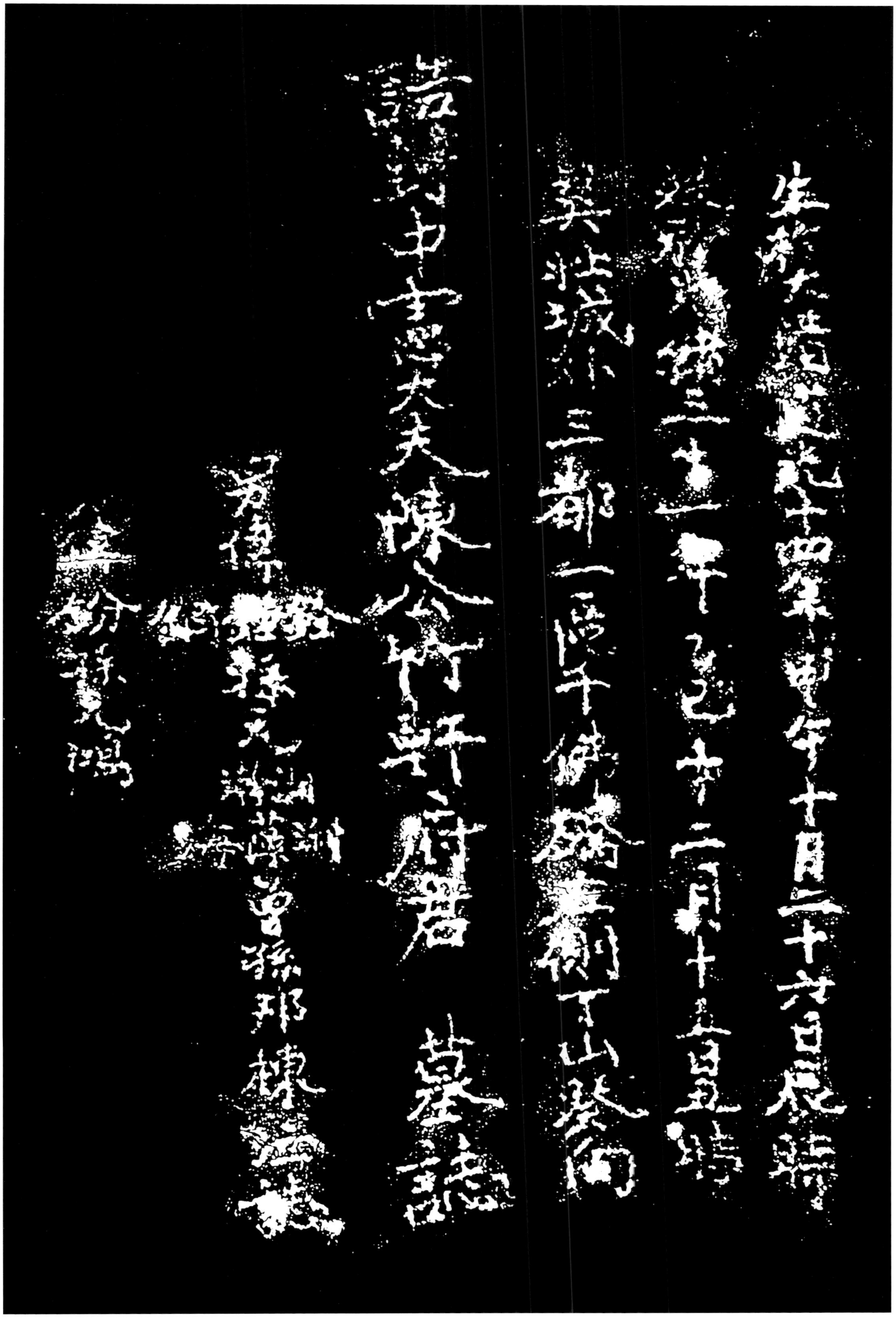

光绪三十一年诰封中宪大夫陈公竹轩府君墓志

光绪三十一年建威将军高青珊墓志铭

位置：宁乡市朱良桥镇

质地：汉白玉

释文：

知云南镇边猓狭滋事，公适为普洱镇，率师征剿，数月肃清。迹其伟烈崇勋，固又当膺爵赏者，会督抚与公有隙，没其功而加之罪，竟使尽忠武穆反含三字奇冤焉[1]。痛哉！幸其武功素著，封赠及三代。长子播辅，补藩经历，前任元江直隶州；次畏之，补县丞；三瀛州；四镜清。及孙路生，皆幼读。后嗣炽昌，方兴未艾。公官至提督，诰授建威将军，薨于光绪甲辰正月廿二未时。其嫡配成，诰封一品夫人，没于光绪癸卯八月初一戌时。皆安厝于宁邑白龙潭之阳。旅榇同归，双棺共瘗，傥所谓偕老而同穴者非欤？余以叨订兰盟，相知最稔，爰述梗概，以志不忘，俾镌于墓间石上。铭曰：

苍帝沉醉，乃坏长城。夷气尚炽，畴为请缨。黄梁公侯，羡君先觉。脊尻弹轮，莫逆翻笑。青山有幸，叨埋忠骨。气结河岳，光腾星日。双魂长袝，风水允臧。佑启云礽，簪笏绵长。

皇清光绪卅一年乙巳孟冬上浣十日，兵部尚书、前任湖南巡抚部院、现任奉天将军诰授光禄大夫、如弟次珊赵尔巽顿首拜撰；邑庠生范希仲敬书。

男书笏、书简、书箴、书箕，孙开衢谨刊。

[1] 三字即“莫须有”，为秦桧杀害岳飞父子所罗织的罪名。“武穆”为岳飞谥号。

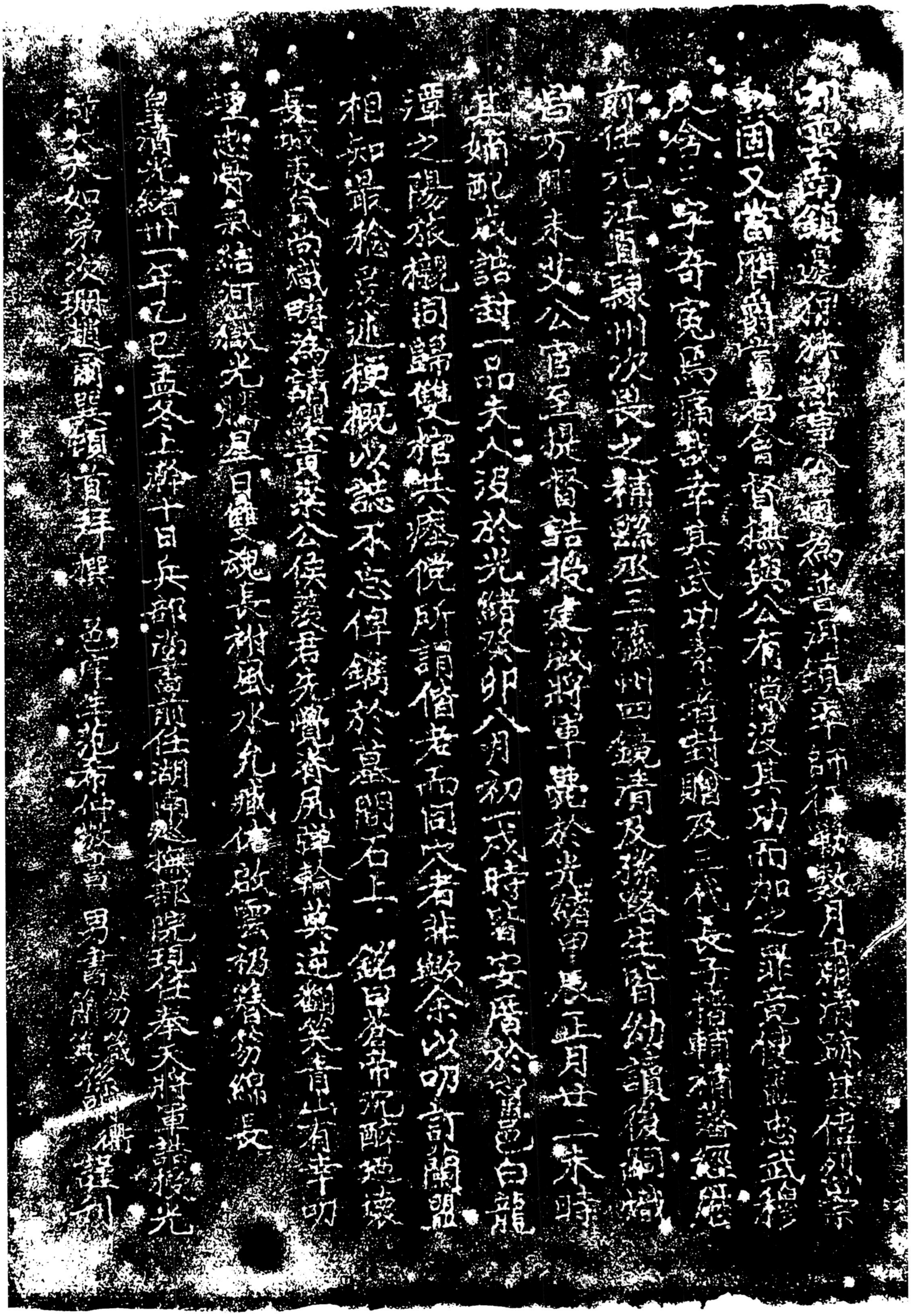

光绪三十一年建威将军高青珊墓志铭

光绪三十四年张百熙墓碑

位置：长沙县春华镇百熙村

材质：花岗岩

释文：

显考张文达公埜[1]秋府君墓

光绪三十四年八月谷旦

男振镛、振鋆，孙孝绪、孝绳、孝绰敬立。

---

[1] 张百熙（1847—1907），字埜秋，一作冶秋，号潜斋。清末大臣，著名教育家。官至工部、吏部、户部、邮传部尚书，京师大学堂管学大臣，1902 年，主持拟定《钦定大学堂章程》，开近代学创之先河。

光绪三十四年张百熙墓碑

光绪三十四年诰赠奉政大夫赵公赞廷墓碑

位置：宁乡市

质地：青石

释文：

诰赠奉政大夫赵公赞廷墓

“奉天承运，皇帝制曰：设官分职，昭器使之无遗；锡类推仁，喜蒙恩于伊始。尔赵赞廷，乃署广东潮州府潮阳县门辟司赵丙晖之父。秉心朴厚，饬行有方，教诲怀式谷之勤，政事本诒谋之善[1]。兹以覃恩，封尔为登仕郎，锡之敕命。於戏！一命得以逮亲，遂邀旷典[2]；庶政期于称职，笃迓庥光[3]。

“制曰：登皇路以驰驱[4]，忠原本孝；入庭闱而侍奉[5]，严必兼慈。尔黄氏，乃署广东潮州府潮阳县门辟司赵丙晖之母。性本和柔，饬衿鞶于阃内[6]；教惟勤慎，纡章服于庭前[7]。兹以覃恩，赠尔为九品孺人。於戏！所亲邀优渥之恩，勉图懋绩；有子效靖共之谊，永表芳型。诰命。光绪八年九月二十日。”

…… 专荃廉访墓志。原葬十都三区罗荷塘，光绪戊申改此山，负甲揖庚兼癸酉。墓志窖于坟趾。妣黄宜人，寿六十，葬五斗冲大元里木星。女三，均适望族；男二，辟长新垒，夫妇逾八十，四代同堂；次丙晖，戊子服阕[8]，仍宦粤东，署广州从化县流溪司，颇得民心。办厘务保甲解钦州广西军饷□劳绩□□，督宪谭□案奏保，钦加五品衔。丙申致仕还家，现年七十，康健如常。□杨生、稊生未已，前后存七女一子，方兴均未有艾。将见地灵人杰，先人食报，应无涯耳。次男丙晖谨识。

男缉熙号新垒，丙晖号槐卿同立。

光绪三十四年冬月吉立。

---

[1] 式谷：谓以善道教子；诒谋：妥善谋划。

[2] 旷典：前所未有之典制，犹盛典。

[3] 笃，忠实；迓，迎接；庥光，惠赐庇佑之光。

[4] 皇路：仕途。

[5] 庭闱：父母居所，谓奉养父母。

[6] 饬：饰；衿鞶：衣带；阃内：妇女内室。

[7] 纡：系，结；章服：端庄艳丽的服饰。

[8] 服阕：三年守孝期满。

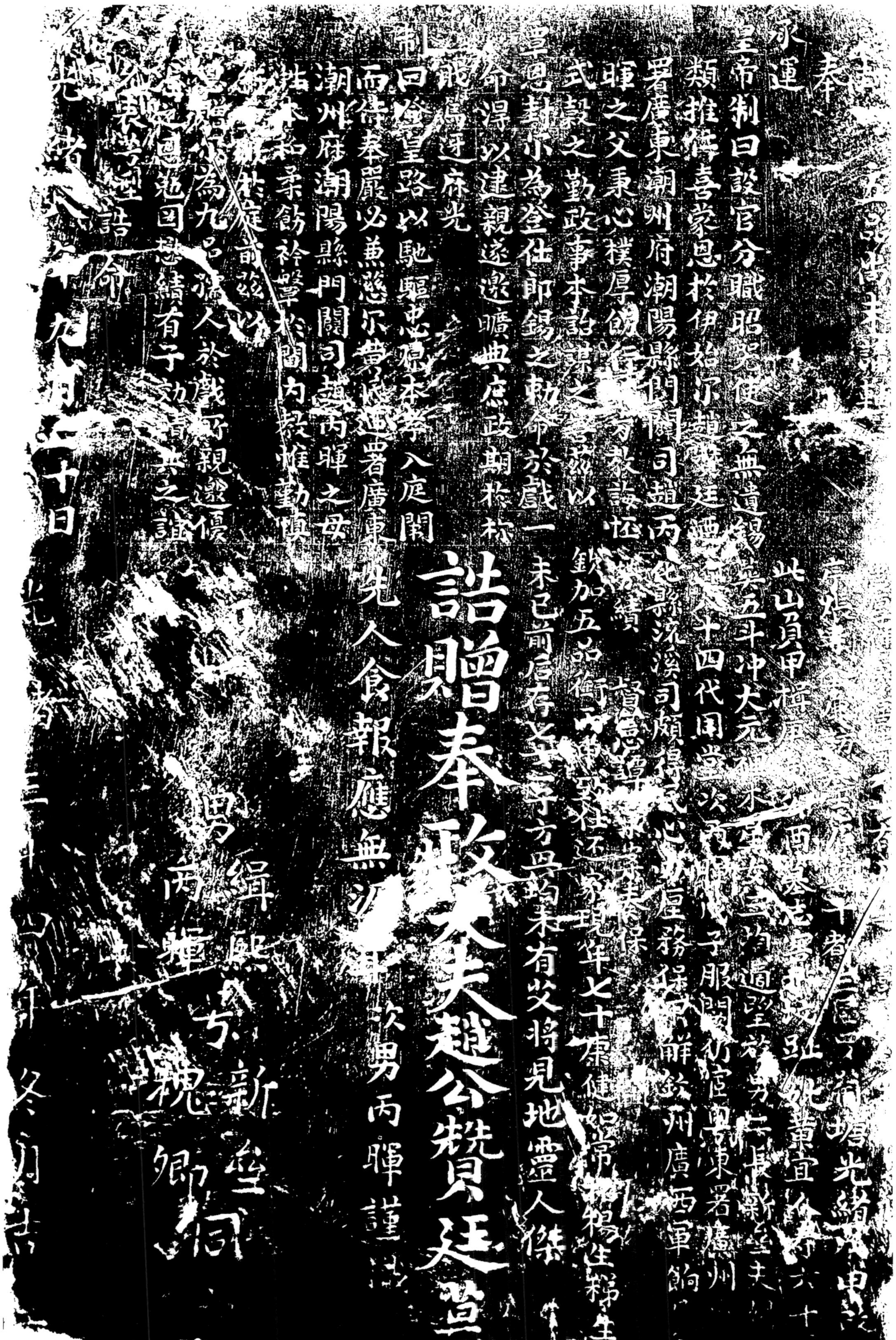

光绪三十四年诰赠奉政大夫赵公赞廷墓碑

梁兴泗墓碑

梁兴泗墓碑

位置：长沙县

质地：青石

规格：高 110 厘米，宽 54 厘米

释文：

始祖考梁公兴泗大人之［墓］

李幼云孙氏合葬墓碑

李幼云[1]、孙氏合葬墓碑

位置：长沙县高桥镇凤山村

质地：青石

规格：高 140 厘米，宽 80 厘米

释文：

三十六世

李公幼云大人、母孙氏儒人墓

[1] 李幼云（1848–1930），即李运楷，系无产阶级革命家李维汉同志之父。

荣禄大夫余尧衢左夫人合葬墓碑

位置：长沙县

质地：青石

规格：长 140 厘米，宽 60 厘米

释文：

清授荣禄大夫余公尧衢府君、封一品夫人余母左太夫人墓

辰山戍向，壬申冬十一月同穴合葬。

男襄传、善传，孙泽浦、泽淞、泽澥敬刊。

荣禄大夫余尧衢左夫人合葬墓碑

杨武愍[1]公墓碑

位置：长沙县果园镇古楼新村
材质：花岗岩
规格：高 270 厘米，宽 80 厘米

释文：

杨武愍公之墓

[1] 杨武愍：杨玉科 (1835–1885)，字云阶，白族，清代著名爱国将领，抗法英雄。同治初，以义勇入清军滇池营，隶和耀曾麾下，累功擢为前锋，守备，升游击、参将、总兵，升提督，赐号“励勇巴图鲁”。赐黄马掛。1885 年初，“法以重兵入关，开关搦战，中炮亡。”追赠太子少保，谥武愍，归葬长沙，《清史稿》有传。

杨武愍公墓碑

桥碑

康熙三十二年玉堂桥碑

位置：宁乡市玉堂桥

质地：青石

释文：

恭颂彦翁朱太先生新修玉堂桥，逢七衮荣构序[1]。今夫仁人之举事，足以寿千百年，而□□有由，其宅心厚而流泽远也，□之及人者也。桥所成自泽其子孙者，亦远心之及物者。厚则请以食□于身者亦厚，是盖有顺应者焉。如吾乡彦衡朱先生，□学鸿文，深得考亭正派所尊崇[2]，实得重名教□□□□□欲忽□共济□□□也，有见义必为之勇，其淳伦晓族也。有达□□先之修，其俯仰无愧，昭冥不堕也。有焚香夜，□告迎忱□，以廉静自持，鳏寡不侮，诗书□训，礼让之风，邑人士欲奉为羽仪□□□也[3]。□长居士云气□□煌，久盛词坛之帜，维□□金□转盼可□，而志在制科□欲作惊人鸣也。欣君经南□□艺苑夺□麟经已□庚午□□乃为数额所□主司□之至，而□黉孙满座，俊爽莲纶[4]，□礽媲美，谓亦□先□积善之庆欤。邑西□十里，江名上堂，小溪交汇，险而且深□□山□□□□授桑土归，曾濯缨挹胜[5]。历年既久，桥址倾颓。□涨而事□抚膺[6]，严寒则□□般□。出于其途者，□视为天堑。先是邑绅和子□先□捐资，甃石为□架□□[7]。正所谓□□□□以工匠□率旋建□圮，似乎废兴之有待也。彦翁□□至此□□□有去南□□□□□□玉堂桥，叠嶂□□锁，□□映碧流。声高题石柱，望重识山楼。为忆濯缨处，光□□□秋。遂□□□□□□□独于物力□□之时□□数百金，鸠工成桥。□□□□□□□□巩固□，倘有垂维之□□□堪明如逢纳□□□素书□授。况夫舆马坦行□□平□寒□径渡不减□□往者来者，莫不指桥记□□弟君子造德无疆。□□□孙宜世□□□□□□□之上，请以桥名，□符谶焉[8]。由是观之，彦翁□□□事而仁□即溢于道路□□中。矧其生平之德□□有大□者乎？是役也，经始于岁辛未□□□□□□□□之吉，□竣□□□□□□□□□生与□孺人适同介乎□□之荣。邑人士将称觥□□□□□寿[9]。值杨□□□赴试北□□公□□，征序于予，予职任表彰，兼喜□楚之有硕德，实能□励四方，不□碑□□□□□之以补南山之□□□□□语同志者□□者□寿当与千百年不朽之物□□□久也。须镌□石。

□□□□御经筵礼义右侍郎兼翰林院学士年□弟王封□拜撰。

（捐修人名略）

皇清康熙三十二年岁在癸酉孟夏月中浣谷旦[10]。

王子诚、王文甫、□茂琳刻。

---

[1] 七衮：即七族，亲族统称。

[2] 考亭：地名，今福建建阳西南；唐末侍御黄端于此建望考亭，因名。

[3] 羽仪：本义为旗纛上的羽饰，引申为表率。

[4] 黉：学宫；黉孙，谓后辈学子；俊爽：有才华，性豪爽；莲纶：即纶连，结绶为网络；俊爽莲纶：谓俊爽之士不绝如缕。

[5] 濯缨：洗涤冠缨，喻超凡脱俗；挹胜：访求名胜。

[6] 抚膺：捶胸，表示怅惋、慨叹。

[7] 甃石：以砖和石垒砌。

[8] 符谶：符命和谶纬，谓祥瑞的预兆。

[9] 称觥：举起酒杯。

[10] 孟，四季中第一个月，孟夏即初夏，农历四月份。农历每月十一日至二十日，又作中浣，犹今之所谓中旬。

道光二年寿堂桥碑

位置：宁乡市寿堂桥

质地：花岗岩

释文：

寿堂桥

道光二年秋，文正昭偕男保衡、象山、艺圃、寿山、墨林同建。

石工：刘焕彩、欧开夫。

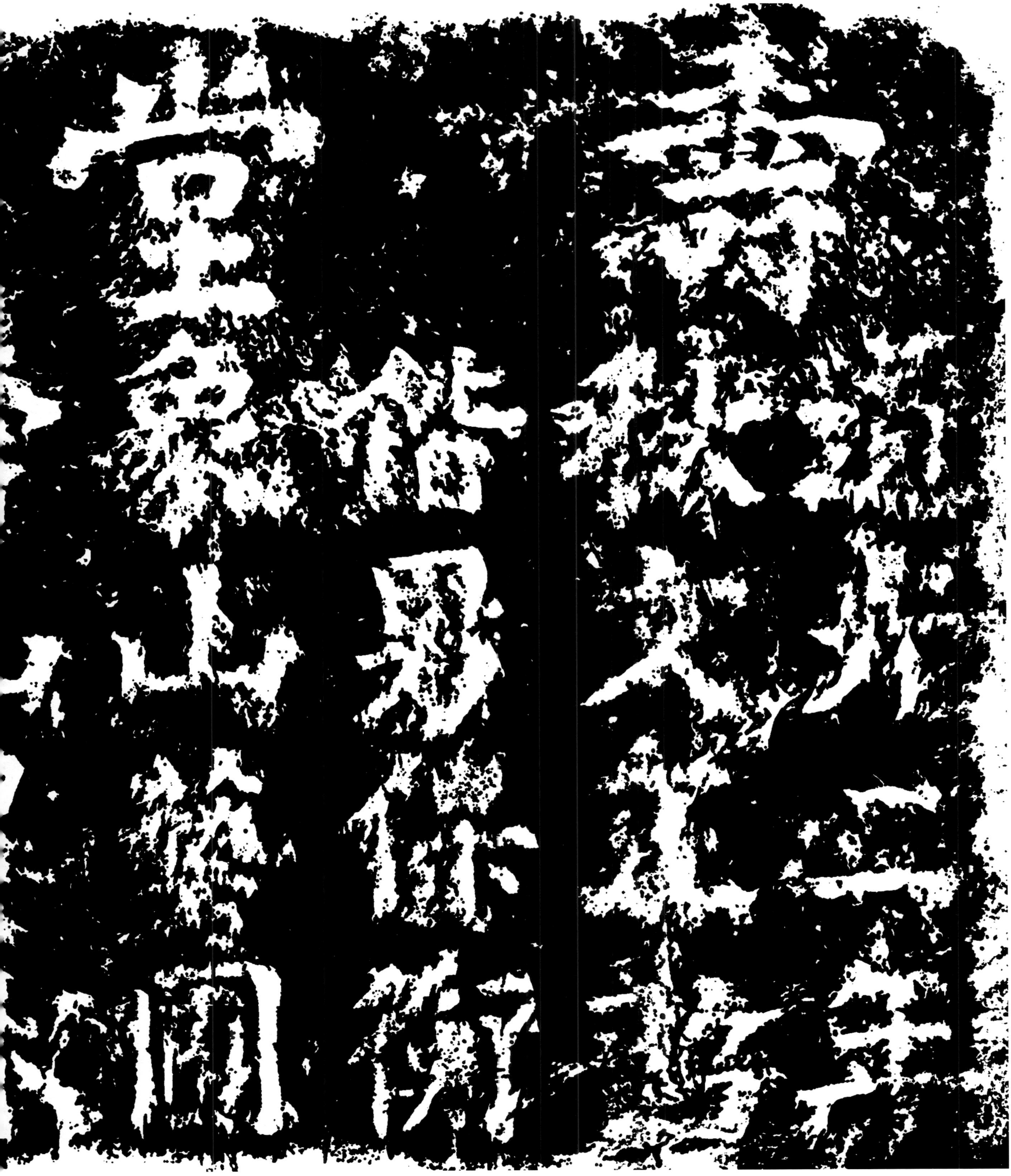

道光二年寿堂桥碑

道光五年丁家桥碑

位置：长沙县丁家桥

质地：青石

释文：

丁家桥

道光五年仲冬月立纠首：献辉、文彩、灿英、雄辉、高位、致和。用和三千二百，云应二千三百，有文二千二百五十，先华二千壹百，华美一千五百，学成、盛伐共一千五百五十，为中一千三百五十，发祥一千三百，和明一千二百，登举一千二百，太云一千零五十文，有林九百，朝宗九百，俊恒九佰五十，佑贤八百，文质七百五十，高明七百，宋郊七百，尊五五百，崖发六百，建成五百，峻成四百五十，辉远三百，万中三百，正廷二百五十，孟洋二百，在道二百，三方一百八十文，南勋一百五十文，贤受一百五十文。

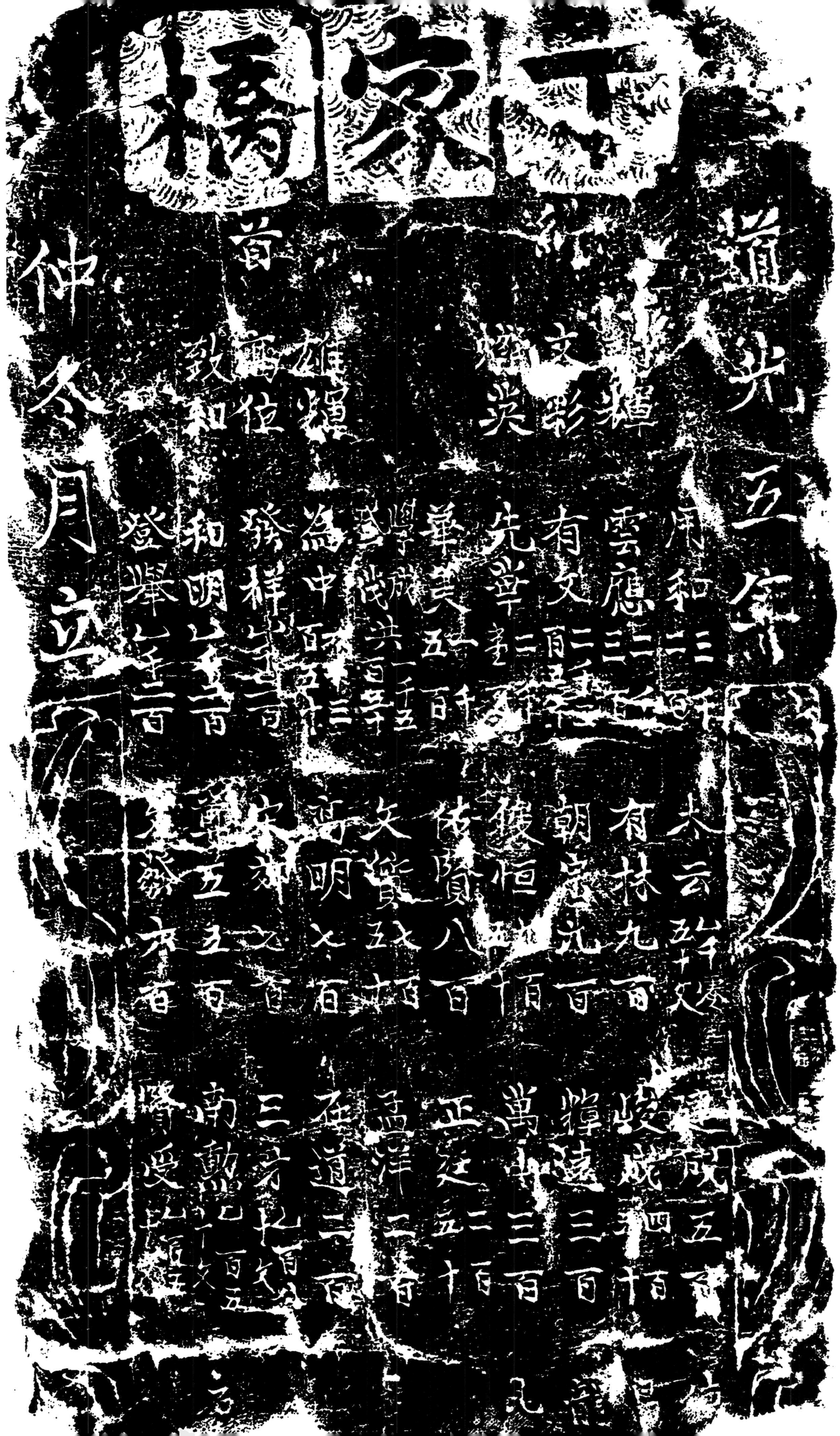

道光五年丁家桥碑

同治六年重修丁家桥[1]碑

位置：长沙县丁家桥

质地：青石

释文：

重修丁家硚

同治六年岁次丁卯冬月中浣谷旦。

纠首：宋邢、发祥、则敬、海祥、茂才、定益、依仁。兴云山向孺人嗣孙公捐钱柒千，积善堂公捐钱壹拾叁千，衣见捐钱壹仟陸百，曾祥捐钱壹千，裕福捐钱捌百文；南兴捐钱捌百；松高捐钱伍百，梦嘉捐钱壹千；坤隆捐钱陸百文，贵华捐钱肆百，彩华捐钱肆百，梅捐钱伍百，方来捐钱伍百，为德捐钱伍百文，万富捐钱伍百，裕美捐钱肆百，鹏飞捐钱叁百，秀延捐钱叁百文，在贽捐钱叁百，克勤捐钱贰百。

[1] 桥：原碑作“硚”字，为“桥”字的异体字。

同治六年重修丁家桥碑

道光十年光裕桥碑

位置：浏阳市大围山镇浏河源村大桥组
质地：青石
规格：高 83 厘米，宽 69 厘米

释文：

光裕桥（额题）

从来天下事无难易，亦听有志者自为之，不系乎其力也。倘一计较乎力之足与不足，则其为之也不果，而其事必不成。我祖贵斌公自江右南昌郡迁是邑之东乡，择今之黄泥坳巨门土星而家焉，盖十七世于兹矣。想当年，列屋而居，经营荒度，非不尽善，但其前面地势较低，风水家佥以簸箕水目之。然天工可补，地势讵不可培？第先人不暇培以待后人之培[1]，待后人培之而后人卒不见有培之者，非无培之之力，实无培之之志也。至若吾侄明兴，字耀先，究非吾族之大有力者，乃无其力而有其志。慨然以其事为己任，爰鸠厥工，运厥土，狭者使之宽，下者使之高，缺与陷者通以桥，而固以石。是役也，不独俾侄辈之居于斯者望之而改观，并足以上续祖若宗贻谋之所未逮[2]。呜呼！岂不懿与[3]？且就其地以论，所有之业不及十分之一，而按其地以核，所用之费不下千金有余。如此难为之事，侄以一人为之，而不畏其难，天下又何事而不能为也哉！余嘉侄之有志，尤嘉侄之有志而竟成也。因亟为文，勒之贞珉。适续修家乘[4]，令备载之，以为族之子孙仍云，世世之有志于事者劝[5]。

时道光十年岁次庚寅正月二十八谷旦，三门族众赠。

---

[1] 第：但。

[2] 若：和；贻：遗留。

[3] 与：通欤。

[4] 家乘：家谱。

[5] 仍云：世代相继如云。

光裕橋

從來天下事無難易苟聽有志者自為之不係乎其力
也倘一計較乎力之足與不足則其為之也不果而其
事必不成我祖貴斌公自江右南昌鄒遷是邑之東
鄉擇今之黄泥坳巨門上星而家焉蓋十七世於茲矣
想當年列屋而居經營苑度非不盡善但其前面地勢
較低風水家僉以簸箕水目之然天工可補地勢詎不
可培第先人不暇培以待後人之培待後人培之而後
人卒不見有培之者非無培之之[illegible]實無培之之恙也
至若吾姪明興字耀先究非吾族之大有力者乃無其
力而有其志慨然以其事為己任爰鳩厥工運厥土[illegible]
者使之寬下者使之高整與陋者通以橋而固以石是
役也不獨俾姪輩之居於斯者望之而改觀並足以上
續祖若宗貽謀之所未逮嗚呼豈不懿與且就其
也以論所有之業不及十分之一而按其地以核所用
之費不下千金有餘如此難為之事姪以一人為之而
不畏其難天下又何事而不能為也我奈嘉姪之有志
克諧姪之有志而竟成也因亟為文勒之貞珉適續修
家乘令備載之以為族之子孫仍雲世世之有志於事
者勸 旹
道光十年歲次庚寅正月二十八穀旦 三門族衆贈

道光十年光裕桥碑

道光十三年仙凤桥碑

位置：长沙县仙凤桥

质地：青石

释文：

仙凤桥碑记。石工浏邑张望成。

硚之以横板传也，旧矣。兹曷为以“仙凤”名？秦穆有女弄玉，随凤仙去，穆公作楼以志其遗迹。秦女之传盖以此也。予女三妹，以嘉庆十九年甲戌岁七月廿日生。幼聪慧，授以《女四书》及《毛诗》等篇[1]，辄通大义。字浏邑欧阳氏，年十九于归[2]，有日矣。乃以道光十二年壬辰岁四月三十日病殁，坟葬南垅庵坡，庚山甲向。呜呼！世有名垂不朽，如男子建功立业尚矣。至巾帼者流，则惟是捐躯命以烈传，矢金石以节传耳。若兹女之遽以在阁终也，夫何有焉？予隐悼之。因是硚倾圮多年，乃鸠工建复，易之以石，命曰“仙凤”。以附于凤去楼存之义，盖为三妹修也。爰勒石以叙其始终本末，俾得以永传不朽。若夫便行旅之往来，无使利涉者有临河之叹，则又一举两得云。是为记。

大清道光十三年岁次癸巳七月二十日杨卓吾立。

---

[1] 女四书：即东汉班昭撰《女诫》、唐女学士宋若莘撰《女论语》、明成祖徐后撰《女训》及王相母刘氏撰《女范捷录》，神宗时命王相作注合刊，名为《闺阁四书集注》，俗称《女四书》。主要宣扬男尊女卑、三从四德一类封建女性伦理。

[2] 字：许配；于归：出嫁。

仙
鳳
橋

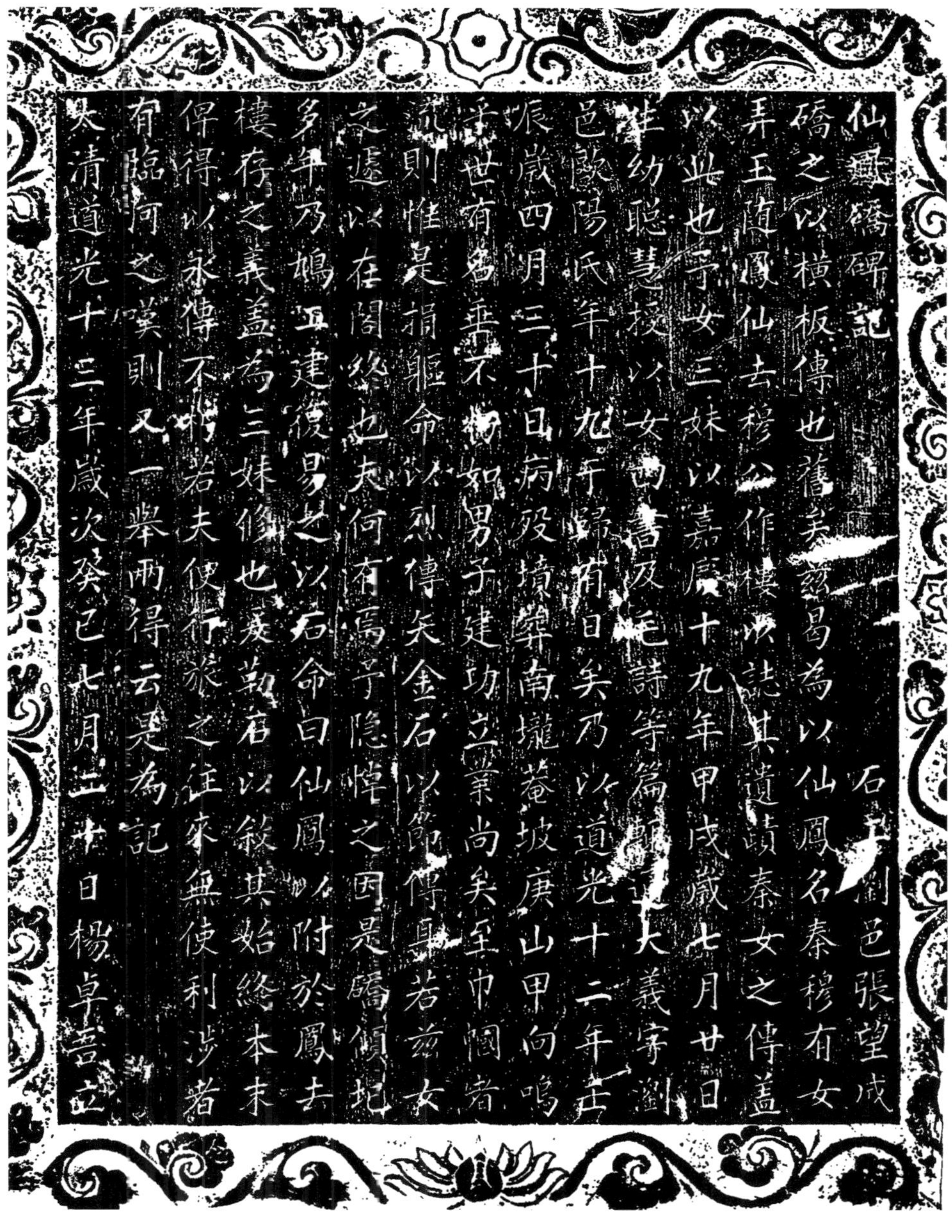
仙鳳橋碑記 石□劉邑張望成
橋之以横板傳也舊矣兹曷為以仙鳳名秦穆有女
弄玉隨鳳仙去穆公作樓以誌其遺蹟秦女之傳蓋
以此也予女三妹以嘉慶十九年甲戌歲七月廿日
生幼聪慧授以女四書及毛詩等篇大義穿劉
邑歐陽氏年十九于歸甫日矣乃以道光十二年壬
辰歲四月三十日病殁墳葬南壠菴坡庚山甲向嗚
呼世有名垂不朽如男子建功立業尚矣至巾幗者
流則惟是捐軀命以烈傳矣金石以節傳是若兹女
之遐以在閨終也夫何有焉予隐悼之因是橋傾圮
多年乃鳩工建複易之以石命曰仙鳳以附於鳳去
樓存之義蓋為三妹脩也爰勒石以敘其始終本末
俾得以永傳不朽若夫使行旅之往來無使利涉者
有臨河之嘆則又一舉兩得云是為記
大清道光十三年歲次癸巳七月二十日楊阜喜立

道光十三年仙凤桥碑

道光二十二年重修小江甘家湾老女桥碑记

位置：浏阳市中和镇山枣潭村甘家组甘恩南住宅楼东侧

质地：青石

规格：高 90 厘米，宽 60 厘米

释文：

重修小江甘家湾老女桥碑记

同里甘姓，望族也。其祖居小江甘家湾。屋侧老女硚，有明甘女金贞，以父母生伊一人，无兄弟，恐失养，矢志不字，终身纺绩养亲。迨亲殁，以供养余资建立斯硚，硚砖均镌“正德十五年，甘氏金贞立”。女年八十余卒，葬硚左。嘉庆丙子，锋与修邑乘[1]，因将金姑事迹、硚、墓、地名纪载志乘。道光初，硚被水圮，甘族拾硚砖置墓侧，里有窃其砖者，神呵之，络绎送还。岁己亥，甘生崇勋以复修事蒇，丐锋为之记。且云此硚历今三百余年，一旦病涉久欲重建。适姑祖刘蓉屏公宰奉新，丙申，余客其署，祖姑语余曰：曾梦老妪自称金姑，谓硚宜复修，向我谆谆，醒记弗忘。今备银二十两即携归再募，襄助玉成，毋令旧德就湮也。余归，商族祖姑及族叔孔炤、孔晟等，募各房及族媛，共获乐捐钱贰百余千，择吉鸠工庀材，循照旧基，以石易砖，不数月而桥竣。先生姻谊世好乞记之，镌诸石以垂不朽。锋窃惟自古忠臣孝子、义夫烈妇，其立心行事，初非有所为而为之也。即如金姑激于父母之无侍养，自伤茕独，誓死不嫁，终其身生养死葬，毫无欠缺，使父母无子而有子，且胜于有子，奉养其心何尝他计哉。知有父母而已，真其利断金，恒其德贞，不愧命名之义也。一点精诚血性，炯炯荧荧。数百年来宛然如生，洵堪格天地、质鬼神、光日月、寿山河。天下后世经其墓，过其硚，访其事迹，咸为之皇然兴蹶然起。咨嗟唏嘘，感动奋发，而不自知，其有功于人心风俗岂浅鲜哉！孟子谓：夷、惠百世之师，顽夫廉，懦夫立，奋乎百世之上，百世之下闻者莫不兴起[2]。金姑以一女子扶植纲纪，整顿伦常，为须眉丈夫之所为，且为须眉丈夫之所不能为。其精心果力，俨然与千古大圣，彪炳古今，讵不同一廉顽立懦与[3]？抑锋尤喜甘族女有同心也，一女倡修，众女乐助，顿使前人遗迹莹然朗然，不沉沦于荒烟蔓草。金姑真心亮节，固与天地无终极，合族之女之表扬盛德，齐心合

---

[1] 锋：人名，即后刘名锋；邑乘：县志。

[2] 语出《孟子·尽心下》，所引非原文。原文为：“圣人，百世之师也，伯夷、柳下惠是也。故闻伯夷之风者，顽夫廉，懦夫有立志；闻柳下惠之风者，薄夫敦，鄙夫宽。奋乎百世之上，百世之下闻者莫不兴起也。”

[3] 讵：岂；与：通欤。

力，亦属人世所稀有，宜乎自金姑后[1]，甘族德义节孝，藉藉寰区也。我孔子《系易》有曰“贞固足以干事”，其金姑之谓乎？《大雅·烝民》之诗曰：“民之秉夷[2]，好是懿德。”其甘族各女之谓乎？

敕授文林郎予告归里候服阕坐补山东阳信县知县加六级纪录十六次记大功二次姻侍生刘名锋[3]顿首拜撰。

道光壬寅春，邑绅甘崇勋等以重修老女硚呈余，请记其巅末，邑乘载之。王孝廉永时、黎孝廉定矣，阳信县知县刘君名锋碑文悉言之甚详，不复赘。独念是女也，父母俱存，终鲜兄弟，乃能守贞不字，留以养亲。则其天性之肫诚，孺慕之笃挚，即求之丈夫中且不多觏，况女流哉？尤可异者，养亲而外又以纺绩余资独成义举，俾民不病涉。且于三百余年后，犹以斯硚之倾圮，示梦族媛劝其继善，自非精诚蕴结澈终始而贯古今，安能如是乎？夫广孝思以维风化、彰善行，以示同人守土责也。余既宰是邑，窃愿与二三君子推老女之仁孝节义，以事其亲、守其身、济乎世，其所树立讵止此哉？毋徒沾沾焉。表先人之德业，成一家之佳话，俾巾帼而须眉者，独擅美誉于前也。是则余之所厚望也。夫虽不能文，亦乐记之，以为士民书沕。

敕授文林郎知浏阳县事山阴胡泰阶记，文沙溪献建书。

乐助芳名开后（略）

大清道光二十二年岁次壬寅仲冬月谷旦立。

[1] 宜：且。

[2] “夷”或作“彝”。

[3] 刘名锋，字砺青，清浏阳人。嘉庆举人。历任山东齐东、宁阳、费县、招远、博正知县。补阳信知县，率民修渠十余里，民赖其利。阳信民俗尚武，特建置书院，济之以文，逐渐改其习，后致仕归，卒年八十一。著有《耕读训后图》等。

大清道光二十二年歲次壬寅仲冬月穀旦立

道光二十二年重修小江甘家湾老女桥碑记

石江桥泰山石敢当碑

石江桥泰山石敢当碑

位置：宁乡市石江桥

质地：花岗岩

释文：

泰山石敢当

塔碑　亭碑

康熙二十二年室龙庵无生禅师塔记碑

位置：宁乡市黄材镇室龙庵村
质地：青石
规格：高 110 厘米，宽 50 厘米

康熙二十二年室龙庵无生禅师塔记碑

释文：

无生禅师塔记（额题）

皇清康熙二十二年癸亥岁孟冬月谷旦，建塔于龙庵傍左龙首。癸山丁兼子午三分向，分水为茔。风讳行楞，生于天启二年壬戌岁五月初六日寅时，系湖广长沙府宁乡县人氏。

沩仰正宗第十一世无生禅师塔

徒：超沃、超澜、超泗；徒孙：明钊、明铣、明镒、明锜、明镜；曾孙：实址、实墉；师兄：无已、无方、无闻、无住、无药；师侄：慈数、山德、月波、云江、缘泽、衡吉、月水、千水、贞吉、数朗、数波、陆雪、悬蜜、独门；侄孙：明铎、明学、明铠、明锦、明钙。

始弘治开山老祖无念禅师，始南岳山开派师上契下如道永禅师。

石匠：君瑞、相寰、君亮。

康熙三十五年室龙庵契如禅师塔碑

位置：宁乡市黄材镇室龙庵
质地：青石
规格：高 120 厘米，宽 62 厘米

释文：

沩仰正宗第九代本师上逸下休和尚 [1]

皇清康熙二十五年丙寅岁孟冬月谷旦建立于室龙庵无念祖塔左傍，扦作癸山丁向兼子午三分，风水为茔。公讳通慧，原系本府醴陵县人氏。生于万历三十一年癸卯九月初一日酉时。诞生幸忝佛果，解脱顽尘。服性始于南岳紫盖峰鸡公岩法派 [2]。于万历四十八年学游南京，抱悟省真，得受戒于古林庵隐微和尚座前。复回本府宁乡县八角庵，幸缘道辉、三宝，僧徒广聚，各分长住。今计回空于室龙庵刻碑，著考以明派列。

第十代上契下如禅师寿塔

徒：行赞、行楞、行极、行文、行权、行圣、行栋；孙：超澜、超潮、超渥、超溶、超泲、超浚、超汰、超沦、超涧、超涢、超清、超泗、超洪、超润、超凌、超渝、超澧、超泺、超汉、超湛；曾孙：明锌、明鉴、明顺、明镒、明铣、明锜、明钒、明锭、明锦、明铠、明赞、明铎、明谢、明镜；玄孙：实址、实塘。

石匠：师相、丕中等。

---

[1] 沩仰宗，佛教禅宗五大宗派之一。肇创自唐沩山灵祐与其法嗣仰山慧寂二禅师，因以“沩仰”为宗派名。

[2] 服性：义同剃度。

溈仰正宗第九代本師上遠下行和尚

皇清康熙三十五年丙子孟冬月穀旦建立于室龙菴無念祖塔左傍扦作癸山丁向兼癸丁三分鳥水爲

茬公諱通慧原係本府醴陵縣人氏生于万曆三十一年癸卯九月初一日酉時誕生幸承佛果備脫頂塵

服性始捨南岳紫蓋峯雞公岩法派于万曆四十八年参拜南京抱悟肖真得受戒於京林

菴隱微 和尚座前復回本府寧鄉縣八角菴幸緣道輝三宝僧徒廣衆各人長住今十

四冬于室龙菴刻碑著考以明派列

行贊

行楊 超瀾 超汰 超酒 曾孫明[illegible] 明銑 明鏑 明[illegible] 玄孫實址 實塼 [illegible]

行極 超潮 超倫 超洪 超瀠 超潢 超湛 曾孫明鍇 明[illegible] 明鐸

第十代上契下如禅師壽塔徒行支 孫超遅 孫明[illegible] 明鑑 明順

行權 超洛 超澗 超潤 超淩 超渝 超澧 曾孫明錦

行聖 超湃 超滇 曾孫明鏕

行棟 超濤 超清

石匠師相逕平寺

康熙三十五年室龙庵契如禅师塔碑

道光九年卷石村惜字炉石刻

位置：长沙县北山镇石常卷石村

质地：汉白玉

释文：

惜字炉 惜字炉

道光九年岁次己丑孟冬月黄□利建修

鸟迹久流芳，文明法自良。

因何而独立，谏草不容彰。

惜字绍书永，咸钦世泽长。

岩岩宗石□，典籍尽路□。

道光九年卷石村惜字炉石刻

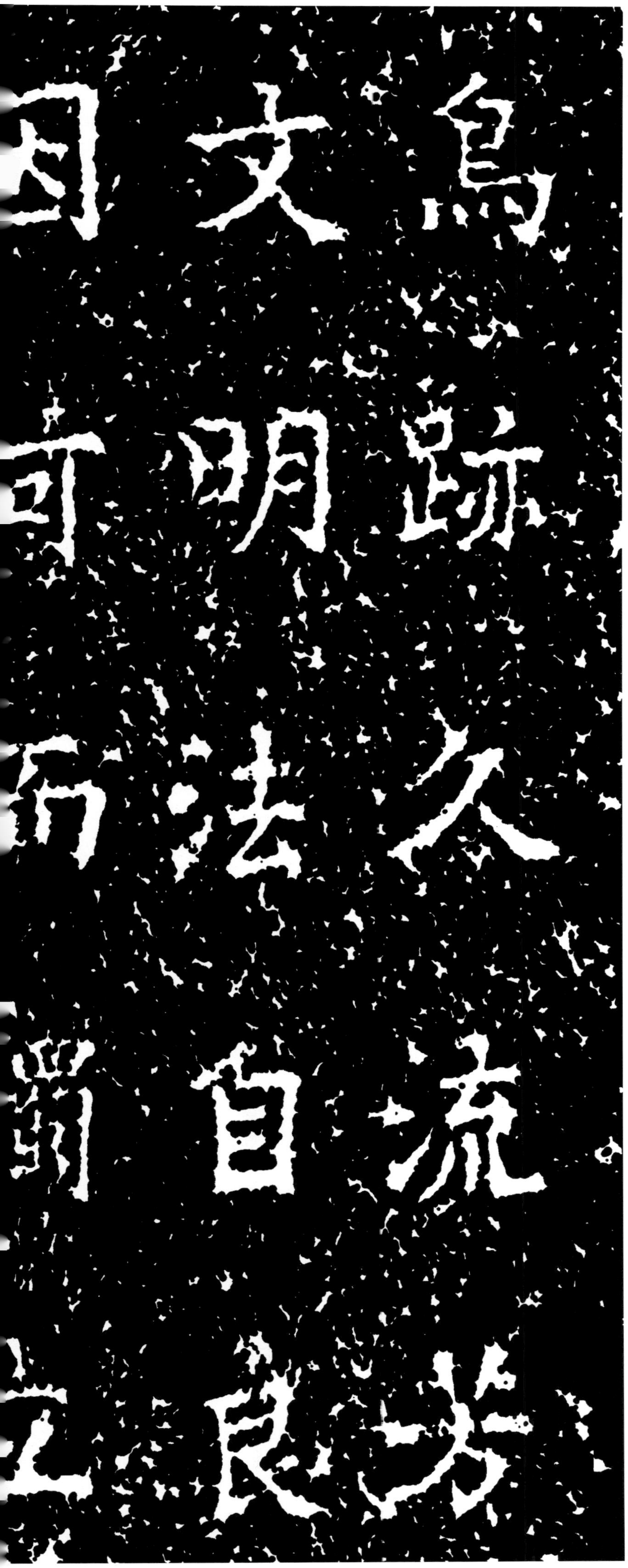

道光九年卷石村惜字炉石刻

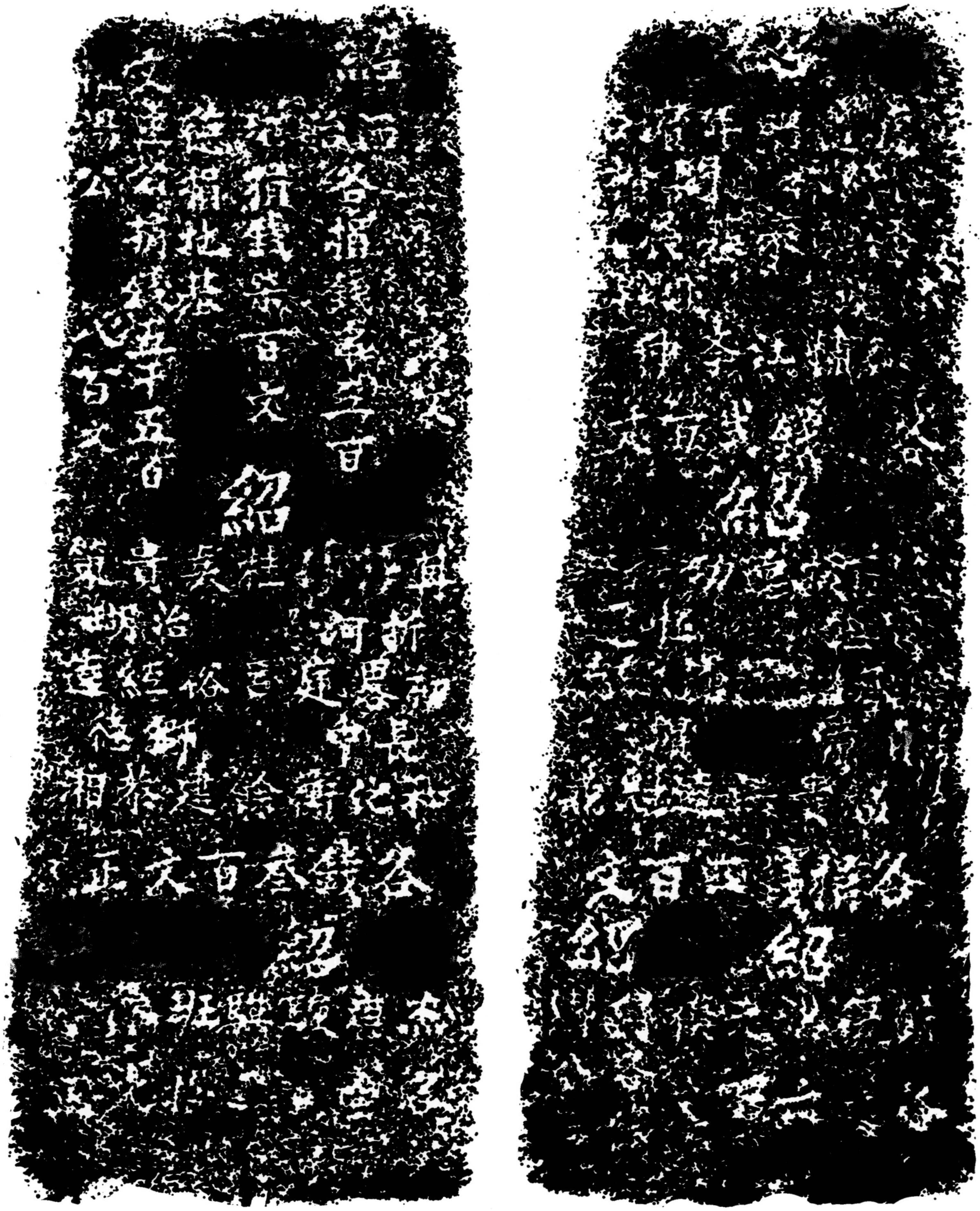

道光九年卷石村惜字炉石刻

道光十五年石霜寺山茨际祖塔记碑

位置：浏阳市金刚镇石霜寺

质地：青石

规格：高60厘米，宽92厘米

释文：

山茨际祖塔记

忆自垂髫披薙时[1]，即知我宗有山茨际祖。其故何也？盖我辈披薙法门，俱遵际祖所立宗派以定次序。其时我师指字派以命名，以故得知，无足怪也。年将弱冠，受戒承法于此山，得闻祖之语录，其所以住东明、绿萝、南源各处，始末载之甚详，无庸赘述。然读其书，即想其为人，细绎其中词义，益知其赋性恬静，气度闲雅，与夫接物、临事之慈爱谨确，开示将来之剀切详明，诚足以表扬先德垂训后昆，谓非宗门之圭臬[2]，昏衢之巨烛也耶？但其寿塔，建于南岳之绿萝庵，每值挂扫，人皆以路遥为憾。甲午岁，石霜法嗣公同建塔于本寺之前村，以便挂扫。塔成致供，内藏衣钵，外竖华表，人谓其生也。住持东明、绿萝、南源，或者其神其灵长依于彼而未必乐依乎此。吾谓不然，东明祖刹远在杭州，遥遥千里，其兴废，吾不得而知也。若绿萝、南源之倾圮，祖灵有知，方且感慨系之，不胜今昔之悲，而谓其乐依于彼，无是理也。石霜系其嗣徒尔，瞻尊禅师中兴之所，人物著盛，莫此若矣。况祖之精灵长存天壤，将上同日月，下同河汉，其经天行地，固无在无不在也。有塔于此，祖灵有不乐依之乎？爰将出备塔资者，列名于后，置诸祖堂，以昭不朽云。（捐名与钱数略）

道光十五年岁次乙未仲春月谷旦，第九世嗣孙惟修恭纪。

[1] 垂髫：指童年；披薙：即剃度。

[2] 圭臬：典范。

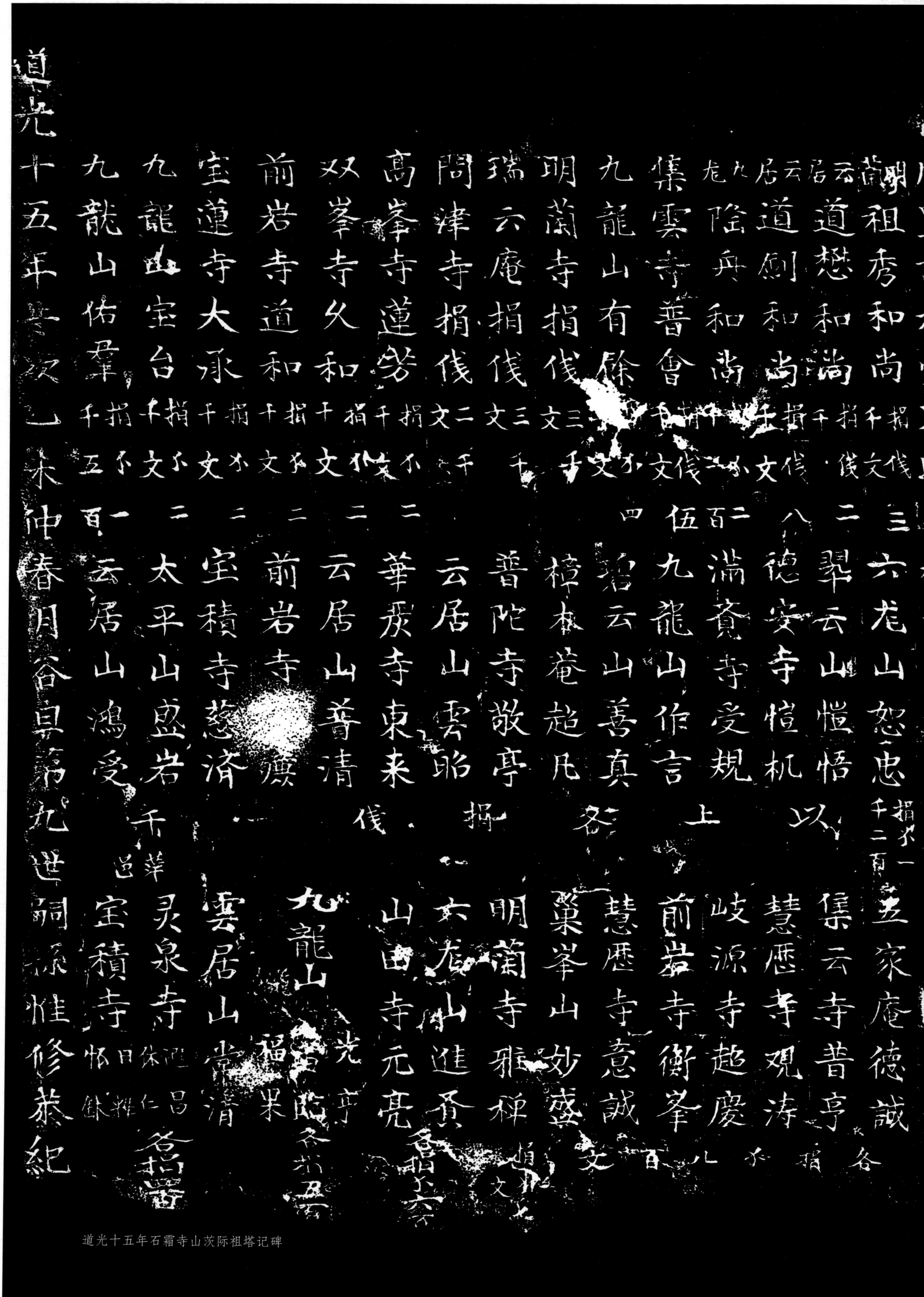

開祖秀和尚捐錢三
云居道懋和尚捐錢二
云居道劍和尚捐錢
九龙陰舟和尚捐錢八
集雲寺普會捐錢二百
九龍山有餘捐錢伍
明蘭寺捐錢三千文四
瑞云庵捐錢三千文
問津寺捐錢二千文
高峯寺蓮發捐錢二千文
双峯寺久和捐錢二千文
前岩寺道和捐錢二千文
宝蓮寺大承捐錢二千文
九龍山宝台捐錢二千文
九龍山佑聲捐錢一千五百

六龙山恕忠捐錢一千二百
翠云山愷悟
德安寺愷机
滿資寺受規
九龍山作言
碧云山善真
樟林庵超凡
普陀寺敬亭
云居山雲昭
華嚴寺東來
云居山普清
前岩寺[illegible]廣
宝積寺慈濟
太平山盤岩
云居山鴻受
以上各捐錢一千

五家庵德誠
集云寺普亭
慧歷寺观涛
岐源寺超慶
前岩寺衡峯
慧歷寺意誠
藥峯山妙齋
明蘭寺雅禅
六龙山進賢
山田寺元亮
九龍山光亨
福果
雲居山常清
灵泉寺昌仁休日
宝積寺[illegible]
各捐錢八百文

道光十五年歲次乙未仲春月谷旦第九世嗣孫惟修恭紀

道光十五年石霜寺山茨际祖塔记碑

山茨際祖[illegible]記

憶自垂髫披緇時即知我宗有山茨際祖其故何也蓋我嘗
披[illegible]法門俱遵[illegible]際祖所立宗派以定次序其時我師指字
派以命名以故得[illegible]無足怪也年將弱冠受戒承法於此上
得聞 祖之語錄其所以住東明綠蘿南源各處始末載之
甚詳[illegible]眉贊述然讀其書即想其為人細繹其中詞義益知
其[illegible]性恬靜氣度閒雅與夫接物臨事之慈愛謹確闡示[illegible]
來之剴切詳明識足以表揚先德垂訓後昆謂非宗門之主
豈昏衢之巨燭也耶但其壽塔建於南嶽之綠蘿庵每值掛
搭人皆以路遙為憾甲午冬石霜法嗣公同建塔於本寺之
前村以便掛掃塔成致供內藏衣缽外壁華表人謂其生也
住持東明綠蘿南源或者其神其靈長依於彼而未必樂依
乎此吾謂不然東明祖剎遠在杭州遙遙千里其興廢吾不
得而知也若綠蘿南源之傾圮 祖靈有知方且感慨係之
不勝今昔之悲而謂其樂依於彼無是理也石霜係其嗣徒
承瞻尊禪師中興之所人物舊盛莫此若矣況 祖之精靈
長存天壤將上同日月下同河漢其經天行地固無在無不
[illegible]留會貴皆刻名

同治六年香林妙净塔碑

位置：宁乡市老粮仓镇石家山村

质地：青石

释文：

宝塔不朽（额题）

同治六年丁卯岁孟冬吉旦。

自古僧人圆寂，色相皆空，茶毗藏塔[1]。今有佛子尼上妙下净、上香下林，苦修向道，磨炼超空，生立宝塔一座。异日功成圆满，西域莲开，茶毗入塔，法相证真。

幸斋致和二仙，隆氏之女同志合立。

[1] 茶毗：梵语火化。

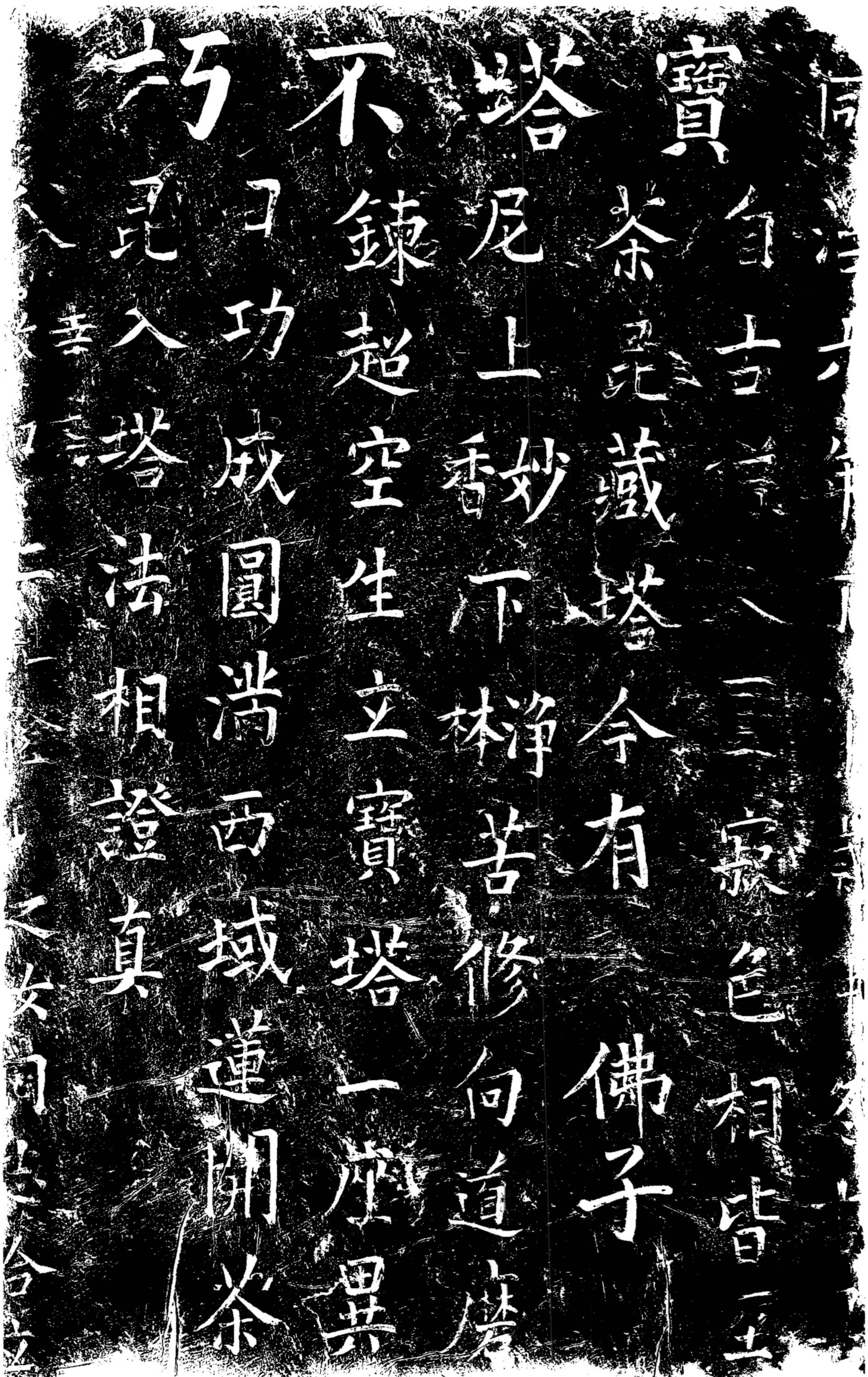
寶塔不朽
自古
荼毘藏塔今有佛子
尼上香妙下林淨苦修向道虔
煉超空生立寶塔一座巽
日功成圓滿西域蓮開荼
毘入塔法相證真

同治六年香林妙净塔碑

道光二十三年乌山惜字塔劝诫碑

位置：望城区乌山镇新华村

质地：青石

释文：

自昔飞龙造书，仓颉创字。形、声、事、意[1]，罔非天地之菁华；篆、隶、真、行，悉是圣贤之奥妙。钝顽因而开智慧，朴陋赖以启文明。大有益于寰区，当弗忘夫珍重。夫何残篇断简，视若弁髦；碎墨零纸，弃如蔽屣[2]。或任其虫穿鼠食，或任其蛛网尘封，或裹物而糊窗，或拭几而生火。甚至道途辙过，不无践踏之伤；亦且沟渎随流，屡受秽污之□。殚兹亵渎，悉数难终。爰建字炉以资焚化，集同人于此日，借□□扫他山。遹观厥成[3]，永垂不朽。今而后残笺转为灰烬，当司珠玉之珍；胜迹收入云烟，永免泥涂之辱。庶克体前人创造之至意，而申我辈敬惜之微忱也哉。

---

[1] 形、声、事、意：指象形、形声、指事、会意。

[2] 弁髦：废弃无用之物；蔽屣：即敝屣，破旧鞋子。

[3] 遹：句首助词，无义。

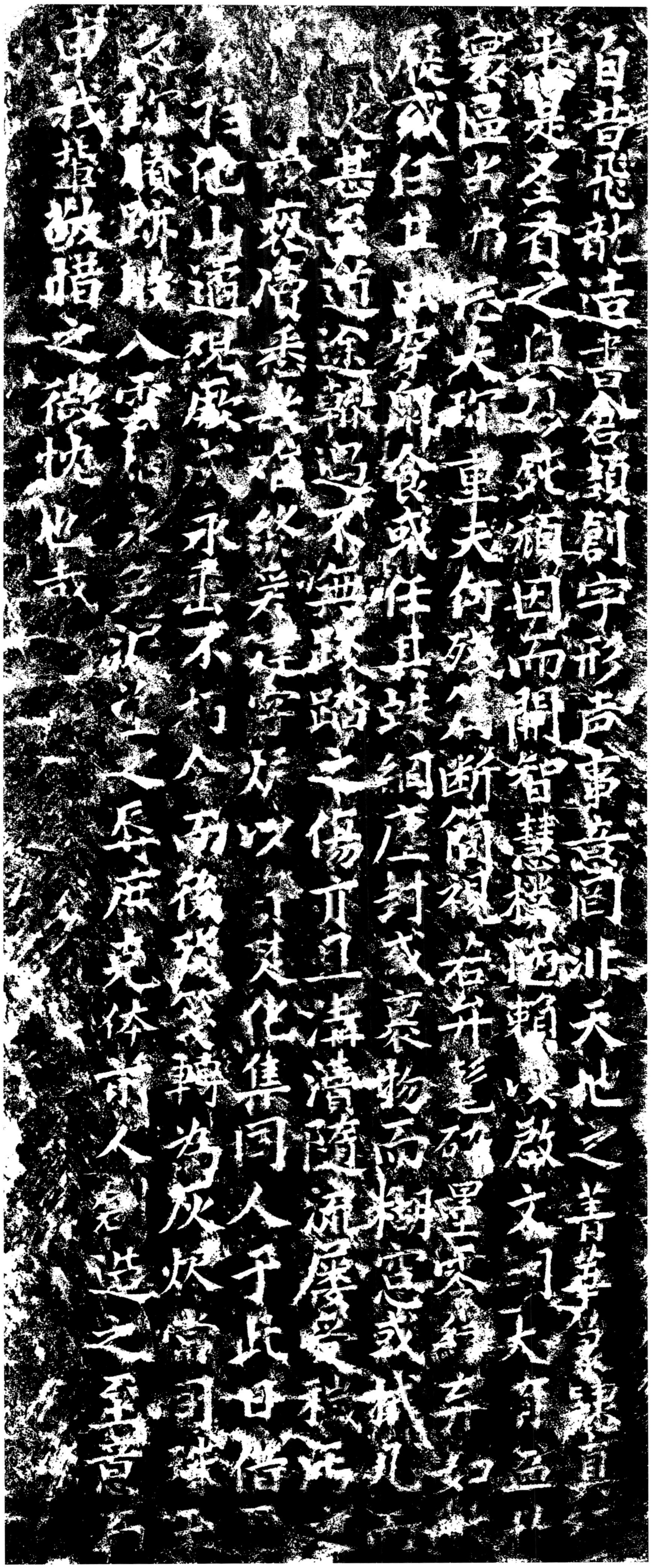

道光二十三年乌山惜字塔劝诫碑

道光二十三年乌山惜字塔尹姓合捐碑

位置：望城区乌山镇新华村

质地：青石

释文：

尹姓合捐（额题）

为首石渠捐钱五千文，配元捐钱一千文，调元捐钱二千文，宜之捐钱二千文，九仪捐钱二千文，名远捐钱一千五百文，锡三捐钱五百文，启煌捐钱五百文，正怀捐钱三百文，怀庆捐钱四百文，友善捐钱三千文。

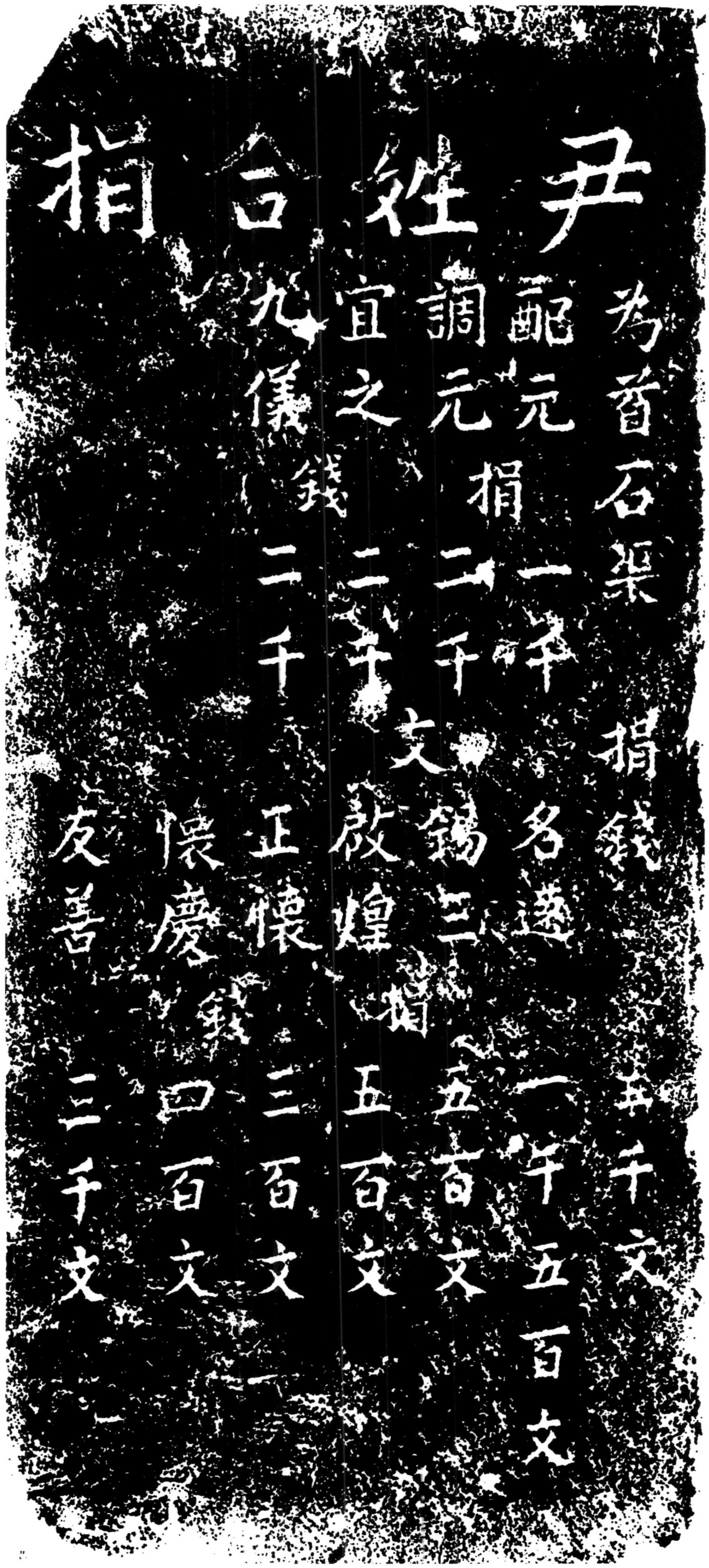

道光二十三年乌山惜字塔尹姓合捐碑

道光二十三年乌山惜字塔张姓合捐碑

位置：望城区乌山镇新华村

质地：青石

释文：

张姓合捐（额题）

为首文美捐钱五千文，在锦捐钱一千文，钦允捐钱一千七百文，质彬捐钱六百文，玉山捐钱五百文，有良捐钱一千五百文，九□捐钱五百文，先顺捐钱四百文，秀芝捐钱四百文，自东捐钱四百文，光照捐钱一千文，首一捐钱五百文，生华捐钱二千文，立中捐钱三千文。

道光廿三年岁次癸卯孟夏之吉日敬修。

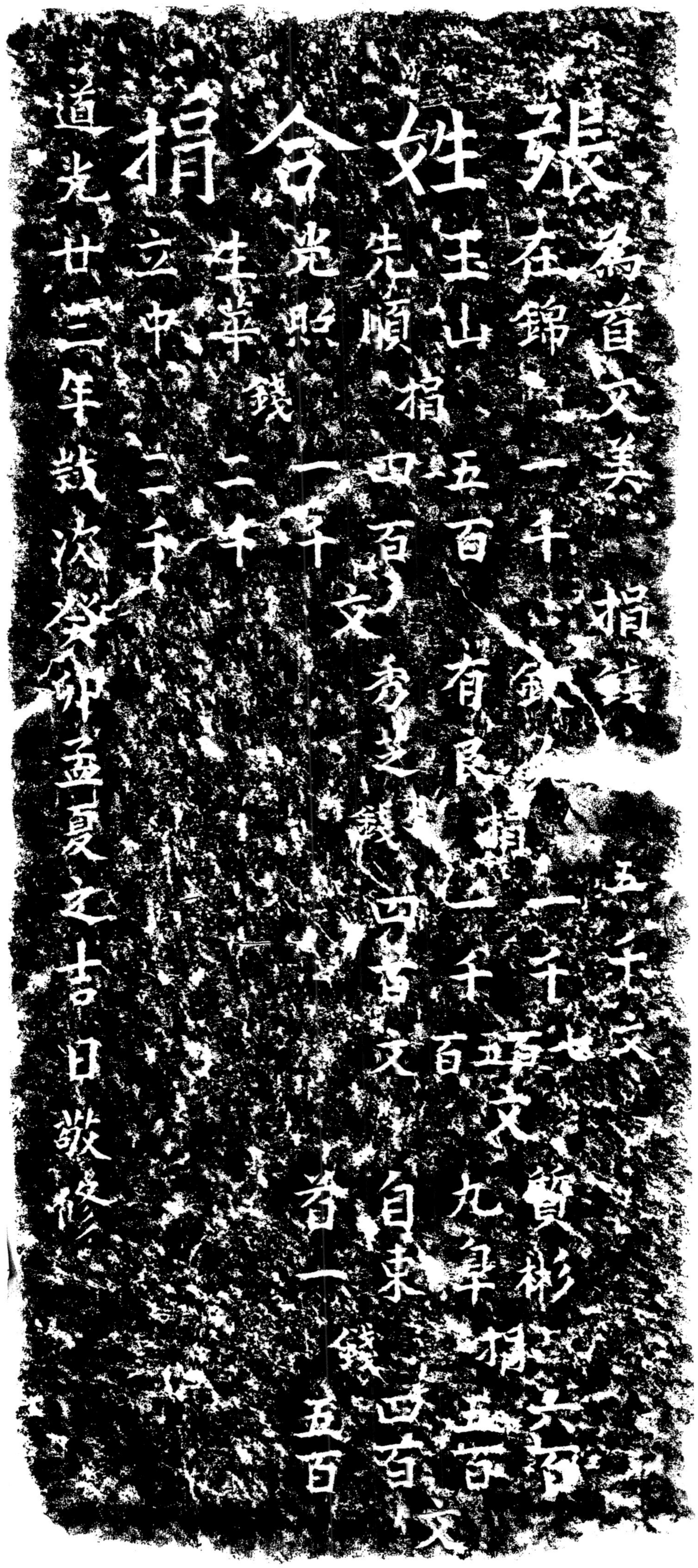

道光二十三年乌山惜字塔张姓合捐碑

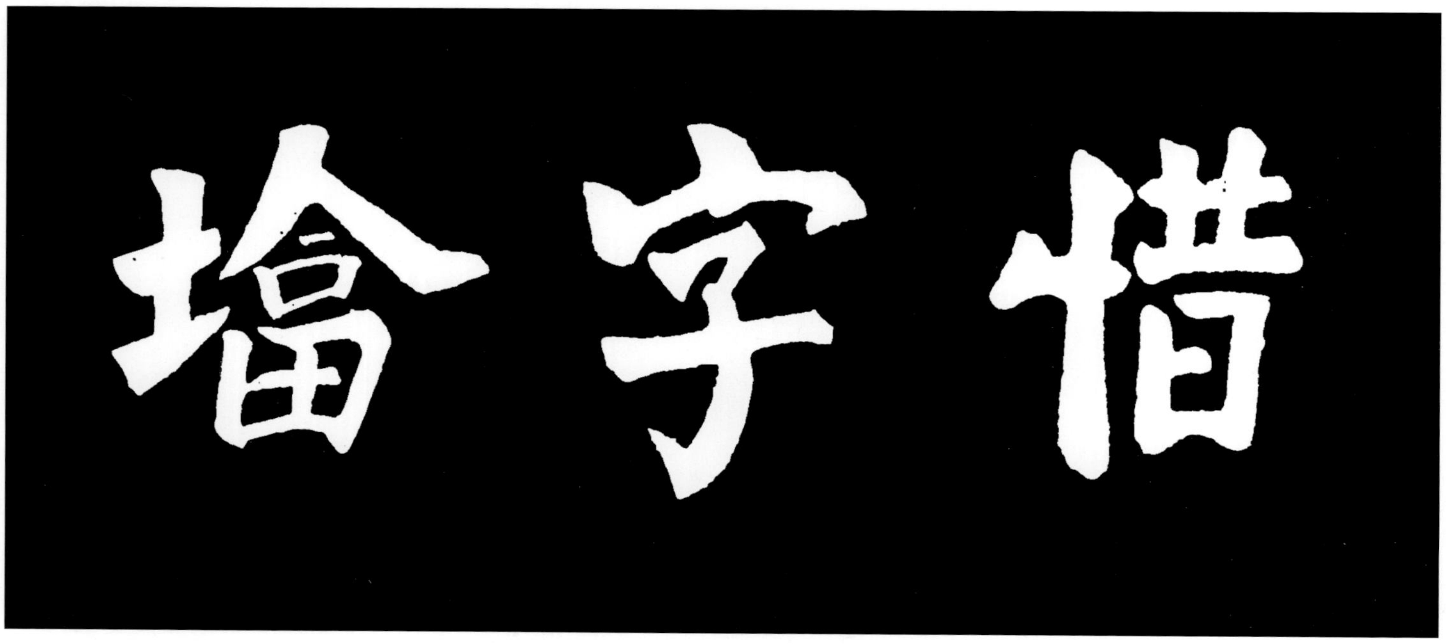

道光十八年茶亭惜字塔碑

道光十八年茶亭惜字塔碑

位置：望城区茶亭镇

质地：汉白玉

释文：

惜字塔

道光二十三年望城东城文星塔云梯碑

道光二十三年望城东城文星塔云梯碑

位置：望城区东城镇聂家村

质地：汉白玉

释文：

云梯

云梯

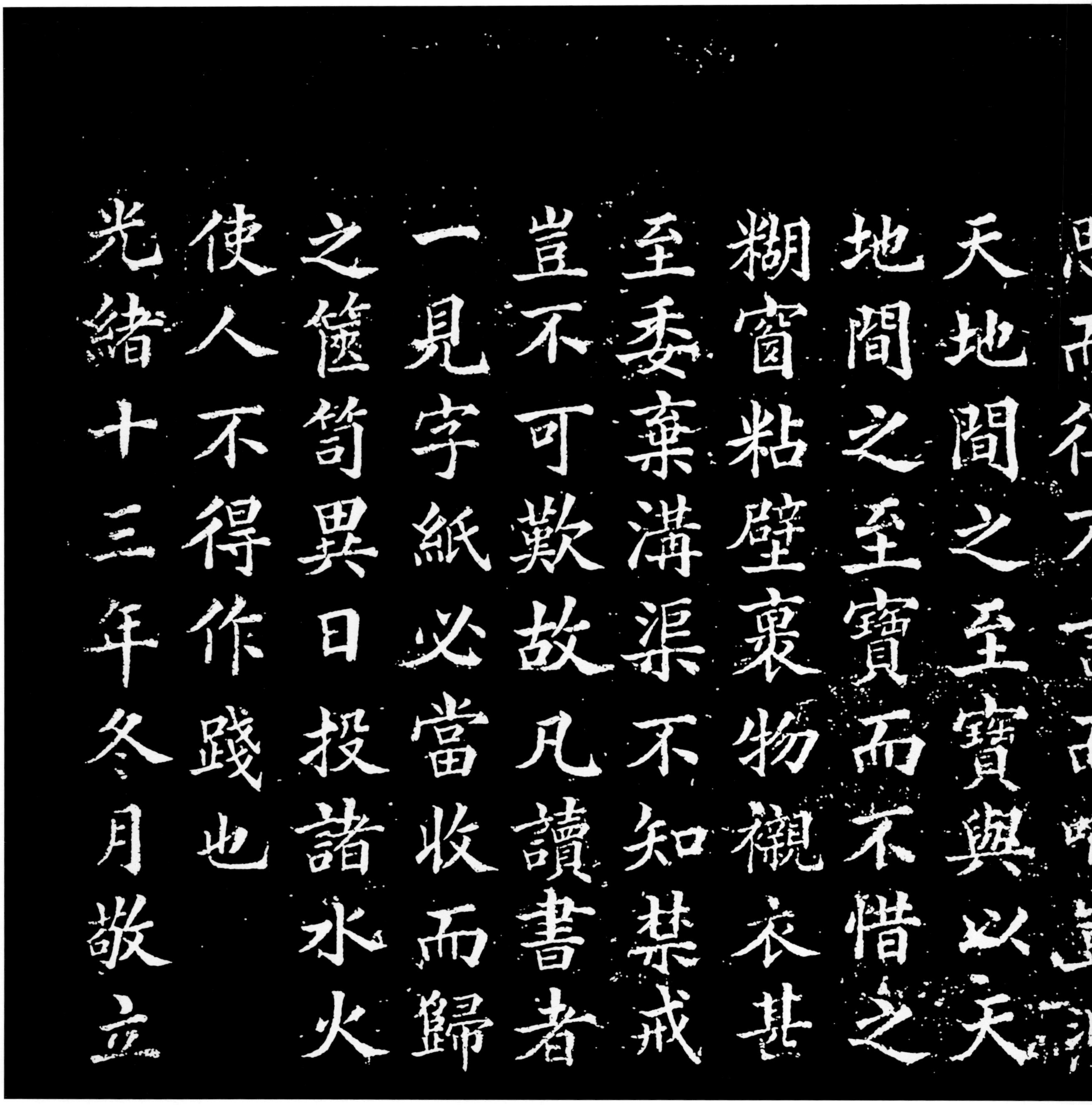

光绪十三年杉木桥惜字塔圣祖仁皇帝惜字训言碑

位置：望城区杉木桥

质地：青石

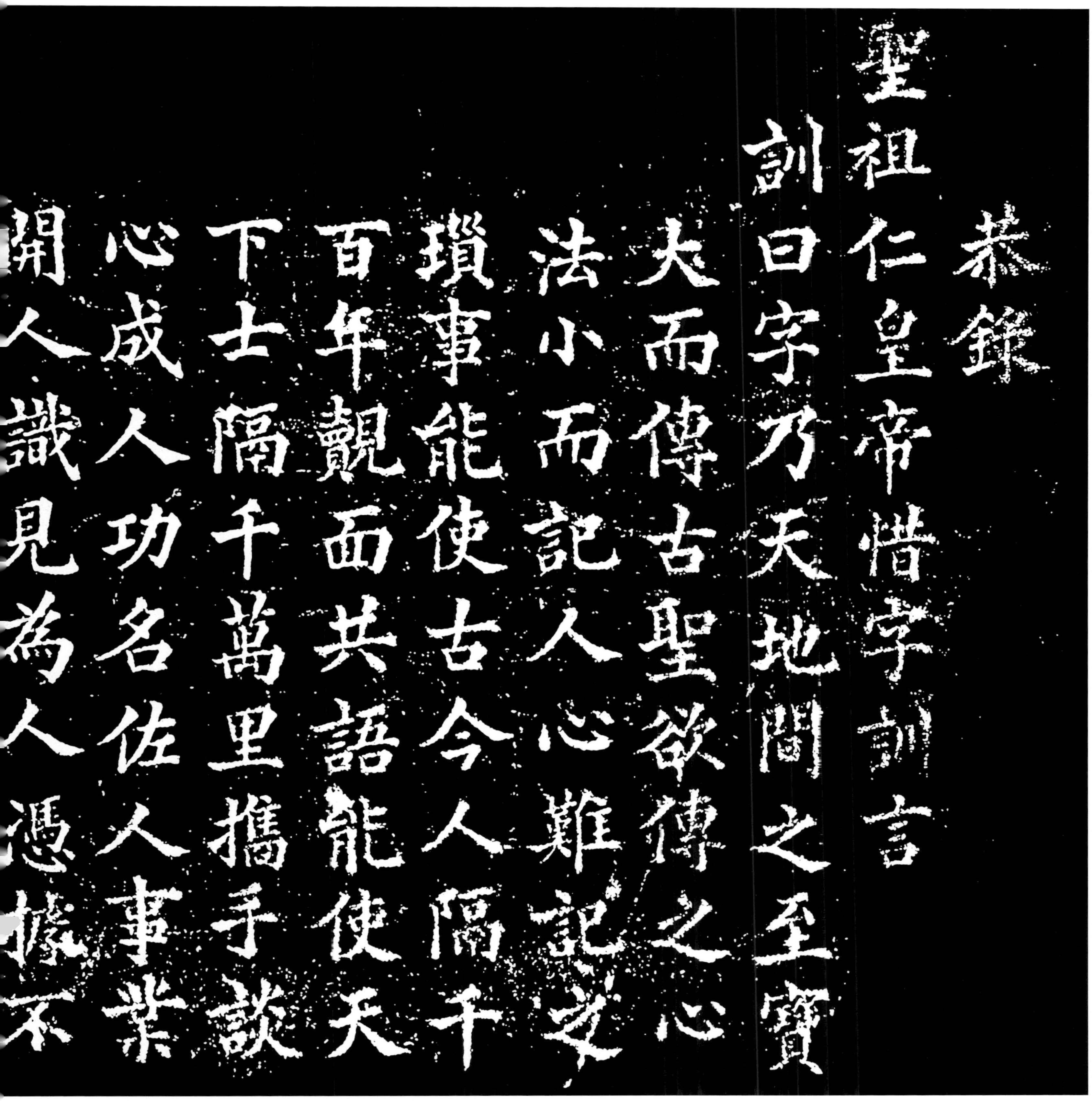

恭錄

聖祖仁皇帝惜字訓言

訓曰字乃天地間之至寶

大而傳古聖欲傳之心

法小而記人心難記之

瑣事能使古今人隔千

百年覿面共語能使天

下士隔千萬里攜手談

心成人功名佐人事業

開人識見為人憑據不

光绪十三年杉木桥惜字塔圣祖仁皇帝惜字训言碑

释文：

恭录圣祖仁皇帝惜字训言

训曰："字乃天地间之至宝。大而传古圣欲传之心法，小而记人心难记之琐事。能使古今人隔千百年觌面共语，能使天下士隔千万里携手谈心。成人功名，佐人事业，开人识见，为人凭据，不思而得，不言而喻。岂非天地间之至宝与？以天地间之至宝而不惜之，糊窗粘壁，裹物衬衣，甚至委弃沟渠，不知禁戒，岂不可叹？故凡读书者，一见字纸，必当收而归之篓筒，异日投诸水火，使人不得作践也。"

光绪十三年冬月敬立。

光绪二十八年百隆禅院清老和尚普同塔碑

位置：开福区铁炉寺

质地：汉白玉

释文：

清老和尚，光绪六年圆寂。原葬茂林坡，后嗣见宅不佳，于光绪（念）【廿】八年公议改葬百隆禅院，既祖山之左侧，庚山甲向。塔内宽八尺，长壹丈六尺，以作普同塔。上穴系清老和尚正位，余系骸坛。栏杆之前两层门石后有骸坛。入塔者，须凭众等，毋得擅开。

光绪廿八年冬月家嗣捐修。徒曾孙仁心、仁慈监修。

清老和尚光緒六年圓寂原葬[illegible][illegible]寺坡後嗣見[illegible]
偕於光緒念八年公議改葬百隆禪院祖山之左側
[illegible]山下向塔內寬八尺長壹丈六尺以作普同塔上
只係清老和尚正位餘係嚴鏷欄杆之前兩層門石
從有嚴鏷入塔者須憑眾等毋得擅開　仁　心　監修
光緒廿八年冬月冢嗣捐修　徒曾孫　慈

光绪二十八年百隆禅院清老和尚普同塔碑

光绪三十三年鳌江桥记及惜字塔石刻

位置：浏阳市大围山镇长鳌江口

质地：青石

规格：鳌江桥记碑高 82 厘米，宽 61 厘米；惜字塔碑高 106 厘米，宽 33 厘米

释文：

天官赐福，指日高升

火候十分

翰墨流香处，文章入化时

浏阳上东乡长鳌江口鳌江桥记

鳌江当大溪北，为浏、平往来孔道，由平之达东门者，尤为捷径。近平山谷错杂，山水汇鳌江入大溪，溪右两山夹峙，为鳌江口。南北相距，江水泱泱，辄叹望洋。道光间，支木架桥，通两岸，行旅便之，所谓集贤桥者是也。然涨发辄圮，屡圮屡复，当事者烦苦之。光绪癸卯仲夏，始议醵金[1]，因旧址甃石，跨岸成桥。桥皆以石，高三仞[2]，洞其下以泄水，广四寻[3]，长三丈有奇。桥面两边堆石为栏杆，又建惜字石炉于桥西。约记费缗钱壹仟肆百余串文，皆取诸鳌江及东白各境，不给[4]，则以集贤桥老费足之。季冬桥成，自经始以迄蒇事，凡八阅月[5]。《灵台》之诗所谓“经之营之”、“不日成之”者[6]，流风余韵，于兹益信焉。吁！里之好义，与在事诸君之急公，洵足多已[7]！桥成之明年，□老嘱纪其事，泐石以垂久远；并题名于左，以劝他日之好善者。是为记。 里人刘兆涵梅村氏敬撰。（捐资人名从略）

清光绪三十三年岁次丁未仲冬月中浣之吉日刊立。

---

[1] 醵金：集资。

[2] 仞：古代计量单位，一仞约合今 1.7 米。

[3] 寻：古代计量单位，一寻等于八尺。

[4] 给：充足供给。

[5] 蒇事：完成，竣工；阅：经历。

[6] 原诗为：“经始灵台，经之营之。庶民攻之，不日成之。”此处撮取其中两句。

[7] 洵：实在。

光绪三十三年鳌江桥惜字塔石刻

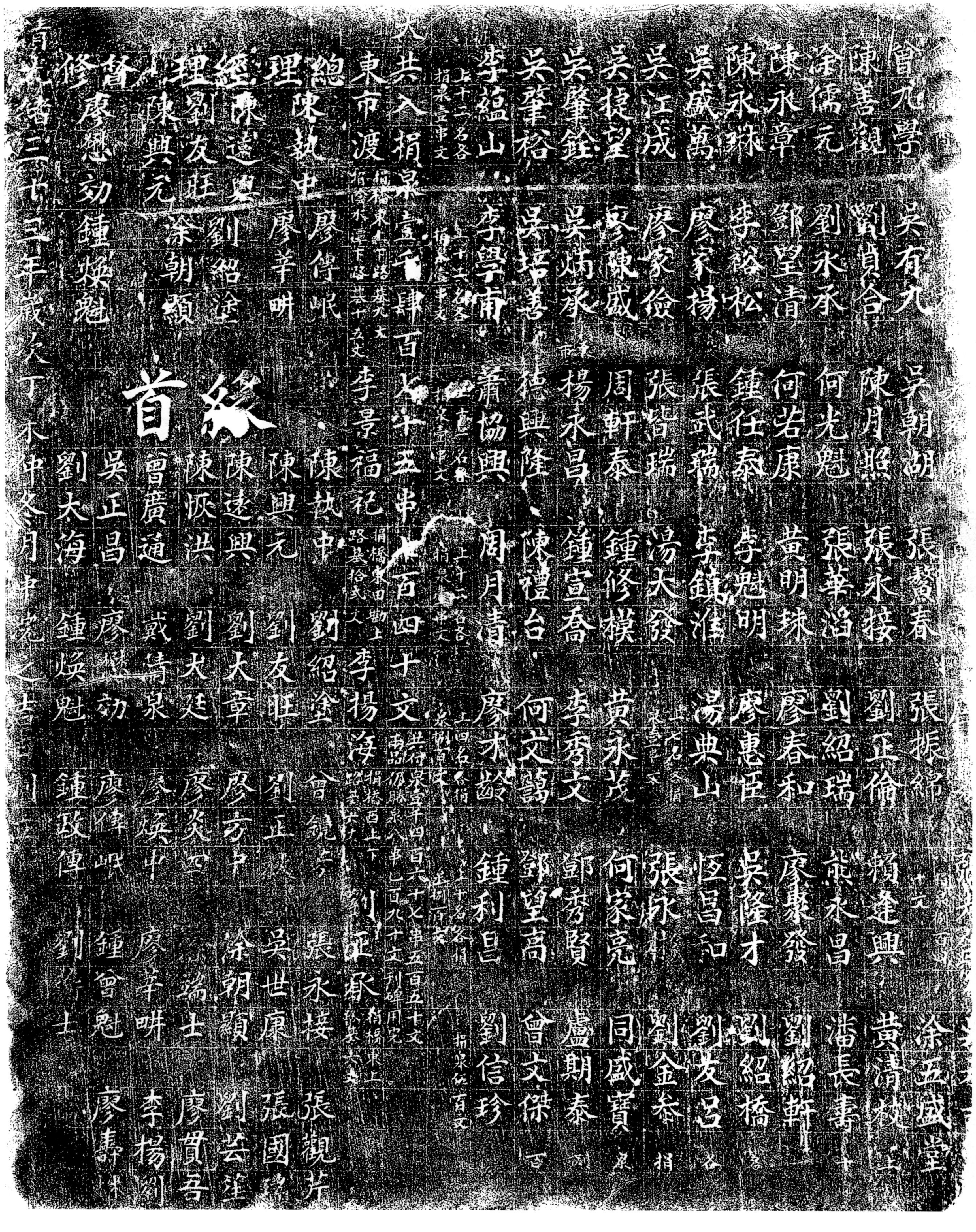

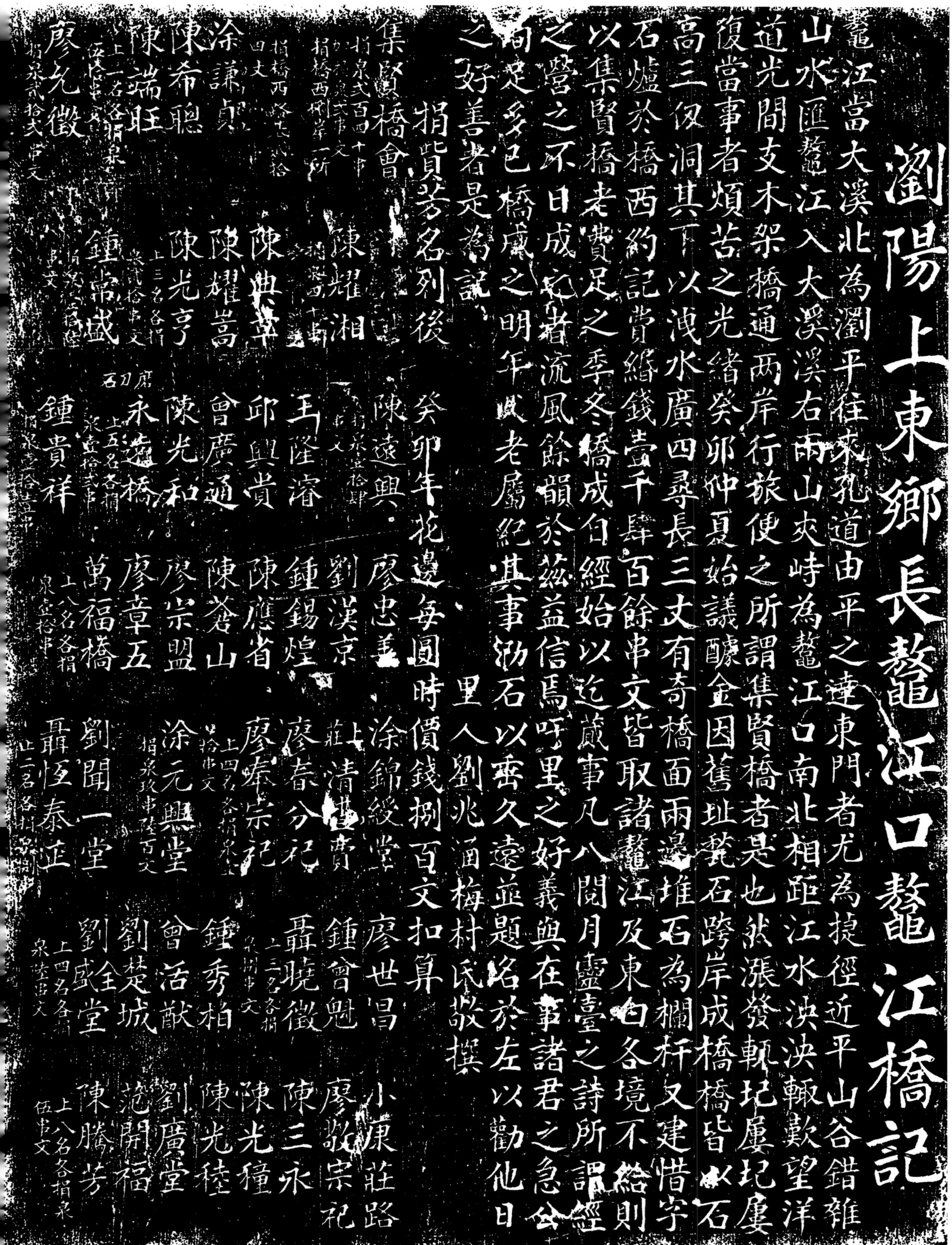
瀏陽上東鄉長鼇江口鼇江橋記
鼇江當大溪北為瀏平往來孔道由平之達東門者尤為捷徑近平山谷錯雜
山水匯鼇江入大溪溪右兩山夾峙為鼇江口南北相距江水泱泱輒歎望洋
道光間支木架橋通兩岸行旅便之所謂集賢橋者是也然漲發輒圮屢圮屢
復當事者煩苦之光緒癸卯仲夏始議釀金因舊址甃石跨岸成橋橋皆以石
高三仞洞其下以洩水廣四尋長三丈有奇橋面兩邊堆石為欄杆又建惜字
石爐於橋西約記費緡錢壹千肆百餘串文皆取諸鼇江及東白各境不給則
以集賢橋老費足之季冬橋成自經始以迄蕆事凡八閱月靈臺之詩所謂經
之營之不日成之者流風餘韻於茲益信焉吁里之好義與在事諸君之急公
向是多已橋成之明年與老屬紀其事泐石以垂久遠並題名於左以勸他日
之好善者是為記
里人劉兆涵梅村氏敬撰
捐資芳名列後
癸卯年花邊每圓時價錢捌百文扣算

岳麓山爱晚亭联

位置：岳麓区岳麓山青枫峡爱晚亭
质地：花岗岩

释文：

山径晚红舒五百夭桃新种得，
峡云深翠滴一双驯鹤待笼来。[1]

[1] 罗典撰联。

山徑晚紅舒五百夭桃新種得
峽雲深翠滴一雙馴鶴待籠來

岳麓山爱晚亭联

光绪十四年司徒岭新修茶亭记碑

位置：宁乡市巷子口镇扶峰村孙家组

质地：青石

规格：高 130 厘米，宽 74 厘米

释文：

司徒岭新修茶亭记

桂岭嶙峋，梅山岌嶪。连峰亘地，群峭摩天。鸟道回而烟萝深，蚕丛高而云栈远。地名司徒岭，为宁乡、安化往来要道。缅夫印石堆螺，雨生缪篆[1]；屏山叠黛，风满罘罳[2]。露浥芙蓉，旧是青羊之地；云开华盖，遥分白马之尊。为楚泽之奥区，辟渚宫之胜概。尔其鸡足名山，鹫头作岭。当关踞虎，细路萦蛇。引蔓攀藤，悬趾则二分在外；扪参历井，抚膺而十陟为劳。冠盖往来，轮蹄辐凑。途非蜀道难，竟等于登天[3]；人异长房术，难咨夫缩地。一亭一驿，加银鹘而弥多；三暮三朝，见黄牛而如故。若乃青春受谢，赤帝司权；火伞当空，凉珠难御。奔走乎铄石流金之顷，坌息乎炎风赤日之中。羡词客之追凉，坐调冰水；嗟仆夫之况瘁，谁酌金罍。惟应广厦千间，庇兹热客；安得杨枝一滴，洒向炎陬。于是拓地半弓，造亭十笏[4]，诛茅启宇，接笕通泉。披襟当大王之风，举盏携小团之月。每当游人驻足，行李息肩，雪壁无尘，水瓯饷客。息薪劳之栗陆，听铃语之郎当。小住为佳，息影非同恶木；劝公无渡，临流何必投钱。徐看两腋风生，双瓶火活；忘却当头日午，一笠阴圆。又有古井澄波，长松拂日。苍髯千尺，即是桴阴；寒碧一泓，便分河润。不用移山之策，何须调水之符。左右逢源，盘桓永日。爰题小序，俾勒贞珉。此时啜茗挥毫，作元次山唐亭之记；他日扪萝蜡屐，寻杜少陵沙驿之诗[5]。

二品衔前广东按察使张铣寿荃[6]谨撰，同知衔广东补用知县童锟鹤楼敬书。

（捐款姓名从略）

---

[1] 缪篆：印玺篆体，因“印石”而有此形容。

[2] 罘罳：山名，与“屏山”照应。

[3] 李白《蜀道难》有：“扪参历井仰胁息，以手抚膺坐长叹”；“蜀道之难，难于上青天”。

[4] 半弓：旧时五尺为一弓，半弓则形容面积小；十笏：旧时将金银铸成笏板形，一枚为一笏，“十笏”约指造价，也不是实数。

[5] 元次山：元结；杜少陵：杜甫。

[6] 张寿荃，宁乡人，宋代大儒张南轩第二十三代嫡孙。光绪间署广东按察使。治理潮州水患有功，官至二品。

司徒嶺新修茶亭記

柱嶺嶠崎梅山發業峯草地峯峭天高道迴而煙羅深盤叢高而雲棧遠地名司徒嶺為甯鄉安化往來要道緬夫邛石堆
螺雨生綠家屏山青風滿罕惡露溢美容苗是青羊之地甚開第盖遠分白馬之蔓為楚澤之奧區潤諸宮之勝概爾其鷄足
名山鷲頭佛眉當關路虎細路蟠蛟引夢板棧懸趾則二分在外捫參歷井撫膺而十陟為勞冠蓋往來輪蹄輻湊途非蜀道難
竟等於登天人異長房術難夫縮地一亭一驛加銀鶴而彌多三暮三朝見黃牛而如故若乃青春受謝赤帝司權火繖當空
淳珠難御奔走爭鑠石流金之頃望息爭炎風赤日之中最詞客之追涼坐調水木若僕夫之況瘁誰酌金罍惟應廬厦千間庇
茲熱客安得楊枝一滴佈天歟求是拓地半弓造亭十笏詠茅啓宇接見遠泉披襟當大王之風舉盞攜不團之月每當遊人
駐足行李息肩雪壁無塵冰甌餉客息薪勞之栗陸聽鈴語之郎當小住為佳息影非同惡木勸公無渡臨流何必投錢孫卉雨
腋風生雙瓶火活忘却當日午一笠陰圓又有古井滄波長松拂日蒼髯千尺取是樹陰寒碧一泓便分河潤不用移山之策
何須調水之符左右逢源盈桓永日爰題小序俾勒貞珉此時騷客揮毫作元放山磨真之記他日捫蘿攬屐尋杜少陵沙驛之
詩

二品銜前廣東按察使張銑壽荃謹撰
同知銜廣東補用知縣童鏡鶴樓敬書

捐款芳名列後
羅青筠公 錢叁拾仟文 肖獻章公 各
張壽荃公 錢貳拾仟文 張益晟 錢 ……千文正
孫立身公 錢貳拾仟文 張海南公
童五樓公 各 李碧山
李世魁公 李升宏公
客卯寺 捐拾仟文正 陳蘭桂公
蘭開佛公 吳六順公
易三卿公 捐錢伍仟五 劉應文公
元善堂 各 蘇榮冀公
趙伯禹公 捐伍仟文正 僧淨凡
孫再權公 錢 僧常念
劉在才公 各 僧普洛
僧願成 捐肆仟文正 周再夷公
黃南 錢 吳右
劉禮云 捐錢叁仟文 李蓮殿

各 貳
捐 仟
錢 文

李達公 各 易玉中 捐錢貳千弍百文
李叙公 捐弍千文 張晉孚 捐錢壹千八百文
黃化岩 錢 蔣義發 易祀先堂 各 易九叙
張以祁 李東海 易五叙公 易長云
肖玉奇 孫玉贊公 劉珩勝 劉福元
姜隱章公 湯永興 信義店 捐 蘇榮耀公
易勵元公 蘇如容公 啟太店 唐一龍公
易玉昌 蘇吉祥 吳松太 錢 黎政和公
張甲元 彭君輔公 合茂森 壹 劉漢彥公
童四文 張益元 吉丰和 彭瓊林
童長駿 易義泰 夏均俊 仟 王福成
俞光義 張貴和公 王思贊 童文林公
王執門 張壽喬 肖仕清公 文 羅浩美
李自信公 張福元坊 易啟文 周秀春
李文

各 百 文 各 百

光绪十四年司徒岭新修茶亭记碑

宣统三年岳麓山二南诗刻

位置：岳麓区岳麓山青枫峡兰涧旁

质地：花岗岩

规格：高80厘米，宽80厘米

释文：

放鹤

宣统三年秋，补葺爱晚亭，刻南轩、南园两先生诗，并征罗鸿胪故事[1]。书“放鹤”二字，以永嘉游。程颂万并记。

二南诗刻

张南轩先生青枫峡诗

扶疏古木矗危梯，开始如今几摄提[2]。还有石桥容客坐，仰看兰若与云齐。

风生阴壑方鸣籁，日烈尘寰正望霓。从此上山君努力，瘦藤今日得同携。

钱南园先生九日岳麓诗[3]

雨歇江平政亦闲，相寻故事一登山。红萸黄菊有深味，碧涧丹崖俱净颜。

北海碑看落照里，南轩座接清风间。归欤且住穷幽兴，细数林鸦几队还。

[1] 罗鸿胪：罗典（1718—1808），字徽五，号慎斋，湘潭县人，乾隆十六年（1751）进士。历编修、御史、鸿胪寺卿等职，乾隆四十七年（1782）后出任岳麓书院山长达27年，使岳麓书院声名鹊起，震扬海内。嘉庆十三年（1808）病逝于书院，享年91岁。

[2] 如今或作“知经”。

[3] 钱南园：钱沣（1740—1795），字东注，号南园，云南昆明人，清代著名书画家。乾隆三十六年辛卯科（1771）进士，历任翰林院编修、湖南学政、江南道监察御史、湖广监察御史等职。好直谏，权奸嫉之。乾隆六十年（1795）卒。有《南园先生遗集》存世。

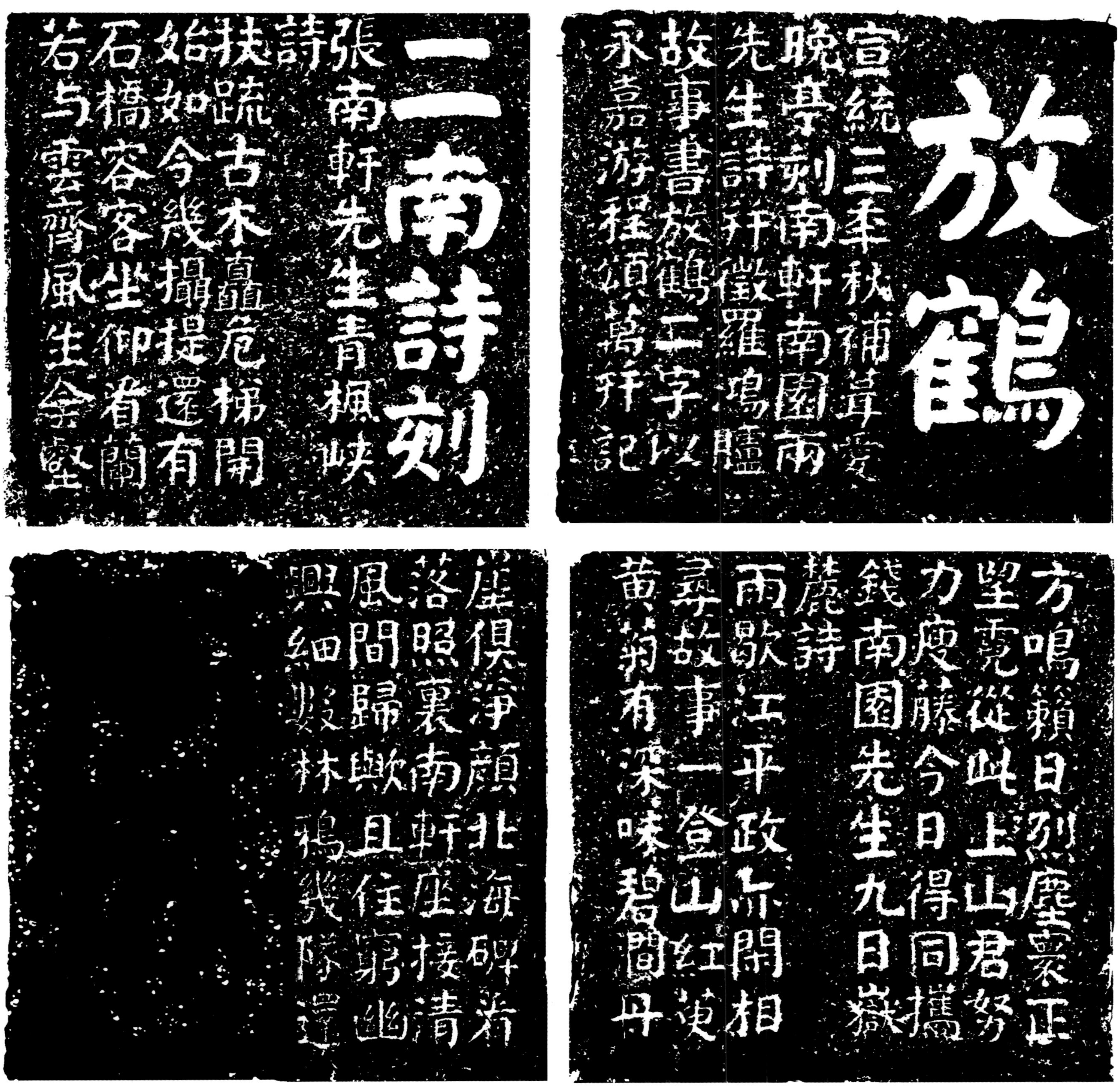

宣统三年岳麓山二南诗刻

应用碑刻

雍正三年黑螺塘水租承认字碑

位置：开福区开福寺

质地：青石

释文：

黑螺塘水租承认字

立承认字廖仕臣、吴茂林、陈尔泰、毛若晦、彭海质等。今认到开福寺黑螺塘，每年除认饷外，自愿□佃，其租谷秋收完楚，不得短少。倘有拖欠，听僧执字鸣宪。今恐无凭，立此承认字为据。

凭都甲李孟徽、李芳仪、毛玉弼、杨盛华。

雍正三年三月初十，廖仕臣等立笔。

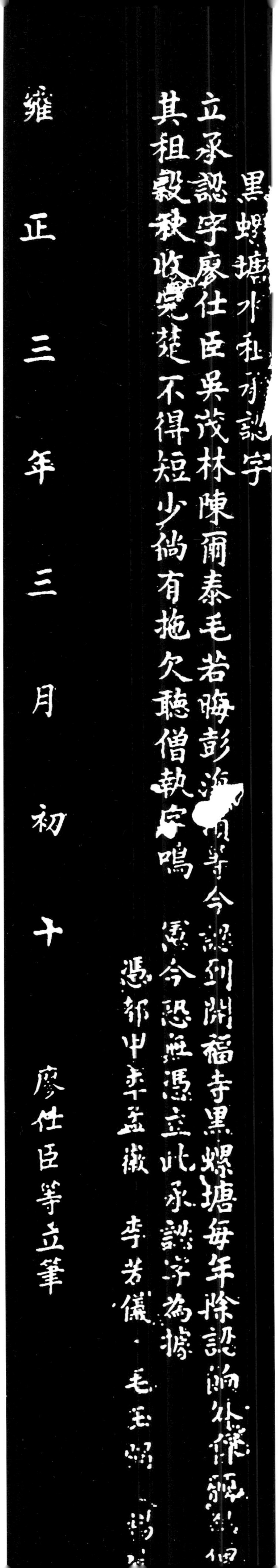

黑螺塘水租承認字

立承認字廖仕臣吳茂林陳爾泰毛若晦彭海[illegible]賢等今認到開福寺黑螺塘每年除認納外[illegible]

其租穀秋收完楚不得短少倘有拖欠聽僧執字鳴[illegible]憑今恐無憑立此承認字為據

憑鄒中李孟薇　李芳儀　毛玉昭　[illegible]

雍正三年三月初十　廖仕臣等立筆

雍正三年黑螺塘水租承认字碑

雍正三年黑螺塘饷租合同碑

位置：开福区开福寺
质地：青石

释文：

黑螺塘饷租合同

立合同。明道都一甲一二区粮户廖仕臣、吴茂林、陈尔泰、毛若晦等情：黑螺塘历系王塘，归开福寺，田百五十四亩，科饷八两二钱九分。附居人等，毋得侵越。廖仕臣等因塘下田亩赖塘水荫注，致□□□公典处，务使两全。今仕臣仰体上意，于僧正修户内自愿承认每年完藕饷八两整，寺僧自完田钱租二十石整，差务随田料理。其塘水任廖仕臣等车荫，寺僧无阻。其栽种、蓄鱼听僧自便，如日后抗饷，上二比毋得异言。今恐无凭，互立合同各收一纸为据。

朱批附卷。

凭都甲李孟徽、李芳仪、毛玉弼、杨盛华。

雍正三年三月初十日立， 廖仕臣、吴茂林、陈尔泰。

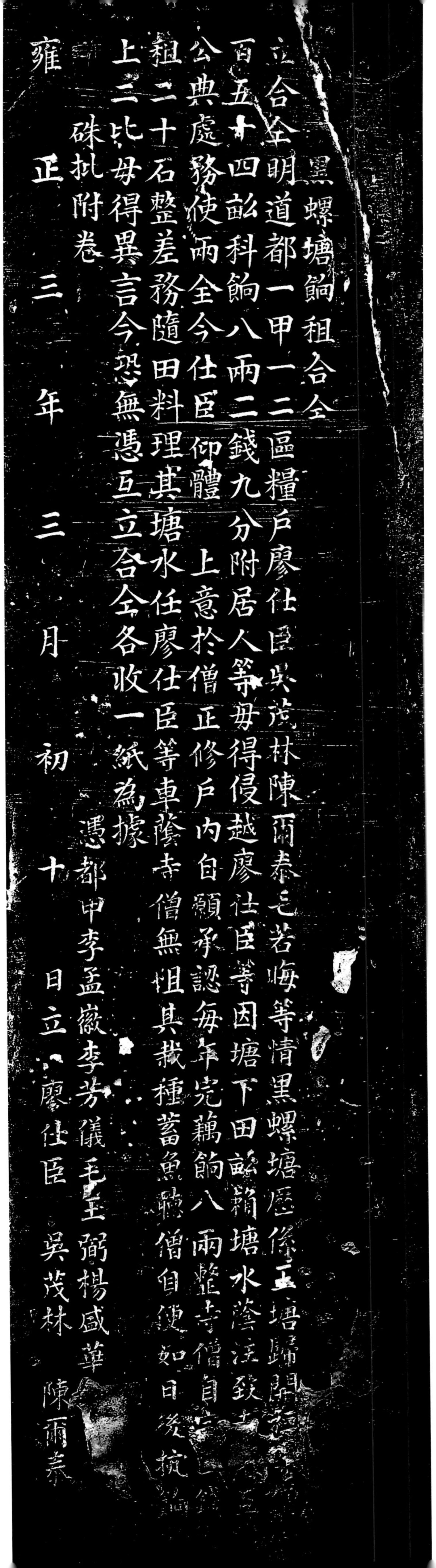

黑螺塘佃租合仝
立合仝明道都一甲一二區糧戶廖仕臣吳茂林陳爾泰毛若海等情黑螺塘歷係五塘歸開
百五十四畝科佃八兩二錢九分附居人等毋得侵越廖仕臣等因塘下田畝藉塘水蔭注致
公典處務使兩全今仕臣仰體　上意於僧正修戶內自願承認每年完藕佃八兩整寺僧自
祖二十石盤差務隨田料理其塘水任廖仕臣等車蔭寺僧無阻其栽種蓄魚聽僧自便如日後抗
上三比毋得異言今恐無憑互立合仝各收一紙為據
硃批附卷　　憑都甲李孟嶽李芳儀毛玉弼楊盛華
雍正三年三月初十日立　廖仕臣　吳茂林　陳爾泰

雍正三年黑螺塘佃租合同碑

咸丰七年分水合同碑

位置：宁乡市巷子口镇黄鹤村太阳冲
质地：青石
规格：高 95 厘米，宽 60 厘米

释文：

分水合同碑（额题）

节录

嘉庆十八年五月廿日，太阳冲、姚家冲、西阳冲、深坝、坑坝、□□□□□日升休息分水合同。因李业归罗荟芝、罗良甫、罗成章、罗永清管，故碑仍刻“李”字样记李屋后四亩田塍、窖、石、瓴以穿心寸空为准[1]，注李屋后田叁丘，又入小圳□，注行人路上田壹丘止，不得外注。黄鳝冲路下任李照契注荫，其分水石硖子接连硕坝伍座，头坝壹座，不得开挖水。由李田过水碓丘贰丘，下河于贰丘内，有达水注李屋门首田亩。因有达水，将簿内李分轮分之水内除壹日壹夜，余□水下河。其贰坝叁坝任众姓开下至四坝，其四坝不得开挖，水由李捌亩塅田不得开挖。每遇轮流分水，其坝应开者，李人永无阻塞。任李管者，众姓亦无得混开。其太阳冲、姚家冲、西阳冲三处，各由旧章，照分水簿据轮放。今节录刊碑。监此俾家谕户晓[2]，永杜争端。如有刁梗，背据盗放、混放者，罚钱肆串文，归公□议。计批石硖子下第五坝内有周、刘应接，注者各照契管理，此批，计批深坝坑水由石硖子分放，石硖子上田罗人毋得堵塞，众姓亦毋得混挖开坝。此议。

咸丰七年五月吉日众姓公立。

[1] 穿心寸空：应是当地特有的田土或水源划分方法。
[2] 监：通“鉴”。

分水合同碑

嘉慶十八年五月廿日太陽冲姚家冲西陽冲深垻撓垻人
日升休息分水合同因李業歸羅習芝成章良甫永清管故碑仍刻李學樣
記李屋後四畝田坳窖石瓶以穿心寸空為準注李屋後田叁坵又入小
注行人路上田壹坵止不得外注黃鱔冲路下任李照契注蔭其分水石碑
接連頭垻伍座頭垻壹座不得開挖水由李田過水碓坵貳坵下河於貳坵
看蓮水注李屋門首田畝因有蓮水將簿內李分輪分之水內除壹日壹夜
水下河其貳垻叁垻任衆姓開下至四垻其四垻不得開挖水由李副畝
注伍坵由伍坵大河仍歸河不入第伍垻之內第伍垻任李管江蔭一畝
不得開挖□過輪流分水其垻應開者李人亦無阻塞任李管衆姓亦無
混開其太陽冲姚家冲西陽冲三處各由旧章分水溥輪放令節錄刻
議此俾家諭户曉永杜爭端如有力梗背盟盜放混放者罰錢肆串文归公
議　計批石破子下第五垻內有周刘應接注者各照契管理此批
計批深垻撓水由石硤子分放石硤子上田羅人毋得堵塞衆姓亦毋得
挖開垻此議

咸豐七年五月吉日衆姓公

咸丰七年分水合同碑

道光二十九年浏阳县正堂为窃匪娼赌事奉宪严禁碑

位置：浏阳市博物馆

质地：青石

规格：高 141 厘米，宽 67 厘米

释文：

奉宪严禁（额题）

湖南长沙府浏阳县正堂加十级纪录十次赵为严禁窃匪娼赌以靖闾阎事[1]。照得赌博为引窃之源，娼妓实藏奸之所。查窃匪娼赌，重则问拟军流，轻则罪应枷杖，例禁何等森严，有犯不容宽贷。叠经本县出示严禁在案。近闻西乡皇巩桥一带地方，有无知男妇游手好闲，不务正业，或穿穴逾墙，肆行偷窃；或浓妆艳服，流为娼妓；或开场设局，昼夜赌博。甚至乞丐聚众强讨，以及左道惑众，并窝留奸拐，诱人子弟，败人家产，种种不法，大为风俗人心之害。正示禁问，据合境绅民人等具禀前来，除批示外，合行出示严禁。为此，示仰该处居民人等知悉。须知窃贼、娼赌以及强丐、左道、窝拐，皆丧名节，人类所不齿。务宜父诫其子，兄勉其弟，妇女互相劝戒，革面洗心。凡工□、贸易、纺绩、针黹皆可谋生，毋得仍蹈前辙，自投法网。倘敢故违不悛，有犯前项不法等事，许该绅民保阪人等，查实□送。或经访闻告发，定即提案，尽法究治，决不姑宽。各宜凛遵毋违，特示。

一、境内蓄养猪牛羊鸭，各宜看守，不许擅伤禾稻、豆麦、薯芋、姜麻各项生芽。违示者，许该地绅民估值照赔。倘有不遵，准即指名禀究；

一、境内自示以后，毋许乞丐三五成群赖讨撒泼，违示者□准即送究；

一、栽插之后，毋容捉鳅照鳝，以伤禾稻。但本邑人繁地狭，尔诸民务宜多种秋杂生芽，以全衣食。自后猪牛永禁收关以及私宰网法；

一、尔诸民务宜各守本分，凡杉松、竹木、桐茶、柴薪、茅草，毋许闪眼盗偷，如违重究。

批准出示，泐碑严禁，右仰通知。

道光二十九年七月二十三日示，实贴荆头塅晓谕。

---

[1] 闾阎：民间。

道光二十九年浏阳县正堂为窃匪娼赌事奉宪严禁碑

同治六年云山书院碑记

位置：宁乡市横市镇云山村

质地：青石

释文：

……嶂，佳木葱茏，毁……机，固必有赏心处也。夫人之气质[1]……化其殊而归之一也。五伦五事皆人所……著习矣。不察终身，曰之而不知者，未学者也。……问慎思，明辨以析其理，笃行以践其实，诚能百倍其功。则愚必明，柔必强，从此臻于纯粹，处为大儒，出为良佐。学之为功，不诚伟哉？若夫溺于词章，汩于切利，所学者浮躁浅露也[2]，机械变诈也。寡廉鲜耻，无所不为，是学之为害，甚于不学，又乌望乎？董仲舒曰："正其谊，不谋其利，明其道，不计其功。"张敬夫曰[3]："无所为而为者，义也；有所为而为者，利也。"君子、小人之分，只在义与利之间，能弗审诸？书院近南轩之墓，因南轩书院之废而继兴之，游其中者，必有所感发而兴起也。是举也，经始于同治乙丑冬，告竣于丁卯（六年，1867）春。董事运同衔候选知州曾毓郯；同知衔广东即补知县刘汝康，州同衔、监生潘本渠，五品衔候选训导罗珍；督修州同衔候选县丞姜瑞芳；五品衔浙江候补从九刘大诰；监修从九衔李棣棠、周志伟、潘耀南；三年于兹，不惮劳瘁。邑之人咸踊跃赴公，捐资相助，是欲善有同心，可卜将来人材益盛也。兹余奉命承之陕甘，征车在防不遑启处[4]，喜美举之成也，特停骖濡笔以记之。

钦命督办陕西军务署陕西巡抚部院三品卿衔、仍留二品顶戴、前浙江甘肃按察使司、帮办江皖闽浙陕甘军务、云骑尉世□阿尔刚阿巴图鲁刘典[5]拜撰。

奉宪拟定章程开列于后：

一、山长为士林楷模，必择本邑宿学名儒，预年由地方官□聘，择期释奠，届期首士备舆迎接。

一、山长每年聘仪银二两，贽仪银八两，束修银一百二十两，薪水银四十两，节仪银六两，夫马费钱六串，每月米五斗。

一、肄业生于每月由官课评定。正附生监：正课五名，每名每月米三斗，膏火钱一串；附课五名，每名每月膏火钱八百。文童生：正课三十名，每名每月米三斗，膏火钱八百文；附课三十名，每名每月膏火钱六百文。均由首士按发。又推广正课十名，每名每月膏火钱八百文。向由地方官捐廉按发。每月首士备花红钱八串，由山长扃试酌奖，课卷由首士备办。

一、山长跟随一名，随封银六钱，每月钱一串。

一、号房伺候山长，接送课题课卷，誊写榜文，均须勤谨至□□□□□□房屋即解馆时，毋得疏忽。如不□□由首士更换，每年给银十二两，米三石六斗，给费钱五串。（捐款姓名从略）

---

[1]"夫"为发语词，"夫人"非双音节词。

[2]露：通"陋"。

[3]张敬夫：张栻，字敬夫，号南轩。

[4]遑：闲暇。

[5]刘典（1818-1878），字伯敬，号克庵，宁乡人。著名湘军将领。曾参与平定太平天国、陕甘回变、阿古柏之乱等役。《清史稿》有传。

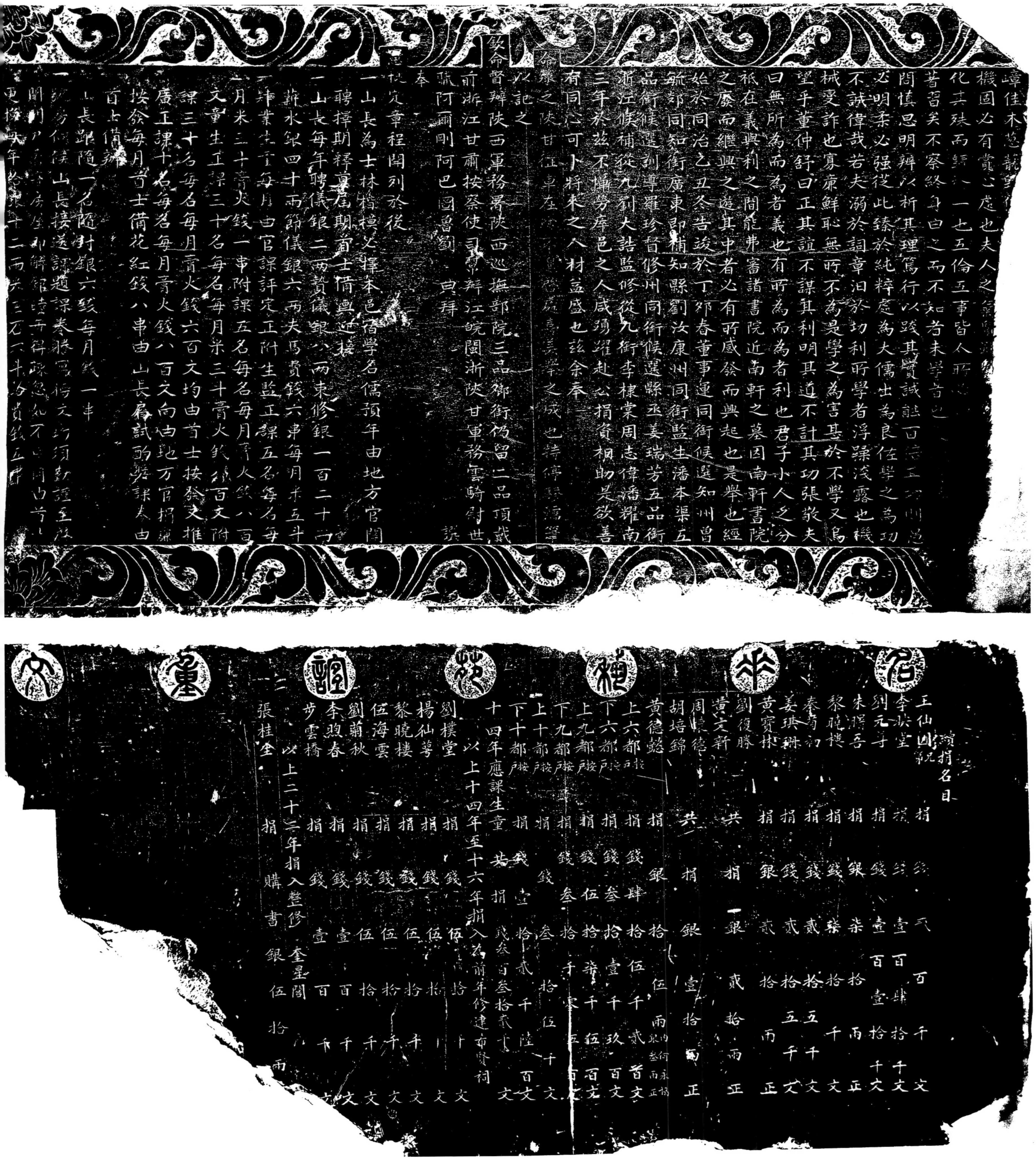

同治六年云山学校碑记

同治十三年罗氏家族祖山禁碑

位置：宁乡市马头湾月形山

质地：青石

释文：

祖山禁碑（额题）

马头湾月形山葬贵初公夫妇、父子，乃德、克、晖、明四房之祖重地也。各房续葬者共十有四棺。爰合族公议，自后永禁进葬。凡属本山历蓄古树及四围土坎，无论公私均禁砍伐锄挖。

同治甲戌五月谷旦四房公立。

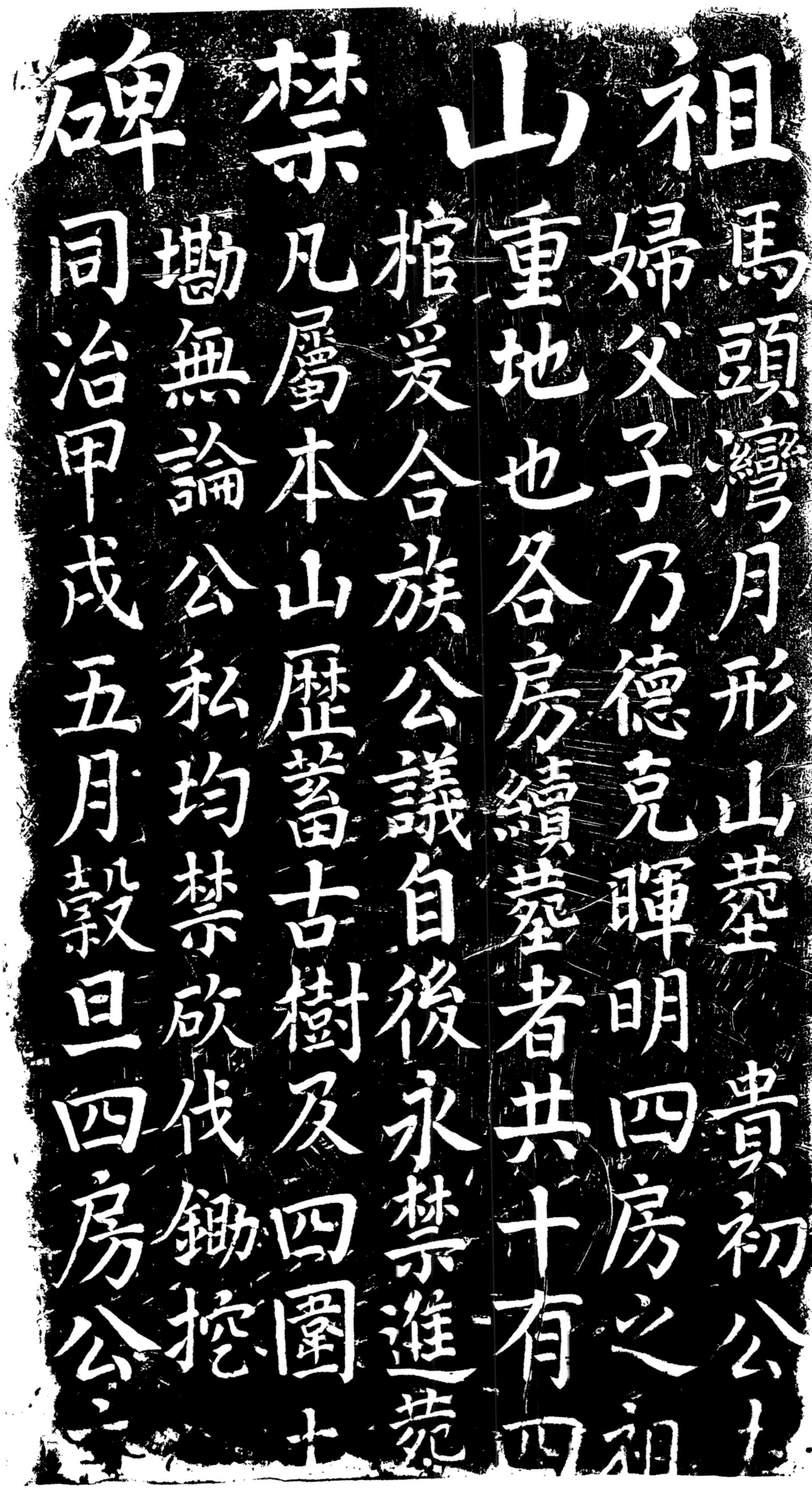

同治十三年罗氏家族祖山禁碑

光绪五年长沙府宁乡县正堂封禁事碑

位置：宁乡市

质地：汉白玉

释文：

湖南补用清军府直隶州准补保靖县调署长沙府宁乡县正堂加七级大计卓异随带加一级纪录三次罗出示封禁事。[1] 案据职员宋连翘、周星谷、周瑞松、黎达修、宋润生、宋春田、潘石泉、张拔齐、黎霖镁、黎月国、黎春吉、周寿朋、张友周、喻觉吾、喻文质、杨友周、汪华山、宋经营、李玉本、喻岳生、喻浅泽、黎葆元、黎岱生、黎汉江、黎吉云、黎乐安等禀称：檀木桥通衢也，街长约两里许，其间关圣庙宇，众置公亭仓、贮积社两谷及各姓祠宇。街后山长数里，坟冢鳞砌在在，均关紧要。惟该地产石，每因开荡滋端。咸丰年因该街下首开荡采石，业经禀请封禁，工科案稽。迨光绪二年，有彭蓉舫等仍在该处开采，经二、七两都绅粮等，因见有众庐舍丘墓，拟协禀封禁。彭等自知不应，甘书尊封字约，附关圣庙首士收执。去年，余、喻两家又因开采构讼，已蒙履勘封闭，共沐鸿恩。诚恐日久玩生而射利之徒，罔知例禁，一旦废采，则公庾、公仓、庐舍、丘墓均有妨害，势必又兴讼端，理合公恳赏赐，出示封闭。并恳下令刊石立碑，永禁不许开采，以杜后患而绝讼端，深为公便，均沐上禀等情到县。据此，除批示外，查檀木桥上铺嘴，前据余坤元等以喻昆圃架造窑、凿石烧灰、戕伤祖坟等情呈控，业经本县勘讯，断封定案在卷。兹据前情，查该处为往来通衢，前街庙宇、公仓、铺屋、房舍鳞次，后山多系坟墓重迭，均应防护保全，不得开山取石，掘挖荡坑，以致崩塌为害，合行示禁。为此，示仰该处团保、山主、居民人等知悉。自示之后，尔等一体遵照，永远禁止在檀木桥上下间开山取石，如敢故违，许该都团保甲、邻人将随时指禀，并予立案讯办，决不姑宽。各宜懔遵毋违。特示。右仰知悉。

光绪五年八月二十八日

---

[1] 罗：即罗佳竹。民国《宁乡县志·官师谱八》知县中则有“罗佳竹，字莳荃，宜都副贡”。

光绪五年长沙府宁乡县正堂封禁事碑

光绪二十九年为治安事浏阳县事补用县正堂贺示碑

位置：浏阳市博物馆

质地：青石

规格：高123厘米，宽68厘米

释文：

正堂贺示（额题）

花翎同知衔署长沙府浏阳县事补用县正堂加五级贺为出示严禁事。案据职员汤年征、周永裕、周可传、闵世传、罗立吾、罗万足、李辉照、罗年藻、李训畤、谭举吾等禀称：贼痞扰害，禀请示禁，以靖地方事。职等奉办古港大团所辖之甄淑、花园、道德、三庆□、崇正五团团务，均有年所。惟五团毗连地方，寥阔山谷，迂回不当通衢大路，愚顽莫化，宵小堪虞。其深林、崖畔、桥孔、窑厂，几为藏盗之薮，烟馆又为囤留之区。日则负囊乞食，夜则穿窬行窃[1]。不惟柴薪、桐茶、竹木、禾麦、诸豆、诸生芽难以蓄禁，甚至单丁独舍，欺凌强掠，贫寒多受其害，亦难以胜悉。若辈如此猖獗，殊堪痛恨。□多痞党、聚赌抽头，输赢斗殴，敌杀成仇，掣骗拐带，以及私造假票，其引诱良家子弟，职等叠受经投，受害者往往不少。又有假冒奉示报春[2]，挨户重索，以供醉饱。并议会匪放飘之说，种种不法，均属大干例禁。非□出示严禁，恐酿巨祸贻害，何堪设想？但从前遇有不法痞徒作祟，理应赴□禀送，因夫马伙食无从筹办，以致畏难苟安。风气日趋日坏，职等爰纠五团公商，募资集费，颜名捕盗，择人领管，生息备用，庶免临事掣肘，是否有当。谨将公拟条规十则录，恳赏赐察核，出示严禁，端风正俗，除害安良。五团感戴等情到县，据此除批示据禀及条规均悉。该处地方寥阔，宵小堪虞，该绅等酌据应禁事宜，禀请出示，其见关怀桑梓，殊堪嘉尚。候出示严禁，仍着妥为办理，以期匪痞潜踪，良善安枕，是为至要外，合行出示严禁。为此示仰该处居民人等知悉，尔等务宜互相照顾，倘有不法之徒在境滋扰，故违示禁，一经访闻或被指禀，定即拘案，从严惩办，决不稍事宽贷。其各凛遵毋违，特示。

计开：

一、年壮身负长袋叫化，日间三五成群沿门乞食，夜则栖宿桥下、石岩、古庙、棚厂，人寂之处，名为叫化，实系窃贼。凡遇此等到境，各户不得给发，责成牌长随时稽查。如遇此辈恃众逞强，即率联户牌长驱逐出境，如敢抗违，五团协保押送禀究。

一、近来比户遇贼，邻佑闻声不肯随众救护，殊失邻里相助之谊。推原其故，皆恐与贼成仇，虑其寻害报复，徇情退缩。嗣后，一有被贼，邻佑闻声，即时往救，如有坐视纵贼，即以违规议处。

一、五团地界市野，均不得开设烟馆、贩卖洋烟、勾藏歹人盗贼，如有此情，即将烟馆封闭，驱逐出境。

一、五团比户□系良民，如有被贼丢赃陷害，或挟仇要挟者，公同其禀，申雪并乞彻究。

一、五团内有痞棍聚赌抽头、引诱良家子弟、偷盗斗殴，甚有因之丧命，连累父兄地方，嗣后五团内无论平时、年节、演戏、墟场，概行禁止。如敢恃痞，强梁坏规，公同禀究。

一、五团毗连山场，柴薪树木、桐茶杉竹、禾麦诸豆各色生芽，不许闪眼盗偷，如有恃强贼窃，公同禀究。

一、五团内有被窃户者，□贼获赃，实即鸣团，唤保送究。但解送费用，许在捕盗费内开支。

一、五团内有持火枪伤鸟、毁坝毒鱼及匪徒在境放飘、拐带掣骗、私造假票，牌长随时稽查，如查确切，鸣团禀究。

一、近来有等外来痞徒，三五成群，携带锣鼓，沿门报春，称奉有官示，重索资费，稍忽其意，辄敢挟制。嗣后五团内概不给发，如有恃强索斗，公同驱逐，不许囤境内。

[1] 穿窬：翻越墙头。

[2] 民间节令生产习俗，立春前几日，有人挨家敲铜锣、竹板，唱赞春词，送春牛图，所到之家主人赠与小钱，渐次演变为变相索讨。

一、五团居民务宜风敦友助，出入守望，互相维持。凡有事关风化逆伦重件、奸宄、盗窃、痞匪、赌博、私宰、淫戏等项，由本团查实，出首送究，四团附禀。

右仰通知。

光绪二十九年十月十一日，实刻浆田坳五团公所。

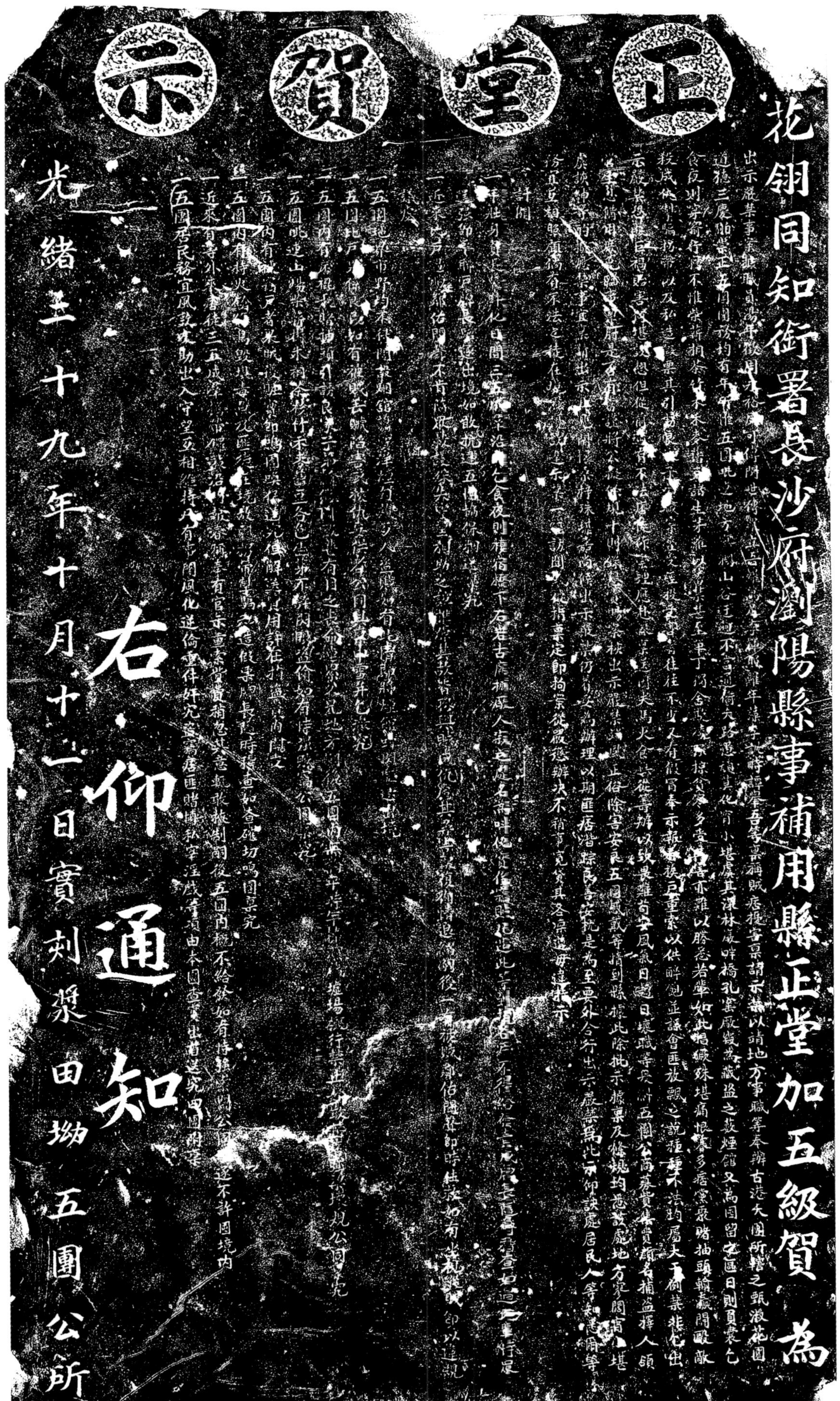

光绪二十九年为治安事浏阳县事补用县正堂贺示碑

宣统元年正堂朱示碑

位置：浏阳市博物馆

质地：青石

规格：高 80 厘米，宽 47 厘米，厚 3.5 厘米

释文：

正堂朱示（额题）

照得达浒团内上呼田地方，牛鼻坝下公圳及东、西两圳内，无论何姓何人，不准私造筒车、水碓毒鱼。业经职员黎肇勋等请示严禁，杜后该坝下公圳永不准私造筒车、水碓毒鱼，以维荫济而杜争端。除批示外，合行出示严禁。为此示仰该处业户、佃户、居民人等知悉。自示之后，倘敢仍蹈前辙，私造车、碓毒鱼，定即拿案，从严究惩，决不宽贷。其各懔遵毋违。特示。

宣统元年己酉仲冬月吉日刊。

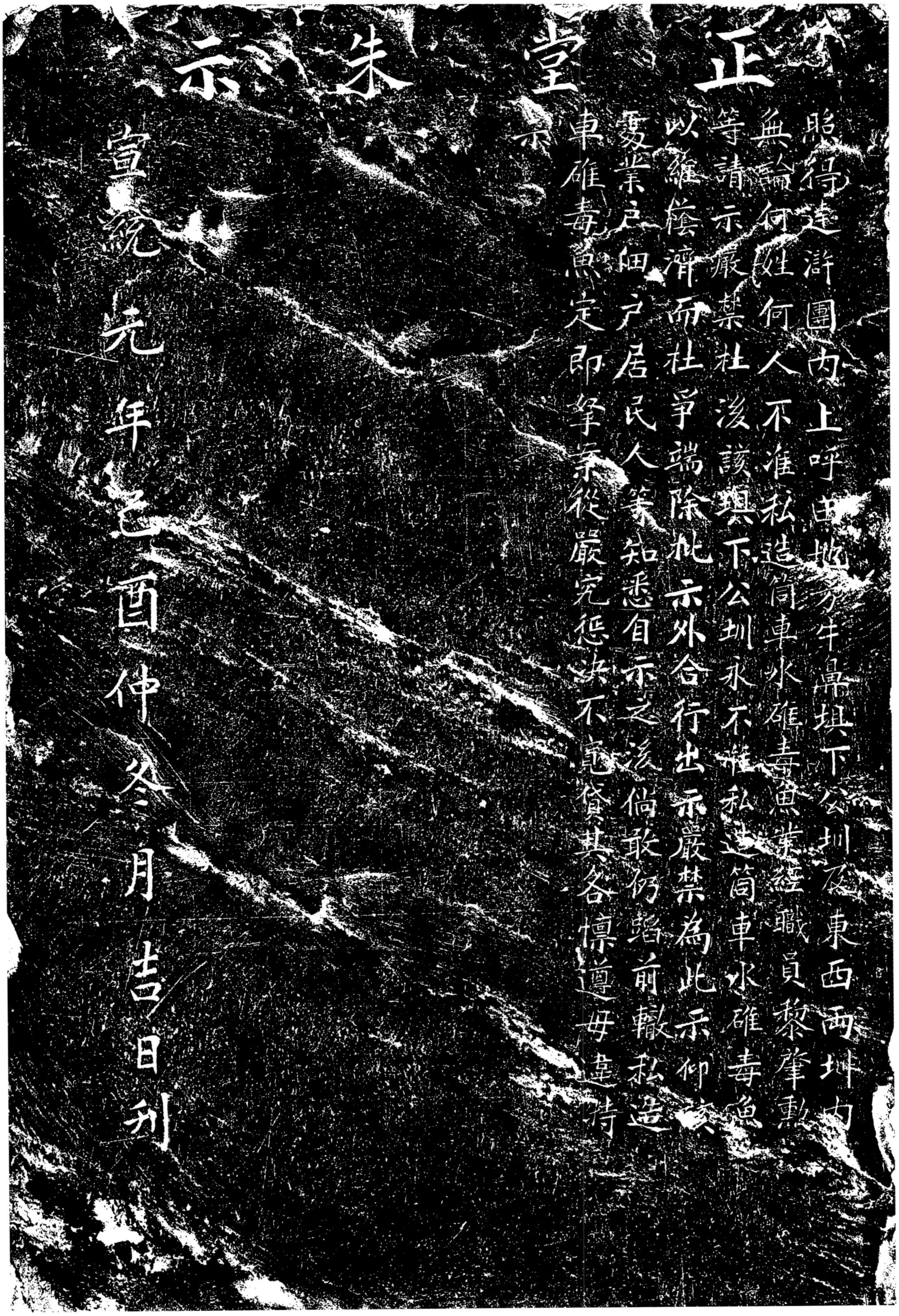

宣统元年正堂朱示碑

摩崖石刻

雍正初回头是岸摩崖石刻

位置：长沙县北山镇官桥村闵家塘组

质地：花岗岩

规格："回头是岸"每字大小约高 140 厘米，宽 80 厘米

释文：

回头是岸

题款：

峰峦耸翠独超群，石语千秋势兴云，

望友怀师情倍切，满腔风□□人文。

雍正初书于望麓台。

乾隆二十四年望麓台摩崖石刻

位置：长沙县青山铺镇天华村施家冲组

质地：花岗岩

规格：长 1600 厘米，宽 800 厘米

释文：

望麓台

予尝读《易》，此山每遇天朗气清，伫立石上，南望岳峰，烟云缥缈。因思灵麓之下，湘水之涯，予师友在焉。庸镌斯石，以志怀也。嘉靖辛亥晋山杨廷相。乾隆己卯七八世。词孙增冼

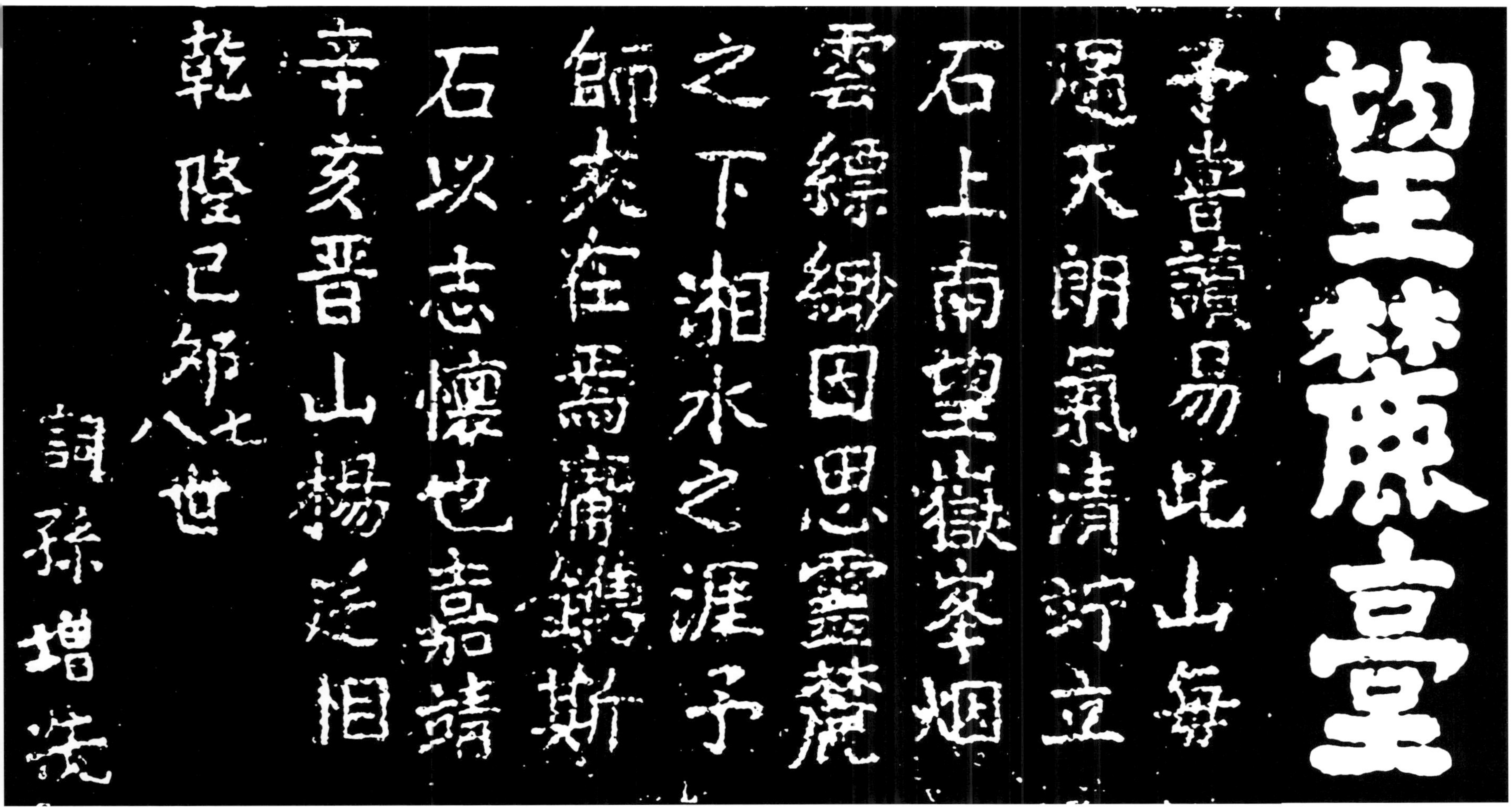

乾隆二十四年望麓台摩崖石刻

嘉庆四年国清寺石刻

嘉庆四年国清寺石刻

位置：长沙县青山铺镇

质地：花岗岩

规格：长 140 米，高 140 米

释文：

嘉庆四年三月，国清寺山，除僧人外，不得进葬。徒赵杨氏、宅主公立。

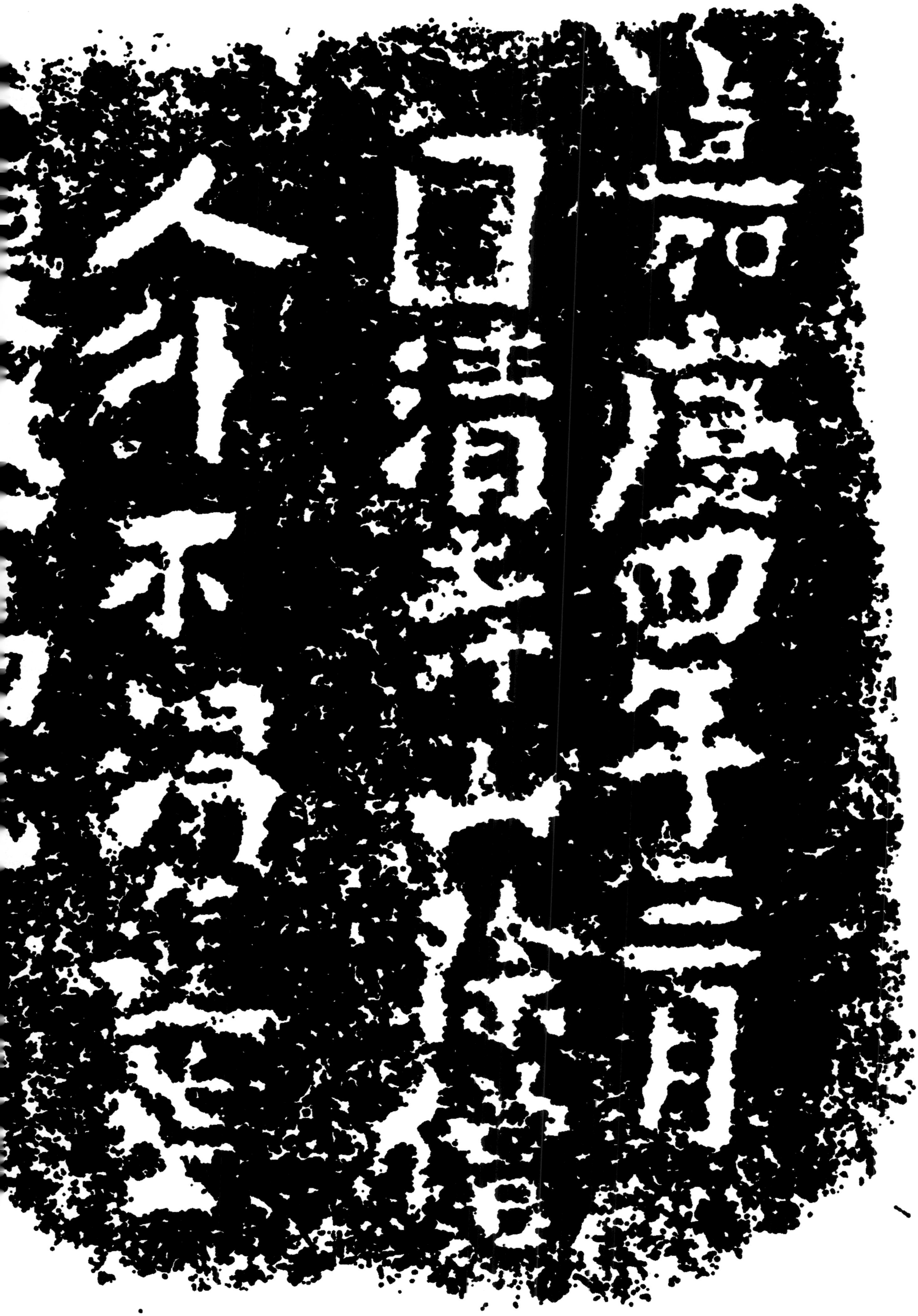

道光八年勒石严禁石刻

位置：长沙县北山镇福田村段山坝组
质地：花岗岩
规格：边框高 90 厘米，宽 50 厘米

释文：

三甲公同奉谕宪勒石严禁。

道光八年秋月立。

道光八年勒石严禁石刻

道光十五年印心石屋石刻

位置：岳麓区岳麓山

质地：汉白玉

规格：高 93 厘米，宽 288 厘米

释文：

印心石屋

道光乙未秋日御笔。

太子少保兵部尚书两江总督臣陶澍谨领恭摹上石[1]。

[1] 陶澍（1778-1839），字云汀，安化县人，嘉庆七年（1802）进士。历安徽、江苏巡抚，两江总督。道光十九年（1839）卒，谥“文毅”。《清史稿》有传。“印心石屋”为其斋堂号。陶澍有《御赐“印心石屋”四字匾额谢恩折》、《岳麓“印心石屋”图说》等文，均载《陶文毅公全集》。

道光十五年“印心石屋”石刻

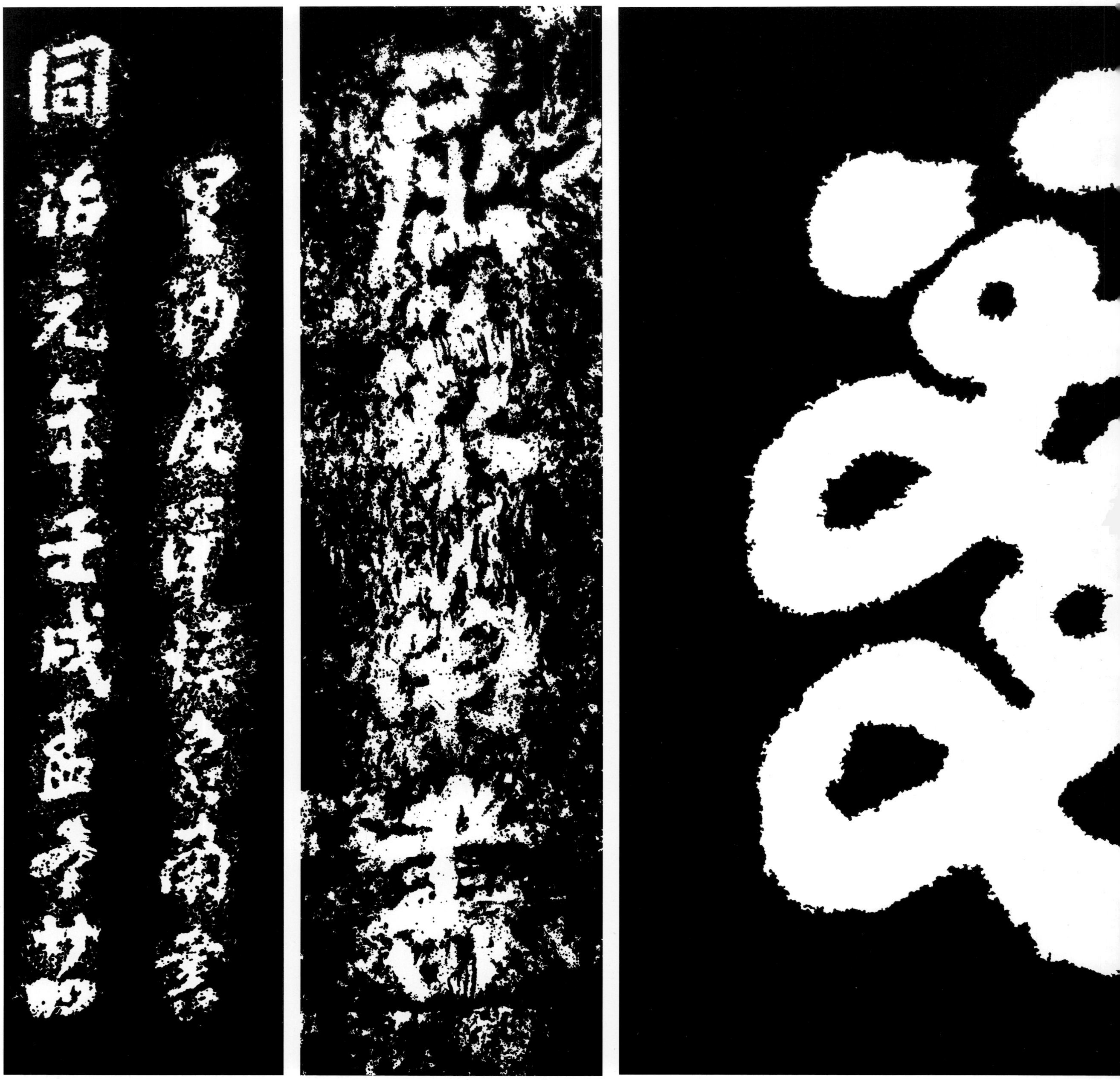

同治元年大观摩崖石刻

位置：长沙县

质地：花岗岩

释文：

大观

星沙屈泽焕象南书。

同治元年壬戌孟冬廿四，屈象南书。

同治元年长沙县大观摩崖石刻

观音岩摩崖石刻

位置：长沙县青山铺镇天华村施家冲组
质地：花岗岩
规格：观音岩石刻边框长 115 厘米，高 40 厘米

释文：

观音岩
大显威灵
一见大吉
癸酉岁

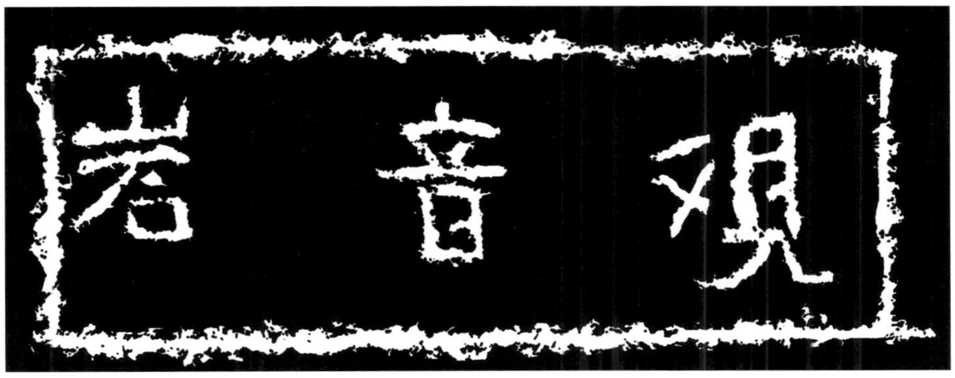

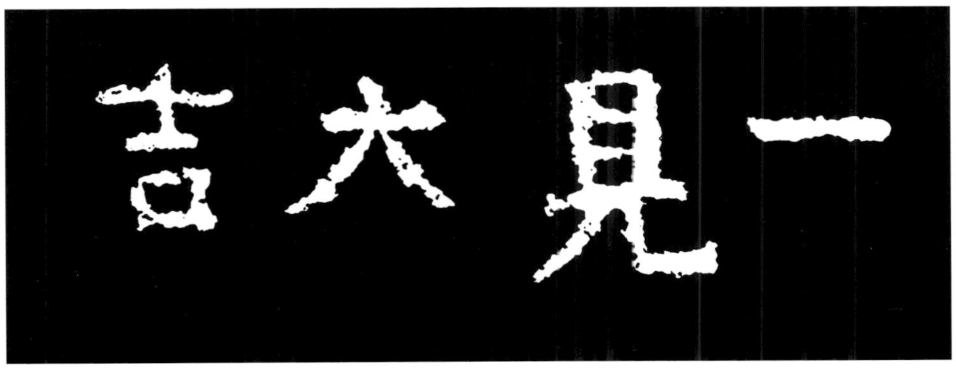

观音岩摩崖石刻

龙吟虎啸摩崖石刻

位置：长沙县青山铺镇天华村施家冲组

质地：花岗岩

规格：龙吟石刻高 26 厘米，宽 23 厘米；虎啸石刻高 50 厘米，宽 27 厘米

释文：

龙吟　虎啸　华山

龙吟虎啸摩崖石刻

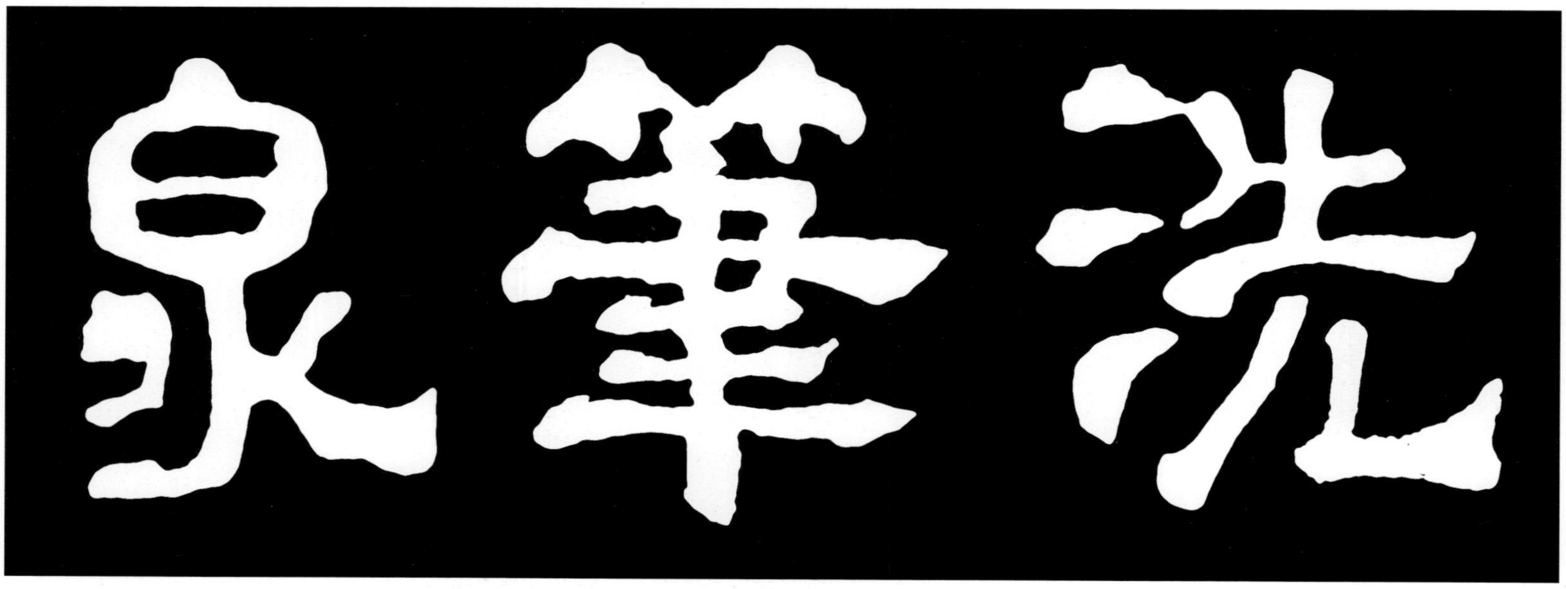

洗笔泉摩崖石刻

洗笔泉摩崖石刻

位置：望城区铜官街道书堂山村会子塘组
质地：花岗岩
规格：长 180 厘米，宽 80 厘米

释文：

洗笔泉[1]

[1] 原系“洗笔泉池”四字，后“池”字损毁。

石仙庵山界摩崖石刻

石仙庵山界摩崖石刻

位置：长沙县北山镇官桥村闵家塘组石仙庵山山顶

质地：花岗岩

规格：长 300 厘米，宽 100 厘米

释文：

石仙庵山界

岳麓山欧阳正焕题禹碑大观石刻

位置：岳麓区岳麓禹碑旁

质地：砂岩

规格：高 69 厘米，宽 110 厘米

释文：

大观　正焕[1]

[1] 欧阳正焕 (1709–1760) ，字瑶冈，号慕耕，别号竹淦，湖南衡山人。乾隆二十二年 (1757)，任岳麓书院山长，尝书"整齐严肃"为院训，至今犹存。

岳麓山欧阳正焕题禹碑大观石刻

民國

庙祠碑

民国十三年紫微山古开福寺记碑

位置：开福区开福寺

质地：汉白玉

释文：

紫微山古开福寺记（额题）

长沙城北紫微山，有時曰“开福”，盖后唐天成二年，马氏开国湖南始建之[1]。更际八代，宗风未隧[2]。近南北斗逐[3]，将士迭入，军時廊屋，火毁毗卢殿。并时法侣蜇寄殿东偏[4]，别有诗增窟，殿西别室存碧湖诗社之旧，号为净土。顷岁，宝生法师自衡来卓锡，发念修复，探囊仅圜银一，誓佛愿捐贷，起富营度，后竟息子钱五百倍之。乃兴役，运甓伐材，得以规始。又谒长沙黄吏部兆枚，启白诸信善曰：“长沙北门外开福時，创于五季马氏，马氏之后迭为废兴。灵雨地注，野烟栋□，佛趣引人，兵蜂夺界。慧镜霾于冥路，尼珠反其颓景。传迹千岁，闻馨十方。允宜协意恢基，汲流展构，种菩提之树，如接祇洹；掘太康之专，使成灵应。夫形鸽形雁，逮立之原也；疑象疑龙，庄严之幻也；化虫化鼠，灭□之导也。是以供奉不忒[5]，瞻趋弥竞。宝生主持遂乃求元储庆之贮金，蹑明德显之先躅，谋新堪宇，首规殿制，余址别舍，次第设殿，庇知捄削，拨资巨万，推缘启觉，诹众同辞[6]。方今狂劫大眚，溢于轩尧之衢[7]；清言玄理，鸣于冠带之族[8]。屋庐兜率，枕荐如来，形魂崇而憺川，识咏高而轶圣[9]。以苾启述[10]，宜益欢倾。况复碧湖、灵麓于此相幽，嘉宴会春可以怀古者乎！在昔龙门十寺，发香山之胜因[11]；法华西亭，出司马之清奉[12]。竖愚有蹑，应若决川；陶朽效能，毁而复宇。足使奔流趋静，群斗知归。有开太平之权，能持垂绝之命。是关国运，岂惟禅兑？财也，法也，输藏固信，敬告同职，愿观厥成。”宝生奉持是语，走募十方，四辈悔祸，输将恐后。期月之间，辇金山积[13]。既新后楹，中奉毗卢，五百应真左右列侍，悉如旧制。增辟中楹为大雄殿，前楹为三圣殿，远迩肃瞻，叹未曾有。在昔五季，纲裂道毁，假托象教，群嚣粗靖[14]，嗣是

---

[1] 马氏：马殷。

[2] 隧：通“坠”。

[3] 应为二十世纪二十年代初湘军援鄂的正义战争。当时，湖北督军、直系军阀王占元在湖北恶贯满盈，湖北全省兴起“驱王运动”。由于北京政府阳奉阴违，而湖北自身兵力又不足以与王抗衡，于是李书城、蒋作宾等国民党大员亲临湖南，向湘军总司令、湖南省长赵恒惕“泣恳”出兵援鄂。赵恒惕于是组成4万多人的湖南援鄂军，赵亲任援鄂军总司令，誓师援鄂。最后以鄂军惨败，王占元免职而告终。战争自1921年7月28日开始至8月9日结束，历时仅13天。

[4] 蜇寄：犹言“蜗居”。

[5] 忒：差。

[6] 庇：当为庀，备办；知：同鸠，聚集；捄：同救；削：削减冗费；诹：聚谋。

[7] 眚：灾乱；轩尧：轩辕黄帝和唐尧，喻神圣。

[8] 冠带：官宦。

[9] 憺：威严；轶：超越。

[10] 苾：芳香，但于此处意有不达，是否为它字之通假。

[11] 唐会昌五年（845），白居易等九位文人聚会筵游洛阳香山龙门寺的故事。九人结为九老会，因号“香山九老”。

[12] 唐柳宗元贬为永州司马，曾作《永州法华寺新作西亭记》。

[13] 辇：用车拉。

[14] 靖：平定。

八丁绝续，赖伊慑持，复阳之功，俱世无极。而宝生以一窭衲子[1]，运大神力，经转法轮，未知视向。时保宁、道宁、紫珂、彻堂、佛国等辈，艰巨又孰为多也。湖社诗增者，释氏名宿常净、永光、道香所默护持是時，盖最为专勤。故宝生得基以竟其功，例得附书诸信善名族，别立石疏记，此不具也。后马王建国九百九十八年甲子夏四月己酉[2]，湘阴郭大痴纂文，秋八月庚戌长沙萧荣爵书丹。

今秋，觉观法师由宝来寺愿助十金，颁请京师《大乘》法宝于佛成道日，奉逆回山。住持宝生谨识。

[1] 窭衲子：僧人的俗称。

[2]《旧五代史·唐书十四》：天成二年（927）六月“丙申，以天策上将军、湖南节度使、开府仪同三司、检校太师、守尚书令、楚王马殷为守太师、尚书令，封楚国王”。天成二年（927）后998年（虚岁）即为1924年，且该年正当甲子年。

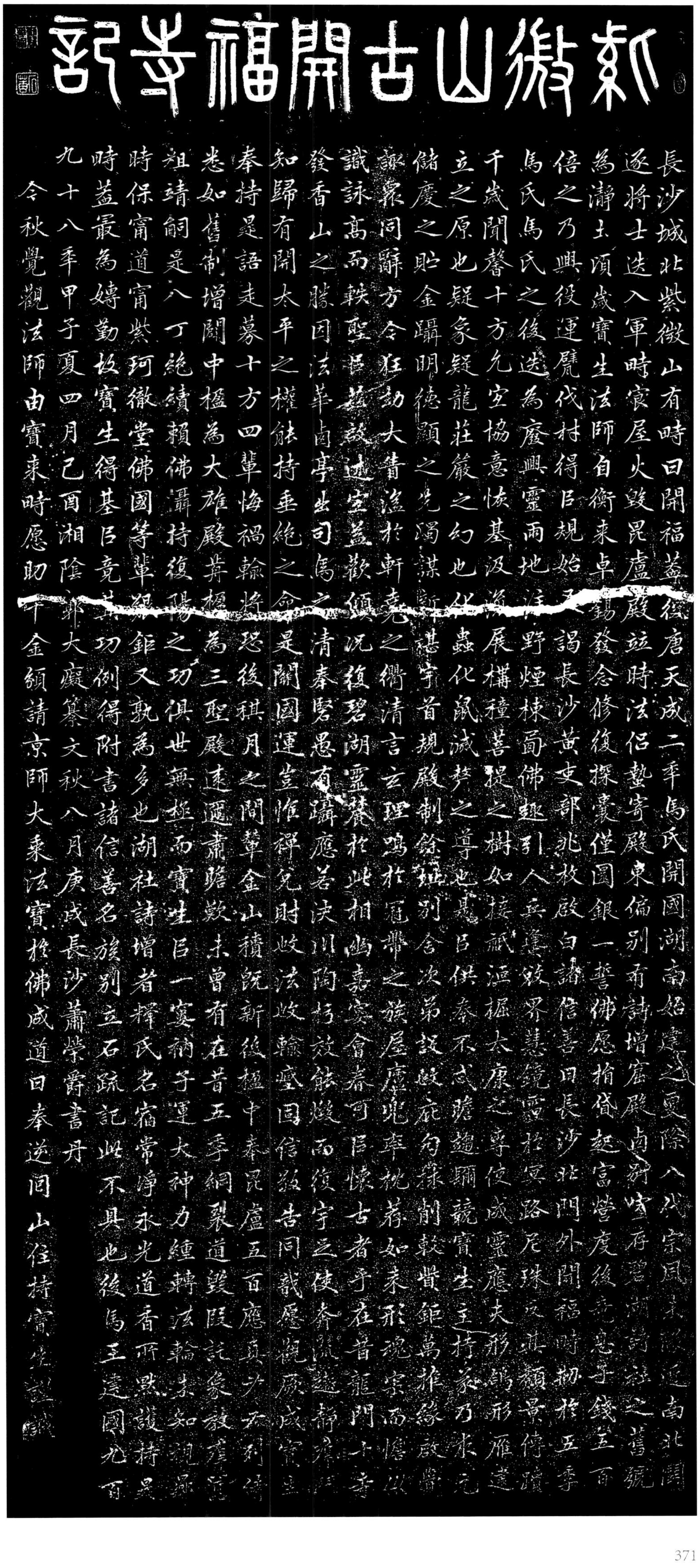

民国十三年紫微山古开福寺记碑

民国十五年云麓宫麓山树灯记碑

位置：岳麓区岳麓山云麓宫

质地：花岗岩

释文：

光垂亿载（额题）

麓山树灯记，长沙熊辅文命男丙寅[1]呈草并书。

甲子之年，建亥之月[2]，丙寅奉父诏，以树灯麓山巅，积十余稔[3]。愿力几许经画，得大木于贵州苗峒之次，长九十五尺，围大五尺八寸强。即云麓宫前筮吉启山破土[4]，植木为柱，砺石固之。县灯则然以膏油[5]，笼之琉璃，絙曳而上。既成，费银币一千二百八十圆有奇。将著永宜，落以记之。丙寅谨领，乃端拱而言。

如我思维，屡承神诰。末劫之世，日即晦盲。毒雾恶瘴，闭塞宙合。水旱刀兵，沉魂滞魄。毗于邱山，谁其导引。而得超豁，而得解脱。是以智者，以光明心，发生悲愿。以心悲愿，俞放光明。即光明心，造光明世。修因树播，结坛请法。凭藉功德，乃缔福缘。有如此灯，善根所种。麓峰千丈，湘天一星。火维耀辉，洞庭流彩。焰列七宝，香霏九华。诸天仙佛，咸共证盟。大洞玄文，玉宸灵蕴，于是蟠际；如来宝印，普门正品，于是阐扬。凡有希求，散化五行，表摄万汇。愿仗道力，愿仗佛力，顿开觉路，破尽迷关。如彼黑暗，如彼阴霾，如彼横魔，如彼恶浊，朗然汰剔，不留渣滓，归于清虚，如我思维。此灯功德可共见者，上烛九天，附丽日月，侔显星斗，下彻九幽。感通教主，振起阎罗，普惠无间，恍如梦醒。旁及十方，西北东南，流沙瀚澥，牂牁岭峤。曰苗，曰荒，曰番，曰猃，被照之处，靡不洞明。猿鹤虫沙，是微尘众，有情无情，沐浴祥光，悉成妙觉，循今而往。此灯之著，是名天灯，是即佛灯，是即祖灯，是即神灯，即智慧灯，即普度灯，即吉祥灯，即圆觉灯，即金光灯，即延寿灯，即破邪灯，即辟秽灯，即无□灯。消除□障，扫却烦恼，涤荡妖孽，留无尽缘，具无尽相。千祀万祀，至亿兆祀，现诸妙胜，希有光明，随处生春。山灵河伯，四生七道，万众稽首。□□圆满，悉预卜知，小子侍笔，夫岂可勒？盖存略也。来者能文，仆之而已。

中华民国十五年夏历丙寅冬月

长沙来青阁镌石

[1] 丙寅：人名，即熊丙寅。

[2] 建亥之月：正月。

[3] 稔，年。本义为庄稼成熟，古以谷一熟为年，故借指年。

[4] 筮：占卜。

[5] 县：通“悬”；然：通“燃”。

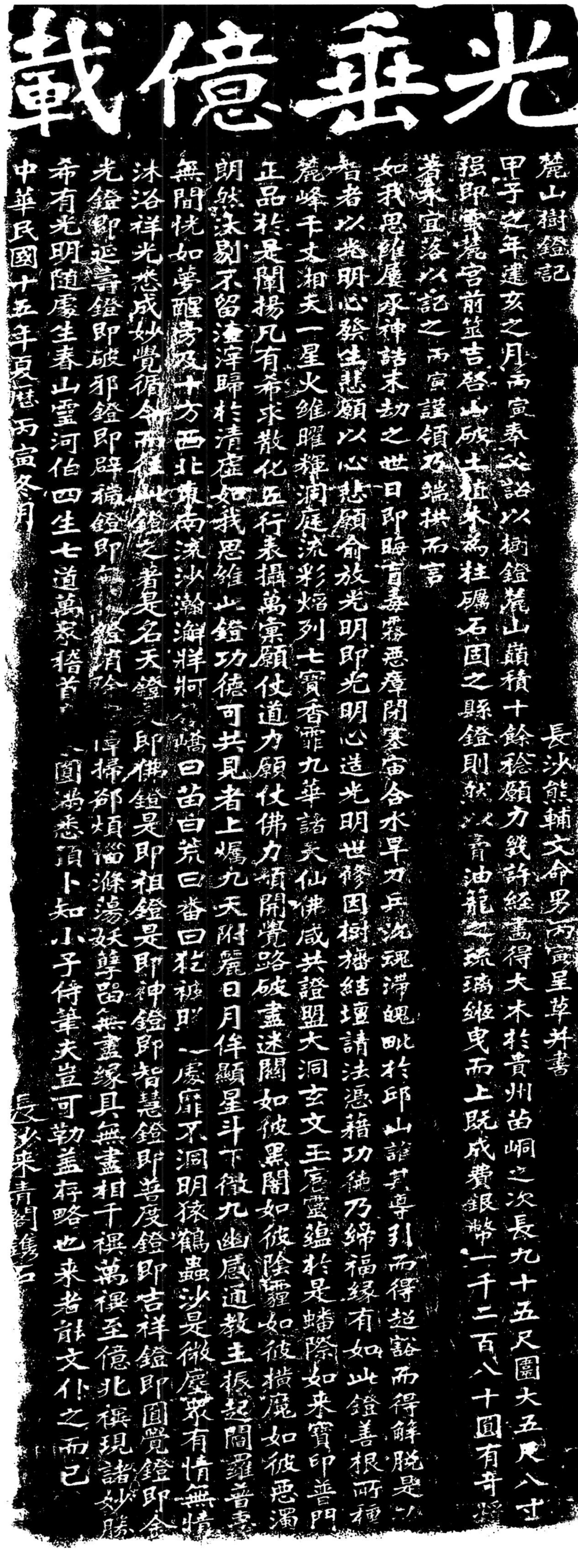

光垂億載

麓山樹鐙記　長沙熊輔文命男丙寅呈草并書

甲子之年建亥之月丙寅奉父詔以樹鐙麓山巔積十餘稔願力幾許經畫得大木於貴州苗峒之次長九十五尺圍大五尺八寸

强即雲麓宫前筮吉啓山破土植木爲柱礪石固之縣鐙則然以青油籠之琉璃緪曳而上既成費銀幣一千二百八十圓有奇爰

著采宜洛以記之丙寅謹頌乃端拱而言

如我思維塵承神詰末劫之世日即晦盲毒霧惡瘴閉塞宙合水旱刀兵沉魂滯魄昵於邱山諸天尊引而得超豁而得解脱是以

昔者以光明心發生悲願以心悲願俞放光明即光明心造光明世修因樹播結壇請法憑藉功德乃締福緣有如此鐙善根所種

麓峰千丈湘天一星火維曜輝洞庭流彩熠列七寶香霏九華諸天仙佛咸共證盟大洞玄文王宸靈藴於是蟠際如來寶印普門

正品於是闡揚凡有希求散化五行表攝萬彙願仗道力願仗佛力願開覺路破盡迷關如彼黑闇如彼陰霾如彼橫魔如彼惡濁

朗然洞澈不留渣滓歸於清虛如我思維此鐙功德可共見者上燭九天附麗日月伴顯星斗下徹九幽感通教主振起閻羅普壹

無間恍如夢醒爰及十方西北東南流沙瀚海牂牁[illegible]嶠曰苗曰荒曰番曰花被[illegible]一處靡不洞明猿鶴蟲沙是微塵衆有情無情

沐浴祥光悉成妙覺循令而往此鐙之者是名天鐙[illegible]即佛鐙是即祖鐙是即神鐙即智慧鐙即普度鐙即吉祥鐙即圓覺鐙即金

光鐙即延壽鐙即破邪鐙即辟穢鐙即無[illegible]鐙消除[illegible]障掃除煩惱滌蕩妖孽晶無盡緣具無盡相千禩萬禩至億兆禩現諸妙勝

希有光明隨處生春山靈河伯四生七道萬衆稽首[illegible]圓滿悉須卜知小子侍筆夫豈可勒蓋存略也來者能文作之而已

中華民國十五年夏歷丙寅冬月　長沙朱青劉鐫石

民国十五年云麓宫麓山树灯记碑

民国十九年密印寺重建禅堂碑记

位置：宁乡市沩山乡密印寺

质地：青石

规格：高 130 厘米，宽 75 厘米

释文：

重建禅堂碑记（额题）

原夫马祖建丛林，百丈立清规[1]，陶铸圣凡，养育材器。住持三宝宣扬正教……我佛之慧命，下接末世之群机。本寺由毁而兴，规模依旧。今重建禅堂，续展……风，开人天未有之眼目，燃祐祖已灭之心灯。行见十方僧众，向风问道而来……牧千百年前之水牯牛而为本山耕云犁月耳。兹将禅堂规约刊列于左。

一、钟板参差错误者，罚；

一、坐香不到及闯静者，罚；

一、失误犍槌及巡香散香不到者，罚；

一、破口交拳刁唆人我斗□是非者，出堂；

一、各人警策昏散之香板不服而相报者，出堂；

一、出入不白执事，止静不到者，罚；

一、窜单乱位、穿堂直过及单上缝补者，罚；

一、上殿过堂及出□不随众者，罚；

一、职事人令行不行，令止不止者，罚；

一、放香时，三五成群出门游戏及闯寮杂话者，重罚。

以上条约本分攸关，如或不遵，自失善利，望诸大众戒之勉之。

住持太虚；都监众月；监院性修、九成；副寺静□；知□□□；维那、僧传……

中华民国十九年庚午岁。

---

[1] 马祖、百丈：即马祖道一禅师和百丈涯海禅师，均为唐代高僧。

重建禪堂碑記

溯夫馬祖建叢林百丈立清規陶鑄聖凡養成材器住持三寶宣揚正教
我佛之慧命下接末世之羣機本寺由毀而興焉模依舊今重建禪堂續[illegible]
風開人天未有之眼目燃祐祖已滅之心燈行見十方僧眾嚮風問道而來
牧千百年前之水牯牛而為本山耕雲犂月耳 茲將禪堂規約刊列於左

一鐘板參差錯悞者罰
一坐香不到及鬧靜者罰
一失悞犍椎及巡香散香不到者罰
一破口交拳刁唆人我鬧爭是非者出堂
一各人營業昏散冬香板不服而相親者出堂
一出入不白執事止靜不到者罰
一竄單亂位穿堂直過及單上縫補者罰
一上殿過堂及出坡不隨眾者罰
一職事人令行不行令止不止者罰
一放香時三五成羣出門遊戲及閻寮雜話者重罰
一以上條約本分彼關如或不遵自失善利望諸大眾戒之勉之

住持太虛

都監 眾月　監院 惟修　副寺 九成 靜[illegible]　知[illegible]

維那 僧[illegible]

中華民國十九年 庚午歲

民国十九年密印寺重建禅堂碑记

民国二十年紫竹庵厅房楼记碑

位置：宁乡市紫竹庵
质地：青石

释文：

□□房楼记

……民物为怀，实事求是。不役情于祷祠、祭醮、丹药、符箓之说，尚矣。虽然聪明正直，神人相倚……界交通不采醇驳受变于夷统，先王神道设教之意，概诋而非之。离经叛道，自矜特达……堂堂中夏，岌岌乎殆是。先自汩性灵而见，绝神明也。何望参阴阳之妙，与鬼神合德哉。且……徼而道在自致也。尧治郅而华封祝[1]，禹水平而洛龟出，汤祷诚而雨泽临，其昭昭也。若梦……其类，则神有邪正，佛有虚实。犹之儒有真伪，真儒怀仁抱义，出处系天下安危；伪儒树党……怀英胡颖之毁，韩昌黎紫阳之辟，为其非神非佛也。若夏公、靖安祖师者，则圆功德及……年，以童年脱化小芙蓉巅之普济寺。生前呼云致雨，跨虎讨火，拄杖移泉，与没后之捍灾……碣、邑乘并累代父老之传播，我三团感建专殿，何公珊光原序，亦约略言之，何赘？然而山人……［光］绪戊申夏秋之交，天旱非常，四处祈祷，渴皆立待。山人等三次矢诚蒙示[2]，大旱之来由于人……叮咛警众之余。自□□祖师所有。清初，众姓为救护兵燹，酬置之灯田，且为强暴所吞……实心迁善，恭缮章疏，倚鼓乐祀武圣及庙社，不可惰急，依嘱举行。祀方毕，云雷煊赫，果……之旦，复谆谆戒谕，行善全性以免劫。比秋得大熟，同社联合都人士，呈请邑侯朱公□亭……光，倡议刻像立祀，商之山人，于李姓原接僧业内，购荒庵三间并基，募资整饰于左右。增……田、山土。自是每逢朔望及祖师瑞诞，酬祷者辐辏莫容。爰于辛未秋，协议于东头加建……是役，室厅左连座基为层楼，以资远览。厅前半厂为天墀□□垱为客房。西南袤延为过……墙垣，参以杂室，合原建都为一院。工竣，嘱山人作文以记之。山人为天下事无巨细，粤创尤……之理。祖师之发迹于芙蓉也，前之置蕊珠灯田，以酬神惠者，后竟隳于不肖。亭□之……董其事者，恒存克治□场之心，不滋侵欺践扈之渐。时或跻斯堂而习静，登斯……变不离。宗上安下，全以无负神明警。是则山人……奇类，皆沐恩慷慨输。董理者为何君？召南张君说岩；襄事则李君德□……同社乃我山人策升洪柱氏沐手谨撰，梦黎氏刘惠林谨书。

---

[1] 华：地名，今华县；封：华地守卫封疆之人；"华封祝"即华封三祝。《庄子外篇·天地》："尧观乎华，华封人曰：'嘻，圣人！请祝圣人。使圣人寿……使圣人富……使圣人多男子。'"

[2] 山人：撰碑人谦称，为洪柱。

民国二十年紫竹庵厅房楼记碑

民国二十年铁炉寺受捐福佑庵碑

位置：开福区铁炉寺
质地：青石

释文：

十方铁炉寺（额题）

盖闻修心习道，建设必遴乎耸翠层峦。爰睹铁炉寺深藏山谷，古茶蔚起，形肖鹫岭。祇园水秀山环，洽似蓬莱。方丈缘纠比丘众等，捐资重建殿庑。拜佛诵经，永结菩提善果。窃念城乡往返，勿获便宜。僧妙湛、妙觉曩昔妥谪，愿将善化小西门兴隆巷福佑庵捐与铁炉寺，比丘众等往来歇宿之所。自捐之后，无论何人不得觊觎侵占。永定成规，刊石以铭。是为序。

比丘尼众等：妙湛、妙觉、德慧、真修、复根、复专、复度、律清。

了证敬刊。

民国二十年辛未岁四月十八日 公立。

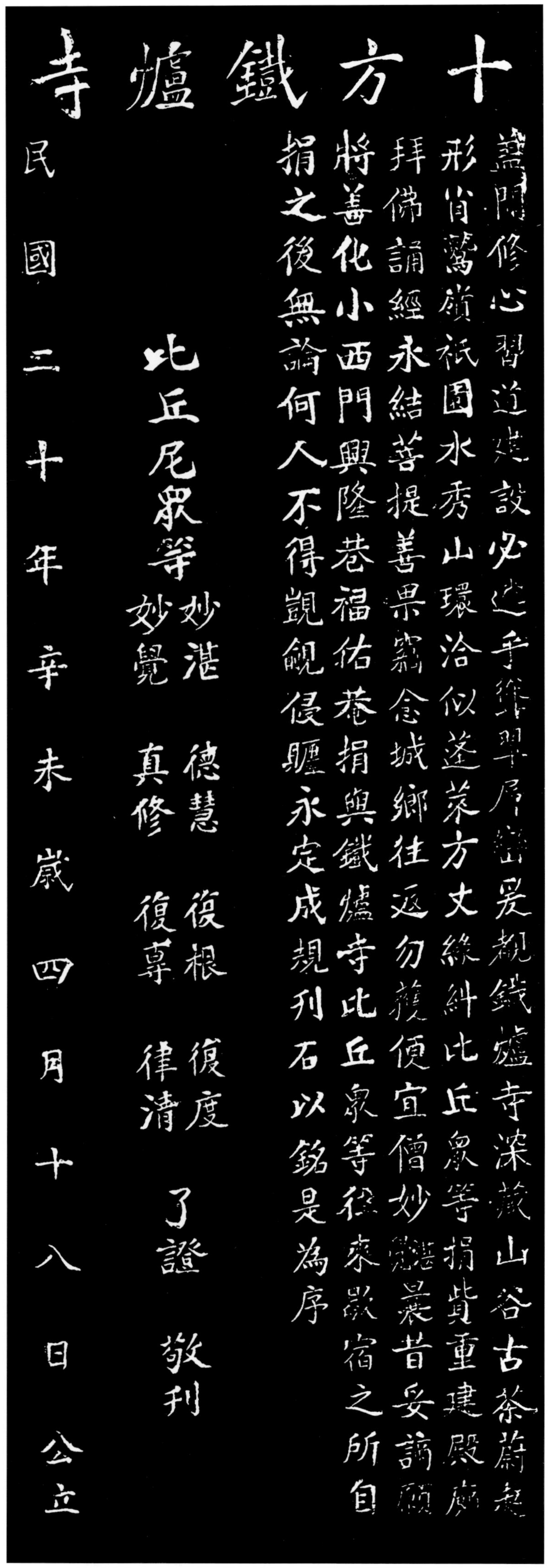

民国二十年铁炉寺受捐福佑庵碑

民国二十六年麓山寺联

民国二十六年麓山寺联

位置：岳麓区岳麓山麓山寺
质地：花岗岩
规格：长 350 厘米，宽 290 厘米

释文：

沧海献珠来妙法如闻龙女偈，白沙遗塔在禅关近接祖师灯。

佛历二千九百六十五年戊寅夏月，三宝弟子欧阳演道为孙维心敬上

志墓碑

民国元年刘道一传碑

位置：岳麓区岳麓山清风峡

质地：花岗岩

释文：

刘烈士传

烈士讳道一，字炳生，湖南衡山人。生而智慧殊绝，读书过目成诵。稍长，倜傥豪迈，不可绳以法度。尝读《汉书》，壮朱虚侯之言[1]，因自署曰“锄非子”[2]。光绪甲辰，随兄揆一游学日本江户，密谋举义，因与马福益通。马福益者，湖南会党头目，强力多智，拥徒众数万，雄视江湘间。揆一兄弟见世变日亟，而清廷自戊、庚后[3]，顽闭益甚，万无足为。阴与福益深相结，尽识其渠魁，稍稍教勒以兵法，福益及其徒均感激为效死力。揆一总其成，道一主画策。一日，献计曰：“英雄举事，必据险要地为根据，湖南前瞰洞庭，背负五岭，地形制胜，起义之地也。”党人然之。议分长、岳、衡、宝及浏邑为五路同时并举。是年冬，道一偕福益起兵浏阳，诸路势远力涣，猝不能应。事败，福益死之。道一乘间走日本，深疚事之不成，蓄势养精，不欲轻试。时天下多故，四方豪杰多渡海避居江户，徒派朋兴。江湖会党如华兴、同仇会、三合会、三点会诸魁桀各立帜，志不相通问。道一往来其间，语以合力进行之要，纵横上下，其词甚辩。诸党人皆大喜，以为刘生可属大事。丙午秋，受揆一命，归湖南，与会徒萧克昌等图再举。择萍乡、醴陵、浏阳为首义地，部署稍定而谋泄，道一被逮。巡抚岑春蓂发司道会审，按察使庄赓良、巡警道赖承裕，故酷吏，又承春蓂意，威以严刑，道一奋然曰：“汝辈安知革命事，盍取吾佩章谛视之。”则“锄非”二字也。司道即用是定谳，且欲连多人，兴大狱，道一坚不肯吐。搒掠之甚[4]，则厉声曰：“士可杀，不可辱，死即死耳！”系狱半月，舆之浏阳门杀焉[5]。时有清光绪三十二年十一月十六日也。揆一闻变，愤不欲生，作哭弟八章，其语绝痛。道一口舌敏辨，各土方言及外国语，闻辄解领，尤善操英语。居日本江户时，从事问学，能知其深，游学者识与不识，皆心服之。性孝友，丙午之役同时，其父病，趣之还。时道一方谋举兵，势锐甚，不得归慰其亲，每与揆一从容语家事，道老父衰病思子之状，未尝不相对涕泣也。及被杀，父痛甚，仆地中风，月余亦卒。

谭延闿曰：“自古奇伟非常之人，奋臂起田间，奔走国事，岂能预计其成败哉。冒死犯难以与暴政相搏，幸而济，则吾事举；不济，则以身殉之已耳。”戊、庚以还，游学书生中倡言种族革命者遍海内外，清吏虽横暴，亦未敢公置之死，第锢辱之而已[6]。自君死而天下学子愤激哀伤，卒成辛亥武昌之役。事会所乘相激使然，而君适当其厄，则所谓命也。君殉命后，余杭章炳麟氏曾为之传，道君内行甚悉。余乃别揭君志事如此，以待修国史者详焉。

茶陵谭延闿撰，衡阳程崇信书。

---

[1] 汉初吕后封刘章为朱虚侯，朱虚，汉县，在今山东临朐县东。

[2]《汉书·周勃传》：“十年，高后崩。吕禄以赵王为汉上将军，吕产以吕王为相国，秉权，欲危刘氏。勃与丞相平、朱虚侯章共诛诸吕。语在《高后纪》。于是阴谋以为‘少帝及济川、淮阳、恒山王皆非惠帝子，吕太后以计诈名它人子，杀其母，养之后宫，令孝惠子之，立以为后，用强吕氏。今已灭诸吕，少帝即长用事，吾属无类矣，不如视诸侯贤者立之。’”

[3] 即戊戌变法和庚子赔款。戊戌变法：光绪戊戌年（1898）六月，以康有为、梁启超为主要领导人物的资产阶级改良主义者通过光绪帝进行的一系列政治改良运动。但因变法损害到以慈禧太后为首的守旧派的利益而遭到强烈抵制与反对，以失败告终。庚子赔款：光绪庚子年（1900），清廷与国际列强交兵，八国联军占领了紫禁城皇宫。辛丑年（1901）九月，11个国家逼迫中国达成屈辱的《解决一九〇〇年动乱最后议定书》，即《辛丑条约》。条约规定，中国拿出4亿5千万两白银赔偿各国，史称“庚子赔款”。

[4] 搒掠：拷打。

[5] 舆：用车拉。

[6] 锢：囚禁。

民国元年刘道一传碑

民国元年禹之谟墓碑

位置：岳麓山麓山寺北侧

质地：汉白玉

规格：主碑：高 147 厘米，宽 50 厘米

附碑：高 127 厘米，宽 43 厘米

释文[1]：

烈士禹之谟墓

遗书：

我所最亲爱之在世同胞鉴：世局危殆，固由迂腐之旧学所致，亦非印板的科学所能挽回。故余之于学界，有保种存国之宗旨在焉。与若辈以摧残同种为手段者势不两立。于是乎有靖州之监禁，不百日而金牧提讯，所发不成论理之问题，无非受人意旨，阴谋秘计，横为成见。是以所答，动遭无理之驳诘，不能置辞。且曰：尔辈牛马耳，人欲食则食之，有何爱焉？

禹之谟正告同胞曰：身虽禁于囹圄，而志自若。躯壳死耳，我志长存！同胞！同胞！其善为死所，宁可牛马其身而死，甚毋奴隶其心而生。前途莽莽，死者已矣，存者诚可哀也。我同胞其图之，困心衡虑，终必底于成也。

禹之谟，四十一岁，丙午十一月日，靖州狱中遗书。

墓志铭：

呜呼！自民族义起，志士横死者众矣，而吾乡禹先生尤惨不忍闻。今神州光复，追原始事庸功，起君烈骨改葬岳麓山。里人颜昌峣为之铭诗，将揭诸墓道，杞因序其生平大略，以告谒墓之人。君讳之谟，字稽亭，姓禹氏，湘乡人。曾祖邦树，妣刘、曾；祖定，为曾之所出也，妣欧阳；考国华，妣刘，继妣欧阳，继母贺君。幼读书，善属文，工书翰。不屑为科举谐媚之学。痛国事日非，慨然有振刷民族之志。乘庚子之乱，君及唐才常等谋起义武昌，事败，以计得脱。益自奋励，拂衣东渡，躬纺织之业。归国后创办湖南织布局，建唯一学堂，被举为湖南教育会长、商会董事。湘人电阻以闽易辽，君实主之。会粤汉铁路改归商办，切陈厉害，闻者莫不泣下。以葬陈、姚二烈骨于麓山[2]，为大吏所忌下狱。会浏、醴革命军起，锻炼成狱，五毒备至。丙午十二月二十四日，杀君于靖州，春秋四十有一。死前数日，在狱中作遗书，今刻诸石，以铭来世。君配赵氏，孤子金简、金伟、金狮，孙玉璇。铭曰：

羯胡入关三百年，壮士提戈挽天旋。指挥俊雇从以千，志铲帝制恢人权。群奴忌之赤舌然，积疑张孤殪我贤。天地暗惨噎不宣，郁气乃通发机玄。一麾楚戈落幽燕，厝君毅骨兹山巅。忠魂烈魄相蹁跹，愿化鸷鸟如鹰鹯。下啄蝼蚁驱腥膻，长使世间五浊蠲。我铭此词讯黄泉！

颜昌峣铭，朱杞序。

公元一九八五年三月颜家龙重书，

禹靖寰、禹坚白校。

[1] 此碑内容系民国元年原文，后因故碑体毁坏，1985 年重刊。因此之故，仍置于民国时期，特此说明。

[2] 陈、姚：陈天华、姚宏业。

烈士禹之謨墓
我所最親愛之在世同胞鑒世局危殆固由迂腐之舊所致亦非印板
的科學所能挽回故余之於學界有保種存國之宗旨在焉与若輩以摧
殘同種為手段者勢不兩立於是乎有靖州之監禁不百日而金牧提訊
所裁不成論理之問題無非受人意旨陰謀秘計橫為成見是以所荅動
遭無理之駁詰不能置辭且曰尓輩牛馬耳人欲食則食之有何愛焉
禹之謨正告同胞曰身雖禁於囹圄而志自若軀殼死耳我志長存同胞
同胞其善為死所寧可牛馬其身而死甚毋奴隸其心而生前途莽々死
者已矣存者誠可哀也我同胞其圖之困心衡慮終必底於成禹之
四十一歲丙午十一月 日靖州獄中遺書
嗚呼自民族義起志士橫死者衆矣而吾鄉禹先生尤慘不忍聞今神州光復
改葬嶽麓山里人顔昌嶢為之銘詩將揭諸墓道杞因序其生平大略
姓禹氏湘鄉人曾祖邦樹妣劉曾祖定為曾之所出也妣歐陽考國華妣劉繼妣歐陽繼母賀君幼讀書
善屬文工書翰不屑為科舉諂媚之學痛國事日非慨然有振刷民族之志乘庚子之亂君及唐才常
謀起義武昌事敗以計得脫益自奮勵拂衣東渡習紡織工業歸國後創辦湖南織布局建唯一學堂被
舉為湖南教育會長商會董事湘人電阻以聞易遂君實主之會粤漢鐵路改歸商辦切陳利害聞者莫
不泣下以葬陳姚二烈骨於麓山為大吏所忌下獄會瀏醴革命軍起鍛鍊成獄五毒備至丙午十二月
二十四日殺君於靖州春秋四十有一死前數日在獄作遺書令刻諸石以銘來世君配趙氏孤子金簡
金偉金獅孫玉瓊銘曰羯胡入關三百年壯士提戈挽天旋指揮從以千志剷帝制快人權群奴忌
之赤舌然積疑張孤殘我賢天地閉慘噎不宣鬱氣乃通發機玄一麾楚戈落幽燕厝君毅骨茲山巔
瑰烈魄相蹁躚願化鷙鳥如鷹鸇下啄螻蟻驅腥膻長使世間五濁蠲我銘此詞訊黄泉
顔昌嶢銘 朱杞序
公元一九八五年三月 顔家龍重書 禹靖寰禹堅白校

民国元年禹之谟墓碑

民国元年陈作新墓碑

位置：岳麓区岳麓山

质地：汉白玉

规格：主碑高 150 厘米，宽 56 厘米；左右附碑高 130 厘米，宽 42 厘米

释文：

恤赠左将军湘军首义都督陈公作新府君之墓[1]

民国元年十一月谷旦　孤子基立

[1] 陈作新 (1870–1911)，近代资产阶级革命者。原名辅廷，字敬臣。原籍安徽青阳，自幼过继伯父陈伊鼎为子，伊鼎主讲于浏阳狮山书院，故落籍于此。陈作新随伯父就读，有深厚的国学根基。后弃文从武，投身革命，先投于唐才常的自立军，自立军起事失败后，又就学湖南兵目学堂，曾任中华民国湖南军政府副都督。1911 年 10 月 31 日，与焦达峰同时于长沙遇害。

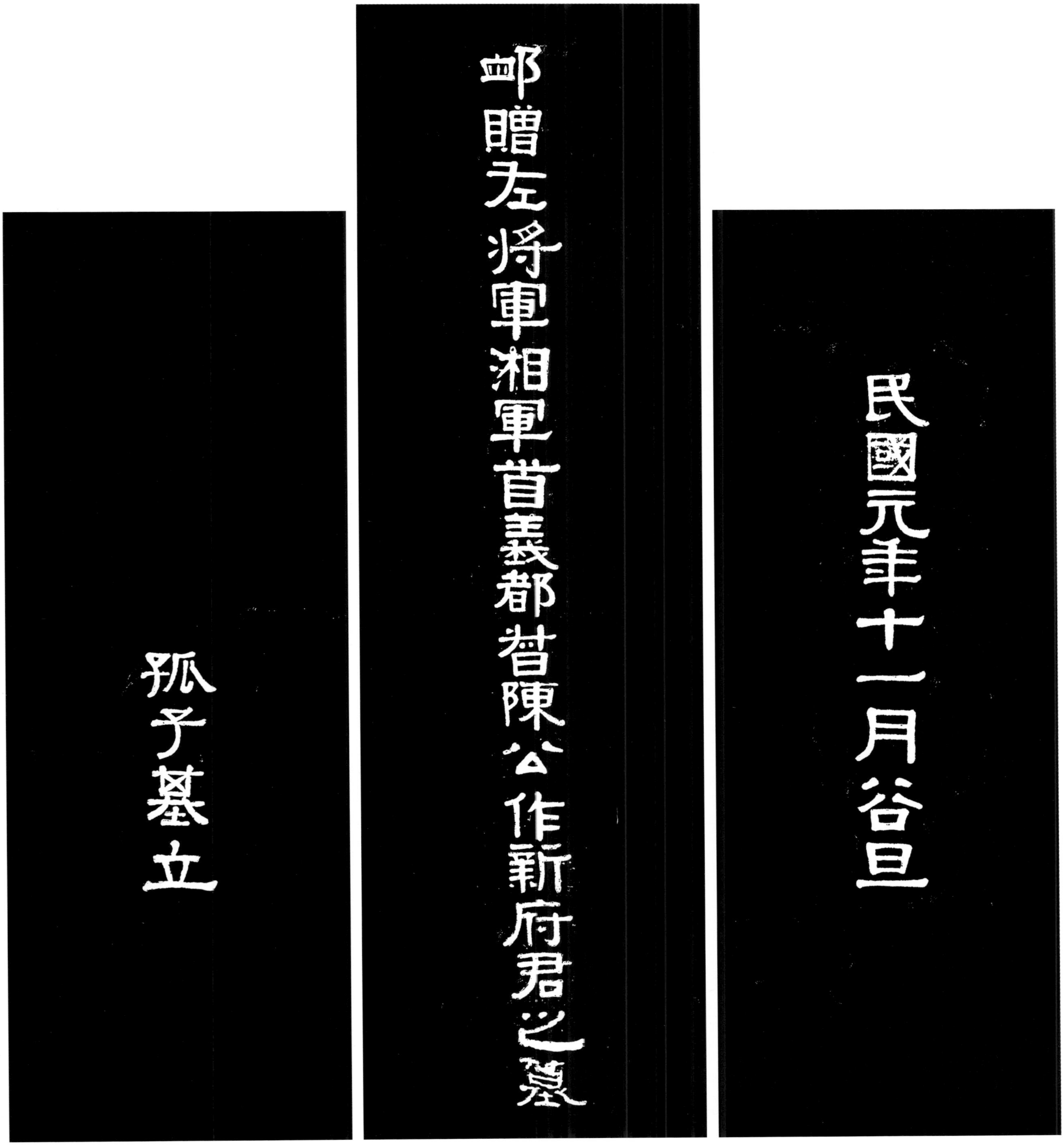

民国元年陈作新墓碑

民国元年夏鼎、夏魁及夫人墓碑

位置：宁乡市涉田乡宝云村

质地：青石

释文：

恩锡修职郎曾祖考夏公鼎老大人、曾祖妣夏阿赵老安人之坟墓

登仕郎祖考夏公魁老大人、祖妣夏母赵老孺人之墓

……曾祖考朝□公□□瑚，生于乾隆四十三年戊戌六月十四寅时，没于同治三年甲子七月十一巳时，享寿八十八岁[1]。安厝于十都二区，地名漕洪湾月形山，卯山酉兼乙辛向，夫妇合冢。曾祖妣赵安人生于清乾隆四十二年丁酉四月念七辰时[2]，没于咸丰四年七月十一未时，享寿七十八岁。祔葬夫茔，坐左同向合冢，内窖墓志。历有多年，迄今修建，鸠工石砌吉穴，牛眠燕寝夜合，形同马冢。从兹松楸映带，任他风雨飘零，灵爽式□，馨香不替。云礽□□□佳胜□谨□。

祖考南魁公，讳光榕，生清嘉庆十三年戊辰五月十九子时，没于同治十年辛未八月二十七申时，享寿六十四岁。附葬父左同向。祖妣赵孺人生清嘉庆十年乙丑十月初五辰时，没于光绪十四年戊子八月二十四子时，享寿八十三岁。祔葬夫茔之右同向。

（子孙后裔名略）

民国元年岁次壬子仲冬……

[1] 从乾隆四十三年（1778）六月到同治三年（1864）七月，虚岁也只有87岁，多计一岁。

[2] 念：通“廿”。

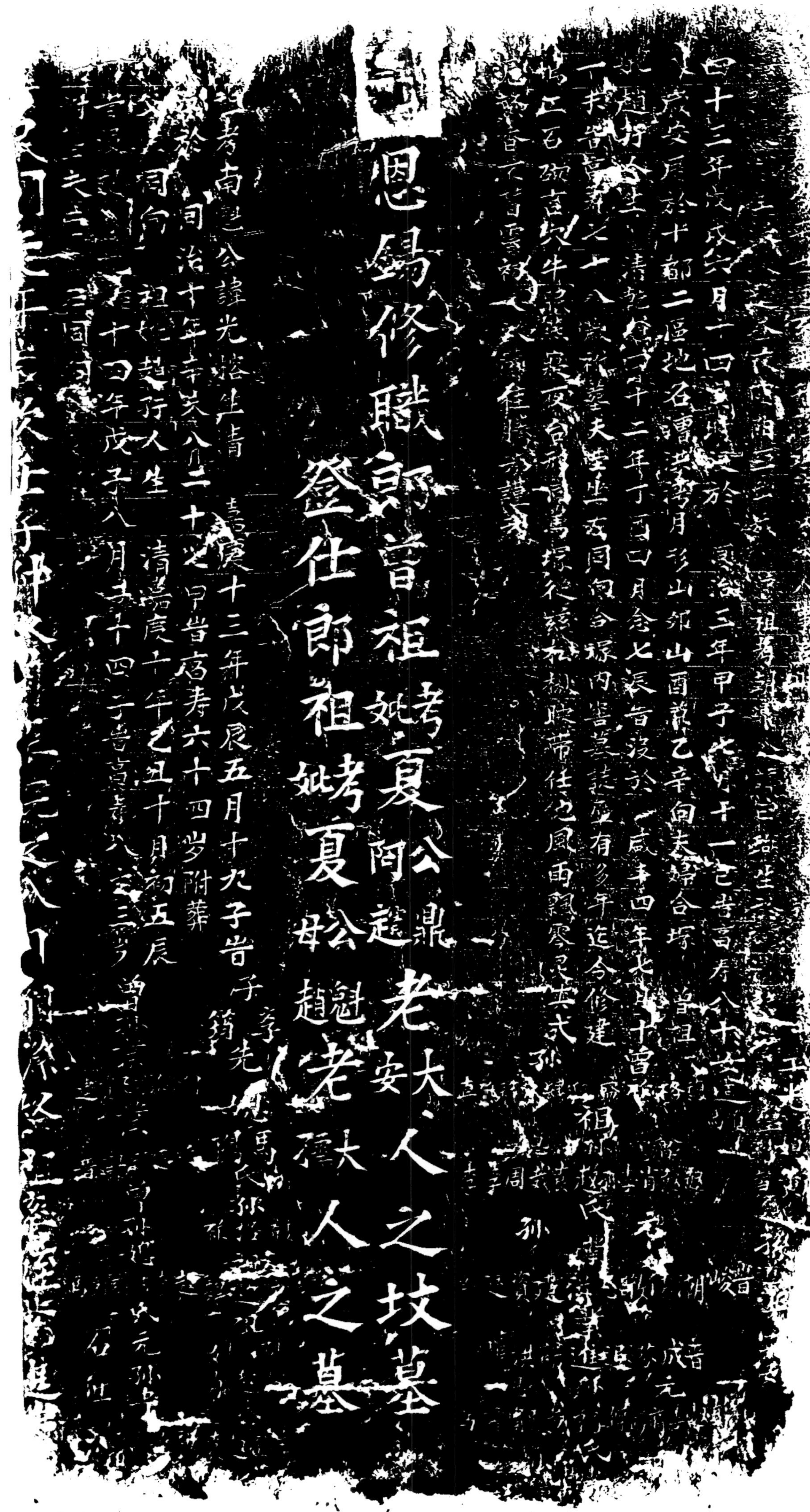

民国元年夏鼎夏魁及夫人墓碑

民国元年、二年焦达峰墓碑铭

位置：岳麓区岳麓山东北侧山腰

质地：汉白玉、花岗岩等

释文：

墓碑

陆军上将光复湖南大都督焦公达峰[1]之墓

故都督生于清光绪丙戌年十二月二十三日申时，薨于中华民国纪元前一年辛亥九月初十日未时，安葬岳麓山主岭上，坐向戌山辰兼辛乙。

嗣子传统，中华民国元年十月五号竖。

墓后纪念碑

浏水堕泪之碑

达向九霄云路进，峰高五岳众山低。

中华民国二年刘人熙拜题。

墓围石对联

大翼垂天九万里，长松拔地五千年。

[1] 焦达峰（1887–1911），近代民主革命烈士。湖南浏阳人。同盟会成员，并参与组织共进会，武昌起义后，与陈作新率领湖南起义新军攻占长沙，被推为湖南军政府都督。1911 年在立宪派策动的兵变中遇害。

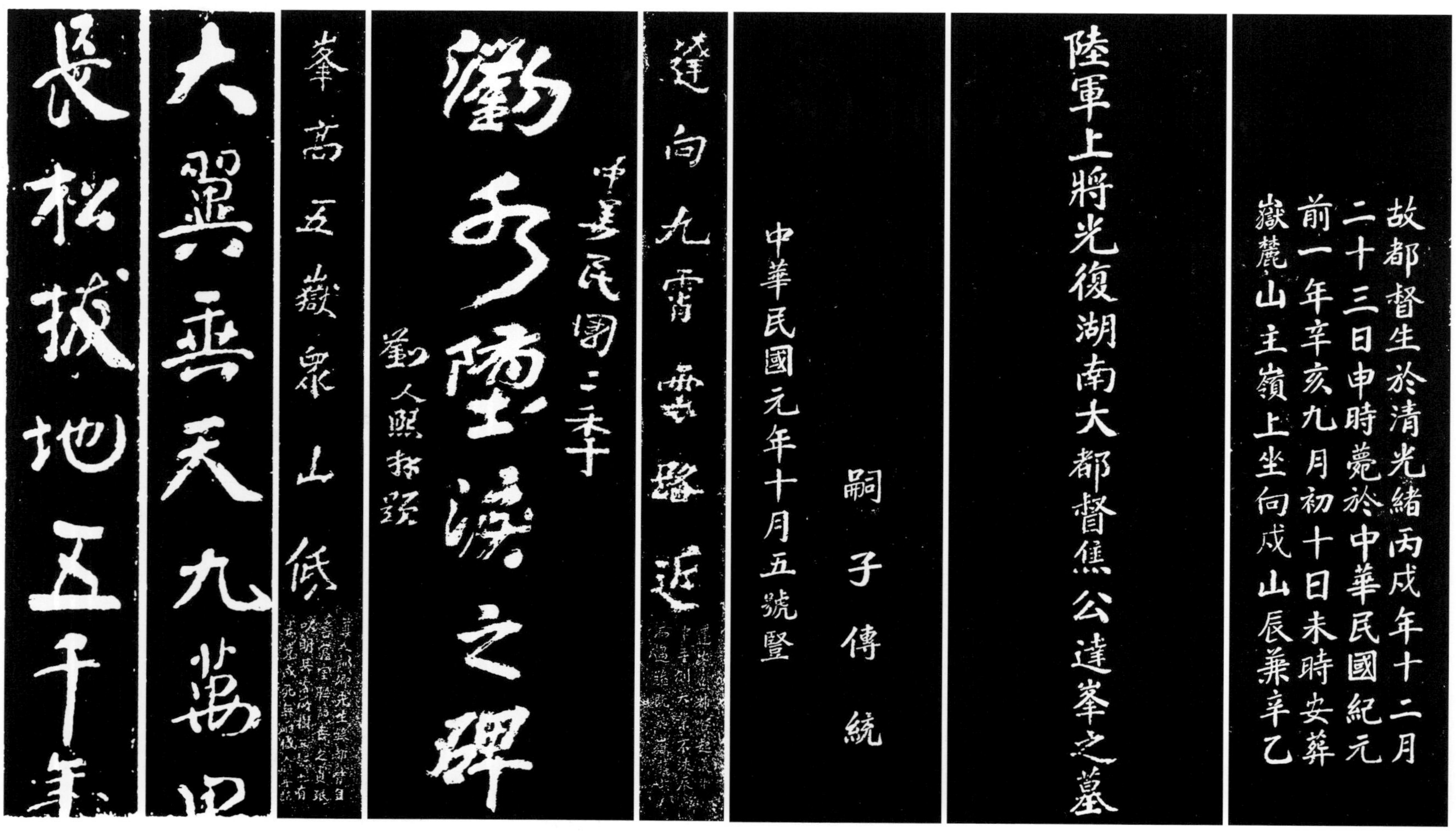

民国元年、二年焦达峰墓碑铭

民国三年陈瑞林墓表

位置：宁乡市夏铎铺镇兴旺村

质地：汉白玉

规格：高 120 厘米，宽 45 厘米

释文：

陈悔叟先生之墓表

湖南督军兼省长刘人熙拜撰

先生讳善，字瑞林，晚号悔叟。曾祖尚一，祖慎典，父玉华，三世有隐德。先生性仁厚，好读书，尤长于史。尝读《何腾蛟集》及明末三集，既然大慧，有□复中原之志。贤配邓夫人，年德均一，教子家鼎、家鼐、家声、家晋、□□；女家英、家杰、家庆，皆入女校，一门盖彬彬焉。乙巳□，黄□人□□□□日本东京，家鼎与焉。丙午事败，索捕家鼎，将累及先生，□□全家保之，时始免。然自是侦骑在门流转，四方传食，自顾影数惊，不以为怨。犹书谕家鼎儿辈勉之，勿以我为念。辛亥……鼎被举为参议院议员。癸丑正式国会开，又被选为众议院议员。□□有二次革命之役，寻被暴力停止国会。家鼎、家鼐俱不容于袁氏，复应命海外。□□谋叛，党祸横流，先生匡益甚，以民国三年甲寅旧七月三十日申时病终于长沙寓邸。距生于咸丰十年庚申六月初三日子时，春秋五十有五。乙丙，天夺帝魄，国体重光。家鼐回长沙，余督湘军，□□充军事参议，家鼎则因恢复南京约法，仍为众议院议员。就京师设灵成礼，旋与家声返湘，三子扶榇归葬于新铺子瞿家塘茶园坡。公墓左巽乾向。各省贤豪争往吊于京省，时人比之陈太丘郭有……[1]

[1] 陈太丘（104—187），字仲弓，颍川许（今河南许昌）人。东汉官吏、学者，因曾任太丘县长，故又名陈太丘。不居功自傲，能代人受过，令名溢如。

民国三年陈瑞林墓表

民国五年蒋翊武墓碑

位置：岳麓区岳麓山麓山寺下方

质地：汉白玉

规格：高 330 厘米，宽 260 厘米

释文：

蒋公翊武之墓 [1]

民国五年蒋翊武墓碑

[1] 蒋翊武 (1884–1913)，澧州（今澧县）人。原名保襄，亦作保湘，字伯夔。中国近代杰出的民主革命活动家、辛亥革命武昌起义的主要组织者和领导者。辛亥革命前夕曾任武汉文学社社长，主办《大江报》等报刊。1913 年，蒋翊武在广西开展反对袁世凯的活动时，被亲袁的广西军阀逮捕并杀害。

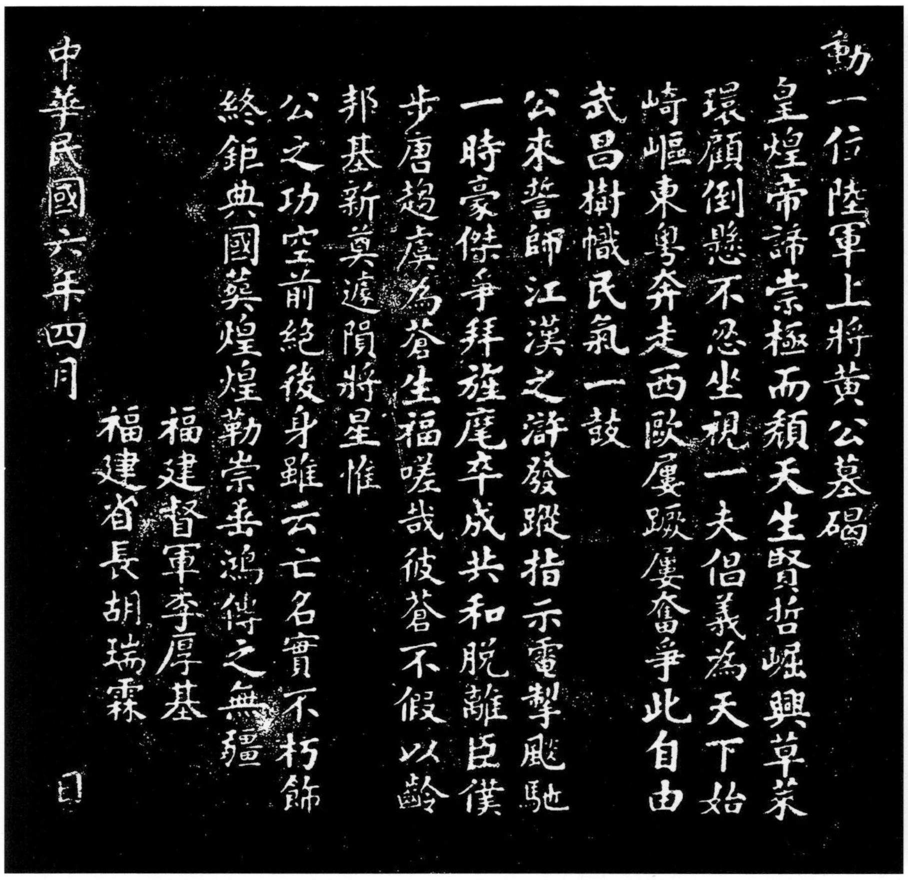

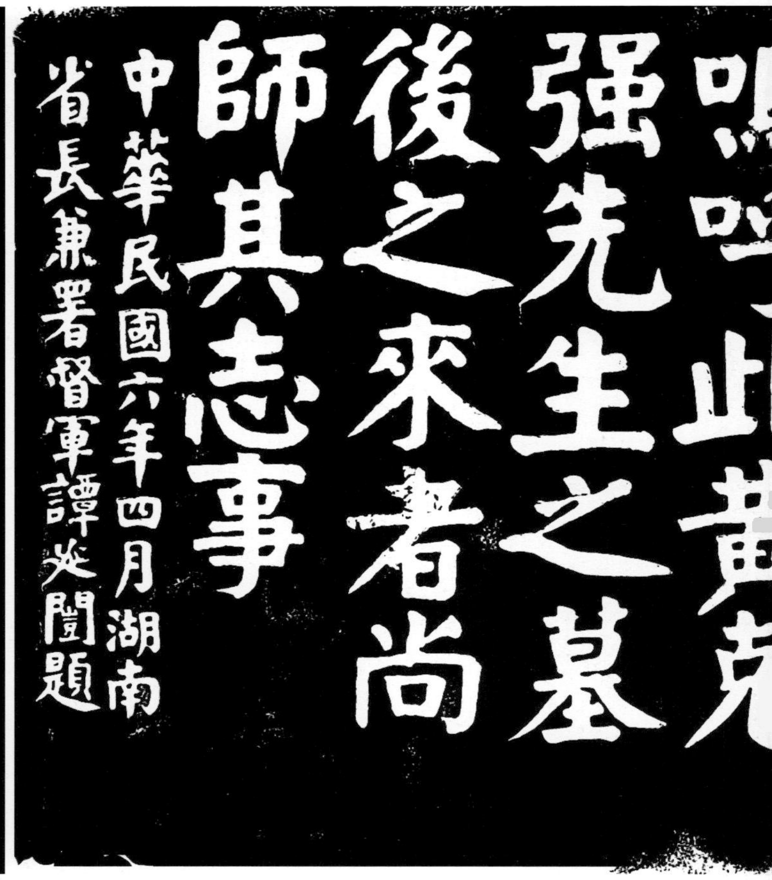

民国六年黄兴墓碑铭[1]

位置：岳麓区岳麓山云麓峰北向小月亮坪

质地：汉白玉

释文：

其一：

勋一位陆军上将黄公墓碣

皇煌帝谛，崇极而颓。天生贤哲，崛兴草莱。环顾倒悬，不忍坐视。一夫倡义，为天下始。崎岖东粤，奔走西欧。屡蹶屡奋，争此自由。武昌树帜，民气一鼓。公来誓师，江汉之浒。发踪指示，电掣飚驰。一时豪杰，争拜旌麾。卒成共和，脱离臣仆。步唐趋虞，为苍生福。嗟哉彼苍，不假以龄。邦基新奠，遽陨将星。惟公之功，空前绝后。身虽云亡，名实不朽。饰终巨典，国葬煌煌。勒崇垂鸿，传之无疆。

福建督军李厚基，福建省长胡瑞林。

中华民国六年四月日

其二：

呜呼！此黄克强先生之墓，后之来者，尚师其志事！

中华民国六年四月，湖南省长兼署督军谭延闿题。

[1] 此碑内容系民国原文原样，原碑已毁，修缮黄兴墓时重刊。因此之故，仍置于民国时期，特此说明。

民国六年黄兴墓碑铭

其三：

以事之难，不难于乐成，而难于创始。前清末年，国人方湛于晏安，而黄上将克强，倡言改革，竟成厥功。兹者大星忽陨，归葬道山。同人拟留塔纪念，来征片石，爰就石而镌之曰：

于烁我公，立志不磨，欲伐龟山，无假斧柯。入水不濡，入火不热。伟人不死，留造民国。匹夫难夺，有志竟成，东亚共和，璀璨光荣。不吊昊天，萎其明哲。贞此片石，千载不灭！

新疆省长兼署督军滇南杨增新赠。

其四：

黄上将千古

乾坤所挺

中华民国六年四月，吉林省长郭宗熙敬题。

民国六年黄兴墓碑铭

其五：

黄上将克强纪念塔铭

提觉五族，力倡共和。艰难险阻，推翻帝魔。福民利国，功德峨峨。景行仰止，长此山河。

民国六年四月，热河都统姜桂题敬制

其六：

黄上将克强纪念塔铭

烈烈黄公，命世之雄。风起云卷，清祚永终。功垂八表，志贯苍穹。时艰世蹇，慨想音容。

民国六年四月，察哈尔都统田中玉敬制

其七：

善化黄公克强先生纪念塔铭

世有怪杰，志严攘夷。谤满天下，名亦随之。奔走号呼，屡起屡蹶。众志成城，亦匡汉族。其身虽得，其愿令偿。骨归衡麓，久横昊苍。惟楚有材，公推健香。视此巍峨，可以兴心。

中华民国六年三月，贵州督军兼省长刘显世撰。

其八：

勋一位黄公克强墓塔铭

甚矣天下事固未易以成败论也。民国之兴，于今方六年。自武昌首义，今大总统主其军，蔡公松坡应滇中，不百日而民国以定。四年，袁氏叛国自帝，蔡公起滇中，倡义讨贼。黔桂首响应，霆击雷奋，不半载而民国再造。公先后归自海外，阳若无与而阴有为焉。乃事甫平而咯血不已，至于死时，蔡公就医日本，闻哀耗，疾亦不起。国人多其功，并议以国礼葬宜也。而世方訾公大言少成事，此与瞽说何异？古之圣贤，手无尺寸柄，抱觉世救民之志，有应千百祀而食其报者。当时固无赫赫之功，而后世莫尚焉。固未易以成败论也。民权之说，倡自欧美，亭毒国中，压于虐政而不得发者数十年。公自受书知义，证以孟氏贵民之旨，笃信力行，必举五千年专制政治，虔刘而剿绝之以一新吾国。故手所书，口所说，师所学，友所求，无不以革命为指。归至于辱身亡命不知悔，既而收合亡命成革军。张空拳，决大难，一战于河口，再战于镇南关，三战于广州。不幸俱北丧二指，七十二烈士殉之。然至今过黄花冈之墟，生气宵凛凛焉。故不五阅月，而武汉义起，创亘古未有之大业，成于一呵。乌虖[1]！孰非公刚强不屈之气，有以挥斥于无形者乎？议者又谓浔阳之变，轻易发难，灭裂之施，卒得灭裂之报似矣。彼其时世，又乌知袁氏有叛国称帝之事者乎？孔子之谓宁武，子曰："其知可及，其愚不可及也[2]。"公之于民国，诚愚矣哉。铭曰：

民国未成，宁咯血而生；民国建址，遂咯血而死。孰为终始，藏以此。

广西督军陈炳焜、广西省长刘承恩谨率全省官民敬泐。

中华民国六年四月　谷旦。

其九：

黄先生纪功碑

前清承秦汉唐宋之敝，自关外入主中国。专制淫威，苦毒我万姓，吾中华民族低首俯眉者，三百年于兹矣。黄花冈、武汉两役，黄先生兴实为中坚绝有力之人。昔朱氏扫荡元虏[3]，而先生之功盖大于徐、常[4]。知人论世正，不得据一孔之见，持尺寸短长之说，而辄少之也。

中华民国六年三月，广东省长朱庆澜撰并书。

---

[1] 乌虖：同"呜呼"。

[2] 语出《论语·公冶长》，意为：他的聪明别人可以跟得上，而他的愚昧（指装傻，装糊涂）别人就比不上了。

[3] 指朱元璋灭元朝。

[4] 徐、常：明朝开国元勋徐达、常遇春。

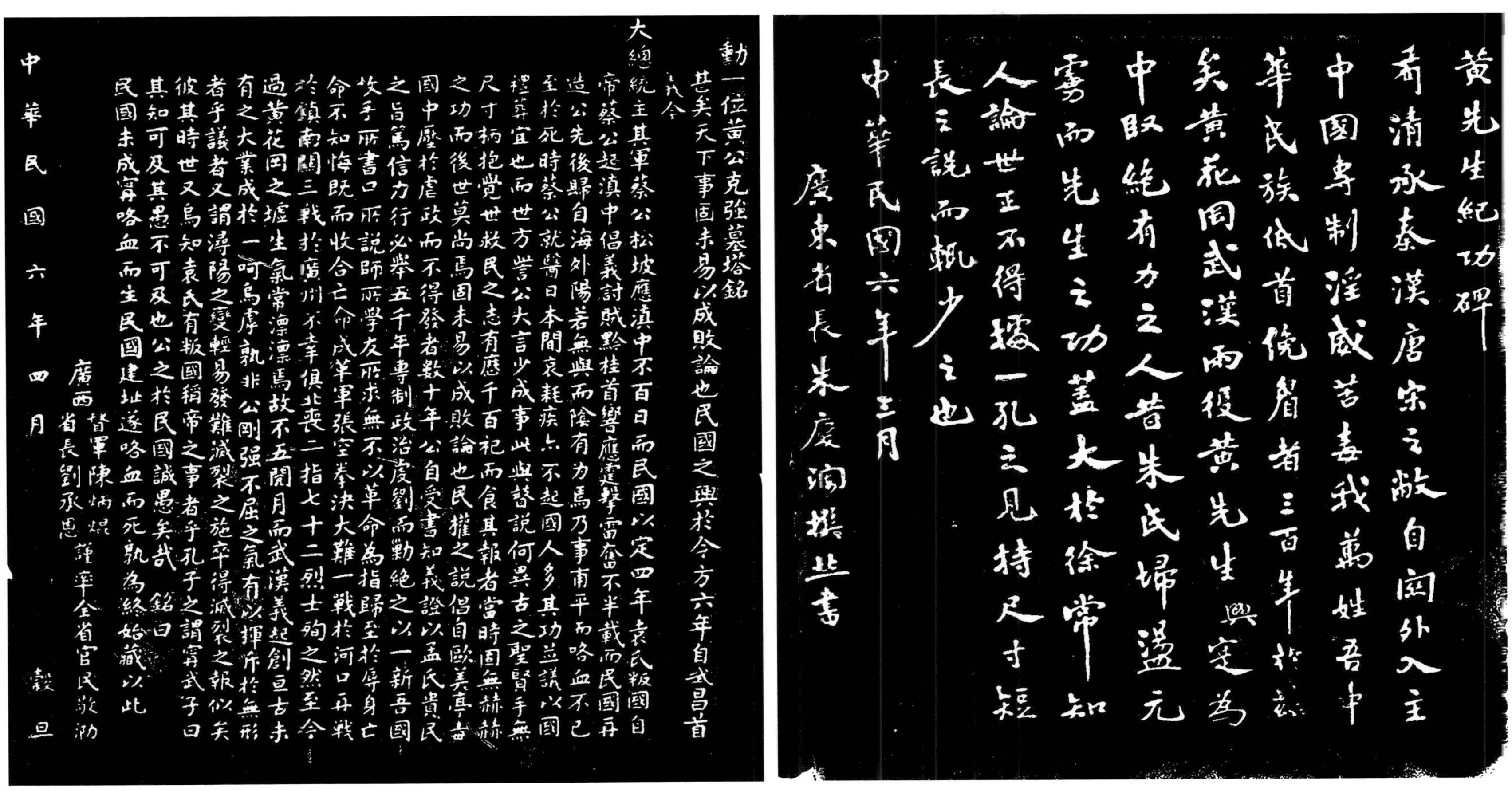

民国六年黄兴墓碑铭

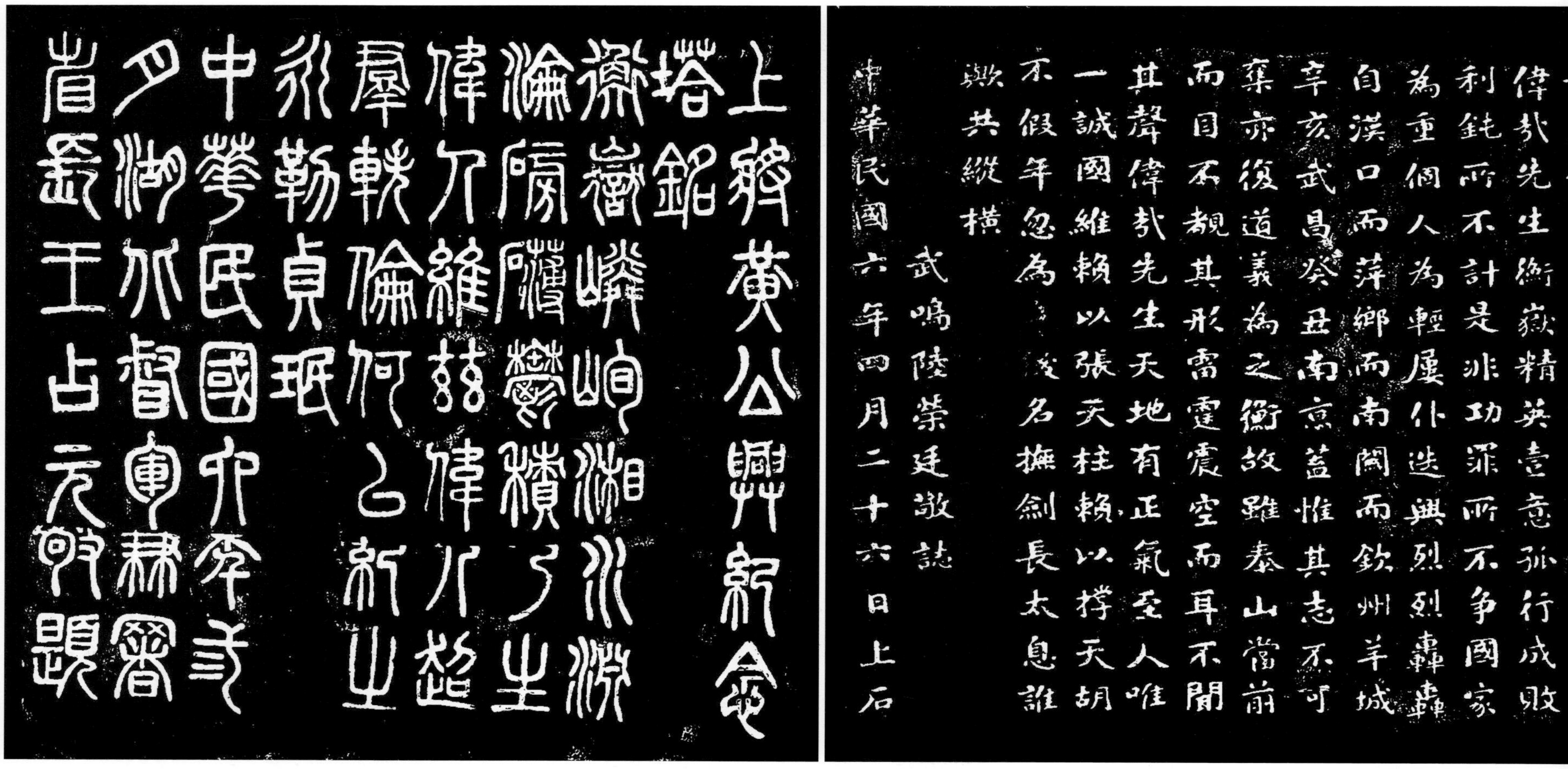

民国六年黄兴墓碑铭

其十：

上将黄公兴纪念塔铭

衡岳嶙峋，湘水渊沦。磅礴郁积，乃生伟人。

维兹伟人，超群轶伦。何以纪之，永勒贞珉。

中华民国六年三月，湖北督军兼署省长王占元敬题。

其十一：

黄克强先生墓亭

伟哉先生，衡岳精英。壹意孤行，成败利钝所不计，是非功罪所不争。国家为重，个人为轻。屡仆迭兴，烈烈轰轰。自汉口而萍乡而南关、而钦州、羊城，辛亥武昌，癸丑南京。盖惟其志不可弃，亦复道义为之衡。故虽泰山当前，而目不睹其形；雷霆震空，而耳不闻其声。伟哉先生，天地有正气，至人唯一诚。国维赖以张，天柱赖以撑。天胡不假年，忽为身后名。抚剑长太息，谁欤共纵横？

武鸣陆荣廷敬志。中华民国六年四月二十六日上石。

其十二：

故陆军上将黄公纪念塔铭

勋三位陕西省长李根源撰

惟清末造，朝政弗纲。奸贪秉轴，秽德是彰。颓厦不舍，新栋莫臧。天心启运，民气孔扬。煌煌黄公，毓灵南岳。天挺人豪，乾坤橐钥。养锐韬光，绩学于鄂。观日扶桑，胆肝腾逴。云龙风虎，声气应求。呕心喋血，万整貔貅。或张或弛，

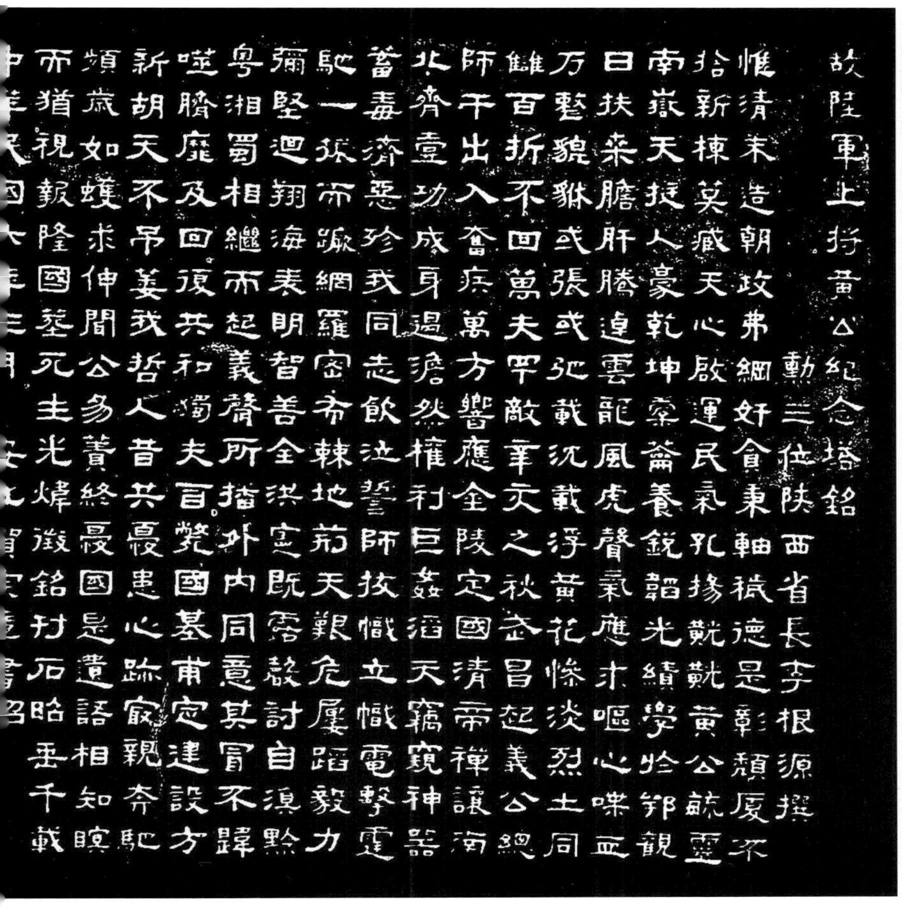

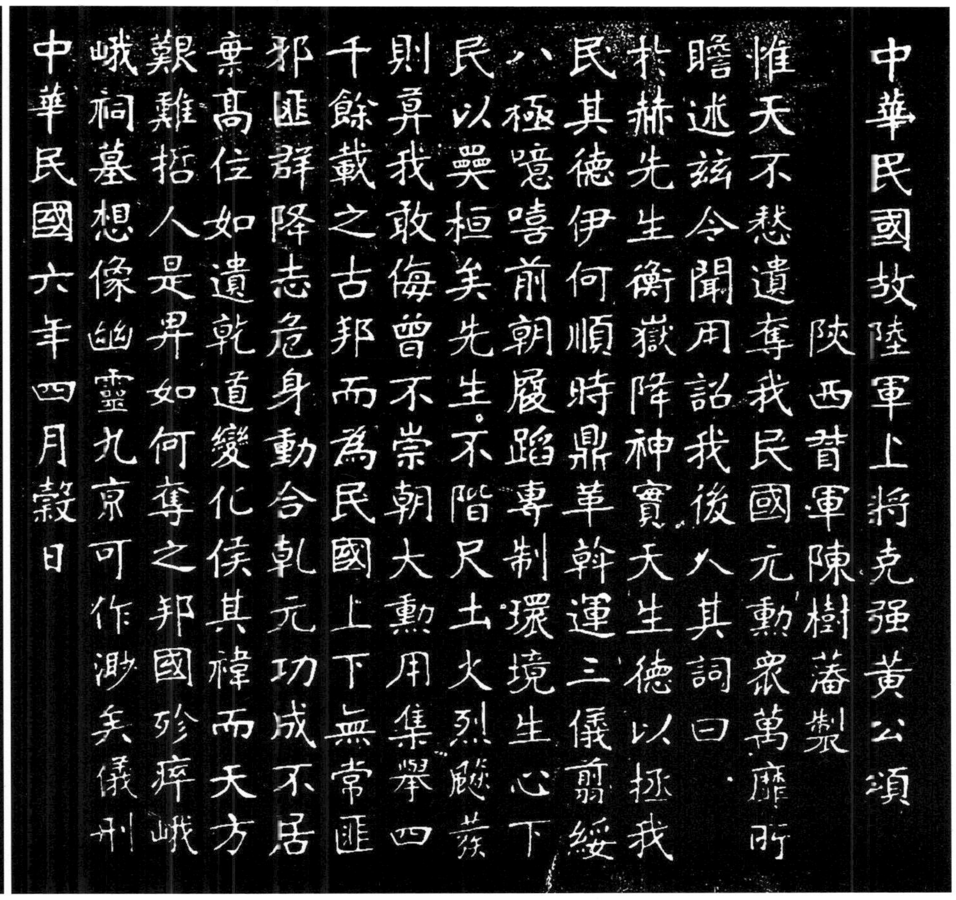

载沉载浮。黄花惨淡，烈士同仇。百折不回，万夫罕敌。辛亥之秋，武昌起义。公总师千，出入奋疾。万方响应，金陵定国。清帝禅让，南北齐壹。功成身退，澹然权利。巨奸滔天，窃窥神器。蓄毒济恶，殄我同志。饮泣誓师，拔帜立帜。电击霆驰，一振而蹶。网罗密布，棘地荆天。艰危屡蹈，毅力弥坚。回翔海表，明智善全。洪宪既露，声讨自滇。黔粤湘蜀，相继而起。义声所指，外内同意。其冒不韪，噬脐靡及。回复共和，独夫自毙。国基甫定，建设方新。胡天不吊，萎我哲人。昔共忧患，心迹最亲。奔驰频岁，如蠖求伸。闻公易箦，终忧国是。遗语相知，瞑而犹视。报隆国葬，死主光炜。征铭刊石，昭垂千载。

中华民国六年三月，安化贺宗章书昭。

其十三：

中华民国故陆军上将克强黄公颂

陕西督军陈树藩制

惟天不慭遗，夺我民国元勋众万，靡所瞻述。兹令闻用诏我后人。其词曰：

于赫先生，衡岳降神。实天生德，以拯我民。其德伊何？顺时鼎革。斡运三仪，剪绥八极。噫嘻前朝，履蹈专制。环境生心，下民以哭。桓矣先生，不阶尺土。火烈飚发，则莫我敢侮。曾不崇朝　大勋用集。举四千余载之古邦而为民国，上下无常，匪邪匪群。降志危身，动合乾元。功成不居，弃高位如遗。乾道变化，侯其祎而天方艰难。哲人是畀，如何夺之，邦国殄瘁。峨峨祠墓，想像幽灵。九京可作，渺矣仪刑。

中华民国六年四月谷日。

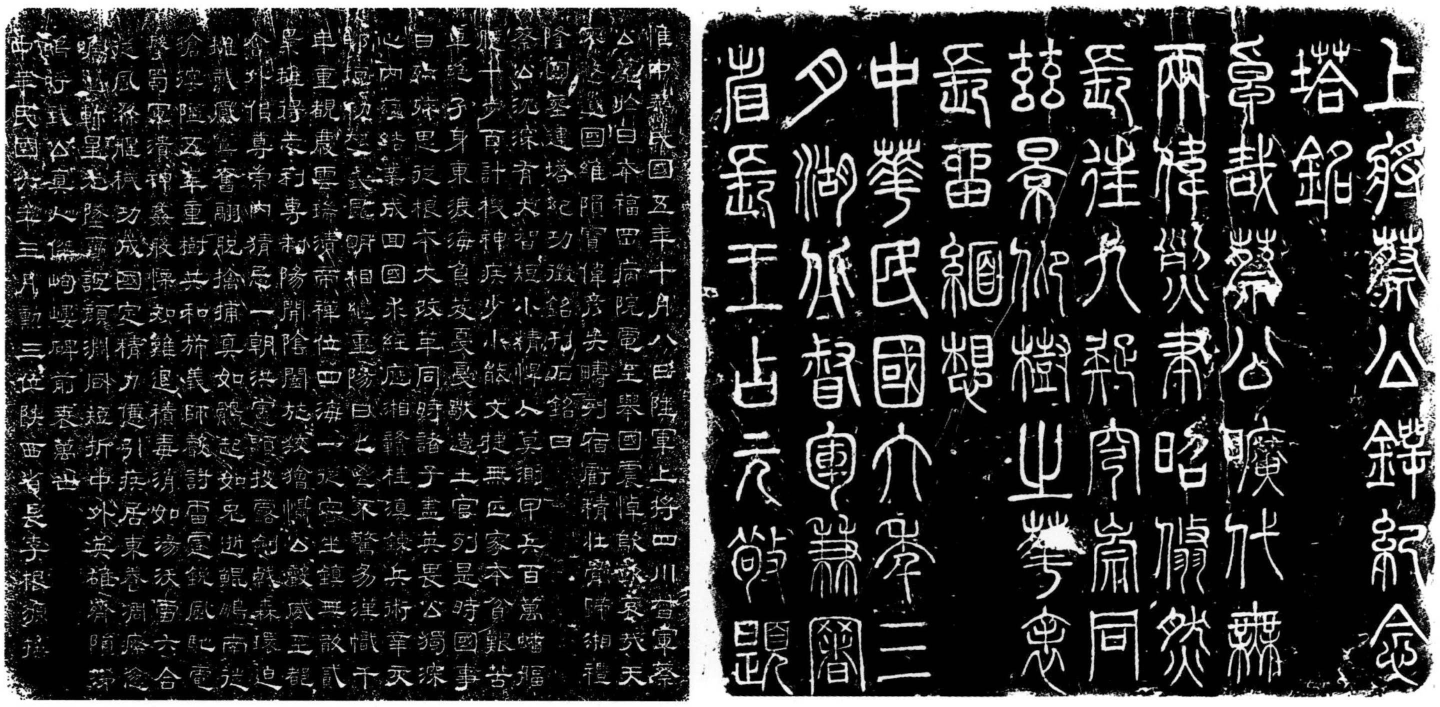

民国六年蔡锷墓碑铭

民国六年蔡锷墓碑铭

位置：岳麓区岳麓山白鹤泉左后方

质地：汉白玉、青石等

规格：高 60 厘米，宽 64 厘米

释文：

其一：

惟中华民国五年十月八日，陆军上将四川督军蔡公，薨于日本福冈病院。电至，举国震悼。呜呼哀哉！天不慭遗，国维陨宝，伟彦失畴，列宿亏精。壮骨归湘，礼隆国葬。建塔纪功，征铭刊石。铭曰：

蔡公沉深有大智，短小精悍人莫测。甲兵百万蟠胸臆，十步百计机神疾。少小能文捷无匹，家本贫艰苦单纯。孑身东渡海负笈，戛戛独造士官列。是时国事日□殊，思从根本大改革。同时诸子尽英畏，公独深心内蕴结。业成回国求经历，湘赣桂滇练兵术。辛亥乡境初起武，昆明相继重阳日。匕鬯不惊易汉帜，千年重睹庆云瑞。清帝禅位四海一，从容坐镇无敢贰。枭雄得志利专制，阳开阴阖施狡狯。慑公声威至都会，外侣尊崇内猜忌。一朝洪宪显披露，剑戟森环迫拥戴。凤党奋翮脱擒捕，真如鹘起如兔逝。鲲鹏南徙沧溟隘，五峰重树共和旆。义师声讨雷霆锐，风驰电掣蜀军溃。神奸股慄知难退，积毒消如汤沃雪。六合从风涤腥秽，功成国定精力惫。引疾居东养凋瘵，忽瞻遗轸星光坠。曹谊颜渊同短折，中外英雄齐陨涕。呜呼我公真人杰，岣嵝碑前表万世。

中华民国六年三月，勋三位陕西省长李根源撰。

其二：

上将蔡公锷纪念塔铭

卓哉蔡公，旷代无两。伟烈聿昭，倏然长往。

九疑穹崇，同兹景仰。树之华表，长留缅想。

中华民国六年三月，湖北督军兼署省长王占元敬题。

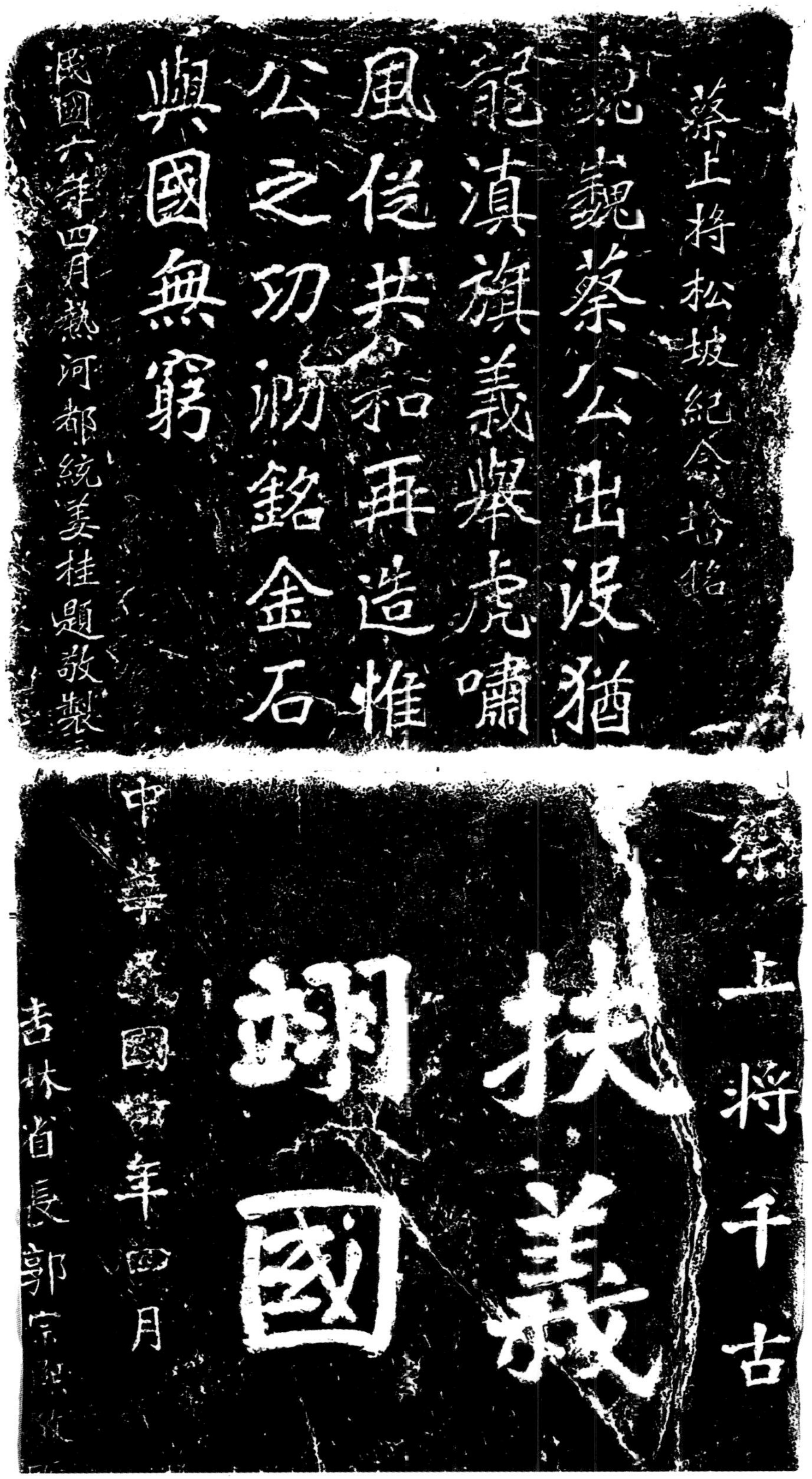

民国六年蔡锷墓碑铭

其三：

蔡上将松坡纪念塔铭

巍巍蔡公，出没犹龙。滇旗义举，虎啸风从。共和再造，惟公之功。泐铭金石，兴国无穷。

民国六年（四月，热河都统姜桂题敬制。

其四：

蔡上将千古

扶义翊国

中华民国六年四月，吉林省长郭宗熙敬题。

其五：

并世吾安仰，微公人尽非。作诔者谁，后有千秋视此词。

中华民国六年四月，湖南省长兼署督军谭延闿题。

其六：

邵阳蔡松坡先生纪念塔铭

岳之麓，湘之湄，繄先生挺产，兹两蹴帝制。扶民彝国基，甫奠身遽牺。有艰孰投大，孰遗百之一。未竟厥施。衡山高高与天齐，湘水滔滔无竭时。先生令闻其庶几，曲沁可平台可夷，亿千万龄视此辞。

中华民国六年三月，贵州督军兼省长刘显世撰。

其七：

蔡松坡先生墓亭

平地一声雷，将军天上来。玄黄鏖战泸水限，共和五色旗重开。噫吁戏！非天下大勇，其孰与于此哉？为忆将军留都时，蛟龙失水蝼蚁欺。岂意神物不可测，朝发东海夕滇池。噫吁戏！非天下大智，其孰与于斯？嗟乎！天地不终否，国运竟何似。既见将军生，又见将军死。我读将军绝笔辞，将军为国心未已。愿为推置国人腹，拔剑提戈齐奋起。

武鸣陆荣廷敬志

中华民国六年四月二十六日建。

其八：

蔡公松波（坡）上将墓塔铭

民国五年十一月八日，蔡公松波以疾卒于日本[1]。瘁国事也！国人悲之，议以国礼葬。大总统令曰："可。"六年四

[1] 松波应为松坡。

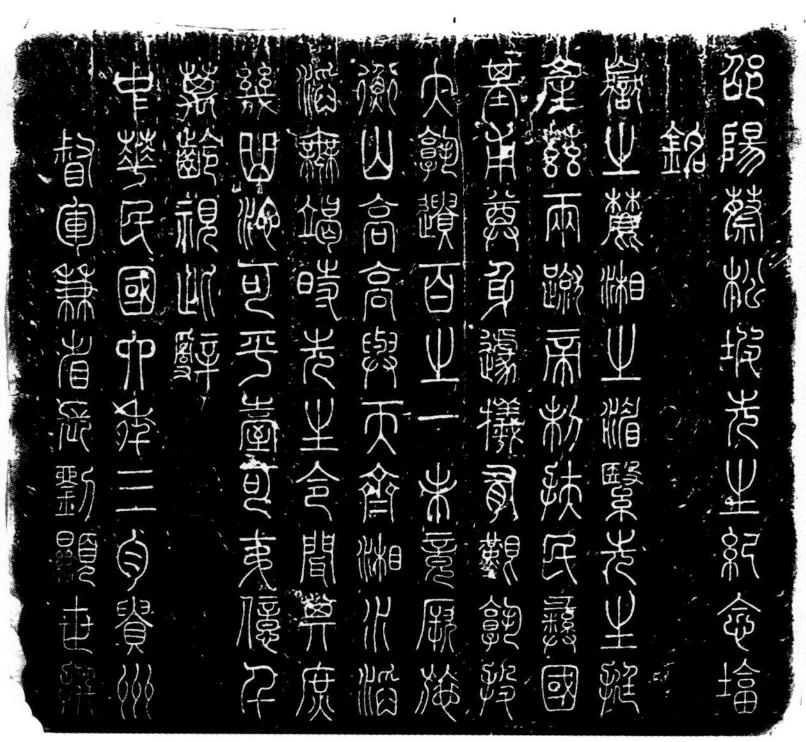

月十二日，遂以国礼葬于其乡之岳麓。乌虖！此所谓生荣死哀者矣。天下有大德三：曰知，曰仁，曰勇。古之人持以殉身救国者，代或有闻。而公以贫儒起闾巷，荏弱如女子，独念时变，弃儒学兵。学囊知怀，鼓其一世莫当之勇，成振古未有之业。自武昌首义革帝政，愤分滇中，拊黔抚川，全国雷动响应，四月而民国大定。壮矣！乃者袁氏叛国，谋复帝制，威力靡中国，犬藩豪帅重足侧目相视，莫敢先发。公时不呼一卒，独屈身秽迹，窜海伏山，冒万死一生之计，号召六诏□□□云一麾，国贼夺魄，民国遂重光。自生民以来，功业罕有若斯之盛也！事定论赏，国人方思极其位。宠荣之顾，亟以疾辞，遁迹异国，竟以长逝。乌虖！世有极毕生之虑，求一日之富贵，至死而不舍者矣。而公之所归也，如是悯乎。然浩然之气，塞天地矣。非大知勇，几杀身成仁者焉能语此乎。铭曰：

衡山出云，湘水绕之。盘纡郁勃，实生魁奇。群治大昌，荡秽涤瑕。以民立国，□莫帝家。义旗高张，风云叱咤。移清仆袁，沐日浴月。漂摇五载，国以再造。蜀道滇池，裂脰涂脑。扶义而西，万方景从。载系天纲，弗居成功。生以为民，死其无悔。茫茫大星，陨于东海。魂兮来归，挥斥蛟龙。岳麓陂地，郁乎幽宫。国命斯新，神其贶灵。国耻未雪，宁能目瞑。堂堂中原，式兹刻铭。

广西督军陈炳焜、省长刘承恩敬泐，民国六年四月立。

其九：

勋一位陆军上将蔡公墓碣

天启区夏，鼎命斯融。不有奇杰，孰建神功。

惟我蔡公，闲气所毓。抗志黄农，潜心颇牧。

大同应运，血战元黄。驰驱滇蜀，揃残荡荒。

甫卸戎衣，首正经界。规画宏深，期于不懈。

天未厌乱，帝焰复然。手提义旅，为天下先。

豪杰景从，山泽响应。再新邦基，指挥大定。

呜呼我公，智勇深沉。剸繁决剧，艰险毕任。

四海喁喁，望公未已。胡不永年，遽辞尘滓。

岘山碑在，瞻望涕零。湘江衡岳，永护英灵。

福建督军李厚基、福建省长胡瑞霖，中华民国六年四月日。

民国六年蔡锷墓碑铭

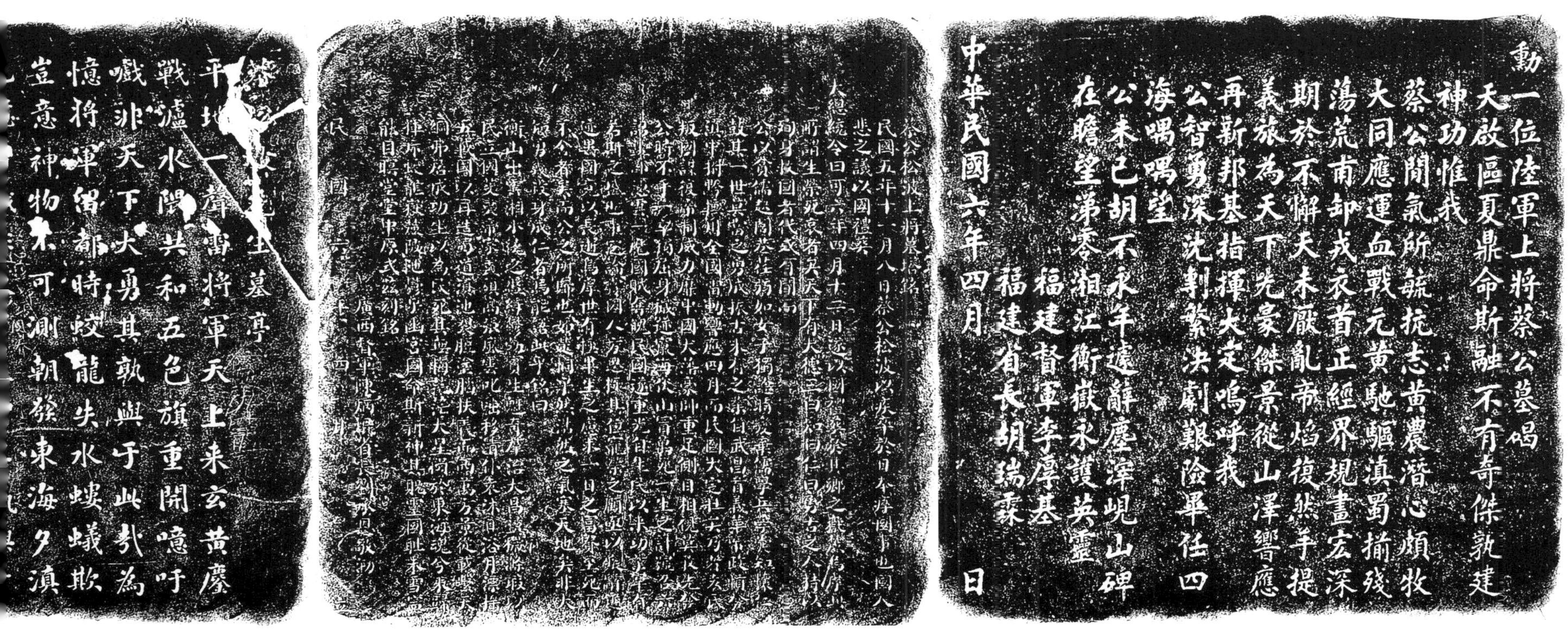

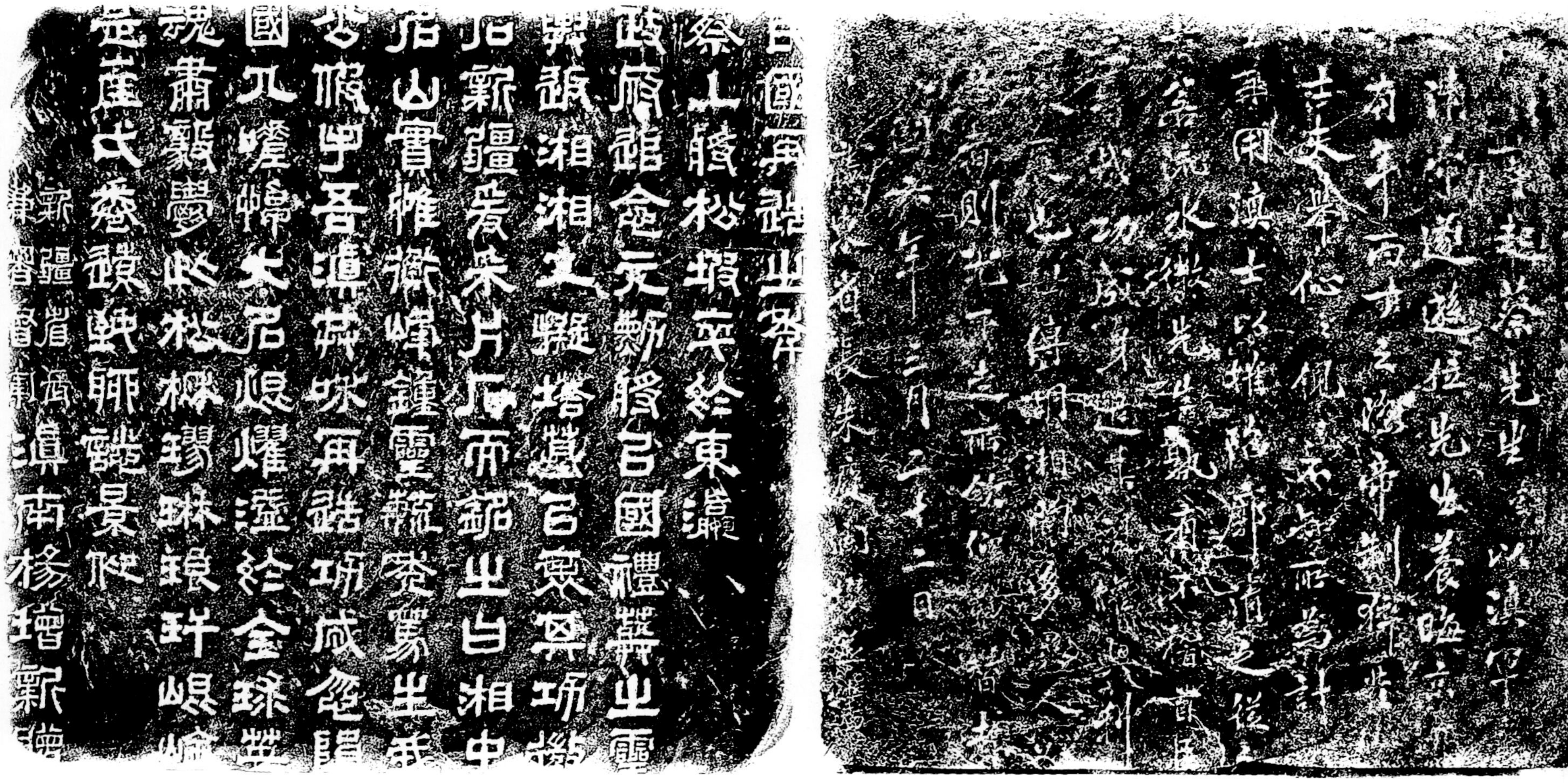

民国六年蔡锷墓碑铭

其十：

民国再造之年，蔡上将松坡卒于东瀛，政府追念元勋，将以国礼葬之灵舆返湘。湘土拟塔墓以表其功。征石新疆，爰采片石而铭之曰：

湘中名山，实惟衡峰。钟灵毓秀，笃生我公。

假手吾滇，共和再造。功成忽陨，国人嗟悼。

大名焜耀，溢于全球。英魂肃毅，郁此松楸。

璆琳琅玕，昆仑是崖。弌卷遗致，聊志景仰。

新疆省长兼署督军滇南杨增新赠。

其十一：

纪功碑

□事起蔡先生锷，以滇军□，清帝遂逊位。先生养晦京□□有年。丙丁之际，帝制猝发，□士夫举伈伈伣伣不知所为计[1]。先生用滇士以摧陷廓清之，从之者若流水。微先生孰有不稽首臣□□哉！功成身退，其视权与利□□也。世传湖湘间多异人，□□□者，则尤下走所钦仰□替者。

民国六年三月二十二日，广东省长朱庆澜撰并书。

[1] 伈伈伣伣：小心恐惧的样子。伣伣或作伣伣 。

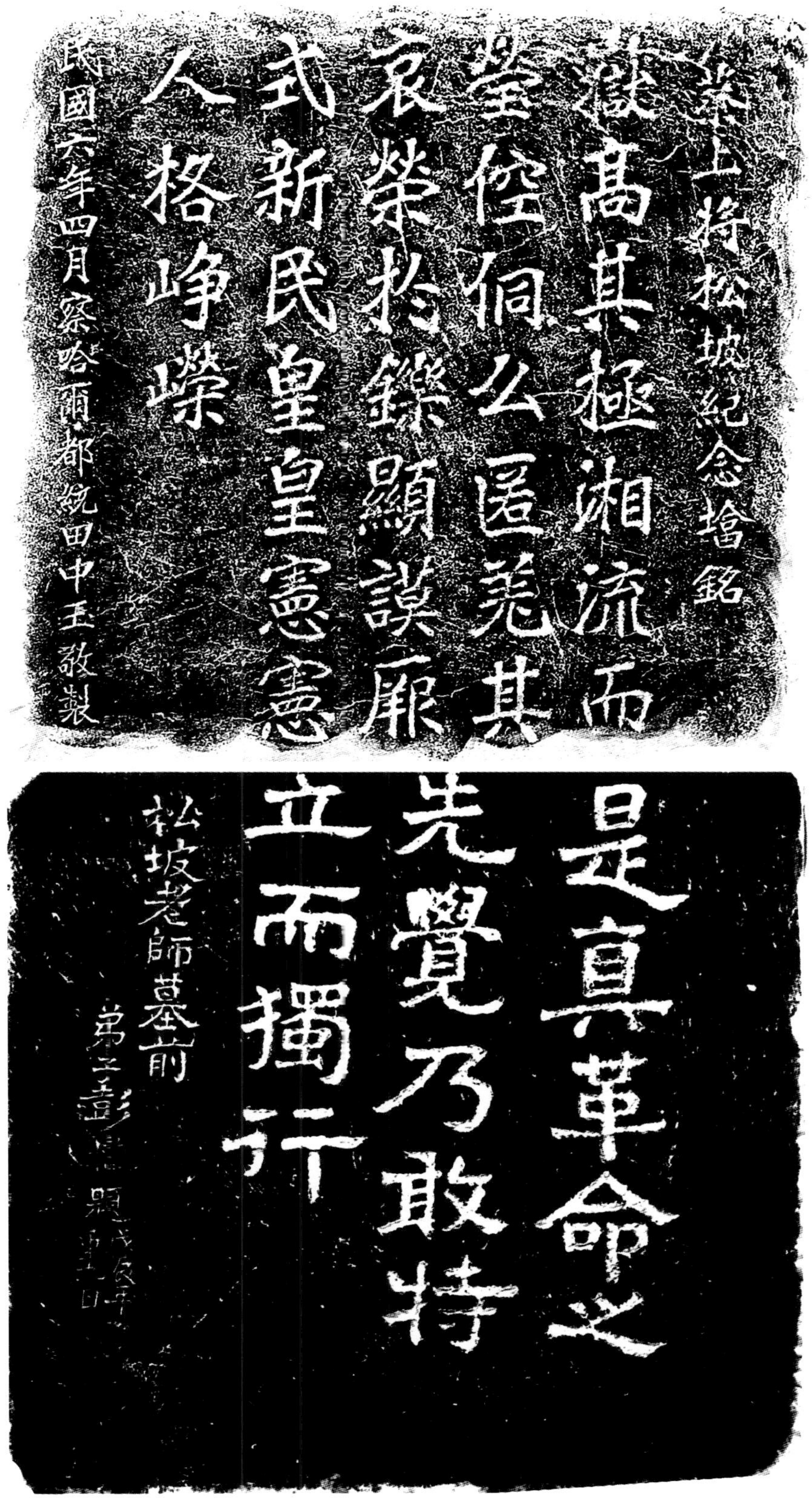

民国六年蔡锷墓碑铭

其十二：

蔡上将松坡纪念塔铭

岳高其极，湘流而莹。倥侗么匿，羌其哀荣。

于铄昱谟，厥式新民。皇皇宪宪，人格峥嵘。

民国六年四月，察哈尔都统田中玉敬制。

其十三：

是真革命之先觉，乃敢特立而独行。

松坡老师墓前，弟子彭权题。戊辰年重九日。

民国九年刘烈妇曹庄传碑

位置：岳麓区岳麓山清风峡
质地：花岗岩

释文：

刘烈妇传

夫妇以人合而壹齐不改，则天之经也；性情自天赋而守死不贰，则人之纪也。中国上古之世，重男轻女，故宣尼设教，不垂女训。而自英皇南巡[1]，泪传湘竹，后代贞节义烈，史不绝书。然则性天之所激发，出于自然，而诗书之所劝导，犹后起也。自宋儒有“饿死事小，失节事大”之论[2]，由是荐绅之家，多执礼法以绳妇人。矫其失者，又持离合自由之说以争之，不知礼教必合人情，贞淫出于本性，非陈腐之议所能牵拘，亦非开通之说所能变化也。

吾邑烈妇刘曹氏者，烈士刘炳生之妻，处士曹祖尧之女也。生诗礼之家，守保姆之训。令仪令色，兼通文史。炳生贤而聘之，年十八，作嫔于刘。戚里来觌，佥称贤淑。舅姑色喜，娣姒怡怡。于时学校大开，炳生既从伯氏霖生游学外洋，妇亦就女塾肄业。唱随之余，道义交勖，通德之门，遐迩矜式[3]。霖生归自远域，主倡共和，愤嫉专制。岁丙午，浏阳事败，湘抚指名求索，避走东瀛。而炳生在事，当道固未知也，旋以父病归省，遂罹于难。被逮之日，众咸以党籍无名，易以辩释，而承审员邀功长官，周四成狱。炳生既死，家众秘不以闻，精诚所通，鬼神入告，旦而质问诸嫂，嫂不能隐，一恸遂绝，逾时始苏。家人知其必死，防守备至。妇闻舅姑哭声，茹痛登堂，勉承色笑，言未出口，悲声纵发。庭鸟为之飞避，行路闻之陨涕。霖生夫妇欲释其哀，以己子为弟立后，劝令抚孤，妇亦首允。继兹以往，昼夕长号，三年不辍，孤帷之血泪成河，幽室则残灯如豆。至己酉正月朔旦，竟以毁卒。嫂黄氏哭以诗云：“家家爆竹颂元日，正是蛾眉死幽室。”盖谓此也。昔人有言曰：“死节易，守节难。”烈妇既习《诗》、《礼》，深明大义，又许兄嫂以继嗣，且夫仇未报，隐痛在心，其不仅欲以一死见志明矣。而卒易守节为死节者，则天性之激烈，无可遏抑。不期死而与死会，视世之投缳绝粒，授命于一二日之间者，心弥苦，气弥烈矣！为之立传，称烈妇，从其志也。陈嘉言撰并书，时年七十。

中华民国九年庚申岁二月谷旦，男孝叔敬立。

---

[1] 英皇：舜妃女英、娥皇。

[2] 语出程颐《陈氏遗书》，原文为“饿死事极小，失节事极大”，谓男子娶寡妇与寡妇再醮为失节。

[3] 交勖：互相勉励；遐迩矜式：远近以为楷模。

民国九年刘烈妇曹庄传碑

民国九年、十年刘崑涛[1]墓碑铭

位置：长沙市岳麓山

质地：汉白玉

规格：整体高 165 厘米，宽 293 厘米

释文：

其一：

护法元勋

民国九年十月，军政府颁。

军政府印（印）

其二：

刘公崑焘（涛）国葬纪功铭

零陵将军，楚国男子。少以侠闻，壮为义起。誓挞朔方，以刷国耻。厥志未竟，呕血而死。苌宏齐烈，荡阴媲美。诸葛尽瘁，歼身如此。须髯其张，佥壬气褫。弓旌自动，精灵赫尔。毅魄天行，丰碑屹峙。我铭不祧，以诏来生。

贵州总司令卢焘、省长任可澄。

其三：

零陵镇守使刘公国葬纪功铭

浩浩神州，茫茫黔黩 。风云变化，玄黄反覆。约法不存，斯民谁牧。奋袂一呼，义旗四矗。桓桓刘公，治兵于湘。振声狮吼，鞠旅龙骧。百战弥厉，万夫莫当。长城遽坏，人之云亡。忝属同仇，惊承凶问。天狼未摧，将星先陨。声咽楚歌，哀传虞殡。万岁千秋，山川余愤。远尼服岭，目断衡云。未亲执绋，空恸离群。爰刊贞石，勒铭高坟。过者下马，诵此刻文。

粤军总司令陈炯明。

其四：

故中将刘君崑纪念碑

湘漓同源，地侔唇齿。玄黄遘变，蚷蛩互倚。北伐伊始，出次衡限。既复国鼎，喜暱楚材。刘君奇侅，把臂如旧。国栋乡珩，已期诸后。彼暴毁法，武力横凌。驰檄声讨，首自零陵。命旅载出，急难恐后。敢云骖靳，聊分艾灸。人长下岳，众寡悬殊。奋踔苦战，君功其肤。反攻株醴，深入锐进。星陨炎维，未邀天憖。君躯虽捐，敌胆已寒。楚弓还楚，功隆肇端。爱国之心，水不能溺。汨有三闾，得君不寂。瘞王恸切，同袍谊深。郁郁佳城，悢悢国心。念旧崇功，泐石以纪。湘水不枯，君名无已。

陆荣廷拜撰。

---

[1] 刘崑涛 (1887–1918)，名建藩，字昆涛，长沙府醴陵人。保定陆军速成学校毕业，同盟会员。曾参加武昌起义、“二次革命”，护法战争。1918 年 5 月在株洲齐家桥中伏牺牲。

其五：

中将刘公昆涛铭词

词曰：山川磅礴，惟岳降灵。衡云高矗，萃集将星。沅湘之间，豪杰并举。缔造共和，陈师整旅。繄昔刘公，首义传檄。兴师武汉，致果杀敌。拔帜立帜，汉族重兴。息兵秣马，绩奏扬鹰。天祸中华，和平顿失。南北战争，戈操同室。矫矫刘公，零陵誓师。建纛护法，提挈健儿。旌旗电舒，枪刀林殖。鸣镞风驰，飞弹雨集。哀哀刘公，背水陈兵。石梁崩折，锋镝销声。捐躯报国，裹尸志遂。孔曰成仁，孟曰取义。吊公之忠，为国干城。□公之烈，竹帛垂名。湘水无情，英雄饮泣。郁郁佳城，丰碑屹立。乃奠忠魂，潭川之北。劲草丛生，悲风凄恻。汨罗同伤，神游乐国。万岁千秋，军人之则。

江西督军陈光远敬撰。

其六：

刘公昆涛诔词

龙战元黄，岁遘阳九。时势英雄，笃生非偶。伟哉刘公，应运而起。豹略以□，龙骧远举。湘水横飞，岳云幻变。国事已北，此生奚奠。整我师徒，南土是保。下遏江流，上凭岭表。三浯浩浩，九嶷巍巍。霜岩刁□，日丽觐麾。壮志未酬，昊天不吊。为国捐躯，将星隐曜。耿耿丹心，悠悠碧血。往事足传，英光不灭。超度一致，泰岱鸿毛。成仁取义，是为人豪。梼杌千秋，垂为定论。生荣死哀，夫复何恨？丰碑长读，永□生平。缅怀大节，金石同贞。

占元撰。

其七：

题刘公昆焘（涛）墓

莽莽三湘地，将军战绩多。名山钟蒋琬，正史纪廉颇。焜耀凌烟阁，凄凉薤露歌。千秋功不朽，铜像立嵯峨。

云南省长周钟岳。

其八：

刘公昆涛墓铭　谭浩明撰

岁在涒滩，序属素节。以国葬盛典，瘗故陆军中将、零陵镇守使刘公建藩于岳麓山之原，礼也。越明年，墓成。当代魁彦，佥表以文。矧在同难，久相知审。宁已于言，爰为之铭。以彰盛烈，且志思旧也。铭曰：

□门相从，靡兴有鬲。岳降申甫，式是南国。世乱生才，自古□皆。皭皭刘公，笃生挺特。豺狼当道，侏儒列戟。祖逖击楫，□义□檄。风发云涌，西南半壁。喑哑叱咤，天地变色。皭皭刘公，实始宣力。声义潇湘，风威雷赫。百粤连镳，六诏继踵。申胥存楚，玄感慑敌。涤荡三湘，澄清七泽。援厉至再，跳突方棘。梅仙垂翅，株洲奋翼。奔飚乱流，大星霄石。延津跃剑，江神瞰壁。鼓声陡苑，阵云犹赤。吁嗟刘公，大命斯阨。赍恨穷泉，往即幽宅。轰轰盛名，沉沉雄魄。义问宣昭，英风旁激。豪俊蜂起，神奸窜匿。吁嗟刘公，功在社稷。一结冠缨，千秋竹帛。昔总师□，同忻共戚。愍遘兹变，况念殊绩。泪雨横堕，心风伤尽。衡岳崩摧，湖波洶涛。缅彼冢人，奠兹兆域。郁郁……

其九：

刘公昆涛纪念碑

民国五年，继梧治军长沙，公以奇才运筹帷幄，葛浏□水不营也。既与继梧改筹军实，公复主持鬻卖营产事以辅之。六年政变，继梧兼程赴美，冀系民膏以宏民福。公则正旗堂阵，首义零陵，百战艰难，卒以方殉，人亡国瘁。惜哉痛哉！旧物虽恢，故人安在耳？怜黄土徒吊白杨，赋诗一章以纪之。诗曰：

北美传凶讯，西归失故□。江声余鼓角，麓树惨风云。忠骨山灵护，奇士□□闻。昆涛亭不朽，感旧思纷纷。营产供军实，曾分鲁肃囷。公忠能助战，经济苦国人。宿叶枯残泪，孤花避好春。中原多难日，更愿岳生申。

曾继梧撰书，中华民国十年八月。

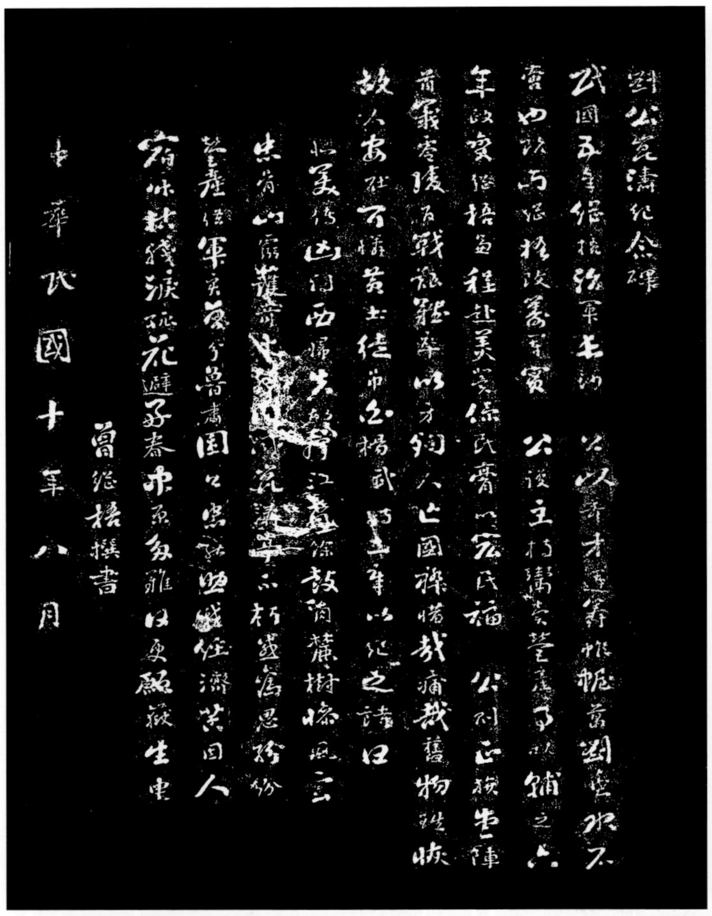

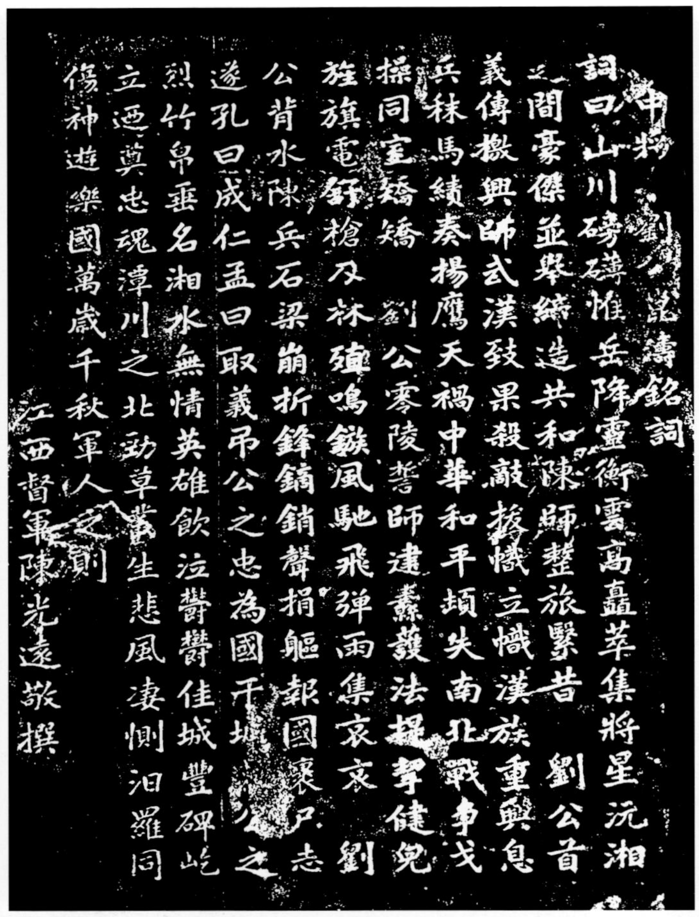

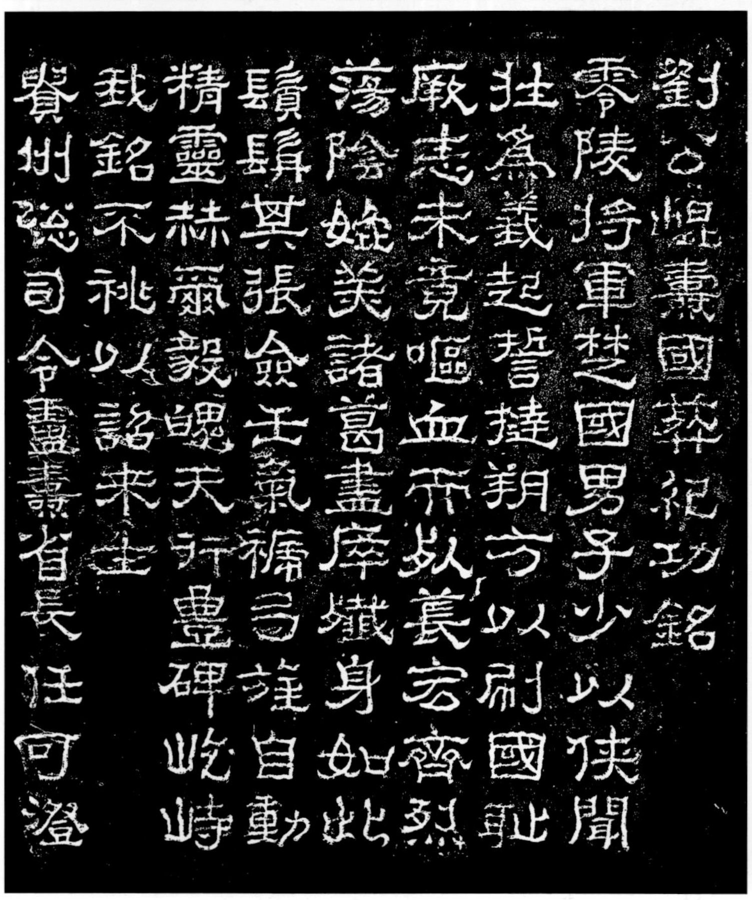

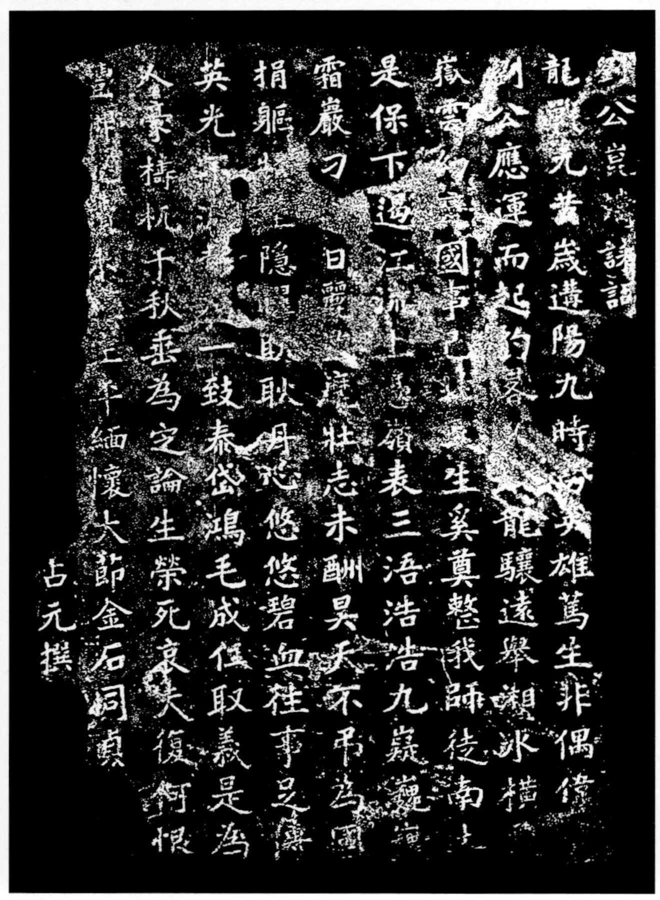

民国九年、十年刘崑涛墓碑铭

民國九年十月

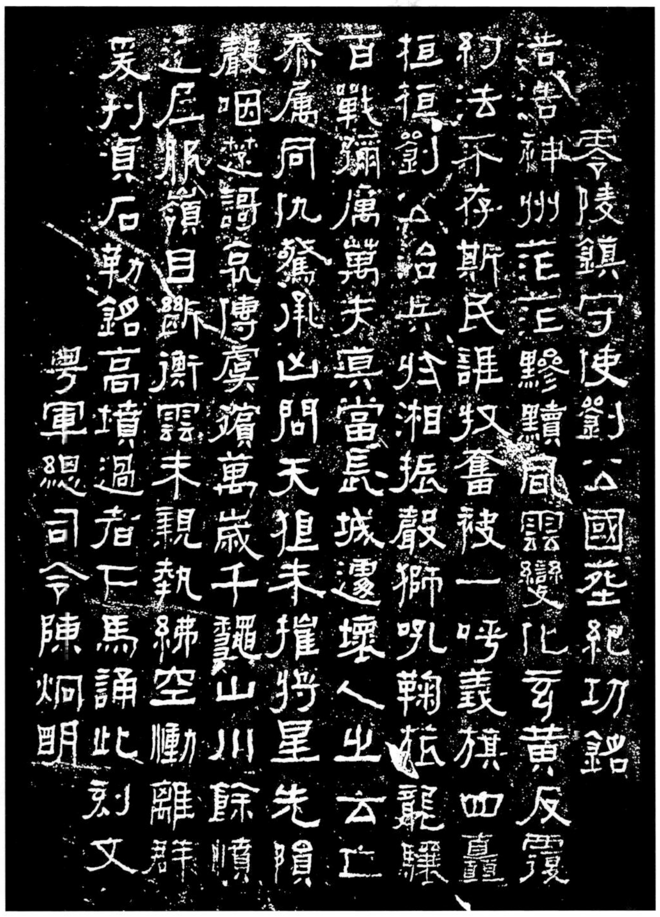
零陵鎮守使劉公國葬紀功銘
浩浩神州茫茫黔黷風雲變化玄黃反覆
約法不存斯民誰牧奮袂一呼義旗四矗
百戰彌厲萬夫莫當長城遽壞人生云亡
爰刊貞石勒銘高墳過者下馬誦此刻文
粵軍總司令陳炯明

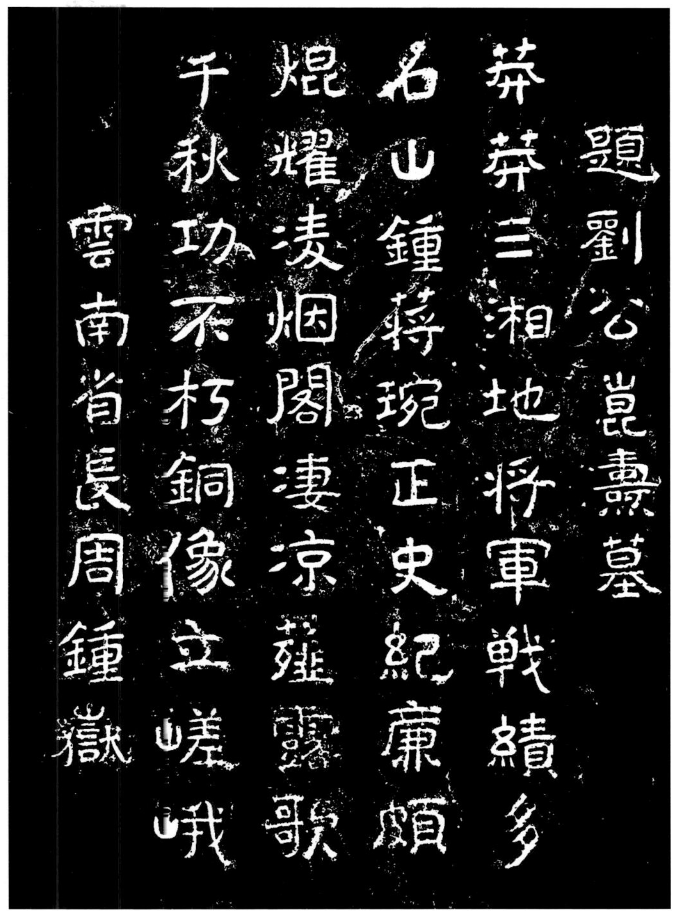
題劉公崑濤墓
莽莽三湘地將軍戰績多
名山鍾蔣琬正史紀廉頗
焜耀凌烟閣淒涼薤露歌
千秋功不朽銅像立嵯峨
雲南省長周鍾嶽

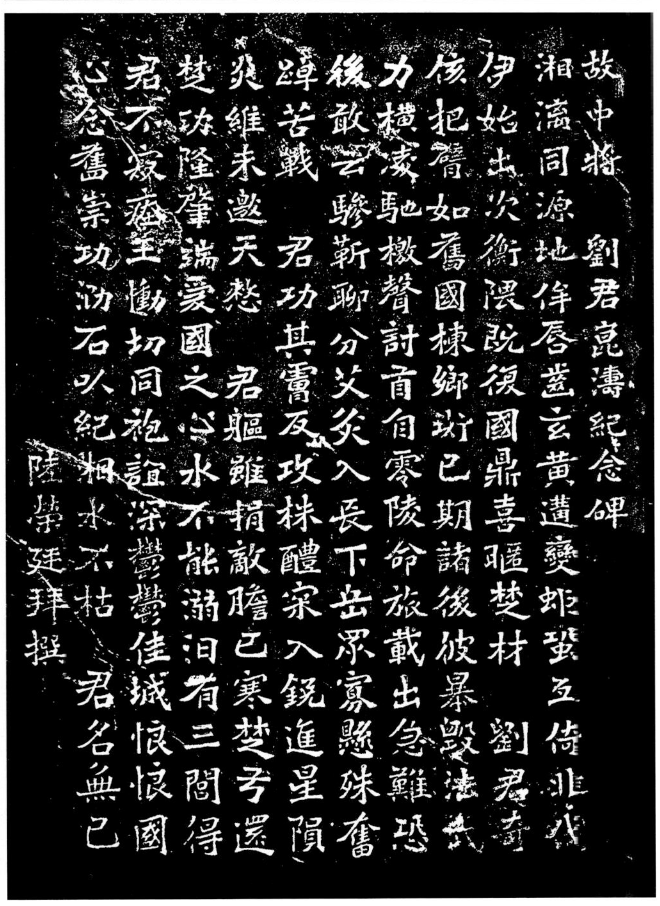
故中將劉君崑濤紀念碑
陸榮廷拜撰

民国十年陈天华墓碑

位置：岳麓区岳麓山西北侧山腰
质地：花岗岩
规格：高 150 厘米，宽 51 厘米

释文：

陈天华先生墓碑

先生新化人也。与黄克强、宋钝初等谋革清政[1]，屡举不成，亡命日本。组织同盟会，办《民报》，并用白话文体著《猛回头》、《警世钟》等书，风靡海内。岁乙巳，愤日政府取缔清韩学生，草《绝命书》数千言，自投海死。明年，归葬岳麓。清大吏尼之白衣冠会葬者满山谷，卒得安厝。民国辛酉，友人曾继梧等复为立碑，而缀以词曰：

先生之生也，暮鼓晨钟，以唤醒我国魂；先生之死也，薄海内外，莫不张口咋舌而震惊。清社屋，民国兴，孙、黄、谭、宋收其果[2]，而先生实种其因。上以媲美于往古之清流，下以启文化运动之先声。麓山高，湘水深，先生虽死，浩气常存！

[1] 宋教仁（1882—1913），字钝初，号渔父，桃源县人。伟大的民主革命先行者，中华民国的主要缔造者之一，中国“宪政之父”。主持第一次改组国民党，是国民党的主要筹建人。1913 年被暗杀于上海，终年三十一岁。

[2] 即孙中山、黄兴、谭延闿、宋教仁。

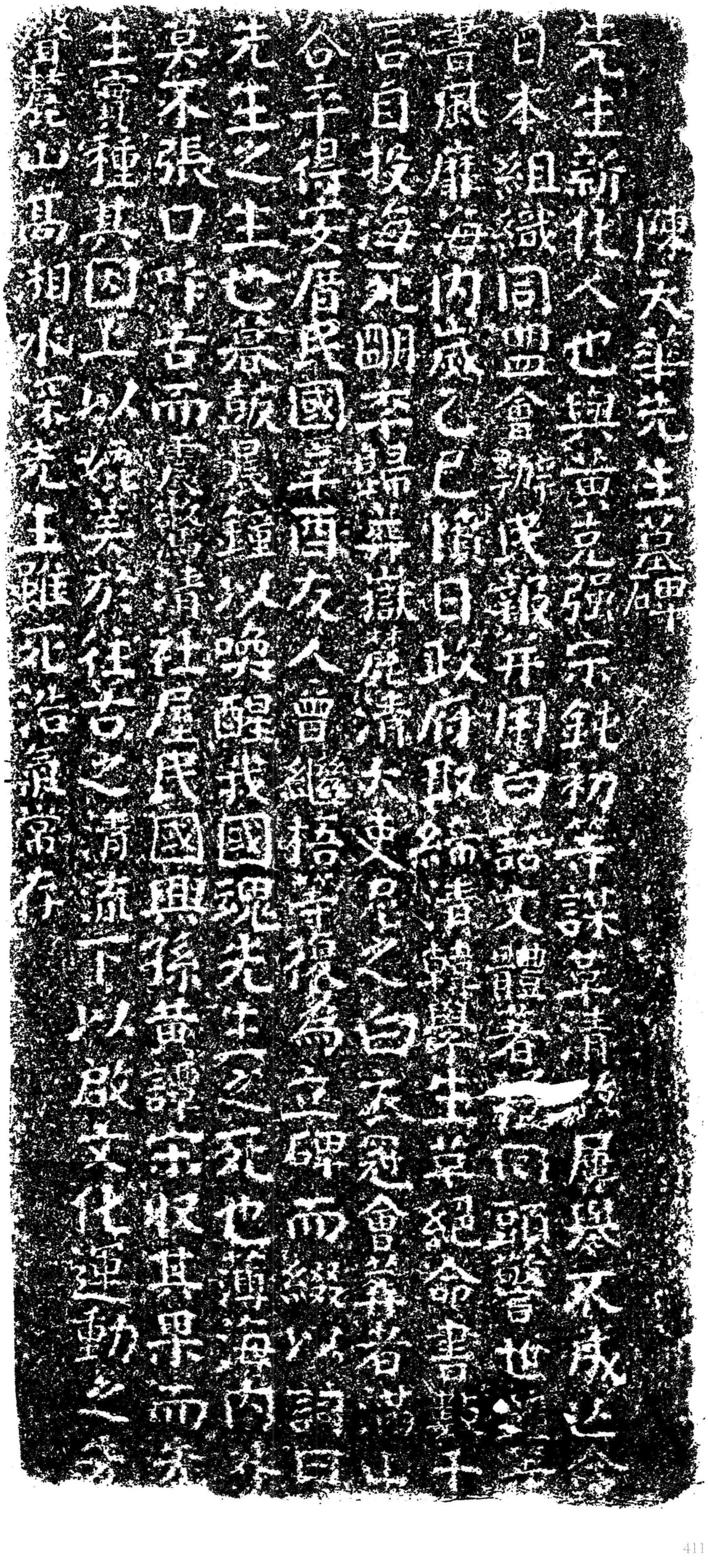
陳天華先生墓碑
先生新化人也與黃克强宋鈍初等謀革清敗屢舉不成亡命
日本組織同盟會辦民報開用白話文體著[illegible]回頭警世鐘等
書風靡海內歲乙巳憤日政府取締清韓學生草絕命書數千
言自投海死明年歸葬嶽麓清大吏忌之白衣冠會葬者萬人止
谷辛得安厝民國辛酉友人曾繼梧等復為立碑而繫以詞曰
先生之生也暮鼓晨鐘以喚醒我國魂先生之死也薄海內外
莫不張口吁舌而震驚清社屋民國興孫黃譚宋收其果而先
生實種其因上以繼美於往古之清流下以啟文化運動之先
聲嶽麓山高湘水深先生雖死浩氣常存

民国十年陈天华墓碑

民国十年陶廷玉侧室曹氏墓志铭

位置：长沙市博物馆藏

质地：青石

释文：

侧室曹宜人墓志铭

家主安化陶廷玉[1]撰侍晚长沙游逢甲书

侧室曹姓，武冈籍，寿琳其字也。父有庆，诞伊省会，襁褓失恃，因抚于陈。自幼逮长，以秀慧博陈夫人欢，倍极爱怜，不啻己出。凡礼数、烹、纴诸端[2]，胥夫人教养以成。故伊深德之，供奉维谨，视若慈母焉。及笄待聘，鲜当意者。先室夏以体弱，生苦弗育耳，伊名亟量珠，为余致之副。许氏先伊来兹，亦幸获闺侣，时辛丑夏六月初吉，芳龄才十八也。伊入门后待余暨先室恭且顺，慎而勤。即兴居服食之微，悉煞费周章，罔弗如人意。性仁慈，施与靡吝色[3]，居恒自奉乃俭等寒。素谙交际周旋，謦欬间[4]，蔼然可亲。御下宽严，克济无敢忤者。余家自庚子析炊[5]，事益繁剧，伊襄助壹是，条理井然，寒暑递更，曷改常态。岁乙巳，一索得男，与许曩所出均先余一日诞[6]，芝兰竞秀，举室欢腾，余亦窃幸可免若敖之叹矣。讵不仁造物倏夺双珠，余情难堪，伊痛尤切。先室为广嗣计，旋代余续纳李氏女，伊推诚指导，相处无间言。洎夫国变，随隐里门，连举二雌，老怀差慰。会许氏遘疾不起，伊多方譬解，冀余达观。逾年叔兰两侄，谊笃亲亲，各以子承亡儿绪，伊孙即兰所继也。余嗣返星垣未三稔，鸾弦忽断。伊事烦任重，巨细悉秉遗规，训女抚孙，心力交瘁。矧盈盈弱质，善病工愁。庚申，熊梦再占，体益困惫，不幸于辛酉八月十五戌刻病肺卒。距生光绪甲申冬月十一亥时，春秋三十有八。悲夫！溯伊念年来[7]，大妇称其贤，同侪逊其能，亲族悦其和，藏获颂其慈，穷乏感其惠。即余亦倚若左右手焉。今竟中途怛化，不克永年。天耶！命耶！莫可知已。子绶曾、照曾，长殇，次甫周晬；女二，待字；孙，希孟，幼读。以是年九月初十日，附葬长邑洪家冲凤形山嫡茔之次，午首子趾兼丙壬向。爰泣缀以铭曰：

繄淑媛，大家裔。抚自陈，原秀慧。为余副，垂念年。容工备，职无愆。奉嫡恭，佐内政。俭而勤，饶懿行。珠既失，兰再征。矧含饴，统绪承。月正盈，胡又缺。谢尘寰，值佳节。吾运蹇，伊数穷。藏真处，曰洪冲。距嫡茔，不百武。佑后昆，此千古。

长沙甘玉泉镌。

---

[1] 陶廷玉（1862–1926），名鸣谦，号六皆，优廪生，江西补用同知，诰授中宪大夫。其父陶桄系湘军将领陶澍独子。

[2] 纴：纺织。

[3] 吝色：吝啬的面色。

[4] 謦欬：谈笑。

[5] 析炊：分家。

[6] 曩：先前。

[7] 念：通“廿”。

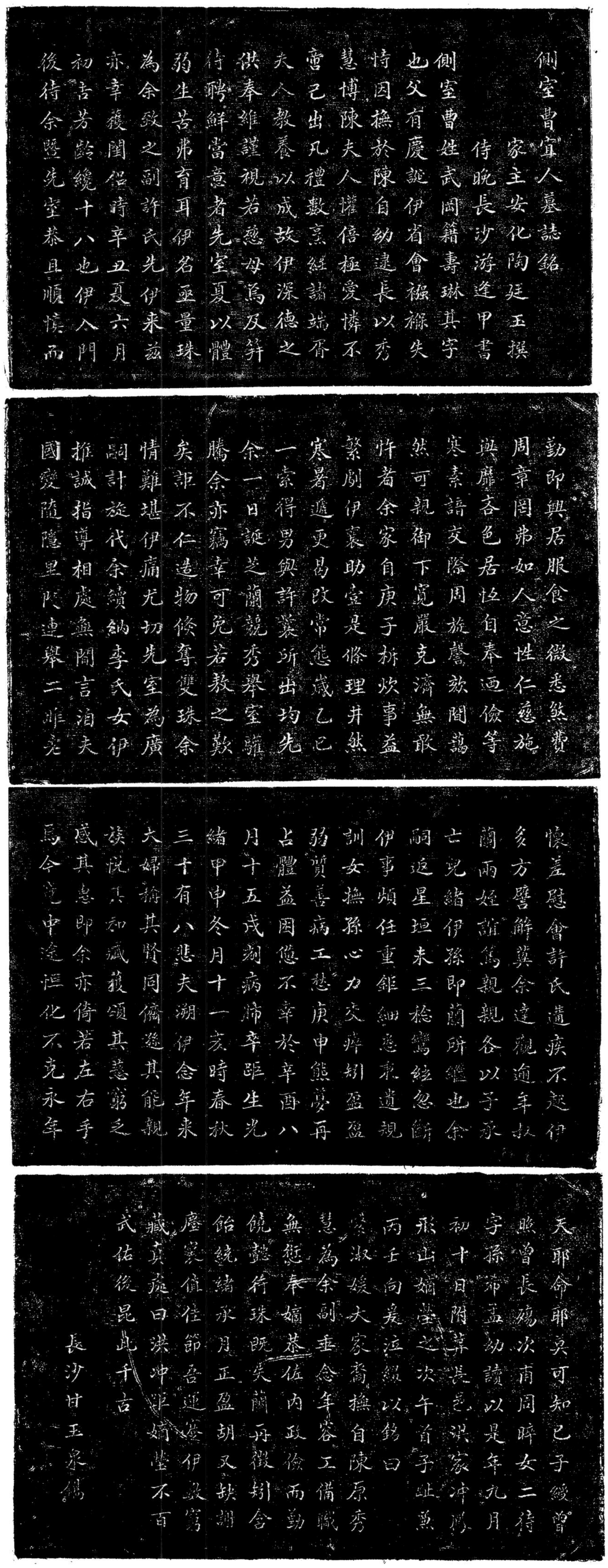

民国十年陶廷玉侧室曹氏墓志铭

民国十一年何南薰墓碑铭孙中山题碑

民国十一年何南薰墓碑铭

位置：宁乡市渺田乡长冲村

质地：汉白玉

释文：

墓碑：

陆军少将何公南薰之墓[1]

公生于清光绪元年乙亥十一月一十四日吉时，阵亡于民国十一年十月十二日援闽水口之役。

男恩进、士尤、禹生敬立。

孙中山题碑：

为国捐躯

南薰司令千古

孙文

[1] 何南熏（1875–1922），又名何梓林，宁乡县人，同盟会员，1917 年任孙中山侍卫长，升陆军少将。1922 年 5 月 9 日，孙中山在韶关誓师北伐，何任前支队司令，旋参与平叛陈炯明之战。任东路讨逆军先锋，10 月 12 日阵亡于水口之役，归葬宁乡故里。

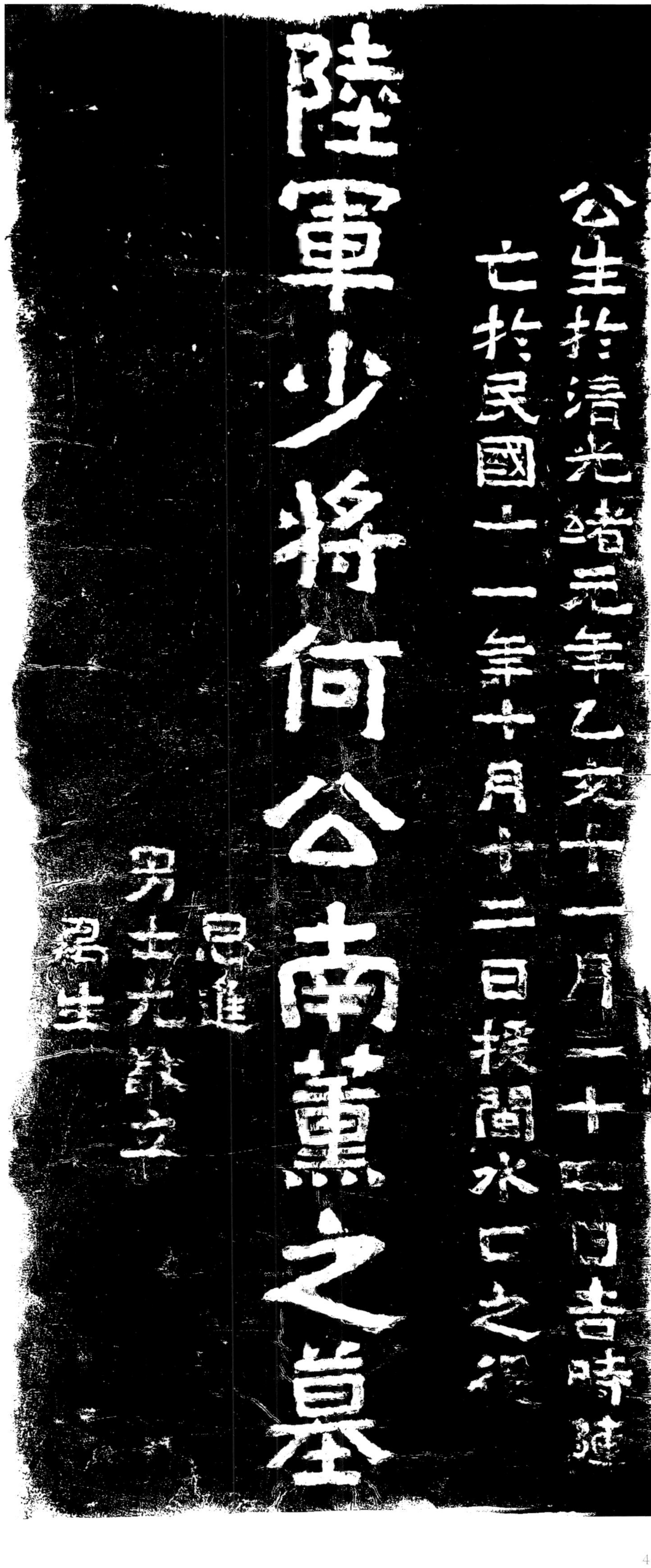
公生於清光緒元年乙亥十一月二十四日吉時建
亡於民國十一年十月十二日援閩水口之役
陸軍少將何公南薰之墓
君進
男士元敬立
君生

民国十一年何南薰墓碑

民国十七年程宣墓浩气长存碑[1]

位置：岳麓区岳麓山程宣墓

质地：汉白玉

规格：高 160 厘米，宽 137 厘米

释文：

浩气长存

民国十七年春月，程潜题。

[1] 程宣（1897–1925），字博权，醴陵人，程潜之侄。第一次国共合作时期，任广东革命政府讲武学校大队长。学成历任连长、参谋等职。1925 年，在平定叛军杨希闵、刘震寰的战役中，阵亡于广东花县大和墟，时年 28 岁。1928 年，革命政府将其骸骨自广东迁回长沙，归葬于岳麓山。

民国十七年程潜题程宣墓浩气长存碑

民国十七年李仲麟墓碑铭

位置：岳麓区岳麓山湖大附中后方山腰

质地：花岗岩等

规格：配碑高51厘米，宽110厘米

释文：

牌坊正面：

浩气长存

牌坊反面：

追赠陆军中将李公仲麟墓志

吾友李少将仲麟，湘右族也[1]，长沙人，与余交最。而致力于民国革命者，凡十余年，足迹遍湘粤，迭克名城，转战千里，护法之役尤著奇猷。不幸为奸人所乘，援粤未遂，先总理密令，付之流水，竟于民国九年十一月就义长沙，赍志以没[2]。□□逝者如斯，今已九年矣，山河破碎，倭患方殷，安得斯人，一洒斯耻。故鬼墓木为之泫然者□之。爰书此以志其哀□已耳，宁敢自厕于□□之林欤？

时民国十七年五月，程潜泣撰。

配碑：

公讳仲麟，字契隽，生于前清光绪十二年丙戌岁六月二十二日亥时，卒于民国九年庚申岁十一月十五日寅时。至民国十七年五月，蒙政府命令，国葬于岳麓山之阳。

墓联：

化鹤归来百战河山余片石

蟠龙无恙千秋砥柱揽横流

---

[1] 右族：大家族。

[2] 赍：怀抱着，带着；赍志以没，志未遂而死去。

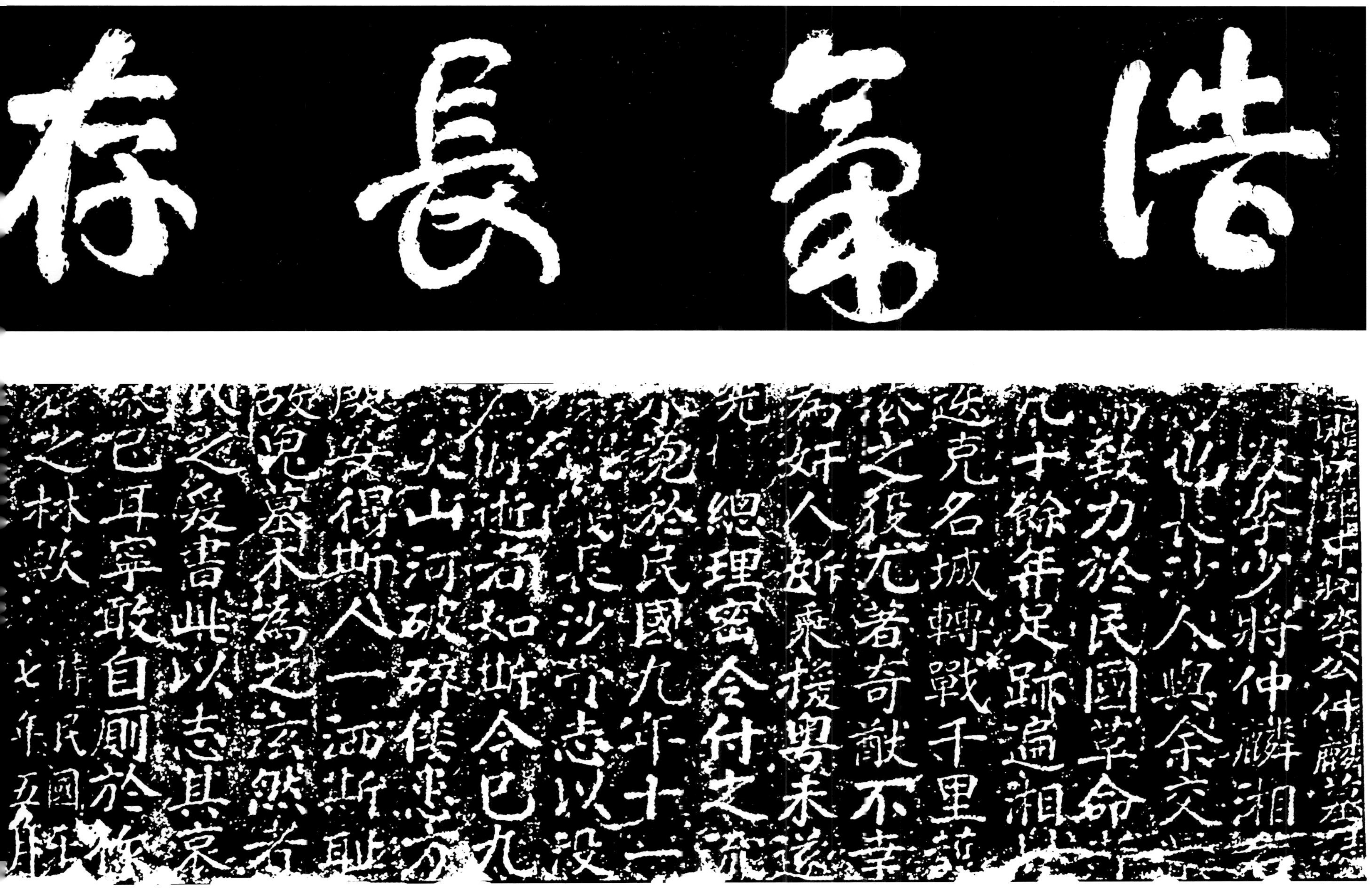

民国十七年李仲麟墓碑铭

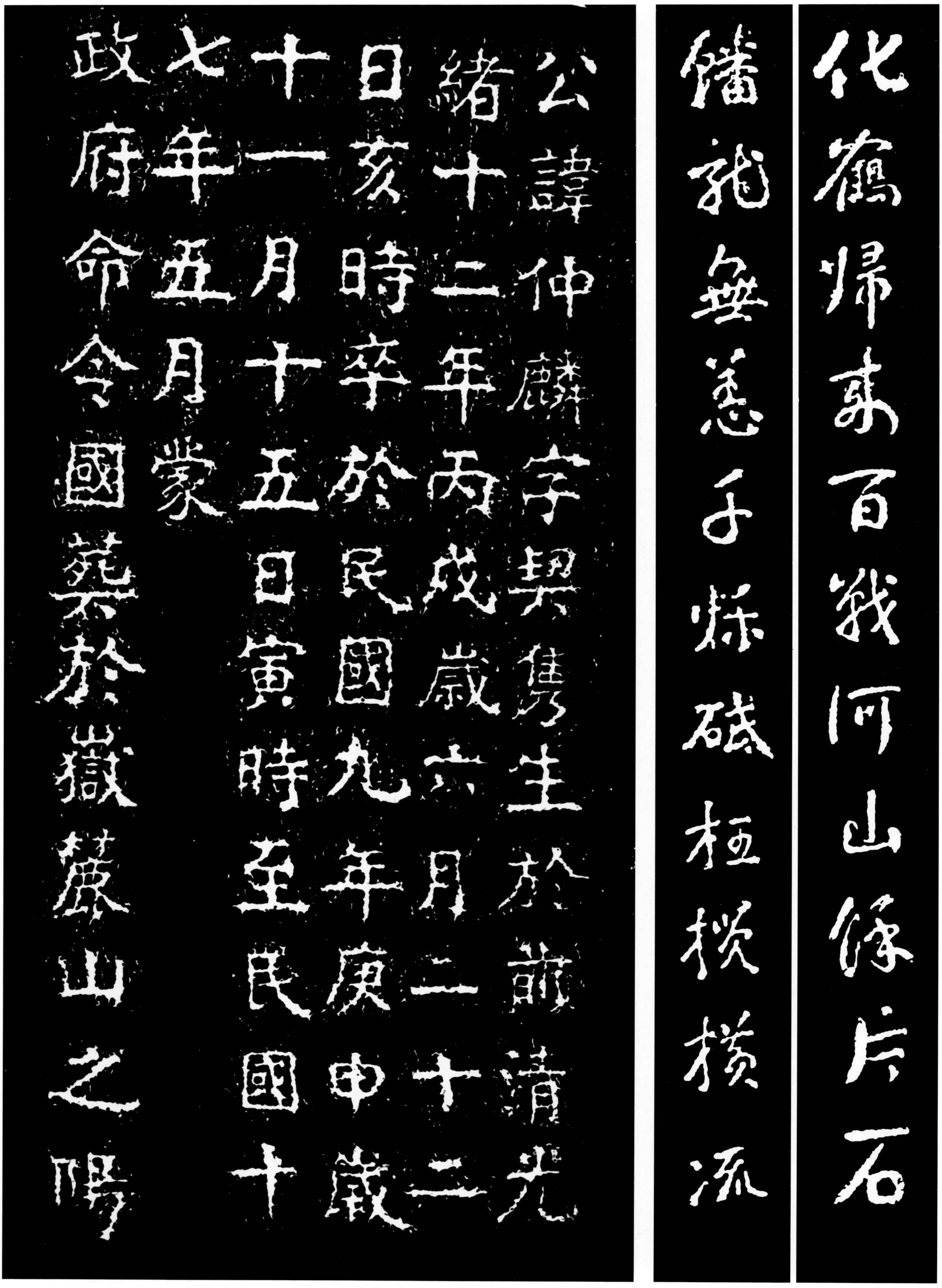
化鶴歸來百戰河山餘片石
儲龍無恙千秋砥柱挽横流

公諱仲麟字與儁生於前清光
緒十二年丙戌歲六月二十二
日亥時卒於民國九年庚申歲
十一月十五日寅時至民國十
七年五月蒙
政府命令國葬於嶽麓山之陽

民国十七年李仲麟墓碑铭

民国十七年林修梅墓碑

位置：岳麓区岳麓山红叶村上方
质地：汉白玉
规格：高 210 厘米，宽 88 厘米

释文：

林公浴凡之墓[1]。

民国十七年林修梅墓碑

[1] 林修梅（1880–1921），名祖坤，号浴凡，临澧县人。1903 年考入长沙陆军武备学堂，后加入孙中山领导的同盟会、中华革命党。历任护国军湖南总司令部参谋长、湘西靖国军总司令、国民议会参议员、孙中山大总统府代理参军长等职。1921 年 10 月，因牙痛感染骨膜炎而逝，年仅四十二岁。孙中山发布命令，追赠林修梅为陆军上将。1928 年 10 月，国葬于岳麓山。

民国十七年杨在学墓碑

位置：长沙县金井镇观佳村楼利坡组

质地：花岗岩

规格：主碑高120厘米，宽56厘米；耳碑高90厘米，宽50厘米

释文：

三世祖杨公在学大人墓

公讳德行，号文埳。生于明洪熙元年乙巳九月十五日巳时，殁于成化二十年甲辰二月十七日巳时，享寿六十岁。安葬尊都七甲，地名白石冲口楼梯坡对门金盆坦。壬丙兼子午向，前抵大路脚，后抵古壕，左抵皮匠坡山脚，右抵长塔坡山脚及屋后沟界。此山内于丁卯年各房嗣孙商议，售出阴穴，系祖之嗣孙接买，丈尺批载契据，各照丈尺安葬，将阴穴洋付补修祠宇墓碑。自此以后，公同议决，不准再卖进葬，此志。

修课：戊辰、乙丑、庚申、庚辰。

男：时皆，徙青山市。时春，黎氏。孙茀禄，李氏。曾孙：松林、松安、松岩、松茂、松池、松梅。妣：向氏、陈氏、王氏、陈氏、汤氏。

民国十七年十二月初五日，二、三、五房嗣孙公立。

楊公在學大人墓
坡对門金盆坦壬丙兼子午向前抵大路脚後抵
壕左抵皮匠坡山脚右抵長壙坡山脚及屋後溝
此山内于丁卯年各房嗣孫商議售出陰穴係
祖之嗣孫接買丈尺批載契據各照丈尺安葬將
穴洋付補修祠宇墓碑自此以後公同議決不准
修
課
民國十七年十二月初五日 二三五房嗣孫公

民国十七年杨在学墓碑

民国二十三年、三十三年陆军第七十三军七十七师阵亡将士墓纪念碑铭

位置：岳麓区岳麓山赫石坡

质地：花岗岩

释文：

其一：

一身具子龙肝胆，千古仰南八英名。

其二：

孤军血战撼山岳，万古名存重死生。

其三：

手刃渠魁思猛士，骨归胜地奠忠魂。

其四：

擎天伟绩标铜柱，杀贼精诚吼夜涛。

其五：

民国三十三年十一月立。

民国三十三年秋立。

中华民国二十三年八月谷旦。

其六：

龙营长泽春烈士纪念碑

擎天偉績標銅柱
殺賊精誠吼夜濤
手刃梟魁思猛士
骨歸勝地奠忠魂
孤軍血戰撼山嶽
萬古名存重死生
一身具子龍肝膽
千古仰南八英名

民国二十三年、三一三年陆军第七十三军七十七师阵亡将士墓纪念碑铭（一）

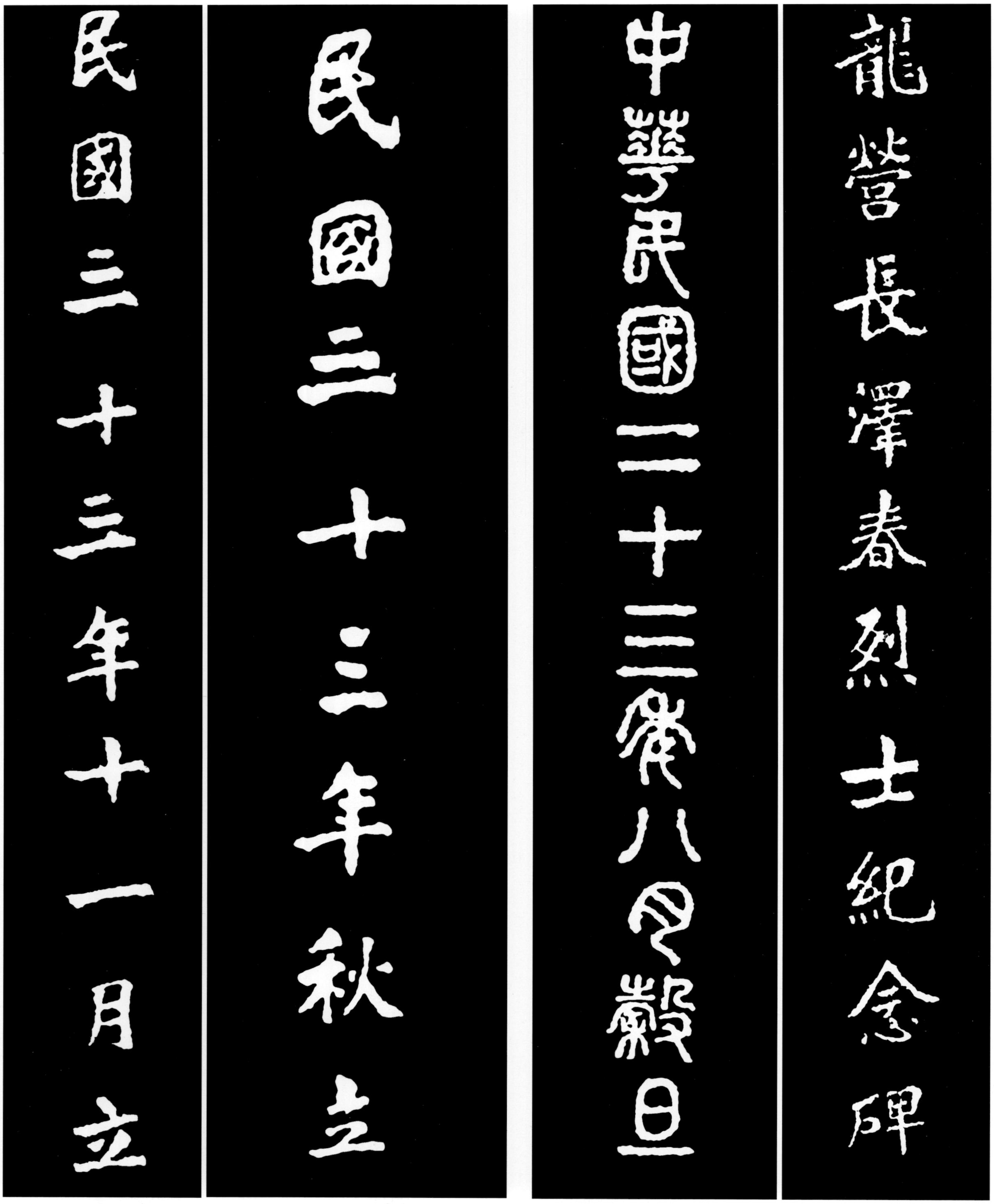

民国二十三年、三十三年陆军第七十三军七十七师阵亡将士墓纪念碑铭（二）

民国三十五年陆军第七十三军阵亡将士墓碑刻

位置：岳麓区岳麓山赫石坡

质地：花岗岩

释文：

纪念碑铭其一：

凛冽万古。

纪念碑铭其二：

碧血丹心光耀天地，名山忠骨万古长存。

张治中敬题

纪念碑铭其三：

誓死卫国家以诏来者，壮气塞天地是曰浩然。

程潜敬题。

忠义观联：

忠昭大麓，义塞苍冥。

乙亥年季夏月，□心居杨□书。

民国三十五年陆军第七十三军阵亡将士墓纪念碑铭

民国三十五年陆军第七十三军阵亡将士墓忠义观联

民国二十七年至三十四年金井中央阵亡将士墓碑刻

位置：长沙县金井镇
质地：花岗岩

释文：

其一：
中央阵亡将士

其二：
此干长约十四丈，民国三年公刊。

其三：
活泼泼地。

其四：
中央阵亡将士此干长约四丈，民国三十年公刊。

其五：
陆军七十四军五十八师一七三团一营一连邱世宦墓，阵亡。连长。山东人。
民国三十年八月六日刊。

其六：
中央阵亡将士。计十四名。
民国三十一年公刊。

其七：
刘君思忠纪念碑。

刘君思忠，任职桑梓，尽忠职守，闾里同称。□夏，敌犯长沙，烧杀奸掠，民鲜伟生。刘君义愤填膺，竟能自动从众荷枪，与敌相遇于黄狮渡口。经几时激烈战斗，敌不逞败退，其闲人追剿，率以勇敢殉职。斯人原属陇亩农夫，国难当头，深明大义，终能慷慨成仁，为田舍翁杀敌之先导。同人等愧以身免。爰纪以碑石。

三民主义青年团湖南支团长沙分团第十三区队宁□□□全体团员敬立。

其八：
陆军廿三师司令部中士马工掌、赵文华，河南方城人。于廿七年十月廿二在大鱼塘被三八军小汽车压死。
民国廿七年十月廿三。

其九：
……源头活水明如镜……（注：碑刻漫漶，多不可辨。）

民国二十七年至三十四年金井中央阵亡将士墓碑刻

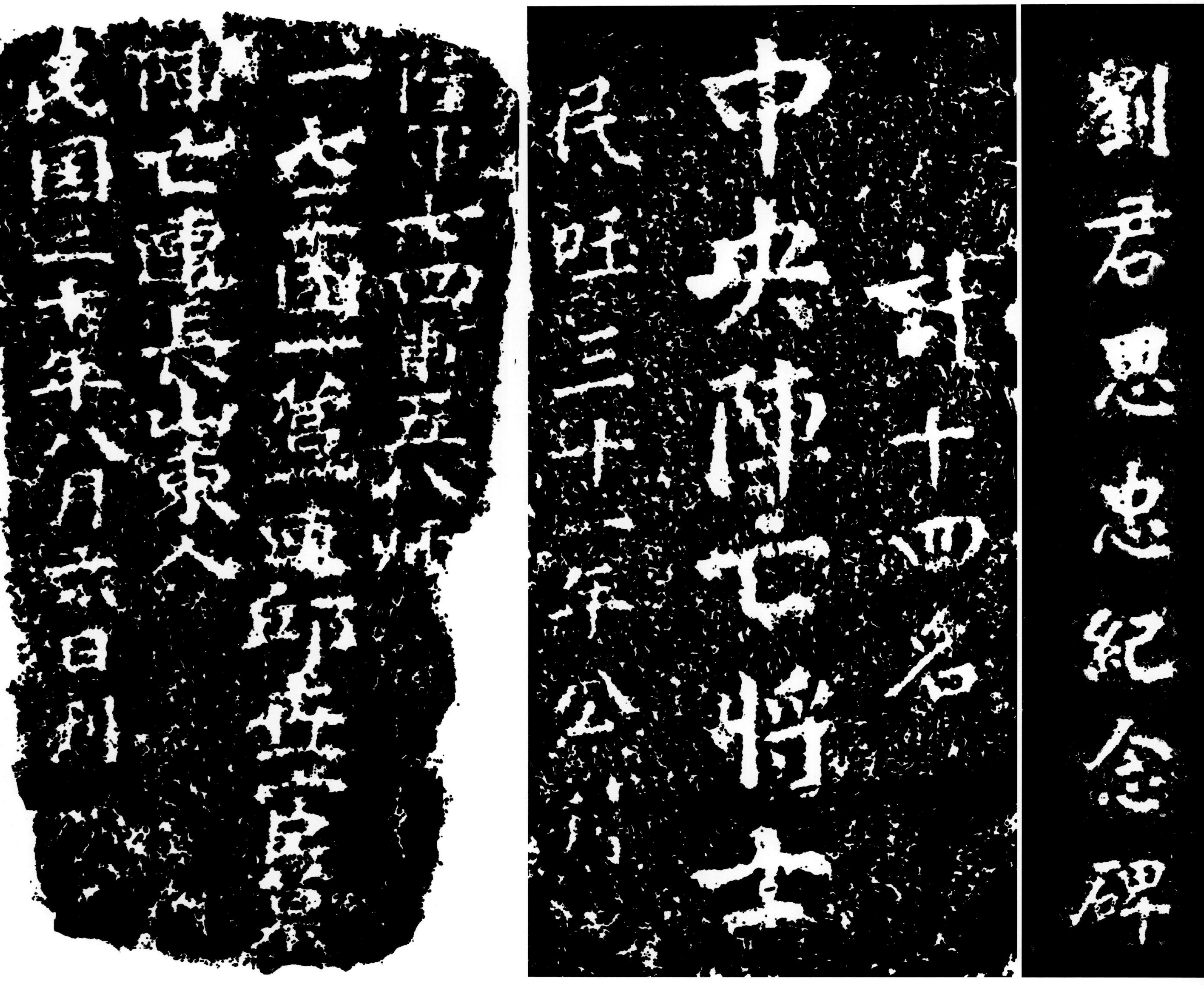

民国二十七年至三十四年金井中央阵亡将士墓碑刻

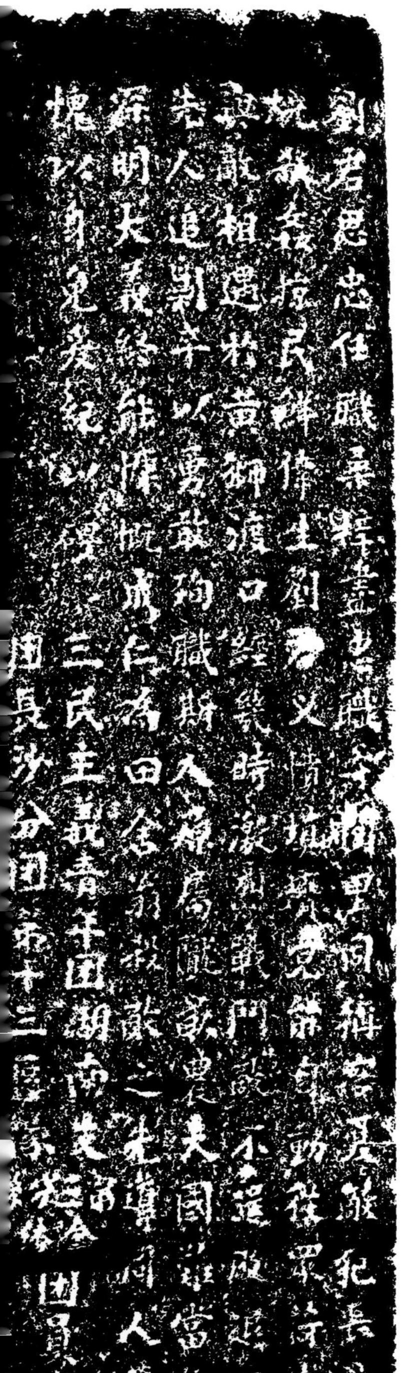

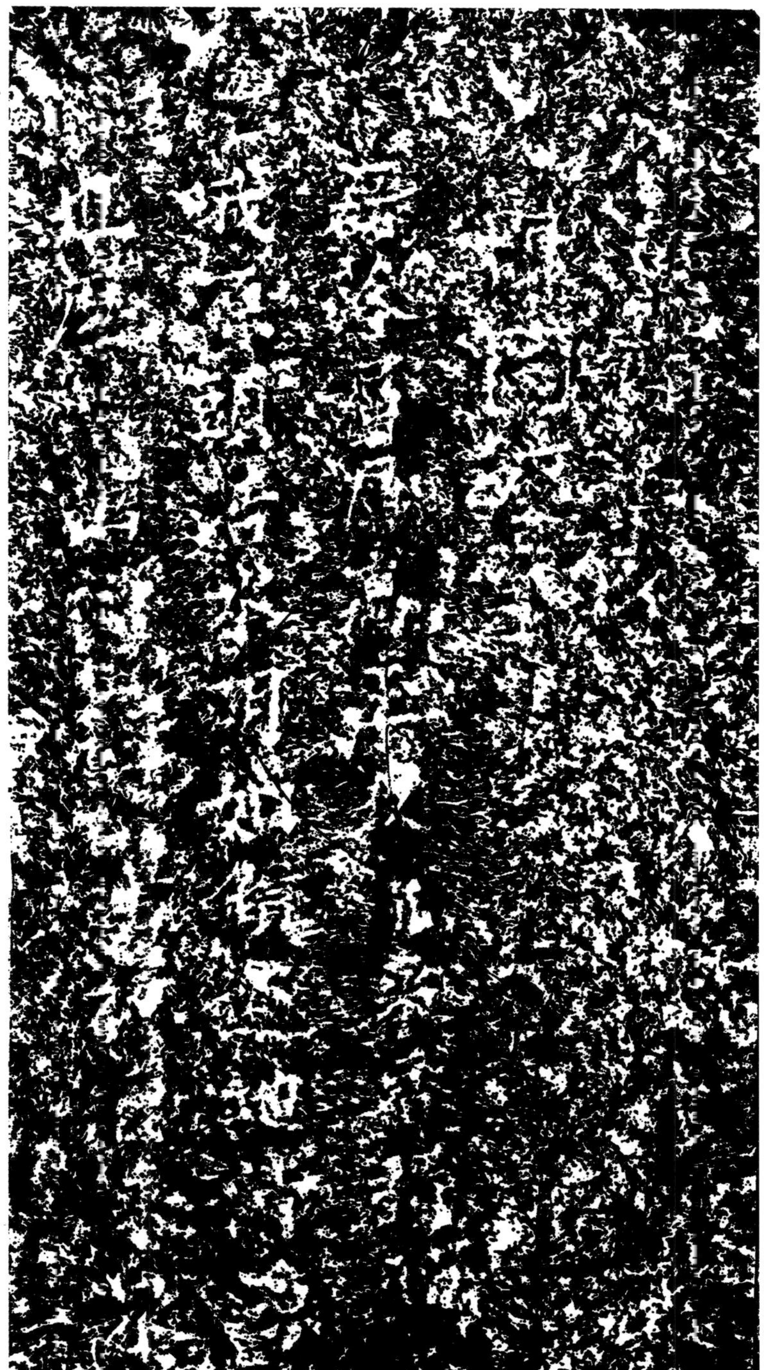

民国二十四年彭遂良彭昭墓碑刻

位置：岳麓区岳麓山

质地：汉白玉

规格：高 138 厘米，宽 51 厘米

释文：

其一：

赠陆军上校彭烈士遂良墓

赠陆军中校彭烈士昭之墓

中华民国二十四年夏月五弟旦初重修。

其二、其三：

褒赠陆军上校彭遂良、陆军中校彭昭双烈墓志铭

民国乙亥，首义殉难彭烈士遂良及昭合葬岳麓之墓域重修落成。其季弟旭光事以嘱予为志铭。旭与予同事湖南省议会，其为邦栋君前。与予同奔走革命，而烈士兄弟又邦栋之股肱也，不可以不文而辞。呜呼！烈士兄弟非愤清政之不纲，而捐躯殉义，以博□□□□福者乎？今民国二十有四年矣，民困何如，国脉又何如？食国之禄者，每不能忘其职，且藉职营私致蠹□□而□□视烈士兄弟无官守职责，义发于衷，而无所冀于名利富贵，甘委死生于不顾，惟博民族之幸福者□□□□。呜呼！□惨烈之□，所谓杀身成仁，宜可风世而砭俗矣。后死者又乌可以不志而铭之？烈士兄弟，湖南宜章县碕石村人，世为邑望族。曾祖讳韫□，官教谕；本生祖讳行恭，亦官教谕；祖讳行钤，邑诸生；父讳齐藩，母□夫人。遂良□□□聪颖，长而魁梧，治学喜究古今成败得失之原。戊戌政变，即蓄改革志，尝泛湘浮江，而至黄歇之浦，遵海而□□□返里。所至辄交其贤豪，遇后志益励。乙巳肄业禹公之谟创办之惟一学校。禹与黄克强、刘霖生先生等组织华兴会[1]，君加入，得闻秘密。时予护运故友陈烈士天华之榇归自日本，与禹君及谭君心休、覃君振等营其事[2]。欲□□□□□□□□□□□之群情汹甚，惮不敢发葬之。由学生执绋者万余人[3]，君则学生先行队队长也。丁未则□□□□□□□□□□□行团主任，君臂助独多，组东兴造纸厂，为交通机关。又练党军于湘粤接壤之潭源洞，皆为清吏所□□□□□沉毅，鼓吹革命甚力。撙节学费，尽购《猛回头》、《警世钟》、《新湖南》、《民报》等书，分赠各处。辛亥，武汉、长沙起义，烈士兄弟佐邦栋响应于本邑。邑令吴道晋佯从之，伏兵署，以烈士兄弟率兵入署，伏发，同死之。时遂良三十二岁，昭二十五岁也。民国成立，南京政府褒赠遂良为陆军上校，昭为陆军中校，□□湘政府为合葬于岳麓山。遂良配刘氏，生子三：章夏、章远、章烈；昭配李氏，生女秀芬。铭曰：

五岭之阳曰宜章，钟毓彭氏两国殇。难弟难兄昭与良，英姿磊落气吐芒。异族入主心为伤，况复为政政不纲。挥戈反日如鲁阳，应天革命□成汤。义旗始张魑魅猖，摧折良材珪及璋。域中龙战今玄黄，尽有优孟舞郎当。再歌赪尾鱼曰鲂，先烈有志宁云偿。大麓之纳精魄藏，归来化鹤飞翱翔。逝水如斯湘水长，诏兹来许视此疆。

新化苏鹏谨撰，衡山杨鸿仪谨书。

[1] 刘霖生，即刘揆一（1878—1950），字霖生，烈士刘道一之兄。曾任国民政府国会议员、行政院顾问，因其联共主张遭蒋介石免职。中华人民共和国成立后任湖南省军政委员会顾问。1950 年病逝，享年 73 岁。

[2] 谭心休（1860—1917），字介人，邵阳人。光绪二十九年（1903）赴日本留学，三十一年（1905）秋，在东京加入同盟会，同年冬归国。三十二年（1906）夏，与禹之谟、陈家鼎等率领学生万余人公葬陈天华、姚宏业两烈士于岳麓山。后相继任宝靖招抚使、上海中国公学校长、国民政府参议院议员。1917 年病逝于长沙。覃振，详后覃理鸣墓。

[3] 绋：古代出殡时拉棺材用的大绳；执绋，即为送殡。

民国二十四年彭遂良彭昭墓碑刻

民国二十九年张辉瓒墓仰云亭联[1]

位置：岳麓山麓山寺侧

质地：花岗岩

规格：长 290 厘米，宽 25 厘米

释文：

其一：

载酒憩孤亭，千秋青史怀金鉴

拨云寻片石，一点丹心朗玉山

其二：

埋剑尚吟虹，大地衡庐开胜境

望陵齐下马，及门风义感平生

其三：

何处临江高阁近

几人芳草夕阳来

其四：

半壁东南存浩气

故山猿鹤咽归魂

[1] 张辉瓒（1885–1931），国民革命军高级将领，先后任师长、副军长、湖南省省会警察厅厅长等职。1930 年底，在对中央苏区进行第一次大围剿时张任“剿匪”前线总指挥，在战斗中兵败被红军活捉。因张一贯杀人如麻，血债累累，1931 年初，在公审大会上被怒不可遏的群众杖杀，国民党为其收尸、公祭并敛葬于岳麓山。几十年后，张辉瓒墓被红卫兵捣毁，2006 年由长沙市政府予以修复。仰云亭为张辉瓒墓前纪念亭，至今保存完好。

民国二十九年张辉瓒墓仰云亭联

民国二十九年黎母朱太君杨孺人合葬墓（七女墓）墓碑及铭

位置：长沙县青山铺镇黄鹄村栗山组
质地：花岗岩
规格：长 46 厘米，高 90 厘米；长 50 厘米，高 96 厘米

释文：

其一：

三十世、卅一世，黎母朱太君、杨孺人墓

其二：

葬纯都十甲地名马家冲尾，甘棠坡对岸山丈界，上齐古壕，下抵沙圳，左右均抵仁福堂山界。针定巽山乾向为茔，女凤仪、玉兰、慕兰、杰琪、安琪五人附葬。

男百光　谨立。

中华民国二十九年四月刊。

其三：

中日世仇，殆成命运。芦沟桥事变后，日本军阀犹复本其一贯之国策，向我大举进兵。□□□□□于时驻节匡庐，慨然以为今日之事咎在日阀，和平既已绝望，不能不作白玉之一碎也，于是领□□国党政军民实行抗战。将士浴血，前仆后起，黄河、长江、珠江三流域，京、沪、平、汉、粤、桂之精华概成□□。为生存而奋斗，以血肉作长城，岂仅吾国历史之空前悲剧，实亦东亚和平之最大不幸。岳阳既陷，长沙阽危，廿八年九月，寇窜长、平麻林桥一带，烧杀奸抢，惨绝人境。湘东民性良善，莫之能御敌，受祸□惨，荼毒尤深，此诚我中华民族之耻辱，子孙百代之仇恨也。黎母朱太夫人，世居马家冲，一门雍□，□厚有余。九月廿七日，寇猝至，知不免，赴水死；媳杨孺人仓皇无计，抱二月幼女亦赴水死；孺人之长女凤仪年十四，次女玉兰年十二，三女慕兰四女杰均幼，睹状悲号，亦相率赴水死。越二日，寇退始出尸水中，为之营葬。计自朱太夫人婆媳以至孙女五人，一门贞烈，同时殉难，所存者惟黎桂生先生及子麓岑两人而已。今战争犹未已也，余愿华夏男儿从今以后，咸能尚公知耻，执干戈以卫社稷而死者。复仇毋徒止于咨嗟叹息，而使老弱妇孺之永远为异族所蹂躏也，否则墓中人将不瞑目。

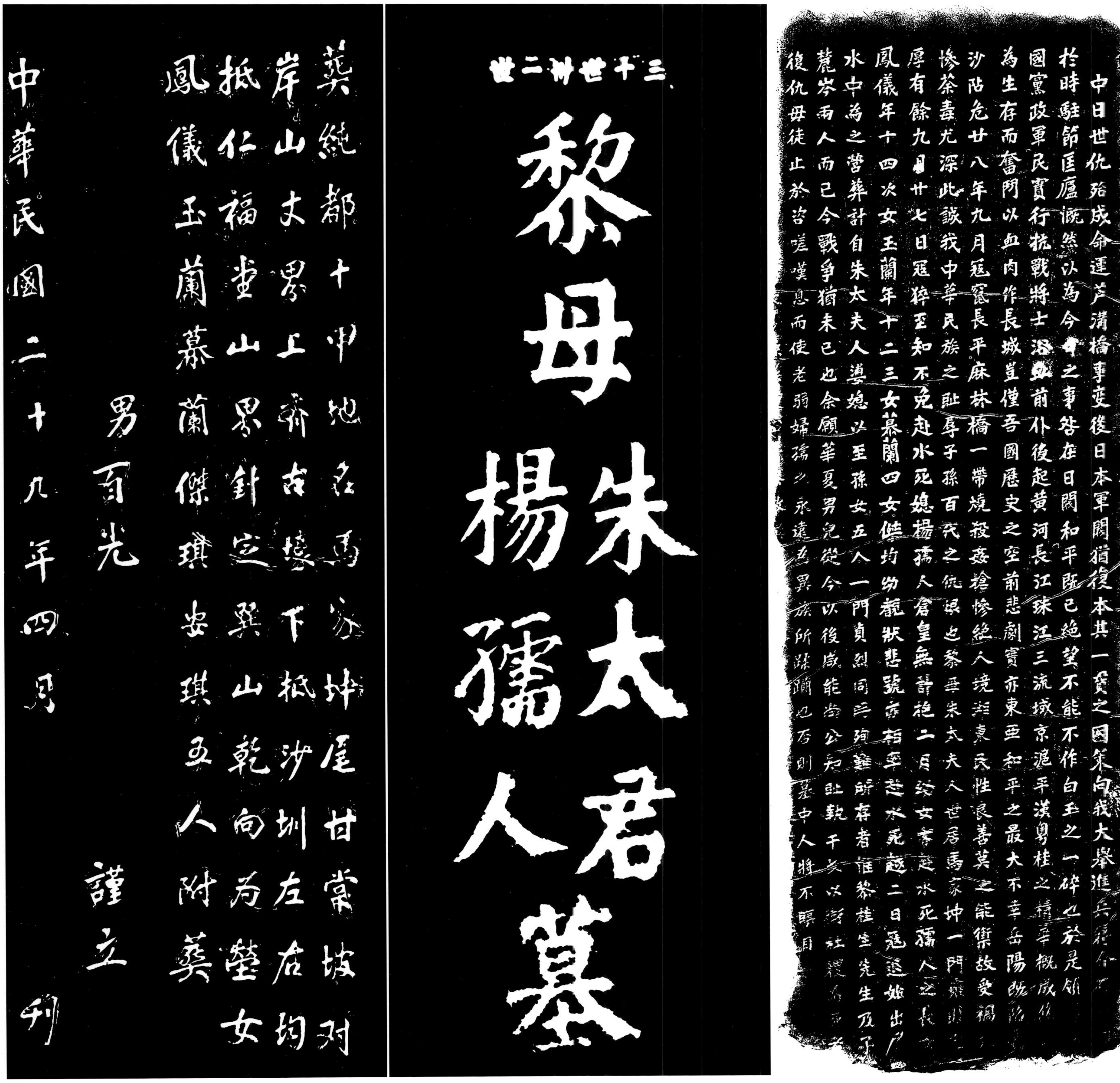

葬純都十甲地名馬家坪尾甘棠坡对
岸山丈男上齊古塔下抵沙圳左右均
抵仁福堂山男針定巽山乾向为塋女
鳳儀玉蘭慕蘭傑琪安琪五人附葬
男百光 謹立
中華民國二十九年四月 刊

三十世 卅二世
黎母朱太君
楊孺人墓

中日世仇殆成命運芦溝橋事變後日本軍閥猶復本其一貫之國策向我大舉進兵
於時駐節匡廬慨然以為今日之事咎在日閥和平既已絕望不能不作白玉之一碎也於是領
國黨政軍民實行抗戰將士浴血前仆後起黃河長江珠江三流域京滬平漢粵桂之精華概成
為生存而奮鬥以血肉作長城豈僅吾國歷史之空前悲劇實亦東亞和平之最大不幸岳陽既陷
沙阽危廿八年九月冦竄長平麻林橋一帶燒殺姦搶慘絕人境湘東民性良善莫之能禦故受禍
慘荼毒尤深此誠我中華民族之恥辱子孫百代之仇恨也黎母朱太夫人世居馬家坪一門
厚有餘九月廿七日冦猝至知不免赴水死媳楊孺人倉皇無計抱二月孩女奔赴水死孺人之長
鳳儀年十四次女玉蘭年十二三女慕蘭四女傑均幼龍狀悲號亦相率赴水死越二日冦退始出尸
水中為之營葬計自朱太夫人婆媳以至孫女五人一門貞烈同時殉難所存者惟黎桂生先生及孑
麓岑兩人而已今戰爭猶未已也余願華夏男兒從今以後咸能尚公知耻執干戈以衛社稷
復仇毋徒止於咨嗟嘆息而使老弱婦孺之永遠為異族所蹂躪也否則墓中人將不瞑目

民国二十九年黎母朱太君、杨孺人合葬墓（七女墓）墓碑及铭

民国二十九年张三元墓碑

位置：宁乡市沩山乡沩清村李子园组
质地：青石
规格：高 90 厘米，宽 40 厘米

释文：

山高水长（额题）

廿七派张公三元[1]大人之墓

尝观传记中所载，抱不平、伸公愤之士，代不乏人。自欧美富强之说倡，而权利思潮澎涨于全世界，侠义之风几乎熄矣。清末民初，沩岭有张君三元者，幼有大志，胆量过人。弱冠投笔经商，立致富厚，既而集资采矿，交易德商，其名始噪。会同乡民众被僧侵夺产权，讼连莫结，君慎为调解，着僧废除苛勒陋规，订约完案。僧恨，誓报□□。逆袁叛国，北力南侵，民七战后溃。军过沩山，寺付一炬，僧乃归咎于君。并贿团防助恶，烧杀横行，四境同遭蹂躏。君闻警，立由湘西护国军辞差归里，会众抗拒，奋斗三年，终为北军所败，退入梅城。僧贿君之旧同志，略诱而陷之，亡年五十二岁。时民九七月廿二日也。临危遗书乡老曰："吾死无恨，但愿吾乡世守原□，勿失固有主。"闻者皆感泣，至今纪念弗衰。孔曰："杀身成仁"，孟曰"舍生取义"，君其有焉。惜君苦心孤诣，奔走十余年，艰险倍尝，为民众解除痛苦，产破身灭。没后两袖清风，□拿灌园，乏力有心，人未尝不默为长叹也。呜呼！奸凶寿老，忠义蒙冤，古今同慨。吾与张君友善，故为纪其史略于墓上，以俟慕义者观感而兴叹焉。并为之铭曰：

人世百年同一死，泰山鸿毛各自止。因公授命死犹生，青山不老野人史。

辰溪胡剑锋撰。

葬沩山李子园□盘坪下面茶子陂木星山，巳山亥向。

孝男：步光、步昭、步奎、步斗。

中华民国廿九年庚辰三月清明节立。

[1] 张三元（1888–1920），宁乡沩山乡水口山人。曾为密印寺佃农，1914 年开始，在密印寺佃农中组织"同心会"，反抗恶僧催租逼粮。1918 年，聚民众千余人，掀起了沩山农民武装起义。

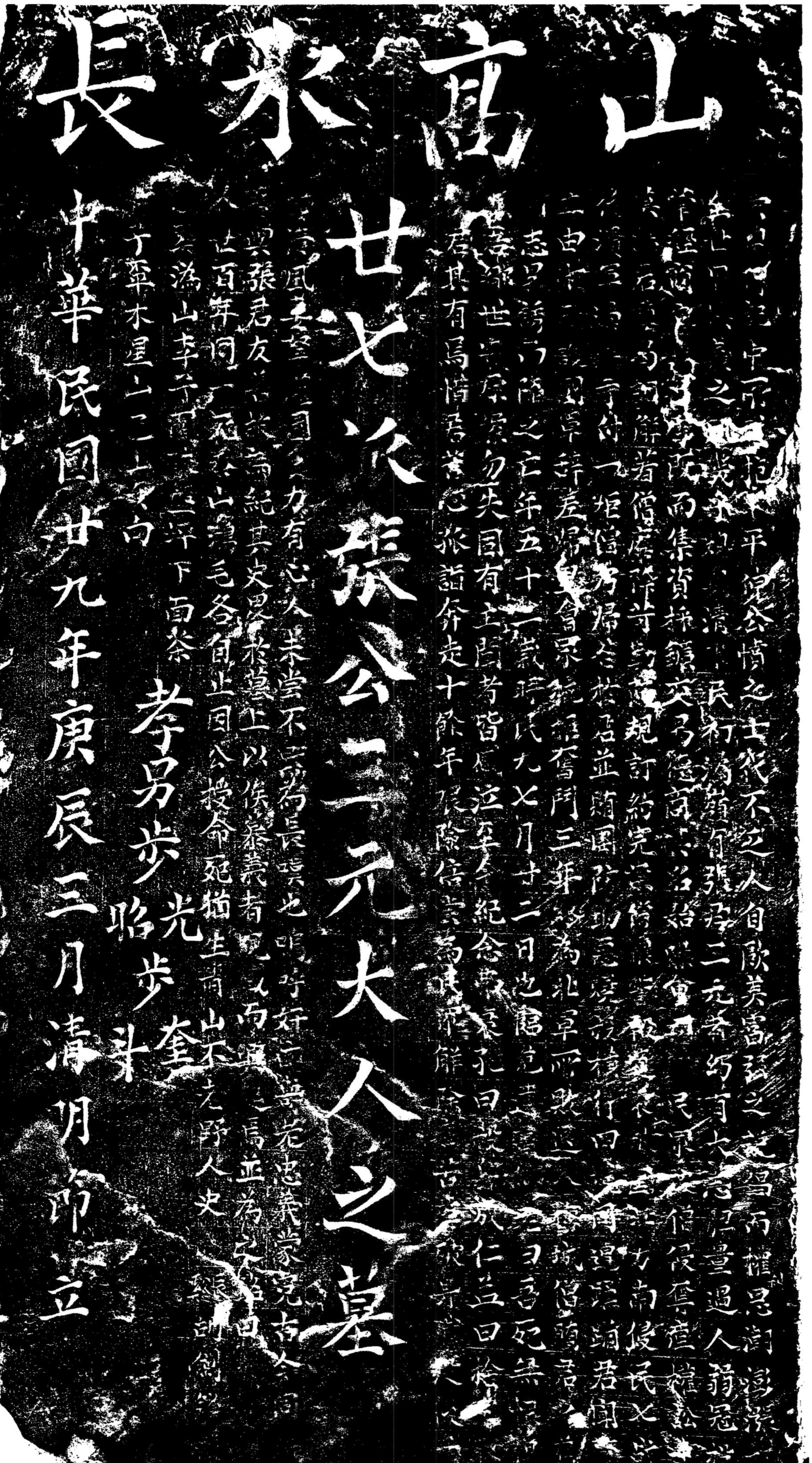

民国二十九年张三元墓碑

民国三十六年 岳麓山覃理鸣墓碑

民国三十六年覃理鸣墓碑

位置：岳麓区岳麓山青枫峡

质地：花岗岩

规格：高 150 厘米

释文：

覃公理鸣之墓[1]

[1] 覃振（1884–1947），字理鸣，桃源县人。著名爱国人士，辛亥革命先驱。武昌首义湘桂联军督战官、大元帅府参议，后担任国民政府立法院副院长、代理院长等职。1947 年病逝，终年 63 岁，国民政府国葬于岳麓山。

民国三十七年胡秀林墓碑

位置：宁乡市喻家坳乡

质地：青石

释文：

恭维我祖胡公秀林，讳南朋，德配谢太夫人。出自麦曰，贤传宝树。持身涉世，气性温恭。克俭克勤，立言立德。公生于清道光十六年三月念三日亥时，殁于光绪十七年九月一五日酉时。谢太夫人生于清道光二十三年九月十一日辰时，殁于民国念二年正月十二日辰时。暨长男景星公，生于清同治八年正月初三日未时，殁于民国元年六月十一日未时。次男寿朋公，生于清同治十年十二月初六日亥时，殁于年月日时。配徐孺人，生于清光绪十九年三月十六日申时，殁于年月日时[1]。先后葬宁邑三都五区大异坝胡宅后青仑嘴。秀林公坟左合冢同向，佳城久卜，碑石未刊。后嗣追思，不无惭感。今岁纠工甃石，修建墓碑。遗德留功，厥申表述。□我祖林公育子四：长国孟，次国仲，三国季，四国浣。初卜居□□坳侧曾家山。家贫极苦，后辷居六都袁家巷长茅屋等□，□耕为业，家境渐饶。民国中叶，公不幸逝世。谢夫人拼□□家政，内外兼顾，不数年，又迁居杉山里。由是，家道愈兴。先□□置买田业五百六十余石。此乃吾祖基创于前，吾祖妣继创于后。丰功伟绩，百世难忘；积德累仁，千秋不朽。乃铭之曰：

青龙郁郁兮永镇山岗，异水泱泱兮秀丽其□。五老共卜兮终焉允藏，福缘终到兮果获斯场。佳城巩固兮如日月光，佑启后人兮炽而且昌。

谨撰。民国三十七年冬月谷旦。

---

[1] 寿朋公及徐孺人立碑时尚在世，但年事已高，殁之年、月、日都留有充足空间待殁后补填，但却一直未填。

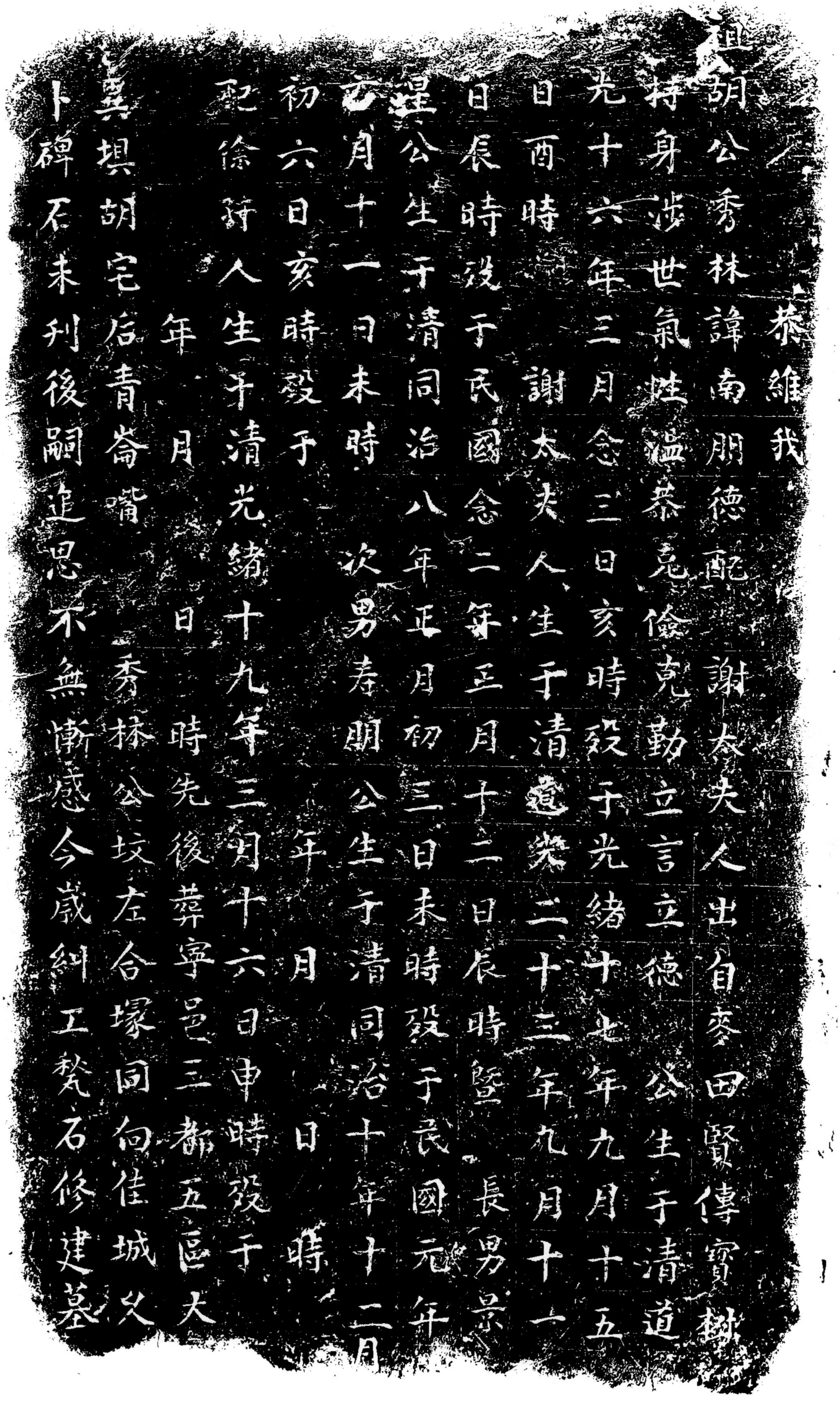
恭維我
祖胡公秀林諱南朋德配　謝太夫人出自麥田賢傳寶樹
持身涉世氣性溫恭克儉克勤立言立德　公生于清道
光十六年三月念三日亥時殁于光緒十七年九月十五
日酉時　謝太夫人生于清道光二十三年九月十一
日辰時殁于民國念二年正月十二日辰時暨　長男景
星公生于清同治八年正月初三日未時殁于民國元年
六月十一日未時　次男春朋公生于清同治十年十二月
初六日亥時殁于　年　月　日　時
配徐孺人生于清光緒十九年三月十六日申時殁于
年　月　日　時先後葬寧邑三都五區大
冀塅胡宅后青崙嘴　秀林公坟左合壙同向佳城久
卜碑石未刊後嗣追思不無慚感今歲糾工甃石修建墓

民国三十七年胡秀林墓碑（一）

碑道[illegible]申表[illegible]
祖林公育子四長國孟[illegible]國神三國學四國浣初下居
坳側曾家山家貧極苦後迁居六都袁家巷長茅屋等
耕為業家境漸饒於國中葉 公不幸逝世 謝夫人接
家政內外兼顧不数年又迁居杉山裡由是家道愈興先
置買田業五百六十餘石此乃吾 祖墓創于前吾
祖妣繼創于後[illegible]功偉績百世难忘積德累仁千秋不朽
之曰 青龍蟠兮永鎮山崗異[illegible]決[illegible]兮秀麗其
五老共卜兮終焉允藏福緣終到兮果獲斯塲佳城[illegible]固
如日月光佑啟後人兮熾而且昌 謹撰
民國三十七年冬月穀旦

民国三十七年胡秀林墓碑（二）

民国三十七年谢东林墓碑刻

位置：宁乡市双凫铺镇江河村

质地：青石

释文：

墓碑：

谢公东林讳湘伟，余同里长老也。祖太礼，父新周，以忠厚名□□。公初食贫，勤力作，赋性爽直。虽日与田夫野老伍，遇事侃侃大言，不少□。晚年家累数千金，意泊如也。里有某贷公钱数十缗，贫不能偿，公□至家谓之曰：“男儿当力自振拔，遽以微负自沮丧耶？”辄收其券，岁终不问。如是类者，盖不可缕指计也。余惟夫世之奔走权门，以传升□者，□贱行而不之惜。以视畎亩间，自食其力，不为外物撼摇，且能好□。其德□其品量之下为何知耶？按公状，不禁欷歔太息也。公生于丙申十月十四日，殁于癸卯五月十四日，葬于杉山之阳。德配温孺人，有贤子男子五：长春济，故；次兵齐；三福齐，□□□□□□□□；四吉齐，故；五辉齐……孙五……

墓联其一：

名山与终古，淑气还太虚。

墓联其二：

高山许万人仰止，大河合二水前横。

民国三十七年谢东林墓碑刻

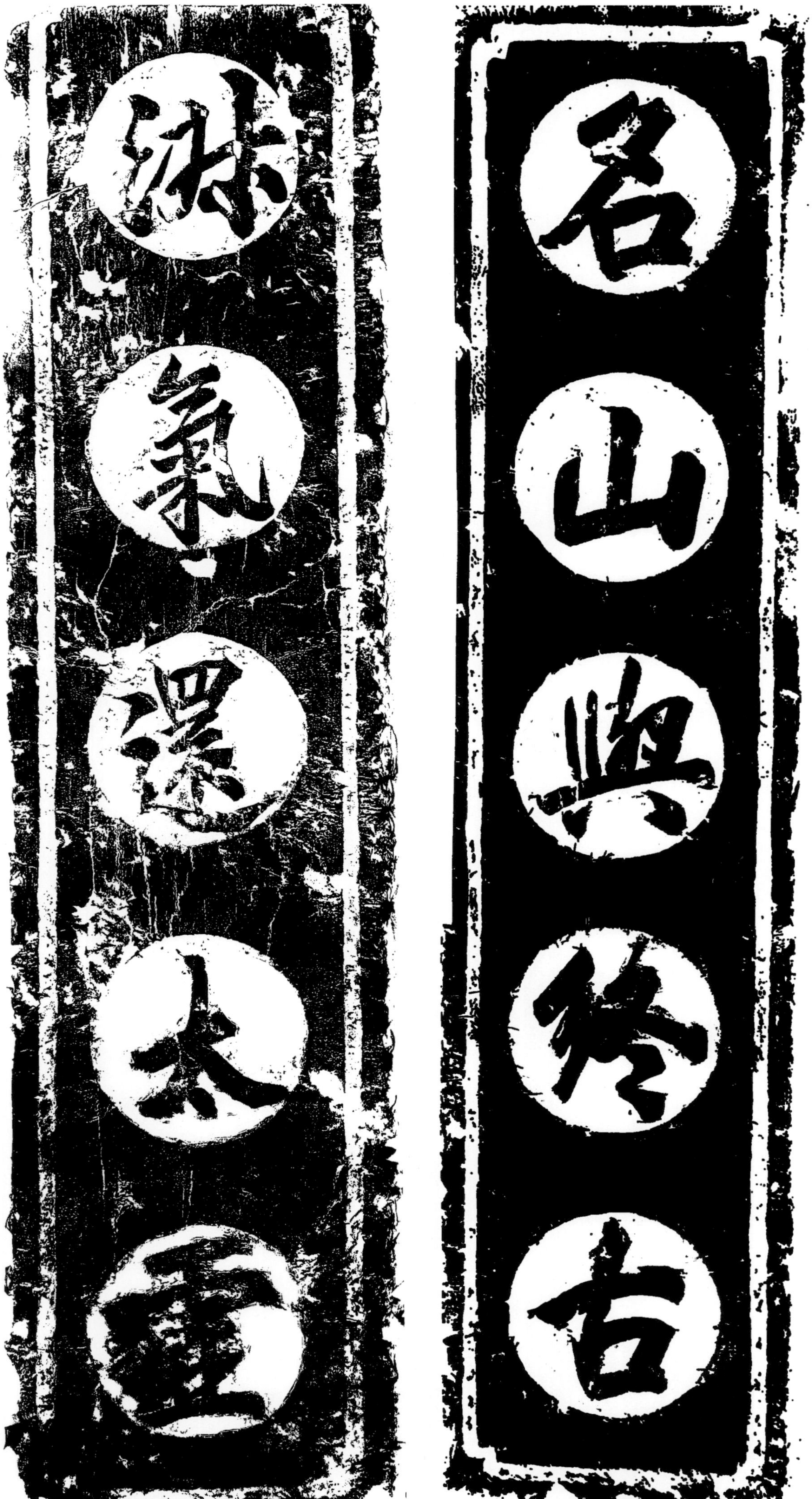

民国三十七年谢东林墓联（一）

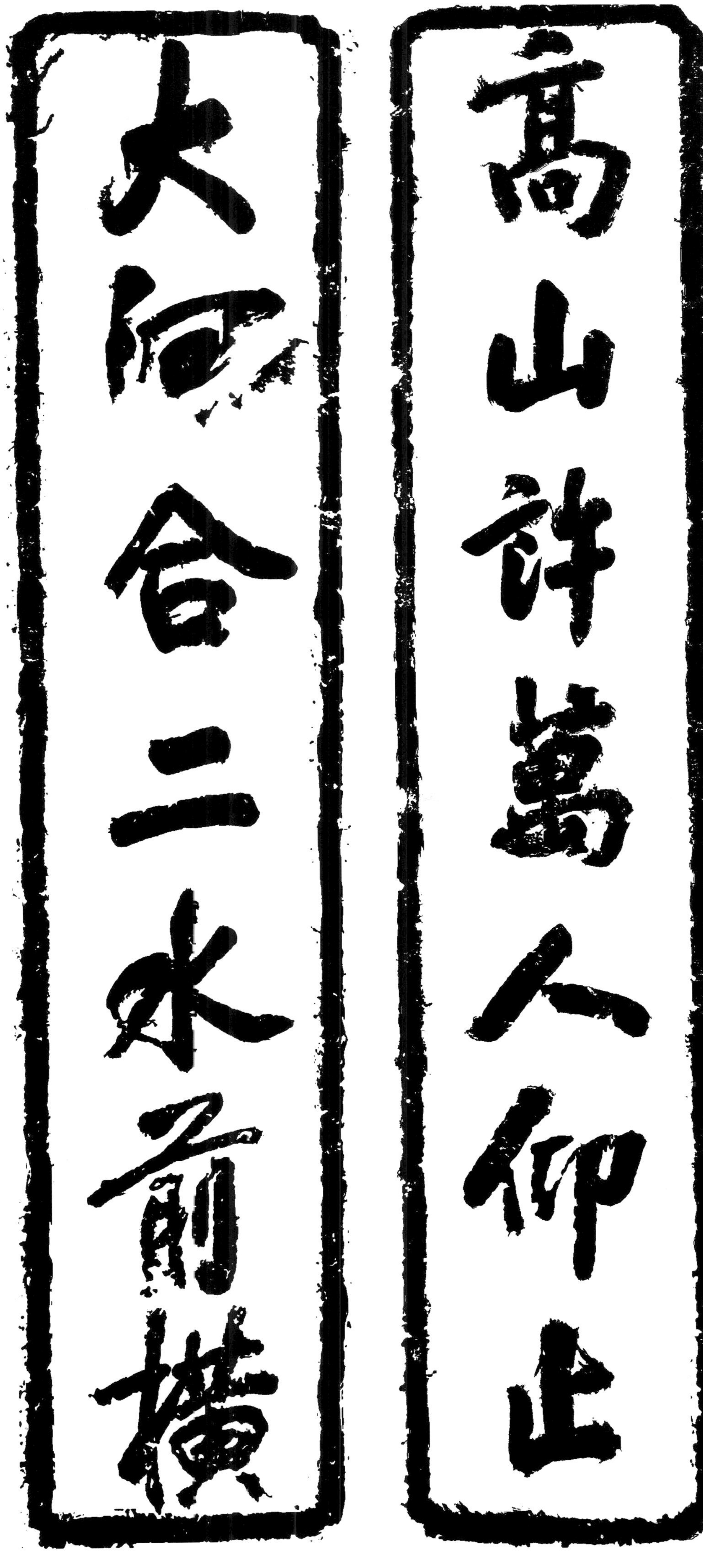

民国三十七年谢东林墓联（二）

桥碑、应用碑、摩崖石刻

民国十二年众姓重修长沙县吴杨桥碑

位置：长沙县吴杨桥
质地：花岗岩
规格：高 120 厘米，宽 86 厘米

释文：

第一通：

众姓续修（额题）

吴杨桥，俗名也。考桥位县东北之尊阳都，乾隆四十年，岸北郑□□，□□□十二年，吴交、杨□二人□□□志彰彰可考。此古桥也，民国三年圮于水。是岁也，山水暴发，周境数十里□桥梁存者一二。不数年，□□□观吴杨桥，位尊阳中区，为平、浏达道，以工巨费繁，群难其事，集议已有十年。今幸诸君子慷慨，□将吴杨桥费集矣。噫！工穷数月之劳，费竭中人之产，古人慨然为之于前，今人毅然续之于后，其急公好义之心，千百年遥遥相应。有心世道者，当见而兴感也。爰将桥之始末暨续修诸君子芳名寿之于石，以冀后世而垂诸无穷焉。（后首士、纠首等略）

第二通：

永垂不朽（额题）

（此碑均为捐款人姓名及数额，略）

民国十二年癸亥岁冬月谷旦吉。

民国十二年众姓重修长沙县吴杨桥碑

民国十五年流沙河华封桥碑

位置：宁乡市流沙河镇高华村华封组
质地：青石
规格：高 100 厘米，宽 50 厘米

释文：

第一通：

复修桥碑（额题）

杨华江上游有石桥名华封者[1]，上达湘乡，下通靖，行人络绎，日夜奔驰。此建于宋代，历年既以利济。自□民国甲子夏为洪水倾圮，丙寅年里人倡募补修，谋免病涉。无如经济有限，此举尚未垂成。越辛未岁修复，行募捐，冀臻完善。幸众擎易举，克竟前功。并于修筑石路□□同，亦以示周行也。所有复修捐名刊列于左，以志与斯桥永垂不朽云。（捐款人名略）。

民国十五年丙寅岁孟冬月[2]。

第二通：

宁邑西城外百二十里杨河江有石桥焉，其名曰华封桥，为一方之保障，作砥柱于中流。相传系宋时所建，以资利济，盖千百载于兹矣。民国初，洪水势横，里石崩坏，当地各父老补修已完。甲子仲夏，复遭大水倾圮，虽经众修筑而经费有限，卒莫完成。同仁所虑行人之病涉也，惜大功之莫竟也，输捐以为之倡，赖诸善士各解义囊同集款，众姓错石他山，遂为一劳永逸之计。桥既成，垂碑纪念，非敢告劳也，感诸公慷……（捐款人名略）

[1] 此谓杨华江，下谓杨河江，两碑拓本均模糊不辨，不知孰是。

[2] 此处署年与文中纪年有矛盾，文中记 1926 年始修，但由于钱不够，直到 1931 年才修成。而署款为民国十五年（1926），岂能预知五年之后的事？下碑署民国二十年（1931）才是对的。是否此碑所列为 1926 年捐款者姓名而署该年，下碑所列为 1931 年捐款者姓名，而两碑实为同时所立？抑或释文有误？姑存疑。

民国十五年流沙河华封桥碑

民国十九年岳麓山中山纪念林碑

位置：岳麓山穿石坡湖西侧

质地：花岗岩

释文：

中山纪念林碑

民国十九年三月十二日，湖南省政府建。

“有了森林，天气中的雨量便可以调和，便可以常常下雨，旱灾便可以减少。”总理遗训。

“要能够防水灾，便先要造森林，有了森林，便可以免去全国的水祸。”总理遗训。

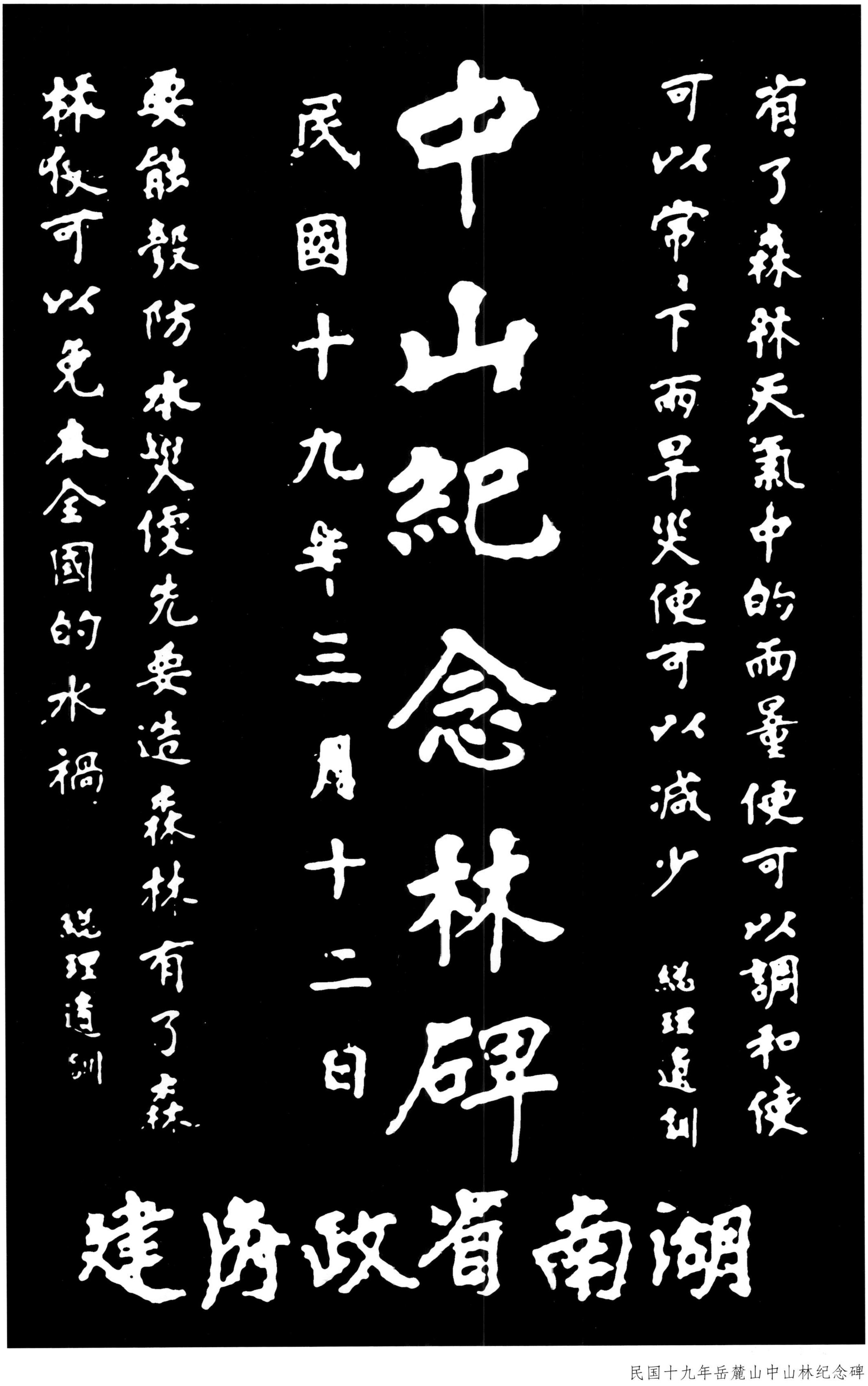

民国十九年岳麓山中山林纪念碑

民国二十四年众姓重刊公同合禁石刻

位置：望城区茶亭镇

质地：花岗岩

规格：高约 65 厘米，宽约 100 厘米

释文：

其一：

公同合禁。自梨木神起，至戴公砑止，沿港大小石头永禁凿取。

民国廿四年，众姓重刊。

其二：

公同合禁。自梨木神起，至戴公砑止，沿港大小石头均系保全田墓庐舍，永禁凿取。

民国廿四年冬，众姓重刊。

民国二十四年众姓重刊公同合禁石刻

民国二十六年李根源登麓山石刻

位置：岳麓区岳麓山白鹤泉南侧
质地：岳麓山砂岩
规格：高 80 厘米，宽 40 厘米

释文：

民国廿六年十二月登岳麓，访李北海碑，祭黄、蔡、焦诸友墓[1]。
滇南李根源[2]书石。

[1] 李北海碑：即唐李邕《麓山寺碑》；黄、蔡、焦：黄兴、蔡锷、焦达峰。

[2] 李根源（1879—1965），字雪生，又字养溪、印泉。云南腾冲人。中国国民党元老、上将、爱国人士。曾参加“二次革命”和“护法”斗争等革命运动。

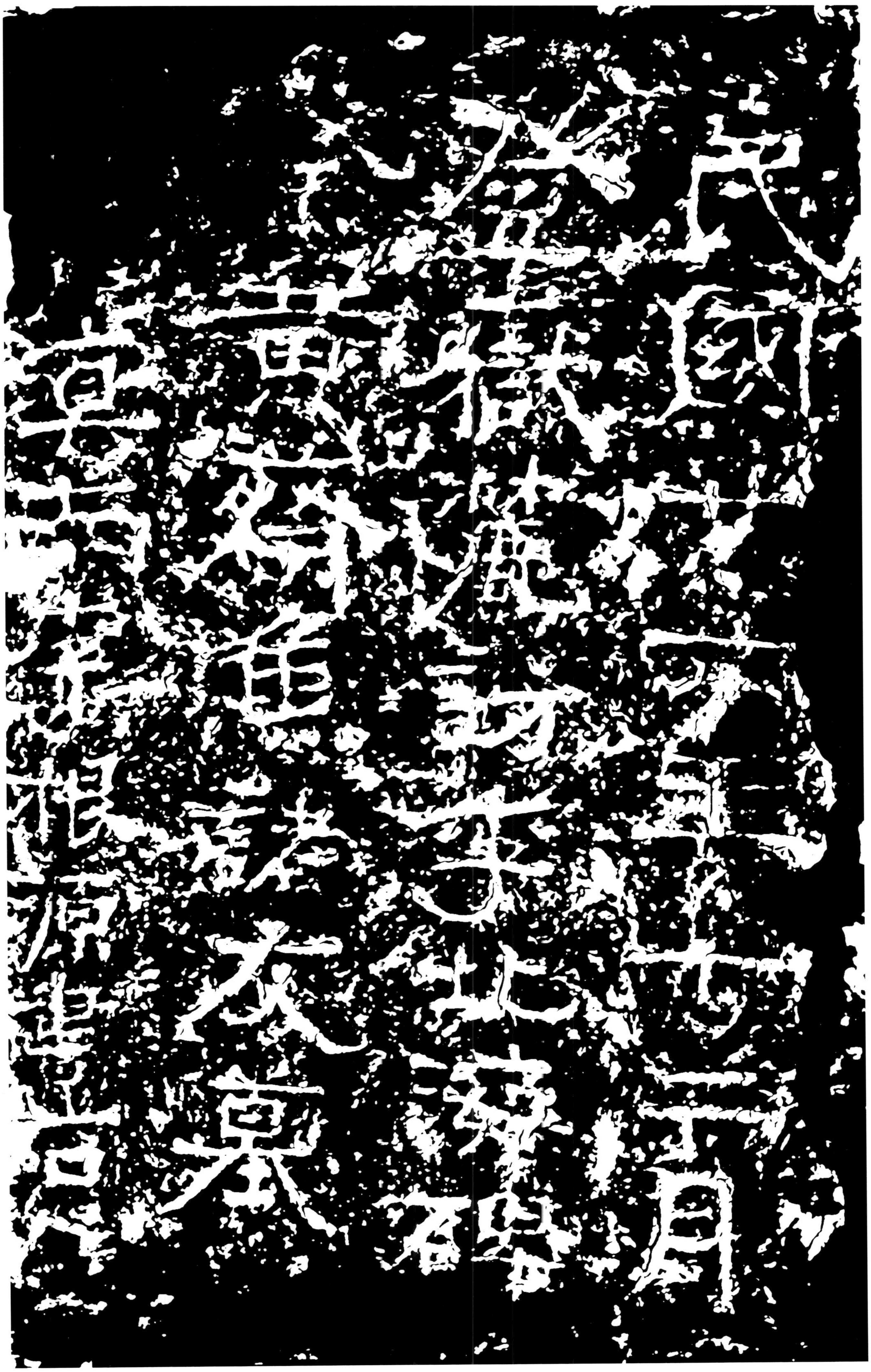

民国二十六年李根源登麓山石刻

民国二十六年岳麓山笑啼岩碑

民国二十六年岳麓山笑啼岩碑

位置：长沙市岳麓区岳麓山白鹤泉南侧

质地：花岗岩

释文：

笑啼岩[1]

---

[1] 此碑传为朝鲜人李宁斋题记。李宁斋（1870–1944），名康浩，曾任公立小学教员，1922 年因在庆尚北道青松市袭杀日本巡警而流亡中国。后以大同协会代表和临时政府独立运动团成员身份致力于韩国复国斗争。1944 年归国后被日警拘捕，同年 7 月瘐死禁中。

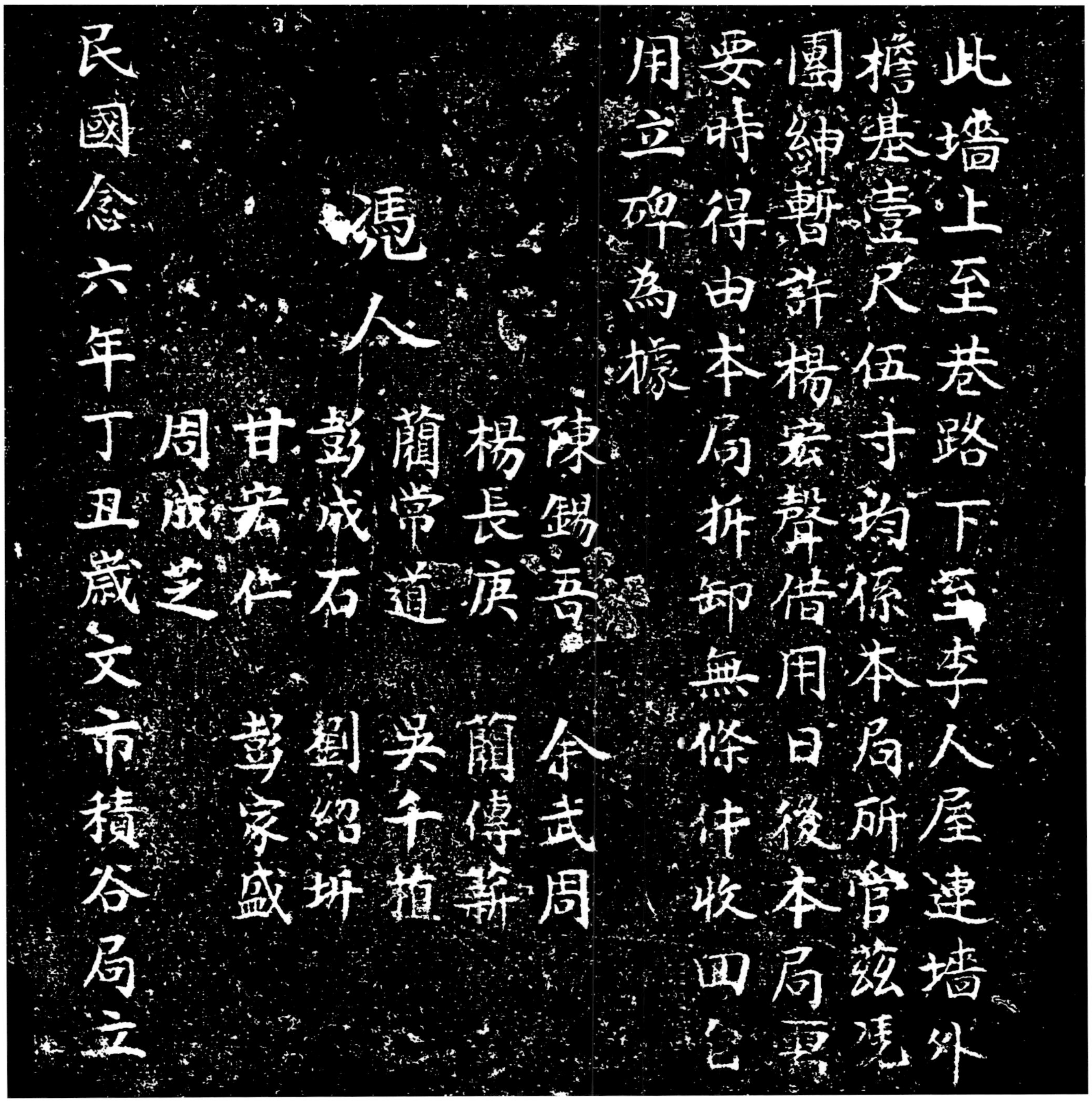

民国二十六年杨宏声向文市积谷局借墙基纪事碑

民国二十六年杨宏声向文市积谷局借墙基纪事碑

位置：浏阳市博物馆

质地：青石

规格：高 31.3 厘米，宽 28.2 厘米，厚 2.5 厘米

释文：

此墙上至巷路，下至李人屋，连墙外檐基壹尺伍寸，均系本局所管。兹凭团绅暂许杨宏声借用。日后本局需要时，得由本局拆卸，无条件收回自用。立碑为据。

凭人：陈锡吾、余武周、杨长庚、蔺传薪、蔺常道、吴千植、彭戉石、刘绍圻、甘宏仁、彭家盛、周成芝。

民国念六年丁丑岁文市积谷局立。

民国二十九年沩源桥碑

位置：宁乡市沩源硚

质地：青石

释文：

复修桥碑

沩源桥创自昔年间，为沩源之锁钥。上通安化，下达星沙，行履辐辏，实为吾沩之冲衢。始建有石墩，架木为梁，历年既久，虫□侵蚀，梁木倾圮。行路者岌岌乎有行深履薄之惧。岁丙子，里人高茂春等倡合众议，□原置保履沩，自而业顶卖，并募诸里闾，错他山之石，越数月，因其旧而新之。规模益加壮丽，行履咸颂，蔚然成为巨观。距桥不数武，所存房屋更易之以田，永为保桥岁修之用，所以谋长久计深远者无不至也。凡事有作于前，必有继于后，非徒踵事增华，惟实惠所周，所以济人而利物耳。桥成，属予为之序。予曰：沩山佛地也，沩水名流也。自天马山下沩水发源，达此已数里之遥，而斯桥以沩源名，盖斯桥厥创惟古。为宁、安之纽约[1]，为我境乡先辈七姓之巨修。代远年湮，而永垂利济。且也年来，沩境大小诸桥均虹之以石，殆佛地名流、仁人义士有以促进维新之治乎！若夫董事不惮其劳，襄款者输将踊跃，用特泐之于石，永垂不朽。他若留连光□之词，皆略而不陈，惧亵也。是为序。

里人彭惠柔谨撰。

（记录任事与捐名等略）

中华民国念玖年庚辰岁仲冬月刊。

---

[1] 宁、安：宁乡、安化；纽：纽带；约：绳索。意为通往两地的关键部位。

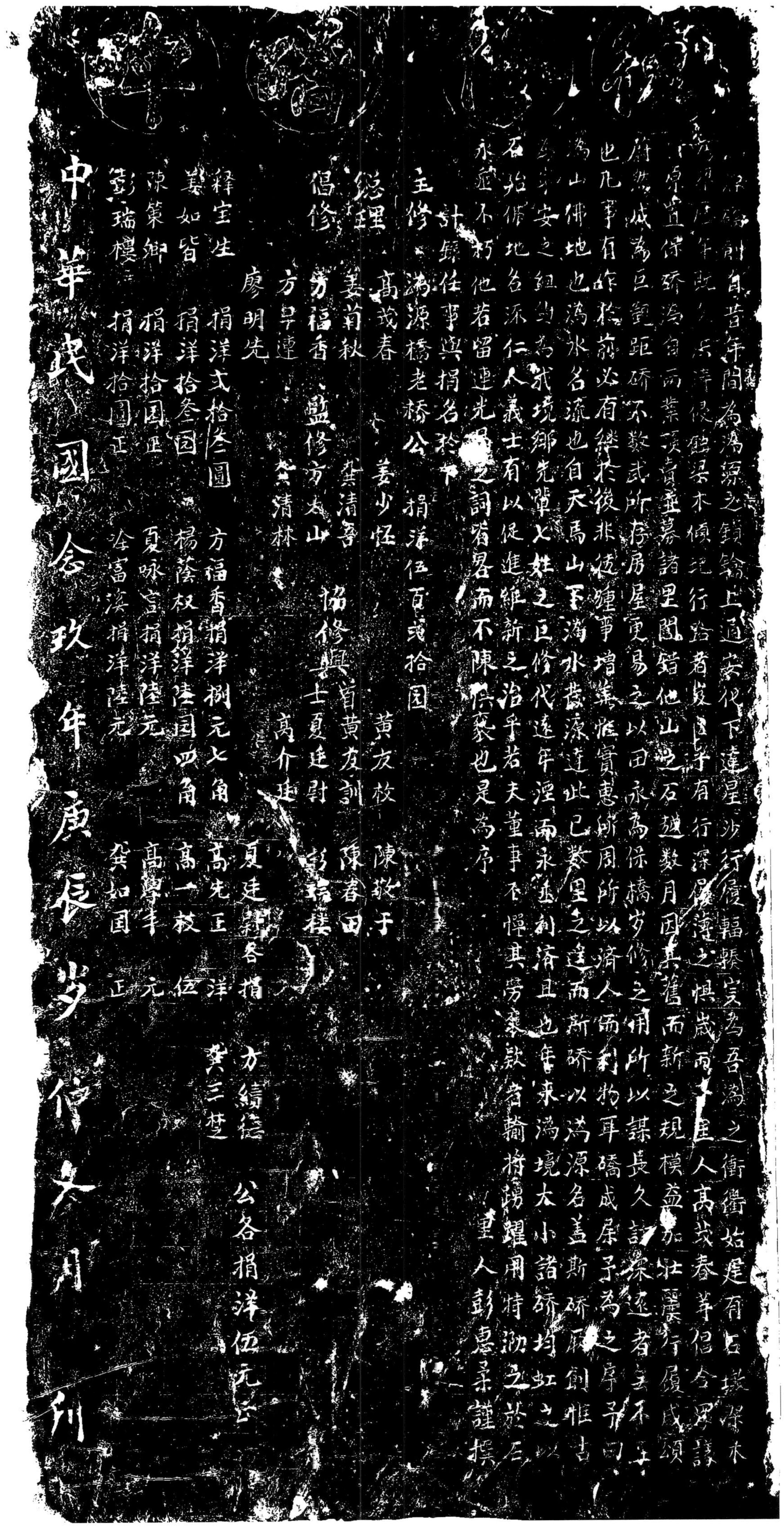

民国二十九年汈源桥碑

民国三十二年杨汉域聚歼倭寇石刻

位置：长沙县青山铺镇天华村

质地：花岗岩

规格：长 200 厘米，宽 220 厘米

释文：

大中华民国卅二年一月，聚歼倭寇于此，蜀人杨汉域[1]勒石。

[1] 杨汉域（1905—1973），字继超，四川广安人。云南讲武堂、陆军大学毕业。抗战爆发后参加淞沪会战、徐州会战、武汉会战、南昌会战、长沙会战、长衡会战。1949 年 12 月在成都参加起义。

民国三十二年杨汉域聚歼倭寇石刻

民国三十五年修建宁乡公共体育场碑记

位置：宁乡市

质地：青石

释文：

修建宁乡公共体育场碑记

县廨之右有马号坪，曾辟为公共体育场。邑人以其位处人烟稠密之区，隘陋不宜于运动，欲谋改建城郊东北□胡家大丘。以事艰费巨，洎今十余年未果。日寇乞降之明年三月，余承命来守是邦。于时灾情严重，喘息未安，遂呼吁各方，募款救济而议以工代赈，修建斯场。经县参议□议决，并协同进行，乃召集城厢镇及附城各乡灾民，从□兴建。是役也，共用赈款一千另一十九万一千元，灾民□工九千一百七十，历时三月，全部功成。香山枕其后，飞□峙其前。莘莘学子，桓桓百夫，日来斯场，锻炼身体，焕发精神。以备他日国家栋梁之选，强国强种所系在兹。用志□末，勒诸贞珉，以为纪念。

宁乡县县长陈应龙谨撰。

中华民国卅五年十月一日立。

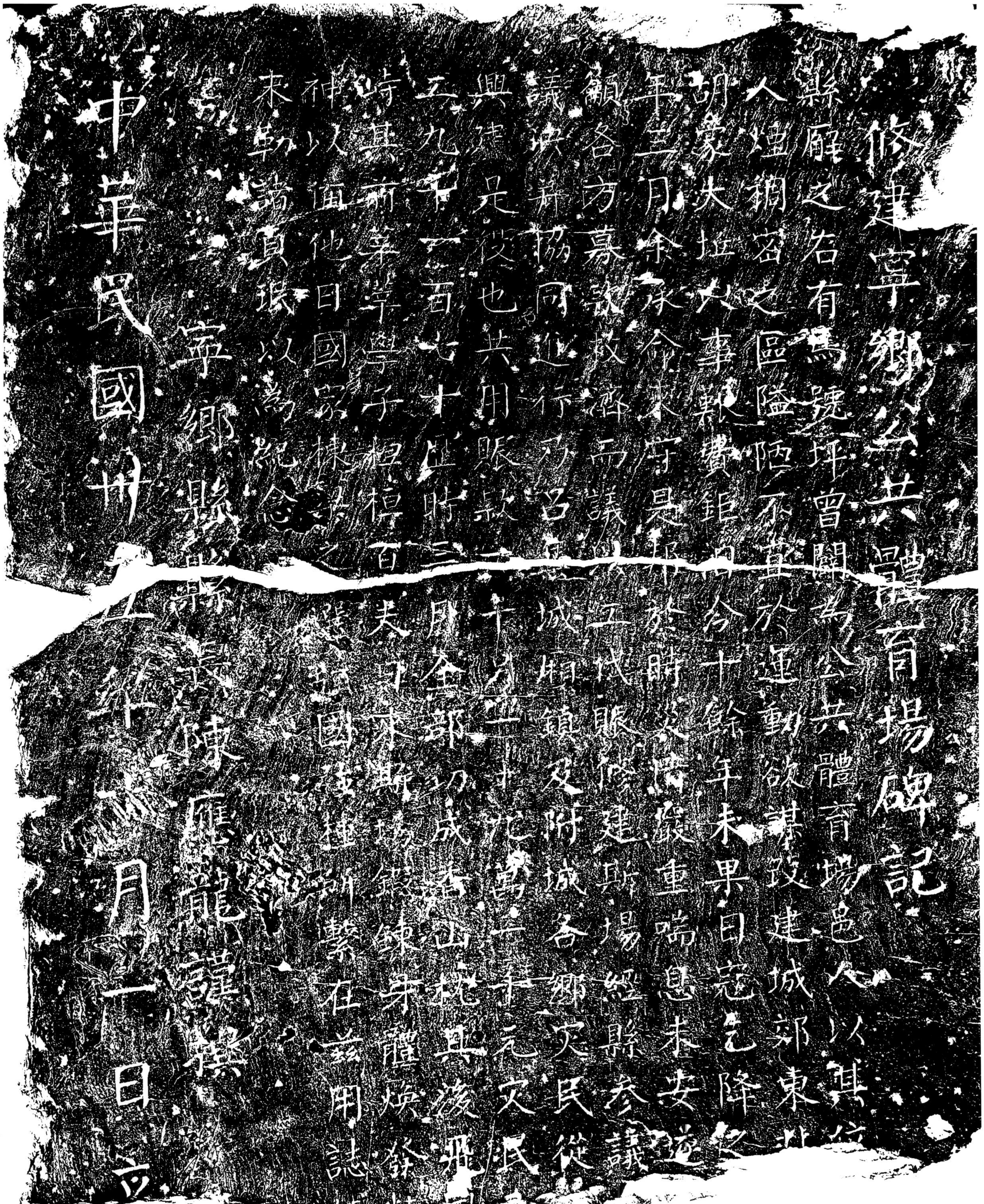

民国三十五年修建宁乡公共体育场碑记

后记

碑刻类文物是长沙市文物资源的重要组成部分，自实施第三次全国文物普查以来，全市文物工作者以深入挖掘历史文化资源为己任，历时五年，对全市行政区域内的碑刻类文物进行了全面调查。共得到三百余方各类碑碣石刻的相关信息，并对它们开展了遴选、分类、拓印、照相、释文、校注、建档等工作，有效地保护和传承了长沙地区的碑刻文化，这既是对我市碑刻类文物的一次汇总辑录，也是对“三普”调查成果的一次利用转化。随着长沙市文物工作的进一步推进，我们一定能够从这些珍贵的文化遗产中发掘出更加深厚的价值、提炼出更多有意义的学术成果，为长沙地方历史研究提供更多直接、可信的证据。

本书以时代为主线，囊括了全市国有馆藏及各类不可移动文物点、田野散存的重要碑刻，内容涉及褒奖功德、纪事禁止、题名标界等。书中收录的不可移动文物碑刻，我们均与档案核对，标注了具体的地理位置；属于出土文物的，我们尽量明确出处，保留出土文物信息；书籍中收录的部分石片由于碑石生物病害、机械损伤、表面（层）风化、裂隙与空鼓等因素，造成字口模糊、释读困难。对此，我们统一对图版进行了数字化处理，并依据碑刻本体现状，修补了缺阙或传拓不清的部位，努力将最完美的图文呈现给读者。在书籍的编撰及出版过程中，我们又陆续发现了一些新的资料。另外还有一批传拓难度较大或暂时无法传拓的碑刻，暂未收录到此书之中。我们将在以后的工作中陆续整理、发表。书稿在编辑过程中虽经多方核对、校验，但仍不免有所疏漏，望读者不吝指教。

在《长沙碑刻校注》的资料收集、书稿编撰及出版过程中，杨宗君、任新民、刘海泉、姚娟娟、杨洋等对碑刻进行了传拓；吴文峰、谭志刚、李梦璋、任新民、贺得权、师磊、安国瑞等对碑刻进行了初步释文；吴文峰、谭志刚对释文进行了仔细地核对与校注；书稿编撰工作由谭志刚、李梦璋、张亿完成；长沙市各区县 / 市文旅体局、长沙市博物馆、浏阳市博物馆等单位在摸底调查及书稿编撰过程中提供了支持。陈松长、梁小进、谭远辉等专家学者为本书提出了宝贵的意见。在此，谨表示衷心感谢！

编者

2020 年 12 月

图书在版编目（CIP）数据

长沙碑刻校注 / 长沙市文化旅游广电局编 . -- 长沙 : 岳麓书社，2020.12
ISBN 978-7-5538-0912-0

Ⅰ . ①长… Ⅱ . ①长… Ⅲ . ①碑刻—研究—长沙 Ⅳ . ① K877.424

中国版本图书馆 CIP 数据核字（2018）第 149257 号

书　　名	长沙碑刻校注 CHANGSHA BEIKE JIAOZHU
编　　著	长沙市文化旅游广电局
责任编辑	王文西
特邀编辑	管巧灵　谭远辉　邱建明
责任校对	舒　舍
装帧设计	柏林摄影设计艺术工作室
出版发行	岳麓书社 湖南省长沙市爱民路 47 号 410006 http://www.yueluhistory.com（岳麓书社官网） lzfts.tmall.com（岳麓书社天猫店）
印　　刷	雅昌文化（集团）有限公司
版　　次	2020 年 12 月第 1 版 2020 年 12 月第 1 次印刷
开　　本	1/8　635 毫米 ×965 毫米
印　　张	60.5
字　　数	700 千字
国际书号	ISBN 978- 7- 5538-0912-0
定　　价	680.00 元